KB150629

태양을 삼킨 꽃

FEEL PREMIUM EDITION

해연 장편 소설

태양을 삼킨 ³
꽃

Contents

암운 흩어진
찬란한 태양 아래에서 (2)

다분히 적대적인 대화가 오갔음에도 그들 사이에 내려진 침묵은 살얼음판 같은 여운을 풍긴다기보단 아무 일도 일어나지 않은 양 자연스러웠다. 무도회장에 다다랐을 때 슈리아는 그를 돌아보며 냉담하게 속삭였다.

"에스코트."

"……."

아까와 달리 이번에 침묵을 지킨 것은 카르마인 쪽이었다. 의혹이 담긴 시선이 돌아오자 우둔한 학생을 가르치는 양 질책이 쏟아졌다.

"어리석긴. 귀족의 차림새를 하고 왔으면, 네 입은 바에 걸맞게 행동해야 할 게 아닌가."

물론 슈리아에게도 카르마인과 친근한 구도를 연출하고 싶은 마음은 털끝만큼도 없었다. 그러나 이렇게 된 이상, 서로 반목하는 관계임을 드러내기보단 제 명성을 높이는 데 그를 활용하는 것이 바람직하리라.

블러디나이트의 하잘것없는 유명세 따위 원래라면 안중에도 없었겠지만, 지금은 쓸모가 있었다. 그리고 슈리아는 제게 일어난 모든 상황을 효율적으로 써먹는 것을 선호했다.

소녀의 억지스러운 주장과 강요 어린 눈길에서 진의를 파악하듯 카르마인은 잠시 침묵을 지켰다. 그러나 슈리아가 재촉하듯 뻔뻔하게 손을 내밀자 그는 마지못해하는 기색을 숨기지 않으며 그 손을 잡았다.

슈리아는 한때 전투를 벌였던 이와 이렇듯 가까이 있는 것에 낯선 감각을 느꼈다. 패배하여 나뒹구는 그를 발로 밟았던 적은 있었지만, 이런 접촉은 또 처음이다.

정중한 에스코트를 받는다기보다는 그럴싸하게 손을 올리고 있다는 쪽에 가까웠지만. 그들은 곧 다시 무도회장에 들어섰다.

입구에 옹기종기 모여 있던 귀족들이 불붙은 듯이 흩어졌다. 그들은 감히 블러디나이트를 뒤따라가지 못하고 내내 이곳에서 웅성거리고 있던 눈치였다. 그리고 웅성거림은 둘이 모습을 드러내자 더 커졌다.

슈리아는 일부러 온화한 낯을 자아냈고 그 때문에 카르마인의 표정이 어떻건 간에 그들의 관계는 꽤 친숙해 보였다.

이전의 긴장감이 완전히 해소된 듯하여, 순전히 궁금증으로 무도회장을 탈주하지 않고 있던 귀족들은 안도의 숨을 내쉬었다.

그사이 친구들의 속박에서 풀려난 데이지가 쪼르르 다가왔다. 그녀는 특유의 해맑은 얼굴로 블러디나이트에게 거침없이 거리를 좁혀 왔다. 슈리아에게 은근슬쩍 눈짓하며 몸을 배배 꼬는 모습을 보아하니 그녀는 확실히 상대를 쪼그라들게 하는 카르마인에게 전혀 압박을 느끼지 못하는 것 같았다.

슈리아는 내키지 않는 기분을 역력하게 느끼며 입을 열었다.

"제 친구인 시그오닐 대공녀, 데이지 그라임스 시그오닐이에요."

"데이지라고 불러 주세요!"

발랄한 음성이 쨍쨍하게 메아리쳤다. 코앞에서 터져 나온 외침에도 카르마인은 무생물처럼 반응 없이 굴었다. 슈리아는 그도 내심 동요하고 있으리라고 짐작했다.

데이지는 웬만한 초월자의 위압감을 압도하는 긍정적인 기운을 마구 뿜어내며 적절한 발언을 고안하듯 입을 달싹였다.

"그때 구해 주셔서 감사해요. 그 시커멓고 변태 같은 흑마법사를 퇴치해 주신 거요! 이걸 꼭 말씀드리고 싶었어요!"

고인을 모독하며 숫제 손이라도 잡을 기세로 데이지는 한 걸음 다가섰다. 물론 모독할 만한 고인이긴 했다.

호감이 역력한 눈빛이 부담스럽도록 강렬하게 블러디나이트의 안면을 직격하고 있었다. 이러한 종류의 공격은 그도 아마 평생을 통틀어 처음 받아 보았을 것이다.

"어, 어 그리고…… 음, 또 말씀드리고 싶은 게 있었는데."

이게 진정한 목적이라는 듯이 데이지의 눈빛에 의지마저 서렸다. 슬쩍 기대감이 고개를 들이밀었다. 그러면서 긴장감도 샘솟았다.

설마, 전에 말한 그 발언을 하려는 건……. 아니, 맞겠지. 블러디나이트의 폭주를 대비해 슈리아가 베헤모트에게 전투를 준비시키는 동안 데이지는 좀 뜸을 들였다.

"이렇게 다시 뵙게 되어서 기뻐요! 무엇보다 눈이랑 머리색이 정말 정말 멋지신걸요. 헤헤, 그러니까, 그거랑 닮으셨어요."

평생 핏빛을 띤 제 눈과 머리카락에 대해 불길하다는 평만 들어 왔을 카르마인이 눈썹을 살짝 치켜 올렸다.

그리고 데이지가 제가 고안한 창의적인 비유를 들이밀려는 찰나, 뒤에서 나타난 손이 데이지의 입에 빵을 쑤셔 넣었다.

오로지 데이지의 입에서 나올 소리에만 정신을 집중하고 있던 슈리아는 감지하지 못한 일이었다. 뒤에서 고개를 쑥 내민 베티가 하얗게 질린 얼굴로 덧붙였다.

"노을을 닮으셨다고, 데이지가 그랬었어요. 아! 저, 저도 감사드리고 싶었어요. 구해 주셔서."

교양 없이 빵을 퉤퉤 뱉어 내며 데이지가 항의를 시도했다.

"노을이 아니라! 으, 읍……."

어느새 나타난 또 다른 손이 암살자가 비수를 쑤셔 넣듯 재빠른 동작으로 또다시 그녀의 입에 빵을 밀어 넣었다. 데이지의 입을 봉쇄한 레이첼은 가지런히 손을 모으고 아무 일도 없었던 것처럼 새침하게 말을 더했다.

"석류라고도 했죠. 물론 그런 격의 없는 표현은 블러디나이트께 어울리지 않는다고 생각해요. 슈리아, 날 이분께 소개해 주겠어?"

좀 더 채도가 높고 화려하다지만 어쨌든 같은 붉은 머리라서인지 데이지의 기가 막힌 표현을 전해 들은 레이첼은 몹시 분개하는 기색을 보였었다.

어떤 면에서는 담대한 그녀는 이 기회에 블러디나이트와 안면을 트고자 하는 욕심 때문에 두려움을 잊은 듯이 보였다. 긴장감에 입매가 떨리고 있었지만 도도하고 자긍심 넘치는 얼굴은 여전했다.

"제 친구 레이첼 루트비아예요. 그녀는 명문 루트비아 백작가의 독녀이지요."

슈리아는 그녀의 허영심을 충족시켜 줄 요량으로 명문이라는 발음을 강조했다. 레이첼의 낯에 화색이 떠올랐다.

이번에 입에 들어간 빵은 꽤 맛있었는지 토라진 표정을 지으면서도 데이지는 빵을 씹는 데 열중하고 있었다. 그녀는 곧 셸리가 건네준 달콤한 음료를 맛보느라 할 말을 잊어버렸다.

이내 인사를 마친 베티와 셸리에 이끌려 데이지가 무도회장 저편으로 사라져 갔다. 그 모습이 흡사 간수들에게 집중 감시를 당하는 중죄인을 보는 듯했다.

제 친구들을 우선 소개한 데 이어 하나둘씩 다가서는 귀족들을 연달아 소개하며 슈리아는 점차 피로해졌다.

이건 원래 사교계에서 명망 높거나 연세가 지긋한 귀족들이 해야 할 만한 일이건만, 슈리아 외에는 딱히 그와 연이 닿은 사람이 없었다. 그리고 황태자의 연인이라 알려진 슈리아는 실제의 신분을 넘어 그만한 자격을 가졌다.

저편에서 오를레앙 공녀 무리가 머뭇거리는 것을 목격한 슈리아는 그래도 이 짓이 사교계에서의 제 입지를 강화하는 데 꽤 효과가 있다고 생각했다.

아무튼, 그가 나타나지 않았다면 더 좋았을 것이다. 그 모든 과정을 거치는 동안 블러디나이트는 가장 편한 방식을 고수했다.

그에게 향해지는 어떤 말에도 대꾸하지 않으며 그는 저 혼자 세상에서 격리된 듯이 위압적인 기세만을 흘려 내며 서 있었던 것이다.

그러면서도 카르마인은 묘한 눈으로 슈리아를 관찰하고 있었다. 정확히는, 그림 같은 미소를 떠올리며 상냥하고 우아한 어조로 귀족 영애다운 태도를 완벽히 구현하고 있는 아마르잔을.

슈리아와 아마르잔이 동일 인물이라는 사실은 진실 여부를 떠나 지독한 괴리감을 유발했다. 누군들 상상이나 했을까.

카르마인의 시선에 담긴 뜻을 간파한 슈리아도 썩 편치만은 않았다.

저도 좋아서 하고 있는 짓은 아니었다. 그러나 여자로 태어났고, 귀족 영애로 태어났다. 그러니 슈리아는 제 태생에서 비롯한 삶에 충실해야만 했다. 거기다 원체 가진 바 재능이 뛰어난 탓에 연기가 완벽해졌을 뿐이다.

드디어 모든 소개가 마무리되고 지친 슈리아가 목을 축일 즈음에 이 사태의 원흉이 나타났다.

"무도회는 즐기고 계십니까, 블러디나이트."

느긋하게 다가서는 그를 앞두고 슈리아는 짜증을 억누르며 화사한 미소를 입술에 올렸다. 의도적인 게 틀림없었다. 그러면 제가 맡았던 역할을 하고도 남았을 터, 이건 귀찮은 일을 떠넘기려 일부러 늦게 모습을 보인 것이다.

"아샤트리아 대공 전하."

한껏 사나운 마음은 혀끝을 거치자 훈련한 대로 작고 유미한 꽃잎처럼 보드랍게 내려앉았다.

모두가 일제히 예를 갖춤에도 블러디나이트는 고개만 까닥였다. 그 모습은 확실히 아마르잔을 자극하는 효과가 있었다.

"이왕 제도에 머무르실 거라면, 제도의 향취를 맛보는 게 좋을 것 같아 내가 이분을 모셨습니다."

누구도 토 달 수 없게끔 매끄럽게 설명하는 대공의 눈에는 각고의 세월, 학문을 갈고닦아 온 학자의 것 같은 현기가 돌고 있었다.

블러디나이트를 포섭하기라도 할 참인가. 황태자 앞에서는 공정한 척 내쫓아 놓은 자를 그에게 목숨을 위협당한 소녀 앞으로 다시 인도하는 건 경솔한 행각이다.

다만 황제의 앞에 불러냈을 때도 느낀 것이었지만 대공은 슈리아의 의사는 안중에도 없었다. 그에게 중요한 건 그 입으로 말했듯 브리오니아와 황실일 뿐. 하기야 아샤트리아 대공이 일개 귀족 영애를 세세히 배려하는 것도 온당치 못하다.

슈리아는 다시금 솟구치는 공격성을 우회시켜 부드러운 말소리로 흘려보냈다.

"갑자기 뵙게 되어 놀랐어요. 지난 만남이 조금……."

질책의 의도를 담은 내용에 대공은 능구렁이처럼 웃었다.

"황제 폐하를 알현한 태도로 보아, 영애라면 상관없을 거라 생각했습니다만. 양해를 부탁합니다."

그 말이 떨어지기 무섭게 주위가 술렁거렸다. 황제 폐하를 알현했다고?

그것은 황태자가 슈리아를 연인으로 삼은 게 황제조차도 주목할 만한 일이라는 뜻이었다. 또한, 좌중의 뇌리에 어쩌면 그것이 슈리아가 황태자비에 어울리는지 판가름하는 자리였을지도 모른다는 가정이 심어졌다.

난감한 질책을 노련하게 돌려 슈리아의 입지를 강화해 준 대공은 온화한 낯을 보였다. 그 황족다운 화술은 슈리아가 썩 높게 평가하는 것이라 더 물고 늘어질 마음은 들지 않았다. 어쨌든 제게 이득이지 않은가.

"오해에 대해서는, 잘 수습되었답니다. 두 번 다시 그런 일 없을 거라고 카르마인 님께서 약조도 하신 바 있고요."

말을 마치기 무섭게 슈리아는 공간을 내리누르는 듯한 침묵이 자리하는 것을 느꼈다.

대공의 표정이 늘 표면에 내세우던 여유를 잃고 파문을 그려 냈다. 소리 없음이 무게로 얹어지자 슈리아는 당혹스레 되짚어 보았다.

나긋한 투며 표현, 그 모든 것이 적절하다 여겼는데 어째서 이렇지? 영문 모르는 표정을 자아낸 슈리아는 누군가가 설명해 주기를 기다렸다.

경악과 의혹의 눈길이 쏠린 가운데 강렬한 시선이 뺨에 일순 닿았다가 떨어져 나갔다. 블러디나이트의 것이었다. 그건 그가 보인 최초의 반응이라 할 만한 동작이라, 점점 의문이 가중된다.

다시 한 번 되짚어 보자니, 제 말속에는 단 하나 남들과 구분되는 요소가 있었다.

슈리아는 그를 블러디나이트가 아닌 '카르마인'이라 불렀다. 이제는 완전히 갈등이 해소되었음을 강조하기 위해 좀 더 친근히 불렀던 것인데…….

귀족도 아닌 그를 명칭으로만 부르지 않고 이름에 존칭을 붙여 말한다 한들 문제가 될 리 없다. 그 자체는 분명 예에 어긋나지 않았다.

그러나, 혹시…….

펼쳐 놓았던 의식의 그물에 은비늘이 반짝이는 물고기가 걸리듯 깨달음이 머릿속에서 탁 튀었다. 발톱 같은 전율이 심장을 할퀴고 지나갔다. 슈리아는 손아귀로 건져 올리듯 일전에 물살 속에 놓아 보냈던 의혹을 끄집어냈다.

그리고 침묵을 지키던 대공이 놀라움이 자리한 낯으로 말문을 열었다. 아니, 확신을 더했다.

"그녀에게…… 이름을 알려 주셨습니까, 블러디나이트."

슈리아의 눈길이 섬려한 동작을 타고 블러디나이트에게 파고들었다. 겉보기에는 우아하고 부드러운 시선이었으나 받는 자는 북해의 얼음 아래 흐르는 물처럼 차게 느끼리라.

한기가 흐르는 짙푸른 눈동자는 공포감을 느낄 만큼 깊었고 불순물 없이 투명했다. 싸늘한 본성을 낱낱이 드러내는 그 눈빛은 오로지 단 하나, 경고의 뜻만을 품고 있었다.

물론 카르마인은 그에 구애받을 만한 자가 아니다. 하지만 긍정을 표하는 것이 거짓이 되지는 않을 것이었다. '그녀에게'라는 지칭에는 어긋남이 있으나 그가 직접 알려 준 바였으니.

"그렇다."

벼랑 아래로 떨어지는 듯한 음성은 폭포수의 무게를 담았다. 비록 카르마인은 더 이상의 언급 없이 굳건히 입을 닫았지만 슈리아는 그것으로 만족했다.

정지된 공기가 다시 흐르고 말소리가 오가기 시작했다. 묘한 기색을 보이며 대공이 말꼬리를 늘였다.

"당신의 이름을 듣는 건 처음인 것 같습니다. 그 오랜 세월, 당신은 오직 블러디나이트라고만 불리었고 본래의 이름을 아는 이는 없었던 걸로 알고 있습니다만."

대공의 시선 끝이 섬광처럼 예리하게 소녀를 스쳤다. 그러나 그는 제 감정을 능숙히 갈무리하며 다시 미소를 보였다.

"오늘로써 예외가 생겼군요."

슈리아는 과분한 찬사가 주어진 양 다소곳하게 눈을 내리깔았다. 오므라진 꽃봉오리처럼 꽉 맞물린 입술은 더 이상의 실언은 용납하지 않을 것처럼 힘을 실었다.

왜 몰랐지? 모두가 그를 단지 블러디나이트라고만 불렀음을. 슈리아는 드물게 범한 실수를 되새겼다.

그러나 그의 이름이 알려지지 않았다는 것을 알 만큼 슈리아는 블러디나이트에 대해 많은 언급을 듣지 못했었다. 그저 그가 유독 강한 초월자이기에 특별히 명칭을 강조해서 부른다 여겼을 뿐. 그리고 슈리아에게 카르마인이라는 이름은 입에 착 달라붙는 것이었다. 그를 블러디나이트라고 칭하는 것이 어색할 만큼.

그 까닭은, 사실 뻔한 것이다. 카르마인이라는 이름이 과거의 한 시점을 상기시켜 주었기 때문에. 그를 짓밟고, 절대자의 자비라도 베풀 듯이 살려 보냈던 그때. 그토록 강력한 초월자를 패배시켰다는 쾌감과 그를 인정하면서 그럴 수 있는 제 우월적 위치에서 누린 만족감.

그러나 그토록 비틀린 마음에도 분명, 블러디나이트라는 존재에 대한 경탄은 강렬하게 자리하고 있었다.

※

전투의 막바지에서 마침내 무릎 꿇은 블러디나이트는 꺾이지 않는 선홍색 눈을 들었다. 피와 상처로 물든 전신은 지저분했지만, 그의 눈만큼은 예리한 날붙이처럼 선명하게 살아 있었다.

보석의 순도를 가늠하듯 아마르잔은 나직이 그를 살폈다. 악마의 것, 불길한, 저주받은. 평생을 그러한 소리와 함께해 왔을 그였다. 아마르잔의 귀에 들려온 풍문조차 그와 다르지 않음에도 블러디나이트는 오히려 제 고결한 신념만큼이나 강인한 불길을 품고 있는 자였다.

비록 들불처럼 거침없이 타오르지는 않을지언정 그것은 잦아들지도 꺼지지도 않는 불길이었다. 순혈의 피처럼 진하고 살아 있는 한 영원토록 붉게 흐를 의지였다.

그것이 일순 냉혈한 마법사의 심장에 뜨겁게 달군 인이 되어 박혔다.

지독하게 인상적이었다.

세상에 둘도 없는 역작을 보는 듯한 전율과 감동이 영혼을 울렸다. 묘한 감흥에 사로잡힌 아마르잔은 그를 살려 줄 오만한 마음을 품고 물었었다.

"그래, 네 진짜 이름은 뭐지? 블러디나이트."

"그게…… 무슨, 소용이지? 이만…… 죽여라."

싸늘한 미소를 떠올린 아마르잔이 피를 흘리는 몸뚱이를 걷어찼다. 퍽! 원시적인 발길질에 블러디나이트의 몸이 옆으로 기울어졌다. 이미 너덜너덜한 몸이 쓰러진 바닥에 핏물이 번져 나간다. 얼어붙은 눈을 뜨끈한 선혈이 녹이고 있었다.

간신히 삼켜 낸 신음성이 잇새로 비어져 나왔다. 화살에 맞고 죽어가는 사슴처럼 초라했다. 전성기의 야수처럼 당당하게 이를 드러내던 블러디나이트가 이렇듯 무력하게 죽어 가는 꼴이라니!

그는 패배했고, 패배를 안겨 준 아마르잔 앞에서 그는 약자였다. 아마르잔은 그 점을 상기시켜 주듯 비아냥거렸다.

"넌 졌고, 내가 이대로 손가락 하나만 까딱해도 죽어."

"……."

"그런 네 이름을 이 몸이 기억해 주겠단 거야. 영광스러운 일이지."

아마르잔은 진한 비웃음을 띤 채 희롱하듯 발끝으로 그를 툭툭 찼다. 이대로 그 비싼 이름을 뱉어 낼 때까지 가지고 노는 것도 나쁘지 않으리라.

죽이지는 않기로 마음먹었지만, 그게 곱게 살려 보내겠단 뜻은 아니었다.

— 목숨만 붙어 있으면 된다.

잔혹한 심산이 배어나듯 아마르잔의 눈빛을 한층 검게 물들였다. 그러한 의도를 감지했는지 곧 얕은 신음과 함께 발밑에서 단문이 흘러나왔다.

"……카르마인."

"성은?"

"……없다. 말했으니, 이제 죽여라."

성이 없다 하면 그 역시 고아이거나 출신이 미천한 것이리라. 아마르잔은 그 사실이 꽤 마음에 들었다. 그건 그렇다 치고…….

"건방지군."

아마르잔의 발에 힘이 들어갔다. 일순 터져 나온 신음성이 다시 모진 인내로 눌리며 목구멍에서 메아리쳤다. 고통이 잇새를 뚫고 튀어나올 것처럼 경련하듯 턱이 떨렸다.

아마르잔은 만족스럽게 웃었다. 바닥을 기는 주제에 감히 명령조라니? 절대자 아마르잔에게 들이밀기엔 적합지 않은 투였다.

고통을 가하던 아마르잔은 잠시 후 몸을 단정하게 바로 세웠다. 핏물로 젖었던 신발은 하얀 눈 위를 디뎠을 때 이미 말끔해져 있었다.

아마르잔은 사소한 은혜를 베풀듯 무감하게 선고를 떨어뜨렸다.

"오늘은 살려 주지."

그새 의식을 잃은 듯 카르마인은 말이 없었다. 온몸이 으스러져 죽기 직전의 벌레처럼 그의 몸에선 간헐적인 떨림만 감지되었다. 전신의 뼈가 부러졌으니, 그럴 만도 하다.

아마르잔은 혀를 찼다.

기껏 살려 줬는데 얼어 죽기라도 하면 곤란하지 않은가.

아마르잔은 최소한의 치료마법으로 놈이 적어도 걸을 수 있게 만들어 주곤 아무 일도 없었던 것처럼 표표히 그 자리를 떴다.

거의 죽음에 이르렀던 몸이니, 회복하려면 몇 년이고 걸릴 것이다. 그런 계산을 하면서. 그 후로 그가 다시 도전해 오는 일은 없었기에 블러디나이트에 대한 기억은 차츰 저편으로 묻혀져 갔다.

……생각해 보니 그때 가한 모욕과 고문이나 다름없는 행위를 고려하자면, 블러디나이트의 현재 반응은 대단히 온건한 편이었다. 이 기회를 노려 이를 갈며 달려들어도 족하건만.

그 이후로 꽤 오랜 시간이 흐른 탓에 감정이 부스러졌다고 보기엔 그 세월이 초월자에게 그리 길지는 않았을 터였다.

그러고 보면 그때 정원에서 유독 검 끝이 날카로웠던 것은…… 역시 앙심이 남아 있었던 탓일까. 슈리아는 은근슬쩍 카르마인을 흘낏거렸다.

그가 제 정체를 알게 된 것은 결국 그것 때문이었으리라. 어쩐지 막무가내로 검을 들이밀더라니.

확실히 그 공격은 지나치게 갑작스러웠고 난데없었다. 의혹은 있을지언정 그에게는 확증할 만한 명확한 단서가 없었으므로.

아니, 없었었다. 슈리아가 그의 이름을 부르기 전까지는.

그래, 그는 분명…… 알고 있었으리라, 그 이름을 아마르잔 외에는 모를 것임을, 누구보다 확실하게.

왜냐하면 그의 입으로 그 단 한 번 외에 누설한 적 없는 비밀이므로. 아마르잔에게 토로했을 때조차 강제적인 상황에 힘입었음이니.

그 이름이 낯선 소녀의 입에서 발해졌을 때, 그의 의혹은 증폭되었을 터.

아마르잔이 그 이야기를 해 주었다고 하기엔, 제가 둘러댄 만남은 너무도 잠시였다. 블러디나이트의 이름 같은 건 생판 처음 보는 소녀와 간단한 화젯거리로 언급될 만한 사안도 아니었고, 무엇보다도 그는 슈리아가 힘을 행사하는 모습을 목격했다.

그 개개의 조각들이 날카로운 통찰로 한데 모여 소녀의 정체를 추측해 내기에 이른 것이 틀림없었다.

제 실수가 마음에 걸리긴 했으나, 슈리아는 카르마인이 관조 이상의 행동을 하지 않으리라는 확신을 얻었다. 물론 지켜보는 것 자체도 골치 아픈 일이긴 했지만, 몇 년이고 기약 없이 그러고 있지는 않으리라. 제 비밀만 발설하지 않는다면 그의 존재는 용인할 수 있었다.

그 후로 슈리아는 대공에게 모든 것을 맡기고 객의 위치로 물러났다. 그가 등장한 이상 제가 더 이상 블러디나이트와 귀족들 간에 다리를 놔줄 필요는 없었다.

무도회에 한 명의 초월자가 더 가세하자 루테인 후작부인은 이 영광을 달갑게 받아들이면서도 부담스러운 낯을 보였고 귀족들은 그 주위를 승냥이처럼 어슬렁거렸다.

그리고 이것으로 입지를 공고히 한 슈리아를 향한 시선들에 이전과 비할 바 없는 조심성이 담겼다. 황태자비로 유력한 것도 모자라 블러디나이트가 이름을 허락한 소녀, 심지어 아샤트리아 대공과도 친분이 있는 슈리아 아델트.

그 미약한 신분을 넘어서 슈리아는 이 무도회장에서 요주의 인물로 취급받고 있었다. 그러한 외부적 변천에도 불구하고 아름다운 드레스에 감싸여 걸음을 내딛는 슈리아는 여전히 갓 내린 눈꽃처럼 우아하고 기품 있는 귀족 영애였다.

소녀는 거만하게 굴거나 귀찮아하는 기색 없이 제게 말을 걸어오는 모두를 상냥하게 응대했다.

모여 앉아 기웃대던 친구들은 슈리아가 다가오자 달려들다시피 블러디나이트와의 관계를 캐물었다. 물론 개중 가장 적극적인 것은 데이지였다.

모호한 미소를 띤 슈리아는 자세한 사정을 얼버무렸다. 아마도 기밀이겠거니 하고 모두가 납득하는 가운데 데이지만이 불만스럽게 볼을 부풀렸지만, 그걸로 그날의 사태는 매듭지어졌다.

그러나 순탄하다는 말이 슈리아의 인생에 적용되는 데에는 역시 어려움이 따랐다.

일단 '카르마인 님, 카르마인 님!' 이라고 슈리아에게만 특권처럼 허용되었던 호칭을 경쟁적으로 되풀이하는 데이지가 일차적인 고난을 선사했다.

그녀는 슈리아 혼자만이 그 이름을 허락받았단 사실을 후에 전해 듣고 제가 별생각 없이 넘겼던 친구들의 손발 잘 맞는 방해 행각에 대단히 마음 상한 것 같았다.

"나도 말 나눠 보고 싶었는데! 우우, 치사하다, 슈리아 너 혼자만 이름도 허락받고!"

라는 요지의 항의를 만날 때마다 레퍼토리만 바꿔 가며 해 대는 데이지는 확실히 골치 아픈 존재였다.

다만 긍정적으로 보자면 종일 불만스러운 눈초리로 종알종알 떠들며 슈리아를 귀찮게 하긴 했지만 동시에 그녀는 그 사태를 가장 가감 없이 정직하게 받아들이는 사람이기도 했다.

슈리아 아델트에게 적대 세력들은 악의를 품고 데이지와는 다른 해석을 지어냈던 것이다.

— 허위의 살을 덧붙여서.

슈리아가 하찮게만 보았던 모리스 부인은, 그렇게 쫓겨난 이후로 순순히 물러날 만큼 근성 없는 악역이 아니었다.

그녀는 곧 다른 아군을 찾았고, 그 짐작 갈 만한 아군을 등에 업고 사교 행사에 드나들며 슈리아에 대한 악의적인 발언을 일삼았다.

그녀의 말속에서 슈리아는 제 미천한 출신을 가리기 위해 근간까지 우호적인 관계를 유지해 왔던 친척을 모른 척한 몰인정한 소녀로 탈

20

바꿈했고, 시녀 일을 명목으로 의도적으로 황태자에게 접근한 요녀로 까지 치달았다.

모리스 부인은 심지어 근래에 가장 사교계를 시끄럽게 한 소문을 거침없이 물 밖으로 꺼냈다.

그 소문이란 것이…… 생각하면 할수록 기가 차고 불쾌하다 못해 속이 들끓게 하는 아주 거슬리는 종류라는 것이 문제였다. 물론, 퍼질 법한 소문이라 생각하긴 했었다. 그것이 그냥 들어 넘길 만한 것이냐 의 여부를 떠나서.

그러나 염문설이라니? 그것도 하필, 상대가 카르마인이라.

더더욱 거슬리는 것은, 그 소문이 단순한 유언비어를 넘어서 시각 적 형태로 확실시되었던 기존의 황태자와 슈리아의 연인 관계에 더해 져 삼각관계 구도로 발전하기까지 했단 사실이다.

남들의 눈에 매력적인 귀족 영애로 비치는 것은 기꺼운 일이었지 만, 이런 방식으로, 이런 상대와 엮이는 것은 결코 원하지 않았다.

이야기 속에서 블러디나이트는 황태자의 눈에 든 소녀를 탐내는, 다소 불리한 입지의 새로운 구혼자쯤으로, 낭만적으로 미화되었다.

그에 의도치 않게 파생된 성과로 카르마인은 원래 그가 가지고 있 었던 파괴적이고 흉포한 이미지를 어느 정도 벗고 나름대로 개선된 평가를 받을 수 있었다.

그러나 그렇다 한들 가벼운 이야깃거리로 남의 입에 오르내리는 상 황이 그에게도 달가울 리 없다. 그건 소문의 당사자가 되는 양쪽 모두 마찬가지였다.

그 역시도 내키지 않겠지만, 슈리아는 새삼 카르마인을 살려 보냈 던 지난 과거를 흉험하게 되새기지 않을 수 없었다.

다행히 황태자를 겪으며 단련된 마음은, 표면화되지 않은 그 안에 서 어떤 어마어마한 천재지변이 일어났을지라도 곧 그럴싸한 평정을 되찾았다.

그 구도의 본질에 대한 고찰을 외면하다시피 하는 노력에 힘입어서.

아무리 낭설이 많은 사교계라지만, 그 괴이쩍은 삼각관계 소문은 우물물에 독약이라도 푼 듯이 빠르게 번졌다.

그 삼각의 한 축을 자그마치 지고한 황태자가 차지하고 있다는 것을 고려하자면 황족의 명예를 훼손할 만한 가십이 도가 지나치게 공공연히 회자되고 있음은 수상한 것이다. 그러니까 그건 소문을 의도적으로, 적극적으로 퍼뜨리는 배경이 그만큼 든든하다는 소리였다.

오를레앙 공작가, 이실로테 황녀, 아반튼 후작 영애 패거리, 스카나덴 소공작? 대충 추려 보자면 이 정도일까.

슈리아는 가늠해 보았다. 그들은 오를레앙 공녀라는 한 점을 두고 연결된 각각의 덩어리였다.

기실 황태자가 슈리아를 연인으로 둠으로 인해 가장 피해를 봤다고 할 수 있는 오를레앙 공녀가 상당히 얌전하단 것에 비해 저열하고 노골적인 술수였다.

그만큼이나 황태자비로서의 오를레앙 공녀의 입지는 견고한 것이었고, 그 완벽한 균형이 뒤흔들리기를 바라지 않은 자들이 많았던 것이리라.

여하간, 이러한 속사정과 맞물려 상당히 특수한 면면의 구성원들을 내포한 삼각관계는 사교계를 떠들썩하게 하기엔 딱 맞아떨어지는 주제였다.

유명인사의 곤경을 연극처럼 즐기는 마음으로 사교계의 귀족들은 부지런히 이 흥미로운 정보를 실어 날랐고 그 결과로 슈리아는 참석하는 사교 행사마다 미심쩍은 곁눈질과 저를 화두로 올려놓은 술렁거림을 감내해야만 했다.

그리고 그만큼이나 오랜 세월 갈고닦아 온 가면과 그를 유지하던 인내심에도 모진 시련이 닥쳤다.

입을 놀리는 거야 자유겠지만, 모리스 부인은 도대체 뭘 믿고 그러는 건지 알 수 없다.

몰락 귀족에 불과할 뿐인 그녀는 고작해야 하수인에 그칠 뿐, 결국 문제가 생기면 제일 먼저 내쳐지는 신세가 될 텐데.

그날 당한 망신에 뼛속 깊이 앙심을 품어서 그런 것이라면, 다음에는 그 이상의 망신보다도 더한 징죄를 가하리라고, 슈리아는 결심했다.

슈리아가 내적 고뇌에 시달리고 있는 와중에도 종종 카르마인은 소문에 신빙성을 더하듯 아샤트리아 대공과 무도회에 쌍으로 등장해서 슈리아를 지켜보곤 했다.

대공의 호의를 증명하는 양 매일같이 값비싼 예복으로 바꿔 입는 그는 장신의 키와 단련된 신체라는 좋은 요건에 힘입어 인기마저 얻고 있는 듯했다.

애초에 그에 대한 불길한 소문들이란 예사롭지 않은 외양적 특성에 기인한 바도 있었지만, 그가 워낙 사람들 틈에 모습을 보이지 않은 탓이기도 했다.

블러디나이트는 브리오니아뿐만 아니라 중부대륙 전역에서 거의 전설에 가까운 존재였던 것이다. 타 초월자와의 전투나 용병들의 이야기 속에서나 접할 수 있는 자였으니 전투적인 일면만이 전해졌음이 당연하리라.

풍문처럼 폭급한 성정도 아니고 분위기 있는 과묵함을 지닌 데다가 잘생기고 무엇보다 중부대륙에서 가장 강하다고 알려진 이 초월자는 몇 번의 등장만으로 까다로운 귀족 여인들의 마음을 사로잡는 데 성공했다.

화려한 예복은 전신에서 묻어나는 야성을 잠재워 길이 잘 든 맹수로 보이게 했고, 특유의 위압감은 여전했지만 그는 누군가를 과시하듯 짓밟는다거나 하는 일은 결코 행하지 않을, 진정 기사처럼 반듯한 자였다.

그가 가진 장점들을 혼인적령기의 귀족 여인들은 예리한 눈으로 포착해 냈고 그에 따라 이 핏빛 기사에게 추근거리는 용기 있는 이들도 꽤 늘어났다.

살점이 튀는 전장을 연상케 하는 선혈처럼 붉은 눈이며 머리는 여전히 꺼림칙하다지만, 카르마인의 장점은 그에 비하자면 하잘것없는 감상을 상쇄하고도 남을 만했다.

비록 그가 슈리아 아델트에게 구애하고 있단 소문이 사실일지라도 황태자의 연인인 소녀는 어차피 그를 선택하지 못할 것이다. 그러한 계산하에 실연당한 그를 낚아챌 만한 솜씨 좋은 사냥꾼이 되려는 요량은 새침 떠는 귀족 여인들에게서도 치열한 눈짓으로 한껏 드러났다.

그를 포섭할 의도를 한껏 가지고 있는 듯한 대공은 사태를 방관하고 있었고 카르마인은 습관처럼 배어 있는 무시로 고고하게 제 인기몰이 현상을 모른 척했다.

또한, 삼각관계에 대한 만연한 소문을 그 좋은 청각으로 틀림없이 들었을 것임에도 그리 개의치 않는 듯이 굴었다. 어차피 사실이 아니니 아무래도 상관없단 식이었다.

모든 일의 원흉인 그의 무심한 행세는 슈리아에게 폭력적인 발상을 불러일으켰다. 카르마인을 불러내 너덜너덜하게 만들어 주고 이전처럼 발로 걷어차고 싶다는 지극히 희망 어린 상상.

대공의 시선 때문에 그와의 개인적이고 솔직담백한 면담은 더 이상 어려웠지만 속내는 그러했다.

그러한 나날 속에서 데이지는 블러디나이트에게 다시 인사를 건네는 것에 성공하긴 했지만, 그녀의 경망스러운 행동거지에 대해 소상히 보고받은 대부인의 감시 때문에 그 이상 접근할 수 없는 처지가 되어 발을 동동 굴렀다. 피곤함을 배가시키던 그녀의 관심을 카르마인에게 돌리고 싶었던 슈리아에게는 절묘한 시점에서 일어난 방해였다.

그런 걸 보면 그도 참 운수가 좋다고 해야 할까. 저만 빼고 모두가 행운을 타고난 것 같다는 피해망상증적인 생각마저 들었다.

물론 좋은 일과 나쁜 일은 함께 온다고, 슈리아 본인은 일련의 사태로 정신적으로 심각하게 타격받았지만 다른 쪽에서는 바람직한 상황도 초래되었다.

— 특히나 세일린에게 있어서.

친딸처럼 키운 공작부인의 조카가 황태자비가 될지도 모른다는 소문은 꼿꼿하게 굴던 위켄하이저 공작가의 구성원들이 태도를 바꿀 만한 요인이었다.

세일린은 차기 황태자비이자 황후가 될 소녀의 친모나 다름없는 존재인 것이다. 그것이 의미하는 바는 위켄하이저의 보다 드높아질 위상과 영향력이었다.

위켄하이저 공작가는 명문이었지만, 뒤늦게 황태자의 그늘에 들었던 터라 가문의 명성에 비하자면 사실상 당파 내 발언권이 크지 않았다.

게다가 새로운 가주가 된 위켄하이저 공작은 뛰어난 마법사라 나름의 입지가 있다고 한들 정치적이거나 사교적이지는 못한 인물이었고 그를 뒷받침해 주어야 할 안주인에는 자격이 턱없이 미달하는 여인이 올라앉았다.

그런데 가문에 하등 이득 될 것 없다 여겼던, 심지어 미망인이라 마땅찮기만 했던 새 공작부인이 놀랍게도 누구보다 값진 지참금을 가문에 선사한 것이다.

그저 덤으로 딸려 온 것이라 여겼던, 비싸게 팔아먹을 수 있는 외모와 시그오닐 대공녀와의 친분 정도가 봐줄 만했던 소녀는 자그마치 황태자의 연인이었다. 그리하여 소녀는 위켄하이저와 황실과의 연결을 공고히 할 수단으로서의 가치를 가졌고 그만큼 양육자인 세일린의 입지는 강해졌다.

공작부인이라 하여 겉으로만 외경하던 태도는 말끔히 바뀌어 위켄하이저의 구성원들은 더 이상 세일린의 명에 못마땅한 내색을 하지 않았다. 시중인들도 바뀐 정세를 기민하게 습득하여 입안의 혀처럼 굴었고, 세일린이 살피는 가문 안살림은 윤활유를 들이부은 양 매끈하게 돌아갔다.

얼마 전에 세일린과 주도권 다툼을 했던 노부인도 권력 축이 기울었음을 감지한 듯 다시 요양이란 핑계를 대고 저택을 떠났다.

임신한 몸이라 잠깐씩만 참석하곤 했던 사교 행사에서도 귀족들의 태도는 확연히 달라졌다.

정중하되 간혹 있을 법한 신분상승을 겪은 재수 좋은 귀족 여인이라 은연중에 얕봤던 기색은 씻은 듯이 사라지고 하나같이 세일린에게 공작부인 소리를 해 대며 조금이라도 친분을 쌓으려 애썼다.

갑작스레 등장해 자신들보다 높은 지위에 올라앉은 위켄하이저 공작부인을 좀처럼 용납하기 어려웠던, 제도에서 나고 자란 사교계의 주류 귀부인들도 예외는 아니었다. 도도하던 그들은 금세 돌변해 세일린에게 격에 맞는 친구를 사귀어야 한다고 은근히 언급하며 살갑게 굴었고, 공작저에는 태교를 위한 갖가지 선물들이 쏟아져 들어왔다.

오래도록 영주로서 핀테른을 다스리며 지배적 위치의 귀족다운 품위를 체득한 세일린은 그 모든 상황을 부드럽게 받아넘기며 익숙해져 갔다.

아무리 좋은 상황이 주어져도 그를 소화해 낼 능력이 없으면 무용한 것이나 그만한 그릇을 가지고 있는 세일린은 그녀가 맞은 이로운 상황들을 순조롭게 제 것으로 받아들여 갔다.

슈리아는 본인이 고난을 겪고 있다고 해서 세일린에게 다가온 긍정적 요인들까지 부정적으로 바라보지는 않았지만, 그녀가 염려 어린 낯으로 자꾸만 정표 운운하며 쪼아 대는 것은 참아 주기 어려웠다.

슈리아는 '가을이 지나기 전에'라고 강조해서 말하는 것으로 가까스로 세일린을 납득시켰다.

이러한 일들로 근래 부쩍 이를 악무는 일이 많아진 슈리아는, 이 역한 소문들을 해소하는 데에는 역시 그가 필요하단 것을 절절히 실감하고 있었다.

― 황태자.

고통 분담 차원이나, 너도 한번 당해 보라는 못된 심보 탓이 아니라 실제로 황태자의 등장은 뒤에서 실컷 떠들던 입도 풀로 붙인 양 딱 다물게 하는 효과가 있으리라.

생긴 것답지 않게 평화적인 반응을 보이는 블러디나이트야 그렇다쳐도 간이 배 밖에 나오지 않은 이상 황태자를 앞에 두고 불경한 소문들을 지껄이지는 못할 것이다.

황태자는 감히 저를 입에 올리는 자의 혀를 그 자리에서 도려내고도 남을 잔혹한 군신으로 비치고 있었고, 그 행위는 황족모독죄라는 제국법하에서 정당성을 가졌다.

오를레앙 세력의 뒷받침과 더불어 그가 제도를 비우고 있음에 모두가 마음껏 입을 놀리고 있는 감도 없잖아 있었다.

슈리아는 블러디나이트와 엮여서 삼각구도로 소문나느니 덜 지저분하게 황태자하고만 깊고 견고한 연인 관계로 여겨지는 편이 차라리 낫다고 생각했다.

그 이전에, 루이스 클라인의 고백에도 이해 불가능할 정도의 분노를 표출했던 황태자가 삼각관계 소문에 어떻게 나올지가 문제였지만.

황태자의 정보망을 생각했을 때, 그리고 간혹 무도회장에서 의미심장한 눈길을 던지던 키라트 자작을 생각했을 때 이미 그에게 모든 사실이 전해졌으리라는 점은 의심의 여지가 없었다.

다만 그가 어떤 식으로 반응할 것이냐는, 퍽 예측하기 어려웠다.

슈리아는 흡사 세상이 멸망하길 바라는 절망에 잠긴 것과 엇비슷하게 태풍이 밀어닥치기를 기다리는 심정이 되었다. 그건 비록 아주 요란한 일이 될 것이나 그 후로는 세상을 물로 씻어 낸 양 깨끗하게 조용해질 것이다.

실제로 황태자가 누구 하나쯤 베어 버리는, 그런 무도한 일조차도 원하는 바였다.

"……카르마인과 싸우기는 아직 이르지."

슈리아는 짐짓 뇌까렸다. 블러디나이트와 황태자를 허상의 공간에 세워 놓고 제가 재어 본 각자의 실력에 상상력을 덧대어 펼쳐 낸 가상의 전투는, 어김없이 한쪽의 일방적인 패배로 종결을 맞았다.

사소한 즐거움도 누릴 수 없었던 공상의 끄트머리에서 슈리아는 눈살을 찌푸렸다.

최근 들어 카르마인에 대한 악감정이 극에 치달은 모양이다. 황태자의 패배가 달갑지 않게 여겨지는 건 순전히 승리를 거두는 쪽이 블러디나이트인 탓이리라.

헛된 상념을 거두어 낸 슈리아는 좀 더 생산적인 일에 몰두하려 제 손 아래 반듯이 놓인 종잇장을 내려다보았다.

연푸른빛을 띤 내지는 고급스러웠고 담쟁이덩굴 같은 금빛 외곽선 안에 선명한 검은 글씨가 빼곡히 박혀 있었다. 공작저로 쏟아져 드는 잡다한 종잇장들은 대개 휘휘 넘겨 본 후 버렸지만 이건 그럴 수 없는 종류였다.

시그오닐 대공저의 무도회 초청장.

무도회를 주최하자고 대부인을 졸라 보겠다던 데이지는 결국 성공을 거둔 듯싶었다.

예상했던 바라 새삼 놀랄 일도 없었다. 고집 센 데이지는 자신의 소망을 이루는 데 어지간하면 성공하곤 하니까.

어느덧 펜을 쥔 손이 참석 의사를 성의 없이 써 내려가고 있었다. 슈리아의 성의 없음은 미진함과 동의어가 아니었고, 세심하다는 말과거리가 먼 데이지는 한껏 공들여 쓴 편지와 그렇지 않은 것을 구분해 내지 못하리라.

깃펜을 손가락으로 건 듯 쥐고 이어 몇 개의 편지에 답하는 것으로 구름처럼 또 하루가 흘러갔다.

❋

슈리아는 늘 인형처럼 무표정하던 전속 하녀 제니가 뺨을 발갛게 물들이고 제 머리카락을 빗어 내리는 모습을 눈여겨보았다.

대대로 공작가에서 일해 와 가문 내 권력 관계에 민감하게 굴던 이 소녀는 요즘 부쩍 생기 있는 눈으로 성의껏 시중들고 있었다. 저를 따라 황궁에 입성해서 황태자비를 섬기게 되는, 그런 장밋빛 꿈도 꾸어 보는 낯이다. 그 정도는 어린 하녀의 소소한 야망으로 보아 줄 수 있으리라.

로이엄 백작가의 켈리처럼 살갑게 재잘거리지 않는 소녀의 조용함이 꽤 마음에 들었던 터였다.

장식 핀으로 윗머리를 고정시키고 최근 사교계 유행에 맞춰 옆머리를 공들여 땋아 내리는 꼼꼼한 손길에서는 정성이 묻어났다. 그러면서도 기다리는 손님을 의식하여 제니는 손끝을 재게 놀렸다.

기다리는 손님이라. 거기에 다시 의식이 닿자 느슨하게 풀어져 있던 눈꺼풀에 힘이 실렸다.

전쟁을 치르러 갔던 것도 아닌 황태자가 승전고를 울리면서 꽃잎과 폭죽 세례를 받으며 위풍당당하게 제도에 돌아오는 것을 기대하진 않았다.

그러나 이럴 줄은 또 몰랐다.

유예기간의 종결을 알리듯, 황태자는 오늘 느닷없이 위켄하이저 공작 저택을 방문했다. 지난번 혼인식에 참석한 이후로 처음 있는 일이었다.

격조를 중시하는 공작저의 사람들은 순식간에 바빠진 터였다. 그들은 절차를 무시하고 들이닥친 귀빈에게 모자람 없는 대우를 위해 필요한 모든 것을 짜내느라 바짝 긴장해서 오갔다.

그때까지만 해도 느긋이 향욕을 즐기고 슈미즈만 걸친 채로 나른하게 늘어져 있던 슈리아는 느긋하게 저녁 무도회에 갈 준비를 마치기로 마음먹고 있었다. 그런데 그 평화로운 시간을 방해하다니. 유유함을 팽개치고 박차를 가해야 하는 상황이 달가울 리 없다.

창 너머로 화려한 마차 하나가 심상찮은 따각거림으로 저택에 멈추어 선 뒤, 잇따른 소란으로 손님의 정체에 언뜻 가닥이 닿긴 했었다.

곧 문이 열리고 상기된 얼굴로 나타난 세일린이 준비를 서두르라 일렀을 때 슈리아는 가만히 고개를 끄덕였다.

이따금 무르익은 과실처럼 유연하고 상냥하긴 했지만 늘 서늘한 기품이 흐르던 세일린에게 흥분이 드러나는 일은 흔치 않았다. 공작부인이 되고 나선 고고하게 품위를 지켰기에 특히 그러했다.

그리고 일전에 세일린이 그와 비슷한 표정을 보였던 때를 슈리아는 분명 기억하고 있었다.

방문자의 정체를 지름길을 따라가듯 바로 유추해 낸 소녀는 세일린을 물리친 뒤 부지런 떠는 제니에게 몸을 맡기며 생각에 잠겼다.

갑자기 말 위에 태워 놓고 달리라 하는 것과 흡사한 상황에도 고아한 낯은 여전했지만, 속내는 그리 편하지 않았다.

슈리아는 예에 어긋나지 않는 범주에서 그를 최대한 기다리게 할 수 있을 만한 시간을 가늠해 보았다. 마음의 준비가 필요해서가 아니었다. 야습과 유사한 예고 없는 방문이 환영받을 수 없단 걸 황태자는 알아야만 했다.

제니의 솜씨는 황궁의 시녀들만큼이나 좋아서, 무르고 보드라운 꽃들을 엮은 리본 장식도 거의 완전한 형태로 옆머리 위쪽에 매어졌다.

섬세한 작업을 성공리에 완수해 낸 제니가 이리저리 매무새를 살핀 뒤 재촉하듯 고했다.

"준비가 다 되셨어요."

슈리아는 들은 척도 않고 까다로운 귀족 아가씨처럼 흠잡는 눈초리로 거울 속의 자신을 들여다보았다. 고갯짓할 때마다 실바람이 닿은 양 머리 위에 올라앉은 꽃장식이 은은하게 흔들렸다.

흡사 몽롱한 월색이 깃드는 꽃나무 그늘에 앉아 은백색 꽃잎이 한 점 한 점 떨어져 내리는 정경을 감상하고 있음이라.

향욕을 한 덕에 온몸에선 푹 익은 과실주처럼 달콤하게 녹아드는 향내가 풍겼다.

어딜 봐도 지적할 거리가 없어 슈리아는 흡족하게 말문을 삼켰다. 굼뜨게 엉덩이를 붙이고 앉아 조금쯤 시간을 끌어 보고 있는데, 문이 벌컥 열렸다.

제니가 눈을 휘둥그레 뜨며 고개를 폭 숙이기 무섭게 어깨에 무게감이 가해졌다.

"오랜만이야."

바로 귓전을 파고드는 음성은 예나 지금이나 권위 있게 울렸다. 둥근 어깨선을 새기듯이 누르는 손마디를 느끼며 슈리아는 나긋하게 눈을 내리깔았다.

왜 이리 오래 걸리느냐고 재촉하는 대신, 직접 걸음한 것이리라. 그건 정말로 그다웠다.

예에 걸맞지 않다는 지적은 접어 두고, 슈리아는 거울 속의 그를 응시하며 자못 새침하게 말했다. 책망을 담아.

"오랜만이니 완벽한 모습을 보여 드리고 싶었어요."

"그대는 늘 아름다우니, 신경 쓸 것 없어."

찬찬히 속삭이며 몸을 숙여 오는 황태자의 눈동자는 평소처럼 예리한 빛을 띠는 대신, 이슥한 밤의 우물처럼 깊게 고여 있었다.

내려오던 얼굴의 높이가 귓가에 딱 이른 순간, 슈리아에게만 들리도록 절제된 크기로 밀어가 속삭여졌다.

"날 자극하지 마. 오늘은…… 기분이 좋지 않으니."

밀도 높은 안개가 드리우는 양 스산한 공기가 감돌았다.

친근하게 굴던 지난 만남을 지우듯 위압감 어린 기색을 고스란히 내보이는 것에는, 굳이 설명하지 않아도 다른 이유를 붙이기 어려웠다. 기분이 좋지 않을 무수한 원인 중에서, 제게 특히 경고하는 까닭은 이미 짐작한 그것이리라.

잇따르는 발소리에 등을 곧추세운 그는 느릿한 손길로 쇄골 옆에 드러난 살갗을 쓸었다.

오소소 소름이 돋은 슈리아가 자리를 박차고 일어서자 그는 기다렸다는 듯이 허리를 둘러 안아 왔다.

"……어머, 전하. 조금만 기다려 주셨으면 좋았을 텐데요."

아무리 황태자라지만 함부로 귀족가의 내실에 침입한 행동은 분명 지탄받을 만한 것이다.

한껏 날을 세워 쏘아붙여야 할 세일린의 목소리에는 정작 힘이 빠져 있었다. 눈에 들어온 광경이 그녀를 망설이게 했던 것이다.

조카딸과 황태자의 다정스러운 구도는 어쩐지 보는 이의 뺨을 달아오르게 하는 구석이 있었다.

황태자의 팔이 벌을 주듯 허리를 한 번 꽉 죄고 떨어져 나가 다시 반듯하게 내려졌다. 슈리아가 돌아서는 동시에 그는 나직이 말했다.

"차마 기다리질 못하겠더군요. 이해해 주시기를…… 공작부인."

열기를 실어 나르듯 무겁게 흘러드는 음성은 묘하게 압박적이었다. 지고한 황태자의 깍듯한 공대는 사이에 깊은 강을 둔 양 거리를 멀리하여 들려왔다.

그 탓에 장모라기보단 귀빈을 맞는 주인의 위치를 되새기게 된 세일린은 입술을 달싹이며 날숨을 섞어 말했다.

"그러면…… 자리를 옮기시지요. 여긴, 장소가 마땅치 않군요."

곤혹스럽게 이맛살을 찌푸린 그녀는 슈리아에게 슬며시 눈짓했다.

그러면서도 잠시 위로 솟았던 그녀의 입꼬리에선 조카를 향한 황태자의 열렬한 애정을 마음에 들어하는 기색이 엿보였다.

황태자에게 손을 붙들려 함께 그녀의 등 뒤를 따르며 슈리아는 아주 잠시, 못마땅하게 입술을 비틀었다.

짧고 간결하게, 황족다운 언사로 세일린에게 근사한 연인의 이미지를 심어 준 황태자는 확실히 정치적인 데에 감각이 있어 보였다.

쓸데없이 재능도 많다고 슈리아는 속으로 불만스레 되뇌었다.

같은 시그오닐의 핏줄인 데이지에게는 왜 그런 면모가 없는 건지. 황제조차 농락한 황태자의 모후를 떠올려 보았을 때, 데이지가 혈통이 내려오는 과정에서 드물게 출몰하는 열등한 존재임은 의심의 여지가 없어 보였다. 마법사적인 품성을 따져도 그러하듯이 말이다.

의례적이고 격식을 갖춘 잠시의 티타임 후에 슈리아는 예정보다 이르게 마차에 올라타게 되었다. 간만에 제도의 정취를 만끽해 보고 싶다고, 황태자가 출발을 서두른 탓이다.

어쨌든 그는 슈리아가 길거리를 돌아다니는 것을 싫어한단 사실만큼은 유념해 둔 것 같았다. 어차피 무도회에 가야 하니까 옷을 더럽혀서도 안 되는 상황이긴 했지만.

함께 대공저로 향하기로 했던 세일린이 자연스럽게 빠졌으므로 슈리아는 황태자와 단둘이 마차 안에서 마주 앉게 되었다.

각종 마법이 걸린 고급 마차가 거의 진동 없이 매끄럽게 나아가는 가운데, 슈리아는 흥미 있는 척 미간을 좁히며 유리창 너머를 유심히 내다보았다.

순전히 간지러운 분위기의 조성을 피하고자 하는 의도로.

그리 오래 떠나 있지도 않으면서 제도의 정취는 무슨. 누가 보면 변경에서 몇 년이고 전투를 치르다 온 줄 알 것이다. 슈리아는 일침을 가하고픈 마음을 꾹 내리눌렀다.

더군다나 그가 보고자 하는 풍경이 마차 밖에 있지 않음은 자명했다. 다른 의도를 확신케 할 만큼 짙은 운무가 내린 두 눈이 맞은편에 앉은 슈리아에게 어긋남 없이 일직선으로 고정되어 있었다. 흡사 도취한 듯하다.

온 신경을 기울이는 양 한색을 띤 시선에서 흘러나온 열기가 푸른 불길처럼 뺨을 휩싸 오는 것이 느껴진다. 오늘따라 특별히 생화로 머리를 장식했던 터이니 제게서 화원이라도 보나 싶었다.

이대로 침묵을 유지할 수만 있다면 그깟 눈길쯤은 허용할 요량으로 계속 시치미를 떼고 있던 어느 순간, 마차가 덜컹 흔들렸다.

어딘가 굴곡이 졌었나 보다. 잠깐이지만 고요하게 한길로 흐르던 긴장감이 사방에 줄기를 뻗듯 흐트러졌다.

균형을 잡으려고 저도 모르게 허공으로 올랐던 손이 다시금 제자리를 되찾기도 전에, 더럭 붙잡아 오는 손길이 있었다. 팔목을 움켜쥔 힘은 꽤 세었고 살짝 통증을 느낀 슈리아는 호칭에 신경 쓰며 입을 열었다.

"렌, 아파요."

그 말이 떨어지기 무섭게, 슬쩍 힘이 빠져나가는가 싶더니 다시 죄어 온 손길은 탄력 있게 소녀를 끌어당겼다. 스피릿이라도 실었는지 아니면 검사답게 힘의 묘리라도 이용했는지 슈리아는 날아가는 듯이 맞은편으로 안착했다.

그런데 그 자리가…….

"이대로 있어."

묵직하게 떨어져 내리듯 힘이 실린 명령조였다. 황태자는 약하게 움찔거리며 떨어져 나가려는 소녀를 팔로 감싸며 무게를 실어 끌어안았다.

졸지에 그의 무릎에 앉아 가슴팍에 머리를 기대게 된 슈리아는 숨을 고르려 애썼다.

급작스럽게 해일이 덮쳐 견고한 둑을 허물어뜨린 양 일순 이성이 무너져 내렸다. 평소에 느끼던 옅은 불쾌감 정도가 아니라, 피가 얼어붙는 치달음이 잠시나마 호흡을 조였다. 어린아이라도 된 듯한 자세라서일까. 치욕감이 속에서 확 끓어올랐다.

"이런 건 조금……."

슈리아는 비이성적으로 격한 감정이 묻어 나올까 싶어 말문을 흐렸고, 그건 수줍은 거절과 유사하게 들렸다. 그리고 비슷하다 하여 제게 달가운 쪽으로 해석할 만큼 녹록지 않은 황태자는 가만히 소녀의 뺨에 입을 맞추었다.

심장이 간지러웠다. 더 이상 참아 줄 수가 없어 눈썹을 치켜 올리자 등 뒤를 받치는 팔이 더 죄어들어 몸의 각도는 안쪽으로 기울어졌다.

그리하여 한 뼘만 한 거리를 두고 마주하게 된 황태자는 테두리가 선명한 두 개의 원으로 소녀의 눈동자에 드러난 격동을 샅샅이 읽어 냈다.

얇은 칼날로 그어 내는 듯이 예리한 주시였다. 낮고, 차가운 웃음이 얼핏 들리는가 싶더니 곧 시야가 막막해졌다. 너무도 가까운 위치에 고스란히 그가 담겼기 때문에.

저도 모르게 이를 악물고 있었던 탓일까, 부드럽게 맛보며 쓸어 오던 입술에 힘이 실렸다.

검지로 턱을 꾹 누르자 손쉽게 열린 입술 너머로 황태자는 거침없이 파고들었다. 그리고 꽤 오랜 시간, 사납게 휘저으며 지친 슈리아가 몸을 느슨하게 늘어트릴 때까지 지속되었다.

좀, 그만하지.

그런 마음을 제어를 포기하고 낯에 역력히 드러낼 즈음에 황태자는 자신을 분리해 냈다.

불현듯 생화 장식에 생각이 닿은 슈리아는 표정을 지워 내며 머리를 조심스레 어루만졌다. 안 그래도 사소한 것조차 흠잡으려는 이들이 수두룩한데 흐트러진 꼴을 하고 무도회장에 입장하는 것은 스스로 용납할 수 없었다.

꽃잎이 떨어지거나 눌려서 엉망이 된 것 같진 않았으나 손끝의 감각만으로 가늠하긴 어려웠다. 슈리아는 여운이 채 가시기도 전에 조급하게 쏘아붙였다.

"거울을 봐야겠어요."

그 말에 답하는 소리는 없었다.

슈리아의 말 따윈 사고의 윤곽만을 피상적으로 스치고 간 것처럼, 성을 내거나 놓아주거나 하는 반응을 보일 법도 한데 황태자는 둘 중 어느 쪽도 택하지 않았다.

무언가에 몹시 마음을 빼앗긴 눈으로 그는 소녀의 뺨을 쓸었다. 그러나 황태자가 온전히 몰두하고 있는 것은 눈앞의 슈리아가 아닌, 그 안에 도사리고 있는 어떤 상념이었다.

아예 듣질 않고 있는 태도에 슈리아는 재촉하듯 고개를 기울였다. 그러다 가만히 그의 눈을 들여다보게 되었다.

푸르스름한 살얼음이 깔린 원형의 테두리는 이미 그 안에 혼연한 청광을 품고 있어 한 점의 빛도 투과할 수 없을 것 같았다. 그 안에 어떤 소용돌이가 일건 투명한 막의 피질에서는 무기질적인 광채만이 이룽거렸다. 겉으로 보기엔 무슨 생각을 하고 있는지 모를 눈이었다.

그러나 오늘 이 행동의 이유는 명료했기에 구태여 읽어 내려 들 필요는 없었다.

순전히 감흥에 이끌려 유리알처럼 맑은 두 개의 반구를 유심히 바라보던 슈리아는 곧 어떤 사실을 알아차렸다. 거기에 맺힌 상은 제법 선명했다. 거울처럼 좌우대칭이 반대로 된 제 모습이 오롯이 담아져 있었다.

……놓아주지 않는다면 그를 대용품으로 여겨도 괜찮으리라.

지극히 마법사답게 실용적인 발안에 생각이 닿은 슈리아는 실천에 옮겼다.

제 옆머리의 꽃장식을 비춰 보며 곁눈질하는 소녀의 수상한 행동에 황태자의 초월자다운 집중력도 흐트러졌다. 졸지에 살아 있는 거울 취급을 당한 그는 이윽고 입을 떼었다.

"……뭐 하는 거지."

옅은 한숨과 함께 어깨를 감싸 오는 손마디는 길고 단단했다. 다행히 별 이상은 없어 보인다. 결론지은 슈리아는 황태자에게 조근조근 충고했다.

"우리는 지금 무도회장으로 가고 있어요. 차림새가 엉망이 되면 곤란해요."

올바른 지적에 황태자는 속 깊은 곳까지 얼어붙을 듯한 차가운 시선을 던졌다.

"내가 왜 이러는지는, 중요하지 않나."

"제겐 마음을 읽는 재주가 없어요."

짐작은 갔지만 소녀는 모른 척 도도하게 턱을 세웠다. 벌이라도 주는 것처럼 얕은 입맞춤이 쪼는 듯이 입술에 닿았다가 떨어졌다.

그러나 멀어지지는 않았다.

여전히 숨결이 닿을 만큼 가까운 곳에서, 입술의 달싹임을 고스란히 전하듯 황태자가 나직이 속삭였다.

"블러디나이트가 그대에게 이름을 허락했다지."

무표정에 가까운 낯이었지만 그 스며드는 듯한 음성은 어딘지 위협적이었다. 삼엄한 밤이 찾아온 양 긴장감이 엄습했다.

이제까지 줄곧 하고 싶었던 말은, 그것이었으리라. 슈리아는 흔들림 없이 설명했다.

"제게만 허락된 일은 아니에요. 데이지도 그분을 본명으로 부르는 걸요."

실제로 데이지는 블러디나이트에게 몸을 배배 꼬며 '헤헤, 카르마인 님? 저도 이렇게 불러도 되죠!' 라고 물었었다.

그는 응답하지 않았으나 데이지에게 침묵은 곧 무엇보다도 확실한 긍정이었다. 그녀는 싫으면 싫다고 확실히 말하는 주의였고 제 경우를 예외 없이 남에게 적용하는 단순한 사고를 하곤 하니까.

"첫 시작은 그대였지. 블러디나이트의 이름을 세상이 보는 앞에서 말한 건."

"……의도한 바는 아니었어요. 그런 의미인 줄 몰랐는걸요."

안 그래도 이런 사태를 초래한 것을 떠나서, 쥐새끼처럼 본명을 감추고 있음은 실로 지적해 주고 싶은 바였다. 초월자씩이나 되어서 무엇이 그리 비싼 이름이라고 그간 꽁꽁 감추어 두었던 말인가.

"내 이름, 그대 말고는 부르는 이가 없어. 그에게도…… 같은 의미였다면?"

그의 말은 낮게 깔리다 못해 심해로 침잠하는 것처럼 느껴질 지경이었다. 모든 속내는 깊게 가라앉았지만, 경계심만큼은 유리 가루처럼 예리하게 묻어 나왔다.

그깟 소문에 휘둘리다니. 슈리아는 고개를 저으며 그를 또렷하게 응시했다. 초월자인 블러디나이트가 이 까마득히 어린 소녀에게 마음이 사로잡혔다고, 그러한 가능성을 염두에 두다니.

"그럴 리 없어요."

"내가 그대에게 고백하기 이전에는 내 경우에도 같은 말을 하지 않았겠어?"

"……그건 달라요."

"다르지 않아."

딱 잘라 말한 황태자는 경고하듯 슈리아의 어깨를 힘주어 쥐었다. 소녀의 낯에 작은 움직임이 일었다. 그와 카르마인이 다를 수밖에 없는 구체적인 이유를 들이밀며 반박하고 싶은 나머지 입이 달싹거린다.

카르마인은 슈리아가 진정 누구인지 알았다. 그에게 슈리아와 아마르잔의 이름은 동의어이니 그가 저에게 연정을 품는다는 건 있을 수 없는, 어처구니없는 말이다.

물론 소리는 이성과 인내의 철사를 얽어 만들어진 견고한 그물망에 걸려 턱밑을 넘지 못했다. 슈리아는 한 차례 숨을 삼켜 낸 뒤 다른 소리를 속삭였다.

"블러디나이트는 백오십 년 이상을 살아온 초월자예요. 새삼 누군가를 마음에 담기에는……."

오래 살았다, 내지는 직설적으로 늙었다고 말하려던 슈리아는 이백 년 넘게 살아온 아마르잔이 떠오르자 뒷말을 흐렸다. 황태자는 감정을 배제한 어조로, 단지 사실만을 일러 주듯이 서술했다.

"그는 이제까지 그대를 만난 적이 없었어."

"……."

"누구라도 그대를 발견하고, 지켜보고, 그대가 특별하단 걸 알게 된다면. 마음을 빼앗기지 않고는 배길 수 없겠지."

찬찬히 펼쳐 낸 그 논리에, 말문이 턱 막혔다. 모든 생각이 허물어지듯 가슴 안쪽에 무겁게 고여, 어떤 주장도 언어로 표해지지 못했다.

눈에 뭐가 씐 것 같다고 생각하긴 했지만……. 이 정도였던가. 급작스레 속이 거북해진다. 흔히들 사랑에 빠지면 객관적인 사고를 하기가 어렵다지만, 그만큼이나 눈이 멀었나.

지독히 자제심 있게 굴던 황태자에게도 특유의 증상은 어김없이 나타나고 있는 것으로 보였다. 황태자에게 슈리아는 한 번 시선을 주면 반드시 반해 버릴, 형언할 수 없는 매력을 가진 마성의 소녀였다. 실제로 거짓을 말하지 않는 그였으니 진정 그리 생각함이다.

심지어 그의 눈에 슈리아는 정말 천사로 보일지도 몰랐다. 까마득한 확신을 품은 눈으로 황태자는 첨언했다.

"그대는 자신이 어떤지 몰라. 자신을 과소평가하면서 그럴 일 없을 거라고 경계심 없이 굴지."

아무리 생각해도 그가 과대평가하는 것 같지만.

스스로도 그렇게 슈리아에게 마음을 빼앗긴 황태자의 토로는 설득력이 있었다.

정말 그런가?

잠깐 솔깃해서 정신이 산란해지자 슈리아는 사고를 추슬렀다. 종종 제 지독한 미모에 대해서 도취적인 가정을 하긴 했지만, 그래도 이건 아니었다.

"그게 사실이라고 해도 저는 거절할 거고, 제 마음이 그대로라면…… 염려하실 일은 없잖아요."

"그렇겠지. 그대에겐 내가 가장 나은 선택지일 테니까."

지난번 대화와 동어반복적으로 되풀이되는 발언에 슈리아는 공세로 전환하기로 마음먹었다.

"렌이 없는 동안 전 내내 구설에 시달렸어요. 혼자서요. 가는 곳마다 모두가 뒤에서 수군거렸고 전 사교 행사마다 안줏거리가 되어야 했지요."

"그대가 자처한 거였지 않나. 애초에 조심성 있게 굴었으면 좋았잖아."

블러디나이트의 이름을 부른 게 못내 거슬리는 듯, 황태자가 냉정한 투로 거듭 언급했다.

"……그래서, 제가 자처했으니 이 모든 문제는 저 홀로 감당하라는 말씀이신가요?"

원론적인 지적에 반문은 자못 사납게 나왔다. 마음에서 절절히 우러나오는 짜증을 슈리아는 기꺼이 언어로 실어 날랐다.

"그렇게 따지자면 이 모든 일의 원인은…… 렌이 절 원한 거겠죠."

"아니, 그대가 내 앞에 나타난 것 자체가 그렇겠지."

"앞에 나타난다고 다 반하는 건 아니에요. 그리고 지금 사태의 인과 관계를 그렇게 말씀하시는 건 옳지 않아요. 전하께서 절 원하셨기에 제가 사교계에서 미운털이 박혔고……."

호흡을 고른 슈리아는 싸늘한 눈빛을 내쏘았다.

"……그 때문에 사소한 것도 흠잡히며 세간의 입에 오르내리게 되었던 거죠."

그간 있었던 일에 대해 소상히 전해 들었는지 황태자는 조소하듯 입매를 끌어 올렸다.

"사소하다고 말하기엔 그대의 실수도 적지 않아. 그대가 그대의 친척을 공공연하게 망신 주지 않았다면 어땠을까."

한 치도 물러나지 않을 기세가 슈리아의 것과 맞부딪쳐 첨예한 분위기를 조성했다. 짜증이 솟구친 슈리아는 가까스로 절제된 반박을 꺼내어 놓았다.

"전 경솔하지 않았고, 그럴 만한 상대였어요."

"경솔하지 않다고? 술에 취해서 남자 앞에서 잠들어 버린 그대가."

궤도를 벗어난 비난에 슈리아는 이를 악물었다. 목이 꼿꼿이 굳어지고 눈빛이 배제를 담고 단단해졌다. 은연중에 자제하고 있던 무례한 투가 거침없이 입 밖으로 내뱉어졌다.

"도저히 들어 줄 수가 없군요. 더 이상 말하지 않겠어요."

슈리아는 몸을 가로막는 그의 손길을 피해 무릎을 타고 내려 옆에 비껴 앉았다. 그리고 고개를 옆으로 홱 돌려 버렸다.

창밖을 넘겨보는 시선은 향한 곳이 얼어붙을 듯이 차디찼다. 서리가 내린 양 한기가 주위를 잠식했다. 속이 뜨거워지고 주먹이 꽉 힘주어 다물린다.

도대체 이런 말장난 따위! 하등 도움도 되지 않으면서 치졸하게 지난 일을 물고 늘어지다니.

"……이쪽을 봐."

확연히 부드러워진 기운을 띤 권고가 귓가를 울림에도 슈리아는 들은 척하지 않았다. 그러나 등 뒤에서 떨림이 전해졌을 때는 눈꼬리가 저절로 위로 치솟았다.

웃어, 지금?

속이 쥐어짜듯 비틀렸다. 슈리아는 이제는 습관이 된 심호흡으로 분노를 간신히 삭였다. 가만히 허리를 끌어안는 손길과 함께 웃음기가 섞인 소리가 나른하게 들려왔다.

"오늘의 그대는 천사가 아니라 사람 같군."

조금 전의 언쟁이 무척 마음에 드는 양 그 음성에는 흡족한 기색이 물씬 배어 있었다. 저조했던 기분이 완전히 가신 듯 그는 다정스레 소녀의 옆머리에 입술을 가져다 붙였다.

그와는 반대로 기분이 현격하게 나빠진 슈리아는 쳐 내듯 고갯짓했으나, 초월자 앞에 의미 없는 저항이었다.

어려움 없이 목적을 달성한 황태자는 성난 아이를 어르듯 속삭였다.

"정말 그대의 탓이라 생각했던 건 아니야."

"절 자극하고 싶으셨던 거겠죠."

슈리아는 새삼 새소리처럼 곱다고 평가받아 왔던 제 목소리가 마음에 들지 않아졌다. 이래서야 새침한 투정으로만 들릴 게 뻔했다. 황태자는 부인하지 않고 피식 웃음을 흘렸다.

"이제 내가 있으니, 누구도 감히 그대를 두고 입을 놀리지 못하게 하겠어. 그간의 부재는…… 차차 보상하지."

그건 당연한 거였고, 그가 응당 해야 할 말이었다.

입을 꾹 다물고 있다 목덜미에 손길이 닿아 오는 것을 느낀 슈리아는 몸을 흠칫 떨었다.

곧 걸고 있던 목걸이가 무릎에 툭 떨어져 내렸다. 대신 다른 무게감이 실리자 슈리아는 목 주위로 손을 가져갔다.

손끝에 닿는 촉감이 서늘했다. 타원 형태로 무수한 단면을 두고 정교하게 커팅 된 보석의 표면은 매끄러웠다.

"주문한 것이 완성되었더군. 마음에 드나?"

고개를 내리자 고귀한 광채를 빛내는 청색 회렴석이 눈에 들어왔다.

황태자의 눈동자와 꼭 같은 색이었다. 한때 그를 죽이더라도 빼어 갖고자 했던 그 희귀한 빛깔과 똑 닮았다. 슈리아는 한결 풀어진 음성으로 중얼거렸다.

"아르페쥬얼에 다녀오셨군요."

점심 무렵 전갈이 오긴 했는데, 직접 보러 갈 마음으로 물건을 찾아오지 않았었다.

거울이 없었기에 슈리아는 공상하듯 제 모습을 떠올려 보았다.

반투명한 하늘색 레이스가 흐드러지게 달린 지금의 드레스에 비하자면 세련되게 화려한 감은 있지만, 레이스 선을 경계로 파인 네크라인에서 빛나는 자청색 보석은 흰 피부를 돋보이게 하기에 족할 것이다.

이어 황태자는 슈리아의 손을 펼쳐서 빼낸 귀걸이를 올려 주었다. 양쪽 귀걸이도 바꿔 끼우고 난 그는 등진 슈리아를 돌려 앉혔다.

서늘한 감촉에 귓가를 어루만지던 슈리아는 또다시 그의 눈동자에 제 모습을 비춰 보았다. 황태자의 낯에 언뜻 감탄한 기색이 스쳤다.

슈리아 역시도 만족스러웠으나 지나치게 선물에 약한 인상을 주지 않을까 저어되어 그럭저럭 눈에 찬다는 듯이 고고하게 눈을 내리깔았다.

세상에서 슈리아를 가장 잘 파악하고 있는 것으로 추론되는 황태자는 충분히 만족감을 읽어 낸 듯 뇌까렸다.

"아르페쥬얼에 자주 주문을 넣어야겠는데."

눈을 현혹할 만큼 그럴듯한 미소를 떠올린 그는 소녀의 입술에 또다시 가볍게 입을 맞추었다. 오늘따라 너무 자주였다. 그간 퍽 아쉬웠었나 보다.

황태자가 한 말이 달갑게 들렸기에 슈리아는 그가 애정 표현을 해 대도록 내버려 두었다.

"이제야말로 준비가 다 되었군."

시간을 맞출 셈으로 괜스레 제도 외곽을 돌아온 터라, 충분히 시간이 지났다.

그 말을 몸으로 반박하듯 슈리아는 도착하기 전에 번진 입술연지를 닦은 뒤 잔뜩 흐트러진 화장을 고쳐 냈다. 흥미로운 시선으로 관찰하듯 바라보는 황태자의 존재에도 아랑곳하지 않고. 그 와중에도 그런 것 바르지 않아도 아름답다는, 귀에 착착 감길 만한 달콤한 찬사가 들려왔지만 그의 말은 객관성을 잃은 지 오래였다.

노련한 마부가 모는 마차는 황태자의 격에 맞게끔, 무도회가 열리고 나서 적당히 시간이 흘렀을 즈음에 대공저의 정문에 도달했다.

황태자의 손을 잡고 마차에서 내려섰을 때, 다툼의 흔적은 씻은 듯이 찾아볼 수 없었다. 대공저에 도착한 순간 그들은 이미 한 쌍의 단란한 연인이 되어 있었다.

황태자야 둘이서 있을 땐 종종 날카로운 추궁을 해 온다지만, 남들 앞에선 애정 어린 눈길을 건네곤 했으니 변화는 오직 슈리아로부터 초래된 것이었다.

내내 싸늘한 낯을 보이던 슈리아는 마차 밖이 다른 세상이라도 되는 양 거짓말처럼 달콤한 미소를 자아내며 황태자의 곁에 섰다.

슈리아는 제도에서 가장 귀한 신분이 될 영애였고, 그렇게 될 미래를 암시적으로 드러내는 것을 망설이지 않았다.

완만하게 부풀려진 드레스는 풍성하고도 화려했고, 소맷자락엔 레이스가 흰 날개처럼 사락거렸다. 귓가며 목 아래에서는 고귀한 보석이 눈꽃처럼 흰 살결을 강조하듯 빛을 발한다. 새파란 눈동자는 대해의 물결처럼 깊었고 자태에선 나긋한 우아함이 빠짐없이 묻어 나왔다.

그리고 곁에는 그 무엇보다도 호화로운 장신구인 황태자가 함께하고 있었다.

즐겨 입는 검푸른 색상의 예복에선 절제되어 있으면서도 타인을 움츠러들게 하는 위험한 감이 느껴진다. 장신에 어긋남 없이 착 맞아떨어지는 옷 태며 우뚝 선 거동에는 고고한 기품이 흘렀다.

슈리아의 드레스는 황태자의 복장에 비하자면 매무새가 화사하게 들떴지만, 그의 눈빛과 유사한 보석이 절묘하게 간극을 메우고 있었다.

시그오닐 대공저의 무도회에는 대부인의 꼼꼼한 안목에 따라 격에 맞게끔 엄선된 이들만 초대되었고 그만큼 한정된 인원만 자리했다. 즉, 황태자의 등장을 크게 어렵게 여기지 않을 정도의 고위 귀족들이 대다수라는 소리다.

그러나 슈리아는 입장하자마자 무도회장 전체의 공기가 숨죽이는 듯이 고요해지는 것을 느꼈다.

단순히 이 아름다운 한 쌍에 감탄하느라 그랬다기보단, 제 일신의 안위를 위해 몸을 사리는 기색이다.

황태자 앞에 예를 취하는 귀족들 사이로 키라트 자작이 특유의 웃는 얼굴로 모습을 보였다. 그의 뒤에서는 주춤주춤 레이첼이 따라 나왔다.

근래 그와 부쩍 가까워진 레이첼은 자주 불만 어린 표정을 보였었다. 그 원인이란, 키라트 자작이 저와 만나긴 하되 정식 교제 신청을 해 오지 않는다는 데 있었다.

자존심 높고 원체 자랑스럽지 못한 이야기를 떠드는 성격이 아닌 레이첼은 거듭 언급하지는 않았지만 대신 표정으로 그녀의 순탄치 못한 연애사를 추측케 했다.

"황태자 전하, 귀환을 축하드립니다."

키라트 자작이 허리를 숙여 예를 갖추자 황태자는 고개를 까닥해 보였다. 그를 향한 시선들이 거리낌을 담은 걸로 봐선 이 분위기를 조성하는 데는 그가 무언가 공헌을 한 듯싶었다.

레이첼이 인사를 올리며 비켜서자 슈리아는 다른 쪽에 시선을 두었다.

저편에서 뺨이 달아오른 데이지가 열정적으로 다가오고 있었다. 뛰고 있진 않았지만 꽤 빠른 속도였고 드레스 밑단이 쏠린 것이 걸음을 재게 놀리는 듯싶었다.

황태자를 앞두고 시그오닐 대공녀를, 더더군다나 주최자나 다름없는 그녀를 흠잡을 사람은 없겠지만. 도대체 언제쯤이 되어서야 그녀가 대공녀다운 자태라는 것을 갖추게 될까 궁금해질 지경이다.

그런데 데이지에게는 덤이 달려 있었다. 그녀의 손에 붙잡혀 끌려오며 가까스로 보조를 맞추는 듯이 불안정한 걸음을 내딛는 한 남자. 얼굴은 보이지 않았지만, 체형이 눈에 익었다. 슈리아는 곧 그의 정체를 알아챘다.

이황자? 그를 초청했단 말인가. 슈리아는 짐짓 이 사태를 가늠해 보았다.

시그오닐 대공가가 황태자의 정적 이황자를 초청해?

그 구도는 호사가들에게 시그오닐의 저의를 의심케 하기에 족하리라.

언뜻 데이지의 묘한 행동이 떠올랐다. 요새 그녀는 무언가를 떠벌리고 싶어서 실룩대는 얼굴로 입을 막곤 했었다. 그러면서도 방방 뛰는 행동거지는 여전했기에, 그저 특별한 계획이 있나 싶었건만. 데이지도 다른 이들이 알았다면 말릴 거라는 것 정도는 생각했겠지. 역시 그녀는 방심하면 안 될 존재였다.

그들이 앞에 도달했을 때, 생글생글 생각 없이 웃음을 흘리는 데이지에 반해 이황자는 곤혹스러운 표정을 짓고 있었다.

그의 시선이 허공을 헤집다 황태자에게 슬쩍 닿았다. 눈치를 보았다는 표현이 더 걸맞으리라. 지난번 황제와의 동반 암행 사건도 있거니와 연달아 꺼림칙한 일에 걸려들었으니 후한이 우려되지 않을 리 없다.

"귀환을…… 축하드립니다."

망설이듯 그가 먼저 입을 떼자, 데이지의 조잘거림이 잇따랐다.

"제가 초청했어요! 히히. 통 무도회에서 뵙기 어렵기에 기분 전환하시라고! 방에 틀어박혀 있기만 하면 우울하잖아요!"

이황자궁이 우울함을 느낄 만큼 협소한 장소이진 않을 것이나, 이황자의 낯에는 착잡한 빛이 스쳤다.

시그오닐 대공저의 초청장을 받고, 무수한 고뇌를 거쳐서 결국 그는 이곳에 왔다.

실제로 그가 참석할 만한 무도회는 이제 이런 자리밖에 없었다. 어떤 주최자도 그를 환영하기는 어려울 것이니.

데이지는 웬만한 이들이라면 부담스러움을 느낄 만치 초롱초롱한 눈빛으로 황태자를 바라보았다. 소녀가 무엇을 기대하는지는 명확했다. 둘이 친해지길 기원한 그녀이니 형제답고 친근한 대사를 바라는 거겠지.

모두가 잠자코 황태자의 반응을 기다렸다. 실제로 내치거나 모욕을 가하고도 남을 만한 상대 앞에서…….

"그래."

간결한 답만이 떨어졌다. 황태자는 감정을 배제한 눈으로 그에게 잠시 시선을 던졌을 뿐 그 외에는 어떤 반응도 보이지 않았다.

딱히 누구에게 향했다고 할 수 없는 응답에도 이황자의 낯은 미미하게 떨리다 이내 환하게 피어올랐다. 숫제 도도하게 굴던 첫사랑의 여인이 미소라도 지어 보인 듯이. 데이지가 고개를 쑥 내밀었다.

"거봐요, 싫어하시지 않을 거라 했죠? 히히, 형제끼리 사이좋게 지내셨음 좋겠는데."

"시그오닐 대공녀……."

이황자의 제지에도 전혀 신경 쓰지 않고 데이지는 발랄하게 말을 쏟아 냈다.

"왜요? 나이가 들면 가족이 그리 아쉬울 수 없대요. 두 분은 나이도 비슷하시니까 친구보다도 더 가까운 사이가 될 수 있을 거예요! 전 자매가 없어서, 같이 뭔가를 할 수 없지만 함께 말도 달리고 사냥도 나가고, 대련도 하고! 그러면 좋잖아요!"

레이첼은 이마를 감쌌고 그와 동시에 키라트 자작의 표정도 오묘해졌다. 주변인들의 반응도 대충 그와 흡사했다.

정말, 구구절절 반박하고 싶어지는 말들이었다. 우선 형제, 그것도 이복형제라는 애매한 혈연적 관계를 떠나 황태자와 이황자는 원수나 다름없는 사이였고 황태자는 누군가를 가까이하지 않을 만큼 충분히 비인간적이었으며 친우라도 함께 무언가를 즐길 만한 성정은 못 되었다. 더군다나 승마나 사냥은 그렇다 쳐도 초월자인 황태자의 검을 받을 수 있는 이는 몇 없으니 대련은 절대적으로 불가능하다.

슈리아는 저러한 소리를 마구 뱉어 낼 수 있음은 데이지의 사고력이 현저하게 떨어지기 때문인지, 아니면 원체 남의 눈치를 안 보는 탓인지, 자신의 덜떨어진 인상을 이용해서 소망을 마구 내세우는 건지 온갖 생각으로 혼란해졌다.

그 후로도 데이지의 산만한 대사는 거침없이 이어졌고 어지간한 이들이라면 난색을 표할 만한, 눈치 없는 그 언동은 결국 대부인이 오고서야 멎었다.

대부인은 황망한 표정으로 황태자에게 예를 취해 보이곤 데이지에게 엄렬한 눈짓을 건넸다. 대강 '무도회가 끝나고 보자.' 라는 뜻의.

볼을 부풀린 데이지와 이황자가 사라져 간 잠시 후, 황태자는 짤막하게 일련의 사태를 평했다.

"소란스럽군."

"⋯⋯그러게요."

슈리아는 불현듯 한 가지 깨달음을 얻어 그를 올려다보았다. 눈살만 슬쩍 찌푸렸을 뿐 황태자는 그리 정신에 타격을 입지 않은 것 같았다. 아니, 거의 신경 쓰지 않는 눈치였다.

그건 같은 시그오닐의 핏줄이라 면역력이 있기 때문일까. 어쩌면 단순한 검사다운 태도로 그녀를 아예 이상 생물체로 규정짓고 무어라고 하건 귀담아듣지 않기 때문일지도 모른다.

이후의 시간은 평탄하게 흘러갔다.

황태자가 사로잡을 듯이 내내 시선을 제게 고정하고 있었기에 슈리아의 시간은 오로지 그와 함께였다.

황태자와 동반해서 친구들과 어울리는 건 심장 약한 셀리에겐 큰 부담이 될 수 있을뿐더러 모두를 불편하게 만들 것이다.

이 무도회장은 거슬리게 굴었던 모리스 부인이 얼씬도 할 수 없는 장소였고 천적의 표적이 될까 몸을 마는 벌레처럼 귀족들은 하나같이 시선을 피했다.

지극히 경외하듯 감히 이 한 쌍을 화제로 삼는 작은 언사조차 행해지지 못했다. 마치 어떤 엄중한 경고나 본보기라도 있었던 것 같다. 황태자가 나타난 것만으로도, 누구도 불순한 눈길을 건네거나 저를 입에 올릴 수 없단 사실이 달가웠다.

슈리아는 흥겹기는커녕 가라앉은 무도회의 분위기에도 그 두려움마저 깔린 고요함이 썩 마음에 들었다.

타인의 평가에 대체로 무심한 편이었지만 공 굴리듯 저를 혀에 올려 놓고 굴려 대는 것만큼은 무척 거슬렸던 터였다.

아마르잔은 불순한 입놀림을 허용하지 않는 절대자였고, 입에 담는 것만으로도 재앙이 내린다 여겨지는, 인간이라 할 수 없는 악몽 같은 존재였다. 그런 자신을 그토록 하찮고도 가벼운 입짓의 대상으로 삼다니.

권력자를 등에 업고 하는, 책임 없는 입놀림은 즐거웠을 것이니 이해 못 할 바는 아니다. 황태자가 없는 동안이 이 세상에 둘도 없는 행운을 붙잡은 소녀를 언어로 난도질할 좋은 기회가 되었을 터.

슈리아가 셸리만큼이나 심약한 소녀였다면 귀부인들의 묘한 눈초리와 비틀린 입꼬리, 시기 섞인 말들에 눈물을 쏟으며 사교 행사에 일절 참석하지 않았을 것이다.

그러나 상처 입을 여린 속살이 있어야 따가운 소금물이 닿았을 때 고통을 느끼는 법이니, 흠 없는 품성을 지닌 슈리아는 거북스러운 자리에서도 개의치 않고 오연함을 지켜 냈다.

그리고 이득도 있었다. 그 모든 것을 감내한 결과로 카르마인에게 제가 아마르잔과는 구별되는 퍽 인내심 있고 얌전한, 즉 인간사를 위협하지 않을 만한 존재라는 인식은 심어졌을 것이다.

슈리아가 더 이상 아마르잔으로 살 것을 주장하지 않고, 그를 지속해서 증명해 보인다면 소문의 한 요소이기도 했던 블러디나이트는 곧 다시 떠나리라.

슈리아를 내버려 두는 일이 그의 정의와 신념에 위배되지 않으므로.

그런데, 카르마인은 어디에 있지?

슈리아는 그를 찾아 무도회장을 눈으로 훑었다. 아샤트리아 대공을 동반하진 않았으나 그는 오늘도 이 자리에 있었다.

슈리아는 유독 사람들이 근접하길 꺼리는, 묵직한 공기가 흐르는 장소로 슬며시 눈길을 주었다. 이젠 그의 존재도 꽤 익숙해졌으나 그 자신조차 감출 생각이 없는 듯한 강렬한 기세만큼은 익숙하다 하여 무감히 넘길 수 없는 것이었다.

황태자와 대비되는 붉은 기를 띤 백색 예복을 입은 그는 제게 말 거는 용기 있는 이들에게 오로지 무시 하나로 응대하고 있었다.

이황자 다음으로 그를 선호하는 데이지이니 초대하지 않았을 리 없다고 생각하긴 했지만 삼자대면이란 상황은 실로 내키지 않았다. 불미스러운 소문을 새겨듣지 않는 그녀는 어차피 사실이 아니니까 상관없다고 생각했을 것이다. 초청장이 없다고 오지 못할 손님도 아니었고.

그와 마주 선 슈리아의 눈빛은 냉담했다. 싸늘한 시선은 도대체 언제쯤 사라질 거냐고, 노골적인 축객령을 담아 길게 머물렀다. 그 시선에는 불쾌감을 드러내려는 의도 외엔 담겨 있지 않았다.

그런데 불현듯 황태자가 어깨를 잡아 온다. 딴 곳을 보는 걸 알아차린 모양이다. 슈리아는 거두어 낸 눈길을 망설임 없이 제 공식적인 연인에게로 돌렸다.

슈리아의 돌아봄이 어떤 신호라도 되는 듯했다. 황태자의 동공에 물결처럼 묘한 일렁임이 번졌다. 아주 짧았지만, 평온하게 밀려오던 파도가 돌연 세차게 몰아치는 양 공격적이고 일그러진 파동이었다.

극히 흉포하고 사나운, 그 연령대의 청년이 가질 만한 혈기 어린 충동.

불규칙하게 퍼져 나간 그것들이 하나의 계획으로 결집된 그때, 황태자는 고개를 기울였다. 턱을 붙잡아 오는 손길은 빠져나갈 수 없이 강건했다.

공식적인 자리에선 정중하고 격의 있는 태도만을 드러내 보였던 그였다. 그러나 그 손길, 눈빛, 그 모든 의도는 명료했다.

카르마인이 지켜보고 있는 자리에서…….

그 뜻이 선연히 박힌 순간, 슈리아는 저도 모르게 그를 세차게 밀쳤다. 인지하기도 전에 손이 움직였다.

거의 본능에 사로잡힌, 작은 동작이었으나 끔찍한 것에 소스라치듯이 격렬했다. 아마르잔을 불러낸 것은 아니나 잠재우던 마음이 조금쯤 드러난 거부의 몸짓.

데이지의 망발에도 흐트러짐 없던 황태자의 낯에 일순 차가운 빛이 스쳤다. 그는 밀려나지 않고 가로막는 장대를 치우듯이 소녀의 손을 떼어 내 아래로 내려 두었다. 거친 동작은 아니었으나 완고했다. 틈 하나 없이 강압적이었다.

꿰뚫을 듯이 날카로운, 그러나 연약한 조각들이 부스러져 떨어져 내린 그의 얼굴은 잔떨림 하나 없이 완전했다. 겹겹이 갑옷을 둘러친 외면과는 달리 동공에는 단순히 노기라고 표현할 수 없는 통증에 가까운 무언가가 얼룩졌다.

상처 입은 맹수와 같은 눈으로 황태자는 짧게 웃었다. 이번에는 제지할 수 없었다. 슈리아 아델트로서는 어쩔 수 없었다.

위에서 덮쳐 내리는 무게가 산이 무너지는 듯했다. 입술이 삼켜지고, 의식도 지워졌다.

그러나 가느다란 신경이 부피를 부풀리며 뇌리에서 맥박을 가지고 쿵쿵 울렸다. 머릿속이 열기로 뜨거워지고 심장을 들썩이게 하는 거센 범람이 수혈을 가로막은 깊은 뿌리를 아래로부터 뒤흔들었다.

흡사 굴종을 요구받은 듯했다. 손끝이 파르르 굽어 들고 살갗을 짓눌러 치욕의 흔적을 남겼다. 복류하던 온갖 난폭하고 흉악한 감정이 노도와 같이 일어나 전신을 집어삼키고자 포효했다.

아마르잔답게, 어설픈 소녀 노릇은 집어치우고 방종과 사학을 일삼자는 속삭임은 이미 맛본 마약처럼 지독한 유혹으로, 수렁처럼 빨아당겼다.

그 불길에 응하지 않았던 것은, 순전히 연약한 소녀의 몸이 격동을 감내하지 못하고 덜덜 떨렸기 때문이고, 그것을 느낀 황태자가 행동을 멈추었던 탓이다.

"......."

시뻘겋게 달궈진 쇠붙이가 얼음물에 빠진 듯했다. 모든 것이 싸늘하게 식어 내리고, 뜨거운 충동이 치달렸던 뇌리에 차가운 이성의 빗장이 걸린다. 그의 지배력은 절대적이었다.

첨예한 날 위를 걷는 듯한 삶 속에서 체득한 절제심이 화로처럼 불타오르던 육신을 순식간에 잠재웠다.

느짓이 고개를 거두어 내는 황태자의 눈은 빙벽처럼 매끄러웠다. 심장을 멎게 한 듯이 모든 열기는 완벽히 식어, 깊이 갈무리된 것으로 보였다.

턱을 붙잡던 손길이 가만히 뺨을 쓸어 왔다. 한순간 격정에 못 이겨 입 맞추었다 여겨지는, 실제로도 그렇게밖에 보이지 않는 행위에 침 삼키는 소리만 들려왔다.

슈리아에게 그 순간은 마치 정지된 것처럼 느껴졌다. 내부에서 일어나는 범람에 온 정신이 쏠려 있었기에 막상 인지 자체는 의식의 표면만을 홀씨처럼 가볍게 떠돌았다. 그러다 어느 순간 흠칫한 소녀는 얇은 덮개를 눈동자 위에 덧씌웠다.

호흡이 트이자마자 밀려드는 공기가 달았다. 몸에 밴 꽃 내음이 여전히 은은한 향취를 풍기고 있었다. 코끝에 스며든 향내는 달콤하고도 평화로웠다. 그 향은 맑은 물처럼 폐부로 퍼져 나가 온갖 삿된 감정을 씻어 내리며 지글거리는 독액을 희석해 갔다.

그것은 일종의 노력이었다. 새카만 어둠에서 빠져나오듯 거기에 몰두하며 슈리아는 입술을 굳게 다물었다. 오랜 결의가 선명한 글자로 가슴에 박혔다.

돌이킬 수 없는 순간은 아직 오지 않았다.

— 아직은, 아니었다.

다시 눈을 떴을 때, 시간은 얼마 지나지 않았다. 둘 다 여운을 즐기는 모습으로만 비추었으리라.

다른 이들의 시선 따윈 상관없지만……. 특정인을 애써 사고에서 배제하며 슈리아는 황태자의 손을 잡았다. 기다렸다는 듯이 돌아서서 앞장서는 그를 소녀는 말없이 따랐다. 밀회를 즐기러 가는 것으로 보일 성싶었다.

으슥한 곳에 이르자 황태자는 손을 놓고 몇 걸음 떨어져 섰다. 저만치에서 흘러나오는 무도회장의 불빛을 바라보며 그는 고요한 신색으로 운을 떼었다.

"미안하다는 말은 하지 않겠어."

"……미안하지 않으시겠지요."

"내가 미안해야 할 상황인가?"

반듯한 옆얼굴에는 푸르스름한 빛이 음영처럼 드리워져 있었다. 희게 빛나는 낯은 부드러울 만치 은은했으나 질문은 어김없이 날카로웠다.

슈리아는 가만히 고개를 저었다. 잘잘못을 따지자면, 답은 '아니요'였다. 황태자의 행동은 갑작스러웠고 암묵적인 합의조차 없었지만 그의 신분상, 또한 이미 밝혀진 두 사람의 관계상 문제 될 만한 일은 아니었다.

황태자인 그가 연인에게 입 맞추는 일조차 일일이 허락을 구하는 것이 더 우스운 일이리라. 그가 이대로 슈리아를 침실로 들인다 해도, 심지어 그게 강제라 해도, 큰 문제가 되는 일은 아니었다.

……그가 정말 이 대공저에서 그런 짓을 벌인다면 데이지가 성을 내며 방문을 벌컥 열고 들어와 이래선 안 된다고 막아서겠지만.

어쨌든 황제 다음가는 권력을 지닌 황태자는 이런 쪽에서의 횡포를 상당수 용인받는 것이다.

오히려 이건 슈리아의 과민함을 탓할 만한 문제였다. 아까의 경우 슈리아는 수줍게 뺨을 붉히거나 가볍게 힐난하는 정도의 반응으로 그의 갑작스러운 행동을 넘김이 옳았다. 진저리 치듯이 밀쳐 낸 건, 그를 분노케 하는 문제를 떠나서 조금만 동작이 과했다면 대중 앞에서 황태자를 망신 주었을 만한 일이었다. 그런 무례를 슈리아는 감히 범해서는 안 되었다.

아무리 허물없이 군다 해도 상대는 황태자였고, 슈리아는 일개 귀족 영애에 불과했으므로.

이건 그의 사소한 잘못을 무기 삼아 공격적으로 따져 들기보단, 황태자를 이해시키고 주의를 주어야 하는 상황이었다. 그는 슈리아가 남과는 다른 감성을 지녔음을 분명히 알고 있었다.

슈리아는 냉정하고 깔끔한 판단을 가면 속에 세우며 차분히 파고들었다.

"……전 당황했어요."

"……."

"제 친구들이, 그리고 세일린이 있는 자리였어요. 제가 나고 자란 퀸른은 보수적인 곳이고…… 모두가 보는 앞에서 남녀가 입을 맞추는 건 질타를 받을 만한 일이에요. 전 내내 그렇게 교육받아 왔어요."

그 자체는 진짜 이유가 아닐지라도, 이건 사실이었다. 원래 시골은 도시보다 보수적인 성향을 띠기 마련이니. 평민들은 어떨지 몰라도 귀족들만큼은 남들 눈앞에서는 부부라 할지라도 볼에 하는 입맞춤 이상의 애정 표현은 하지 않았다.

"글쎄요, 용납할 수 없는 일은 아니겠지요. 하지만 전, 불편했어요. 제게 거긴, 그래선 안 되는 자리였어요. 그걸 알아주세요."

그 말끝이 주는 여음은 퍽 가련하게 들렸다. 흐르던 음성이 멎고 다섯 번의 호흡이 지났을 때 황태자는 입을 열었다.

"그뿐인가."

"네."

"그대가 의식한 게, 다른 누구였던 건 아니고."

그는 이제 비스듬히 돌아서 있지 않았다. 심문하는 듯한 시선이 곤두선 물음과 함께 닿았다.

"다른 누구일 수 있는데요?"

저열한 질투심과 경쟁심을 부질없는 것이라 꾸짖듯 슈리아는 태연하기만 했다.

"내가 조금 과했듯, 그대도 조금 과했다는 건 알 거야."

황태자는 벌어진 거리를 몇 걸음만으로 틈 없이 좁혔다.

"……그러나 약속하지. 그런 장소에서 두 번 다시 같은 일은 없을 거라고."

맨 뒤에 것만 약속하면 될 텐데 배려하는 척 조건을 한정시키는 철저한 언사였다. 주렁주렁 전제가 달린 것이 영 마음에 들지 않았지만 슈리아는 실낱같은 미소를 보였다.

한 가지, 그 약속에는 문제가 있었다.

"혼인식 날은 어떻게 하시려고요? 마지막 순서인 맹세의 입맞춤을 하지 않으시겠단 뜻인가요?"

오류가 있으면 꼬집지 않고는 견디지 못하는 게 마법사의 고질병이었다.

"……혼인식 전까지로 하지. 그런데."

황태자에게 미묘한 변화가 찾아들었다. 입매가 완만한 곡선을 그리고 그늘진 눈에 부드러운 빛이 어렸다. 희기만 했던 피부에 옅은 홍조가 피어오르며 온기가 돌았다.

기대와 환희, 눈부신 감정의 색채가 어른거리는 낯으로 그는 물어 왔다.

"정말로 할 생각인가 보군."

"우선 반지를 주셔야 하겠지만요."

대답 대신 그는 어깨를 잡아 오며 고개를 붙여 입을 막았다. 확실히, 여긴 공공장소는 아니었다.

슈리아는 포기하고 눈을 내리감았다. 이래서야 정말 밀회나 다를 게 없다. 그리고 여기에는 블러디나이트도 없었다.

……그래, 사실 놈이 무슨 생각을 하든 아무래도 상관없다. 이미 그와의 인연은 아마르잔일 때 끝났다. 아니, 끝났어야만 했다. 더는 제 과거를 놈을 통해 되살리려 해서는 안 되었다.

치욕의 순간은 잠시였고, 관찰자에 불과한 그를 의식해서 일을 그르치는 것은 어리석은 일이다. 슈리아는 감정을 도려내듯 거듭 되새겼다.

가쁜 숨소리와 바람 소리, 벌레 우짖는 소리가 귓가에 흘러들고 있었다. 그 잔잔함은 이전의 생과 다르지 않았다. 아마르잔에게 쏟아지던 반짝이는 별빛들, 아득하게 높은 밤하늘, 그건 이 자리에도 여전했지만. 여기 있는 건 아마르잔이 아니라,

슈리아 아델트였다.

종종 생각했다. 무수히 되짚으며 갈등했다. 정말 이 방법밖에, 이 길밖에 없는 걸까. 이게 최선의 선택인가.

그러나 생에 한 번쯤 불현듯 찾아오는 낯설고도 새로운 흐름에 슈리아는 이미 몸을 싣기로 결정했다.

도망칠 수 없다는 자존심, 황태자에 대한 흥미, 달리 좋은 선택지가 없었기 때문에. 이렇듯 수많은 사유를 따라 슈리아는 이미 선택했고, 많은 위험성을 내포하고 있을망정 그 선택은 잘못되지 않았다.

그러하기에…… 온몸을 적시는 희게 반짝이는 성영 속에서 슈리아는 손을 뻗어 황태자를 잡아 쥐었다.

슈리아 아델트에게는 그가 필요했다.

무도회장에 돌아왔을 때 블러디나이트는 어디론가 사라지고 없었다.

그건 항상 있는 일이었다.

그날 있었던 일은 이후 사교계를 퍽 떠들썩하게 만들긴 했지만, 무도회는 그것으로 무탈히 끝을 맺었다. 황태자는 미루었던 정무 속으로 다시 빨려 들어갔고, 그의 귀환과 더불어 여름도 끝에 다다르고 있었다.

그러한 와중에도 이 만남은, 확실히 의외였다.

"할 말이 있어서 왔어요."

다짜고짜 찾아든 손님을 슈리아는 느긋하게 마주했다. 어려움을 느낄 만한 상대가 아니기도 했지만 심정적으로 슈리아는 우위를 차지하고 있었다. 위켄하이저 공작저가 슈리아의 주거지이기 때문은 아니었다. 오히려 눈앞의 그녀, 오를레앙 공녀가 어린 시절부터 드나들었던 이곳에 더 친숙할지도 모른다.

"사흘 후, 황궁에서 중앙회의가 열릴 거예요. 정기회의지만 이번만큼은 특별히 황태자비 선정이라는 주제가 거론될 거예요."

"……그래서요?"

슈리아는 찻잔을 내려놓으며 그녀를 나직이 관찰했다.

여윈 뺨이며 가늘어진 손목은 부서질 것 같은 연약함을 자아냈고 상냥한 하늘색 눈은 쓸쓸한 겨울 하늘 같았다. 그 애수가 봄꽃 같던 그녀를 다른 의미로 아름답게 만들고 있었다.

"후보는 여럿 거론되겠지만, 언급에 그치겠지요. 결국은 당신과 나, 두 명에서 경쟁하게 될 거랍니다. 당신이나 내가 의도하지 않았더라도요."

오를레앙 공녀는 침착하게 말을 덧붙였다.

"그 와중에 당신의 미흡한 출생과 품성, 황태자비로서의 자질이 낱낱이 공격당할 거예요. 그런 후 다수의 이름 아래 모든 걸 표결에 부치자는 주장이 있겠지요. 혹은 제게 유리할 선정과정을 거치자고 하거나."

"왜 내게 그걸 전해 주시는 거죠? 내 말은, 우린 그럴 사이가 아닌데."

"난 오를레앙의 적녀이고, 중앙회의에서 날 지지할 이들이 칠 할은 넘어요. 당신에게 이런 일들을 일러 주는 건 그저…… 내 조그마한 친절이라고 해 두지요."

오를레앙 공녀의 찬찬한 설명은 깨끗한 빛을 띠었고, 그녀의 눈은 정결한 만큼 오만했다. 똑 부러진 그녀의 태도에선 공녀다운 긍지가 묻어 나왔다. 슈리아는 도발하듯이 질문했다.

"지금 이 친절이 당신의 패배를 부른다 하더라도요?"

"내가 패배한다면, 그건 이 친절이 이유는 아닐 거예요."

확실히 사흘 후 중앙회의에서 그런 논의가 있을 거란 걸 안다 한들, 슈리아가 할 수 있는 일은 없었다. 아니, 실은 뭘 할 필요도 없었다.

슈리아는 늘 그녀에게 그러했던 대로 상냥히 웃었다. 그러나 그 한기 어린 미소는 얼음꽃과 느낌이 유사했다.

"그렇겠지요. 어차피 중앙회의에서 어떤 소리가 오가건 상관없단 건 당신도 알고 있을 테니. 그래, 당신을 지지하는 귀족들이 과연 전하의 뜻을 꺾을 수 있을까요? 난 그리 생각지 않아요."

"나도 그렇게 생각하지는 않아요."

놀랍게도 순순히 긍정하는 그녀의 안색을 살피며 슈리아는 본론을 짚었다.

"그러면 그런 이야기로 날 흔들러 온 건가요?"

"내가 할 이야기는……."

오를레앙 공녀는 말꼬리를 끌었다.

"……전하를 뵈었어요."

조금 전까지 평온하던 눈빛이 떨림을 머금었다.

"난 스카나덴 소공작에게 전하를 뵙고 싶다 말했고, 전하께선 놀랍도록 흔쾌히 나를 만나 주셨지요."

"……."

"전하께서 당신을 포기하라 말씀하시더군요. 그것이 저를 위한 길이라고."

눈앞에 천사처럼 아름답고 그만치나 차가운 연적을 놓고, 오를레앙 공녀는 그날의 대화를 떠올렸다.

'오를레앙 공녀, 한때 그대를 내 비로 삼으려 했다는 것을 부인하지는 않겠어. 그리고 모두가 그렇게 인지하도록 방조했단 것도.'

'……'

'그 모든 것에 보상하지. 그러나 더 이상 내 옆자리에는 그대가 있을 수 없어.'

'……그녀 때문이겠지요?'

'나 때문에, 그리고 그대를 위해서.'

'저를 위하신다면 제게 이러실 순 없어요.'

'그러면 나를 위해서 그렇게 해. 그대를 더 초라하게 만들지 말고.'

눈물 한 줄기가 그녀의 뺨을 긋고 궤적을 그리며 떨어져 내렸다. 그찰나에 열기를 잃은 미지근한 액체는 창밖에서 새어 든 햇빛에 부서지며 빛났다. 이상하도록 찬란하게 반짝였다.

"나는 늘…… 전하의 행복을 빌었지요. 전하께서도 그걸 알고 계시고요. 그러니까, 그렇게 말씀하신 거겠지요."

슈리아는 감흥 없이 대꾸했다.

"내겐 그래서, 포기하겠다고 말씀하러 오신 건가요."

"내가 직접 그렇겐 못 해요. 그건 내 꿈이었어. 당신이라면 그걸 그리 쉽게…… 버릴 수 있겠어?"

"……"

"실컷 고난을 겪고 괴로워져 봐요. 망신도 당해 보고. 그 앞길이 가시밭길이길, 난 오직 그것만을 바라고 있어."

사뭇 공격적으로 말하고 눈물을 훔쳐 낸 오를레앙 공녀는 자리에서 일어섰다. 입술은 모질게 다물렸고 눈빛은 절절했지만 창백한 낯은 아이처럼 여렸다.

그녀는 한 치의 흐트러짐도 없는 자태로 우아하게 돌아섰다. 뺨이라도 한 대 갈기지 않을까 대비했었는데, 생각보다 싱거운 방문이었다.

평생 성녀처럼 살아왔을 그녀에겐 어설픈 악녀 흉내는 퍽 어울리지 않았다. 그런 그녀에게 악의를 받아 본 이는 그나마도 제가 유일할 것이다.

슈리아는 오를레앙 공녀가 자리를 떠나도록 내버려 두었다. 그녀는 사실상의 패배 선언을 한 것이니, 그 정도쯤은 투정으로 받아넘길 만하리라. 소녀는 동정심 없이 제 정적 목록에서 한 명의 이름을 지워 냈다.

그리고 떠나가던 아리스는 제가 말하지 않은 한 가지 사실을 떠올렸다.

거기까지 말하기엔 너무도 자존심이 상해서, 질투가 가슴을 아프도록 조여서 차마 말하지 못했던 그 말.

'그대 덕에, 나는 순수한 애정이 나 같은 자의 마음도 움직일 수 있다는 것을 알았어. 그 점은 고맙군.'

그러나 그 순간 그의 눈에 담긴 열기가 향한 곳은…….

아리스는 입가를 누르며 마차에 올랐다. 마음껏 울 수 있는 장소는 따로 있었다.

그렇게 여름이 저물어 갔다.

9.
어둠이 내리는 시간,
꽃은 그림자에 갇히고

브리오니아의 중앙회의는 일 년에 네 번 각 계절의 경계마다 본궁에서 정기적으로 개최되는 연례적인 행사이다.

소수의 고위 귀족 가문만 집결하는 코르테스와 달리 거대한 규모로, 사흘에서 닷새에 걸쳐서 펼쳐지는 이 엄숙하고 중차대한 자리에선 제국의 미래를 좌우하는 긴요한 정책에 대한 논의와 더불어 제각각 이권을 추구하기 위해 치열한 공방이 오가곤 했다.

대표적으로 공훈에 따른 포상과 인사이동 및 관료선임이 그것이다.

그러나 간혹, 시기에 맞는 특별한 화두가 논의에 오르기도 했다. 누구 하나가 슬그머니 말을 던지고 나면, 하나둘씩 동조하며 흐름을 타고 중요 안건으로 상정되는 것이다.

다만 이번에 언급된 주제는 결코 가벼이 던져지지 않았다.

"이제는 슬슬, 황태자비에 대해서 논의할 시기가 왔다고 봅니다."

권위를 담은 묵직한 음성이 회의장을 울리며 퍼져 나갔다. 모두가 고개를 들고 꼿꼿한 자세로 긴장감을 유지하는 가운데 놀람이 담긴 시선이 오갔다.

여태까지의 관례를 완전히 무시한 노골적인 언급이었다. 그러나 암묵적인 규칙을 깬 그 발언에 무어라 할 수는 없었다.

그 말을 꺼낸 이가 바로 시그오닐 이후 코르테스의 수장 자리를 차지한 세도가이자 재상인 오를레앙 공작이었기 때문에.

오를레앙 공작과 친분이 돈독한 몇 명의 귀족들이 연달아 동조하는 것으로 순식간에 회의장의 흐름은 바뀌었다.

누가 그 자리에 적합할까? 라는 질문에 의례적으로 몇몇 후보자가 거론되었다.

그러나 잠시 후 누군가 당연하다는 듯이 '아리스 엘마이어 오를레앙은 어떻습니까?' 라고 말하자 이전의 모든 이름은 빛이 바랬다.

비슷비슷한 흰 무명천을 뒤적이던 차에 최고급 비단이 주어진 양, 다른 귀족 영애들을 무색하게 하는 이름이었다.

곧바로 그녀를 황태자비로 추진하자는 의견이 속속 뒤를 이었다. 황태자의 현 연인의 이름은 언급되지도 않았다. 그러한 흐름 속에서 그는 침묵을 지키고 있었다. 승패를 가릴 수 없는 혼전이 모난 끝으로 맹렬하게 머릿속을 찔러 대고 있었다. 아직 갈등하고 있던 터였다.

그에게 주어진 것은 간단하나 교차점을 찾을 수 없는, 완전히 상반된 두 갈래의 선택지였다. 가문의 후계자로서 부친을 대신해 대표로 참석한 것에 불과하지만 선택은 오로지 그에게 달려 있었다.

어깨에 올려진 짐이 무겁게만 느껴져 온다. 가문 전체의 결정을 좌우한다는 무게감 때문이 아니라, 그 내면의 고뇌가 이루 말할 수 없이 무거웠으므로. 이는 필연이었다.

어느덧 전황은 급격하게 기울고 있었다. 로이엄 백작이 '황태자 전하의 뜻에 따라야 할 문제다' 라고 하자 위켄하이저 공작 역시도 은근히 반대 의사를 내어놓고 동조했지만 수적 열세에 밀려 효력은 그다지 없어 보였다.

브리오니아에서 귀족들이 내놓은 안건을 찍어 내리거나 반대가 극심한 일을 직권상정하는 건 황제에게 충분히 가능한 것이었고 황태자에게도 비슷한 권한이 주어졌다.

하지만 그 권한은 지금 현재 이 회의장에서 일어나고 있는 일에는 영향을 미치지 못하고 있었다.

승기는 오를레앙 공작 쪽으로 거의 기울었다. 만약 이대로 모든 것이 정해진다면 합치된 귀족들의 의견에 반해야 하는 황태자는 정치적인 부담을 안게 될 것이다. 그리고 스카나덴은 누구보다도 확실하게 오를레앙을 지지할 것으로 믿어지는 가문이었다. 오를레앙 공작도 회의가 개최되기 전 그의 어깨를 두드리며 눈짓하지 않았던가.

스카나덴 소공작은 제게 발언의 시기가 다가옴을 느끼며 가만히 기억 속을 훑었다. 아직은 생생하게 떠올릴 수 있는, 오래되지 않은 기억.

두 연인의 사이를 알게 된 무도회에서 눈물을 쏟아 내고 말았던 그녀는 달아오른 눈시울을 한 채 속삭였다.

'전하께서 드디어 심장을 가지게 되셨군요.'

아직 채 마르지 않은 물기가 밴 얼굴은 덤덤했으나 슬픔이 어려 있었다. 이제까지 한 번도 본 적 없는 그 표정이 호흡을 고통스럽게 조였다.

늘 사랑스러운 미소만을 짓고 있던 여자였다. 제도에서 가장 고귀한 위치에 오르게 될 거라고 여겼던. 그래서, 기꺼이 포기할 수 있었던 여자였다.

경애하는 주군께 가장 어울리는 상대라 믿어 의심치 않았었다. 그래서 누구보다도 그 둘의 결합을 빌었다.

그러나 황태자궁에서 한 소녀를 보았을 때 엄습했던 불길한 예감은 이제 현실이 되었고, 그는 더 이상 그 바람을 꺼낼 수 없었다. 그는 사과해야만 했다.

'미안하다, 아리스. 난…… 말할 수 없었어.'

네 미소를, 네 꿈을 내 입으로 망칠 수가 없어서.

'탓하고자 한 게 아니었어요.'

'탓해도 좋아, 날 원망해도…… 어쩔 수 없다고 생각해. 진작 말했어야 했는데.'

'꽤…… 오래되었나 보군요.'

죄책감이 흐르는 목소리에서 그 사실을 유추해 낸 그녀는 무언가 더 말할 것처럼 입을 달싹였다. 그러다 돌아섰고…… 그는 떠나가는 그녀를 잡지 못했다.

그리고 며칠 전 스나카덴 공작가를 방문한 그녀는 창백한 얼굴로 물어 왔다.

'알고 계시지요? 이번 중앙회의에서, 황태자비에 관한 건이 언급될 거라는 거요.'

'알고 있어.'

'아버님은…… 단단히 화가 나셔서 제 말을 들어 주시지 않더군요. 무슨 일이 있어도 이대로 물러날 순 없다고 하셨어요. 모든 게 제가 불민한 탓이지요.'

'네 탓이 아니야.'

'그렇게 말할 줄 알았어요, 당신은.'

아리스는 최근 그녀에게서 찾아보기 어려웠던 미소를 보였다. 그 잔잔한 눈빛과 미소가 겹겹이 쌓인 꽃잎이 사르르 물결치는 듯이 아름다워서 그는 저도 모르게 물었다.

'포기할 건가?'

그녀는 말없이 고개를 떨어트렸다. 어찌 보면 긍정하는 것 같았고, 어찌 보면 답변을 거부하는 것으로 보이기도 했다. 조금 후 아리스는 시선을 내리고 혼잣말하듯이 토로했다.

'전하께서 심장을 가지게 되길 빌었어요.'

'……'

'그리고 그렇게 만드는 게 나이길, 빌었고요.'

'아리스.'

'그런데 두 소원이 모두 이루어지길 바란 건 제 과욕이었나 봐요.'

나 역시 그게 네가 되길 빌었다. 소공작은 씁쓸하게 그녀를 바라보았다.

'네겐 그 모두를 바랄 만한 자격이 있어. 여전히 난 그렇게 생각하고 있다.'

'아드리안.'

'내 사감을 버리고 보더라도 황태자비의 자리에 너보다 더 어울리는 사람은 없어.'

아리스는 느릿하게 고개를 들었다. 아까와는 다른, 힘이 실린 눈빛이었다. 그들의 어린 시절처럼, 그가 소공작이 아니었을 때처럼 격의 없는 투로 그녀는 물었다.

'만약…… 당신이 날 몰랐다면 전하의 뜻에 거스르려는 생각, 품어 보긴 했을까?'

허를 찔린 것처럼 흠칫거리는 그에게, 그녀는 속삭였다.

'날 생각하지 말고, 당신을 위한 선택을 하도록 해.'

'아리스, 나는…….'

'내가 없다면, 그 전제를 두고 당신이 어떤 선택을 했을지를 생각해. 그리고 무엇이 정말 당신을 위하는 선택인가도.'

'난…….'

'당신은 황태자 전하의 측근이잖아, 어린 시절 친우고. 그 엄청난 특권을…… 잃어버릴 셈이야?'

그 질문의 끝이 가슴을 날카롭게 파고들었다.

이번에 시선을 내린 것은 그였다. 아리스는 그런 그를 물끄러미 바라보다가 이만 가 보겠다 말했다. 고개를 끄덕이는 그를 뒤로하고 그녀는 조용히 떠나갔고 그는 오래도록 그 자리에 남아 있었다. 그녀가 상기시켜 준 사실이 바위처럼 그를 짓눌렀다.

그래, 이것이 시험임을 몰랐던 건 아니다. 황태자가 슈리아 아델트를 원한다는 걸, 호위기사인 카지스는 이미 알고 있었고 아드리안이 그리 탐탁지 않게 여기는, 그래서 사이가 좋지 못한 로웰 키라트도 분명 알고 있었으리라.

그들은 이미 황태자가 선택한 소녀를 인정하고 지지하는 것을 택했다. 그에게는, 그의 주군이 직접 알려 주었다. 그리고 자신을 지지해야 한다고 말했다.

그녀를 얻기 위해 아드리안이 바라 오던 대로 황제가 되고 싶어졌으므로.

그건 맞으면서도 틀렸다. 아드리안은 황태자가 황위에 오르길 바랐지만, 그건 결코 자신의 욕심 때문만은 아니었다.

그의 주군은 누구보다도 황제의 자리에 어울리는 존재였고, 그 옆에 아리스가 있는 것은 하나의 완벽한 명화와도 같았다. 그의 친우이며 주군인 황태자 렌카이저는 그 이상적인 그림을 누릴 자격이 충분했다. 그렇기에 그가 마땅히 가져야 할 모든 것을 섣불리 저버리지 않고 차지하길 원했던 것이다.

그런데 순조롭게 잘 되어 가고 있다 여겨질 즈음에, 한 가지가 비틀렸고 그걸 아드리안은 인정하기 어려웠다. 그의 냉정한 주군이 사사로운 애정에 얽매이지 않고 언제까지나 완벽하길 바라는 욕심 때문이었는지도 모른다.

그 때문에 아드리안의 반항은 거세었다. 슈리아 아델트에게 청혼을 한 직후에 뼈가 부러지도록 맞긴 했지만…… 그는 꿋꿋하게 자신의 납득할 수 없는 마음을 내보였다.

아주 어린 시절부터 변함없이 곁을 지켜 온 측근들에 대한 그 상대적인 관용을 믿고, 너무도 기대고 있었다.

그런데 아리스가 남긴 말은 그를 흔들었고, 돌이켜 보게 했다.

이전까지 아드리안이 황태자에게 바라 왔던 것은, 응당 그를 위함이었지만 지금 이것도 그러하다고 말할 수 있는가?

슈리아 아델트는 싸늘한 품성의 소녀였고 그 매혹적인 외면과 흠잡을 데 없는 행동거지를 떠나 어딘지 꺼림칙한 면모가 있었다. 또한 몰락 귀족이라는 출신도 마음에 걸렸다.

그러나 그 모든 이유를 두고도 그는 솔직하게 그렇다고 말할 수 없는 자신을 깨달았다.

그 자각은 스스로 한 질문에 충분한 답이 되어 주었다.

이제 아드리안은 결론을 내렸다.

자신의 발언을 기다리는 귀족들을 굽어보고 마지막으로 오를레앙의 자존심과 딸의 명예를 위해서 이 모든 일을 벌여야만 했던 한 남자를 응시하며 스카나덴 소공작은 입을 열었다.

"저는……."

그로부터 몇 시간 지나지 않아, 그는 다른 자리에 앉아 있었다. 정말로 예상 밖의 행동을 한 모양이다. 이렇게 바로 그를 불러들인 것을 보면.

하기야 그 자신도 며칠 전까진 이런 선택을 하리라고는 예상하지 못했다. 그를 관찰하듯 차갑게 응시하며 황태자가 먼저 운을 떼었다.

"네가 날 지지할 줄은 몰랐는데."

"저도 몰랐습니다."

적극 지지했다기보단 다른 후보자, 슈리아 아델트를 상기시켜 준 것에 불과하지만 그 파장은 상당했다.

위켄하이저에 스카나덴 공작가의 이름이 더해지면 오를레앙에 맞서 볼 만도 한 것이다.

그 이후로 황태자파이나 이번 사태에 있어서 중립을 견지했던 귀족들도 하나둘 목소리를 내기 시작했고, 결국 회의는 흐지부지 끝을 맺었다.

아직 회의 일정은 길게 남아 있었으나 시작부터 삐끗했으니 오를레앙의 의도대로 풀릴 리 없다.

황태자궁에서 온 부름을 받아 떠날 때 흘낏 본 오를레앙 공작의 눈초리는 퍽 매서웠다. 그로선 뒤통수를 맞은 것이나 다름없으니……. 당분간 피해 다녀야겠다.

그리 생각하며 태연하게 대꾸한 아드리안에게 황태자가 직설적으로 물어 왔다.

"공녀를 좋아하지 않나. 그녀를 위해서는 뭐든 할 것처럼 굴었으면서 왜 생각이 바뀌었지?"

"그러게요."

한 차례 빙긋 웃어 보인 소공작은 자세를 바르게 고쳤다. 그는 곰곰이 생각하는 척하다 이내 털어놓았다.

"그런데, 잘 생각해 보니 제겐 그녀보다 더 좋아하는 사람이 있더군요."

눈썹을 치켜 올리는 그를 앞에 두고 아드리안은 엄숙히 고백했다. 뛰는 심장을 누르듯 가슴에 손을 짚으며.

"저는 사실 전하를 연모하고 있었나 봅니다."

"……."

"그래서 가슴 아프지만 전하의 뜻에 따를 수밖에 없었습니다."

찻잔을 내려놓은 소공작은 황태자에게 시선을 맞추었다. 그리고 진지하고도 심각한 낯을 자아냈다.

"제가 여자였다면 황태자비 자리도 노려 볼 수 있었을 텐데, 아쉬운 일이지요?"

"너……."

"차는 잘 마셨습니다. 이만 가 보지요."

방을 나서며 쾌적하게 미소 지은 그는 생애 최초로 황태자와의 대화에서 승리한 기분을 만끽했다.

✠

바야흐로 가을의 초입이었다.

더위도 가시고 날도 꽤 선선해졌다. 흡사 시들어 가는 풀처럼 푸르름은 기세를 죽였고 잎을 떨굴 준비를 하는 나무들이 바람결에 살랑거린다.

언뜻 창밖을 내다보던 슈리아는 북대륙보다 색이 있는 브리오니아의 가을 풍경을 떠올렸다. 곧 이 정원도 햇살 같은 금빛을 두르고 노랗고 붉은 색채로 알록달록하게 칠해져 저택을 흠뻑 적시게 되리라.

정작 슈리아가 가장 선호하는 계절은 세상 모든 것이 하얗게 물들어 깨끗해지는 겨울이었다. 인간이 범접할 수 없는 저 북쪽 끝의 설원, 고스란히 쌓인 눈에 남기는 첫발자국, 세상에서 혼자만이 존재하는 것 같은 고요. 그 정결한 풍경이 아직도 생생하게 떠올랐다.

그러나 감상과는 별개로 보자면 가장 만족스러웠던 때는 지금 이 풍요로운 가을이었다. 과실이 무르익고 곡식이 노랗게 물들어, 대지를 다스리는 지배자에게 그 해의 결실을 그러모은 공물이 바쳐지는.

잠시 아마르잔의 기억을 되살려 보던 슈리아는 곧 초점을 바꾸어 가을이라는 계절이 브리오니아에서 갖는 의미를 떠올려 보았다.

타국에서도 그렇기는 했지만 브리오니아에서 가을은, 반가운 소식이 가장 많이 들려오는 시기이기도 했다.

이를테면 축제, 사냥대회, 가을 무도회, 봄이란 적기를 지나 여름을 건너뛰고 치러지는 혼인식이며 약혼식들.

그 반가움이 슈리아에게도 해당하지는 않았다. 다만, 마침 유익한 소식이 들려온 터였다.

오를레앙 공녀가 왔다 간 이후 중앙회의가 열렸고, 거기서 황태자비에 관한 논의가 오갔다. 그러나 결과적으로 의견이 분산된 채로 종결되었다. 무엇 하나 확실해지지 않고 흐지부지 끝을 맺은 것이다.

듣기로는 스카나덴 소공작이 나섰다고 하던데 글쎄, 무슨 꿍꿍이일지. 슈리아는 회의적으로 생각했다.

중앙회의 기간에는 관례에 따라 무도회가 열리지 않는다. 잠깐이나마 가진 휴식기였다. 가을을 맞이한 사교계의 여성들은 각종 사교 행사에서 스스로를 돋보일 준비를 하기 위해서 바삐 나다녔다.

친구들의 쇼핑 제의를 뿌리친 슈리아는 겉보기로는 가을이 주는 쓸쓸한 감상에 젖어 드는 것 같았다. 홀로 불출하여 저택에 머무르고 있으니 한가로운 듯했으나 어떤 면에서는 그렇지만도 않았다.

슈리아는 그동안 매일 황태자를 만났다.

중앙회의에서 황태자비를 두고 열띤 논쟁을 벌이고 있을 귀족들에게 어떤 신호라도 주기 위함이었을까. 그는 보란 듯이 황실 마차를 타고 공작저를 방문했고, 처음의 그건 아주 이른 시간이었다.

막 동이 터 올 무렵, 꿈나라에서 헤매던 슈리아는 저를 뒤흔드는 손길에 잠에서 깨어났다.

그리고 제니가 들려준 소식은 졸음을 확 달아나게 했다. 간신히 세수만을 마치고 응접실로 끌려 나갔을 때 거기에는 황태자가 기다리고 있었다. 완벽하게 예장을 차려입은 모양새로.

간소한 드레스를 입은 슈리아와는 참으로 비교가 되는 차림이었다.

조찬을 함께 들러 왔다는 그 때문에 슈리아는 이른 아침부터 포크를 들고 깨작여야 했다. 황태자는 돌아가기 전 달갑지 않은 통보를 남겼다.

'내일도 이 시간에.'

예보를 해 주어서 고맙다고 해야 했을까. 다음 날 아침도, 그다음 날 아침도……. 슈리아는 새벽부터 일어나 잠기운을 뿌리치며 곱게 단장하고 있어야만 했다. 첫날 그 비교되는 매무새를 보았던 세일린이 극성을 보였기 때문에.

중앙회의가 끝나자마자 그는 발길을 뚝 끊었지만 그 며칠 이후로 슈리아의 기상 시간은 약간 빨라졌다. 날이 밝기도 전에 말똥말똥 눈을 뜨게 된 슈리아는 황태자가 제게 미치는 영향력을 체감하고 은근히 기분이 나빠졌다.

오늘 슈리아는 마법교육을 마치고, 해야 할 일을 모두 끝낸 뒤 창가에 앉아 있었다.

지극히 순조로운 나날 속에서 시간의 흐름에 몸을 내맡기고 있자면 자신이 졸졸 흐르는 개울물을 따라 내려가는 종이배라도 된 듯이 느껴진다.

슬슬 올 때가 되었는데.

생각이 예언이라도 되는 양 다가닥거리는 말발굽 소리가 들려왔다. 슈리아는 마차의 문이 덜컥 열리고 내려선 손님이 총총거리며 저에게 찾아들기까지 귀를 기울이며 나른하게 감상했다.

똑똑 두드리기 무섭게 문이 벌컥 열렸다.

"안녕, 슈리아!"

찾아든 손님은 겉보기에는 종달새처럼 조그마하고 귀여운 모습이었으되 독수리처럼 힘이 넘쳤다. 하지만 그래 봐야 조류에 다름 아니리라. 슈리아는 인간답게 눈을 가늘게 뜨며 우아하게 인사를 건넸다.

"데이지, 어서 와."

"그러니까 말야, 어떻게 생각해?"

"내 생각은……."

소녀는 몹시 강요하는 눈으로 제게 고개를 들이미는 괴생물체를 유의미하게 바라보았다.

또 무슨 소리를 하려고 약속까지 잡고 찾아왔나 했더니.

슈리아는 보이지 않게 혀를 찼다. 그리고 논리보다 진심에 호소할 셈으로 찬찬히 타일렀다.

"그건 좀 무리가 있는걸. 다 좋은데, 저번처럼 나서서 목소리를 키웠다간 대부인께서 몹시 실망하실 거야."

슈리아는 '몹시'에 강조를 두었다. 노기에 젖은 대부인이 회초리를 드는 장면을 상기시킬 요량으로. 데이지가 꿋꿋하게 도리질 쳤다.

"그치만, 난 이게 최선이라고 생각해. 내가 화해의 다리가 되는 거지! 얼마나 보람된 일이야!"

슈리아는 한숨을 참아 냈다. 화해의 다리? 중재자가 있다고 그들이 손에 손잡고 다정한 대화를 나눌 거라 여겼다면 큰 오산이었다.

매사 그런 식으로 잘 풀려 간다면 세상에 전쟁과 분란이 있을 리 없으니까.

그래, 문제란 이것이었다.

이 현실 감각 없는 소녀는 세상을 너무도 아름답게만 보았다. 단순히 노력을 기울이기만 하면 뭐든 나아지리라고 굳게 믿었다. 그리고 놀랍게도, 그녀는 항상 제가 원하는 것을 어렵지 않게 쟁취해 냈다. 마치 남다른 행운이 따르는 것처럼.

그래도 이건 아니다. 두 사람의 만남을 주선하여 이황자와 황태자의 관계를 회복시키겠다고?

그녀가 긴장한 듯이, 의지가 굳은 얼굴로 꺼낸 말에 슈리아는 면박을 주지 않기 위해 안간힘을 써야만 했다.

아무래도 무도회에서 있었던 일로, 눈앞의 이 생각 없는 소녀는 무언가 의무심을 가지게 된 모양이다.

보기엔 퍽 친절하고 다정한 성품의 이황자를 데이지는 굉장히 마음에 들어하고 있었고, 데이지는 늘 제가 좋아하는 사람들이 잘되길 바라는 소녀였다.

분주한 새처럼 쏘다니는 그녀의 눈에 제 궁 밖을 벗어나기 어려운 이황자의 신세가 어찌나 측은할지!

이황자가 무슨 사탕발림으로 구슬렸는지 데이지는 두 사람의 관계 개선을 적극 도모하기로 마음먹고 있었다. 그 말은 그 무도회에서만큼은 두 사람의 만남을 의도하지 않았단 뜻이 된다.

어쨌거나, 그 계획에 슈리아는 동참해 줄 마음이 없었다. 데이지가 비밀리에 추진하는 두 사람의 만남에 일조할 생각 따윈 추호도.

"그 의견, 이황자 저하는 어떻게 생각하시니?"

"응? 아직 말 안 했어. 너한테 말하고 곧바로 찾아가려 했지. 우선 아스테어 님한테 말씀드리고, 황태자 전하를 불러내는 거야. 그리고 짜잔! 두 분은 완전 친한 형제 사이가 되는 거지. 그러면 아스테어 님도 더 이상 우울해하지 않으실 거야!"

"거절하실지도 모른다는 생각은 안 해 봤니?"

"아스테어 님은 황태자 전하를 아주 동경하고 좋아하고 계셔. 그러니까 일단 손사래는 치겠지만 결국 좋아하실 거야. 이건 기회인걸. 저번에도 전하와 말씀을 나눈 걸 기뻐하시는 눈치였어."

"……그래."

언제 이름까지 부르는 사이가 되었지?

의혹을 품으면서도 슈리아는 솔직히, 아무래도 좋았다. 데이지가 또 무슨 일을 벌이건, 자기만 개입시키지 않는다면.

그런데 데이지는 그렇게 생각하지 않는 모양이다.

"그러니까 너도 도와 달란 거지, 황태자 전하를 불러낼 수 있는 건 역시 너잖니! 내가 좋아하는 두 분 사이가 좋아진다면, 난 정말 행복할 거야. 모두에게도 결국은 행복한 일이 될 테고! 이보다 아름다운 결과물이 있겠어?"

깍지 낀 손을 들어 올리며 외치는 데이지를 보자 기분이 싸해졌다. 거북스러운 감정이 치달아 오르는 걸 여실히 느끼며 슈리아는 은근히 거부의 말을 꺼내 들었다.

"사촌 동생인 네가 직접 전하께 말씀드려 보는 건 어때?"

"으잉, 나도 그러고 싶지만 그럴 수가 없단 말야! 할머니가 황태자궁 사람들한테 신신당부해 놓으셨어. 내가 오면 아무 방에나 집어넣고 바로 대공저에 기별을 넣어 달라고! 그렇다고 무도회에서 말씀드리기엔, 언제 오실지도 모르고."

데이지가 슬쩍 시선을 피했다.

"그, 너랑 너무 딱 붙어 계신단 말야. 방해받기 싫어하시는 눈치였어. 그래서…… 조용히 말씀드리긴 어렵단 말이지."

돌연 지난 무도회의 '그 일'이 뇌리를 스치자 숨이 입안으로 확 빨려 들었다. 거칠어진 호흡을 누르며 슈리아는 가까스로 평정을 지켰다.

다른 덴 눈치라곤 쥐뿔도 없으면서 왜 그런 눈치는 빠르단 말인가? 데이지는 오로지 저를 자극하기 위해 특화된 생물이 아닐까, 혹은 시련을 주려고.

슈리아는 오랜 의심을 다시 한 번 떠올렸다. 역시 정체를 드러내게 되는 건 황태자에게 들켜서가 아니라, 데이지의 행각에 도무지 견뎌 내기 어려워서가 될지도 몰랐다.

골치 아픈 그녀를 보내 버리기 위해 슈리아는 이마를 짚었다.

"……내가 요새 두통이 있어서, 전하를 만나 뵙고 말씀드리기가 어려운걸. 황궁은 멀잖니."

"흥, 슈리아는 매일 콕 박혀 있으니까 운동 부족이라서 그런 거야!"

데이지의 외침에 슈리아는 가만히 고개를 끄덕였다. 운동 부족은 사실이었다. 그녀의 정보망은 얄팍해서 아직 황태자가 공작저를 드나들었단 사실은 모르는 것 같았다.

고개를 정신 사납게 뒤흔든 데이지가 손바닥을 힘껏 내리쳤다.

"으으으, 그러면 하는 수 없지. 그 방법을 쓰면 분명 엄청 혼나겠지만. 좋아! 내가 알아서 해 보겠어!"

"……잘해 봐. 글쎄, 성공하길 빌게."

데이지는 마음먹은 건 실행해야 직성이 풀리는 소녀였고, 지금 이 순간 그녀는 열정에 불타오르고 있었다. 활활. 거기다가 찬물을 쏟아붓는 잔소리꾼 역할은 슈리아의 몫이 아니었다. 데이지가 불퉁한 표정으로 내쏘았다.

"그렇게 남 일처럼 말하지 마! 일은 내가 하지만, 너도 동참해야 한단 말이지."

"나도?"

"그래, 그냥⋯⋯. 헤헤, 이건 말하지 말아야겠다. 아무튼, 너도 그때 가서 잘 말해 줘."

그때 가서? 뭘 잘 말해?

불길한 질문이 마구 샘솟았지만 데이지는 이미 등을 돌리고 있었다. 그녀는 손을 뒤로 뻗어 휘이휘이 손짓하고 방을 떠나 버렸다. 그 알 수 없는 계획에 이미 깊이 심취한 모양이다.

곧 푸르륵, 하는 투레질 소리가 들리고 낮게 땅을 울리며 마차가 떠나갔다. 그 모습을 물끄러미 내다보던 슈리아는 이윽고 시선을 거두었다.

뭐, 황태자도 이황자에 대해서 별로 다른 생각이 있는 것 같진 않으니.

이 기회에 귀찮게 구는 데이지 때문에 분노해서 그의 목을 쳐 버리면 관계도 퍽 깔끔해질 것이다. 사실 정적을 제거하지 않고 살려 두는 것도 마음에 안 들고. 데이지도 더 이상 조잘거리며 꿈같은 소릴 해대지 않을 테니.

그런데 그렇게 된다면 그녀가 과연 황태자를 미워할 수 있을까?

비정한 상상을 마지막으로 슈리아는 그날 있었던 일을 지워 갔다.

그리고 다음 날.

슈리아는 데이지의 말을 깊이 생각해 보지 않은 것을 후회했다. 그리고 그녀에게 확고한 거절의 말을 하지 않은 것 역시 뼛속 깊이 되새겼다. 정말 추진력 하나는 끝내주는 소녀였다.

"긴히 할 말이 있어 그대가 날 찾았다 들었는데."

황태자가 느릿하게 운을 떼자 데이지가 맹렬한 눈짓을 건넸다.

그래, 잘 말해 달라고 했지. 이런 걸 잘 말해 달란 뜻이었나?

슈리아는 늘 상냥하고 어른스러운 친구 흉내에 익숙해져 있었기에 이런 상황에서도 데이지를 노려보지 못했다. 그건 정말, 지독할 정도로 몸에 익은 흉내였다.

"제가 '전하께서는 워낙 바쁘신 몸이시니 할 말이 있어도 만나 뵙기 어려울 것 같다.' 라고 한 걸, 데이지가 약간 다르게 들었나 봐요."

슈리아는 깍듯한 어조로 지어낸 변명을 고했다. 그건 제가 생각하기에도 꽤 그럴싸하게 들렸다. 말함과 동시에 황태자는 눈썹을 치켜올렸고, 만족을 모르는 데이지는 볼을 부풀렸다.

그리고 이황자는 말없이 찻잔만 들여다보고 있었다. 별생각 없이 초대에 응했던 그는 황태자와 대면한 이후 데이지의 계획이 짐작 간 듯, 침묵을 지켰다.

이 상황에서 가장 큰 희생자는, 밖에 새하얗게 질린 얼굴로 서 있을 노이만 백작부인이리라. 이황자를 보고 바르르 떨었던 그녀는 이어 등장한 황태자를 맞으며 거의 혼이 달아난 듯이 보였다.

평생 도드라지지 않게 조용조용 살아온 그녀의 생애에서 고귀한 황족이, 그것도 둘씩이나 느닷없이 제집에 방문하는 일은 단 한 번도 없었을 것이었다.

그리고 이번 일에 대해서 까맣게 모르고 가벼운 마음으로 '데이지가 새로운 손님을 두 명 데려온다 했어요.' 따위로 전했을 셸리가 두 번째로 큰 희생자였다.

왜 하필 이 백작 저택이었느냐면, 그녀에게는 제지할 만한 이들의 이목을 피하며 일을 벌일 만한 장소가 여기밖에 없었기 때문이다.

대부인이 있는 대공저는 당연히 안 되었고 세일린이라는 호락호락하지 않은 상대가 있는 공작저도 안 될 곳이었다. 그리고 셀리는 진실을 숨긴 데이지의 청에 섣불리 고개를 끄덕인 대가를 뼈저리게 치르고 있었다.

방으로 들어서기 전, 마지막으로 본 그녀는 거의 죄인의 심정을 느끼는 듯 가엾게도 고개를 수그리고 있었다. 물론 비유적으로 가여워 보일 만하다는 뜻이지 슈리아는 별 감흥을 느끼지 못했다.

어차피 셀리는 데이지와 퍽 사이가 돈독했고 그 때문에라도 오늘의 곤란을 크게 담아 두지 않을 터였다.

그에 반해 슈리아는 이 일을 단단히 문제 삼을 생각이었다. 셀리의 대변인 역할을 할 생각은 없지만, 오늘은 도가 지나쳤다.

아무래도 데이지는 '형제애 회복'이라는 우스꽝스러운 대의를 위해선 이 정도쯤은 해도 된다고 얄팍하게 생각하고 있는 것 같았다.

슈리아는 그 얄팍함을 깨우쳐 주기로 굳게 다짐했다. 제가 직접 혼내는 것도 격이 떨어지는, 혹은 수준이 맞지 않는 일이니 대부인에게 이 일을 소상히 고하리라.

슈리아는 무척 마음이 상한 양 그녀를 며칠이고 외면할 생각이었다.

"기가 막히는군."

이제까지 인내해 왔던 황태자도 한계에 다다른 듯싶었다. 그의 눈에 차가운 빛이 어렸다.

"시그오닐 대공녀, 그대의 장난질에 응할 정도로 내가 한가해 보이나?"

진득이 깔린 음성에서는 노기가 묻어 나왔다. 데이지에게도 항변의 여지는 있었다.

슈리아의 부름이라 알고 있었지만 그는 이 자리에 있었고 그 말뜻은 곧 그가 이곳에 올 만큼 한가하다는 것이니까. 그러나 데이지에게 그런 예리한 지적은 무리가 있었다. 심상찮은 분위기에 데이지는 눈을 굴리며 중얼거렸다.

"그치만…… 전! 제가 좋아하는 두 분이 어서 화해하셨음 한걸요!"

"화해?"

황태자는 하, 하고 노골적으로 혀를 찼다.

"아스테어, 네가 말해 보아라. 우리가 화해할 만한 사이던가?"

"아닙니다."

아스테어는 무겁게 고개를 저었다. 그들은 그저 정적이었고 승자와 패자로 나뉜 지금 화해는커녕 한쪽이 자비에 의해 목숨을 부지하고 있는 일방적인 관계에 불과했다.

"들었나? 그대가 한 짓은 무의미할 뿐만 아니라 생각 없고 지저분하기 그지없군! 감히 내게 거짓을 고함이 얼마나 큰 죄인지 몰랐던가."

위압적인 기운이 데이지를 주춤거리게 했다. 냉엄하게 이르며 그녀에게 벼락같은 시선을 꽂고 있는 황태자는 실로 황태자다웠다.

슈리아는 데이지의 훈육 담당자로 돌변한 황태자를 의외롭게 보았다. 모진 언사에 데이지의 눈에 눈물이 핑 돌았다.

"허나 제 잘못입니다! 제가 무심코 편하게 지껄인 탓입니다. 대공녀는 그저 저를 생각해 주었던 것뿐이니 벌하시려면 저를……."

"내가 너를 벌하고자 했다면 넌 이미 관 속에 있겠지."

재빨리 나선 아스테어를 가로막으며 황태자는 차게 웃었다.

"네가 마지막 순간에 날 도왔기에 그 숨을 붙여 두었을 뿐."

새파래진 신색으로 아스테어는 입술을 아래위로 꾹 붙였다. 순식간에 두 명의 입을 다물게 한 황태자는 먹잇감 주위를 배회하는 맹수처럼 느긋하게 뇌까렸다.

"그래, 그사이 둘이 퍽 친해진 모양이군? 그것참 우스운 일이야. 내 외가인 시그오닐의 적녀와 내 가장 큰 정적이었던 다른 황위 계승권

자라."

그 말에, 슈리아는 다른 눈으로 데이지와 이황자를 담았다. 내심 동조하는 바가 있었다.

묘한 구도였다. 시그오닐 대공가와 황태자의 불화를 의심할 만한.

지방으로 내려가 모나지 않게 수그렸던 시그오닐 없이도 황태자는 현재의 자리를 거머쥐었고 그 결과로 시그오닐은, 황태자의 외가라는 명예는 얻었지만 그 이상의 무언가를 얻어 낼 수 없었다.

아니, 황제가 승하하기 이전에는 자신들의 핏줄인 전 황후의 원죄를 덮어쓴 이상 시그오닐은 뭘 주장할 수도 없을 것이다.

황태자와도 숨죽이며 교류를 해 왔음이니, 그만큼 외가로서의 영향력도 미미했고 그 때문에 나름의 불만이 있으리라고, 비록 시그오닐의 일원들은 생각지 않았지만 주변에서 의심할 수 있었다.

그러한 의심 자체는 별것 아니지만, 그 작은 균열이 불순한 움직임을 유발할 수 있으리라.

이황자는 응당 그가 해야 할 일을 하는 대신, 즉 시그오닐 대공녀와 더는 연관되지 않겠다고 말하는 대신 다른 말을 꺼냈다.

"제가 승계권 포기 각서를 쓰겠습니다. 당장에라도."

어쩌면 그게 현명할지도. 슈리아는 차분히 생각했다.

그에게도 남은 끈은 데이지가 유일하다. 그리고 친근하고 맹목적인 데이지는 모든 것을 잃다시피 한 황자에게 퍽 위안이 되는 존재일 것이니, 그녀를 잃기보단 이미 유명무실해진 승계권을 포기함이 현실적일지도 몰랐다.

그의 목을 치는 것보단 못하지만 나름대로 괜찮은 제안이라 생각하는 찰나, 황태자는 나직이 다른 말을 했다.

"그럴 필요 없어. 더 좋은 방법이 생각났거든."

"……."

세 명의 이목이 쏠린 가운데 황태자는 얼굴을 싹 굳히며 질문했다.

"시그오닐 대공녀, 그대는 그대가 한 말을 지킬 수 있나?"

"그, 그럼요!"

훌쩍임이 밴 목소리로 데이지는 연달아 고개를 끄덕거렸다. 황태자는 조금 더 나아갔다.

"그러면 나와 아스테어의 관계가 나아질 수 있다면 뭐든, 할 수 있다는 말이지?"

뭐든.

그 말은 대단히 적용되는 범주가 넓었다. 이황자가 곤혹스럽게 고개를 드는 가운데 데이지는 또다시 아무 생각 없이 고개를 주억거렸다. 사기당하기 딱 좋을 상이었다.

"그럼요. 뭐든 하고말고요!"

"내가 방법을 알려 주지."

슈리아의 흥미진진한 시선을 받으며 황태자는 찬찬히 방도를 펴 들었다. 그 방도란.

"아스테어, 너와 시그오닐 대공녀가 혼인하면 된다. 그것으로 거의 모든 문제는 사라지지."

그 말과 함께 황태자의 시선이 이황자에게 닿자 침묵이 깔렸다. 너무도 헛된 소리라 기가 막혀서 그랬다고는 할 수는 없는, 어색한 눈길이 서로 오갔다.

짧은 시간에 계산을 마친 슈리아가 먼저 말을 꺼냈다.

"타당한 말씀이시군요."

"······타당하다니?"

아스테어가 삐끗한 음을 내며 반박했다. 붉어진 얼굴이 그의 심적 동요를 여실히 드러낸다.

"저, 저는 혼인을 그런 식으로 생각할 수 없습니다. 그건 불순한 일입니다!"

"데이지가 마음에 들지 않으신가요?"

"그건 아니지만……."

아스테어는 데이지를 힐끔거렸다. 늦가을의 사과처럼 빨갛게 익은 데이지는, 입만 뻥긋거릴 뿐 말도 꺼내지 못하고 있었다.

데이지의 이상한 상태를 보고 부끄러움에 잠식당했다 해석해 낸 슈리아는 놀랄 수밖에 없었다. 그녀에게 이런 류의 부끄러움이란 너무도 섬세하고 예민한 감성이라 존재하지 않을 것만 같았던 것이니.

약간 더 복잡한 인간형으로 데이지를 상향 분류하며 슈리아는 거듭 말했다.

"그렇다면 괜찮지 않나요. 데이지와 마음이 잘 맞으시는 것 같고, 데이지도 슬슬 혼처에 대해서 고려해 봐야 하니까……."

"그건 갑작스레 결정지을 일이 아닙니다. 서로 천천히 알아 가고 난 뒤에 교제하고…… 혼인은 그 이후의 문제입니다."

이황자는 마음을 바로잡은 듯 또박또박 황태자에게 고했다.

그가 제시한 전형적인 결혼관에 슈리아는 작은 탄성을 내며 황태자를 돌아보았다. 다짜고짜 청혼해 온 누군가는 좀 찔리는 게 있으리라.

하지만 슈리아는 황태자의 방안이 제법 마음에 든 상태였다. 순전히 데이지를 치워 버릴 좋은 기회였기 때문에.

그녀도 공인된 놀이 상대가 생기면 저를 좀 덜 귀찮게 하리라. 그래서 슈리아는 비난하듯이 소리를 높이며 말했다.

"모두가 그렇게 하진 않아요. 혼사의 대상을 혼인식 날 처음 보는 것도 꽤 있는 일이지요. 거기다 그건, 일단 교제해 보고 난 뒤 마음에 안 들면 헤어지겠단 뜻으로 들리는군요."

데이지의 눈동자가 파르르 떨렸다. 거기엔 '충격', '어떻게 그럴 수가.'라는 글자가 쓰여 있는 것만 같았다.

그녀는 한 번 정하면 쉽사리 돌아서지 않는 성격이었다. 슈리아를 제 단짝이라 정한 이후 거기에 단 한 번도 의심을 품어 본 적 없듯이.

당연한 소리를 무도하게 만들어 버리는 발언 앞에 이황자는 잠시 말문을 삼켰다. 황태자가 첨언했다.

"그녀와 혼인한다면 시그오닐과의 결합으로 네 불안정한 위치도 공고해지겠지."

또한, 시그오닐과의 공모를 의심받을 필요도 없게 되는 것이다. 단순히 미심쩍은 어울림을 넘어서 그녀와 이황자가 결합한다면 그 극단적인 사태는 극단적이기에 오히려 저의를 의심할 수 없는 일이었다.

불화가 있다고 주장하는 시각에서 보자면 시그오닐이 황태자에게 불만을 표하는 정도가 아니라 아예 돌아선 모양새가 될 것이니.

그리고 그건 논리에 맞지 않았다. 황태자는, 황자가 아니라 황태자였고 초월자인 이상 거의 반드시 황위에 오르게 될 몸이었다. 황태자의 외가로 앞날이 보장된 시그오닐이 약간 거스르는 정도가 아니라 그와 완전히 척을 지는 짓을 벌인다는 건, 논리적이지 못했다.

그러나 그 혼인이 황태자의 인가를 받았고, 이황자에게 홀딱 반한 데이지의 강력한 주장 탓에 성립된 것이라면 이야기가 달라진다.

데이지의 기상천외함은 널리 알려진 것이니 모두가 편치는 않겠지만 그럭저럭 납득은 할 터였다.

또한 그렇게 하는 것으로 이황자는 황태자와 갈등을 빚게 했던 큰 요인인 이복형제의 위치에서 벗어날 수 있었다. 그는 데이지와의 혼사를 통해 황태자를 뒷받침하는 시그오닐의 일원이자 사촌 여동생의 남편으로서 새로운 지위를 얻게 되리라.

데이지에게 형제라고는 어린 남동생 한 명뿐이었으니, 잘하면 그를 제치고 대공이 될 수 있을지도 몰랐다.

황위에는 비할 수 없는 자리이지만 공국의 지배자라는 위치는, 황족인 그의 눈높이도 일정 수준 충족시킬 터였다.

"아스테어, 네가 결론을 내리면 된다."

황태자는 자르듯이 확언했다. 흡사 데이지에겐 의사라는 게 존재하지 않는다는 투였다.

자아가 투철한 만큼 불만도 많은 데이지였으나 그녀는 이상하리만치 조용했다. 전부터 좀 수상하긴 했지만, 정말로 이황자에게 마음이 있었나? 그래서 형제애 운운하며 이황자를 도와주려 날뛰어 댄 거였나.

슈리아는 의문이 점차 확증에 가까워져 감을 느꼈다.

그 안에 어떤 꿍꿍이가 있건 데이지를 대하는 태도를 보자면, 이황자는 보기 드물게 다정다감했다. 그는 곧고 너그러운 성품이었고 통통 튀는 그녀에게 잘 맞춰 주는 편이었으니 마음이 혹할 만도 한 것이었다.

양손을 뾰족이 세워 입을 가린 데이지는 몸 둘 바를 모르고 있었다. 그러나 그 굴러가는 눈동자를 보아하니 마음이 내키는, 바람직한 제안이라 여기는 듯싶었다.

그녀는 놀랍도록 다소곳하게 이황자의 발언을 기다렸다.

그 모양새를 보고 있으니 속이 근질거리는 정도가 아니라 소름마저 돋았다. 슈리아는 품위 없게 팔을 긁는 대신 황태자에게 권했다.

"그러면 상의해 보아야 할 테니…… 이야기를 나눌 수 있도록 시간을 주는 게 좋겠어요."

슈리아는 자리에서 몸을 일으키며 눈짓했고 황태자 역시 일어서서 따라 나왔다. 남은 둘은 묘한 언급으로 얽혀 자리가 껄끄럽고 어색하겠지만 알 바 아니었다.

방을 나서자 저만치서 갈팡질팡하던 노이만 백작부인과 셀리가 서둘러 다가왔다. 슈리아는 오늘 난데없이 벼락을 맞은 이 모녀를 위로하듯 다정하게 인사를 건넸다.

"백작부인, 실례가 많았어요. 평안하시길."

"그, 그래요. 슈리아도…… 잘 가요."

으레 하던, 다시 오란 인사말은 꺼내지도 않았다. 아마 속으로는 다신 오지 말라고 생각할지도 모른다.

셸리와 백작부인은 대죄를 지은 것처럼 황태자 앞에선 입도 떼지 못하고 고개를 수그렸다.

남은 사과는 데이지의 몫이리라.

가장 불편한 황태자가 떠나가는 것만으로도 그들이 느끼는 부담감은 상당히 줄어들 터였다.

번듯한 황실 마차에 올라탄 슈리아는 마음 놓고 맞은편의 황태자를 관찰했다. 다소 새삼스러운 시각으로.

그가 제시한 해결방안은 검사답지 않게 합리적이고 평화적이었다. 비록 데이지에게 일침을 가했을지언정 그건 응당한 수준에 지나지 않았다.

데이지도 이번 일로 제 사촌이 그리 호락호락한 성격이 아님을 깨닫게 되었을 것이다. 금방 까먹을 수도 있겠지만.

이황자를 살려 두는 건, 썩 마음에 드는 일은 아니나 그 일에는 적어도 명분이 있었다. 그건 그가 황태자에게 적극 협조한 데에 대한 정당한 보상의 일환으로 내려지는 자비였다. 차후 비슷한 일이 생긴다면 상대는 이황자의 선례를 보고 협조를 고려하게 될 것이다.

그러니까 이건 뭐라고 해야 할까. 슈리아는 가늠해 보았다. 황태자는 조금 전엔, 꽤 능력 있어 보였다.

물론 그는 초월자였고 그 사실만으로도 능력은 넘쳤지만 검사들을 별로 쳐주지 않는 슈리아로선 지적인 측면에서 은근히 황태자를 깔보는 경향이 있었다.

그러니까 그를 상대로 흐트러짐 없이 골라낸 말을 꺼내 보이기보단 조금쯤 방심하고, 그가 통찰력을 보이면 그제야 아차 하는 것이다.

매번 제게 애정을 독촉하고 질투심을 드러내던 그 비합리적인 면모와는 다른, 정치적인 일면을 그는 오늘 드러냈다.

슈리아의 스스럼없는 시선을 어떻게 느꼈는지 황태자가 눈을 찌푸렸다.

"난 정말로 한가하지 않아. 그대가 불렀다 하길래 급한 일인가 해서 와 본 거야."

그건 마부에게 곧장 공작가로 향하라 명했을 때부터 짐작한 사실이었다. 자신을 내려 주고 곧바로 황궁으로 갈 모양인가 싶었다. 슈리아는 다정하게 웃으며 꼬집었다.

"하지만 이곳에 오셨으니, 결국 오실 수 있을 만큼 한가하셨던 건 아닌가요?"

데이지는 지적하지 못했지만 그녀보다 더 깊게 사고하는 슈리아는 지적할 수 있었다.

"없는 시간을 만들어 냈지."

간결하게 답한 황태자는 턱을 괸 채 몸을 숙여 왔다.

"그대가 날 부르면, 언제라도 그렇게 할 거야. 그러니 중요한 일이 있을 때만 불러."

그는 나직이 웃었고 그건 아무에게나 보이지 않는 호사스러운 미소였다.

슈리아의 귀에 그건 마치 자신을 부르려면 국가중대사를 망치는 정도의 각오를 하라는 뜻으로 들렸다.

슈리아는 그가 망군이 된다면 분명 제 탓을 하리라고 생각했다.

"……그렇게까지 하진 말아 주세요."

슈리아는 가볍게 말을 마치며 창밖으로 눈을 돌렸고, 마차 안은 금세 조용해졌다.

공작 저택에 도착한 마차는 예견했던 대로 조금의 시간도 할애하지 않고 다시 떠나갔다.

방으로 돌아온 슈리아는 시중을 들러 다가온 제니를 물리치고 책상 앞에 앉았다. 그리고 아까 결심했던 일을 바로 행동으로 옮겼다.

얇은 종잇장 위에서 깃펜이 서걱서걱 소리를 내며 날듯이 내달렸다. 펜 끝에서 그려지는 유려한 문장들은 귀족적인 미사여구로 꾸며져 있었고 내용 역시도 은근하고 에두른 표현으로 그득했다.

조심스러운 우려를 담아 공손하게 작성된 편지는 곧 곱게 밀봉되어 선반 위에 올려졌다. 슈리아는 그것으로 그날의 일을 매듭지었고, 편지는 저녁 무렵에 수거되어 정해진 목적지로 출발했다.

그것이 다음 날 오전, 시그오닐 대공저에서 일어난 소란과 관련이 있는지는 편지를 보낸 이와 받은 이만이 알 수 있을 노릇이다.

✠

데이지는 단단히 혼이 난 듯싶었다.

그날 이후로 연락이 뚝 끊긴 데이지는 일주일가량 사교계에 얼굴을 비추지 못했다. 정확히 말하자면 그녀는 제 방 문턱을 넘을 수 없었다.

한창 사교철에 사교 행사에 참석하지 못함은 큰 손실이었음에도, 그 일을 명한 대부인의 태도는 단호했다. 그녀는 몹시 화가 나 있었고 그 진노에는 그럴 만한 이유가 있었다.

이황자와 황태자의 만남을 도모하기 위해 황태자궁 출입이 금지된 데이지는 본궁을 기웃거리며 황태자를 찾았었다.

나름대로 사교계의 유명 인사였던 그녀의 모습은 무척 많은 귀족의 눈에 띄었고, 대부인에게도 곧 친분이 있는 이를 통해 그 사실이 전해졌다. 공교롭게도 슈리아의 편지가 도착한 바로 그날 아침에.

미혼의 귀족 여식이 본궁에 사사로이 드나드는 건 예에 걸맞지 않은 정도를 넘어서 질타를 받을 만한 행각이다. 가뜩이나 데이지에 대해서 그리 좋지 못한 이야기들이 오가고 있었던 터였다.

편지를 받아 든 대부인은 곧 손이 떨릴 정도로 분노했다. 망아지 같은 손녀를 바로잡아야겠다고 모질게 마음먹은 그녀는 그날, 오랜만에 회초리를 들었다.

듣기로는 그날 대공저에는 데이지의 비명이 가득 울려 퍼졌다고 했다. 대공저에 머물다 소리를 듣고 달려온 제시카와 베티는 어쩔 줄을 몰라 했고 뒤늦게 대부인을 말리려고 해 보았으나 통하지 않았다.

그날 회초리 세 개가 부러질 정도로 매질을 당한 데이지는 퉁퉁 부은 종아리를 치료받고 방에 가두어졌다.

열흘간 방에서 근신하라는 대부인의 명은 추상같았다. 문은 굳게 잠겼고 방문 앞에는 하녀들이 교대로 지키고 섰다. 방 밖으로 흐느끼는 소리가 종일 흘러나오는 가운데 식사를 실어 나르는 하녀만이 오갔다. 제시카와 베티는 제지당해 데이지의 상태를 물어만 볼 뿐 직접 살필 수 없었다.

그들의 일정을 꿰고 있는 대부인은 이 두 소녀에게 사교 행사에 참석하라고 권했고 그들은 마지못해 고개를 끄덕였다. 가문 내 일이라 어찌할 수 없다지만 마음이 편치 않은 것은 사실이었다.

그 소식을 전해 듣기 전까지 꽁해 있던 셀리는 금방 마음이 약해졌다.

그녀는 제가 곤경에 처했던 일을 잊고 '어쩌지, 데이지 많이 아팠을 텐데.'라며 눈물을 글썽이며 데이지를 깊이 동정했다. 명문가의 딸이라 엄격하게 교육받았을 레이첼도 질린 얼굴을 보였다.

반면 그 상황을 적극 부추긴 문제의 소녀는 데이지의 불행에 유일하게 아무런 감상도 느끼지 못했다. 이러한 때에 어떠한 표정을 보여야 할지는 숙지하고 있었기에 모른 척 안쓰러운 표정을 자아냈을 뿐이다.

슈리아는 심지어 죄수의 신세가 된 데이지를 그럴 만도 하다며 속으로 가책 없이 품평했다. 데이지를 가엽게 여기는 것과 별개로 실은 모두가 은연중에 그리 생각하고 있었다.

얄팍하고 현실적인 우정 앞에 잠깐 염려하던 분위기는 설마 대부인이 데이지를 어떻게 하시겠느냐는, 뻔한 말로 마무리 지어졌다.

소녀들은 어느덧 데이지를 잊고 화기애애하게 떠들었다.

그리고 데이지는 예정보다 이른 일주일 만에 친구들의 품으로 돌아왔다. 한 가지 놀라운 소식을 안고서.

"뭐? 정말 네가 이황자 저하와 그그그그그……."

"응, 맞아! 교제하기로 했다고."

히히 웃는 얼굴로 데이지는 폴짝 뛰었다. 가볍게 허공에 올랐다 떨어지는 소리가 전보다 살짝 묵중해졌다. 그간의 마음고생으로 살이 빠졌을 법도 한데 그녀의 뺨은 통통하게 부풀어 있었다.

하루 정도 아프다고 울어 대고 그 후로는 방 안에서 잘 먹고 잘 자고 했나 보다. 과연 데이지와 고난이라는 단어는 가깝지 않은 것이었다.

그 상황에서 과연 적절한 대화가 가능했을지 의심쩍었지만, 데이지의 말에 따르면 그날 그들, 즉 데이지와 이황자는 방에 남아서 한동안 이야기를 나누었다고 한다.

슈리아는 속으로 그 대화의 부수적인 효과를 생각했다. 셸리와 셸리의 어머니 노이만 백작부인은 그 한동안만큼 불편했겠지.

어쨌든 그들은 하나의 결론을 도출해 내는 데 성공했다.

데이지는 이황자를 좋아한다. 또한, 이황자도 데이지를 좋아한다. 감정의 색과 깊이는 다를망정 그것은 진실이었다.

상호 간의 호감. 모든 연인이 항상 열렬한 첫 시작을 갖지 않는다는 현실을 고려할 때 그들에겐 적어도 첫 시작을 할 만한 최소한의 요건은 갖춰졌다.

이황자는 확실히 데이지를 다루는 데 요령이 있었다. 그는 데이지에게 앞으로 몇 년간은 사교 생활을 자중하며 배움에 힘쓰고자 한다고 말했다. 또한 전하께서도 혼인하시기 전이니 혼사를 가깝게 생각하기 어렵다며 다정하게 일렀다.

그러자 실망하는 데이지에게 그는 진지한 얼굴을 하고, 청컨대 자신과 교제해 주지 않겠느냐며 손을 내밀었다. 그러면서 말하기를, 만약 서로의 마음이 변치 않는다면 데이지가 열여덟 살이 되는 날 청혼하겠다고 했다.

그렇게 삼 년이라는 유예기간이 그들 앞에 놓인 것에 데이지는 순순히 납득했다.

사실 데이지도 이황자가 좋고 교제하면 그다음은 혼인이 아닌가 생각하고 있긴 한데, 당장 뭘 어쩌자고 하긴 부담스러웠던 것이다.

그녀에게 혼인식이란 낭만적이기도 했지만, 막상 제가 치르려고 생각하면 번거롭고 낯선 일이었다. 늘 예법을 지적받는 그녀로선 머리 위에 책을 이고 걸음걸이부터 교육받는 상상을 버리기 어려웠다.

그리고 이황자가 대부인께 조만간 직접 말씀드리겠다고 했기에, 데이지는 근질거리는 입을 꾹 다물고 비밀을 지켰다. 그런데 그 일이 터져 버린 것이다.

데이지가 회초리질을 당하면서도 그러한 사정을 고하지 않은 것은 순전히 무어라 말만 할라치면 대부인이 버럭 고함을 내지르며 매섭게 때렸기 때문이다. 그리고 언제쯤 찾아가는 것이 좋을까 고심하던 이황자는 결국 닷새째 되던 날 대공저를 방문하게 되었다.

그리고 대부인은, 손녀와 다르게 속으로는 그리 내키지 않을망정 황태자가 문제 삼지 않는 이상 이황자에게 내색을 하지 않을 만큼은 정치적인 이였다.

그런 대부인도, 사교계의 은밀한 소문 속에서 '귀부인들이 좋아할 만한 예의 바르고 성실한 사윗감의 전형'이라 일컬어지는, 거기다가 황족다운 언변을 갖춘 이황자에게 넘어가지 않을 수 없었다.

이황자의 정중한 교제 신청은 황태자에게 이미 인가받은 일임을 알린 후에 행해졌고, 걸리는 것이 줄어든 대부인은 고민하는 척한 끝에 데이지를 불러냈다.

그리고 수줍어서 얼굴을 붉히는 손녀딸의 괴이쩍은 몰골을 본 대부인은, 데이지를 얌전하게 만들 수 있는 단 한 명이 있다면 그건 이황자일 거라는 사실을 곧바로 알아차렸다.

그 자리에서 마지못한 척 승낙이 떨어졌고, 데이지에게 일어난 일을 전해 들은 이황자는 몹시 안쓰러워하며 모든 것은 자신이 부덕한 탓이니 그녀를 벌하지 말아 달라며 대부인을 설득했다.

그 결과로 데이지는 좀 더 앞당겨진 자유를 누리게 되었다.

오랜만에 바깥 공기를 쐬며 험난한 과정을 거쳐 이루어 낸 자신의 연애사를 털어놓는 데이지는 퍽 행복해 보였다.

그러나 이 기회에 데이지의 버릇을 제대로 고쳐 놔야겠다고 생각했던 슈리아는 사흘이나 그녀의 벌이 줄어든 것에 불만을 느꼈다.

물론, 그 안에 어떤 마음을 품고 있건 간에 대부인에게 고자질 한 장본인인 슈리아는 참 잘되었다며 마음에도 없는 축하 인사를 건넸다.

데이지가 부재한 동안 나타난 작은 변화도 있었다.

질투심 넘치는 눈빛을 번뜩이며 슈리아와 친해지고자 하는 다른 소녀들을 경계하는 그녀가 없는 동안 슈리아는 인간관계를 좀 더 넓힐 수 있었다. 그것은 데이지가 아닌 다른 소녀들도 바라던 바였다.

슈리아에게 사실상의 패배 선언을 한 이후 오를레앙 공녀는 제 외가를 방문한다며 지방행을 택했다.

사교철에 사교계의 꽃이 자리를 비운다는 건 분명 예사롭지 않은 조짐이었다.

한편 슈리아는 그 소식을 전해 듣기도 전에 오랜만에 이목이 있는 곳에서 말을 걸어온 세라와 이야기를 나누었다. 굳이 묻진 않았지만 슈리아는 메릴린이 세라에게 슈리아와의 접촉을 허가해 주었음을 알아챘다.

그 허가의 이유는 명료했다.

오를레앙 공녀가 무언가 말을 해 두었으리라. 비록 자존심 때문에 황태자비 자리를 포기한다고 털어놓지는 못했겠지만, 자신을 굳건히 지지해 왔던 오랜 친구에게 새롭게 방침을 정할 수 있도록 언질을 주는 것이 예의였으니.

그리고 공녀에게 그런 걸 말할 만한 오랜 친구가 있다면 그건 단연 메릴린이었다.

아반튼 후작 영애 메릴린은 귀족 영애들을 지배해 온 배후답게 세련된 처신을 보였다. 그간 소원했던 세라와 슈리아의 사이가 충분히 돈독해졌다 싶을 무렵 그녀는 세라를 다리 삼아 접근해 왔다.

지난번에 베푼 선의를 슬쩍 언급하며 다가선 메릴린은 놀랄 만치 친근했고, 이전에 당한 일을 기억하고 거리낌을 보이던 셀리도 그녀의 진솔한 사과 앞에 쉽사리 마음을 풀었다.

무리의 중심인 메릴린이 선뜻 다가서자 세라를 비롯하여 오를레앙 공녀의 무리 중 온건한 축에 속했던 몇몇도 슈리아 쪽에게 머뭇대며 다가섰고 또래의 소녀들답게 곧 친해져 갔다.

다만 이전에 이실로테 황녀가 데이지를 비난했을 때 도가 지나치게 나섰던 헤이스 백작 영애를 비롯한 귀족 영애들은 그렇게 하지 못했다. 급변한 태도를 보이기엔 그들은 너무도 멀리 갔다.

사과를 하면 되겠지만, 순순히 사과할 만큼 콧대가 낮은 이들이었다면 아무리 황녀를 내세웠다고 한들 그리 달려들지는 못했을 것이다.

남을 깔아뭉개는 권위란 원래 높은 자존심과 연관되기 마련이니. 그들은 오히려 똘똘 뭉쳐서 오를레앙 공녀의 열렬한 추종자로 거듭났으며 이전까지 감히 어찌하지 못했던 메릴린을 변절자로 몰았다.

즉, 결과적으로 오를레앙 공녀의 일파는 세 갈래로 나뉘었다.

왜 세 갈래냐 하면, 슈리아 쪽에 친화적인 파와, 슈리아 쪽을 적대시하는 파를 제외하고도 중도적인 입장에 선 소녀들이 있었기 때문이다.

그들은 대다수가 염치를 알았고, 그리 정치적이지도 못해서 '황태자비' 라는 먹음직스러운 미끼에 이리저리 휘둘리는 꼴이 내키지 않은 듯이 보였다.

그러니까 이런 것이다.

슈리아 아델트가 황태자비로 유력한 것처럼 보인다고 해서, 데면데면한 이들에게 갑자기 싹 돌변해 친한 척 접근하는 것은 속물적으로 느껴졌다. 또한, 이제까지 친분을 유지해 왔던 공녀에게 의리도 아니었다.

반면, 흐름을 거스르듯 헤이스 백작 영애처럼 눈을 부라리고 때로는 의도적으로 까르르 지어낸 웃음을 흘리며 수군수군 뒷말을 하는 것도 현명하지 못했다. 그리하여 그들은 침묵을 택했다.

비록 가문에서 황태자비로 유력한 슈리아 아델트와 친분을 쌓으라는 압력이 떨어질 것이나, 그들은 일단 섣불리 돌아서는 것을 보류했다. 아직 슈리아는 황태자비가 아니었고 그들에겐 선택을 미룰 만한 시간이 있었다.

사교계에서 높은 입지를 차지하기 위해 메릴린처럼 모험을 감수하지 않았으므로 손해를 보진 않겠지만, 그런 만큼 이득도 취할 수 없을 터였다.

슈리아가 황태자비가 될 즈음엔 그녀의 주변엔 발 디딜 틈 하나 없이 붐빌 테니까.

이러한 변동에 영민한 제시카나 사교계에 익숙한 레이첼은 금세 익숙해졌고, 셀리는 조금 낯설어했으며 베티는 헤이스 백작 영애에게 설욕하겠다고 주먹을 움켜쥐었다.

그러한 사교계의 사정과는 별개로, 데이지에게로 몰려들었던 분홍빛 기류는 그들에게도 마찬가지로 뻗어 갔다.

베티는 슬슬 프란치스 경과 약혼 이야기가 본격적으로 오가는 눈치였고, 제시카는 황태자와 더불어 귀환한 카지스 경과 몇 번 만남을 가졌으며 셸리도 여전히 무도회에서 에런과 꼭 붙어 다녔다.

그리고 그 모든 흐름의 정점을 찍듯 대공저에 모인 소녀들에게 한 가지 소식이 날아들었다.

햇빛 쏟아지는 테라스에서 차양을 드리운 아래에 옹기종기 앉아 티타임을 가지던 중의 일이었다. 오랜만에 슈리아가 솜씨를 한껏 발휘해서 준비한 차에 시내의 유명 베이커리에서 특별히 사 온 디저트까지, 만족스러운 시간이었다.

이제는 자신들이 제법 교양이란 걸 논할 만한 때가 되었다 판단한 소녀들은 요새 읽은 책에 대해서 감상을 나누고 있었다.

홀로 거기에 끼지 못하고 하품하던 데이지는 문득 하녀가 건네준 편지를 펴 들었다. 편지를 읽어 내리던 어느 순간, 게으른 고양이처럼 느른한 눈에 반짝 생기가 돌았다.

데이지는 자리에서 벌떡 일어나 탄성을 내질렀다.

"우와, 모두 여기 봐!"

시선이 쏟아지자 데이지는 의기양양하게 외쳤다.

"블레어와 카일 경이 혼인한대!"

곧 열띤 반응이 쏟아졌다.

"……뭐라고? 어디 좀 봐!"

"진짜야? 좀 봐 봐."

"그게 정말이야? 언제?"

"자, 여기. 약식 파티 정도로 몇몇 지인들만 간소하게 모일 건가 봐."

데이지는 다부진 손짓으로 편지를 세로로 펴 들어 보여 주었다. 그녀는 가장 먼저 이 소식을 알게 된 것에 쓸데없이 뿌듯함이라도 느끼는 듯했다.

고상한 척 난해한 문구를 읊조리던 때가 언제였느냐는 듯이 소녀들은 호들갑을 떨며 열성적으로 편지를 읽어 댔다.

"고작 열흘밖에 안 남았네. 촉박하잖아?"

"그러게 말야. 보통 한 달은 여유를 두고 손님을 초대하니까."

"둘이 결국 그렇게 될 것 같았어! 하지만 시기가 좀 이르다 싶긴 해."

"카일 경이 근래에 남작 작위를 얻었잖아. 그는 뭐, 성격이나 출신은 좀 그렇다 쳐도 실력 좋은 기사라고 들었어. 더군다나 황태자 전하의 측근이기도 하니 말할 것도 없지. 요새 여러 가문에서 그를 주목하고 있다고 하더라고. 나만 해도, 그와 혼인을 약속한 여성이 있느냐고 이모님이 물어 오셨어. 난 있다고 말했지만. 어쨌든 블레어도 불안해진 거야. 그래서 더 이상 까다롭게 굴지 않고 얼른 남작부인이 되려고 하는 거지."

딱 제 관점에서 생각하며 레이첼이 손가락을 척 치켜들었다.

"음, 난 다른 생각이 떠오르는데."

대담한 구석이 있는 베티가 배시시 웃었다.

"혼인식이 촉박한 것도 그렇고 비하할 의도는 아니지만 카일 경은 용병 출신이잖아? 블레어도 나이가 있으니, 굳이 혼인식을 치를 때까지 기다리지 않은 건 아닐까."

"……임신?"

데이지가 노골적으로 꺼낸 말에 슈리아를 제외한 모두가 침을 꿀꺽 삼켰다. 셀리는 볼을 붉혔고 레이첼은 눈살을 찌푸렸다. 그러나 입을 달싹이며 무언가 쏘아붙이려던 그녀는 슈리아를 의식하고 말을 아꼈다.

그녀는 극적인 해후에 이은 혼전 임신으로 사교계를 떠들썩하게 만든 위켄하이저 공작부인의 일을 떠올리는 듯싶었다.

"그건 가서 보면 알겠지."

의미심장한 눈짓을 나눈 뒤 소녀들은 곧 다른 고민에 빠져들었다. 과연 '약식 혼례'에 적합할 만한 복장은 어떤 것일까?

고민은 사뭇 진지했지만 부담은 덜했다. 한 번도 경험해 보지 못한 행사에 머리를 맞대고 곰곰이 생각하던 소녀들은 '약식'이라는 의미를 새겨 넣고 다른 때보다 덜 화려하게 치장하고 가기로 의견을 모았다.

그리고 열흘 후 그들은 약속이 꽤 잘 지켜졌음에도 공작새처럼 눈에 띄는 자신들을 깨닫게 된다.

보통 혼인식과 같은 특별한 때에는 연인을 동반하는 것이 관례다. 하지만 슈리아에게는 가늠해야만 하는 일이었다.

그런 비격식적인 자리에 제 공식 연인을 동반하는 것이 과연 적절한 일일까.

그런 자리에 올 만한 블레어의 지인이란, 그녀가 황궁에서 어린 시절부터 일해 왔다는 사실을 고려할 때 황궁의 시중인들이 대다수일 것이다. 카일의 손님을 생각하자면 대부분의 초청객들은 평민일 것이 분명했다.

그런 곳에 황태자라니.

시장판에서 물건을 사는 그의 모습을 연상하는 것만큼이나 어울리지 않는 일이었다.

상관이자 지고한 황족인 그가 등장하는 것으로 흥겨워야 할 분위기는 바닥으로 곤두박질칠 게 뻔했고 시중인들은 다시 일자리로 돌아온 듯이 느끼리라.

일단 신부부터가 편치 않을 터였다. 하지만 그들이 어떻게 느끼건 슈리아와는 상관없는 문제였다.

황태자는 슈리아의 연인이었고 어떻게 보면 블레어의 지인이기도 했다. 그가 가겠다고 하면 말려야 하겠지만 권하지도 않는 건 후에 황태자가 문제 삼을 수 있었다.

관례가 그렇다 보니 아무래도 시선이 따를 것이다. 혼자 가는 거야 별반 신경 쓰지 않았지만 그 모습이 괜한 불화설을 초래할 가능성도 무시하기는 어려웠다. 안 그래도 꼬투리 잡으려는 이들이 그득하니.

데이지야 모후를 잃은 지 얼마 안 된 이황자의 상황상, 함께 가는 것이 무리일 수 있다지만.

그러나 슈리아가 더 생각할 필요는 없었다. 갈등하며 저택에 돌아와서 확인한, 제게로 온 초청장에 분명 그 답이 제시되어 있었으므로.

'부디' 현재의 연인과의 동석은 삼가 주었으면 좋겠다는, 오직 슈리아만을 향한 블레어의 세심한 첨언에 소녀는 응하기로 했다. 원래 초청자의 특별한 언급에는 따라 주어야 하니까.

카일 경은 남작이었지만 그의 혼사는 귀족이란 신분을 내세워서 치러지는 것이 아니었다.

그런 면에서 보자면 그도 퍽 실리적이지 못했다. 번듯하게 무도회를 벌이는 편이 그의 빈약한 인맥을 개선하는 데에 도움이 되었을 테니까.

하지만 그가 실리적인 이였다면 수많은 귀족 영애들을 마다하고 블레어와 혼인하지는 않았을 것이었다.

어쨌든 귀족가의 행사라고 할 수 없으니, 혹여 먼저 도착해 봐야 평민들 틈에서 어색한 처지가 될 게 뻔했다. 다 함께 가면 소외된 느낌은 덜하리라고 판단한 소녀들은 우선 대공저에 모이기로 했다.

그간 두어 번 함께 무도회에 참석한 황태자에게 블레어의 혼인식에 대해서 입도 떼지 않은 슈리아는 대공저에 도착했을 때, 뜻밖의 사람과 마주하게 되었다.

"에리히, 오랜만이에요."

에리히는 무겁게 고개를 끄덕였다. 황태자의 호위기사가 된 이래로 무척 바쁜 모양인지 그와는 두어 번, 스치듯이 지나친 게 전부였다.

그러나 가까이서 본 그에게는 그동안 좀 변화가 있었다. 그것이 단순히 외면적인 변화를 뜻함은 아니었다.

뺨은 홀쭉해지고 턱 선이 날카로워져 좀 수척해졌다 싶었다. 반면 몸은 더 강건해졌고 키도 쑥 자랐으며 몸속에 자리한 스피릿이 한층 강력하고 풍성해져 높아진 성취만큼이나 눈빛에 힘이 실렸다.

묘목을 벗어난 물푸레나무처럼 소년이라는 표현을 붙이기 어려울 만큼 성숙해진 그는 지반에 뿌리를 깊게 뻗은 한 그루의 견고한 나무가 되어 있었다.

그러나 변치 않은 것도 있어서, 슈리아는 그가 여전히 거북했다.

슈리아를 바라볼 때면 산기슭에 고인 웅덩이처럼 그늘이 드리운 그의 눈은 그 안에 불씨라도 살아 있는 양 여전히 열기를 품었다. 타다 남은 불씨일지라도, 그것은 말라붙은 갈대들을 제물로 삼아 짧은 시간 거세게 이는 들불 같은 것이 아니기에 오래도록 지속되는 것이리라.

"마침 이 녀석이 휴가를 나왔길래, 내가 함께 가자고 했지. 그도 블레어와 안면이 있잖아."

불쑥 제 동생의 어깨를 짚은 에런이 활기차게 떠들었다. 지난 황궁 생활에서 에런과 에리히는 블레어와 몇 번 마주한 적이 있었다. 물론 친하다고 하기에는 어려운 관계였지만, 그 후로 에리히는 황태자의 호위기사가 되었으니 황태자궁 시녀인 블레어와도 친분을 좀 쌓았을 법했다. 그 점은 대수롭지 않게 넘겼으나 문제가 있었다.

"그러면, 에리히 경과 슈리아가 함께 가면 되겠다!"

잔뜩 신 난 데이지가 손바닥을 짝, 하고 맞부딪치면서 말해 버렸기 때문에.

대공저에 모여 있는 이들 중, 슈리아와 에리히만이 파트너가 없는 건 아니었다. 프란치스 경이 급한 임무가 생겼기에 혼자 있게 된 베티도 그랬고, 데이지도 파트너가 없었다.

하지만 개중 에리히와 파트너를 할 만한 이라면 단연 슈리아였다. 이 둘은 겉보기에도 그럴듯한 한 쌍이었고 슈리아가 로이엄 백작가에서 오래 신세를 졌기에 친분상 동석한다 해도 이상할 건 없었다. 적어도 타인의 시선에는 그랬다.

황태자의 성격을 알고도 남을 카지스 경이나 키라트 자작조차도 '그렇게 하는 것이 좋겠다.' 라며 별 신경 쓰지 않았다.

그러나 고이 받아들이기에는, 지난번 루이스 클라인과의 일도 그랬거니와 황태자는 엄청나게 속이 좁았다. 에리히와 함께했다는 말을 전해 들으면 이번에는 또 어떤 식으로 피곤하게 굴지 생각만 해도 두통이 인다.

그러나 황태자가 질투할 것이기에 에리히와 동반할 수 없다고 대놓고 언급하는 것은 황족 모독이다. 그것이 진실임에도 그랬다.

그리하여 슈리아는 훗날 밀어닥칠 광풍을 예감하면서도 거절할 수 없었다.

어쨌든…… 그때에는 두 사람의 관계가 밝혀지지 않았다지만 지금은 슈리아가 누구의 연인인지 알 만한 이들은 전부 알고 있을 터이니 그도 좀 너그러워졌을지도 모른다.

마차에 동승한 이후로 분위기는 그리 어색하지 않았다. 둘 다 말이 많지 않은 편이었기에 이따금 형식적인 몇 마디만이 오가던 와중에 마차는 카일 경의 새로운 저택에 도착했다.

초청객의 대다수가 빌린 마차를 타고 왔으므로 이 귀족가의 고급스러운 마차 여섯 대는 퍽 눈에 띄는 것이었다.

기대 어린 눈으로 조잘조잘거리던 소녀들은 곧 홀에서 쏟아지는 눈총을 받고 입을 다물었다.

구경거리가 된 느낌이었다. 눈에 익은 얼굴들도 꽤 있었지만, 다들 알은척하지 못했다.

그들이 황궁을 나선 시점에서 황궁의 시중인들과는 더는 터놓고 말할 수 없는 사이가 된 것이다. 예외가 있다면 한 방에서 지내며 각별히 친분을 쌓은 블레어뿐이었다.

무도회의 드레스라기보단 간단한 사교 모임에 어울릴 만한 드레스를 갖춰 입었음에도 소녀들의 복장은 무채색 속에 섞인 원색처럼 화려했다.

평민 여성들이 차려입는다고 해 봐야 찾는 의상실이 다르고 쓰는 옷감이 다르니 차이가 나타나는 것이다.

남자들도 나름 장소를 신경 쓴답시고 약식 예장 정도를 갖추었을 뿐이지만 반듯한 자세며 말끔한 얼굴이 거친 용병들과 상반되어 확연하게 두드러졌다.

얼굴에 흉터가 죽죽 간 용병 몇몇이 못마땅한 눈초리를 보였다.

그들은 '남의 혼인식 자리에서도 그렇게 튀어 보이고 싶나?', '역시 귀족들이란 곧 죽어도 고상을 떨어야 쓰겠지.', '저들은 도대체 왜 초대한 거야? 카일도 귀족 나부랭이가 되어서 그런 건가?'라며 보란 듯이 지껄였다.

블레어가 황태자를 데려오지 말라고 한 것이 이해가 되는 시점이었다. 그리고 배타적인 시선에 당황한 소녀들은, 식이 치러지면 빨리 자리를 뜨기로 합의했다.

그런 분위기 속에서도, 블레어는 소녀들을 반갑게 맞아 주었다.

"와 줘서 기뻐요. 내 다른 친구들과 서로 불편하겠지만, 내 혼인이니까 욕심을 부려 보기로 했어요."

눈을 찡긋해 보이는 그녀는 오늘따라 높이 매달린 샹들리에의 크리스탈처럼 빛이 났다. 순백의 드레스는 고귀했고 진주가 알알이 엮인 머리 장식은 우아했다.

늘 시녀다운 간소한 차림새만을 했던 그녀였기에 이렇듯 곱게 화장하고 화려한 드레스를 차려입은 모습은 눈이 휘둥그레질 정도로 달라 보였고, 놀랍도록 아름다웠다.

셀리가 이유 모를 눈물을 뚝뚝 흘렸다. 그녀는 감격에 찬 목소리로 누구보다 진심을 담아 말했다.

"정말 축하해요, 블레어."

"축하해요, 하지만 모두 놀랐어요. 시기가 생각보다 빠르고 알려 준 게 촉박해서."

뼈가 있는 레이첼의 발언에 블레어는 그녀를 능숙하게 다루었던 지난날을 떠올리듯 싱글거리며 웃었다.

"벌하시지 않으면 다행이겠거니 했더니, 황태자 전하께서 그이를 남작으로 봉해 주시더라고요. 그래서 좀 서둘렀지요."

"정말요?"

제시카가 미심쩍게 묻자 블레어는 웃음을 터뜨렸다. 잠시 후 헛기침으로 마무리한 그녀는 표정을 부드럽게 바꾸며 말했다.

"뭐, 많은 가정이 오갔을 거라 생각해요. 간단히 유추할 만한 건 내가 그이를 놓치기 싫어서 꽉 붙잡고 싶었다든가, 임신이라든가, 그런 거겠죠."

정확한 예측이었다. 베티와 데이지가 딴청을 피웠다.

"하지만 다 틀렸어요. 내가 갑자기 혼인하게 된 건…… 그이 때문이죠."

블레어는 한숨을 폭 내쉬었다.

"그이는 준남작이 된 지 얼마 지나지 않았어요. 거기다가 이번엔 알다시피 좀 문제가 있었지만…… 또 승작한 거죠. 기뻐하면서도 혹시나 했는데 역시나 전하께서 그이를 불러 내달 중에 대마물방어선으로 발령 내겠다고 통보하셨지 뭐예요. 물론 기간은 정해지지 않았어요. 그러니 어쩔 수 있겠어요? 헤어지거나 혼인하거나, 난 둘 중 후자를 택한 것뿐이지요."

순식간에 침묵이 내려앉았다. 소녀들은 미망인이 될 그녀를 예감하는 양 과도하게 안쓰러운 시선을 보냈다.

반면 슈리아는 그 안타레스에게서 살아남은 카일 경이 그리 쉽게 죽진 않을 거라고 생각했다. 블레어는 어깨를 으쓱해 보이며 슈리아의 손을 덥석 붙잡았다.

"그런 의미에서, 슈리아가 좀 잘 말해 주었으면 좋겠어요. 갈 땐 가더라도 최대한 빨리 제도로 복귀시켜 달라고."

그녀의 눈빛은 제법 간절했다. 노골적인 청탁이었다. 슈리아는 미소 띤 낯으로 다정하게 꼬집었다.

"그 말을 하려고…… 저 혼자 오라고 한 건가요?"

이건 또 예상하지 못했다. 블레어는 그녀 특유의 얼굴로 상냥하게 웃었다.

"그런 이유도 있고요. 알다시피 그이의 옛 친구 중엔 거친 사람들이 많아서, 축하받아야 할 날이 피투성이가 되는 건 질색이거든요."

전하께서 인내하실지, 자신할 수 없어서요. 한동안 황태자를 섬겨 온 숙련된 시녀 블레어는 있을 법한 가정을 꺼냈다.

"생각해 보지요."

눈을 가늘게 뜬 슈리아는 축하한다는, 간결한 인사를 마지막으로 입을 닫았다. 짧은 대화를 나눈 소녀들은 다음 순서의 사람들이 기다리고 있었기에 아쉬운 듯이 인사를 남기고 와르르 몰려 나갔다.

카일 경 쪽으로 가 있었던 남자들과 합류한 그들은 홀에 배정된 자리에 앞뒤로 모여 앉아 담소를 나누었다.

주로 키라트 자작이 대화를 주도했고 잔뜩 들뜬 데이지가 맞장구치는 가운데 소녀들은 한둘씩 말을 보탰다.

에리히의 옆에 앉은 슈리아는 대강 호응하며 주변을 돌아보았다.

블레어의 초청으로 참석한 여자들은 대개 평민이었지만, 카일 경은 기사였기에 초청된 이들 중엔 눈에 익은 황실 기사 몇몇이 있었다. 서로 불편하지 않도록 친분이 있는 이들끼리 묶어 자리가 배정된 터였다.

문득 데이지가 자리를 박차고 일어났다. 그녀는 흡사 먹이를 낚아채는 매와 같은 눈빛을 번뜩이며 저편으로 달려가 버렸다.

"어, 어딜 가는 거지?"

"글쎄? 아는 사람이라도 봤나?"

셸리가 당황해서 묻자 베티가 고개를 갸웃거렸다. 그때 마침 곧 혼인식이 치러지겠으니 착석해 달라는 안내가 있었다.

어쩌지? 갈등 섞인 시선이 오가는 가운데 슈리아가 자리에서 일어섰다.

"내가 데려올게. 혼자면 충분해."

뒤따르려던 에리히를 제지하듯 말을 맺은 슈리아는 '빨리 와야 해!'라는 외침을 뒤로하고 곧바로 데이지의 행로를 따라갔다. 데이지가 또 무언가 고집을 부린다 한들 슈리아는 설득해 낼 수 있다고 여겨지는 소녀였다.

계단을 따라 올라간 슈리아는 이 층에 이르렀다. 시선을 내리자 식이 치러질 홀의 전경이 훤히 보였다. 순결한 은백색 커튼이 드리워지고 분홍색 장미에 자잘한 흰 꽃을 섞은 생화로 기둥이며 홀 곳곳을 장식한 모습이 잘 가꾸어진 작은 화원같이 소담했다.

세일린의 혼인식이 호화로웠다면 이번에는 친근하니 소박한 멋이 있었다.

그러나 이 층에서는 인기척이 느껴지지 않았다. 잠깐 이곳에서 아래층을 감상하던 이들도 올라오는 슈리아를 힐끔거리며 엇갈려 내려갔다.

데이지의 시선은 위로 향해 있었으니 이 층이 아니라면 더 위일 터였다.

원형 계단을 빙 둘러 올라간 슈리아는 이제 삼 층에 도달했다. 저쪽 두터운 커튼이 드리워진 너머에서 말소리가 들려왔다. 데이지의 음성이었다. 그리고 거기에는 데이지가 아닌 누군가가 또 있었다.

초대받지 못한 자리에 불쑥 난입하는 것은 이황자다운 일은 아니니, 그일 거라는 생각은 없었다. 한 가지 가능성을 떠올린 슈리아는 망설임 없이 커튼을 열어젖혔다.

"데이지."

슈리아는 데이지의 이름을 속삭이며 곁에 선 자를 흘끗 보았다. 짐작한 대로 그였다.

— 카르마인.

카일 경을 정보원으로 쓸 만큼 친분이 있는 사이이니 오늘 이 자리에 올 줄 알았다. 그리고 그는 데이지가 쫓아갈 만큼 열성을 보이는 상대이기도 했다.

그 둘은 난간 가까이에 나란히 서 있었다. 정확히는, 그 홀로 서 있는데 데이지가 찾아든 모양새였다. 조잘대는 그녀의 목을 단숨에 비틀고도 남을 자인데, 정말이지 겁도 없다.

카르마인의 시선은 아래를 향하고 있었지만, 데이지의 시선은 슈리아가 오기 전까지 줄곧 그에게 꽂혀 있었다. 그녀의 눈빛은 황태자에게 향할 때와 유사한 빛을 띠었다.

열렬한 동경심.

"앗, 슈리아 왔어?"

반갑게 손을 흔드는 데이지에게 슈리아는 성큼 다가섰다. 그제야 카르마인은 시선을 옮겨 슈리아를 바라보았다.

그 작은 움직임에, 딱히 존재감을 드러내고 있지 않음에도 공기가 묵중해진다. 슈리아는 그와 눈을 마주하면서도 예를 생략했다. 새삼스럽게 예의는 무슨.

그날 이후로 처음이었다.

그리고 그날의 일은 두 번 떠올리고 싶지 않았다.

슈리아는 과거를 되새김질하려는 정신을 붙잡아 현실을 직시하며, 솟구치는 치욕감을 감추려는 의도로 태연한 척 꼿꼿하게 턱을 들었다.

데이지는 다시 그를 향해 고개를 돌리고 있었다. 그녀는 달라진 분위기를 전혀 감지하지 못한 듯 연신 생글거리며 입을 열었다.

"에헷, 그러니까 어디까지 이야기했더라? 아, 아무튼 그래서 카일 경이 그런 자리에서 블레어에게 청혼했다가 거절당했단 말이죠! 하지만 그때 블레어는, 뭐 싫어 보이진 않았어요. 웃고 있었죠! 그리고 결국 이렇게 된 거예요."

데이지가 물건을 선보이듯 홀을 향해 손바닥을 펴 들었다. 어쨌든 그녀에게는 내려갈 마음이 없어 보였다.

그리고 이미 늦었다. 초대받은 이들이 자리에 착석한 가운데 홀에 음악이 깔리고 있었다. 모두의 시선이 아래로 내려졌다.

이 위에서 보는 것도 썩 나쁘지는 않았기에 슈리아는 그대로 있기로 했다. 데이지는 혼인식을 관람하면서도 신 나게 떠들 수 있는 이 장소가 몹시 마음에 드는 듯싶었다.

그리고 카르마인은, 옆에서 데이지가 뭐라고 떠들건 관심이 가지 않는 모양이었다. 데이지는 지치지도 않고 떠들어 대다가 문득 물었다.

"카일 경은 카르마인 님께 검을 배웠다고 들었어요. 근데 그러면 제자가 되는 거 아닌가요?"

검으로 자르듯 단숨에, 대답이 떨어졌다.

"나는 제자를 두지 않는다."

슈리아는 허공을 가로질러 단상을 향하던 시선을 단숨에 끌어 올려 그를 보았다. 데이지도 놀랐는지 눈을 휘둥그레 떴다.

"처음 만났을 때, 카일은 비범한 자질만큼이나 잘 단련된 몸을 가진 자였다. 다만 그의 검은 다듬어져 있지 않았고 그는 어떤 길로 나아가야 할지 갈피를 잡지 못하고 있었다. 그래서 약간의 도움을 주었을 뿐이다."

카르마인은 설명을 마치며 눈을 찌푸렸다. 그 모습은 불쾌감을 느끼기보단 마치…… 감회를 되새기는 듯했다.

이제까지 단 한 번도 답변을 얻지 못했던 데이지는 환한 얼굴로 호응했다. 남의 말에 잘 귀 기울이지 않는 그녀치고는 놀라운 태도였다.

"헤에, 그렇군요. 가만, 카일 경의 자질이…… 카르마인 님께서도 비범하다고 하실 정도면 그도 실력이 대단한 거 아닌가요? 하긴 카일 경이 되게 실력이 있다고 들었어요. 보기엔 좀 허풍선이 같지만……. 히히, 그러면 그도 혹시 초월자가 될 수 있는 건?"

"어쩌면."

우와! 탄성을 낸 데이지가 부담스럽게 손을 모으며 그를 올려다보았다. 가능하다면 그를 허공에 띄워 올리기라도 할 것처럼 우러러보는 눈동자였다.

초월자의 자질을 판가름할 수 있는 그의 드높은 안목을 데이지는 심지어 숭배하는 것 같았다. 카르마인은 놀랍도록 평정을 유지하며, 데이지에게 일절 눈길을 주지 않고 말을 이었다.

"……그러나 그는 이제 제 손으로 지켜 주고 싶은 이를 만났다 했다. 더 이상 떠돌지 않고 이곳에 자리를 잡아 범인의 삶을 살기로 한 터. 더 이상 홀몸이 아니게 되었으니 그도 어려워지겠지."

"으응, 잘 모르겠지만 혼자가 아니면 뭔가 더 어려워지나 봐요."

"제 모든 것을 온전히 성취에만 바치는 자만이 초월자가 될 수 있다."

"으으으으, 그건 케이크를 고를 때 꼭 하나만 골라야 한다는 소리 같네요. 치즈케이크며 초콜릿 케이크며 생크림 케이크며 종류가 얼마나 많은데! 물론 전 택하라면 딸기 케이크를 선택하겠지만요, 히히."

"때로는 하나를 얻으려면 다른 모든 것을 버려야 할 때가 있음이니."

……외양만큼은 천양지차였음에도 그들 간에는 믿을 수 없는 일이지만, 대화가 이루어지고 있었다.

말문이 트이기 시작한 핏빛 기사와 발랄한 소녀의 말소리가 거슬리게 들려와 슈리아는 눈썹을 치켜 올렸다. 각자의 화법대로 쏟아지는 말들은 거의 어우러지지 않았고 심지어 부조화까지 이끌어 냈다.

이 촌극에 굳이 끼지 않을 셈으로 소녀는 혼인식에 신경을 집중했다.

카일이 블레어의 손을 맞잡고 주례 앞에 나아가고 있었다. 그는 평소의 흐트러진 모양새와는 달리 오늘만큼은 머리를 깔끔하게 뒤로 넘기고 구겨진 자국 하나 없는 예복을 차려입고 있었다. 둘은 퍽 잘 어울리는 한 쌍이었다.

반짝이는 진주알이 박힌 베일 너머로 블레어의 낯이 어른거렸다.

보지 않아도 그녀가 행복한 표정을 짓고 있음은 알 것 같았다. 그리고 카일 역시, 보기 드물게 행복한 얼굴로 헤벌쭉 웃고 있었다.

주례가 끝나자 단상 위로 꽃보라가 올올이 흩날렸다. 그 아름답고 축복 어린 꽃 세례 속에서 카일은 블레어를 와락 들어 올려 안았다. 그 바람에 베일이 벗겨지자 블레어가 웃으며 내려 달라고 그의 가슴을 두드렸다. 용병들이 일제히 휘파람을 불었다.

그 정신 사나운 진행 과정에 데이지가 입을 벌린 채 폭 빠져 있는 동안 카르마인은 말을 지속했다.

"……내가 아는 누군가도 새로운 삶을 시작했었지."

슈리아는 느릿한 동작으로 그를 돌아보았다. 무슨 소리를 하나 싶었다.

"나는 회의적이었고, 의혹을 품고 있었다. 세상 모든 것이 변해도 결코 달라질 수 없는 단 한 명이 있다면 그일 거라 믿었다."

"왜요?"

카일 경이 고개를 숙여 블레어에게 입 맞추는 광경에 열띤 박수를 보내고 있던 데이지는 즉각 반문했다. 그녀의 단순한 뇌 구조는 한 번에 두 가지 일을 동시에 소화해 낼 수 없을진대 듣고 있긴 하는 건지 슈리아는 의심했다.

그러나 그 추임새에 힘입었는지 카르마인은 답을 주었다. 거의 독백과도 같은 토로가 묵직한 음성으로 흘러나왔다.

"오랜 세월, 하나의 방식으로 살아온 인간은 겹겹이 쌓인 지표 아래 굳어 버린 바위와 같아서, 쉽게 변하지 않는 법이니."

"지진이 나면 변하지 않을까요?"

데이지가 명쾌하게 해답을 냈다. 그는 나직이 결론을 입 밖으로 발했다.

"바위는 변할 수 있지. 허나 인간의 본성은 변하지 않으리라, 생각했었다."

카르마인의 시선이 슈리아에게 박혔다. 검날로 짓이기는 양 날카롭고도 무거운 눈길이다. 데이지가 오늘 뭘 잘못 먹었는지 예리하게 지적한다.

"과거형으로 말씀하시는 걸 보니까 이젠 생각이 바뀌셨나 보네요!"

슈리아는 어쩌면 데이지가 집중하지 않을 때면 잠재된 지성이 살아나 그녀의 입을 조종하는 건 아닌가 하는 새로운 가설을 떠올렸다.

블러디나이트는 시선을 돌이켜 허공을 짚었다. 그는 예상한 대로의 답변을 꺼냈다.

"……그래."

그리 힘이 실리지 않은, 아직도 확신할 수 없단 투였다. 데이지가 명랑하게 재잘거렸다.

"음, 그 사람이 변했나 봐요. 아마도 좋게 변했겠죠? 그렇담 새 삶이 행복한 걸 거예요."

자신을 행복하지 않게 만드는 이가 제 삶을 행복하다고 판정 내리는 아이러니한 상황에 슈리아는 형언할 수 없는 기분에 휩싸였다.

뭘 말하고 싶어서 이런 이야길 시작했는지 알 만하지만, 검사 주제에 답지 않게 에두른 소리를 해 대는 것이 거슬린다.

"……그 새로운 삶이 나빠 보이지는 않더군."

카르마인의 음성이 바닥으로 무겁게 떨어졌다. 동시에 손끝이 바짝 굳었다. 뒤통수를 강타당한 것 같은 기분이었다.

지금, 비아냥거리는 건가?

슈리아는 동요를 표정에 드러내지 않기 위해 무던히 애썼다. 다만 그를 바라보는 눈은 서리가 낀 양 어느새 싸늘하게 얼어붙었다.

카르마인이 지켜보았던 자신의 새로운 삶이란 황태자에게 강압적으로 입맞춤당하는 치욕적인 모습이 아니었던가.

그의 말을 '전생에 지은 죄가 크니 그런 꼴을 당해도 싸다.'라는 뜻으로 해석하는 게 과연 과민한 일인지, 슈리아는 갈등하지 않을 수 없었다.

데이지가 또 뭐라 뭐라 창의적인 답변을 해 대는 동안 이제 부부가 된 카일 경과 블레어는 단상에서 내려왔다. 식은 끝났고 모두가 다가가 축하할 일만 남은 것이다. 그 말은 즉, 내려가야 한다는 뜻이었다. 카르마인이 먼저 입을 열었다.

"가 보아라."

철저한 배제가 담긴 명령에 데이지는 아쉬운 눈빛으로 머뭇거렸다. 그러나 그녀는 곧 블레어를 축하해 줄 새로운 기대로 들뜬 얼굴이 되었다.

"그럼 또 뵈어요!"

카르마인에게 꾸벅 고개를 숙인 데이지는 슈리아에게 가자, 라고 속삭였다.

그리고 급한 성질을 이기지 못해 앞장서서 계단을 투다다다 뛰어내려갔다. 세 개의 회초리는 그녀에게 조신함과 우아한 행동거지를 새겨 넣기엔 부족했던 것 같다.

따라 내려갈 셈으로 계단 앞에 이른 슈리아는 문득 발을 멈추었다. 고개를 돌린 슈리아는 그에게 싸늘하게 경고했다.

"네 의견 따윈 궁금하지 않으니 괜한 소리 지껄이지 마라."

진실로 그가 무어라 하건 듣고 싶지 않았다. 어차피 갈 길은 정해졌고 그의 발언은 어떤 변화도 초래할 수 없었다.

카르마인은 자세를 바꾸지도, 무례한 투를 고수하는 소녀에게 시선을 주지도 않았다.

그는 그저 가만히 입을 달싹였다. 물음이라 하기엔 단조로운 어조로.

"그대도 인간의 삶을 살고 싶었나."

슈리아는 날 선 미소를 떠올렸다.

인간의 삶을 살고 싶었느냐고?

아마르잔을 아는 자가 어찌 그런 어리석은 질문을 할 수 있단 말인가.

단 한 번도, 인간을 넘어선 초월자가 된 것을 후회한 적이 없었던, 그리고 북풍의 군주로서 살아가는 것을 단 한 번도 무겁거나 고독하게 여기지 않았던 아마르잔이었을진대.

초월자인 자신을 더할 나위 없이 흡족하게 여겨 오만한 눈으로 지상의 뭇 것들을 내려다보았던 아마르잔이, 그런 초라한 소망을 가진다고?

그건 아마르잔이 바라기엔 너무도 하잘것없는 것이었다. 그 나름대로 성취며 새로이 겪는 것들이 있다 한들…… 그깟 것들이 도대체 무어라고 아마르잔의 삶을 버려야 했단 말인가. 도무지 말이 되지 않는 소리였다.

슈리아는 그저 인간의 삶을 '살아야 했을' 따름이다. 비록 원치 않을지라도, 그것이 제게 주어진 시련이었음이니.

피식 웃은 소녀는 한 마디 반문만을 남기고 데이지의 뒤를 따랐다.

"네 모자란 머리로는 고작 그런 결론이 한계인가?"

그때 카르마인이 어떤 표정을 지었을지는, 알 길이 없다. 중요한 건 슈리아가 꽤 후련함을 느꼈다는 사실이다.

느릿하게 한 계단씩 아래로 발을 얹으며 슈리아는 긍정적인 발상을 떠올렸다. 번거롭게만 여겼지만 어찌 보면 그의 존재도 생각하기 나름이었다.

카르마인은 현재 제 정체를 알고 있는 유일한 자였고 그는 슈리아를 아마르잔과 동일하게 취급하여 늘 깔보는 소리밖에 듣지 못함에도 인내심을 보였다.

그건 아마르잔이 마음먹기만 한다면 진실로 이 무수한 인간이 산적한 드넓은 땅덩이를 날려 버릴 수 있다는 걸 인지하고 있기 때문이다.

그래서 진작부터 그래 왔거니와 슈리아는 마음껏 그에게 모욕을 가하며 아마르잔다운 독설을 해 댈 수 있었다. 그건 벙어리로 살다가 입이 뚫린 것만큼이나 상쾌한 일이었다.

근래 조용하게 있던 베헤모트가 고개를 슬쩍 들었다.

슈리아의 정체를 알고 있던, 그러나 아마르잔의 손에 창조되어 종속된 몸인지라 딱히 남 취급을 받지 않았던 이 시종마는 늘 주인의 가혹한 태도를 홀로 받아 냈었다.

놈은 한때 자신을 찢어발겼던 이가 저와 비슷한 신세가 된 것에 안쓰러워해야 할지 통쾌해야 할지 고민하는 듯 반지를 붉게 반짝였다.

그러나 슈리아가 잠자코 있으라는 듯 반지를 문지르자 금세 촛불처럼 쥐 죽은 듯이 꺼져 들었다.

이제 다시 홀에 접어들어 친구들에게 합류하려던 참에 자신을 잡아끄는 손길이 있었다. 슈리아는 제 손목을 잡은 그를 물끄러미 올려다보았다.

"에리히, 무슨 일이에요?"

"······잠시만."

나직이 말하는 그는 잔잔한 눈을 하고 있었으나 어딘지 모르게 초조해 보였다. 쳐 내는 것까지 하긴 과도한 듯싶어서, 슈리아는 그를 순순히 따라갔다.

모두가 곧 벌어질 파티를 즐기려 홀에 모여 있던 터라, 홀의 전경이 보이는 구석진 자리에 이르기까지는 누구와도 마주치지 않았다.

슈리아는 발길을 멎은 그가 먼저 말을 꺼낼 때까지, 저만치에서 화사한 드레스를 뽐내며 서 있는 블레어를 응시했다. 옆에 남달리 예민한 감성을 지녀 눈물을 줄줄 흘리고 있는 여성들도 몇 있었다. 그중 하나는 셀리였다.

카일 경이 제 옛 친구들에게 붙들려 허공에 높이 던져지기까지, 에리히의 입이 도통 떨어질 생각을 하지 않았기에 슈리아는 먼저 의례적인 감상을 말했다.

"행복해 보여요."

세일린의 혼인식은 고급스러웠고 웅장해서 황족의 혼인식이라 해도 그 이상 화려하긴 어려울 성싶을 정도였다.

비록 간신히 맺어진 그들 부부의 특성상 애절하게 느껴지는 감상은 있었지만 그때에는 이처럼 모두에게 축복받는, 축제와 같은 흥겨운 분위기는 아니었다.

위켄하이저 가문의 사람들은 이전까지 있었던 극심한 반대를 내보이듯 하나같이 굳은 낯을 하고 있었고 귓속말로 신부의 흠을 잡는 이들도 수두룩했다.

혼인식에서 세일린은 행복한 미소를 보였지만, 그녀는 그 자신과 배 속의 아이를 위해서라도 모든 것이 완벽한 척해야만 하는 상황이었다. 그 혼인으로 물질적으로는 풍요로워졌을지언정 그녀는 평화로운 삶을 버리고 평생 시샘 어린 시선 속에서 지저분한 싸움을 벌여야 하는 진창에 발을 내디뎠다.

이제 귀족 사회에 발을 들이게 된, 평민 출신의 남작부인 블레어 이스트사이드도 약간 비슷한 상황에 처해 있었다. 다만 비슷한 고난이 주어진다 하여도 그녀의 지체가 낮았기에 질투하는 이들은 더 적을 것이었다.

그리고 블레어는 황궁에서의 오랜 시녀 생활을 통해 충분히 단련된 몸이라 비위도 잘 맞추고 눈치도 재빠른 편이니 사교계에도 어렵지 않게 익숙해지리라. 블레어라면 특유의 미소로 어지간한 일은 태연히 넘길 성싶었다.

위켄하이저 공작보다 젊어질 것이 더 적은 카일 경은 성급한 성격대로 제 아내를 기꺼이 편들고도 남을 이였다.

행복이란 단어가 있다면 그 형태를 그대로 구현한 양, 제도 귀족가의 것에 비하자면 소박하나 정겨운 혼인식을 바라보며 에리히는 가만히 위아래로 고갯짓했다. 흘러나오는 말이 힘을 실었다.

"불충한 말이나, 때로는 호화로운 관을 머리에 이는 것보다는 이러한 결합이 아름다울 수 있는 법이지."

"제가 불행할 거라고 생각하시는군요."

직설적인 피진에 에리히는 정곡이 찔린 듯했다. 눈을 찌푸린 그는 끓는 듯이 내뱉었다.

"……너도 곁에서 겪어 왔으니 알겠지만, 공작부인의 삶은 쉬워 보이던가. 네가 생각하는 것만큼 아름다운 미래가 눈앞에 펼쳐질 거라는 보장은 없어. 황태자비라는 건, 그토록 무거운 자리지."

슈리아는 그의 말에 반박하는 대신 고요히 물었다.

"그것이 저를 위한 말인가요?"

"……."

빤하게 그를 보는 눈초리는 순수하여 도리어 마주할 수 없었다.

머지않은 미래, 황태자와 인연할 소녀를 앞에 두고 에리히는 시선을 내렸다. 그것은 눈을 피함에 다름 아니었다.

그 음울한 속내가 보이는 듯하여 슈리아는 웃었다.

"제가 불행해질 미래를 예감하여 흔들리다 전하와 잘못되길 원하시는 건 아니고요?"

그의 가슴 깊숙한 곳에 자리한, 컴컴하고 어두운 질투가 웅크린 동굴에서 그러한 염망이 메아리치고 있음이라.

진실을 적나라하게 끄집어내자 에리히의 눈은 어두워졌다. 그는 이 순간 기사 됨을 버리고 한층 낮아진 소리를 속삭였다.

"나는 그가 널 행복하게 해 줄 수 있다고 생각지 않아."

"틀렸어요."

부정의 답은 빨랐다. 슈리아는 그를 바라보며 차분하게 말을 쏟아 냈다.

"누군가가 절 행복하게 해 줄 필요는 없어요. 제 행복은, 제가 이루는 거니까요."

나긋하게 휘어지는 눈꼬리는 깊었고 그 가운데 박힌 벽색의 눈이 물결처럼 잔잔히 빛났다. 또박또박한 음성은 늘 그러했던 듯이 부드러운 울림을 품고 있지 않았다.

본성이란 것이 변하지 않는다고 여겼다는 카르마인의 말은 일견 옳았다. 끝끝내 자신이 원하는 것을 차지하고야 마는, 아마르잔의 본성은 옛 몸을 벗고 새로이 거듭나고도 달라지지 않았다.

그리하여 슈리아는 바람에 시달리다가 이내 떨어져 나부끼는 나뭇잎처럼 운명에 순응하기보다는 기꺼이 그를 찢어 내고 세상을 갈아치우는 이였다.

행복을 꿈과 동의어라 본다면, 이는 슈리아의 꿈을 향해 가는 길이었다. 슈리아는 똑똑하게 일러 주었다.

"제가 무엇을 원하는지, 제게 무엇이 어울리는지 가장 잘 아는 건 저예요."

"……."

처음으로 고스란히 마주한, 부드러운 꽃잎 아래 감추어진 것은 여린 꽃술이 아니었다. 다디단 꿀이 품은 차가운 독에 에리히는 말문을 삼켰다.

"제가 나락으로 굴러떨어지길 원하는 사교계의 귀족들처럼 말씀하시지 말아 주세요. 그들은 늘 제가 감히 바라서는 안 되는 자리를 탐했으니 결국 불행해질 거라고 말해 왔어요."

"나는……."

"저를 세상 누구보다 아끼는 공작부인께선 우려를 보일망정 늘 제 선택을 지지해 주세요. 그리고 늘 제게 넌 행복해질 거라 말씀하시지요."

에리히의 눈동자에 비친 소녀는 시리게 웃고 있었다.

"……말에 힘이 있다면, 가까운 사람일수록 더 그러하겠지요."

슈리아는 상냥한 음성으로 분명히 고했다.

"제 행복을 빌어 주세요. 그게 진정 저를 위하는 거라고 생각해요."

그 표정이며 몸짓, 어조까지 빈틈없이 그를 밀어내고, 그의 마음을 밀어내고 있었다.

에리히는 거센 파도가 물살을 가르며 발을 내딛는 그를 뭍으로 몰아내는 양 생생하게 그것을 느꼈다. 심장을 쥐어짜는 듯한 통증에 그는 이를 악물었다.

그러나 그는 이만 돌아가야겠어요, 라며 돌아서는 소녀를 돌려세우고 윽박지르거나 제 마음을 강제로 쥐여 주려 하지 않았다. 아니, 그리하지 못했다.

다만 그는 그 자리에 서서 참담한 심정으로 뇌까렸다.

"난 기다리고 있어. 아직도……."

떠나가는 소녀에게서 대답이 들려오는 일은 없었다.

에리히가 드러낸 끈질긴 마음과 악담 덕에 기분이 저조해진 슈리아는 이곳에 오래 머물지 않기로 했다. 블레어에게 인사를 한 뒤 친구들과 이야기를 나누던 소녀는 빈혈이 일었다는 핑계로 먼저 자리를 뜨고자 했다.

또다시 활동량이 적어서 그런 거라는 데이지의 면박이 있었지만, 미소로 가벼이 넘긴 슈리아는 마차에 올라탔다.

에리히는 그 후로 생각에 잠긴 듯 쫓아오지 않았다. 파트너인 그에게 따로 말을 남기지 않은 터였으나, 슈리아가 말도 없이 먼저 떠나간다고 한들 그가 탓할 수 있을 리 없다. 그러나 작은 후회가 찾아들었다.

"너무 섣부르게 굴었나."

슈리아는 중얼거렸다. 마침 카르마인을 짓밟는 언사를 행한 터라, 가학적 심성이 뇌리까지 치고 올라와서 저도 모르게 그를 떨쳐 내고픈 마음을 드러냈다. 이성적으로 보자면 아직은 일렀다.

그러나 에리히는…… 거슬렸다. 늘 그러했다. 제가 정말 누구인지도 모르면서, 황태자의 반만큼도 모르면서 저를 위해 무엇도 감수할 수 있음을 내보인 적도 없었던 자가 그토록 열기 띤 눈을 보이다니.

하긴, 이제는 그라는 차선책이 없어도 될 성싶었다. 루이스 클라인보다는 그가 더 보장된 선택지이긴 했으나 그게 꼭 필요한가.

마지막 걸림돌이 되리라 여겼던 카르마인도 오늘 그의 판단을 말했다. 아직 확신하진 못하겠지만, 그는 거의 마음을 정한 듯했다. 슈리아를 내버려 두기로.

귀족들의 반발 따위 황태자가 아랑곳할 리 없으니 신경 쓸 필요도 없겠고, 오를레앙 공녀도 떠나갔다.

한때는 별처럼 저 멀리 놓여 있는 것으로 여겼던 황태자비 자리는 지금 코앞에 있었다.

그것을 손안에 거머쥐기까지 시간이 오래 남지 않았다. 비록 진정한 목적에 다다르게 되는 날은 아직도 멀게 느껴졌으나…….

순조로웠다.

가만히 눈을 감고 곧 다가올 승리를 누려 보던 슈리아는 잠시 후 눈꺼풀을 들어 올렸다. 무언가…… 느낌이 이상했다. 정확히는 마차가.

슈리아는 등받이에 비스듬히 기댄 몸을 힘을 주어 바로 세웠다. 공작가로 가는 길은 그려지듯이 뻔했는데 이 방향은 그쪽이 아니었다.

마차가 가야 할 길이 아닌, 다른 방향으로 접어든 건 이번이 세 번째. 그리고 앞의 두 번은 동일한 자의 소행이었다.

익숙해지려야 익숙해질 수 없는 감각이 섬뜩하게 심장을 파고들었다.

슈리아가 무언가 행동하기도 전에 바람결이라고 하기에는 무거운 진동이 마차의 벽면을 울렸다. 사람 하나만큼의 무게가 실린 마차는 조금 깊어진 바퀴 소리를 냈다.

슈리아는 가만히 손을 무릎 위로 모았다. 가벼이 놓인 손가락 틈새로 그르렁거리는 영혼의 울림과 함께 반지의 빛이 붉게 번뜩였다.

하지만 그 경계에는 어쩐지 인위적인 구석이 있었다.

오랜만에 전투를 예감하는 척 긴장감을 자아내는 녀석이 무색하게도 털컥, 마차의 문이 열렸다.

속도를 내고 있던 터라 바람이 마차의 표면을 둔중하게 때리고 있었지만 흔들림 없이 벌어진 입구는 침입자를 순순히 안으로 들였다.

하나의 인영이 미끄러져 들어오자 문은 탁 소리를 내며 닫혔다. 베헤모트가 핑 콧소리를 내며 시들해져서 고개를 숙이는 가운데 정적이 깔렸다.

가지런히 놓인 손을 들어 침착하게 머리카락을 귀 뒤로 넘긴 슈리아는 맞은편에 자리한 이에게 나직이 말을 건넸다.

"……이건 또 무슨 놀이인 건가요."

황태자가 눈앞에서 나른하게 미소 지었다. 낮과 밤의 경계에 선 것처럼 진한 보랏빛 예복을 입은 그는 모종의 음모를 꾸미는 양 위험스러운 분위기를 물씬 풍겼다.

"아름다운 아가씨를 납치해 가는 기분을 내 보는 거지. 내게도 잠재된 어둠이란 건 있는 법이거든. 대개는 숨길 필요가 없지만."

슈리아는 기가 차다는 투를 숨기지 않았다.

"제가 또다시 납치당하는 건 아닐까, 겁에 질리게 하려셨던 건 아니고요?"

"아주 의도한 게 아니라고는 하지 않겠어. 허나 그대가 고작 그런 것에 겁에 질릴 거라는 생각 또한, 하지 않았지."

"……."

"내게 눈물짓는 그대를 달래는 기쁨을 안겨 줄 마음은 없나 보군."

아무리 부드럽게 속삭인다 한들 그 소리는 희롱에 불과하다. 슈리아는 눈썹을 치켜 올렸다.

"화는 낼 수 있을 것 같네요."

"그럴 리가."

"어째서요?"

황태자는 느릿하게 몸을 앞으로 숙였다. 맹수가 달려들기 직전에 몸을 낮추듯, 긴장감이 배가되었다. 숙인 얼굴에서 푸른 기 띤 요요한 광채만이 오싹하게 묻어 나왔다.

이전과 비교가 되게끔 가라앉은 어조로 그는 속삭였다.

"화를 내야 하는 건 내 쪽이지."

"동의할 수 없군요."

"잘 생각해 봐."

"생각해 볼 필요 없어요. 전 아무것도……."

"에리히 로이엄."

그 말이 뚝 떨어져 내리자, 시치미 떼려던 슈리아는 그의 빠른 정보 망을 새삼 인지했다. 그의 귀에 그 소식이 들어간 원인은 불 보듯 뻔했다.

에리히 로이엄과 짝지어 주는 데 공헌한 키라트 자작. 그가 가장 유력한 용의자였다.

확실히 거절할지 시험이라도 한 건가? 불쾌감이 일었지만 슈리아는 나긋한 태도와 어조를 유지했다.

"그 건에 대해서는 일전에 말씀드린 적 있지 않나요? 제게 일어

118

나는 대개의 일은 제 의사와 거리가 멀다는 걸. 다르게 말하자면, 제게는 어찌할 수 없는 일들이 종종 일어난다는 것을요."

"상황을 타파하려는 노력이 부족했던 건 아닐까."

빈틈없는 질타에 슈리아는 싸늘하게 쏘아붙였다.

"노력으로 다 되는 거라면 렌도 그 하등 쓸모없는 질투심을 버리거나 적어도 감추려고 노력하시면 되겠군요."

"어려운 일이야. 그대가 두려움에 떠는 것만큼이나."

그는 태연하게 웃었다.

"그리고 내 마음을 그대에게 새겨 넣는 데 사랑의 가장 타는 듯한 이면을 드러내는 것보다 더 좋은 방법은 따로 없지."

"그렇게 하지 않으셔도 저는 렌의 마음을 의심하지 않아요."

그가 뻗은 손이 슈리아의 손등에 닿았다. 그는 시선을 맞춘 채로 속삭였다.

"그렇다 한들 이런 문제에서 항상 솔직함은 미덕인 법이야."

계속된 궤변에 진절머리가 난 슈리아는 차분하게 고했다.

"저는 거절했어요, 몇 번이나……."

"그 거절이 그를 포기시킬 만큼 단호하진 않았겠지."

"……."

계속 한 올씩 몸 위에 올라앉은 실이 이내 그물이 되어 칭칭 감아 옥죄는 기분이었다. 그와의 대화는 흡사 정해진 결론을 놓고 흘러가는, 의미 없는 문답 같았다. 슈리아는 무어라 반박해 보려다 입을 꾹 다물었다.

에리히를 단번에 포기시킬 만한 매몰찬 거절을 하는 것은, 줄곧 연기해 온 슈리아 아델트라는 소녀의 방향성에 맞지 않는 일이었다.

슈리아는 제 배역에 한계선까지 그려 가며 퍽 열중하고 있던 터였으니, 그러기는 어렵다. 그의 시선이 역겹다고 말하며 뺨이라도 때렸어야 하나. 실행은 어렵지 않았지만, 그 그림에 제 모습은 잘 들어맞지 않았다.

그걸로도 끝내지 않고 황태자는 어쩔 수 없다는 투로 속삭였다.

"그대는 정말 이런 문제에 있어서는 천치나 다름없군."

급작스러운 비난에 슈리아는 낯을 굳혔다. 모욕적인 소리다. 누가 누구더러 천치라고?

"내가 화를 내는 건 당연하잖아. 나와 같은 마음을 가진 이라면 누구라도 그럴 거야. 내 심정을 짐작조차 하지 못하는 이유는 그대와 내가 같지 않아서겠지."

짐작을 못 한 바는 아니었다. 그렇다고 그걸 일일이 들먹이는 게 당연한 일인가? 장차 군주가 될 자가 이리도 너그러움이라고는 눈곱만큼도 없이 속이 좁아서야.

단 한 번도 남에게 너그러워 본 적 없는 소녀는 냉담하게 황태자를 비난할 수 있었다.

……그래, 어쨌거나 말하고 싶은 요지는 지은 죄가 있으니 순순히 따라오란 것일 터.

그래도 이건 짚어 봐야만 했다.

"어디로 가고 있는 건가요?"

"둘만 있을 수 있는 곳으로."

짤막한 답변을 마지막으로 황태자는 잠잠해졌다. 지난번과 같이 슈리아를 끌어당겨 무릎 위에 앉히려는 시도는 없었지만, 대신 그가 움직였다.

옆자리에 털썩, 무게감이 실리자 슈리아는 못마땅한 티를 내지 않기 위해 냉담한 얼굴을 고수했다. 늘 양상을 달리하는 것도 재주였다. 최소한 지루하지 않다는 점은 장점으로 꼽아 줄 만하리라.

혼인식이라는 행사를 치러 냈던 터라 몸이 고단하다. 저택에서 휴식을 취하려던 일정을 비틀어 버린 황태자가 여상하게 물어 왔다.

"혼인식은 어땠나."

"······좋았어요, 다들 즐거워했고요."

"소박했겠지. 정겹고, 따뜻하고, 축복하는 이들만이 함께하는. 그대도 그런 혼인식을 원해?"

슈리아는 망설임 없이 도리질 쳤다.

"지체 낮은 귀족이기에 초라하다기보단 소박하다는 말을 붙일 수 있는 거랍니다. 황태자비가 그런 식을 치른다면 역시 몰락 귀족 출신이라 하여 웃음거리가 될 게 뻔해요. 그리고 전, 혼인식은······."

그 어느 때보다 또록또록한 눈빛으로 슈리아는 강조했다.

"무조건 화려해야 한다고 생각해요."

무결하고 욕심 없는 천사 같은 외양과 정반대로 탐욕이 고스란히 드러난 발언이었다.

슈리아의 변하지 않는 본성은 보물에 대한 탐욕만큼이나 자신을 위한 행사가 휘황하게 돋보이는 것을 중시하고 있었다.

그러하기에 속물적인 자신에게 한 치의 부끄러움도 없이, 슈리아는 당당했다. 강함을 탐했기에 초월자가 되었는데, 어찌 스스로의 욕망을 부끄럽게 여겨야 한단 말인가.

"······그거 다행이군."

뜸 들인 응답에 실망이라도 했나 싶어 눈을 가늘게 뜨자 황태자가 찬찬히 설명했다.

"아무리 나라도 예식 절차를 간소화하는 건, 곤란한 일이지. 전통과 격식이 달린 문제이니 우선 황족들이 양보하지 않을 거야."

반지도 되도록 알이 굵고 화려한 걸로 해 달라 하려던 슈리아는, 일단 거기까진 말하지 않기로 했다. 또 재촉한다 하여 그가 화를 내 버릴 수 있었다.

"블레어의 남편은 카일 경이지요."

뜬금없는 소리에 황태자가 시선을 주자 슈리아는 주저 없이 부탁받은 이야기를 꺼냈다.

"카일 경을 대마물방어선으로 발령 내신다고 들었어요."

"그랬었지. 마물 사냥에 경험 많은 이가 필요하다더군."

"그러면 신혼 초인데, 부인만 제도에 홀로 남아 버리게 되잖아요. 가엽지 않으신가요?"

무슨 소리를 하려나 가닥을 잡은 황태자가 냉담하게 대꾸했다.

"그대는 가여운가 보군."

"블레어는 황태자궁에 있을 때 제게 무척 신경 써 준 사람이에요. 아시다시피 저는 궁을 나온 후로도 계속 그녀와 친분을 이어 가고 있지요."

"그래서?"

"블레어는 카일 경이 임무를 다하기 위해서 떠나는 건 어쩔 수 없는 일이라고 생각하고 있어요."

"……."

"하지만 몇 년이고 떠나 있게 되는 건 그녀에게도 외롭고 힘든 일이 될 거예요. 평민 출신의 남작부인, 남편이라도 곁에 있지 않다면 사교계에서의 생활도 가시밭길이겠지요. 저는 그녀가 남편과 오래도록 떨어져 있지 않으면 좋겠어요."

"내게 귀엣말이라도 속삭여 달라 그녀에게 청탁받아서……."

"그저 답답한 속내를 혼인식 날 약해진 마음 탓에 지인에게 털어놓아 본 거랍니다. 그녀가 말하지 않았어도, 저는 말씀드렸을 거예요."

"전혀 세련되지 못한 방식의 청탁이로군. 내가 그 말을 들어줘야만 하나."

"들어주시리라 믿어요. 제 부탁이니까."

가냘픈 은빛이 은반에 어리듯 은은한 미소가 입가에 고였다. 희게 윤이 나는 고혹적인 낯을 황태자는 모든 움직임을 완전히 멎어 버린 채로 바라보았다.

독배라는 걸 알아도 기어코 들이마시는 어리석은 군주가 될 성싶었던 그의 얼굴에 돌연 사나운 기색이 피어올랐다. 부탁을 거절한다면 진심을 추궁하려는 진의를 간파한 모양이다.

제 어깨를 쥐는 그를 슈리아는 물끄러미 올려다보았다. 황태자는 눈을 마주하며 이를 갈듯이 속삭였다.

"내 마음을 시험으로 증명하려고 하지 마."

슈리아는 미소를 잃지 않으며 답했다.

"전하를 불쾌하게 하려는 뜻은 아니었어요."

"내가 기꺼이 그대 손끝으로 조종할 수 있는 얼간이가 될 생각이라고는 해도."

황태자는 귓가에 입술을 붙이며 으르렁거리듯이 말했다. 몹시 자존심이 상한 투였다.

"그걸 일일이 확인하려고 들지 마."

보석을 대놓고 요구하는 만큼이나 불쾌하다 이 말이겠지. 몸을 꽉 죄어 오는 기세가 위협적이었으나 슈리아는 차분히 답을 주었다.

"전 시험이라고까지는 생각하지 않았어요. 전 그저 제가 한 작은 청을 거절하시지는 않을 거라고 생각했을 뿐인걸요."

"어떻게 확신하지?"

"그야…… 렌은 제가 감히 황태자 전하를 우습게 여기는 것보다 진심을 부인당하는 걸 못 견뎌 하시니까요."

말이 끝나기 무섭게 입술이 닿았다. 눌러 붙이는 듯하다가 이내 거센 물살로 변모해 파고들었다.

모질고 정 없는 소리라도 가감 없이 발하는 입놀림이 심히 마음에 들지 않았을 것이라, 슈리아는 이 순간에도 그의 사고를 추측했다.

이윽고 충분히 화풀이한 황태자는 입술을 떼어 냈다.

한숨처럼 얕은 호흡을 내쉰 그는 냉랭한 얼굴로 설명을 시작했다.

"……그는 보기 드물게 실력 있고 쓸 만한 기사이지. 출신이 미천하고, 충성심도 부족하나 그것이 그의 효용성을 결정짓는 건 아니야. 흑

마법사 때문에 나는 많은 기사를 잃었어. 훗날 제대로 운용하기 위해서는 이 기회에 그에게 적당한 신분을 하사할 필요가 있지만, 그를 올리기에는 좀 더 그럴듯한 명분이 있어야만 해. 평민인 그를 준남작으로 만든 지 얼마 되지 않았으니까."

"대마물방어선에 파견하는 명목으로 카일 경을 남작위에 올리셨군요. 그는 원래 마물을 잡는 용병이었으니 그럴 만한 이유도 있고요."

"고작 남작에 불과한 자이니 세간의 이목이 오래 머물지 않겠지. 1, 2년 내에 다시 불러들일 생각이다. 내게도 그는 쓸모가 있는 자야."

"그 말은……."

"애초에 그대가 부탁할 필요가 없었다는 소리다."

황태자는 슈리아에게 눈을 맞추며 지엄하게 말을 쏟아 냈다.

"고작 그런 부탁으로 나를 시험하려고 들다니. 그대가 내 권한을 하찮게 보고 있는 건지, 아니면 애초에 모르기 때문인지 알 수가 없군. 나는 브리오니아의 황태자야."

저를 무시하는 발언에 슈리아의 눈빛이 날카로워지자 황태자가 피식 웃으며 엄지로 눈가를 문질렀다. 또 묘한 데서 감흥을 느껴 마음이 풀린 눈치였다. 그는 놀랍도록 따스함이 깃든 음성으로 말해 왔다.

"다른 부탁을 들고 와. 어려운 것도 상관없어. 모리스라고 했던가? 그럴 리는 없겠지만 그 천박한 여자라 해도 내 눈을 흐린 그대의 말이라면…… 작위를 주지."

모리스 부인, 그러고 보니 근래 제도의 사교계에서 자취를 감추었다 들었는데 그가 처리한 걸까?

의혹에 정신을 빼앗긴 사이 돌연 눈앞이 컴컴해졌다. 느닷없이 나타난 부드러운 검은 천이 눈을 가리고 있었다. 낌새도 알아차리지 못한, 초월자다운 기습이었다. 눈을 가린 천을 머리 뒤에서 꽉 매듭짓는 손길이 느껴졌다.

이건 또 무슨 짓이지. 막 떼려던 슈리아의 입술을 지그시 누르며 황태자는 속삭였다.

"그러니 이제는 조용히 날 따라와. 그대는 지금 납치당하고 있는 거야."

어느덧 마차는 멈춰 서 있었다.

긴 삶을 살아왔다곤 해도 장님이 되었던 적은 없다. 범인보다 월등히 예리한 감각 속에서 살아와 시력의 부재가 큰 걸림돌이 되지 않는다 해도 그것도 초월자일 적의 이야기였다.

이제 막 마법을 배우기 시작한 평범한 소녀 슈리아는 마차에서 내려서는 것도 제대로 되지 않았다. 하지만 손으로 더듬거리면서 돌아다닐 필요는 없었다.

문이 열리고도 오도카니 자리에 앉아 있자 단단한 손이 허리를 받치고 훌쩍 들어 내렸다. 양발이 바닥에 닿은 슈리아는 몸을 바로 세우며 안대를 풀어내는 대신 물었다.

"언제까지 이러고 있어야 해요?"

그건 일단 장단을 맞춰 주겠다는 의사 표명이었다. 어쨌든 황태자는 고집이 세었고 지금 어떤 목적을 이루기 위해 몰두하고 있었다. 그 과정에 협조해야 빨리 결론이 나든 할 것이다.

황태자는 슈리아의 손을 단단히 쥐며 잡아끌었다.

"오래 걸리진 않아."

그를 따라 비척비척 몇 계단을 오른 슈리아는 달라진 공기의 흐름으로 자신이 어떤 건물의 내부에 들어섰다는 걸 알아챘다.

황태자가 '잠시.'라고 속삭이며 자리를 뜬다. 곧이어 저편에서 무언가를 끼워 넣듯 찰칵, 하고 맞물리는 소리가 났다.

황태자가 바로 곁에 가벼운 기척을 내며 선 때와 엇비슷하게 대리석처럼 맨들맨들하고 단단한 발밑에서 줄기줄기 뻗어 나가는 마력이 느껴졌다.

선을 따라가듯 한데 모인 마력은 하나의 마법으로 구현되었다. 제 손을 감싼 손길에 힘이 들어가는 동시에 안대를 뚫고 비칠 만큼 강렬한 빛살이 시야를 하얗게 밝히다 이내 다시 깜깜해졌다.

슈리아는 제가 겪은 일련의 현상이 무엇을 의미하는지 깨닫고 있었다.

— 원거리 공간도약마법.

현기증이 인 슈리아는 몸을 가누지 못하고 비틀거렸다. 아까와는 다른 질감의, 푹신하고 부드러운 양탄자 위에 서 있어서 일순 발밑이 무너져 내린 느낌이었다.

옆에서 굳건한 손길이 어깨를 받쳤다. 도대체 어디로 향하려고, 눈을 가리고 마법을 썼던 것일까. 황가의 금지에라도 발을 들이려는 것인지, 호기심이 일었다. 조바심 낼 것 없이 곧 답이 주어질 터였다.

이끄는 손길을 따라 슈리아는 천천히 발을 내디뎠다. 어지러움이 가시자 다른 감각들이 귀 옆에서 종을 떨어 울리듯 생생하게 깨어났다. 놀랍도록 낯설고 신선했다.

슈리아는 황태자를 따라 걸었다. 문밖에 나서자 익숙하지 않은 향이 코끝에 스며들었다. 이제껏 살아온 퀸른에는 들과 산밖에 없지만 이전 생에서 슈리아는 그 냄새를 맡아 본 적이 있었다.

바다 냄새…….

입안에서 짠맛이 돌았다.

그것은 폐부를 얼어붙게 할 듯이 차갑고 시린, 북해의 것과는 달랐다. 그만치나 청명하지는 않았지만 꽃향기와 뒤섞여 훅훅한 더운 공기를 싣고도 비리지 않고 싱그러웠다. 해변으로 밀려드는 파도 소리가 규칙적으로 귓가에 스며들었다.

조금 더 걸음을 옮기자 발밑의 감촉이 또 달라졌다. 흡사 늪에 발을 들인 양 구두 굽이 푹푹 빠진다.

사륵거리는 고운 모래가 구두 속으로 밀려들어 오자 슈리아는 거치적거림에 이맛살을 찌푸렸다. 그 못마땅한 반응을 눈치챘는지, 허리를 들어 올리는 손길과 함께 슈리아는 허공에서 붕 뜨다가 그의 품 안으로 안착했다.

"바다……인가요."

"그래."

황태자는 여전히 이동하고 있었다. 모래사장이 아닌 반석 위를 걷는 양 그의 걸음에선 거의 흔들림이 느껴지지 않았다.

서너 개의 계단을 오르면서 바다에서 멀어지는가 싶었는데, 문득 몸이 내려졌다. 바닥에 섬과 동시에 안대가 벗겨져 나갔다. 옅은 불빛만이 비추는 컴컴한 밤이었기에 시야는 금세 정상으로 돌아왔다. 슈리아는 찬찬히 주위를 둘러보았다.

점점이 박힌 몇 개의 돌계단 아래로 잔조로운 파도 소리가 철썩이는 와중에 새카만 하늘과 뚜렷하게 경계 진 새하얗고 긴 모래사장이 펼쳐져 있었다.

꿈결이 데려다주었나 싶은 풍경이었다. 별빛이며 달빛에 어슴푸레하게 젖은 모래사장은 눈밭으로 착각할 만치 뽀얗고 은은한 빛이 났다. 우윳빛을 띤 모래가 설탕 알갱이처럼 불투명하게 반짝이고 있었다. 그토록 눈부신 백색임에도 포근하고, 부드러웠다.

입을 떼지 못하고 바라만 보고 있는 소녀의 등 뒤에서 황태자가 조용히 속삭였다.

"마음에 들었나."

"……네."

인정하긴 싫었으나 감상에 젖은 입은 거짓을 발하지 못했다.

"아직 보여 줄 게 남았어."

바다로 걸음을 떼려던 몸을 그가 돌려세웠다. 야트막한 흰 담벼락과 그 가운데 푸른 테두리가 그려진 문이 눈에 들어왔다. 그리로 가는 길이었던 것 같다. 슈리아는 문을 여는 그를 따라 안으로 발을 들였다.

삐걱거리며 문이 닫히고 슈리아는 꽃향기가 풍기는 작은 정원에 서 있었다. 원구 형태의 마법등이 훌쩍 높은 기둥 꼭대기에서 빛을 비추고 있었기에 안은 꽤 밝았다.

하얀 벽면과 대조되는 색색의 꽃들이 화단 안에 가득했고 야자수에는 열매가 주렁주렁 매달려 있었다. 그리고 푸른 지붕의 작은 저택이 보였다. 연달아 있는 창문을 세어 보니 이삼 층 정도 되는 건물이었다.

다가서자 문이 바로 열렸기에 그들은 멈추지 않고 안으로 들어섰다. 입구에서 중년의 여인 한 명이 공손히 고개를 수그리며 맞는다.

갈색으로 잘 그을린 피부를 보아하니, 여기가 어디인지 눈치챌 만도 했다.

— 에스토어.

데이지의 고향이었다.

슈리아는 내부를 가만히 둘러보았다. 탁 트인 기분을 주는 드높은 천장이 인상 깊은 모습이었다. 바닥에는 고풍스러운 양탄자가 깔려 있고 곳곳에 놓인 밤색 가구는 귀족적이다.

문이나 창문틀은 섬세한 문양이 새겨진 골조와 대리석으로 짜여 있었고 원색의 유리 장식이나 명화가 자칫 단조로울 수 있는 흰 벽면을 아름답게 장식했다.

천장에 자리한 원형의 꽃무늬 창은 스테인드글라스로 되어 있어 낮이 되면 오색찬란한 빛이 안으로 스며들 것이다.

"그녀를 안내하라."

"명하신 대로, 전하."

명이 떨어지기 무섭게 동부 지방 특유의 억양으로 대답한 여인은 슈리아 앞에 섰다. 황태자가 뺨을 건드리며 주의를 환기시켰다.

"잠시 후에 보지."

슈리아는 고개를 끄덕이며 여인을 따랐다. 대리석으로 만들어진 계단을 따라 올라간 슈리아는 허브 향이 풍기는 욕조로 안내되었다. 혼인식에 참석하느라 고단한 몸을 씻고 얇고 보드라운 하늘색 드레스로 갈아입고 나자 졸음이 솔솔 밀려왔다.

이대로 자게 해 줄 리 없다 싶었는데 역시나 여인이 손바닥을 펴서 복도 너머를 가리켰다.

"이리로 가시지요."

따라오는 발걸음은 없었다. 슈리아는 미끄러지듯이 걸었다. 좁고 벽이 꽉 막힌 계단을 따라 오르자 어떤 광경이 보였다.

넓지도 좁지도 않은 방 한쪽 벽 전면이 투명한 유리창으로 되어 작은 발코니 너머로 별이 쏟아지는 밤하늘이며 은빛 바닷가가 고스란히 눈에 들어왔다. 그림 속으로 걸어 들어가는 듯이 몽환적이고 아름다운 해안의 밤 풍경이었다.

"이리 와."

방 가운데 놓인 폭이 넓은 소파에 앉아 있던 황태자가 손짓했다. 옅은 푸른색 옷을 걸친 그 역시 목욕을 한 듯, 다가가자 허브 향이 짙었다.

소파는 푹신하고 아늑했다. 반쯤 말린 머리카락이 어깨 위로 흘러내리자 슈리아는 대강 쓸어 넘겼다.

연인이 함께할 만한 분위기도 그렇거니와 낯선 장소. 어찌 보면 위험한 상황이었지만 슈리아는 아름다움을 감상하는 것 이상의 낭만적인 분위기에 젖어 들기 어려운, 메마른 감성의 소유자였다.

테이블에 놓인 음료를 유리잔에 따라 건네며 황태자가 먼저 말했다.

"공작부인에게는 따로 전갈을 보내 두었어. 며칠간 그대를 데리고 있겠다고."

"답을 듣진 않으셨나 보네요."

그녀가 허락할 리 없으니. 슈리아는 나른한 와중에도 예리하게 꼬집었다. 황태자가 피식 웃었다.

"그럴 필요가 있을까."

슈리아는 말없이 얼음 섞인 음료를 담아 차갑게 식은 잔을 어루만지다 입을 가져갔다. 상큼하고 달콤한 액체가 혀를 적셨다. 가볍다고 하긴 어려운, 얼음으로 희석해서 마시는 독한 과실주였다.

취기가 오르자 졸음이 걷잡을 수 없이 깊어졌다. 머리를 살짝 좌우로 흔들자 황태자가 손목을 붙잡아 왔다. 그 손에 이끌려 그의 어깨에 머리를 기대게 된 슈리아는 이대로 잠들어 버리면 어떨까, 깊은 유혹에 시달렸다.

"이곳은 어때."

취기가 오른 틈을 타 진의라도 캐물을 셈인지, 그가 물어 왔다.

"아름답고, 조용하군요. 좋아요."

제도는 이제 가을에 접어들었지만, 이곳은 아직 여름이 가시지 않았다. 그래도 후덥지근한 기온은 좀 벗어나서 밤인 지금은 선선하기까지 하다. 황태자가 다시 물었다.

"마음에 드나?"

"네, 무척."

확실히 졸음과 취기가 버무려지니 사고의 여력이 없어 진심이 술술 잘 나왔다. 황태자가 가만히 눈을 마주한다. 은빛 속눈썹을 내리깔고 있던 슈리아는 이어진 그의 질문에 무거워진 눈꺼풀을 올려 떴다.

"이곳이 그대가 한때 말했던…… 그 꿈과 닿아 있나."

……어쩐지 잠이 깨는 질문이었다. 슈리아는 마비된 머리를 굴려 회상해 보아야만 했다. 그에게 무어라고 말했더라. 꿈이란 걸 말한 건 정원에서 그의 고백을 들은 뒤, 거절하려 했던 그때에,

'……제게는 아주 오래전부터 꿈이 있었어요. 아름다운 저택에서 행복하게 사는 꿈이요. 꽃이 만발한 정원이 있고, 곳곳에 제 손길이

닿아 있는 곳이지요. 크지는 않아도 아늑한 집에서 사랑하는 사람과 아침을 맞이하고, 낮에는 친구들과 담소를 나누며, 저녁에는 남편이 돌아오기를 기다리는 그것이 제가 가지고 있는 꿈이랍니다.'

그리 말했었지. 물론 그 말이 의도한 바가 먹혀들지는 않았지만. 떠올리는데 소름이 돋을 만치 간지러운 대사였다.

그러고 보니 여기는.

슈리아는 문득 자기가 지나온 저택의 모습을 떠올렸다. 슈리아가 꿈꾼다고 말한 아늑하고 아름다운 저택이라면, 그때 했던 말의 내용과 이곳 풍경은 상당히 유사했다.

"그런 것 같네요."

그 말을 또 언제 새겨 두었던 건지. 그리고 그걸 어떻게 세세히 기억하고 있었던 건지. 참으로 집요한 성미라고 슈리아는 생각했다. 감동받는다기보단 질리는 기분이 든다.

한때 둘러댄 핑계에 불과했지만 어쨌든 그때의 연상과 이곳은 닿아 있었다. 황태자가 나직이 뇌까렸다.

"그대의 손길이 닿는다면 그 꿈과 더 가까워지겠지. 간혹 제도를 떠나 이곳에서 휴식을 취하는 것도 나쁘지 않을 거야."

"······왜 이렇게까지 하세요?"

왜 흘러간 말에 구태여 연연하느냐고, 그게 진심이 아니었음은 알지 않았느냐고, 함의를 담아 슈리아가 눈빛을 건네자 그가 가만히 뺨을 쓸었다.

"증명하려고."

내가 증명하게 만드는 건 안 되고, 자기 스스로 증명하는 건 된다는 말인가. 복잡하다고 생각하며 슈리아는 다시금 물었다.

"무엇을요?"

"말했잖아."

졸음과 취기에 지배받지 않는 그의 눈빛은 여전히 강렬하고 생생했다. 슈리아를 바라볼 때면, 그는 항상 그런 시선을 보였다. 그 어느 때보다도 살아 있는 듯이.

스스로 빛을 발하는 보석처럼 선명한 광채를 품은 눈으로 그는 속삭였다.

"그대는 날 사랑하기만 하면 돼. 그대가 원하는 모든 것은 내가 가져다주지."

'날 사랑하기만 해. 그대가 꿈꾸는 삶을 내가 가져다주지.'

황궁에서, 그리 선언했던 그때와 꼭 같은 눈과 음성. 비스듬히 엇갈린 기억이 과거를 넘나들며 현실과 겹쳐져 떠오른다. 열망을 담은 그 말에 슈리아는 답하지 않았다.

그러겠다고 순순히 답한다면 그것은 지독한 거짓말이 되기에. 원하여 노력한다 하여도 어려운 일이리라.

조곤조곤한 음성을 되짚어 보는 동안 최면에 걸린 듯이 의식이 꺼져 갔다. 한없이 아래로 가라앉는 듯하더니 어느 순간, 모든 것이 뚝 끊겼다.

어스름하게 밝아 오던 빛이 이제 환해졌다 싶었을 때 깨어난 슈리아는 눈꺼풀을 들어 올렸다.

그야말로 죽은 듯이 푹 자서 머리가 멍했다. 달콤한 주향의 잔재가 혀끝에 약간 남아 아직도 입에서 단내가 났다. 창밖에 시선을 두자 아침 햇빛을 받아 밤과는 또 다르게 잔잔한 금빛을 머금고 반짝이고 있는 해안이 보였다. 그 뒤로 에메랄드빛 바다가 출렁이고 있었다.

어젯밤, 황태자를 따라 이곳에 왔었다. 거기에 생각이 닿은 슈리아는 문득 기대고 있는 베개가 단단하다는 것을 깨달았다. 머리를 들기 무섭게 낮은 소리가 귓가를 파고들었다.

"깨어났나."

잠에 취해 있었던 듯이 잠겨 있는 음성이었다. 그러고 보니 얇은 이 불만 덮었다 뿐이지 지난밤 이 넓은 소파에서 그에게 기대어 잠이 들었던 때와 거의 유사한 자세였다.

어깨를 감싼 손이 내려와 등을 누르자 슈리아는 자연스레 그의 품으로 무너져 내렸다. 눈꺼풀에 입술이 와 닿았다. 몸을 일으키려 했는데 도통 힘이 들어가지 않는다. 슈리아는 나른하게 누운 채 창 너머의 풍경을 바라보며 인사를 건넸다.

"안녕히 주무셨어요?"

"일어났으면 식사하지. 준비하고 와."

방해할 때는 언제고 황태자가 그리 속삭이며 손에서 힘을 뺐다. 끌어안은 건 그냥 인사였던 모양이다. 기지개를 켜려다가 시선을 의식하고 불현듯 나긋하게 손을 모은 슈리아는 방을 벗어나 총총 복도를 따라갔다.

대기하고 있던 어젯밤의 그 중년 여인이 슈리아를 욕실로 인도했다. 맑은 물에 간단히 세수를 마치고 마사지를 받는 동안 몽롱하던 머릿속이 또렷해졌다.

깨어나서 지금까지의 상황을 정리한 슈리아는 어쩐지 귀족 부부의 하루를 시작한 것 같다는 기분이 들었다.

신혼생활을 선체험이라도 하라는 건가? 어딘지 찜찜하다.

소녀는 곧 다시 아까 잠이 들었던 바로 그 자리로 안내되었다. 시간이 흘러 깨어났을 때보다 강렬해진 햇빛 때문에 창에는 반쯤 커튼이 내려져 있었다.

먼저 온 황태자가 소파에 앉아 손짓했다. 슈리아는 조용히 그리로 다가가 앉았다.

마침 머리에 흰 두건을 쓴 하인이 들어와 수레에서 음식을 내리고 있었다.

뜨거운 태양빛에 푹 익은 과일과 상큼한 샐러드, 노릇노릇한 빵과 베이컨, 달걀 요리, 여러 가지 잼이 테이블에 놓인다.

차림은 소박하기 그지없었지만 색다른 장소에서 먹어서일까, 맛있었다. 코코넛 밀크에 우유와 설탕을 섞은 듯한 음료는 고소했고 과일은 하나하나가 턱뼈가 저릿저릿할 만치 달콤했다.

황태자가 따뜻한 빵을 잘라 잼과 촉촉한 오믈렛을 얹어서 건네주자 슈리아는 새끼 새처럼 받아먹었다.

"어때?"

"맛있어요."

솔직해지기로 한 슈리아는 선뜻 고개를 끄덕였다. 이런 사소한 부분을 애써 인정하지 않는 것도 쓸데없는 고집처럼 여겨졌다. 진정한 자존심은 이런 곳에 내세우지 않는 법이다.

황태자가 웃음을 띠며 슈리아의 입가에 묻은 빵 부스러기를 훔쳐다가 제 입으로 가져가 삼켰다. 그 모습마저 기품이 넘쳐 빈곤해 보이지 않는 것도 재주였다. 다만 슈리아는 이제는 친숙해지기까지 한 간지러움을 느꼈다.

"쉬러 왔다고 생각해, 오늘 하루는."

오늘 하루라.

슈리아에게는 오늘도 귀족 영애답게 티파티며 갖가지 일정이 있었다. 하지만 황태자의 일정 앞에서는 그리 대수롭지 않은 일들이라 슈리아는 '그럴게요.'라고 고분고분하게 답했다. 어차피 마법을 쓰기 전엔 여기서 돌아갈 방도도 없다.

그 양순한 태도가 몹시 마음에 들었는지 황태자는 연신 그의 음식 조합을 들이밀며 슈리아의 배가 아침부터 빵빵해지게 만들었다. 슈리아는 역시 황태자의 취향은 오동통하게 살이 오른 쪽 같다며 경각심을 가지기로 했다. 이러다가 임산부처럼 배가 나와 버릴 수 있다.

더부룩한 속은 양치를 하고 나서도 안정되지 않았다. 소화시켜야겠다고 마음먹은 찰나 마침 황태자가 제의를 해 왔다.

"바다 쪽으로 가 보지 않겠나."

"그러지요."

슈리아가 순순히 긍정을 표하고 얼마 지나지 않아 그들은 해안에 서 있게 되었다.

구두는 어디다 치웠는지 보이지 않아서 나무로 된 슬리퍼를 신었는데, 맨발을 보이는 건 원래 귀족 영애답지 못한 일이었다.

하지만 격식이나 보수적인 분위기가 덜한 에스토어에서는 또 달랐다. 어차피 흠잡을 사람도 없으니 슈리아는 거리낌 없이 걸음을 옮겼다.

머리 위로 하얀 레이스 양산이 자그마한 그늘을 드리웠다. 그리 강렬하지 않은 듯해도 해변의 햇볕은 간과할 만한 게 못 되어서, 예민한 살갗을 가지고 있다면 빨갛게 화상을 입어 피부가 벗겨질 수 있었다.

모래사장은 열기를 품어 약간 뜨겁다 싶을 정도였으나 바닷물이 닿는 곳은 식어 있었다. 슬리퍼 속으로 스며드는 시원한 물에선 짭조름한 냄새가 났다.

파도에 쓸려 다니는 작은 돌이며 조개껍데기가 비쳐 보이는 투명한 물결은 얕은 곳에서는 연둣빛과 하늘빛의 연한 색채를 띠다 수심이 깊어질수록 청록색, 보랏빛 등에서 남빛으로 점점 명도가 짙어져 해변에서 멀리 떨어진 곳은 진한 색의 물감을 풀어 낸 것처럼 보였다. 그러다 쪽빛이 된 수평선이 새파란 하늘과 완만한 곡선으로 맞닿는 것이다.

윤슬이 반짝이는 바다는 아름답고 평화로웠으며 바람이 그리 일지 않아 파도는 아주 잘게 철썩였다. 산책하듯이 거닐며 단지 바라보기보단, 기꺼이 손을 넣고 발을 적시고 싶은 매혹이 있었다.

슈리아는 비교하듯 제가 기억하는 바다를 떠올렸다.

북대륙의 바다는 살을 도려낼 듯이 시려서, 여름에도 몸을 오래 담글 수 있을 만치 수온이 올라가지 않았다. 때로는 굶주린 마물이 뛰어나와 인간을 물밑으로 끌고 들어가곤 했기에 바라보거나 그 안에서 무언가를 건져 내는 것 외에는 음산한 죽음이 도사리는 양 누구도 다가서지 못했다.

아름답다 하여도 가까이하기 꺼림칙한 구석이 있었다. 얼음장 같은 바닷물에 빠져도 자유로이 나다닐 수 있고, 추위에 구애받지 않는 아마르잔에게도 그러했다. 그래서 이러한 감각은 낯설고도 신비로웠다. 작은 물고기가 거의 뭍까지 올라와 호기심 어린 몸짓으로 발목 주변을 맴돌았다.

걸음을 내딛는데 발치에 반쯤 부스러진 하얀 조개껍데기가 걸렸다. 문득 이 부근에선 진주가 나지 않을까, 하는 생각이 들자 탐욕이 일었다.

더 들어가려면 거추장스러운 드레스 자락을 들어 올려야만 했다. 한쪽 손은 이미 양산을 들고 있었으므로 그러면 남는 손이 없어서 부자유스러워진다.

고민하는 찰나 지켜보고 있던 황태자가 뒤에서 허리를 잡아 올렸다. 물 밖으로 쑥 빠져나온 슈리아는 의아하게 뒤를 돌아보았다.

짧은 입맞춤이 입술을 스친다. 그가 웃음기 띤 얼굴로 말했다.

"걸어 들어갈 건 없어. 배를 타러 가지."

눈짓하는 곳을 보자 아까 아침나절에 본 하인이 저택에서부터 하얀 배를 끌고 모래사장으로 나오고 있었다. 낑낑대고 있긴 했지만 배는 쑥쑥 당기는 대로 따라왔다. 노를 저어서 앞으로 나아가는, 아주 작은 배였다.

배가 물속에 놓이자 황태자는 슈리아를 먼저 올려 주고 그도 몸을 실었다. 배 안쪽엔 물과 간단한 간식이 담긴 바구니가 놓여 있었다.

암만 해도 둘 이상 탈 만한 크기로 보이진 않아서 슈리아는 곧바로 질문했다.

"노를 직접 저으실 건가요?"

"그래."

뱃일과는 거리가 멀게 생긴 곱상한 낯을 하고서도 웃음만큼은 퍽 자신만만하다. 하긴 초월자라면 무식한 힘으로 이 작은 배쯤은 어찌해 볼 수 있을 것이다.

바짓단이 젖는 것을 감수하며 하인이 힘주어 밀어내자 곧 젖은 모래 속을 벗어난 배가 물에 조금씩 떠올랐다. 배 옆구리에서 노를 꺼내든 황태자가 그것을 힘주어 고쳐 잡았다.

스피릿이 느껴지는가 싶더니 은은한 금빛을 머금은 노가 물살을 몇 번 가르는 것만으로도 배는 쑥쑥 나아가 어느덧 해안가와 꽤 떨어진 곳까지 흘러 나오게 되었다. 그 원활한 항해 속도를 보건대 폭풍을 만나지 않는다면 바다도 건널 수 있을 성싶다.

슈리아는 배가 나아가는 동안 일렁이는 물밑을 주의 깊게 내려다보았다. 사람 키의 세 배쯤 되는 깊이였지만 워낙 물이 투명한 터라 바닥까지 낱낱이 시야에 잡혔다.

이제 배는 막 산호초 위를 가로지르는 중이었다.

울긋불긋한 원색의 산호초는 고요한 물 아래 만들어진 거대한 예술품 같았다. 꽃이 만발한 화원처럼 다양한 빛깔을 띤 불규칙한 모습의 산호들은 해저에서 몸을 살랑였고 갖가지 색과 모양, 무늬를 가진 열대어들이 사이사이로 바삐 드나들었다.

하나의 군락을 형성한 물밑의 이 지배받지 않는 보물섬은 흡사 보석이 박힌 양 화려하기 그지없었다. 감탄 어린 감상이 절로 새어 나왔다.

"아름답군요."

"……그래. 나도 이곳은 처음이야."

황태자가 노를 젓는 속도를 줄인 탓에 그들은 아주 느리게 이 장관 위를 지났다. 보통 볼 것이란 시야보다 높이 있기 마련인데, 바다의 풍경이란 건 아래에 있다는 게 색다르다.

조용히 감상하고 있는 그때, 옆에서 무언가 큼직한 것이 솟구쳤다.

그리고 철썩, 하고 수면 위로 떨어져 내리며 사방으로 물을 튀겼다.

양산을 쓴 덕에 상반신은 멀쩡했지만 소금물에 드레스가 흠뻑 젖어 버렸다. 장난스럽게 물세례를 끼얹은 그 생물체는 어느새 배 옆에서 고개를 빼꼼 내밀었다.

호기심 강한 눈초리로 배 위의 물고기 비늘처럼 반짝이는 은빛 소녀를 올려다보는 녀석은 손대면 쭉 미끄러질 듯이 매끈한 몸체를 가지고 있었는데, 긴 주둥이를 따라 깊게 파인 입가로 비웃는 듯한 미소가 배어 있었다.

원래 그렇게 생겼는지 알 길 없는 노릇이나 옷이 젖어서 짜증이 인 슈리아는 양산으로 녀석의 머리를 후려칠까 생각했다.

"돌고래로군."

치사하게 혼자 물을 피했는지 멀쩡한 차림새의 황태자가 되뇌었다. 슈리아는 녀석을 유심히 살피며 돌고래의 생태에 대한 지식을 떠올렸다.

고래류 중에서 작고 지능이 높은 편으로 연안의 따뜻한 바다에 살고, 인간에게 친숙하며 집단생활을 한다⋯⋯.

집단생활. 슈리아는 가장 중요한 대목을 짚었다.

즉, 이 녀석을 공격했다간 단체로 달려들어 배를 뒤집으려고 들 수도 있다는 뜻이었다. 그러고 보니 저편에서 지느러미 몇 개가 다가오는 것이 보였다. 슈리아는 공격 의사를 접고 놈을 싸늘하게 노려보았다.

반사광이 번뜩이는 볼품없는 민둥머리를 내밀고 있던 녀석은 이 두 인간이 반응을 보여 주지 않자 물속으로 다시 텀벙 들어가 배 주위를 뱅뱅 맴돌았다.

드레스 아랫단에서 물기를 대충 짜내고 있는데 황태자가 품에서 손수건을 꺼내서 건네주었다.

"돌고래에게 죄를 물을 수는 없지 않겠나."

"……그런 건 바라지 않으니까 빨리 가요."

무능을 드러낸 위로에 감상은 씻은 듯이 잊혔다. 차게 내뱉자 그가 가만히 웃었다. 흘러드는 낮은 웃음이 퍽 기분 나쁘게 여겨진 슈리아는 드레스를 노골적으로 툭툭 털었다. 황태자는 달래듯이 바로 노를 젓기 시작했다.

돌고래 무리가 배 주위에 모여서 걸리적거리자 황태자는 바구니를 열어서 빵 한 덩이를 꺼내 던졌다. 화살을 쏘아 내듯이 먼 곳으로 날아간 빵이 풍덩 소리를 내자 돌고래들이 그리로 쏜살같이 몰려간다.

돌고래도 빵을 먹는지는 알 수 없지만, 호기심이 왕성한 녀석들이니 궁금해서라도 헤엄쳐 가 버린 것 같았다. 그사이 황태자는 부지런히 노를 저어서, 산호초 지대를 거의 벗어났다.

조금쯤 아쉬운 기분이 들어 손끝으로 수면을 건드리자 황태자가 나직이 속삭였다.

"다음에 또 오지. 지금은 갈 곳이 있어."

오늘 하루 그의 뜻에 따르기로 마음먹은 터였다. 작은 물병이라도 가져와 담아 가서 그대로 보존할 수 있다면 좋겠지만, 이건 소유할 수 있는 종류가 아니었다. 이 바다에서가 아니면 이 아름다운 에메랄드 빛 물도 그저 소금물에 지나지 않을 것이다.

충족되지 못한 탐욕이 안쪽에서 검게 일렁여 슈리아는 가슴께를 눌렀다.

배는 착실히 나아가서 이제 뭍에 거의 다다랐다. 그러나 도착한 곳은 출발한 해변에서 왼편으로 좀 떨어진 곳이었다. 그들은 수풀이 곳곳에 올라앉은 하얀 기암절벽에 가까워지고 있었다.

산처럼 우뚝 솟은 절벽은 무너져 버리면 그대로 묻혀 버릴 만치 아찔하니 높았다. 그러면서도 겹겹이 쌓인 지층과 절리가 표면에 오묘한 굴곡을 만들어 내어 자연의 손길로 깎아 낸 웅장하고 거대한 조각을 보는 듯했다.

그리고 절벽 아래쪽 벌어진 틈새로 작은 동굴이 뚫려 있었다. 딱 지금 탄 이 정도 크기의 배만 드나들 수 있을 만치 좁은 입구였다. 배는 거의 낄 듯이 아슬하게 절벽을 통과해서 동굴 속으로 들어섰다.

입구와 달리 안은 꽤 넓었다. 소원을 이루어 주는 요정이 나오는 동화 속 신비의 동굴이 연상되는 풍경이 곧 시야에 들어왔다.

푸른빛이 도는 물이 샘처럼 고인 주변에는 고운 모래가 깔려 있었고, 불투명한 수정이 섞인 흰 벽면에는 대리석처럼 은은한 광택이 흘렀다.

물이 들어차지만 않는다면 이 안에서 살아도 될 성싶은 아늑한 장소였다.

황태자가 배에서 내려 손을 내밀자 슈리아는 그 손을 잡고 뛰어내렸다. 불현듯이 미소를 지우며 무섭도록 차가운 얼굴이 된 그가 입을 열었다.

"갑자기 충동이 이는데."

몸을 돌려세운 손이 뒤쪽에서 강하게 허리를 끌어안는다. 귓가에 스산한 속삭임이 파고들었다.

"이곳에 영원히 그대를 가둬 두고 싶은 충동."

낮게 죽어 든 뇌까림이 동굴 안을 금세 으스스하게 변모시켰다.

"동굴에 갇힌 은빛 천사라면…… 명화에 나올 만큼 아름다운 장면이겠지."

죄여 드는 팔이며 음성에 담긴 열망은 진심을 싣고 있었다. 으슥한 동굴에서 드러낸다면 두렵게 느껴질 만한 소유욕이었다.

그러나 슈리아는 무엇도 두려워하지 않는 성미였고, 더군다나 그것이 그저 겁을 주거나 당황시키려는 되지도 않는 시도임을 어렵지 않게 알아챈 터였다.

"그러려면 정말로 납치하셨어야죠. 공작부인에게 알리지 말고."

무심한 지적에 황태자는 흥이 깨졌다는 듯 손을 풀어 주었다. 그러나 마주한 그의 얼굴은 진한 미소를 머금고 있었다.

그들은 그대로 조용히 걸음을 내디뎠다. 불과 오 분도 지나지 않아 동굴은 끝이 보였고 그 끝에 작은 문이 있었다. 문을 열자 눈부신 빛살이 쏟아져 들어 슈리아는 눈을 깜빡여야만 했다.

해안가 쪽을 응시하니 저편에서 저택의 모습이 얼핏 보였다. 양산을 계속 들고 있어서 팔이 뻐근하기도 했던 터라 슈리아는 물었다.

"이제 들어가나요?"

그러나 들려온 대답은 바라던 것이 아니었다. 늘 그러했지만.

"아니, 할 일이 있어."

무슨 일정을 그리 빡빡하게 짰나 싶었다. 자제하고 있던 불만이 턱끝까지 올라왔지만 슈리아는 입을 꾹 다물었다.

황태자는 무척 기분이 좋아 보였고, 그건 지금 상황이 상당히 순조롭다는 뜻이다. 어쨌든 그의 계획에도 끝은 있을 것이었다.

동굴 위로는 여전히 까마득한 절벽이 있었다. 황태자는 절벽을 빙둘러 어디론가 향할 셈인 듯했다. 그건 내키지 않게도 분명 저택과 멀어지는 길이었다.

다행히 길에는 백사장과 같은 하얀 모래가 깔려서 슬리퍼를 신고도 걷는 데 무리가 없었다. 슈리아는 손을 잡고 앞장서는 황태자를 불성실하게 따라갔다.

느릿한 속도에 황태자가 피식거리며 말했다.

"힘들면 말해."

그건 업어 주거나 안아서 데려가겠다는 소리이지 저택으로 되돌아가겠단 말은 아닐 것이다. 슈리아는 잠시 기절하는 척할까 고민했지만, 잠잘 때와 그렇지 않을 때의 숨소리를 구분할 수 있는 황태자를 속이는 건 자신 없는 일이었다.

경사가 가파른 언덕길에 이르자 슈리아는 아주 잠깐 새에 호흡이 거칠어짐을 느꼈다. 손에 들린 양산이 무거워서 이대로 던져 버리고 싶은 기분이다. 한낮이라 햇빛이 뜨거워지고 날도 더워져 콧잔등에 땀이 배어났다.

제게 체중을 의지하고도 슈리아가 확연히 힘들어하자 안 되겠다 싶었는지 혀를 찬 황태자가 손을 뻗었다. 그는 슈리아를 가볍게 팔 위에 올리고 새를 실어 나르는 양 이제까지와는 비할 수 없이 빠른 속도로 땅을 박찼다.

진작부터 그러지 그랬느냐고 비난하고 싶었던 슈리아는 문득 치욕감을 느꼈다. 그건 왜 진작 안아 주지 않았느냐는, 애교 섞인 투정과 비슷하게 들리리라는 것을 깨달았기 때문이다.

더불어 슈리아는 이 구도에 상당히 익숙해진 자신을 인지했다. 조금만 육체적으로 어려움이 있다 싶으면 그에게 몸을 내맡기고 의지하는 것.

아니야, 이건.

슈리아는 애써 정당화했다. 이건 말이나 마차에 몸을 싣는 것과 유사한 일이다. 제 발로 움직이지 않고 말에 올라탔다고 스스로를 치욕스럽게 여기는 이는 없을 터였다.

그렇게 반복해서 되뇌는 와중에 그들은 드디어 목적지에 도달했다.

거대한 절벽을 돌아들어 낮아진 해안가에 이르자 평평한 바위가 보였다. 바로 아래쪽 바다가 짙은 푸른빛을 띤 걸 보아선 그 언저리에서 수심이 깊어지는 듯싶었다.

아까 배를 밀었던 하인이 거기에 묵묵히 대기하고 있다가 인기척에 허리를 수그렸다. 저택에는 기껏해야 서너 명 정도의 시중인이 있는 듯한데 알뜰하게 부려 먹고 있는 것 같다.

하인 뒤로는 작은 탁자와 함께 푹신한 쿠션이 깔린 의자 두 개가 놓여 바위 중앙을 선점하고 있었다. 절벽에 가려져 해도 들지 않는 절묘한 위치였다.

두어 개의 기다란 장대가 의자 옆의 긴 통에 꽂혀 있고 그 끝에 은

사처럼 얇은 실이 길게 매달려 있었다. 슈리아는 그제야 황태자가 계획한 바를 알아챘다.

"낚시를…… 하자고 하시는 건가요?"

"저녁거리는 준비해 가야지."

평민, 그것도 마치 어부와 같은 발언을 꺼내며 황태자는 낚싯대를 집어 들었다. 노를 저을 때도 그러했지만 퍽 자신 있는 표정이었다. 검사로서 극에 이른 자이니 아무래도 몸으로 하는 일은 대개 쉽게 느끼는 것 같다.

하지만 그가 낚시에도 재능을 보일 것이냐를 떠나서 이건 귀찮고 비효율적인 일이었다. 그물을 던지는 건 제쳐 놓고서라도 그냥 스피릿으로 물에 충격을 가하면 물고기들이 하얀 배를 보이며 둥둥 떠오르지 않을까.

직접 물속으로 뛰어들어 가 초월자다운 몸놀림으로 물고기를 잡아채 온다거나. 그게 슈리아가 생각하는 효율적인 발상이다. 하지만 황태자는 '함께' 하는 것에 의의를 두고 있는 듯했다.

원래 제도의 귀족들에게 낚시란 사치스런 취미의 일종이다. 높은 곳에서 보자면 공놀이와 궤를 달리하지 않았다. 이건 수확물도 있겠고.

슈리아가 성의 없이 의자에 몸을 묻자 하인이 얼음이 섞인 레몬 주스를 따라 주었다. 황태자가 물러가라고 명하자 그는 간식이 담긴 바구니를 테이블에 얹어 놓고 수확한 물고기를 넣을 해수가 담긴 상자를 마련해 놓은 뒤 자리를 떴다.

슈리아는 잔을 들었다. 아까 열이 오른 탓에 땀을 흘려서 목이 탔던 터라 주스가 아주 시원하고 달았다.

젖은 옷은 어느덧 거의 말라 가고 있었다. 슈리아가 휴식을 취하는 동안 지칠 일 없는 황태자는 느긋하게 낚싯대 끝을 살펴보았다. 어쨌든 체력이 따라 주는 그는 이 휴양을 마음껏 누리고 있었다.

낚싯줄 끝에는 미끼로 벌레나 물고기 살점 같은 게 아니라 작은 물고기 모형이 달려 있었는데 큰 고기들이 먹이로 삼는 실제 물고기처럼 정교한 모양새였다. 그리고 심지어 거기에선 미미하게나마 마법적 기운이 느껴졌다.

미끼를 갈지 않아도 되게 마법으로 튼튼하게 연결했나 보다. 대수롭지 않게 넘긴 슈리아는 곧 이상한 점을 발견하게 되었다.

황태자는 분명 초보였다. 자신감이 넘치는 태도에 그 점이 가려지긴 했지만 낚싯대를 다루는 손놀림은 은근히 어설펐다.

하지만 그가 낚싯줄을 물속에 던져 넣고 자리에 앉은 지 얼마 되지 않아 찌가 흔들리는가 싶더니 물고기가 낚여 올라왔다. 낚싯대를 잡은 지 오 분도 채 지나지 않은 짧은 시간 만에 이루어진 일이었다. 그 뒤로도 물고기는 흡사 마법에 걸린 것처럼 줄줄이 낚여서 상자를 채워 갔다.

"생각보다 쉬운데."

삼십여 분의 시간 동안 다섯 마리째 물고기를 낚고 태연하게 말하는 그를 보며 슈리아는 무언가 수상하다고 생각했다.

아무리 숙련된 낚시꾼이라고 해도 이처럼 고기를 줄줄이 낚아 올리기는 어려운 법이다. 물고기가 어지간히 멍청하지 않고서야.

작은 물고기라 마음에 차지 않았던 그는 개중 크기가 작은 세 마리는 다시 놓아주었다.

그사이 슈리아는 확신을 가지고 제 낚싯대를 들었다. 물속에 던져 넣은 지 얼마 되지도 않아 찌가 흔들렸다.

그럼 그렇지. 역시 미끼에 물고기를 현혹하는 마법이 걸려 있는 게 분명했다. 난도가 꽤 있는 마법이니 높은 비용을 치렀을 터, 이건 꽤 호사스러운 취미였다. 뭐, 황태자라면 황실 마법사들을 마음대로 써먹을 수 있겠지만.

낚싯대를 무심코 확 잡아당기려던 소녀는 멈칫했다. 아니 멈춘 것도 잠시, 낚싯대가 바다 쪽으로 확 기울었다. 꽤 큰 물고기가 물었는지 오히려 슈리아가 끌려가고 있었다.

슈리아는 손에 힘을 모으며 체중까지 실었다. 탄력 있는 낚싯대가 휠 만큼 상황은 사뭇 팽팽했다.

낚싯대를 잡은 손이 빨갛게 달아오르다 못해 아파지기까지 해서 애를 쓰던 슈리아는 그냥 손을 놓아 버릴까 했다. 물고기가 먹고 싶은 것도 아닌데 왜 제가 용을 써야 한단 말인가.

그러나 황태자가 한 손을 얹은 것만으로 상황은 변화했다. 슬쩍 잡아당긴다 싶었는데 낚싯대가 이쪽으로 확 기울어졌다. 그가 손에 힘을 주어 탄력 있게 확 당기자 바닷속에서 거대한 몸체가 솟구쳐 바위 위로 철퍼덕, 하고 떨어졌다.

채로 건져 낼 것도 없었다. 물방울이 사방으로 비산했다. 물 밖에 나오고도 몸부림치는 놈은 워낙 크기가 커서 슈리아는 돌고래 새끼를 낚은 게 아닌가 했다.

자세히 보니 물고기는 물고기였다. 비록 슈리아의 절반쯤 되는 거대한 크기였지만. 몸체의 윗부분은 진회색을 띠었고 아랫부분으로 갈수록 색이 밝아져서 전체적으로 은회색으로 광택이 났다. 비늘이 잘고 꼬리가 튼튼해서 살이 탄력 있을 것 같았다.

황태자가 가벼운 손놀림으로 낚싯대와 물고기를 분리해 내 상자에 담았다. 꽤 큰 상자였음에도 녀석이 들어가자 안이 가득 찼다.

황태자는 어려움을 느끼지 못하는 것처럼 수월하게 그 일을 해치웠지만 범인이었다면 홀로 아이만큼이나 무게가 나가는 물고기를 다루느라 힘겨워했을 것이다.

"엄청난 대어로군."

황태자가 감탄 어린 눈을 보였기에 슈리아는 조금쯤 의기양양해졌다. 슈리아가 낚은 것에 비하자면 황태자의 소득은 초라할 지경이라 더욱 비교되었다. 첫 낚시에서 이만한 수확이라니. 역시 자신은 뭐든 잘한다. 슈리아는 새침하게 물었다.

"맛은 있을까요? 저렇게 큰데 살이 퍽퍽하진 않을까요?"

"알아서 잘 요리하겠지."

황태자는 어깨를 으쓱하며 낚싯대를 들었다. 호승심이라도 솟구친 양 자청색 눈에 예기가 돌며 한층 선명한 빛을 띠었다.

잠깐의 분투로 힘이 빠진 슈리아는 의자에 앉으며 다시 물었다. 중부대륙의 물고기는 북대륙 것과 종류가 달라서 잘 알지 못했던 것이다.

"이건 무슨 물고기인가요?"

"……모르겠는데."

"그럼 이전에 낚으신 건요?"

"그것도, 몰라."

성의 없이 대꾸한다 싶어 슈리아가 불만스레 유리잔을 툭툭 치자 황태자가 난처한 듯 눈썹을 치켜 올렸다. 항상 비인간적으로 완벽하게 보였던 그는 드물게 약한 어조로 변명했다.

"내가 봐 온 물고기란 조리되어서 나온 것뿐이야. 그런 지식은 내가 배우지 않은 것들이라고. 이름을 듣는다면 어떤 건지는 알겠지만, 이렇게 봐서는 몰라."

"그러면 어떤 물고기가 좋은 건지 모르잖아요."

"많이 잡아 가면 하나 정도는 맛이 괜찮겠지."

양으로 질을 보완할 것을 무책임하게 주장하며 황태자는 또다시 낚싯대를 드리웠다. 줄에 매달린 작은 물고기 모형은 포물선을 그리며 짙은 바다로 퐁당 빠졌다.

그리고 몇 시간에 걸쳐, 그는 그 자신의 말대로 갖가지 어종의 물고기를 낚아 맛있는 저녁 식사를 위한 충분한 양의 물고기를 준비하는 데 성공했다. 물론 슈리아의 것만큼 큰 생선은 낚지 못한 터였다.

심지어 슈리아는 이전에 잡았던 것보단 못했지만 약간 작은 크기의 또 다른 물고기를 잡았다. 망설임 없이 도와주고도 황태자는 그 점에 묘하게 언짢아하는 눈치였다.

대어를 낚아서 멋있어 보이고 싶었던 아쉬움이 있는 듯싶었다. 아마 제 것에만 마법을 걸걸, 하고 후회하고 있지 않을까.

반면 슈리아는 기분이 좋았다. 하지만 세상에서 가장 강력한 마법사가 이런 것에 일일이 뿌듯해하는 건 어쩐지 격에 맞지 않다는 생각이 들었다. 그래서 내색하지 않고 오후가 되자 슬슬 돌아가지 않겠느냐고 제의했다. 돌아가서 씻으면 딱 저녁 시간이 되리라. 아침을 배부르게 먹은 덕에 점심때는 간단히 샌드위치를 먹었으므로 곧 다시 배가 고플 터였다.

중간에 가득 찬 상자를 비워 가느라 하인이 몇 번 오갔는데, 그걸 다 먹을 순 없겠고 가장 맛있는 생선들만 잘 요리해서 내올 것이다.

아쉬움이 남는지 바다를 흘끗거렸지만 황태자는 곧 승낙을 표했다. 그는 검사였고 미련을 갖기보다는 원래의 목적에 온전히 집중하는 성미였다.

지금 이 자리는 낚시하긴 좋되 저택과는 꽤 떨어진 위치라 멀었다. 거기까지 걸어가야 하나 싶어서 슈리아는 두리번거리며 자신의 편안한 이동을 위한 마차, 혹은 수레 등을 찾았다.

바위 아래로 내려가자 대기 중인 하인이 허리를 숙였다. 그의 옆에는 세 마리의 말이 있었는데 한 마리는 수레를 끌고 있는 터였고 다른 두 마리의 등에는 호화스러운 안장이 얹어져 있었다. 아무래도 마차가 다니기에는 협소한 길이라 말을 준비했나 보다.

"말을 탈 줄은 알겠지?"

"네, 배웠어요."

루이스 클라인에게. 슈리아는 굳이 자세히 언급해서 황태자의 심기를 상하게 하지는 않았다.

하인을 놓아두고 황태자가 손수 말 위로 올려 주자 슈리아는 안장

위에 바르게 앉아 내내 보물처럼 챙겨 들고 있었던 양산을 펴 들었다. 그리고 손잡이를 팔꿈치에 껴서 고정한 뒤 안장을 박찼다. 그들은 곧 나란히 달리기 시작했다. 속도를 내서 달린다기보단 가벼운 경보였다.

바다에 인접해 있음에도 숲이 무성해서, 바다 내음과 섞인 수풀 냄새가 청량하게 와 닿았다. 뺨을 스치는 바람은 세차지 않고 시원해서 기분이 개운해진다.

얼마 후 저택에 도착하자 그들은 일단 헤어지기로 했다. 슈리아는 기다리고 있던 중년 여인을 따라갔다.

목욕물에 몸을 담그자 뻐근함이 풀리는 기분이었다. 가볍게 산책하러 나가는가 했더니 배를 타고 돌아다니다 땀을 흘리고 낚시도 하고, 근 한 달을 통틀어 가장 활동적인 하루를 치러 냈다.

어쩐지 오늘은 내내 그의 계획대로 알차게 지낸 것 같았다. 아니, 실제로도 그러했다.

그리고 지금은 잠시 휴식.

졸음이 몰려오고 시야가 어른거려 슈리아는 눈을 감아 버렸다. 그리고 언뜻 잠이 들었다.

정신이 들 무렵, 슈리아는 어느덧 욕조에서 꺼내어져 옷까지 입혀진 자신을 발견했다. 중년 여인이 조심스러운 손놀림으로 입술에 연지를 발라 주고 있었다. 눈이 마주치자 그녀가 푸근하게 웃었다.

여인의 손길이 떨어지자 슈리아는 의자에서 일어나 거울을 들여다보았다. 연한 보라색의 드레스는 석류석 브로치를 단 가슴께 아래에서 물결처럼 흘러내리는 주름이 우아하게 잡혀 있는 모양새였는데 치렁치렁한 레이스 없이도 살랑거리고 신비로웠다.

반쯤 말린 머리카락은 자연스럽게 늘어뜨리고 파랗고 하얀 꽃을 귓머리에 꽂아 해변 분위기를 물씬 냈다. 그리고 귓볼에는 분홍빛 보석이 박힌 귀걸이가 달려 있었다. 핑크 다이아몬드. 크기는 그리 크지 않았으나 아르페쥬얼의 물건인 듯 백금에 둘러싸인 세공이며 커팅이 예사롭지 않았다.

드레스는 그렇다 치고 보석은 또 언제 주문해 놓고 가져왔는지 정말 치밀하게 일을 꾸몄다. 이 시점에서 사소한 것에도 철저한 것만큼은 인정해야 했다.

거울 앞에서 한 바퀴 빙 돌아 본 슈리아는 계단을 내려가 일 층으로 향했다. 그리고 여인이 손짓하는 대로 정원을 건너, 모래사장에 들어섰다.

해가 완만한 수평선까지 한 뼘만을 남기고 기울어 서녘에는 서서히 노을이 어스러져 가고 있었다.

옅푸른 보랏빛 색채가 하늘이며 바다에 온통 드리워져 낮에는 금빛을 머금었던 해안가도 보드랍고 아련한 빛으로 물든 채였다. 그리고 은빛 모래 위에서 장미 꽃잎처럼 고운 핑크색으로 차츰 짙어져 갔다. 핑크 다이아몬드처럼 반짝이는 빛은 없었지만 엇비슷하게 아름다운 정경이었다.

저택에서 가까운 위치에 고급스러운 하얀색 보를 씌운 테이블과 의자가 마련되어 있었다.

그 곁에 쇠로 된 긴 그릴이 놓였는데, 안에서 활활 타오르는 숯불이 보였다. 하인이 숙련된 솜씨로 양념된 생선이며 조개가 담긴 접시를 석쇠 위에 얹었다. 지글지글 익어 가는 모습이 보기에 무척 먹음직스러웠다.

솔솔 풍겨 오는 냄새도 위장을 자극해서 슈리아는 허기를 느꼈다. 미리 와 앉아 있던 황태자가 시선을 주었다.

"이리로."

그의 고갯짓에 테이블로 다가간 슈리아는 하인이 의자를 빼어 주자 자리에 앉았다. 그리고 황태자가 감상하듯 제게 눈길을 고정하는 것에 아랑곳하지 않으며 잘 익은 자두처럼 달아오른 해가 물결 속으로 느릿하게 빠져드는 모습을 바라보았다.

황혼이 깔린 바닷가에서 저녁 식사를 한다는 건 꽤 운치 있는 일이었다. 그사이 수레를 끌고 따라온 여인이 조리에 가세했고, 하인은 모락모락 김이 나는 진미들을 접시 위에 모양 좋게 올려놓았다.

갖가지 조개며 신선한 채소, 생선을 넣고 푹 끓인 해산물 수프는 그윽하고 맑은 향이 났고 싱싱한 토마토와 올리브가 매콤하게 볶아 낸 게살과 어우러진 샐러드는 신선했다.

그렇게 시작해서 와인까지 곁들인 식사는 아름다운 풍경, 그리고 선선한 바닷바람과 함께하자 맛이 더욱 배가되었다.

조개껍데기 안에 여러 종류의 치즈를 올리고 와인을 부어 익힌 조개 요리를 맛보던 중에, 문득 포크에 무언가가 딸각, 하고 걸렸다.

둥글고 작은 어떤 물체. 슈리아는 재빠르게 조갯살을 헤집었다.

"이건……."

"진주로군."

옅은 장밋빛으로 은은한 광택이 도는, 거의 완전한 원형을 띠고 있는 진주알이었다.

슈리아는 포크를 써서 접시 밖으로 밀어낸 그것을 조심스레 손끝으로 들어 올렸다. 거의 강낭콩만 한 크기라 척 보기에도 가치가 꽤 있을 듯해 보였다.

다만 문제는…… 그 진주알이 식사 중에 음식물에서 우연히 나오기엔 무리가 있는, 당장 보석상에서 세공에 들어가도 족할 물건이었다는 데 있었다.

"그대는 정말 운이 좋군."

띄워 주기로 작정한 참인가? 슈리아는 그의 감탄 어린 기색이 어딘지 인위적이라고 느꼈지만 확신할 만한 구석은 없었다. 황태자는 표정 관리에 매우 빼어났다.

그 점을 지적하는 대신 소녀는 찬찬히 평했다.

"그렇군요. 확실히 오늘은 운이 좋네요. 진작 발견했으니 망정이지 혹시 씹기라도 했으면 이가 부러졌을지도 모르니까요."

아이에게 음식물에다가 장난치지 말라고 주의를 주듯 상냥한 어조였다. 입꼬리를 끌어 올린 황태자가 재미있다는 양 맞받았다.

"이렇게 큰데 입에 들어갈 때까지 모를 리 있나. 이리 줘 봐."

슈리아는 순순히 그의 손바닥 위에 진주알을 올려놓았다. 그것을 엄지와 검지 사이에 끼고 가늠하듯 굴려 본 황태자는 품에서 손수건을 꺼내 감싼 후 품에 넣었다.

"이건 내가 나중에 돌려주지."

"가지고 싶으시면 가지셔도 상관없어요."

아르페쥬얼에 세공이라도 맡길 셈인가 싶었지만 괜스레 눈을 가늘게 뜬 슈리아는 온화한 표정으로 트집을 잡았다. 그렇게 탐난다면 주겠다는 의도를 담아.

명백한 도발에 황태자가 피식 웃었다.

"내가? 설마."

자신이 고작 조개를 먹다 나온 진주 따위를 탐할 것 같으냐는 거만함이 반문하는 그의 낯에 배어 있었다. 그건 그에게 대단히 어울리는 반응이었고, 그 사실을 깨닫자 슈리아는 자연스럽게 기분이 나빠졌다.

누가 황족 아니랄까 봐. 같은 논리로 보자면 그 정도밖에 안 되는 깜짝 선물에 기뻐하리라고 여기는 건, 자신의 수준을 낮잡아 보고 있다고 해석해도 좋을 것이다.

슈리아는 본성에 힘입어 고마워하는 마음 없이 부정적인 시각을 견지했다. 그리고 불쾌한 사실이지만, 몰락 귀족 출신인 소녀를 상대로 황태자가 그런 인식을 가진다고 해도 이상할 건 없었다.

"오늘 즐거웠나?"

식사를 마칠 무렵 그가 물어 오자 슈리아는 입술을 닦아 내던 냅킨을 아래로 내렸다. 곱게 휘어진 눈은 이제 완연히 어둠이 내려앉은 바다와 흡사한 깊은 쪽빛으로 반짝였다.

소녀는 은근한 어조로 물었다.

"어땠을 것 같으세요?"

"납치당한 것치고는 호사를 누렸으니 긍정의 답변이 나오지 않을까 하는데."

"납치당한 것 자체에 불만이 좀 있군요."

"그 말은 그 외에는 만족스러웠다는 소리로군."

"후한 해석이세요."

슈리아는 고개를 비스듬히 기울이며 입가에 은은한 미소를 띄워 올렸다.

"아시다시피, 저는 체력이 좋지 않아서 일정이 조금 힘들었어요."

그는 무언가를 포착했는지 거슬리도록 여유로운 표정을 지었다.

"문제가 뭔지 알겠군. 앞으로는 말하지 않아도 바로 안아 주지. 그 외에는?"

슈리아는 해안선을 굽어보며 꽤 오래도록 뜸을 들였다. 어둠이 드리워져 잔잔한 바람이 이는 고요 속에서, 파도가 대지를 부드럽게 좀먹는다. 흡사 굴곡진 화판 같은 모래사장이 발치에서 흐르며 살얼음이 도는 양 하얗게 빛나고 있었다.

이 젖어 드는 듯이 아름답고 색다른 풍경을 보면서 아무 느낌도 들지 않았던 건 아니다. 솔직한 감상과 그를 인정하고 싶지 않은, 혹은 적어도 입 밖에 내고 싶지 않은 욕구가 머리와 가슴에서 각자 치열하게 싸우고 있었다.

이윽고 슈리아는 그 첨예한 분쟁을 이성의 힘으로 해결해 냈다. 그리고 꺼냈다.

비판적인 기운으로 그득한 내면의 욕구와는 반대로 지극히 상냥하게 표현된, 그리고 해야만 하는 말을.

"······아름다운 곳이군요. 바다에 와 본 건 태어나서 처음이었는데 이렇게 아름다운지는 몰랐어요. 모래사장도, 물빛도, 산호초도, 동굴도 모두가 다. 동화에서 나온 것만 같아서 잠시 머물다 가야 하는 게 아쉬울 정도예요. 데려와 주셔서 감사해요."

혀끝에서 나온 말이 아련한 감상을 담고 공기 중에 울려 퍼졌다. 그것이 이곳에서의 시간을 위해 공들여 계획을 세운 연인에게 향하기에 공정한 언사이리라. 억지로 데려왔다는 점을 지나치게 물고 늘어져서 그의 기분을 망치는 건, 현명한 행동이 아니었다.

말이 끝남과 동시에 황태자의 얼굴에 미소가 감돌았다. 종종 바짝 날이 서서 예리하고 차갑던 그의 눈이 알 수 없는 빛을 띠고 어둠처럼 깊어졌다. 열기가 밴 음성으로 그가 나지막이 속삭였다.

"아직 보여 줄 게 남았어."

슬슬 끝에 이르렀다고 여겨지는 시점이다.

제 앞으로 내밀어진 손 위에 슈리아는 가만히 손을 얹었다. 가느다란 손가락이 삼켜지는 동시에 슈리아는 저를 끌어당기는 힘을 따라 일어섰다.

그가 앞장선 방향은 다시 저택으로 되돌아가는 길이었다.

꽃 덩굴이 올라앉은 아치형 입구는 희무스름한 불빛에 물들어 밤에도 원색의 꽃잎 한 올 한 올이 본연의 빛을 뿜냈다. 입구를 지나자 펼쳐진 정원은 온통 아른거리는 불빛으로 가득했다. 원형의 작은 등이 바닥에 놓여 하나의 길을 이루고 있었다. 그리고 그 길은 저택 안으로 이어졌다.

식사하는 사이 공들여 준비된 길을 따라 그들은 천천히 걸음을 옮겼다. 꽃향기와 피워 올린 향초의 냄새가 부드럽게 섞여 들어 옷이며 숨결 곳곳에 배어나는 느낌이었다.

저택 입구를 지나, 계단을 오르는 그 시간 동안 그들 사이에는 어떤 대화도 흐르지 않았다. 오로지 정적에 잠겨 발을 내딛던 그들은 곧 한 장소에 도달했다. 지난밤 잠들었던 바로 그곳이었다.

꽃 장식과 화려한 등잔이 놓였다는 것 외에, 그리 달라진 점은 없어 보였다. 그러나 슈리아는 등잔이 밝혀진 방 안보다도 바깥이 더 환하다는 걸 깨달았다.

발코니 너머로 향한 눈길에 일순 동요가 일었다.

온 사방에 보석을 박아 놓은 양 색색의 빛들이 잔잔한 물결 위에서 흔들리며 눈부시게 반짝거리고 있었다. 슈리아는 그 빛들의 정체를 어렵지 않게 유추해 냈다.

그건 배였다.

— 빛을 실어 바다에 띄워 보낸 작은 배들.

하나하나가 별빛보다 더 밝고 오색찬란한 빛을 내는 그 배들은 무지개처럼 다채로운 색상을 띠고 바람결에 흔들리는 양 불규칙하게 변화했다.

처음에는 붉은색을 띠었다가도 노랗게 되었다가 금세 푸르러지고 흰빛이 되었다가 검어져 사라진 듯하다가 또다시 피어올라 빛을 냈다.

맑고 영롱한 미색의 광채들은 창 너머 온 바다에 너울거리며 수면 위에 모습을 비추고 있었다. 물결 아래에서 번지는 물그림자마저도 휘요한 그림을 그려 낸다.

홀린 듯이 바라보고 있던 그때, 소녀의 손을 단단히 붙잡고 있던 손아귀의 존재감이 사라졌다. 옆에 바로 선 그의 조각 같은 모습을 흘깃 본 슈리아가 흡족하게 중얼거렸다.

"준비하시는 데 오래 걸렸겠어요."

"공을 들였지."

담담하되 무언가에 사로잡힌 듯 깊게 가라앉은 기색이었다.

"그대에게 보여 주고 싶었어."

어깨를 감싸 오는 손이 떨림을 머금고 있어, 슈리아는 그를 돌아보았다.

바다의 빛들이 모여드는 듯한 눈동자는 이전까지 단 한 번도 보여준 적 없었던 색을 품었다. 그림자 하나 없는 얼굴은 동요 없이 완전한 형상이었다.

지금 바다에 존재하지 않는, 마땅히 깔렸어야 할 어둠보다 짙은 감정이 드리운 채로 그는 나직이 토로했다.

"그대가 기뻐하고, 좋아하고, 웃고, 즐거워하고, 행복했으면 하니까. 그리고 그렇게 만드는 것이 나이길 원해."

해일이 덮쳐 드는 듯이 감정의 파도가 거세게 밀려오고 있었다. 그것은 진심인 만큼이나 무거워서, 슈리아는 으레 그래 왔던 것처럼 트집 잡거나 비웃지 못했다.

다만 솟구치는 충동처럼 돌연 의문이 일어, 묻고 싶었다.

만약 그를 통해 슈리아가 이 생에서 결여된 것을 얻게 된다면, 그렇게 되어서 진정 바라던 것을 이루게 된다면 그건 슈리아에게는 더할 나위 없는 환희를 안겨 주리라. 그러나 정작 그는 영원히 슈리아 아델트를 잃게 될 텐데…….

그렇다고 해도, 그것을 원한다 말할 수 있는가.

입가에 번지려는 실소를 슈리아는 능숙하게 감추어 냈다. 그 이전에 황태자는 자신의 정체를 까맣게 모르고 있었다.

짐작할 수 없을 것이다. 어떻게 연결할 수 있을까?

심연에서 타고난 듯한 아마르잔과 은으로 된 세공품 같은 슈리아 아델트, 그 외양에서 단 하나의 일치점도 찾을 수 없는데.

카르마인을 제외한 그 누구도 알지 못하고 알아서는 안 되는 치명적인 비밀.

슈리아 아델트의 전생이 대마법사 아마르잔이며 겉모습만 바뀌었을 뿐 실질적으로 그 둘은 같다는 진실. 그걸 그가 알게 된다면, 그때에는⋯⋯.

그 가정은 불변의 진리처럼 단 하나의 답만을 가지고 있었다.

비록 어떤 형태로 현실화될지는 수많은 가능성을 가졌지만, 분명한 건 그것이 언젠가 다가올 미래라는 점이었다.

물음이 소리가 되어 나오지 않고 소녀의 안에서 삭여졌기에 정적 속에서 그는 무릎을 꿇었다.

"부디 청컨대 나와 일생을 함께해 주길."

손가락 끝을 훑는 감촉은 느릿했으나 약지에 무게가 실리기까지는 금방이었다.

슈리아는 왼손 위에서 심해가 깃든 양 투명하고 깊은 푸른색으로 반짝이는 반지를 내려다보았다.

같은 크기의 다이아몬드보다 다섯 배는 진귀한 블루 다이아몬드.

오늘이 오기까지 그가 바쁜 와중에도 이 모든 계획에 얼마나 많은 시간을 들였을지는 보지 않아도 짐작이 갔다.

그가 유별나게 굴었을 때부터 오늘 이렇게 될 거라고 예감하고 있었다. 답은 이미 오래전에 정해져 있었으므로 슈리아는 망설일 이유를 찾지 못했다. 그리하여 승낙은 놀랍도록 빠르게 떨어졌다.

"네, 기꺼이."

이곳에 있는 모든 빛을 그러모은 듯이 찬연한 미소가 입가에 피어났다. 기쁜 듯이 자아낸 얼굴이며 자태가 달빛 아래 피어난 하얀 꽃송이처럼 은은했다.

황태자는 조용히 손등에 입을 맞추고 일어서 입술을 가져갔다. 맹세하듯 얕게 입맞춤한 그는 다짐을 담아 선언했다.

"어떤 이유로 받아들였든, 후회하지 않게 해 주지."

힘이 실린 음성에서 그다운 오만함과 자신감이 묻어 나왔다. 모든 절차가 끝났기에 슈리아는 다정한 미소를 금세 지우고 새침하게 눈을 내리깔았다.

"항상 자신감이 넘치세요."

"나를 자신하게 만드는 건……."

당연한 말을 한다는 것처럼 황태자가 오만하게 눈을 빛냈다.

"내가 그대에게 세상 누구보다도 많은 걸 안겨 줄 수 있다는 사실이지."

"……."

"그리고 이 세상에서 나보다 그대를 사랑하는 사람은 없어."

"……네."

마음은 재어 볼 수 없는 것이니, 그의 단정은 부인할 수 없으리라.

스스로 누구보다 많은 것을 가질 수 있는 힘을 지닌 슈리아는, 후자는 그렇다 치더라도 전자를 지적하고 싶었지만 조용히 말을 삼켜 냈다.

다시 다가오는 입술을 맞으며 겨울이 찾아든 것처럼 섬뜩하도록 차분하게 마음이 가라앉았다.

그래, 이것으로 되었다. 이대로 계속…… 수십 년이고 세월이 흘러 언젠가 그가 모든 것을 알게 될 날이 오게 된다면, 그때야말로 피할 수 없이 결착을 맞게 되겠지.

그것은 분명 언젠가 선연히 다가올 미래였다.

온통 빛으로 가득한 밤의 세상에서 한때 낮마저 지배했던 흉포한 괴물은 내면 가장 깊은 곳에 자리한 수렁으로 침잠해 몸을 웅크렸다.

안광이 이글거리는 눈은 봉인당한 양 굳게 내리 닫혔다. 언젠가 기어올라 제 본연의 모습을 낱낱이 떨칠 그날을 기다리며.

느긋하게 와인 잔을 기울이는 것으로 그 밤은 끝을 맞았고 다음 날 늦은 아침, 슈리아는 공작저로 돌아갔다.

✲

오전경, 황태자와의 짧은 휴가를 보내고 저택으로 돌아오던 슈리아는 자신을 애타게 기다릴 한 명을 염두에 두었다. 납치범과 함께하는 게 그녀를 흥분시킬 거라는 데 생각이 닿자, 데려다주겠다는 황태자를 굳이 거절해야만 했다.

아무리 사려 깊고 냉철한 공작부인으로 위명을 누리고 있다지만 유독 슈리아의 일에 열띤 반응을 보이는 그녀는 임신 중이었다. 일을 친 건 그인데 이 상황을 수습해야 하는 건 얄궂게도 슈리아의 몫이 되었다.

하지만 슈리아에게는 이 사태를 손쉽게 해결할 만한 패가 있었다.

그간 세일린은 제 조카딸이 연인과 함께 은밀히 여행을 떠났다는 사실을 되새기느라 잠을 제대로 이루지 못하고 있었다.

느닷없이 슈리아를 며칠간 데리고 있겠다며 통보해 온 황태자에게 잔뜩 성이 난 한편, 초조하게 조카가 돌아오기를 기다리던 세일린은 그다음 날이 되어도 슈리아가 돌아오지 않으면 당장 황태자궁에 찾아가겠다고 결심했다.

그러나 막상 슈리아가 오고 나자 걱정은 금세 사그라졌다. 마차가 도착하자 달려 나와 두 팔로 조카딸을 맞아들인 세일린은 슈리아의 낯빛이 더 반질반질하니 좋아졌단 것을 깨닫고 안도의 한숨을 쉬었다.

혹시나 싶어 없는 황태자 대신 애꿎은 슈리아에게 경고하려던, 정확히는 잔소리하려던 마음은 곧 과거의 것이 되었다.

슈리아가 생긋 웃으며 내민 물건이 그녀의 시름과 우려를 달래 주고도 남을 만한 것이었으므로.

"세상에, 어쩜 이런 물건을! 정말로 예쁘구나."

감탄을 쏟아 내며 마음이 사르르 녹아내린 세일린은 슈리아가 보여 준 반지를 어루만졌다.

기쁨에 찬 눈빛을 보이는 세일린에게 슈리아는 쐐기를 박을 겸 그간 있었던 일을 아름답게 포장하여 이야기해 주었다.

그 꿈결 같은 시간과 뒤이은 낭만적인 청혼에 대해 찬찬히 펼쳐 내는 음성에 귀 기울이던 세일린이 이야기가 끝날 때쯤 자신이 하려던 말을 잊었음은 당연한 일이리라.

이 문제에 있어서만큼은 엄격한 양육자처럼 구는 세일린의 관심을 효과적으로 다른 데로 돌린 슈리아는 무리 없이 휴식을 취할 수 있었다. 오롯한 혼자만의 시간이었다.

그리고 평화는 채 사흘도 지나지 않아 깨어졌다.

호들갑을 떨 게 뻔했기에 슈리아는 우선 요주의 인물인 데이지를 비롯하여 모든 친구에게 청혼을 받았다는 사실을 함구했다.

실제로 청혼은 진작 받았었지만, 반지라는 건 언약을 넘어선 확고한 상징성을 가졌다. 후궁이라 할지라도 첩에게는, 혹은 연인에게는 혼사를 치르기 전에는 일반적으로 반지를 잘 선물하지 않는다.

그러니 슈리아의 손에 끼워진 반지는 황태자가 슈리아를 한때의 연인으로, 혹은 단순한 총애의 대상으로만 남기지 않고 자신의 비로 맞겠다는 의지의 표명이나 다름없었다.

이미 드러날 만큼 드러난 사실이긴 하지만 이만한 상징성이라면 시기적절한 때에 터트리는 것이 가장 효과적이리라.

이런 식으로 적정선에서의 교제 관계를 유지하다가 슈리아의 생일이 다가올 무렵 선전포고 하듯 혼인을 공표하고 식을 치르는 게 안정적인 선택지로 보였다.

그런 이유로 슈리아는 입을 닫았고 반지를 품속으로 숨겼다. 블레어와 카일의 혼인식에 떠들썩해져 있던 소녀들은 슈리아가 이틀간 보이지 않은 것에 대해서 별다른 생각이 없는 듯싶었다.

그리하여 이 소소한 분쟁과 갈등, 눈총이 함께하는 소란스럽지 않은 사교계 생활 속에서 슈리아는 천천히 제 입지를 다져 나갈 생각이었고 그리되리라고 믿었다.

저에게 언질조차 없이, 어떤 낌새도 비치지 않던 황태자가 그런 식으로 약혼을 선포해 버리기 전까지는.

당사자 중 한 명에겐 전혀 예측할 수 없었던 일이었다. 황태자비 간택에 대한 논의나 의견 수렴은 일절 없었다.

이번에 무도회를 열면 어떻겠냐는 제의와 유사한 정도의 가벼운 언질로, 그와 비할 바 없는 무게가 실린 약혼식은 제국을 물려받을 지고한 황태자의 입에서 일방적으로 공표되었다.

황궁에서 열리는 비정기회의가 끝나 갈 무렵 탁자 위를 가볍게 탁, 두드리는 소리에 이목이 쏠렸다.

간단하게 주의를 끈 황태자는 제 영토를 둘러보는 양 느릿하게 단상 아래를 굽어보았다. 등받이에 여유롭게 몸을 기댄 그에게서 그 선언이 자르듯이 떨어졌다.

"이번 달 안에 길일을 잡아 약혼식을 치르고자 하오."

둔중한 충격이 좌중의 혀를 앗아 갔다. 단조로운 투의, 크지 않은 음성이었건만 회의장의 누구도 그 말을 흘려듣지 못했다.

지난 중앙회의에서 일어난 논란을 일고의 가치도 없다는 듯이 불식시키는 발언이었다. 황태자의 말은 누구도 흔들 수 없고 무엇으로도 돌이킬 수 없는 듯하여, 귀족들에게는 이미 정해진 일을 통보받는 것처럼 들려왔다.

그리고 물을 것도 없이 그의 약혼식 상대는 슈리아 아델트였다. 초월자인 황태자를 앞에 두고 모두가 그 사실을 머릿속에 되새겼다.

저도 모르게 숨죽일 만큼 삼엄한 분위기가 회의장을 장악하고 있었다. 이의를 제기할 여지도 주지 않고, 마땅히 고개를 끄덕여야 할 듯한 위압감이 당위처럼 온몸을 짓눌렀다.

유일하게 그를 막을 수 있는 황제는 회의가 진행되는 내내 침묵을 지키고 있었다.

잠시 후 가문의 명예가 제 목숨보다 중요한 오를레앙 공작이 이 절대적인 명령에 홀로 소리를 높여 반대를 올렸다. 코르테스의 수장인 그가 그토록 초라하게 여겨지는 순간은 이제까지 없었으리라. 노회한 귀족들마저 공간을 짓누르는 초월자의 기세 아래 입을 떼는 것조차 어려움을 겪었다.

그리고 빙긋 웃으며 황태자의 뜻에 동조하는 로웰 키라트 자작과 묵묵히 동의를 표한 위켄하이저 공작, 이어 로이엄 백작과 같은 황태자의 수족들로 이내 회의장의 분위기는 한쪽이 일방적으로 우세를 점했다.

이윽고 그 자리에서 단 한 순간에 황태자의 약혼식이라는 중대사가 결정되었다.

예고 없이 벼락을 맞은 대다수 귀족은 뿔뿔이 흩어져 제 처소로 돌아가서 이 일을 떠들어 댔다.

순식간에 사교계는 벌집처럼 시끄러워졌고 슈리아는 솥단지에서 들끓는 물처럼 뜨거운 소문 한가운데에 놓이게 되었다.

세일린이 갑자기 달려와 저를 와락 끌어안고 눈물을 뚝뚝 흘렸을 때 무언가 미심쩍다 싶었는데 그다음으로 공작이 꺼낸 축하 인사를 듣자, 불시에 습격이라도 당한 기분이 들었다. 깜짝 선물 같은 것에 재미라도 들렸나 보다. 말 한마디 없이 이 무슨 만행이란 말인가.

아름다운 해안에서의 휴가와 근사한 청혼이 미리 꿀물을 발라 두어 이번 사태를 대비하려는 의도가 아니었을까, 의혹이 솟았다.

미래가 순조롭게 정해져 가는 사태에 기쁘기는커녕 기분이 바닥을 쳤지만, 슈리아는 소식을 전해 들은 친구들이 저택으로 쏟아져 들어와 머뭇머뭇 축하해 오는 것을 웃으며 받아들였다.

그녀들은 황태자비로 격상될 슈리아의 지위를 그려 보고 저희와 한 상자에 담긴 비슷한 보석인 줄 알았다가 새삼 그 가치를 알아챈 양 조심스러워하는 눈치였다.

소심한 셀리는 태도를 결정하는 것도 어려운지 입술을 달싹이다가 이제부터 존댓말을 써야 하는 거냐며 은근히 물어 왔고 슈리아는 혼례를 치른 것도 아니니 아직은 그럴 거 없다고 친절하게 답해 주었다.

질투심 많은 소녀 레이첼은 우아하게 예를 갖춰 축하 인사를 건네는 한편, 고작 자작부인이 될 자신의 미래를 상기했는지 속이 타들어 가는 눈빛을 보여 슈리아의 기분을 한결 나아지게 만들었다.

물론 두 사람의 결합을 누구보다 지지하는 데이지는 특유의 방글방글 웃는 얼굴로 별생각 없이 이 상황을 받아들였다.

"블레어의 혼인식에 이어서 슈리아의 약혼식이라니, 정말 멋져! 축하할 일이 많은걸!"

가장 빨리 소식을 전해 듣고 달려온 데이지는 '나도 아스테어 님이랑 약혼하고 싶은데, 으음, 우리는 아직 몰래 교제하는 중이니까!' 따위의 말을 재잘거리며 친구의 약혼을 축하하는 데 가장 순수한 반응을 보였다.

하긴 그녀는 황태자도 그리 어려워하지 않으니 슈리아가 황태자비로 확정된다 해도 새삼 태도가 바뀔 리 없다.

공작저에서 종알거리는 소녀들에 뒤이어 황궁에 소식통을 둔 듯 발빠르게 날아든 초청장들이 탁자에 한가득 쌓이고 있던 터였다.

개중에는 그간 슈리아와 사이가 좋지 않았던 영애들의 가문에서 보내온 것도 있어 소녀들은 제 일이라도 되는 양 콧대를 세우며 험담을 일삼았다.

그러던 와중에 한 화려한 마차가 공작저를 찾아들고, 관료의 복식을 한 귀족 한 명이 내려섰다. 딱딱한 얼굴로 슈리아를 찾은 그는 거부할 수 없는 부름을 전했다.

이제까지 줄곧 한 걸음 떨어져서 방관자의 태도를 고수하고 있던 황제가 다시금 슈리아를 불러들인 것이다. 다만, 이번에는 공식적인 호출이었다.

황제 폐하께서 찾으시니 어서 마차에 오르라는 말이 있고 나서, 세일린의 격려와 친구들의 응원 속에서 간단히 채비를 마친 슈리아는 마차에 올랐다.

그리고 오래지 않아 본궁에 들어서게 되었다. 본궁은 오늘도 그 특유의 위압감을 풍기고 있었지만, 어쨌든 슈리아와 긴장이라는 단어는 그리 친숙하지 않은 것이었다.

지난번과 같은 무거운 대화를 나누려는 자리는 아니리라 예상이 들었다. 본궁의 심처로 가기까지 수많은 시선이 쏟아져 내렸으나 슈리아 흔들림 없는 모습으로 걸음을 내디뎠다.

이윽고 한 장소에 도착해 방문에 들어선 슈리아는 옥좌가 아닌 탁자 앞에 앉아 있는 황제를 발견했다. 흠 없는 몸짓으로 공손히 예를 취하는데, 가느다란 목소리가 귓가를 찔러 왔다.

"어머, 폐하? 저 영애를 부르셨나요?"

못마땅한 기색을 감추지 않으며 부채를 힘주어 펼쳐 드는 그녀는 근래 무도회에서 통 모습을 드러내지 않았던 이실로테 황녀였다.

그녀를 향한 황제의 극진한 총애가 소문만은 아닌 듯 눈에 넣어도 아프지 않을 딸을 바라보는 황제의 눈길은 한없이 부드러웠다.

"내가 불렀다. 황태자와 곧 약혼을 치를 아이니, 자리를 마련해야겠다 싶었다. 이리 와서 앉거라."

딸을 대하는 태도가 이어진 탓인지 전에 비하자면 한결 다정해진 어조였다.

슈리아가 가만히 다가가 그의 앞에 앉자 나란히 앉게 된 이실로테 황녀의 낯이 보란 듯이 일그러졌다. 그녀는 퉁명스레 부채를 확 접어 무릎 위에 놓았다. 그녀는 놀랍도록 뾰족한 투로 황제에게 쏘아붙였다.

"제 청을 들어주실 마음이 없는 거지요? 어떻게 제가 있는데 저 애를 부르실 수가 있어요! 제가 누누이 말씀드렸잖아요. 전 아리스가 아닌 다른 누가 황태자비가 되는 걸 절대로 보고만 있을 수 없어요!"

황제의 눈초리가 엄하게 홀변하여 입매가 단단히 굳어졌다.

"황태자가 결정한 일이다. 네 기분이 어떻든 나설 문제가 아니야."

"아무튼 전 인정 못 해요!"

입술을 콱 깨물며 이실로테가 자리를 박차고 일어섰다. 그녀는 새파랗게 얼어붙은 눈으로 슈리아를 노려보며 이를 갈듯 내뱉었다.

"고작 몰락 귀족이에요. 아리스와 비할 바도 못 되는 초라한 신분에 제도 출신도 아니지요. 게다가 그 경망스러운 시그오닐 대공녀하고 어울려 다닌다고요! 맙소사, 대공녀가 황궁에서 걸레질이나 한다니 수치를 알아야지!"

"가문의 체면이 깎일 수는 있다 한들 시그오닐의 결정이다. 황태자의 외가이니 네가 나서서 비난하기보다는 감싸 안는 것이 옳다."

"좋아요, 그녀가 시그오닐에서 태어난 건 어찌할 수 없는 문제이니 그렇다고 치지요. 하지만 저 슈리아 아델트는 다른 문제이지 않나요? 이건 누가 보아도 잘못된 거예요! 전하께서 지금 잘못하고 계시는 거라고요! 세상에 시녀 출신의 황태자비라니!"

흥미로운 이야기를 듣는 양 고개를 기울이며 슈리아는 저를 향한 경멸에 찬 눈빛을 태연하게 맞받았다.

"이실로테, 본인을 두고 말이 심하구나. 만약 이 자리에 황태자가 있었다면 그가 네 태도를 그냥 보아 넘겼을 것 같으냐? 한 번 망신을 당해선 부족하다는 말이더냐? 이런 식으로 나와서는 네게 이로울 게 없다. 이실로테, 황태자에게는 자신이 원하는 사람을 비로 맞아들일 권리가 있어."

큰아들의 무도함을 떠올리게 하는 말은 차츰 타이름을 담아 권해졌다. 나름대로 화해라도 시킬 요량으로 불러 모은 모양인데…….

지나친 애정 탓에 황제에게는 딸을 다룰 만한 역량이 부재해 보였다.

"전 브리오니아의 황녀고 전하의 동생이에요. 내명부의 일원이자 황족인 제게는 황실의 명예를 위해 나설 권리가 있어요! 황태자비의 자리에는 그 자리에 어울리는 사람이 있어요! 잠시 마음이 홀리셨다 하여 결정해서는 안 되는 문제라고요! 제가 폐하께 수차례 전하가 잘못된 길로 가는 걸 막아 달라고 청을 올렸지 않나요?"

씨근거리는 이실로테의 말이 소리 높여 울려 퍼졌다. 무도회장에서보다 이곳에서 더 기세등등한 것은 황제의 총애를 힘입은 바 있으리라.

황제도 아끼는 딸을 준엄하게 채찍질하기보다는 손을 들어 골치 아픈 듯이 지그시 이마를 눌렀다. 황태자에게 하는 대우에 비하자면, 다른 자식들에겐 퍽 차별적인 태도를 취한다고 슈리아는 느긋하게 생각했다.

황제의 면전에서 비난받고도 차분한 슈리아가 거슬린 이실로테 황녀는 날 선 음성으로 비난을 쏟아 냈다.

"네가 전하의 눈을 흐렸어, 네까짓 게 뭐라고! 아리스가 얼마나 오래 전하의 곁을 지켰는데, 갑자기 나타난 네가 전하를 유혹하는 바람에! 너 때문에 얼마나 황궁의 기강이 흐트러졌는지 알기나 해? 황궁에 끈 닿는 귀족마다 제 딸을 시녀로 집어넣으려고 갖은 수단을 동원하고 있어!"

이실로테 황녀는 분기를 터트리며 지목하듯 슈리아에게 부채 끝을 향했다.

"네가 나타난 이래로 모든 게 망가지고 있어!"

한 번 속을 터놓자 제어되지 않는 양 물살처럼 쏟아 내는 그녀는 분노에 심취해 있었다. 파르르 떠는 눈매에 누군가에 대한 원망과 배신감이 어렸다.

차갑고 무정하나 언제나 자랑스럽기만 했던 그녀의 오라비, 황태자.

그러나 그보다 그녀의 몸짓이며 고고한 얼굴에서 강렬하게 복받치는 감정이 뿌리를 둔 곳은 바로 손상당한 자존심이었다.

세 낮은 백작가 출신 후궁의 소생인 탓인지 신분질서에 민감하게 반응하는 이실로테 황녀는 자신이 황족이라는 사실을 누구보다도 유의미하게 받아들이며 마음껏 타고난 호사를 누려 왔다.

황제의 유일한 딸로서 받는 특별한 애정을 토대로 독보적인 지위를 차지한 그녀는 자신이 속한 위의 세계에서 아랫것들을 내려다볼 때면 황실의 드높은 권세를 실감하곤 했다. 그건 실로 바람직한 일이었다.

황녀인 이실로테는 귀족들의 아웅다웅에 끼어들지 않고 기품 있게 자리하여 때로는 손을 뻗어 자신의 영향력을 확인하기만 하면 되었다.

고귀한 신분을 타고난 어린 소녀다운 허영심과 얄팍한 우월감. 자기만족에 불과할지라도 그녀가 황녀였기에 이실로테의 세계는 견고했다.

시그오닐 대공녀가 나타나 황태자의 유일한 여동생 자리를 빼앗고, 슈리아 아델트가 황태자의 옆자리를 꿰차기 전까지는.

그녀의 손가락 끝에서 연주되던 조화로운 음률은 한 번 어긋나기 시작하자 온 곡조를 흐트러뜨리고 있었다. 이탈한 음색이 귀를 괴롭히는 것보다 더 견디기 어려웠던 건, 그게 그녀의 발밑을 흔들고 그녀의 세계를 바꾸고 있다는 사실이었다.

저항할 수 없는 변화에 이실로테는 무력함을 느꼈고 긍지는 산산이 조각났다. 황녀의 상처 입은 자존심은 고집스럽고 배타적인 성미로 고스란히 드러나고 있었다.

더군다나 그녀는 줄곧 꿈꿔 왔던 터였다. 피붙이나 다름없이 자라 왔던 오를레앙 공녀.

그 아름답고 어느 곳 하나 흠잡을 데 없는 상냥한 소녀가 소망하는 대로 황태자와 맺어지기를. 그리하여 가족으로서 평생 가까이서 친애의 정을 나누는 사이로 남기를.

그러나 슈리아 아델트의 등장이 그 장밋빛 미래에 그림자를 드리웠다.

보잘것없는 신분에 시녀에 불과한 주제에 완벽하다 칭송받아 마지않는, 자랑스러운 오라버니의 마음을 사로잡고 애타는 눈길을 받는 것도 충격적이었는데, 첫 만남에서의 인상도 형편없었다. 거기다가 못마땅하기만 한 시그오닐 대공녀의 친구.

그 모든 것이 절절한 반감으로 화했다. 이실로테 황녀는 그간 쌓아 올린 분노를 본성을 내보여도 무방한 곳에서 마음껏 표출하고 있었다. 제 편을 들어 주리라 확신할 수 있는 뒷배가 있는 앞에선 큰소리쳐도 나가선 황녀답게 고아한 태도를 지킬 것이다. 그러니까 이건 그녀에게 좋은 기회였다.

"이실로테……."

할 말을 죄 해 대고 언제 소리를 질렀느냐는 듯이 도도하게 눈을 내리까는 이실로테에게 황제가 한숨을 내쉬며 말리듯이 고갯짓했다.

아무리 아끼는 딸이라지만 제가 초대한 손님을 앞에 놓고 모욕을 가하고 있음에도 그는 과하게 소극적으로, 관대하게 임하고 있었다.

그래, 과했다.

모르고 넘어가기엔 의도가 눈에 밟혀서 슈리아는 가만히 미소 지었다.

혐오하는 큰아들에게 자격이 있다는 이유만으로 황태자 자리를 내려 줄 만큼 이성적인 황제가 이 둘을 한자리에 놓으면서 제 딸의 성질머리를 간과했을 리는 없다.

말하는 것을 들으니 황녀가 그간 황태자와 제 사이를 갈라놓아 달라고 무던 애를 쓴 듯한데, 그만한 반감을 알고도 한자리에 모이게 할 정도라면 그 속내가 능히 짐작이 갔다.

슈리아에게 모욕을 가하고자 하거나, 혹은 시험하고자 하는 것.

"뭐가 우습지? 내 말이 우스운가?"

도통 흔들리지 않는 잔잔한 미소가 자존심을 긁어 대 이실로테는 가시 돋친 어조로 물어 왔다. 슈리아는 미소를 지우지 않고 자비롭게 눈을 맞추었다.

　이번에는 앙칼진 고양이를 길들이는 시험이란 말이지.

　"아니요. 단지 오해하고 계시기에……."

　"내, 내가 무슨 오해를 했단 거지?"

　알 수 없는 힘이 실린 눈길에 이실로테는 확연히 움찔거렸다. 화사하게 윤이 나는 미소와 함께 진실이 흘러나왔다.

　"제가 전하를 유혹했단 말씀이요. 심각한 오해세요. 실은 정확히, 그 반대거든요."

　잠시 방 안이 침묵에 휩싸였다. 황제가 흠, 헛기침하기 무섭게 뺨이 달아오른 이실로테가 목청껏 외쳤다.

　"그런 말도 안 되는 소리를!"

　"무엇이 말도 안 되는 소리지요?"

　슈리아는 어리둥절한 표정을 순조롭게 자아냈다.

　"전하께서 널 그…… 유, 유혹하실 리 없잖아!"

　"이런, 설마 황태자 전하께서 어린 시녀 하나를 유혹해 내지 못하실 정도로 모자라고, 못나고, 매력 없다 말씀하시고 싶으신 건가요? 동생이신 황녀 저하께서 그리 생각하실 줄은 몰랐어요."

　"누가 그렇다는 거야! 내 말은, 네가 유혹했다는 거잖아!"

　"그렇다면 황녀 저하께서는, 장차 제국을 다스릴 황태자 전하께서 시골에서 갓 올라온 풋내 나는 열다섯 살짜리 시녀에게 유혹당할 만큼 호락호락하고, 쉽다 못해 만만하고, 헐렁한 분이다. 이렇게 말씀하시는 건가요?"

　"아니야!"

　"동생분에게 이런 평을 받았단 걸 알면 전하께서 얼마나 상심하실지, 안타깝군요."

늘 고분고분하게 비위를 맞춰 주는 말만 들어 태어나서 단 한 번도 이런 식으로 반격을 당해 본 적 없는 이실로테는 붉으락푸르락하는 얼굴로 말을 잇지 못했다.

옆에서 듣고 있던 황제의 얼굴도 요상하게 일그러져 있었다.

이실로테는 동경하는 황태자가 한갓 몰락 귀족인 슈리아 아델트에게 진심이라는 사실을 인정하기 싫어했다. 그것을 인정하지 않는 이상, 황녀는 그를 위해 떠나라는, 스카나덴 소공작과 같은 논리도 내세울 수 없었다.

이실로테는 거의 이성을 잃고 황제의 존재를 망각한 채 주워들은 소리를 내뱉었다.

"가까이 있는 여자가 그, 적극적으로 유혹하면 남자라면 넘어가게 되어 있어!"

딸의 과감한 발언에 황제가 한탄하듯 이마를 짚은 가운데, 슈리아는 노골적으로 피식, 소리 내어 웃었다.

"그러면 과히 염려하실 필요는 없겠네요. 황녀 저하의 말씀대로라면 다른 누군가가 적극적으로 유혹하면 저를 버리고 그녀에게 넘어가실 테니까."

황제가 근엄한 척 턱을 쓸며 웃음을 참아 냈다. 계속 휘둘리는 기분에 사로잡힌 이실로테는 당장에라도 터질 듯한 얼굴로 가까스로 말을 끄집어냈다.

"하지만 넌 예쁘잖아! 그러니까 전하께서도 넘어가신……!"

"칭찬 감사드려요. 저도 황녀 저하가 아름다우시다고 생각해요."

순식간에 공세를 접은 슈리아의 입가가 서느러운 기운을 벗고 상냥하게 휘어졌다. 그 급진한 변화에 이실로테는 얼떨떨하게 눈을 찡그렸다.

"제게 모질게 구시지만 실은 황녀 저하가 나쁜 분은 아니라고 생각해요. 자기중심적이고, 철없고, 떠받들리기 좋아해서 늘 주도권을 쥐고 싶어 하신다는 점을 제외하면요. 지금 이러시는 것도 오랜 친구인 오를레앙 공녀에 대한 우정의 발로겠지요.”

“뭐라고? 폐하, 제가 이런 소리를 듣고 있는데…….”

“들리지 않는구나.”

둘 사이에 끼어들지 않으리라는 예상대로 황제는 모르는 척 입매를 어루만졌다. 파르르 떨며 이를 악문 이실로테가 실타래같이 곱게 자리한 금발이 온통 흩어지도록 세차게 자리를 박찼다.

“이…… 이! 그래, 네가 아리스에게서 전하를 빼앗았어! 그래서 난 네가 싫어! 내 앞에서 뻔뻔하게 고개를 쳐드는 것도, 그 시그오닐 대공녀와 친한 것도 또박또박 반박해 대는 것도 건방지고 다 싫어!”

“제가 전하를 빼앗은 게 아니에요. 마음이란 건 뜻대로 흐르지 않는 법이니 두 분은 엇갈린 것뿐이랍니다. 이미 아시잖아요? 오를레앙 공녀도 인정하고 떠나갔어요. 그녀에 대한 의리와 미안한 감정 때문에 제게 이러실 필요는 없어요.”

슈리아는 호소하듯이 그녀의 눈을 올려다보았다.

오를레앙 공녀를 위한다는 구실은 그녀를 움직이는 감정 중 일부에 불과하겠지만, 진실이 담긴 설득만으로도 사람은 흔들리고 정말 자신이 그런 건 아닐까 생각하게 된다. 다툼은 접어 두고 화해하자는 시도는 거짓도 진실로 탈바꿈해 내는 쪽빛 눈동자 덕분에, 그녀의 마음에 꽤 파고들었던 것 같다.

자리에 서서 석상처럼 굳어 있던 이실로테가 하얗게 질린 얼굴로 몸을 홱 돌렸다. 그리고,

“그런 말을 한다고 해도 난! 아무튼…….”

황녀는 자신 없는 소리를 흘리고 드레스 자락을 흩날리며 방을 나섰다. 심히 당황하여 부친에게 인사조차 남기지 않은 채.

숫자 열을 셀 만큼의 시간이 흐른 뒤 황제가 흐음, 하고 감탄이 묻어나는 신음을 냈다.

"이실로테는 자존심이 강해서 제가 잘못한 걸 알아도 잘 인정하지 않지. 마음에 담아 두지 마라."

아끼는 고명딸의 성질머리가 더럽다고는 차마 말하지 못하고 황제는 후하게 평했다.

"정을 깊게 주시는 편이라 한 번 마음을 두면 쉽게 돌아서지 않는 분이라고 생각해요."

"다루어 낼 자신은 있는가?"

은근슬쩍 꺼낸 본론에 슈리아는 자신감을 감추듯 겸손한 미소를 보였다.

"시간이 약이 되겠지요."

분노도 설움도 담겨 있지 않은 둥그스름한 대답에 황제는 만족스럽게 고개를 주억거렸다. 용무는 끝났기에 의례적인 대화 몇 마디만을 나눈 뒤 슈리아는 저택으로 되돌아갈 수 있었다.

물론, 속내는 그리 자비롭지 못했다.

황제의 생전에야 그녀와 적당히 잘 지낼 필요가 있다지만 사소한 언쟁으로 넘기기에는 이실로테의 모욕이 지나쳤다.

그녀는 슈리아가 황태자비가 되고 난 이후를 생각했어야 했다.

비록 몰락 귀족인 슈리아의 출신이 황녀인 그녀가 염두에 둘 만한 것이 못 되며, 열렬히 반대하는 입장인 그녀로서는 미래까지 생각이 닿지도 않았을 거라는 사실을 제쳐 놓고서라도 말이다.

슈리아는 오늘 일을 머릿속에 새겨 넣었다. 그녀에 대한 방침은 식을 치르고 황태자비가 된 후에도 달라지겠지만, 황태자가 황위에 오르고 제가 황후가 되고 난 후에는 더 다르게 될 것이다.

제 아버지의 영총이 사라지고 브리오니아에서의 제 위치가 슈리아의 손짓에 달렸단 사실을 알게 될 때쯤이면 이실로테도 머리를 조아리는 법을 배우리라.

슈리아는 은혜 갚음에 태만할지라도 빚은 결코 잊지 않는 성미였다. 원한이라 하기에 우스운 일일지라도 그러했다.

저택에 닿을 무렵, 이미 시간이 늦어 친구들은 돌아가고 없었다. 조용히 생각을 정리하며 보내는 여느 때와 같은 시간의 흐름 속에서 날이 저물어 갔다.

※

이따금 잎사귀에 부딪히는 바람 소리와 풀벌레 울음만이 가득한 이슥한 시각이었다.

고요한 어둠 속에서 눈을 붙이던 슈리아는 퍼뜩 잠에서 깨어났다. 바늘로 찌르는 듯한 예리한 감각이 목덜미를 섬뜩하게 타고 내렸다. 베헤모트가 잠에서 깨어나 그르렁거리며 눈을 비볐다.

자리에서 일어난 슈리아는 나직이 창밖을 내다보았다. 눈에 보이는 곳에선 그 어떤 움직임도 없었지만, 슈리아는 과민했다 여기면서도 잠자리로 되돌아가지 않았다.

가만히 정신을 한데 모아 초감각을 일깨우자 슈리아의 의식은 그 자리에서 정원을 지나 저택을 넘어서 그 어디인가로 날듯이 뻗어 나갔다.

"귀찮게 하는군."

파르스름한 광채가 어둠을 사르며 은은하게 번져 나갔다. 슈리아는 가늠하듯 눈을 가늘게 떴다.

겹겹이 호위로 둘러싸인 공작가의 담을 뚫고 흘러든, 오직 저를 향한 신호.

이 기운은.

베헤모트가 습관적으로 몸을 움츠리고 부르르 떨었다. 반면 슈리아는 불쾌한 듯이 눈살을 찌푸렸다.

익숙한 기운이기도 했지만 이런 식으로 자신을 불러낼 자는 어차피

한 명뿐이었다. 무엇 때문인지는 알 수 없으나 내버려 두었다가 들이 닥치게 하는 것보다는 응하는 게 나으리라.

오랜만에 마력을 일깨운 슈리아는 신호가 전해진 곳으로 즉시 이동했다. 눈 깜빡할 사이에 슈리아는 저택에서 꽤 떨어진, 제도 내에서도 사람이 다니지 않는 한적한 골목에 잠옷 차림으로 서 있게 되었다.

슈리아는 훑듯이 주변의 정경을 눈에 담았다.

죽은 듯이 적막한 속에서 홀로 우뚝 서서 살아 있음을 알리는 존재가 있었다.

— 블러디나이트 카르마인.

그간 고수하던 예복은 벗어 버리고 검은 망토를 걸치고 있는 그는 흡사 죽음의 기사를 연상케 했다. 피를 뒤집어쓴 듯한 암적색으로 둘러싸여 어둠 속에서 안광을 번뜩이고 선 모양새가 퍽 위협적이었다.

평범한 사람이 이 암흑 속에서 그를 목도한다면 괴성을 지르며 달아나는 것은 나은 경우이고 거품을 물고 기절하기 십상이리라. 그 우스꽝스러운 광경은 꽤 볼만하겠지만 필연적으로 따르는 지린내를 맡는 것은 질색이었기에, 주변에 사람이 없는 편이 나았다.

당연하게도 두려움 한 가닥 실리지 않은 무심한 얼굴로 슈리아는 그의 앞에 다가섰다.

"어쩐 일로 나를 불렀지?"

핏빛 기사와 어우러져 하얀 레이스 잠옷을 입고 아스라이 선 은빛 소녀는 먼발치에서 유령처럼 으스스하게 보이리라. 카르마인은 거친 음색으로 용건을 말했다.

"떠나려고 한다."

"이제야? 결심이 꽤 늦었군. 같잖은 소리를 해 대기에 바로 떠날 줄 알았더니."

조소를 띤 채 마음껏 비아냥거린 슈리아는 거만하게 고개를 쳐들었다.

"배웅을 원한다면 해 주지. 영원히 사라져서 두 번 다시 내 앞에 나타나지 마."

혹독한 언사를 퍼부으면서도, 슈리아는 어쩐지 아쉬움이 찾아드는 것을 느꼈다. 이상한 일이었다.

아쉬움이라니, 웃기지도 않지.

냉소적으로 뇌까리며 슈리아는 싸늘한 표정을 고수했다. 잠시나마 허물을 벗고 날것 그대로의 자신을 끄집어내었던 그 부인할 수 없는 해방감. 그것을 누리게 해 준 유일한 이를 앞두고 슈리아는 인정해야만 했다.

진실한 자신을 아는 그 앞에서만큼은 아마르잔일 수 있었기에 오로지 그 이유만으로 카르마인은 슈리아에게 의미 있는 존재였다.

그렇다고 그가 떠나지 않기를 바라는 것은 아니다.

아마르잔임을 버렸던 과거의 선택을 위해서라도 그는 슈리아의 생에서 사라져야만 했다. 암혈을 가르는 횃불처럼 붉게 이글거리는 그 눈빛과 진중한 저음이 함께,

"착각하지 마라. 그대를 위해서가 아니니."

낮은 울림으로 스며들었다.

"그대는 인간의 삶을 택했고 나는 인간인 그대에게는 용건이 없다."

아마르잔이 아닌. 담백한 투였으나 슈리아는 건조하게 흘러나온 말 속에서 어렴풋이 깃든 그림자와 같은 감정의 잔재를 느꼈다.

초월자의 부동심이란 단단해서, 그게 있다는 것 이상은 읽어 내기 어려웠다. 혹여 아마르잔과의 전투를 그리워하는 건가? 블러디나이트에게는 설욕을 해 보고자 하는 마음이 있을 수 있었다. 그는 이전보다 더욱 강해졌으니.

그러나 사막처럼 메마르게 건조한 카르마인에게 싸우고자 하는 기색은 존재하지 않았다. 기실 그는 호전적인 성품은 아니었다. 잠시 침

174

묵을 지키던 그가 입을 열었다. 예상치 못한 말로.

"그는 진심이니 그를 기만함은 옳지 못하다."

느닷없는 질타에 슈리아는 바로 대답하지 못했다.

"……네가 상관할 일이 아니야."

새삼스러운 눈으로 그를 올려다보며 슈리아는 작게 속삭였다.

한쪽이 한쪽을 기만하는 관계는 실상 꽤 흔한 법, 심지어 진실을 알림이 곧 깨어짐을 의미하는 것이라면.

순간 그와 슈리아의 눈이 일직선으로 이어졌다.

같은 질문을 떠올렸음직하다.

과연 그 사실을 알고도 슈리아 아델트를 사랑한다 말할 수 있겠는가?

먼 과거나 옛 삶으로 치부하기엔 가진 힘과 그 영혼, 기억마저 하나의 것이었기에, 긍정의 답은 나오지 못했다.

더 이상 대화를 이으려는 시도는 없었다. 실지로 그들은 긴 작별 인사를 나눌 만한 사이도 아니었다. 슈리아는 정적 속에서 고요히 물음을 띄워 올렸다.

"바로 갈 건가?"

"열흘 안에 떠날 것이다."

카르마인은 돌아섰다.

깔끔하게 등을 보이는 그의 뒷모습에서 망설임은 조금도 묻어나지 않았다. 정말로 떠나가는 것이다.

한순간 저를 나락으로 끌어내릴 것처럼 아찔하게 등장했던 과거가 떠나가고 있었다. 베어 내는 듯이 일말의 머뭇거림도 없이, 검은 망토에 흩날리며 그는 암흑 속으로 묻혀 갔다.

그 한없는 단절감이 발길을 붙들어, 슈리아는 바로 떠나지 못하고 한동안 그 자리에 서 있었다.

그간 발길을 붙잡던 과거가 새처럼 홀연히 날아가는 듯한 덧없는 느낌. 이상하리만치 허무한 기분이 든다. 그러나 이 또한 감상에 불과하겠지.

발소리가 완전히 사라져 아무것도 들리지 않고, 발이 차갑게 식을 무렵이 되어서야 소녀는 제가 머물던 곳, 슈리아 아델트의 자리로 되돌아갔다.

이상하도록 몸이, 아니 머리가 무거웠다.

잠에서 깬 슈리아는 지끈거리는 이마에 손을 대어 보았다. 뜨거웠다. 제니가 체온을 재어 보더니 조심스럽게 열이 있다고 말했다. 블러디나이트를 만나러 가서 그 짧은 시간, 찬 바람을 쐰 탓인지 슈리아는 아팠다.

체력은 부실하면서도 그 흔한 감기조차도 드물게 찾아오는 건강 체질이었기에 슈리아는 이런 제 상태가 낯설게 여겨졌다. 세일린이 근심이 서린 얼굴로 푹 쉬라고 권했다.

앓아누웠다고 할 만큼 상태가 심각하진 않지만 머리가 아파 와서 슈리아는 종일 침대를 지켰다.

공교롭게도 며칠 후가 황태자의 탄신일이었다. 그의 생일 연회에는 열이 끓어올라 쓰러질 지경이라도, 얼굴을 비추어야만 했으므로 슈리아는 반드시 나아야 한다는 의무감에 사로잡혔다. 그리고 몇 시간 간격으로 슈리아를 살피러 오는 세일린 역시 그날을 유념해 두는 기색이었다.

마법은 기력 회복이나 상처를 치유하는 데에는 도움이 되었지만, 감기를 낫게 하는 데는 효과가 없어서, 슈리아는 온전히 제힘으로 나아야만 했다.

정 안 되면, 통상적으로 불가능한 것들도 가능케 하는 아마르잔의 힘을 빌리는 수도 있었다.

침대에 누워 달리 할 일도 없었기에 슈리아는 생각을 더듬었다. 지금 벌어지고 있을 일들과 앞으로 있을 일들에 대해서.

약혼식 선포에 이어서 사람들의 이목이 쏟아지는 와중에 황궁까지 드나들었던 터이니, 화제를 몰고 다니는 소녀의 입궁 소식에 지금쯤 사교계가 한층 뜨거워졌을 것이다.

호기심에 사로잡혀 슈리아 아델트의 등장을 고대하고 있을 그들에게, 당사자가 나타나지 않음은 꽤 애 닳는 일이리라. 그런 의미에서 아프다는 구실로 뜸을 들임은 나쁘지 않은 방안이었다.

선물은 미리 준비해 두었다.

슈리아는 지금쯤 고이 포장되어 황태자에게 바쳐질 제 선물을 떠올렸다.

제국의 후계자에게 어울리는 진귀한 선물은 공작가에서 준비해 올릴 것이지만, 슈리아는 연인 자격으로 한 가지 선물을 더 준비했다.

한 달 전쯤 세일린이 미리 준비를 시켰기에 지난날 그에게 바쳐 올렸던 손수건을 대신해, 새로운 손수건을 수놓았다.

그때보다 고급스러운 실과 천을 쓰고, 화려한 매무새로 섬세하게 마무리하기까지 훨씬 공을 들였다. 그래 봐야 손수건 한 장에 불과하지만 연인의 정성이 깃든 물건은 충분히 그럴듯해 보이리라. 그리고 슈리아는 평범한 헝겊 한 장도 갈고닦은 제 솜씨면 예술품으로 바꾸어 낼 수 있다고 자부했다.

이튿날 무도회에서 입을 드레스와 구두가 도착했기에 슈리아는 편치 않은 몸으로 새로 사들인 드레스들을 입어 보며 하나를 골라내야 하는 수고를 덜었다.

당연하게도 황태자가 보내온 물건이었다. 역시 그는 자신의 취향을 충족시키는 인형놀이가 마음에 든 모양이다.

모든 것이 이토록 순조로운데 기분이 이상하게 가라앉았다. 과민함이라고 해도 그르지 않은, 표현할 수 없는 무언가가 신경을 줄곧 건드렸다. 황궁 연회가 열릴 때까지 그 며칠간 슈리아는 뿌연 운무 속에서 헤매는 것 같았다.

우묵한 데 고인 안개처럼 밀도 높은 습기가 발끝부터 밀려 올라와 몸을 아래로 잡아끄는 듯이 무겁고, 속이 울렁거린다. 두려움이란 슈리아에게 존재하지 않을진대 마치 무언가를 예감하는 양 불길한 기운이 유령처럼 주위를 스산하게 감돌았다.

혹시 암살자가 노리는 건 아닌가 했지만, 베헤모트가 왜 그러냐는 듯이 눈을 데굴데굴 굴리고 있는 걸 보았을 때 그건 아니었다.

아무래도 감기 때문이리라.

그리 결론지은 슈리아는 이제 거의 나아 가는 이 하찮은 증세를 빨리 떨쳐 낼 요량으로 이른 잠자리에 들었다.

물에 잠기듯이 가만히 가라앉고 있었다.

온통 새까맣기만 하던 시야가 흐릿한 회색으로 돌아왔다. 몽롱한 부유감 속에서 슈리아는 눈을 떴다.

문득 돌아보니, 온통 어둡기만 한데 저 먼 곳에서 한 점의 빛이 비쳐 들고 있었다.

슈리아는 느릿하게 물살을 가르며 나아갔다. 이끌리듯이. 거의 닿아 갈 즈음에, 갑자기 앞이 깜깜해졌다. 덩굴처럼 꾸물거리며 뻗어 나온 어둠이 발목을 타고 올랐다. 그러다 이내 사지를 족쇄처럼 얽어매고, 완전히 가두었다.

그리고 암흑.

"……"

슈리아는 땀에 흠뻑 젖은 채로 깨어났다.

형언할 수 없는 감각이 온몸에 흘러, 하얗게 질린 손끝이 떨려 오고 있었다. 슈리아는 자리를 박차고 일어났다. 제게 일어난 현상을 이해할 수 없었다.

아마르잔에게는 분명 예지력 따윈 없었다. 그리고 슈리아 아델트에게도. 그런데 무엇 때문에?

그저 악몽일 뿐이다. 스스로 되뇌며 창밖을 내다보자 어슴푸레 밝아진 커튼 틈으로 여린 햇살이 쏟아지고 있었다.

……아침이었다.

✻

무도회장에 발을 들이자 막이 오르듯 문밖과는 다른 세상에 펼쳐졌다.

눈부신 샹들리에와 화려한 장식들, 감미로운 와인과 주스며 갖가지 디저트, 꺄르르 웃으며 인사를 건네는 데이지와 친구들, 약혼에 대해 섣부른 축하 인사를 건네는 귀족들, 아부꾼들, 질투심 어린 눈길을 보이는 귀족 영애들, 술렁거리는 말소리, 우아하고 웅장한 음악.

"오늘따라 유독 아름다워. 오늘의 이 차림은, 날 위한 걸까."

소매를 부풀린 연보랏빛 드레스에는 자잘한 프릴이 안개꽃 다발처럼 달려 있었다. 청순하기 그지없는 모양새가 그의 취향일 게 분명한 터라 슈리아는 순순히 고개를 끄덕였다.

감탄한 듯이 말한 황태자의 입가엔 미소가 맺혀 있었다. 오늘따라 유독 기분 좋아 보이는 얼굴. 황태자는 그의 생일에 별달리 의미를 두는 자가 아니었으나, 바라던 모든 것이 거의 이루어져 가는 지금 사소한 것도 의미를 가졌다. 그는 장난스레 물었다.

"내 선물, 준비했겠지?"

"기대하셔도 좋아요."

또래의 귀족 영애들 중 가장 수를 잘 놓는다고 자부하는 슈리아는 자신감 있게 답했고, 황태자가 가만히 슈리아의 뺨을 쓸었다. 애틋한 동작에 쏟아지는 시선도 이제 익숙하기만 하다. 그리고 앞으로도 익히 겪게 될 일이었다.

곧 이어진 선물 행사에서 황태자는 슈리아의 손수건을 보고 만족스럽게 웃었고 이내 손을 내밀어 춤을 청했다. 연회의 주인공인 황태자와 한차례 춤을 마치자 박수가 쏟아졌다. 약혼식은 그새 일자가 정해졌고, 그 흐름은 강물과 같아서 누구도 감히 거스를 수 없을 것 같았다.

모든 것이 예상한 대로, 그림처럼 펼쳐졌다. 완벽한 하루, 기꺼이 그리 평할 만큼.

슈리아의 악몽이 기우라고 말하듯 연회에서의 시간은 순탄하게 흘러갔다. 차기 황태자비다운 우아한 자태로 연신 미소를 띤 채 연회를 즐기던 슈리아는 홀 한편으로 비켜나 목을 축이고 있었다.

잠시 찾아들던 한가로운 순간을 만끽하던 그때 문득, 술렁거림이 일었다. 무얼까? 별생각 없이 소란스러운 방향으로 시선을 돌리던 슈리아의 시선이 떨림을 담았다. 그리고 한순간에 겨울바람이 휘몰아친 듯이, 그 자리에서 얼어붙었다.

말도 안 되는, 네가 어떻게…….

비틀거리다시피 간신히 잔을 놓았다. 떨어뜨려 깨지 않은 것은 실낱같은 통제력이 남아 있었던 덕이다.

일순 내려앉은 심장이 이내 사정없이 박차를 가했다. 고막까지 쿵쿵거리는 소리가 울린다. 연약한 소녀의 심장은 가파르게 치닫는 박동을 이기지 못하고 파열해 버릴 것 같았다.

아름다운 여자였다.

숨 쉬는 것을 잊고 넋 나간 채 바라보게 할 만큼, 지독하게. 누구라도 홀릴 듯이 요염한 여인은 여왕처럼 오만하게 그곳에 서 있었다.

늘씬한 키에 어린 귀족 소녀들이 자신의 미성숙함을 되새기게 할 만한 풍만한 몸매는 특유의 곡선을 거의 다 가리는 느슨한 푸른 로브를 걸치고도 감출 수 없는 것이었다.

늘어트린 긴 금발은 관능을 품었고, 금빛 속눈썹이 차양처럼 드리운 보랏빛 눈동자는 테두리가 선명하여 매혹적인 빛을 띠었다.

"어딘가의 마법사이신가요?"

홍조를 띤 얼굴로 물어 오는 귀족 영식을 향해 그녀는 요요한 눈길로 화답했다. 그 요사스러운 낯이며 미소, 유혹하는 듯한 몸짓, 기억하지 못할 리 없다.

그녀의 외양만큼이나 인상적이었던 마지막 만남이 뇌리를 스치고 지나갔다.

― 카리나.

부름에 응답하듯 그녀가 시선을 돌렸다. 영혼까지 꿰뚫을 듯한 생생한 눈빛이 음산한 한기를 머금었다. 한 치의 어긋남도 없이, 슈리아를 바라본 그녀는 미끄러지는 듯이 다가왔다.

걸음을 내디딜 때마다 몸에서 짙은 장미 향이 배어 나오는 듯했다.

슈리아는 간신히 동요를 숨기며 정신을 곤두세웠다. 말도 안 되는 일이다. 그녀가 알고 있을 리 없다. 그 누구라도 알 수 있을 리 없다. 어째서 이곳에 나타난 거지?

소녀의 앞을 황태자가 감싸듯이 가로막았다. 전신에서 넘실거리며 피어오르는 강력한 마력, 어둠에 휩싸인 듯 모호하여 읽히지 않는 분위기.

그녀에게서 풍겨 나는 그 모든 것이 심상치 않았기에 기사들이 하나둘 모여들었다. 포위당한 상황에서 카리나의 입가에 진한 미소가 피어올랐다. 강자다운 여유였다.

"누구지?"

"카리나."

매혹적인 음색으로 그녀의 음성이 울려 퍼졌다.

"브리오니아에서는 원래 손님을 이런 식으로 대접하나?"

가소롭다는 듯이 눈을 가늘게 뜬 그녀는 주위를 감싼 기사들을 여유로이 굽어보았다.

"사람에 따라 다르지."

황태자가 손을 들자 그들은 몇 걸음 물러났다. 그러나 하나같이 경계하는 기색을 감추지 않아, 팽팽한 대치가 이어졌다.

기사들을 물러나게 한 행동과 반대로 그의 손은 허리의 검 손잡이를 더듬고 있었다. 본능적인 느낌으로 황태자는 깨달았다.

눈앞에 있는 여자는 초월자였다. 아주 강력한.

"글쎄, 난 잠시 들른 것뿐이야. 거기 아가씨가 내게 납득할 만한 대답을 주면…… 떠나지."

긴장감 도는 분위기에 개의치 않고 카리나가 노래하듯이 읊조렸다. 지목당한 슈리아는 황태자를 제치고 걸어 나왔다.

슈리아는 카리나의 성격을 잘 알았다. 집요한 성미의 그녀는 목적을 달성하기 전까지는 결코 떠나지 않을 것이다.

"아마르잔이 아가씨에게 선물을 했다지. 그의 시종마를 말이야."

경계하는 기색으로 옆에 바짝 붙어서는 황태자를 무시하고, 카리나는 몸을 숙여 슈리아에게 고개를 가까이 기울였다.

마법사 길드에 그 사실이 전해졌다는 건 알고 있었다. 그녀도 그 소문을 듣고 온 건가. 역시, 알고 있을 리 없지. 긴장을 늦추지 않으며 슈리아는 태연한 척 그녀의 시선을 맞받았다.

"그 아마르잔이 오직 네게만. 이유를 알아?"

"모른답니다. 그분께선 말씀하시지 않았으니 저로서는 알 수 없었어요."

빠르게 나온 대답은 제법 차분했다. 카리나는 작아진 소리로 속삭이듯이 은근하게 물었다.

"궁금하지?"

"……네."

한쪽 눈썹을 치켜든 카리나가 날카롭게 웃음을 터뜨렸다. 순금빛 머리카락이 나풀대며 흩어졌다. 찢어 낼 듯한 웃음이 잦아드는 것과 동시에 그녀는 길게 미소를 그었다. 보랏빛 눈동자에 예리한 섬광이 일었다.

"나도…… 궁금하긴 해. 죽은 아마르잔이 어떻게 아가씨에게 선물을 할 수 있었을까!"

그 순간 전율로 등줄기가 오싹 곤두섰다. 온갖 생각이 엉망으로 떠오르며 입안이 바싹 마르고, 가슴이 저릿저릿하게 죄어든다. 초월자가 아니라 완전히 제어해 낼 수 없는 제 몸이 곤욕스러웠다.

아니야. 슈리아는 숨을 고르며 가까스로 동요를 억눌렀다. 홀의 공기가 수군거림으로 흔들리고, 황태자의 시선이 찌르는 듯이 느껴져 왔다.

그녀가 뭘 알고 있든, 추측에 불과할 것이다. 떠보기에 넘어가서는 안 된다.

혼란한 와중에도 이성을 붙잡으며 소녀는 눈을 치켜뜨고 믿을 수 없다는 기색으로 반문했다. 모든 것이 뜻밖의 말을 들어 놀랐기 때문인 양.

"아마르잔이 죽다니요?"

비록 다른 모습이나 이렇게 살아 있는데. 애써 꾸며 낸 기색을 면전에서 접한 카리나가 깔깔거리며 웃었다.

"농담이야, 농담. 그 누가 북대륙의 패자를 거꾸러트릴 수 있겠어?"

홀에 퍼져 나가도록 과장되게 목소리를 높인 그녀가 수줍은 듯 눈을 내리깔았다. 옅은 그늘이 지자 보랏빛 눈동자가 잘 익은 포도처럼 혼탁하게 깊어진다. 연약함이 두드러지는 은은한 표정으로 카리나는 자랑스럽게 속삭였다.

"무엇보다…… 내 연인이 그렇게 약한 남자일 리 없잖아?"

무슨 소리를 지껄이나 싶었다.

그때 카리나 옆에서 비틀림이 발생했다. 아무것도 존재하지 않는 허공이 암흑으로 물들며 일그러졌다. 돌풍이 몰아치듯 대기가 뒤흔들리자마자, 재빨리 팔을 뻗어 감싸 오는 황태자에게 시야가 반쯤 가려졌다. 그의 품에 안겨서도 슈리아는 틈새로나마 그 광경을 놓치지 않고 보았다.

눈을 뗄 수 없었다.

왜곡된 공간을 비집고 검은 옷자락이 떨어져 내렸다.

금빛 태양 문양이 산란하듯 빛을 뿌리고, 심연이 밴 눈동자는 죽음처럼 짙었다. 허무감이 담긴 낯, 거역할 수 없이 절대적인 위압감.

그 모든 것이, 파편처럼 낱낱이 와 박혔다.

일찍이 그를 그려 놓았던 전시관의 그림에서 걸어 나온 듯한 모습. 슈리아의 기억 속에 새겨진 형상과 머리부터 발끝까지, 조금도 다르지 않았다. 그런 모습으로 존재할 수 있는 자는 이 세상에서 오로지 한 명뿐이었다.

"나의 아마르잔이."

카리나가 조롱하듯이 말을 마쳤다.

소리가 먹혀 버린 듯이 모든 것이 적막했다.

'아마르잔'은 무심한 얼굴로 공포와 불안에 젖어 숨죽이고 있는 지상의 것들을 굽어보았다. 그러다 그 시선의 끝이 과거 자신이 특별한 선물을 내려 준 은빛 소녀에게 닿았을 때,

그는 스치듯이 웃었다.

최초로 감정과 유사한 무엇이 배어 나온 표정은 어둠이 잠시 어렴풋한 자락을 내비치는 양 허무를 벗었다.

그러나 아주 찰나였다. 곧 다른 필멸자들을 대함과 유사하게 소녀를 지나쳐 보내며, 그는 마침내 바라보았다. 이제까지 단 한 번도 다른 누군가의 무엇으로 불리지 않았던 그를 감히 자신의 연인이라 칭한 금발의 여인을.

"아마르잔, 오셨군요."

환희의 떨림을 머금은 손이 어깨에 닿았다. 세상에서 가장 강력한 대마법사에게 바쳐져야 마땅한 숭배를 담아 그를 올려다보는 카리나

의 눈은 황홀하기 그지없었다.

무희의 그것처럼 교태 어린 나긋나긋한 몸짓으로 사락거리는 로브 소리와 함께 그의 품에 안겨 들었다. 고개를 기울여 올리며 카리나는 제가 가진 당연한 권리를 행하는 것처럼 그에게…….

— 입을 맞추었다.

취한 듯이 가늘어진 보랏빛이 그 순간 기이하게 일렁였다.

네가 감히!

사나운 외침이 이명처럼 머릿속에서 메아리쳤다.

달콤하다 못해 끈적하게 기대어 카리나는 그의 뺨을 느릿하게 쓸며 거미처럼 육체를 얽었다. 그 모습은 마치 그녀가 아마르잔의 여인이고, 아마르잔이 그녀의 연인임을 선언하는 것처럼 보였다.

그보다 명확한 의도가 있을까?

"……."

잔금 간 얼음 위에 맨발로 선 듯이 위태롭고 나락으로 떨어지는 듯이 섬뜩하게, 모든 것이 눈앞에서 비틀렸다. 무어라 말할 수 없이, 그저 급박하게 과거를 훑어야만 했던 비현실적인 감각이 단숨에 깨쳐지고,

"슈리아."

슈리아는 더없이 선명한 현실에 직면했다.

"슈리아 아델트!"

연이은 호명에 퍼뜩 정신을 차렸을 때, 슈리아는 제 온몸이 덜덜 떨리고 있다는 것을 깨달았다.

심장을 부술 만치 참혹한 분노가 차갑게 가라앉은 늪을 넘어 저를 둘러싼 연약한 껍질을 뒤흔들고 있었다. 문득 돌아본, 비석처럼 굳어진 황태자의 눈동자 속에서 슈리아 아델트는 창백한 얼굴로, 가련한 사슴처럼 떨고 있었다. 그 초라한 몰골이라니!

"저는 괜찮아요, 잠깐…… 놀랐을 뿐이에요."

진짜가 가짜 앞에서, 그리 보일 수는 없었다. 슈리아의 음성은 차분하게 속삭여졌고, 말이 끝나기 무섭게 미친 듯이 뛰던 맥박도 거짓말처럼 안정을 되찾았다.

그러나 황태자는, 그를 밀어내는 손길에도 놓아주지 않았다. 지키려는 것인지 추궁하고 싶은 것인지 모를, 모든 감정이 혼재된 낯.

입술을 떼어 낸 카리나가 매혹적인 미소를 지었다.

"기억하나요? 저 아이에게 선물한 것."

노래하듯이 흘러나온 질문에 그녀를 자비롭게 내버려 두던 아마르잔은 간략히 답했다.

"기억하지."

소름 끼칠 정도로, 오랜 기억 속의 그와 다르지 않은 음색으로.

그 한 마디조차 놀랄 만큼 힘을 담아 거기에 선 모든 이들은 짓눌리는 듯한 압박감을 느꼈다. 천천히 돌아든 아마르잔의 시선이 슈리아에게, 아니, 그 손에 박힌 반지에 향했다.

"이게 '내' 시종마로군."

베헤모트가 고개를 갸웃하며 얼떨떨한 신음을 냈다. 눈앞에 있는 자가 놈의 기억 속에 있는 지난날의 아마르잔과 회상을 베어 내어 놓아둔 양 꼭 같았기에.

그는 시선을 위로 올려 슈리아를 보았다. 그리고 지상에서 가장 드높은 오만을 담아, 이 미천한 작은 소녀에게 말을 건넸다. 누구라도 이 광경에서 저변에 깔린 본질을 읽어 내지는 못할 것 같았다.

"만나게 되어 반갑구나."

"다시."

카리나가 키득거리며 빠진 말을 덧붙였다. 배역에서 조금의 어긋남도 용납지 않겠다는 듯이.

유리 가루가 맺힌 양 서늘한 낯빛으로 그녀는 제가 자아낸 이 호화로운 무대를, 꽃술에 맺힌 꿀에 혀를 가져다 대듯이 달콤하게 음미하고 있었다.

수만 가지의 변덕스러운 얼굴을 가진 그녀였으나 이곳에서 드러낸 표정은 단 한 가지 의미만을 가졌다. 그녀가 진정 느끼는 바도 그러하듯이.

심장이 바숴질 듯한 처절한 환희!

도발하고자 한 것이라면, 제대로 먹혔다.

슈리아는 카리나와 엮였던 모든 과거를 돌이켜 그 금빛 머리채를 모조리 잘라 내고, 머리를 부수어 던져 버리고 싶었다. 그 육신을 한 줌의 재도 남기지 않고 세상에서 말소해 버리고 싶었다.

그만큼이나 강렬한 살의였다.

카르마인을 살려둔 것을 진정토록 후회한 적은 없었으나, 카리나는 달랐다.

그녀는 죽었어야만 했다. 그들이 마지막으로 만났던 그 순간에.

온몸의 뼈가 부서지고 숨만 간신히 붙어 있던 그녀의 몸뚱이를 북해의 얼음바다에 처박았던 그 마지막에, 쓸데없이 너그럽게 굴지 않았더라면.

'아— 아아아아! 아마르잔! 나는 당신을…… 사랑해서 그랬어요! 당신을 원해서 그랬어!'

단말마처럼 내질렀던 절규와 같은 외침.

그 호소에 조금이라도 마음이 약해졌던 것은 아니었으나.

……설득력 있게 느껴졌던 다른 이유로 아마르잔은 그녀를 죽이지 않고, 다만 내버려 두고 떠났다.

그 결과가 이것이다.

아마르잔은 카리나의 끈질긴 집념을 너무도 우습게 보았다. 그 절절하리만치 애절한 눈빛, 피투성이가 된 손으로 절벽을 기어올라서라도 제가 원하는 것은 무조건 차지하고야 마는, 카리나는 그런 여자였다.

그 먼 과거에도 그녀는 집요한 마음이 진득이 묻어 나오는, 타는 듯한 애모의 눈길로 아마르잔을 바라보았었다. 줄곧 그러했다.

어떻게 알았는지, 어떻게 찾아올 수 있었는지. 그녀가 이미 찾아온 이상 그 사실은 더 이상 중요치 않았다. 이전에 있었던 그 어떤 고난과도 비교할 수 없을 만치 카리나는 슈리아의 삶을 위협하고 있었다.

슈리아 아델트의 삶, 이제까지 가까스로 간신히 지켜 왔던 그것.

대화가 먹힐 만한 상대가 아니었다. 타협할 수 없이 변덕스럽고, 지상 모든 것을 태울 것처럼 사납게 타오르는 들불을 막는 길은,

불씨조차 남기지 않고 없애 버리는 것뿐이다. 오직 그것만이 길이었다.

"파멸의 마녀, 카리나."

돌연 한 음성이 뚝 떨어져 내렸다.

"가는 곳마다 잿더미밖에 남지 않는다는 마녀. 당신의 명성은 익히 알고 있습니다. 그리고 아마르잔 당신 역시도."

공중에서 녹아내리는 듯이 아샤트리아 대공이 모습을 드러냈다. 그 어느 때보다도 침중하고, 항시 그에게 자리한 온화함이 배제된 매서운 기색이었다.

"어머, 날 아는 사람이 있다니. 기쁜걸."

입가를 끌어 올리며 가늘게 눈을 내리까는 그녀에게 대공이 굳은 얼굴로 서술했다.

"카리나 당신에 대해 제가 가장 최근에 들은 소식은, 동부대륙에서 도시 하나를 제물로 삼아 저주받을 마법을 펼쳤다는 것이지요."

"생명력을 뽑아 간 것뿐이야, 쓸 일이 있어서. 브리오니아에서 있었던 일도 아니잖아?"

"제게는 꽤 신경 쓰이는 일이군요. 브리오니아에, 지금 이곳에 나타난 이유를 말씀해 주실 수 있습니까."

"글쎄……. 왜일까요, 아마르잔?"

카리나가 미끄러지는 손짓으로 아마르잔의 어깨를 짚자 그는 무심히 답했다.

"내 시종마의 안부를 확인할 필요가 있었지."

"원한다면 돌려줄 테니 그녀를 내버려 두시오."

카리나가 흐응, 소리를 내며 그 말을 꺼낸 황태자를 바라보았다. 무도회장의 불빛에 흠뻑 젖어 든 자수정 같은 보랏빛 눈동자를 빛내며, 그녀는 자신이 모든 용무를 마쳤음을 토로했다.

"보러 온 것뿐이야. 오늘은 일단 이걸로."

그물이 펼쳐지듯 사방에서 뻗어 나온 실선이 허공에 그어지며 그녀와 아마르잔을 감쌌다. 허가되지 않은 모든 마력을 흐트러뜨리는 황궁의 결계에 아랑곳하지 않고 고난도의 마법을 펼쳐 내며 카리나는 은근한 투로 속삭였다.

"……다음에 보자구."

보랏빛 잔영이 빈 공간에 이지러졌다. 한순간에 홀을 뒤흔들었던 모든 것이 그야말로 깨끗이, 완전히 사라졌다.

침음을 내며 대공이 턱을 짚었다. 근심 서린 표정을 숨기지 않으며 그는 나직하게 앞으로의 계획을 털어놓았다.

"저는 펠레티어 후작을 불러야겠습니다. 전하께서는……."

그의 눈길이 슈리아에게 꽂혔다.

"……나누실 이야기가 있겠지요."

소란이라고 하기에는 퍽 고요한 분위기 속에서 황태자의 탄신 연회는 끝을 맺었다. 기사들이 에워싼 가운데 모두가 쥐 죽은 듯이 말문을 삼키고, 불안한 눈초리를 주고받으며 홀을, 황궁을 빠져나갔다. 전쟁 선포라도 들은 양 비장한 기색마저 감돌았다.

오늘 이곳에 나타난 두 명의 초월자에 대해 제아무리 입 가벼운 이들도 허영심에 차 떠들거나, 입에 올릴 수 없었다.

그리고 슈리아는,

"말해 봐."

황태자궁에서 그와 마주하고 있었다.

조금 전에 일어난 그 모든 상황을 확인해야만 했다. 오직 그 생각만으로 가득해서, 그런 자신이 생경할 정도로 심장이 타들어 가고 있었다. 지독한 초조감이 뱃속 깊은 곳을 긁어 댔다.

그러하기에, 아무것도 눈에 들어오지 않았다. 당장에라도 이 방을 박차고 뛰쳐나가, 위협을 느끼는 사슴과도 유사한 행태를 고스란히 답습하고 싶었기 때문에.

슈리아는 이 모든 번거로운 절차를 포함하여 자신까지 벗어던지고 싶었다. 이 작고 하찮은 몸뚱이에 저를 묶어 놓은 족쇄와 인내 그 모두를 거둬 버리고, 모든 것을 망쳐 버리는 한이 있더라도.

아마르잔이 모욕당했는데, 다른 무엇이 중요할 수 있단 말인가?

그 뇌까림은 꽤나 유혹적이었으며 가늘어진 제어의 끈을 끊어질 듯이 잡아당겼다.

그러나 어떤 면에서는 눈앞의 그의 존재가 슈리아를 인내케 했다. 무엇이라도 들켰다간 정말로 이 생의 모든 것이 끝장날 수 있다는 면에서, 돌이킬 수 없음은 유보를 용인했다.

소녀를 감싸 안았던 손 그대로 결박한 형태만 바뀌었을 뿐, 이 방에 오기까지 단 한 순간도 떨어지지 않았던 황태자가 다시 입을 열었다.

"말해, 그대가 알고 있는 것을."

사로잡은 포로를 심문하는 듯한 태도와는 별개로, 잔잔하게 고인 기색이었다. 정확히는 그리 보이도록 감정을 죽이고 숨기어 평정을 이끌어 낸 얼굴.

슈리아는 무표정한 얼굴로 읊조렸다.

"……일전에 이야기한 것 이상, 드릴 말씀이 없어요."

"그가 아마르잔인가?"

"제 기억은 오래되어 완전치 못해요. 하지만 오늘 나타난 그는 제 기억 속의 그와 똑같았어요."

그가 아마르잔일 수 있다는, 치욕적인 발언을 슈리아는 순순히 고했다.

"그대는, 왜 그리 떨었지."

"그를 보게 되어 놀라고 두려워서겠지요."

"그리 건성으로 답하지 마."

"……그러면요?"

"내가 원하는 건 그런 이야기가 아니야."

그가 서늘하게 가라앉은 눈동자로 시선을 마주했다.

"날 봐."

"보고 있어요."

그의 손이 양어깨를 짚고 거세게 억눌렀다. 강렬한 기세가 검은 연무처럼 확 피어올랐다.

"아마르잔에 대해 생각하지 말고, 지금 날 보라고!"

슈리아의 입매에 조소가 올라앉았다. 도저히 들어 줄 수가 없어서, 평소처럼 그린 듯한 웃음으로 넘기거나 비아냥거리듯이 쏘아 대는 것만으로 넘길 여유가 없어서, 슈리아는 뼈저리게 매서운 투로 속삭였다.

"그 꼴같잖은 질투를 들이댈 거라면, 접어 두세요."

고요하게 타오르는 푸른 불꽃처럼, 싸늘한 심연이 드러난 눈빛은 인간의 것이라 믿어지지 않는 무언가를 품고 있었다. 불이 뜨겁고 얼음이 차가운 것처럼, 손댈 수 없는 타고난 본성.

"그래, 질투."

황태자가 짧게 뇌까렸다.

"그건 그대가 보인 거지."

어둠에 잠겨 든 광물에 빛살이 어리는 양, 잠잠하던 자청색 눈동자에 날붙이가 맞부딪치듯 섬광이 일었다. 포효를 발하는 것 같은 눈빛이었다. 미약해진 인내심으로 절제된 물음이 흘러나왔다.

"그때, 그대가 어떤 표정으로 어떤 눈을 했었는지 알기나 해?"

"몰라요."

슈리아는 날카롭게 맞받았다.

"모른다고요······! 모르니까 날 그냥, 보내 줘요. 쉬고 싶어요."

신경질적으로 곤두섰던 말은 피로로 종결지어졌다. 이러고 있을 시간조차 아까운데, 이런 실랑이 따위.

일순 깨어지는 듯한 균열이 그의 눈동자에 비쳤다.

"제발······."

신음하다시피 그가 처음으로 간청해 오는데도, 슈리아는 거의 아무것도 느끼지 못했다.

"나를 좀 봐. 그대가 선택한 거였어, 나와 혼인하겠다고."

상처 입은 짐승처럼 그가 무너져 내렸다. 소녀의 어깨 위에 고개를 묻고, 고통스러운 듯 숨을 들썩였다.

슈리아는 무미건조하게 그를 내려다보았다. 아마르잔의 등장 때문에 미친 듯이 요동쳤던 심장은 저를 좀먹는 하나의 감정에만 몰두해 있어서 다른 무엇에 반응을 보일 겨를이 없었다.

아니, 설사 그렇지 않더라도 마찬가지이리라.

"날 사랑하지 않는다는 건 알아, 진작부터······ 알고 있었어. 그렇다고 내 앞에서 그를 향해서 그런 눈을 보이지 마······!"

"일전에 말씀드렸지만 분명히 해 두지요. 그를 따라가지 않겠어요, 제 의지로는 결코. 그걸 원하시지요?"

끊어 내듯이 슈리아는 빠르게 읊조렸다. 간단한 산수 문제에 답을 내는 양.

"······내가 진정 원하는 게, 내가 이러는 이유가 그거라고 생각해?"

그는 고개를 들었다.

"내가 원하는 건."

황태자는 생애 단 하나의 소원을 간구하는 듯 절실함이 번져 나오는, 열기를 품은 눈으로 속삭였다.

"그대가 솔직하게 굴길. 그 냉정한 머리로 생각하지 않고 자진해서 내게 입 맞추고 내가 느끼고 있는 이 감정을 그대도 갖길, 바라고 있어. 내가 원하는 건 바로 그런 거야."

호소하는 양 그는 괴롭게 물었다.

"언제까지 그리도 차가운 눈으로 마지못한 듯이 나를 바라볼 거지? 언제면 날 머리가 아닌 마음으로 받아들일 건가."

그것은 실로 초월자에게선 찾아보기 힘든, 타는 듯한 마음.

그 마음을 갈기갈기 찢어 주고 싶은 흉통!

카리나의 애끓는, 백해무익한 독약 같은 애모도 지독스럽기는 마찬가지였다. 그러하기에 그녀에 대한 분노에 힘입어 제게 향해지는 이 모든 감정을, 짓밟고 눌러 죽이고 싶었다.

슈리아는 충동을 벗고 이성을 곧추세웠다. 언제나 그래 왔듯이 시작된 갈등은,

"제가 약속했잖아요. 원하시는 한 언제까지나 곁에 있겠다고."

또 이 자리로 되돌아오고야 만다.

"그래서 되돌리고 싶어졌나? 그를 만난 지금."

무언지 모를 예감에 불안해하고 있던 황태자는 무겁게 물어 왔다. 그는 아마르잔이 나타난 그 순간, 전율에 떨리는 슈리아의 눈과 표정을 들여다보고 그 동요를 낱낱이 읽어 냈었다. 슈리아의 심상치 않은 감정 변화에 대한 그의 간파는 일리가 있었다. 그 유추가 그의 사고가 닿는 범주 내에서 이루어졌을 뿐.

"그에게는 그 카리나라는 여자가 있는데? 아마르잔은 이미 그 여자의 것이야."

슈리아는 주저 없이 반박했다. 위대한 대마법사인 그를 한낱 부속물로 취급할 수 없다는 듯이, 그러나 더없는 진실을 담아.

"아마르잔은 누구의 것도 아니에요."

오로지 그 자신의 것이다. 카리나의 지저분한 소유물이 되라고 남겨 둔 육체가 아니었다.

결코.

내면을 드러내지 않는 쪽빛 눈동자는 밤바다만큼이나 깊어서, 물밑을 투영해 보는 것은 불가능하게 여겨졌다. 그만치나 단단하게 제 모든 것을 갈무리해 낸 슈리아는 굳게 입술을 다물었다.

소녀에게서 완강한 배제의 신호를 읽어 낸 황태자는, 의미 없는 대화를 지속하려는 시도를 버렸다.

"……이만 쉬어, 시녀장에게 명해 두지."

그는 귀가를 허락지 않고 자리를 떴고, 슈리아는 어쩔 수 없이 황태자궁에 거처하게 되었다.

그날 밤 깊은 시각, 슈리아는 홀로 침대에 누워 있었다. 궁의 주인은 아샤트리아 대공과 함께 자리를 비웠고 시중인들은 제가 모시는 아가씨의 취침을 확인하고 떠나갔다. 방문 너머에는 기사들도 몇 있었으나 대수로운 수준은 아니었다.

슈리아는 적어도 이 방에서만큼은, 제가 완전히 혼자라는 사실을 확인하고 또 확인했다.

그리고 침대에서 미끄러져 내려와 발을 딛는 순간, 배경이 바뀌었다.

뜨거운 피마저 단숨에 얼어 버릴 만치 극도로 차가운 대기가 스며들기 전에, 슈리아는 제 몸을 마력으로 지켜 냈다. 순간적으로 많은 힘을 쏟아 낸 베헤모트가 가쁘게 숨을 헐떡였다.

살을 에고, 살점을 도려내는 듯한 추위는 이 홑겹의 얇은 잠옷을 입은 맨발의 소녀에게 어떤 영향도 끼치지 못했다.

주변은 온통 희무스름한 빛으로 가득한 적막한 평원이었다. 밤의 그림자가 내린, 얼음과 눈으로만 이루어진 이 순결한 대지는 태초부터 범인의 발걸음을 허용하지 않았다.

전란으로 소용돌이치는 인간의 대륙과 마물이 득시글거리는 산맥, 수많은 배를 침몰시켰던 빙산투성이 바다.

그 모든 것을 넘어선 북쪽의 끝, 인간의 발길이 닿지 못한 유일한 곳에 슈리아는 쉽사리 자리하고 있었다. 슈리아 아델트에게는 처음일, 그러나 아마르잔이 아끼던 하얗게 얼어 버린 이 그림 같은 풍경 속에서.

한때 이곳을 떠올렸던 적이 있다.

이제는 멀게만 느껴지던 황궁 시녀 시절, 아마르잔에 대한 우연한 깨달음.

아마르잔에게 결여된 것이, 타인과 감정을 나누고 사랑하는 것이라 처음으로 짐작하게 되었던 그때에 슈리아는 이곳을 생각했었다.

누구와도 공유하고 싶은 마음이 들지 않아서, 오로지 홀로 감상하곤 했던 완벽하게 고적한 이 장소.

바로 이 위치, 이 얼음 평원 아래 깊은 곳에 아마르잔을 묻어 두었기 때문에.

"알 리 없어."

슈리아는 어두워진 눈으로 발치를 내려다보았다.

그 자신 이외에는 아무도 알지 못했다. 베헤모트에게조차 알려 주지 않았으니까. 그리고 설혹 알았다고 한들, 무얼 어쩔 수도 없었을 것이다.

아마르잔이 강력한 마법으로 공들여 만든 결계가 이곳에 펼쳐졌고, 누구라도 그것을 뚫을 수는 없었다. 아니, 발견하는 것조차도 불가능에 가깝다고 여겨졌다. 완벽하게 은폐된, 세상에서 가장 강력한 마법사의 결계였다. 단지 자부심이 아니라 진실일 그 말을 슈리아는 단호하게 되뇌었다.

"그게 아마르잔일 리 없어."

무슨 수작을 부렸는지는 모르겠으나, 그건 아마르잔의 원형에 가깝게 지어낸 육체일 터였다. 그걸 확신하러 슈리아는 이 자리에 왔다.

조급하게 마력을 끌어 올린 슈리아는, 자신만이 아는 신호로 대지를 일깨웠다. 그 안을 확인하는 데는 단순히 강력한 마력만이 요구되는 게 아니라, 영혼의 확인, 마법의 해석, 그 모두가 맞아떨어져야만 했다.

희뿌연 빛이 도는 대지의 일부가 점차 환하게 빛을 내뿜으며 솟아오르는 것을 슈리아는 무거운 눈으로 응시했다.

안일한 선택이었다는 건 알고 있었다. 영혼이 몸을 떠나는 순간 세상에서 지워지도록 해야 했건만, 그럴 수가 없었다.

모든 결정을 마치고 실행만을 남겨 둔 아마르잔은 감정적인 불능에 사로잡혔다. 자신의 손으로 자신을 지워 버리는 그 선택.

자신이 아마르잔임에, 북풍의 군주이며 세상에서 가장 강력한 마법사라는 것에 긍지를 가지고, 그 모든 것을 기꺼이, 남김없이 제 것이라 여겼던 그에게 그 일을 행한다는 것은 자기부정이나 마찬가지였다.

그래서 할 수 없었다. 하지 못했다.

슈리아는 이제 하얗게 반짝이는 불투명한 관을 앞두고 있었다.

끝끝내 소거해 버리지 못해서 남겨 두었던, 인간의 태에서 난 걸작, 아마르잔의 육신이 그 안에 자리하고 있어야만 했다. 완전한 고독에 잠겨서 그 누구도 손댈 수 없게끔.

그런데,

……관은 텅 비어 있었다.

❈

불침의 요새라 믿었던 자신의 결계가 되돌아보니 함락되어 있던 지금, 의미를 담은 어떤 소리도 죄어드는 목구멍을 넘어, 입 밖으로 흐르지 못했다. 속수무책으로, 제 모든 것을 강탈당한 듯이 정신이 아찔했다.

아니겠지, 하는 손쉬운 위안에 불식되어…… 혹은 위로에 젖어, 슈리아는 가슴속에서 일기 시작한 격랑을 무시한 채 무심코 이 자리에 왔었다. 제 짐작을, 누구도 아마르잔을 능가할 수 없음을 재확인할 요량으로.

그 태만한 확신이야말로 아마르잔의 자존심이었고, 곧 아마르잔 그 자체였다.

그러나 눈앞에 목도한 현실은, 발밑이 무너져 내리는 것처럼 아득했다. 격침당한 배가 기우는 듯, 슈리아는 쓰러지다시피 관을 짚었다.

여기서 일어난 모든 일을 확인해야만 했다.

그리고 순식간에 등 뒤에서 허공을 비집고, 하얀 손이 빠져나왔다.

강력한 마법을 품은 그 창백한 손길이.

날카롭게 이를 드러내는 베헤모트를 꿰뚫고, 경계를 부수며 가냘픈 양팔로 소녀를 사로잡았다.

"너무 뻔하게 구는걸, 당신?"

귓가에 스며드는 음성에는 비웃음이 어려 있었다. 갸르릉거리는 듯한 호흡을 내쉬며, 입가를 틀어막은 손이 이내 애틋한 움직임으로 입술을, 코를, 여린 살갗을, 소녀의 섬세한 이목구비를 낱낱이 쓸고 어루만졌다. 소름 끼치는 감각이었다.

"이리로 달려올 줄 알았어. 당신이라면 분명 자기 몸이 멀쩡한지 확인하려 들 테니까."

카리나가 말꼬리를 끌었다. 그런데,

"당신, 그 몸 말야. 질투 날 만큼 아름다운 소녀를 가졌더군."

아니, 가졌다기보다는 되었다고 해야 하나? 키득거리는 웃음에 뇌리에서 불똥이 튀는 듯했다. 이가 뻐근할 만치 악물렸다. 인형을 가지고 노는 양 카리나는 소녀를 간단히 돌려세웠다.

"당신은 당신 이외의 모든 이들을 안중에도 두지 않지. 그래, 나 또한 당신의 계산 밖이었을 거야. 그러니 내가 이럴 수 있을 거라고는 생각도 못 했겠지!"

"……어떻게 한 거지?"

슈리아는 얼어붙을 듯이 새파란 눈으로 물었다. 입매를 가늘게 끌어 올린 카리나가 상냥하게 속삭였다.

"나는 늘 당신 주변을 맴돌았어. 당신의 시선이 미치지 않는 곳에서도. 그래서 누구보다도 빠르게 알았지. 당신이 스스로의 의지로 이 세상에 더 이상 존재하지 않게 되었다는 걸!"

그녀가 턱을 끌어 올려 슈리아의 이마에 입을 맞추었다.

"당연한 일이야. 누구도 당신을 해할 수는 없으니까."

지극히 숭모하는 눈길이었다.

"하지만 난 그럴 리 없다고 생각했어, 당신이 아마르잔을 포기할 리 없다고. 당신은 인정하지 않겠지만 난 당신을 잘 알아, 이 세상 누구보다도. ……사랑하니까."

진저리 치게 만드는 독 같은 애정을 담아 검어진 눈으로, 카리나는 들릴 듯 말 듯 속삭였다.

그래서 찾아냈어, 이곳을.

"지치도록 길고, 지루한 과정이었어. 하지만 난 해냈지. 그리고 당신과 나를 단절시키는 이 차가운 얼음관 속에서 당신의 몸을 끄집어내기까지…… 힘들었지만 난 성공하고야 말았지! 상상할 수 있겠어? 그때의 내 심정을."

연약하고 달콤한 눈빛을 자아내며 카리나는 슈리아에게 고개를 바싹 가까이했다.

"이렇게 자그마한 당신도 매력적이지만, 이 몸은 당신에게 어울리지 않아."

무언가를 떠올린 것처럼 돌연 카리나는 낯을 확 일그러뜨렸다. 마른 장작에 불붙듯이 그녀를 휘감고 있던 마력이 팍 솟구쳤다.

"그러니까 감히 그깟 녀석이 당신을 가졌다는 듯이……! 그런 눈으로 바라보잖아!"

힘이 들어간 손끝은 곱고 가느다랬으나 능히 턱뼈를 부수어 낼 것 같았다. 자연스럽게 찡그려지는 눈을 눈웃음치며 지켜본 카리나는 다정하게 손끝으로 펴 주었다. 슈리아는 침착한 태도를 고수한 채 냉담하게 말했다.

"그게 지금 네 행동과 무엇이 다르지?"

"달라, 다르고말고."

털끝만큼도 고려해 볼 필요 없다는 것처럼 카리나는 즉각 부정했다.

"있잖아, 기억해? 우리가 처음 만난 날."

광기가 흘러넘치는 매혹적인 소리가 마력을 싣고 뇌리를 파고들었다.

기억하고 있지.

슈리아는 그녀가 원하는 대답을 던져 주는 대신, 굳게 입을 다물었다. 그건 이백 년이라는 기나긴 세월을 살아온 아마르잔에게도 인상적인 기억이었다. 기억의 여울에 빠지듯, 순식간에 의식이 먼 과거로 휩쓸려 돌아갔다.

그녀를 처음 만났을 때, 아마르잔은 북대륙을 거의 정벌해 손아귀에 틀어쥐었던 차였다. 그때 아마르잔은 초월자 다섯을 죽였고 수만의 군대를 멸살시키고, 네 개의 왕성을 지도에서 지웠다. 저항하던 이들이 하나같이 무릎을 꿇어 대마법사의 위명이 바야흐로 대륙에 떨치던 그 시기에,

아마르잔은 카리나를 만났다.

타고날 때부터 강력한 마력이 온몸에 넘쳐흘렀던 그녀는 어떤 계기가 있었는지는 알 수 없으나, 저주받은 마녀로 살아가는 것을 일찍이 받아들였다. 반쯤 미친 여자처럼 보이는 변덕스러운 태도로 카리나는 군주들을 농락하며 북대륙에서 권력을 거머쥐었다.

카리나의 이름은 악몽이었다.

그녀는 마음에 드는 것이 있으면 무엇이든 그 자리에서 빼앗았고, 얼어붙을 듯이 추운 날에 알몸의 사람을 밖으로 내쫓았으며 사람들이 엎드려서 몸으로 깐 카펫 위를 걷는 것을 즐겼다. 당당한 자에게는 건방지다며 눈을 뽑았고 비굴한 자에게는 혐오스럽다며 머리를 잘라 냈다.

강할 뿐만 아니라 아름답고 매혹적인 카리나는 악녀가 으레 그러하듯이 군주의 마음을 사로잡고 폭정을 일삼도록 이끌었다. 온갖 호화스러운 생활을 누리며 높은 권좌 위에서 고통에 신음하는 인간들을 감상하는 것이 그녀의 유흥이었다.

그녀의 잔악함에 대해서 들은 바가 있었으나 아마르잔은 징벌에는 관심이 없었고 막연히 그녀를 걸림돌이라 여겼다.

북대륙에서 공포의 대상이 둘이어서는 안 되었다. 공포심을 유발하는 상대가 나누어지면, 그만큼 감정은 더 약해지기 마련이므로.

그리하여 그녀를 패퇴시키고 눈밭에 무력하게 몸을 누이게 만들었을 때, 아마르잔은 그녀를 무심히 내려다보았다. 전투 때문에 거의 헐벗은 차림새를 하고 있던 카리나는 그 시선에 수치심을 떠올렸다. 너덜너덜해진 옷 사이로 드러난 살갗을 누른 그녀는 자존심을 곤두세우며 비아냥거렸다.

"당신도 날 취하고 싶겠지? 좋아, 당신이 이겼으니…… 마음대로 이 몸을 가져."

그녀는 심지어 제 옷을 잡아 뜯듯이 벗어 내리며 눈을 내리깔았다.

풍만한 가슴이 두드러져 굴곡진 나체는 유혹적이었고 욕망을 부를 만했다.

아마르잔은 느긋하게 다가서서 그녀의 턱을 잡아 올렸다. 분기를 억누르듯 턱이 바르르 떨리는 것에 개의치 않고 시선이 맞춘 그는 바로 간파했다.

언젠가 갚아 주리라는, 원독에 찬 눈이었다. 그건 수도 없이 짓밟혀 본 자만이 가질 수 있는 눈빛이었다. 그녀라면 결코 빚을 잊지 않고 뼈저리게 되새겨 자신을 짓밟은 이들에게 남김없이 되갚아 주었으리라. 전란에 시달리는 혹독한 북대륙에서 그런 일을 당한 것은 비단 그녀만이 아닐 것이나 어쩐지,

흥미가 솟았다.

그녀에게도 아마르잔만큼이나, 혹은 그 이상으로 고난한 과거가 있으리라 짐작되었지만 그녀 역시, 그 모든 것을 극복했다. 비틀리고 망가져서, 마녀라고 불리게 되었을망정 그녀는 살아남았고 가진 바 재능에 힘입어 인간의 틀을 넘어서 범접할 수 없는 존재가 되었다.

그대로 현실에 굴종하고 고통에 산산조각 나기보다 그녀는 상처 입은 그대로 괴물이 되는 것을 택했다. 그 사무치는 독함이 카리나 그 자체였다.

짧은 감상을 마치고 손길을 거두며, 아마르잔은 말했다.

"네 몸 따위에는 관심이 없다."

카리나의 눈꼬리가 치켜 올라갔다. 허세라 여기는 듯 그녀는 비웃었다.

"거짓말. 이제까지 누구도 날 원하지 않은 적이 없어."

"착각하지 마라. 너보다 아름다운 여자도 원한다면 얼마든지 취할 수 있지. 네 보잘것없는 몸뚱이는 내게 고깃덩이에 불과할 뿐."

말을 마치고 칼 같은 태도로 돌아서는 아마르잔은 이미 결정했다. 그녀를 살려 두기로. 그는 강함을 선호했고, 강자를 좋아했으며, 그녀

가 가진 힘과 독기에 찬 정신이 그의 감흥을 자극했기 때문에.

아무리 마법을 갈고닦아 수백 번을 덤빈다 해도 카리나는 그에게서 단 한 번의 승리도 거두지 못할 것이다. 어차피 그의 상대가 되지 못할 패배자, 정 거슬리면 그때 없애도 늦지 않았다.

공간이동을 펼치는 그의 등 뒤에서 그녀가 다급하게 외쳤다.

"잠깐, 기다려! 당신―"

그대로 떠나 버린 아마르잔에게 몇 달 후 카리나가 찾아왔다. 애틋하게 떨리는 눈은 사랑에 빠진 듯했고, 뺨은 수줍게 붉어져 있었다. 그녀는 기꺼이 무릎을 꿇고 아마르잔에게 충성할 것을 맹세했다. 그때부터 그들의 관계는 이전까지와는 다른 새로운 경로를 걷기 시작했다.

꿈에서 깨어나듯 아마르잔, 아니 슈리아 아델트는 눈 깜빡할 사이에 현실로 되돌아왔다. 과거의 감상에 도취된 아련한 낯으로 카리나는 소녀의 뺨을 쓰다듬었다. 작게 웃음을 터뜨린 그녀는 그 손을 쳐내고 싶을 만치 섬뜩한 집착을 담아 속삭였다.

"당신이 날 살려 둔 순간부터 당신은 내 거였어."

아마르잔에게 후회는 없어야 했다. 그러나 그녀를 살려 두었던 그때의 잘못된 선택을, 슈리아는 생생하게 되새기고 있었다. 카리나는 그때와는 비교도 할 수 없을 만큼 성장했고 예상을 넘어설 만큼 강해졌다. 그녀는 심지어 위협적이기까지 했다.

그래, 위협.

눈앞의 카리나는 아마르잔의 결계를 깰 만큼 강력한 마법사였다. 흑마법사 안타레스는 그녀의 발치에도 미치지 못했다. 아니, 현존하는 마법사 중 누구도 그녀에게 미치지 못하리라. 오직 아마르잔만이 그녀의 위에 있었지만, 육체는 강탈당했고 이 몸은 초월자조차 아니었다.

아마르잔의 힘을 완전히 소화해 낼 수 없는, 슈리아 아델트의 몸.

그러하기에 블러디나이트를 구태여 설득하고 납득하게끔 하여 그를 떠나보내는 데 성공했지만, 눈앞의 카리나는 말로 해결할 수 있는 상대가 아니다. 그녀는 조금도 물러설 기색을 보이지 않았다. 위험스럽게 눈을 빛낸 그녀는 요구를 들이밀며,

"……돌아와, 나의 아마르잔으로."

슈리아의 고개를 바짝 틀어쥐고 시선을 박아 넣었다.

"아마르잔답게 살아. 당신은 그래야만 해."

"네 지저분한 집념이 담긴, 무슨 수작을 부렸을지 모를 몸으로 되돌아가서 말인가?"

아마르잔답게, 감히 네가 그걸 판단한다고? 그 건방진 작태를 도저히 참아 줄 수가 없어서, 슈리아는 싸늘하게 물었다.

"그 몸에 사로잡혀서 영혼까지 네 꼭두각시가 되라고?"

"설마? 내가 당신 몸에 아무 짓도 하지 않은 건 아니지만, 당신이 순순히 그렇게 될 리가 없잖아."

카리나는 키득거렸다. 슈리아는 무도회장에서의 아마르잔을 떠올렸다. 영혼 없는 육신임에도 그 몸은 움직였고, 말을 했고 단순히 조종당하는 것이 아니라 실로 살아 있는 듯이 느껴졌다.

"그 안에 뭐가 든 거지?"

"생명력을 쏟아 넣었더니, 특출한 육체라서인가 이지를 가지고 움직이기 시작했어. 그를 깨운 게 나이기에 내 말은 잘 들어주는 편이지만, 글쎄. 어쨌든 그건 당신이 아니야. 나는 몸뿐인 당신을 원하지 않아."

카리나는 매혹적인 미소를 지었다.

"시간을 줄게, 내 말을 잘 생각해 봐."

카리나가 떠나고 슈리아는 생각에 잠겨야만 했다. 뱃속까지 한기가

스며 차게 얼어붙고 반대로 머리는 활활 타들어 간다.

카리나.

슈리아는 그 이름을 저미듯이 되뇌었다. 그 이름이 뜻하는 대상을 무참히 찢어발기고 싶은, 형용할 수 없는 분노가 전력 질주한 것처럼 심장을 뛰게 했다. 이제까지 누구에게도, 선택을 강요받는 굴욕은 당해 본 적이 없었다. 슈리아 아델트가 아닌 아마르잔은.

그녀가 제시한 선택지 말고도, 실은 더 간단한 방법이 있었다. 슈리아가 택할 수 있는 가장 편리한 방법이.

슈리아 아델트가 평범한 소녀이기를 포기하고 초월자가 되는 것. 그리하여 다시 세상에서 가장 강력한 마법사로 돌아와 그녀를 없애 버리고 육체를 되찾는 것.

그 방법이야말로 아마르잔의 상처 입은 자존심을 수복할 수 있었다. 아니, 후자는 가능성이 명확지 않다. 카리나가 수작을 부려 놓았다면…….

머릿속에서 새 떼처럼 빠르게 계산이 오갔다. 그러나 슈리아는 다소 힘겹게 그 유혹적인 선택을 후순위로 돌려놓았다.

십오 년이다. 아마르잔에게 그리 길다고 할 수 없는 세월이지만, 여기서 놓기엔 너무도 많이 걸어왔다.

초월자가 되고도 평범한 소녀인 척 위장할 수는 없는 법이니 이대로 모든 세월을 허사로 만들어 버릴 수는 없었다. 그러기에는 일렀다.

아직 슈리아에게는 패가 있었다.

블러디나이트 카르마인. 난데없이 나타난 그가 안타레스를 제거해 주어 의도치 않게 문제가 해결되었듯이, 또다시 그를 이용한다면 일은 더 쉬워질지 몰랐다.

둘 모두가 죽어 준다면 지나치게 관대하게 굴었던 과거의 선택을 모조리 수습하고도 남을 것이다. 카르마인이 과연 움직일 것이냐가 문제인데…….

세상에 무엇으로도 움직일 수 없는 사람은 없다. 무엇으로 움직이느냐의 문제일 뿐. 슈리아는 그 사실을 냉정하게 속으로 되새겼다. 그리고 자신은 무엇으로 그를 움직일 수 있는지 알고 있었다.

아마도 카르마인이 머물고 있을 만한 곳은……. 슈리아는 홀린 듯이 마법을 펼쳤다.

카일 경이 블레어와 나란히 지방으로 내려갔으니 카르마인은 비어 버린 카일 경의 저택에서 머물고 있을 것이다.

이미 가 보았던 곳이기에 근처에 어려움 없이 다다른 슈리아는 마법으로 가만히 저택을 탐색했다. 정원이라, 명상하기에 좋은 장소였다.

대기가 미미하게나마 흔들렸으니 이미 제가 찾아왔다는 사실은 알 것이다. 슈리아는 지체 없이 걸음을 옮겼다.

고용인들도 소수만 남긴 채 잠든 시각이었다. 주인도 자리를 비웠기에 마냥 고요하기만 한 정원을 따라, 하얀 잠옷의 소녀는 걸음을 옮겼다. 유령으로 착각할 만치 머리부터 발끝까지 온통 달빛이 어린 듯 은은했고 맨발이 보얗게 빛났다.

그리고 그 앞에 다다랐을 때 예상대로 정원에 앉아 명상하고 있던 카르마인이,

"무슨 용건이지."

눈을 뜨며 서서히 몸을 일으켰다.

"네가 해야 할 일이 있어서."

그를 향한 음성은 어린 소녀의 것답지 않게 여전히 거만했다. 치기라고는 조금도 찾아볼 수 없는, 오랜 세월 모든 인간을 발아래 깔고 내려다보았던 자의 투였다. 여유를 가지고 그를 들여다보며, 슈리아는 가만히 짚었다.

"흔들리는 눈이군."

카르마인에게서 미약하나마 번뇌하는 기색을 읽어 낸 슈리아는, 그

와 아샤트리아 대공이 친분을 유지하고 있다는 사실을 떠올렸다.

"무슨 일이 일어났는지, 들었겠지?"

"그래."

"그래서 내게 의심을 가지기 시작했나, 블러디나이트?"

"맞아."

순순히 긍정하는 그에게 슈리아는 싸늘하게 웃어 보였다.

"아샤트리아 대공은 그가 아마르잔이라고 말했다. 그 말은, 초월자의 시선에도 그자가 '아마르잔'으로 보였다는 뜻이다."

설명을 요구하듯 카르마인이 가만히 시선을 꽂아 넣었다.

그래, 그건 초월자이지. 아마르잔의 강력한 마력이 넘쳐흐르는, 아마르잔의 몸. 그 자체만으로도 어지간한 초월자는 능가하고도 남을 것이다. 그럼에도 소녀의 입가에는 조소가 피어올랐다.

슈리아는 나직이 물었다.

"태양이 둘일 수 있나?"

감히 누구나 말할 수 없는 지극한 오만함을 담아.

기꺼이 자신을 태양이라 칭하는 그 말. 그가 어떤 반응을 보이기도 전에 슈리아는 빠르게 힐난했다.

"몇 번을 말해야 알아듣지? 아마르잔은 죽었어."

그것은 흡사 자신을 부정하는 것처럼 들리는 말이었다.

"하지만 그건 진짜지. 적어도 껍데기만큼은."

카르마인은 잠깐의 동요를 능숙하게 감추어 냈다.

"놈을 없애. 껍데기뿐이라면 너도 없앨 수 있겠지. 그러면 증명이 되지 않겠나?"

슈리아는 그의 의심을 담담히 받아들이되 교활한 마법사답게 제게 유리한 제안을 꺼냈다. 아마르잔이었다면 어차피 덤볐을 터, 한번 베어서 직접 증명해 보라. 카리나가 그걸 순순히 보아 넘길 리 없으니 그렇게 되면 자연스레 두 사람은 충돌할 것이다. 그런 계산이었다.

그러나 카르마인은 넘어가지 않았다.

"내가 왜 네 말을 들어야 하지?"

서늘하게 가라앉은 적색 눈으로 그는 힘주어 말했다.

"난 네 도구가 아니다."

완강한 거절에 직면한 그 순간 슈리아는 더 이상 우회하여 그를 움직이지 않기로 했다. 그를 슬슬 움직여 낼 여유 같은 건 조금도 없었다.

슈리아는 얼굴을 싹 굳히고, 냉담하게 말했다.

"넌 내 말을 들어야만 해. 그게 옳지."

"어째서?"

"조금만 생각해 보면 알 텐데. 당연한 거잖아. 내가 네 목숨을 구했으니까."

목숨을…… 구했다고? 카르마인의 낯에 의혹이 담겼다. 물론, 말도 안 되는 소리였다. 목숨을 위협했다면 모를까, 생명의 은인이라니 턱도 없다.

그러나 그 말도 안 되는 소리를 꺼내고 있는 슈리아의 입꼬리가 비틀리듯 올라갔다.

"네가 주제도 모르고 덤벼들었던 그때, 나는 그 자리에서 바르작거리던 너를 죽일 수 있었어. 하지만 난 너그럽게도 널 살려 뒀지. 내 발밑을 기어오르던 버러지 같은 너를."

나직하게 흘러나오는 음성은 멸시를 담았고, 그 눈동자에는 수렁처럼 깊은 암흑이 넘실거렸다. 지독한 모욕을 당하고 있음에도 침묵을 지키는 카르마인에게 슈리아는 죽음의 천사처럼 혹독한 낯으로 속삭였다.

"그래, 내가 너를 살려 둔 거야. 네가 지금 살아서 내 앞에 그 건방진 낯짝을 들이밀 수 있는 이유는 그것뿐이지."

슈리아는 가르치는 듯한 투로 말을 맺었다.

"그러니까 넌 내 말을 들어야 해."

카르마인은 침묵을 길게 가져갔다. 상념에 잠긴 듯하다 다시 입을 떼었을 때, 그는 여전히 무표정했다.

"내게 그런 식으로 말한 자는 여태껏 단 한 명뿐이었지."

확신하기 위한 무언가가 필요했단 투였다. 슈리아는 그의 시험에 쓸데없이 분노하기보단, 태연하게 이유를 붙였다.

"아마르잔을 이기고 싶어 했잖아? 좋은 기회야. 나와의 싸움으로 넌 수명의 벽을 깨고 진정한 초월자가 되었지. 그 힘을 제대로 시험해 보고 싶지 않나?"

"카리나, 그녀를 말함인가."

"그녀가 지금으로서는 세상에서 가장 강한 마법사라고, 말할 수 있겠지. 네 상대로는 부족함이 없어."

진정한 아마르잔이 없는 지금. 그 전제를 배제하고 보더라도 대단한 호평이었다. 의외라는 듯한 표정을 지은 것도 잠시, 곧 카르마인은 냉엄하게 답했다.

"나는 강함을 추구하여 싸우지 않는다."

슈리아는 눈썹을 치켜들었다.

"알아, 그 웃기지도 않은 신념. 하지만 넌 그녀를 베어야 할 거야."

슈리아는 카리나가 마지막으로 남긴 말을 떠올렸다.

'아참, 이곳 히스, 아름다운 도시더군. 과연 대제국의 수도다워.'

그 순간 불장난하는 아이처럼 천진한 얼굴에 위험스러운 빛이 스쳤다. 쉽게 넘길 수 없는 언급, 더군다나 그녀에게는 전적이 있었다.

전례 없는 정복을 이룩해 낸 뒤로 여러 해가 지났을 때였다. 그때까지만 해도 카리나는 제 심장을 지배한 남자에게 극진한 복종을 보였고 아마르잔은 그녀의 존재를 유용하게 여겼다.

그러나 어느 날, 연안의 어떤 도시에 이르렀을 때 그녀는 어떤 계기로 본색을 드러냈고 아마르잔이 자리를 비운 새에 도시를 송두리째 파괴했다.

진노한 아마르잔은 카리나를 그대로 엉망으로 짓뭉개서 북해에 처박았고 그것이 끝일 거라 믿었다. 다시 한 번 모습을 보인다면, 그때야말로 죽여 주겠다고 했으니. 그건 실로 진심이었고, 입 밖으로 내뱉어진 이상 틀림없이 실행할 터였다.

짧은 회상에서 벗어난 슈리아는 차분한 얼굴로 말했다.

"카리나는 북대륙에서도 도시를 멸한 적이 있지. 그리고 내게 암시했다."

이제는 더 이상 숨길 것도 없었다.

"내가 그 몸으로 돌아가지 않는다면, 제도를 멸하겠다고."

그녀라면 주저 없이 그 일을 해치우겠지. 카르마인의 기색이 날카로워졌다. 아마도 그 역시, 카리나를 징벌해야겠다고 결심하고는 있었으리라. 다만 무모하게 나서기에는, 카리나와 아마르잔의 조합이란 필패를 의미했다.

그도 섣불리 나서기에는 망설여지는 터, 슈리아에게서 대답을 듣기를 기대하고 있었는지도 모른다.

"어쩔 텐가?"

느긋한 물음에 카르마인은 이윽고 침중하게 반문했다.

"네 육신이 사라져도 괜찮은가."

"이미 버린 것에 미련은 없어."

그 말은 무의식적으로 튀어나왔다. 냉정한 척 한 말이 아니었다. 말에 마력이라도 깃든 양 미련이 없다고 말하자 정말로,

놓아 버릴 수 있을 것 같았다.

이백 년 넘게 그 몸으로 있었다. 슈리아 아델트로 살아온 십오 년은 그에 비하면 아무것도 아니었다. 그토록 완벽하고 강인한 육신, 어떻게 아쉽지 않을 수 있을까?

그러나 이미 버렸고, 카리나의 손에 들어갔고, 치욕적이게도 그녀

에게 조종당하고 있었다. 아껴 남겨 두었던 헌 옷이 돌이킬 수 없이 얼룩졌다면 아예 불사르면 되리라. 그편이 깨끗했다.

"아마르잔은 여기 있어."

슈리아는 확고하게 선언했다.

"그 이름을 쓸 수 있는 건 나뿐이다. 그거면 충분해."

아마르잔이 아마르잔일 수 있게 하는 건 그깟 몸뚱이가 아니라 영혼 그 자체였다. 그런데 대답이 끝나는 동시에 카르마인의 눈이 미묘한 흔들림을 보였고 의아해하는 찰나,

뒤쪽에서 기척이 느껴졌다. 고작 스무 걸음쯤 떨어진, 가까운 장소였다.

가까스로 죽이고 있던 그것이 일순 드러나듯이 생생해졌다. 누가 이리도 은밀히 숨어 있었지? 경각심이 든 슈리아는 본능적으로 마력을 펼쳐, 상대의 정체를 읽어 냈다.

"……."

사지가 얼어붙고, 무어라 표현할 수 없는 충격이 정신을 마비시킨다. 벼락을 맞은 양 전율이 전신을 타고 흘러, 피부에 소름이 일었다.

너무도 익숙한 사람의 기척이었다. 설마, 라는 희망적인 말을 꺼낼 수조차 없었다. 천치가 아니라면 그 기척이 의미하는 대상을 모를 리 없다. 그러나 확인해야만 했다.

흡사 영혼을 빼앗긴 듯한 창백한 낯으로 슈리아는 느릿하게 몸을 돌렸다.

자청빛. 슈리아가 아는 한 가장 진귀한 색깔의 두 눈이 거리를 두고, 어둠에 젖은 정원에서 빛을 반사하고 있었다. 그 눈빛이며 표정이 지독하게 낯설었다. 이제는 익숙하게 여겨지는 그였음에도 새로이 태를 갖추고 난 것처럼.

그리하여 슈리아는 낱낱이 깨달았다.

수많은 의혹 속에서 가까스로 지켜 왔던 그것이, 지금 무너져 내렸

음을.

어디서부터 어디까지 들었을까? 아니, 아무래도 좋다. 그 불신 어린 얼굴이 모든 것을 말해 주고 있음이니. 그가 부정하고 싶은 건, 오로지 하나일 터.

연약함은 씻은 듯이 사라지고, 허위와 거짓의 어둠은 가혹한 진실의 빛에 비슬거리며 물러난다.

이 순간을 원했는지, 원하지 않았는지는 알 수 없다. 애타게 기다리던 그것이 찾아온 듯도 하고, 치명적인 약점을 들킨 듯이 아찔하기도 하며, 한편으로는 날숨을 한껏 내쉰 듯 후련한 느낌마저 든다.

분명한 건, 이 일이 닥치리라 예상한 시점은 지금이 아니다. 또한, 이런 방식도 아니었다.

하지만 이제 연극은 끝났고 모든 것은 돌이킬 수 없었다.

드디어 인내하고 있던 괴물이 뱃속을 기어올라 포효를 떨쳤다. 사나운 파동, 전율은 쾌감이 되고 얼어붙은 심사가 열기로 녹아내려 노곤하니 편안하기까지 하다.

— 그래, 이 느낌.

가면을 벗어던진 슈리아는 아마르잔의 표정과 눈빛으로 웃었다.

우아하게 속눈썹이 내리깔리고 새파란 눈동자가 빙산의 표면처럼 파르스름하게 빛난다. 장밋빛 입술은 비틀린 선으로 휘어져 올라간다.

그건 지독히도 아마르잔다운, 냉혹하고도 위험한 미소였다.

그 모든 변화를 바라본 황태자는 이윽고 입을 열었다. 어떤 표정도 떠올라 있지 않은 얼굴로.

"나를 기만했나."

스산하리만치 차분했다. 분노에 차 있다고는 할 수 없는 짤막한 말이었다. 죽음의 바다처럼 마냥 고요하기만 했으며 그 안쪽엔 무엇도 이글거리지 않았다.

어느덧 몽혼하게 가라앉은 눈동자는 처음 보았던 그 이상으로 무기질적이었다. 품고 있던 그 찬란한 광채도 모습을 감추고 죽어 든 눈빛은 검기만 한 무채색으로 보였다.

모르는 게 차라리 나았을 텐데. 필경 그러할 일일진대 어떤 이유로든 그는 이 자리에 있었고, 결국 장막 너머의 진실을 보고야 말았다. 그 절묘하도록 때에 맞춘 등장이 결국 종말을 이끌어 냈다.

"내가 아마르잔임을 숨긴 것이 기만이라면, 태어난 순간부터 내 삶은 기만이었겠지."

이끌리듯 대답이 나왔다. 비웃음을 끌어 올리며 슈리아는 나직이 말했다.

"어렵겠지만 인정해 봐. 슈리아 아델트와 아마르잔은 다르지 않아. 나는 원래부터 아마르잔이었어. 그저 연회장에서 입는 옷이 다르듯 역할에 맞는 인격을 입었을 뿐."

왜 말하지 않았느냐고, 왜 진실을 숨겼느냐고 그러한 일상적인 공방은 오갈 필요도 없었다. 대답은 뻔했으니까.

의도치 않은 일이었을지라도 황태자는 슈리아 아델트를 사랑했고 슈리아는 그를 받아들이기로 선택했다. 슈리아는 숨기고 있는 모든 것이 드러난 이 현실 앞에서, 대답을 몸으로 드러내고 있는 황태자를 앞두고 구태여 묻지 않았다.

알고도 그 끈질긴 구애를 지속할 수 있었겠는가? 마냥 애정을 쏟아부을 수 있었겠는가? 아니, 애초에 알고도 사랑할 수 있었겠는가…….

너는 그러지 못했으리라. 그러니까 말하지 않은 것이 당연하다. 모르고 애정을 바친 그가 진실을 알게 되면, 슈리아 아델트에게 위해를 가하지 않는다는 보장이 없었으니까. 오직 스스로 삶을 지키기 위해서, 슈리아는 침묵을 지켰다.

상념이 흐르는 중에도 아무런 답이 떨어지지 않았다. 굳건하리라 여겼던 마음이 부서져 내리는 그 혼란. 공감할 수는 없으나 짐작할 수는 있었기에 슈리아는 자비를 내리듯 답을 주었다.

"여기서 나를 벨 수 없다면 잊어."

베려고 달려든다 한들, 죽어 줄 리는 없겠지만.

"내가 없었던 것처럼 살아."

황태자비가 될 미래는 이제 완전히 부스러져 잿더미만이 남았을지라도, 슈리아 아델트는 아직 여기 있었다. 거기까지 포기할 수는 없었다. 그가 있기 전에도 슈리아로서 살아왔듯이,

"원래 내 계획에는 네가 없었어. 이 브리오니아에도, 난 무엇도 관심 없어 그러니……."

그가 없어진 후에도 슈리아 아델트로서 살 것이다.

아마르잔을 버리기로 한 지금, 슈리아에게는 그것이 최선이었다.

네 안에서 지우든 갈기갈기 찢든, 몇 번이고 죽여 없애든 상관없으니까. 그 숨겨진 뒷말의 여운 속에서, 석고상처럼 서 있던 황태자는 검 손잡이를 움켜쥐었다.

오래전부터 이미, 그의 손은 검에 가 있었다. 슈리아는 가만히 지켜보았다. 호흡이 죄어들고 바르르 떨리며, 뽑아 들 듯이 검 손잡이를 힘껏 쥐고 있던 손길은 어느 순간 힘을 잃고 떨어져 나갔다.

그와 동시에 황태자는 등을 돌렸다.

아무것도 느껴지지 않는 굳건한 등이었다. 도피가 아니라 그저 모든 것을 버려 두고 가는 듯이 일정한 걸음에선 망설임도 주춤거림도 느껴지지 않았다. 그는 그대로 단 한 번도 뒤돌아보지 않고 떠나갔다.

슈리아는 우두커니 서서 그 모습을 바라보았다. 마땅히 치러야 할 전투도 다툼도, 하다못해 언성을 높이는 일도 없었다. 극적으로 치달으리라 여겼던 사태는 생각보다 쉽게 해결되었다. 가장 감정이 격렬한 순간 검을 빼 들지 못했다면 나중에 다시 슈리아를 죽이려 들 가능성은 낮으리라. 다른 방법을 쓸지는 모르겠으나 그는 검사였고, 그럴 거라는 생각은 들지 않았다.

……지켜 냈다. 슈리아 아델트의 삶을.

생각보다 간단히 일이 풀렸다. 이 길을 가는 것이 제 오롯한 운명인 것처럼. 평범한 인간 소녀로서는 감당하기 어려운 위기가 종종 닥쳤지만 슈리아는 잘 타파해 가고 있었다. 한고비를 넘었으니 험난함은 덜해졌다. 이 길을 그대로 따라가다 보면 언젠가 극점에 이르리라.

그것만 생각하면 된다. 어차피 그것 외엔 아무것도 중요하지 않으니까.

"이대로 괜찮은가."

한기 서린 침묵 속에서 카르마인이 묵묵히 물어 오자 슈리아는 눈썹을 치켜세웠다.

"그걸 묻기 전에, 그의 접근을 알고도 입 다문 네 행태를 생각해야 하지 않을까?"

"역시, 지금의 그대는 완전하지 못한가 보군."

그래, 알았겠지. 고작 애송이 초월자의 접근조차도 지금 이 몸으로는 눈치챌 수 없다는 것을. 가늠하듯 묻는 말에 슈리아는 당장에라도 사지를 찢을 것처럼 사나운 시선을 들이댔다.

"그래서 한번 시험해 볼 참인가?"

멍청한 베헤모트 녀석, 경계란 그의 몫이건만 그도 알려 주지 않다니.

분노하는 마음은 곧 원인을 초래한 카리나에게로 전이되었다. 그녀가 베헤모트를 꿰뚫었기 때문에, 심각한 타격을 입은 베헤모트는 앓는 소리를 내며 몸을 웅크리고 있었다. 그 상태에서 감지가 제대로 될 턱이 없다. 다급한 터라 놈을 회복시키지 않고 바로 이곳으로 달려온 게 화근이었다.

결국은 제 방심 탓이라고 해도 무방하여 슈리아는 이를 악물었다.

카르마인은 도발에 응하지 않고 무뚝뚝하게 답했다.

"말했듯 그는 진심이었고 그대는 그를 기만하고 있었다. 그는 진실을 알아야만 했다."

"그 진심이란 건 결국 이런 것이지."

슈리아는 냉담하게 품평했다.

"어차피 너와 난 좋은 사이도 아니니, 공정한 척 굴어도 뭐라 않겠어. 네 할 일이나 똑바로 해."

그 말을 하는 동안, 무언가 퍼뜩 깨달음이 스친 슈리아는 싸늘한 미소를 지었다.

"……그나저나 네놈이라면 내가 황태자비가 되는 걸 원치 않았겠군. 브리오니아를 다스리는 위치에 올라서면 내가 북대륙을 지배했던 과거와 같이 제국을 좌지우지하려 할 수 있으니까. 떠나려 한다고 해도, 그 이전에 안전을 기해서 날 완전히 무력화하고 싶었겠지."

카르마인은 대답하지 않았고, 슈리아는 그것으로 확신을 얻었다.

"네가 바라는 대로 되어서 참으로 흡족하겠어?"

누군가는 잃고, 누군가는 얻는다. 여기에 황태자가 시기적절하게 나타난 것까지 그의 의도인지는 알 수 없으나 슈리아는 쓸데없이 카르마인을 탓하거나 분노를 발하지 않았다. 그것은 이미 일이 벌어진 이상 완벽히 무의미한 일이었으므로.

"그대가 원하는 것도 곧 이루어질 것이다."

대가를 치르겠다는 듯한 그 말을 흘려들으며, 슈리아는 고별의 말 없이 바로 몸을 이동시켰다.

어디로 가야 하는지, 어떻게 해야 할지, 쓸데없는 방황을 하기에는 슈리아의 마음은 지나치게 단단했다. 아이러니하게도 슈리아가 돌아온 곳은 자신이 떠난, 황태자궁의 그 방이었다. 아무 일도 없었던 것처럼 침대에 누우며 슈리아는 눈을 내리감았다.

급격한 정신력의 소모에 졸음이 폭포수처럼 쏟아졌다. 그리고 슈리아는 기꺼이 본능에 굴복했다.

다음 날 이른 아침, 슈리아는 공작저로 돌아가겠다는 의사를 전달했다. 곤혹스러운 낯빛의 에나파 시녀장이 전하께 여쭈어 보겠다고 하자, 슈리아는 이미 허락받았다고 말했다.

실제로 그는 이제 일신의 안위를 이유로 슈리아 아델트가 황태자궁에 머무는 게 얼마나 헛된 일인지 알 것이니 더 이상 이곳에 머물라고 주장할 필요가 없었고 감정적으로도, 그것을 원치 않을 것이다.

그가 돌아오긴 한 듯싶다. 잠시 시간을 달라며 사라진 시녀장은 곧 돌아와 굳은 얼굴을 한 채 슈리아를 마차로 안내해 주었다.

마차에 올라탄 슈리아는 황태자궁을 창 너머로 바라보았다. 이번이 마지막일, 두 번 다시 오게 되지 않을, 온갖 일이 있었던 장소를 기억 속에 새기듯이 바라본 슈리아는 우연히 어느 창문에선가 반짝이는 빛을 발견했다.

……자청색? 서재는 아닌데.

그 위치를 짐작해 본 슈리아는, 이토록 햇살이 강렬하니 유리창에 어린 빛살이 조금쯤 흔치 않은 색으로 반짝였을 거라고 생각했다. 실제로 창가에는 인기척이라곤 없었다.

슈리아는 창문을 열고, 몰아치는 바람이 머리카락을 흩날리는 것을 느끼며 가만히 창밖의 풍경을 감상했다. 붉고 노랗게 물들어 가는 가로수 길을 지나자, 어쩐지 소리가 잦아들어 세상의 끝에 선 양 모든 것이 고요하고 적막하기만 했다.

그리 오랜 시간이 흐른 것처럼 느껴지지 않았는데, 어느덧 저 멀리서 공작가의 저택 문이 보였다. 거기에는 아기였던 슈리아를 눈물 젖은 얼굴로 안아 올리며 헌신을 다해 보살폈던 한 여인이 있었다. 그리고 그녀는 슈리아를 자신의 딸이라 말했다.

그 다정스러운 애정 또한, 이 진실이란 것 앞에 깨어져 버릴 작은 유리잔에 불과할지도 모른다. 그러나 슈리아는 모든 것을 잃지는 않았다. 슈리아는 여전히 슈리아 아델트였고, 핀테른에서 자라서 제도로 올라온 열다섯 살의 소녀였다.

이미 가속도가 붙어 나아가던 궤도를 수정하는 것은 고된 일이겠지만, 그 역시 슈리아가 겪을 법한 인간의 삶이리라. 오래도록 잊어 온 사실이지만, 뭐든 항상 뜻대로 되기란 어려운 법이니.

세상을 다 태울 기세로 일던 아무리 거센 불길도 결국은 잦아들기 마련, 애모의 불꽃으로 온통 새빨갛게 물든 나뭇잎도 이내 지게 되는 것이다. 그렇기에 가을은 풍요의 계절이나 혹독한 겨울이 닥치기 전 조금 긴 유보에 불과할 뿐.

그러므로 이 가을에, 이렇듯 모든 것이 발각 나고 제 것이라 믿었던 것들을 박탈당함은 퍽 계절에 맞는 일일지도 모른다.

✲

그로부터 얼마 지나지 않아, 심상치 않은 낌새가 제도 귀족사회를 잠식했다. 제도에서 거리를 둔 동쪽 어딘가에서 산이 무너져 내리고 대지가 뒤흔들리는 엄청난 변동이 있었던 것이다. 자연의 힘이라기보단 인위의 소산인 듯한 상흔이 대지 곳곳에 남았으며, 제도에는 때늦은 폭우가 쏟아지고 천둥 번개가 온종일 하늘을 울리는 기상 이변이 닥쳤다.

황태자는 공식 석상에서 모습을 감추었고, 아샤트리아 대공이 위중하다는 소문만 암암리에 맴돌았다. 이 시기에 한창 떠들썩해야 할 사교계 행사는 한 차례도 열리지 않았고 귀족가에서는 외출을 꺼리며 되도록 저택 밖을 나서지 않고 가만히 사태를 주시했다.

고위 관료이자 마법사인 위켄하이저 공작은 저택으로 되돌아오지 않기 일쑤였으며 마치 전운이라도 도는 양 모든 것이 혼란하고 불안하기만 했다.

그러나 파고가 높게 이는 현실과 분리되어 슈리아는 홀로 평온을 누리고 있었다.

사실 가장 급박한 상황을 넘겨 냈는데 직접 닿지도 않는 바람결 정도가 슈리아를 흔들 수 있을 리 없다. 소녀의 느긋함은 아무래도 사건의 진상을 알고 있다는 데에서도 상당수 기인했다.

짐작 정도야 그날 카리나의 모습을 본 사람이라면 누구라도 할 수는 있을 터였다.

— 카리나와 블러디나이트의 격돌.

아마도 아샤트리아 대공과 황태자도 가세했겠고…… 펠레티어 후작도 거기 있지 않았을까 예측되었다. 브리오니아에 도래한 재앙을 누구보다 빨리 알아보고 경계했던 아샤트리아 대공에게 블러디나이트가 앞장서서 카리나를 제거하려 든다는 것은, 더없는 기회로 느껴졌으리라. 그러니 다른 이들도 동참하지 않을 까닭이 없다.

초월자 넷이라. 이만한 대전투가 근간에 있었던가? 과연 흥미를 자극할 만한 일이었다. 수적 우위를 앞세워 달려드는 건 치사하다고도 볼 수 있겠지만, 확실히 하기엔 다수가 밀어붙이는 것보다 더 좋은 수가 있을까.

제국의 안전에 관한 일이니 공정성을 따지는 건 무의미하다. 무엇보다도 상대가 결코 우습게 볼 수 없는 존재라면.

북풍의 군주 아마르잔과 파멸의 마녀 카리나, 이 둘이라면 자존심이나 쓸데없는 양심을 내려놓게 하기에 충분했다.

아마르잔이라, 겉보기엔 확실히 그렇지.

슈리아는 싸늘한 미소를 지었다.

아마르잔의 몸이 카리나를 도와 나서더라도, 초월자의 강함은 정신의 성취에 기반하니 그 몸뚱이가 갓 초월자가 된 황태자조차 이겨 낼 수 있을지 의심이 갔다.

더군다나 카리나는 가짜임을 들키지 않기 위해서라도 그 몸을 적극적으로 운용할 수 없을 것이다. 왜냐하면, 실은 아마르잔이 세상에 없다는 사실이 알려짐은 그의 부활을 원하는 카리나로서는 도저히 용납할 수 없는 일일 것이기 때문이다. 아마르잔에게 집착하는 만큼이나, 그 몸에 집착하고 있을 게 분명하니 혹시나 그것을 잃게 될까 두려워서도 섣불리 꺼내 들지 않을 터였다.

결과는 카리나의 필패. 그녀가 아무리 아마르잔 다음가는 마법사라도 초월자 네 명이 밀어붙이는데 별수 있으랴.

그리고 카르마인은, 아마르잔의 결계를 깬 그녀와 비한다 해도 어쩌면 우위를 점할 수 있을지 몰랐다. 그들의 강함을 자세히 비교하는 건, 슈리아 아델트의 몸으로는 불가능한 일이지만.

그러나 패배가 반드시 죽음을 말하는 건 아니었다. 물론 카르마인이 일의 전말을 소상히 보고할 리 없으므로 카리나가 살았는지 죽었는지 알 수는 없었다. 하지만 슈리아는 이따금 흔들리는 대기에서 무엇도 여전히 끝나지 않았음을 느꼈다. 단기에 끝내지 못한다면 결국 장기전으로 이어지기 마련.

"싸움이 길어지겠군."

그녀가 다시 제 앞에 모습을 드러내기 어려운 상황이 된 것은 바람직한 일이다. 카르마인은 생각보다 유용한 패였다. 그 종적 모를 안타레스도 기어이 찾아내어 목을 베고 만 블러디나이트이니 한 번 표적으로 정한 카리나를 포기하는 일은 없으리라.

슈리아는 가만히 눈을 감았다. 모든 것이 규칙적인 소리를 내며 오가는 시계의 추처럼, 어김없이 잘 맞아떨어져 갔다. 슈리아 아델트의 삶을 유지하기 위한 방향으로.

그리고 진정한 파급은 아직 미치지 않았다.

※

1개월이 지났을 때, 길다면 길고 짧다면 짧은 그 시기 동안 많은 변화가 있었다.

황태자의 탄신 연회에서의 그 일 이후로 이어진 동부에서의 태풍 같은 전투. 이제 긴장감을 불러일으켰던 그 모든 사건이 잠잠해져서 갖은 의혹으로 입에 오가는 것도 진부할 지경이 되었으나, 다른 화제는 그러지 못했다.

슈리아 아델트, 몰락 귀족 출신으로 황태자의 사랑을 한 몸에 받아 사교계의 핵으로 부상한 소녀. 최근에는 어린 시절 아마르잔과 우연히 마주해 그에게 특별한 선물을 받은 바도 있다는 소문이 돌았다.

황태자비의 자리에 가장 유력해 보였던 소녀는 무슨 일인지 스스로를 유난스레 아끼는 양 새로이 열리기 시작한 사교계 행사에서 단 한 번도 얼굴도 비치지 않았다. 약혼식을 앞두고 사교계에서 자신을 돋보이며, 그 모든 의혹을 해소해야 함이 분명할진대도.

조용히 의문을 수군거리던 귀족들은, 황실에서 주최해야 할 황태자의 약혼식 이야기가 쑥 들어가고 무도회에서 건재함을 알리려 잠깐 모습을 비친 황태자가 혼자임을 확인하자 이제는 뚜렷하게 하나의 가정을 떠올렸다.

— 황태자와 슈리아 아델트의 결별.

일련의 알 수 없는 사태가 시초가 되었을 수도 있고 단순히 황태자의 마음이 식은 것일 수도 있다. 또한, 약혼식을 앞둔 황태자가 슈리아 아델트가 그 자리에 어울리지 않다는 걸 깨닫게 된 것일 수도 있었다.

곧 파혼의 원인에 대한 무수한 가정이 쏟아졌고 아직 뿌리 깊은 영향력을 유지하고 있는 오를레앙 공작가의 일파와 질투심 많은 귀족으로 인해서 결별은 기정사실화되었다.

그리고 황실 측에서건, 황태자의 측근들에게선, 위켄하이저 공작가 측에서건 누구에게서도 별다른 답변은 나오지 않았다.

양 당사자가 모두 침묵하고 있었기에.

"그러니까 어떻게 된 거냐고!"

데이지의 답답한 외침에 슈리아는 침묵만을 삼켰다. 사실 이럴까 봐 만나지 않겠다고 말했던 건데 시그오닐 대공녀의 앞길을 가로막을 수 있는 이들은 많지 않았다.

세일린조차도 데이지라면 이 입 무거운 소녀의 말문을 열 수 있다고 생각한 건지 모른 척 모임이 있다며 저택을 나서 버린 터였다.

친구들을 대표해 홀로 찾아온 데이지는 위퀜하이저 공작가에서도 마음껏 목소리를 높일 수 있는 유일한 귀족 소녀였다. 슈리아는 불청객에 지나지 않는 그녀에게 무심히 물었다.

"전하께서 뭐라고 하시니?"

그간 슈리아에게 성과를 보지 못했기에, 지난번 만남에서 황태자궁에 쳐들어가 직접 전하께 여쭈어 보겠다고 했던 데이지였다. 물론 그녀라면 그렇게 하고도 남았다.

늘 그녀를 제어하는 역할을 도맡아야 했던 슈리아는 그때만큼은 말리지 않았었다. 사실, 데이지가 그러겠다고 했을 때 조금 달갑기도 했다. 그가 침묵을 끝내고 둘 사이가 완전히 끝났음을 선언해야 슈리아는 이 지지부진한 상황에서 벗어나 제 입장과 나아갈 길을 정할 수 있었기 때문이다.

그래서 이렇게, 기다려 주고 있는데.

픽 비웃음이 번져 나오려는 것을 슈리아는 참아 냈다. 슈리아는 지금 아주 고분고분하고 다소곳하게 처분을 기다리는 중이었다. 결별은 황태자의 입으로 말해져야만 했다. 슈리아가 여느 연인의 헤어짐처럼 마음대로 털어놓아도 되는 것이 아니라.

왜냐하면, 그것이 황태자의 자존심을 지킬 만한, 황태자와 몰락 귀족인 슈리아의 관계를 고려한 적절한 공개이며 또한 슈리아의 삶을 이어 나갈 수 있는 방안이기 때문이다.

이대로라면 잠시 황태자의 눈길을 끌었다가 그의 변덕에 의해서 버려진 가련한 소녀 흉내를 낼 수 있을 테니까. 적이 많은 사교계에서 그 사실은 고작해야 약점에 불과하겠지만, 슈리아는 적어도 자신에게 심각한 흠이 있어 버려졌다는 오명은 피할 수 있을 것이다.

사실 이렇게 끝나리라고, 노회한 귀족들은 생각했을 터였다. 타는 듯한 사랑으로 맺어진 귀족 부부는 많지 않았다. 하물며 황족이라면, 그것도 제국을 다스릴 영화로운 미래를 앞에 둔 황태자라면 제 반려를 택하기 전에 한 번쯤 숙고해 보았으리라.

시골, 그것도 몰락 귀족 출신의 소녀가, 그 자리를 위해서 길러 내어진 듯한 오를레앙 공녀를 제치고 황태자비에 올랐을 때 과연 그 역할을 잘 수행할 수 있을 것인가. 그리고 그 소녀에게 그간 저를 지지해 온 수많은 귀족의 반발을 무릅쓰고서 혼사를 거행할 만한, 그 모든 불이익을 감수해야 할 만큼의 가치가 있는가.

그러한 황태자다운 냉철한 이성에서 보자니 어쩐지 마음이 잦아들어, 달아올랐던 심장도 식게 된 것이리라. 눈부시게 아름다운 소녀이나 곁에 가까이 두고 보다 보면 익숙해져서 그리 감흥 있게 와 닿지도 않을 것이니.

게다가 황녀에게 바락바락 대들기도 했으니 그리 성품이 온화하지도 않은 듯싶었다. 출신답지 않게 우아하고 기품 있긴 하되 따스하거나 자비로운 품성이 아니라 군주의 곁을 녹여 줄 만하지는 못했을 거라고, 귀족들은 이제 속닥거리기 시작했다.

한동안 호의적이기만 했던 사교계에서의 시선이 다소 거리감 있고 냉랭해졌단 걸 먼저 깨달은 것은, 여전히 사교계 생활을 영위해 나가던 슈리아의 친구들이었다.

그들은 갑작스러운 상황의 변화에 동요를 보였고, 무엇보다도 슈리아를 우려했다. 슈리아가 황태자비가 된다는 것에 부글부글 끓는 질투심을 엿보였던 레이첼도 걱정하는 기색을 먼저 보였다.

슈리아가 그 누구도 만나 주지 않았기에 홀로 찾아든 데이지는 풀 죽은 표정을 지었다.

"만나 뵙지도 못했어. 정말로……. 거기서 버티고 섰다간 경비병이 끌고 나갈 것 같았는걸."

이상하게 살벌했다고, 데이지는 투덜거렸다. 카리나로 인해 경계심이 바짝 날이 서기도 했을 것이지만, 역시 황태자도 그리 속내가 편치 않은 게 틀림없었다. 그러나 시간이 걸린다 뿐, 미련 없이 그는 극복해 내리라.

끝을 말하지 않았다고 해서 끝이 아닐 수는 없다. 그림자처럼 드리워져 있던 황태자가 완전히 존재감을 거두고 슈리아의 삶에서 떨어져 나가는, 그 단절감은 낯설었다.

하긴 혹여 그가 자신의 제국에 소녀의 탈을 쓰고 숨어 있던 속 모를 초월자를 제거할 마음을 품는다면, 그 가능성하에서는 아주 끝이랄 수도 없을 것이다.

감상을 거둬 내는 슈리아에게 데이지가 궁금해 죽겠단 얼굴로, 대부분의 호기심에 약간의 걱정을 담아 말했다.

"키라트 자작도 카지스 경도 아무도 모른다고 했어."

그간 진실을 파내려고 용쓴 모양이다.

"그리고 그거 알아? 오를레앙 공녀가 돌아왔대. 그저께 무도회에 참석했다고 들었어."

"그랬구나."

슈리아는 어느 순간부터 뇌리에서 치워 냈던 그녀에 대한 생각을 떠올렸다. 슈리아가 아니면 그녀가 황태자비가 되리라. 그 공식은 변함이 없으므로. 그간은 잠시, 고련을 겪었다고 보아도 족했다.

상황은 놀랍게도 반전되어 황태자비를 두고 경쟁하는 입장에서 이제 패배자는 슈리아였다. 어떤 이유로든 패배자가 되는 건 썩 내키지 않은 일이었지만, 거들먹거리거나 보복하지 않을 고상한 상대였기에 그리 나쁘지 않은 상황일 수 있었다.

"으, 오를레앙 공녀 정말 마음에 안 들어!"

돌연 얼굴을 구긴 데이지가 확 외쳤다. 이제까지 그녀에 대해 별달리 나쁘게 생각하지 않았던 데이지였기에 그 발언은 좀 의외였다.

"그렇잖아, 네가 잠깐 전하와 소원해졌다고 포기할 것처럼 지방에 내려갔다가 재빨리 다시 올라오는 건 또 뭐람! 너무……."

그, 뭐더라, 으아, 음……. 한동안 내용 없는 소리를 발하던 데이지는 혼신의 노력 끝에 답을 찾아냈다.

"기회주의적이야!"

그 모양새에, 나오려던 비웃음을 나긋한 미소로 고쳐 낸 슈리아는 부드러운 낯으로 속삭였다.

"그녀가 그렇게 한다고 해도 난 상관없어. 정말로……."

대비해 두게 하기 위해서라도, 이제는 말해도 될 성싶었다.

"끝났다고 생각하고 있으니까."

그 순간, 데이지가 눈을 크게 부릅떴다.

"그게 무슨 소리야!"

따위로 시작해서 그녀는 여지없이 외쳤다.

"말도 안 돼!"

데이지는 충격으로 하얗게 질려서 씩씩거렸다. 마치 제 일처럼 감정을 드러내는 게, 이황자에게서 이별 통보라도 받은 표정이다. 누구보다도 슈리아가 황태자비가 된다는 사실에 기뻐했던 데이지였으니, 이 반응은 예상 범주라 할 만할까.

"저어, 슈리아? 난 이해가 안 가. 그동안 잘 지냈잖아. 전하께선 진짜로 널 좋아하셨다고, 내 눈에도 그게 보였단 말이야!"

둔치인 데이지가 그리 말할 정도면 어지간히 표시를 냈나 보다. 시큰둥하게 생각하며 그래 봐야 그 정도의 마음일 뿐이라고, 아마르잔의 이름 아래 놓으면 그대로 꺼져 버릴 불길에 불과했다고, 냉담한 감상을 품던 슈리아는 불현듯 깨달았다.

자신이 아마르잔이라는 걸 알게 되면 황태자가 결코 이전 같지 못하리라 확신했다. 온 마음을 쏟는 듯한 사랑도 죽은 듯이 식어 들고 어쩌면 쏟아 낸 마음 모두를 치욕이라 여겨 없애려 할 수도 있다고도 여겼다. 실현 여부를 떠나 그 반대의 가능성은 고려조차 하지 않았다.

그건 실은 아마르잔을 목도한 그가 뒷걸음질 치기를 누구보다 원했던 건 자신이기 때문은 아닐까. 다른 상황을 초래할 경우의 수를 조금도 고려하지 않을 만큼이나.

이미 모든 것이 끝났음에도 슈리아는 그 상념의 흐름을 놓칠 수 없었다.

그 이유는…… 그가 아마르잔이었던 슈리아 아델트까지 받아들임은 마치 진짜 자신, 이 모든 일을 결정지은 아마르잔을 부정하는 것 같아서……. 슈리아 아델트이기에, 아마르잔인 것마저도 감내할 수 있다는 건 두 존재를 모두 아는 그에게 슈리아는 단지 슈리아일 뿐이라는 말이 되니까.

그걸 용납할 수 없었다.

비록 이 작고 초라한 소녀의 탈을 쓰고 있다 한들 아마르잔은 아마르잔일진대, 아마르잔이었던 과거를 가진 좀 특별한 소녀 따위로 자신을 바라본다는 건, 용납할 수 없었다.

아무리 인간의 눈은 외양만을 볼 수 있어서 겉에 홀렸다 하여도, 말도 안 되는 소리다. 마땅히 공포와 경외로 거리를 두고 보아야 할 아마르잔을 뒷껼으로 돌리고, 지상의 것으로 낮추는 것이나 마찬가지이니.

슈리아는 이 순간 선연하게 느꼈다.

껍데기뿐인 아마르잔을 버리기로 했음에도, 진짜 아마르잔은 여전히 제 안에 살아 숨 쉬고 있음을.

홀로 완전하고자 하는 본성 그대로의 아마르잔이.

카리나의 수작으로 침범당했다고 느꼈던 성은 실은 그보다 더 높은 곳에 우뚝 서서, 난공불락으로 자리하고 있었다.

어찌 보면, 슈리아가 바라던 바 그대로 되었다. 그가 부정하길 원했고, 황태자는 예정된 길을 걸어가듯 어긋남 없이 그리했다. 비록 시기가 이르다고는 하지만, 그거면 족하지 않은가? 그러니 지금 현재 상황이 불리하게 돌아간다고 해서 돌이킬 수 없는 과거에 미련을 가지는 건 부질없는 일이다.

결론지은 슈리아는 조급한 얼굴로 도대체 왜냐고 재촉하듯 물어 오는 데이지에게 안타까운 눈길을 건넸다.

"미안하지만 자세한 건 말해 줄 수 없어."

우리 두 사람의 일이야. 그리고 우리 둘 다 끝을 받아들였지. 슈리아는 간섭을 배제하는 투로 온화하게 말했다. 어떤 이유가 있었건, 지금 한 말은 거짓이 아니었다. 실제로도 관계란 사소한 이유로도 쉽사리 깨어지기 마련이니.

"하지만 전하께서 입장을 표명하시기 이전엔, 사람들에게 말하지 않아 주었으면 해. 내가 섣불리 떠들고 다니긴 어려운 문제이니까."

담담한 부탁에 데이지의 얼굴이 이상하게 일그러졌다. 무어라 말하려고 몸을 들썩거리던 데이지는, 놀랍게도 으앙 하고 울음을 터뜨렸다. 지나치게 단호했나 싶어 눈살을 찌푸리는데, 데이지가 뚝뚝 떨어지는 눈물을 훔치며 바락바락 외쳤다.

"아무튼 난 인정 못 해!"

뭘? 하고 묻기도 전에, 또 되도 않는 패악을 떨 것처럼 데이지가 슈리아의 손을 맹렬한 기세로 붙잡았다.

"약혼식 치를 것처럼 해 놓고 이러는 게 어디 있어! 싫어, 난 싫다고!"

"기대하게 한 건…… 미안하게 생각하지만 나로서도 어쩔 수 없는 문제인걸."

눈물뿐만 아니라 콧물까지 흐르는 형상에 슈리아는, 테이블에 비치된 냅킨을 대충 쥐여 주었다.

……솔직히 더러웠다. 그걸 주워 들면서 코를 팽 풀어 낸 데이지는 그 지저분한 냅킨을 다시 테이블에 올려놓으며 캐물었다.

"그러면 이제 전하가 싫어? 치가 떨리니? 이제는 완전 정떨어져서 얼굴도 맞대기 싫어?"

참 극단적인 언사였다.

"……아니, 그런 건 아닌데."

"공식 석상에서 인사도 안 할 거야? 아니면 아예 만날 일도 없게끔 지금처럼 피하기만 할 거야?"

피하긴 누가 피한단 말인가. 물론, 그렇다고 별달리 마주하고 싶은 것도 아니지만.

"난 그저 전하께서 뜻을 정리하고 밝히실 때까지 자중하며 기다리고 있을 뿐이야. 다른 감정은 없어."

"그렇담 설마, 전하께서 널 뻥! 찬 거야?"

공도 아니고 뻥 차긴 무슨. 그런데 그 어감이 묘하게 불쾌했다. 슈리아는 나긋나긋한 어조로 못 박았다.

"합의된 결별이라고 해 두자."

"어쨌든 그러면 너는 황태자 전하가 싫진 않은 거지?"

사실 아직 전하를 좋아하는 거지? 라는 식으로 눈을 빛내며 밀어붙이는 데이지의 의도를 간파한 슈리아는 모범답안을 꺼냈다.

"내가 어떻게 감히 황태자 전하를 싫어할 수 있겠어."

다만 간과한 것이 있다면 데이지에게 싫어하지 않는다는 말은 즉, 좋아한다는 소리였다. 그녀에게 세상은 우유부단하게 중간선에 놓인 것 없이 흑과 백의 양면이 되곤 하니까.

"그렇구나, 역시 그럴 줄 알았어!"

데이지는 행복하게 웃었다. 그리고 이어서 말도 안 되는 주장을 펼치기 시작했다.

"전하께선 음, 아무래도 반대가 심하니까 잠깐 마음이 흔들리신 것뿐일 거야. 군주가 되실 분은 생각이 많다고 그랬어! 게다가 전하께선 사춘기시니까 변덕 때문에 마음에 반하는 선택을 할 수도 있는 거고!"

누가 사춘기라고? 정말로 말도 안 되는 소리를 해 대고 있다. 하지만 데이지는 언제나 창의력이 넘쳤다. 슈리아가 가만히 입을 다물고만 있자 데이지는 표적을 돌렸다.

"게다가 넌 너무 도도해! 맨날 생긋생긋 예쁘게 웃기만 하지 전하를 좋아한다는 내색도 잘 안 했잖아! 막 보고 싶다고 황태자궁에 달려가지도 않고, 전하께서 시간 내서 오셔도 달려들지도 않고 조용히 인사나 올리고, 우아하긴 한데 너무 얌전해! 마음이 느껴지지 않아!"

말하다 보니 답답한지 논조가 거의 비난으로 향해 가고 있었다. 데이지는 곧 결론짓듯 소리쳤다.

"열렬함이 부족하다고! 그러니까 전하도 이제 지쳐 버리신 거야!"

……그게 사실이라 쳐도 결별을 맞이한 친구에게 하기에는 무례한 말 아닐까? 슈리아는 자신이 생각하는 일반적인 기준이 틀린 건지 잠시 정신이 혼란해졌다.

게다가 데이지에게 있어서 슈리아가 황태자를 좋아하지 않는다는, 혹은 애초부터 좋아한 적 없다는 가정은 아무래도 있을 수 없는 종류인 듯싶었다.

하긴, 그녀는 황태자의 열렬한 팬이기도 했으니까. 그 황태자가 신분적 우위와 제가 가진 이점을 앞세워서 시큰둥한 소녀를 자신의 비로 삼으려 한다는 건 생각하기 힘들겠지.

"그래, 그거였어!"

데이지는 혼자 흥분해서 떠들어 댔다.

"잠깐 권태기가 온 거야! 교제하다 보니 서로 조금 소원해졌을 뿐인데 반대하는 사람이 많으니까 헤어져 버리게 된 거지. 잘하면 다시 이어질 수 있을 거야. 그러니까 슈리아 너도 이렇게 궁상맞게 굴지 말고 예쁘게 입고 나와서 막 다른 남자랑 춤추고 말 섞고 그래! 그런 널 다시 보게 되면 전하께서도 마음을 바꾸실 거야. 내가 도와줄게!"

다시 보게 되니 새삼 화가 치솟아서 베려 할지도 모르겠다는 생각부터 들었지만…… 또한 슈리아 아델트의 삶을 포기한 건 아니었으니 확실히 이대로 있어 봐야. 한 달이란 시간은 길었고, 그만하면 황태자도 어느 정도 현실을 받아들였으리라.

귀족 영애가 사교 행사를 마다하기만 하는 것도 바람직한 현상이 아니었다. 얼굴이라도 비치면 무언가 반응을 보여, 잘라 내든 뭘 하든 확실한 답을 줄지도 몰랐다.

오를레앙 공녀를 끼고 공식 석상에서 모습을 드러내 제게 망신을 주더라도, 그쯤은 감내할 셈이었다. 내키지는 않았지만 황태자의 총애에서 밀려나 실연당한 소녀인 척할 생각은 있었던 것이다.

그리하여 며칠 후, 사교계에서 중립적인 위치를 견지하고 있던 한 가문의 무도회에 나가게 된 슈리아는 참으로 오랜만에 불쾌감을 누르고 태연해 보이기 위한 연기를 해야만 했다.

모두가 소리 죽여 수군거리며 흘깃대고, 주목하는 건 예상했던 바다. 그 시선이 단순히 곧게 적대적이었다면 차라리 나았으리라.

그런데 그 지극한 동정의 눈길, 결국 이렇게 될 운명이었다는 양 얕잡아 보는 시각이 깔린. 그건, 확실히 거슬렸다.

몰락 귀족임에도 위켄하이저 공작가와 시그오닐 대공녀, 그 자신의 행동거지에 힘입어 무시당하지는 않았던 터였다.

그러나 지금 향하는 눈길은 종류가 좀 달랐다. 남자한테 일방적으로 버림받은, 꿈에 부풀어 올랐다가 바닥으로 곤두박질쳐서 현실을 분간하기도 어려울 불쌍한 어린 소녀.

그간 행세가 교만했던 건 아니기에 슈리아는 일부를 제외한다면 귀족 영애들에게는 대체로 호의를 사고 있었다. 상냥하고 기품 있는, 황태자가 눈에 둘 만큼 아름답고 그럴싸한 귀족 영애로 말이다. 가문 간의 이해관계가 어떠하든 개인적으로 보았을 때는 그랬다.

그러나 그와의 관계가 끝난 이상 슈리아에게 드리워진 빛도 어두워지기 마련이었다. 특히나 오를레앙 공작가를 위시한 제도의 명망 높은 귀족가들이 사교계를 주도하고 있다는 점에서, 추락하는 데에는 끝이 없다.

좋은 마음을 품고 있던 사람도 동정심을 품기 마련이었고, 그건 더 나빴다. 동정심이란 결국 나보다 안된 사람을 위에서 내려다보는 마음에 불과하니까.

게다가 동정이라는 명목은, 사교계에선 좋은 무기가 되었다.

"어머나, 가엽기도 하지."

이러한 말들로 신경을 긁는 것에서 시작해서,

"기운 내요. 세상이 끝난 것도 아니잖아."

"모든 게 늘 순조로울 수만은 없는 거니까요. 이루기 어려운 꿈을 꾸었다 생각해요."

"아직 어리니까, 다시 좋은 사람을 만날 수 있을 거예요."

이런 식으로 불행의 늪에 빠진 소녀를 향한 말 한마디에 상냥함을 담으며 우월감을 누린다. '거봐, 이렇게 될 줄 알았어. 내가 이런 꼴이 아닌 게 얼마나 다행이야?' 라면서.

그리고 남이 자신에게 우월감을 보이거나, 혹은 동정심을 느낀다는 것만큼 기분을 저조하게 만드는 일은 또 없으리라. 슈리아에게도 그건 예외는 아니었다.

적당히 미소로 넘기고 문득 돌아본 저쪽에서, 슈리아는 오를레앙 공녀의 모습을 발견했다. 그녀는 거만하게 들뜨거나 기뻐하는 기색 없이 조용히 가라앉은 눈으로, 슈리아를 바라보고 있었다. 주위에 그녀의 충성스러운 친구들이 깔보는 눈으로 이쪽을 보는 것과 구별되는 태도였다.

문득 누군가가 다가서자 공녀는 옆을 돌아보았고, 백금발의 한 귀족 영식이 얼굴에 다정한 미소를 띤 채 그녀에게 인사해 왔다.

스카나덴 소공작. 지금으로서는 가장 거슬리는 승자의 위치에 선 사람이 둘이나 되는 꼴이었다. 집중 공격당하는 취미는 없었기에 나름대로 중립을 골라서 참석한 무도회였는데, 재수가 지지리도 없다.

하지만 스카나덴 소공작은 슈리아에게 슬쩍 눈길을 주었을 뿐 이내 모르는 사람처럼 굴었다. 이 기회를 노려서 물어뜯어야 할 그답지 않게 소극적인 반응이다. 아마도 오랜만에 본 오를레앙 공녀에게 온통 마음을 빼앗겨서 그러한 것일지도 모른다.

그만큼 오늘의 아리스 엘마이어 오를레앙은 아름다웠다. 흐드러지는 금발은 햇살을 머금은 유채꽃다발 같았고 여윈 뺨은 아련하게 희었다. 소녀답게 맑은 아쿠아마린색 눈은 애수를 띠고 오묘하게 깊어졌다.

이제 그녀는 완연히 성숙한 귀족 여성이 되어 가고 있었다.

사교계의 꽃, 그 이름은 단순히 오를레앙 공작가의 여식이라고 해서 가질 수 있는 건 아니다. 오랜만에 등장한 오를레앙 공녀에게 무도회장의 흐름은 완전히 집중되고 있었다. 그녀는 마치 이 무도회의 주인공 같았다.

섣불리 승리의 축배를 들기보단 그녀는 잔잔한 미소를 띠고 오랜만에 보는 제도의 친구들과 담소를 나누었다. 감정과는 별개로 흐름에 유려하게 발맞추는 아반튼 후작 영애도, 슈리아에게 눈인사만 건넸을 뿐 그녀의 곁에 붙어서 떠나질 않았다.

단순히 재능만을 보자면, 오를레앙 공녀가 더 사람을 끄는 데 재능이 있다고 할 것이다.

차게 얼어붙은 슈리아는 매력적이지만 어쩐지 거리감이 있었고 그건 어찌할 수 없는 본성이었다. 겨울이 봄을 흉내 낸다고 온기까지 가져다 줄 수 있겠는가.

단, 눈치가 없는 이들은 그런 걸 잘 모른다. 그런 점에서 슈리아를 처음 본 지 얼마 되지 않아 단짝 운운했던 데이지는 노골적으로 싫은 기색을 보이며 보란 듯이 슈리아에게 팔짱을 꼈다. 옆에서 흥, 하는 콧소리가 들려왔다.

그녀는 얼마 전까지 고민하던, 이황자와의 비밀연애를 공표하고 싶어서 안달이 났던 것도 싹 잊고 온전히 슈리아의 일에만 몰두하고 있었다.

오를레앙 공녀는 안 된다. 오로지 그 생각만으로 그 조그마한 머릿속은 가득 차 있을 것이다. 그거야 정말 아무래도 상관없는 일이지만, 어쩌면……. 우습게도 그런 생각이 들었다.

데이지는 탁월한 행운을 타고 태어난 소녀라, 제가 원하는 건 대개 이루어 내곤 한다. 그리고 그녀는 지금 황태자와 슈리아의 재결합을 바라고 있었다. 그렇다면 그건 결국에는 그녀의 뜻대로 된다는 소리이지 않을까.

그러한 생각에 잠겼던 슈리아는 피식 웃었다. 그렇게 될 수도 없고, 되어서도 안 되었다.

슈리아 아델트의 진정한 정체, 대마법사 아마르잔을 알고 그마저도 받아들이는 건 상상조차 해 본 적 없는 상황이었다. 애초에 가능성 없는 일이다.

황태자가 그럴 일 없다는 걸 떠나서 아마르잔의 자존심이 자신을 아는 자가 저를 자기 여자 취급하려 드는 걸 용납할 리 없으니까. 더군다나 그 후로도 그의 애정 표현을 스스럼없이 받는 건 있지 못할 일이었다.

깔끔하게 끝맺는 편이 나을 텐데, 너는 언제쯤 대답을 줄 건가.

슈리아는 가만히 생각하며 데이지에게 이만 나가자고 말했다. 데이지는 '벌써?'라며 눈을 휘둥그레 떴지만 오늘 하루 슈리아가 겪은 수모를 기억하는 듯 입술을 깨물었다.

나름대로 '슈리아가 기운 낼 일이 뭐 있어요? 슈리아는 여전한 걸!' 이라며 편을 들었지만, 데이지도 황태자와 슈리아의 결별을 부인하지는 못했다. 슈리아가 단단히 못 박아 두었기 때문에. 오늘 수모 아닌 수모를 당하는 슈리아로 인해 데이지의 기분도 꽤 날 서 있던 터였다.

……어쩐지 초식동물에게 보호받은 기분이 들었지만, 육식동물인 슈리아는 구태여 그녀의 시도를 제지하지 않았다.

친구의 일이라면 황녀에게도 기꺼이 달려들 만큼 저돌적이고, 그 거친 품행을 뒷받침해 줄 수 있는 신분을 가진 시그오닐 대공녀의 앞이라면 그들도 자제를 알 것이다.

그 와중에도 상처 입고 마음이 약해졌을 소녀를 노리고 몇몇 영식이 춤을 청한 것을 자중하는 양 모두 정중히 거절한 슈리아는 그날 그렇게 무도회를 떴다.

그와 비슷한 상황은 이후로도 몇 번이고 있었다. 하지만 슈리아는 그 모든 것을 감내해 냈다. 황태자와의 장밋빛 소문, 눈앞에 잡힐 듯했던 황태자비 자리, 약혼식……. 그 모든 것을 잃었을 때 평범한 소녀에게 필경 찾아들 하늘에 올랐다가 떨어진 그 어마어마한 박탈감.

헤어 나오기 어려울 만한 것이지만 슈리아 아델트는 평범하다는 수식어를 붙이기 어려운 소녀였다. 슈리아는 진실 된 추락을 경험해 본적이 없었다.

아마르잔은 패배하지 않았고, 그렇다면 슈리아 아델트가 겪고 있는 일쯤이야 거슬리지만 견디지 못할 것은 아니다.

그 와중에 오를레앙 공녀가 위켄하이저 공작가를 찾아와서 초조하게 기다리다 가는 일도 있었다.

겨울이 목전에 있는 때였다.

가을을 마감하여 마지막으로 치러지는 사냥대회. 사교계에서 가장 화제가 되는 행사를 앞둔, 고작 이틀 전.

예고 없이 오를레앙 공녀가 슈리아를 찾아왔다. 그리고 슈리아는 냉담한 태도로 그녀를 만나지 않겠다고, 전속 시녀 제니에게 전했다.

보나 마나 슈리아 탓을 해 대거나 황태자의 이야기를 할 게 뻔한데 굳이 그녀를 상대해 주며 시간 낭비할 필요 있겠는가.

슈리아는 이제 가장 유력한 황태자비 후보가 된 그녀와의 관계를 새로이 정리해야 할 필요가 있었지만, 그들은 어차피 좋아질 수 없는 사이였다. 갑자기 친한 척하는 것보다야 거리를 두는 게 나으리라.

그리고 제니는 순순히 공녀에게 아가씨는 주무시고 계시다고, 부드러이 돌려서 거절을 건넸다.

황태자와 혼담이 깨어졌으니 공작가의 분위기가 냉랭해졌을 법도 한데 위켄하이저 가문원들이나 실망감에 얼어붙었을 뿐 시중인들까지도 그런 건 아니었다.

제니는 마치 제 꿈이 무너진 양, 상심한 얼굴로 이 가여운 아가씨에게 한층 공을 들였고 조금도 살이 빠지지 않은 슈리아에게 이렇게 손목이 가늘어지시면 어쩌느냐며 갓 구운 노릇노릇한 쿠키가 가득 담긴 바구니를 건넸다.

바삭바삭한 초콜릿 칩 쿠키는 무척 맛있었기 때문에 슈리아는 실연을 당한 소녀가 살이 통통하게 오르는 부자연스러운 상황을 방지하기 위해서 매일 아침 정원을 걸어야만 했다.

그러니까 어린 시절부터 오를레앙 공녀를 보아 와 그녀의 입지가 위켄하이저 공작가의 다른 가문원들과 크게 차이 나지 않는다는 걸 알고 있음에도, 제니는 슈리아의 뜻을 그대로 전달했던 것이다.

원래대로라면 그녀가 들이닥치려 해도 크게 말리지 않았을 뿐만 아니라 슈리아에게 나가 보아야 한다고 의견을 피력했겠지만.

오를레앙 공녀는 답답한 듯이 중요한 일이라고, 반드시 만나야 한다고 강경히 말하며 그녀답지 않게 침실까지 찾아들 기미를 보였다.

그러나 제니가 효과적으로 막아선 모양이었다. 어느새 세일린이 달려와 그녀를 응대했기에, 잠시의 소란이 인 뒤 오를레앙 공녀는 안타까운 얼굴로 물러났다. 그녀는 곧 마차에 타고 조용히 위켄하이저 공작 저택을 떠났다.

그게 이틀 전의 일이었다.

이곳 사냥대회에서라면 볼 기회가 또 있을 터, 그때 말하면 될 텐데 뺨이라도 치려고 따로 면담할 기회를 노렸나, 슈리아는 부정적으로 생각했다.

리본과 꽃이 달린 챙 넓은 모자를 쓴 슈리아는 평소에 입던 것보다 조금 간소한 사냥용 물빛 드레스를 입고 친구들과 섞여서 말에 올라 있었다.

대부분의 귀족 영애들이 이런 곳에서 하는 일이란 준비된 사냥터에서 몰이꾼들이 몰아 온 사냥감들을 귀족 남성들이 앞다투어 사냥하며 자신의 활솜씨를 자랑할 때 뒤에서 박수 쳐 주는 일이다.

연인이 있다면 특별한 선물을 기대해도 좋았다. 개중에 활동적이고 사냥에 자신이 있는 이들이라면 여성이라도 나서서 적극 참여하기도 했지만, 슈리아는 활을 손에 들어 본 적도 없었다.

마법으로 잡으면 되는데, 왜 구태여 그런 원시적인 수단을 사용한단 말인가. 어쨌든 슈리아는 마법사답게 직접적 무력을 행사하는 일 자체를 야만스럽게 보곤 했다.

무기를 휘둘러서 육체적으로 상대를 압도하는 건 마물이나 하는 짓이다. 인간을 고등 생물로 구별되게 하는 것은 바로 정신의 힘, 마법이었다.

그릇이 되는 초월자의 육체적 영향으로 제한당하는 건 사실이나, 영혼에 새겨진 마법은 아마르잔이 새로이 태어난 이후에도 여전히 그 막강한 위력을 간직하고 있었다.

만약 아마르잔이 검사였다면? 그 몸을 단련하기 이전에 강해지는 건 있을 수 없는 일이다. 금방 죽어 없어질 듯한 허약하고 작은 육체를 십 년 넘게, 더딘 성장에 얽매이면서 단련해야만 이전의 무위를 회복할 수 있을 것이다.

어쨌든 그 무력의 정점에 달한 황태자가 이곳에 있었다.

두 달이 다 되어 가는 시간 동안, 단 한 번도 그를 본 적이 없었다. 마냥 쫓아다닐 수만은 없으므로 카리나를 추적하는 일은 일단락되어 가는 듯했고 황태자는 이 자리에 돌아왔다.

아샤트리아 대공은 상태가 호전되었는지 다행히 제 영지로 돌아갔다고 들었다. 그녀가 등장하기 이전처럼 모든 게 대체로 원위치를 찾아가는 느낌이었으나, 하나가 달랐다.

분명 슈리아의 존재를 모를 리 없음에도 황태자는 단 한 번도 시선을 주지 않았다. 그의 사촌 여동생인 데이지가 이곳에 있음에도 인사를 건네 오는 일도 없었다.

그는 모든 접근을 차단하듯 선두에 서서 미친 듯이 사냥감을 잡아들이고 있었다. 다른 귀족 영식들을 빈손으로 만들어 버릴 만큼 거침없는 행보라 보다 못한 그의 측근들이 제지의 귓속말을 건네곤 했다.

원래대로라면 그를 말릴 만한 사람은 슈리아겠지만, 단지 몰락 귀족인 슈리아 아델트로서는 황태자가 다가오기 이전에는 그에게 접근도 할 수 없었다.

그 단절감이란 생경한 것이었다. 하긴 그와 꽤 오랜 시간을 함께 보냈으니 이 상황이 새삼 낯설게 느껴질 만도 하다. 그들은 한 몸은 아니더라도 일종의 계약 관계로 묶인 애매한 공동체 정도는 되었었다.

지금은 비밀을 공유하고 있는 적인가? 슈리아는 대강 규정짓는 것으로 감상을 끊어 내며 이 지루한 시간을 이겨 내려 애썼다.

사냥한 전리품들을 오를레앙 공녀에게 보낼 만도 한데, 황태자는 별달리 그럴 마음이 없어 보였다. 오를레앙 공녀도 처음에 인사만 건넸을 뿐, 그에게서 뚝 떨어져서 제 친구들하고 어울리고 있었다.

그리고 전에 비하면 확연히 수가 줄어든 친구들과 함께 한자리에 섞여 있던 슈리아는, 햇볕이 뜨거우니까 숲 외곽 쪽으로 가 있자고 말하며 앞장섰다.

사냥감을 쫓다가 아무리 돌아들어도 여기까지 와서 활을 쏘아 대지는 않을 것이다. 게다가 이 호화로운 모자는 상대가 사람인 걸 보라고 쓰는 거니까.

숲은 꽤 컸고 사냥터답게 정리되어 있기에 안전했다. 사냥터를 살펴보고자 하는 마음도 있었고, 빨리 그늘로 들어가고 싶었기에 친구들에게서 떨어져 먼저 나아가던 슈리아는 문득 숲 쪽을 돌아보았다.

"……."

파삿, 하는 작은 소리가 들려서 토끼라도 있나 했다.

그때 갑자기, 말이 비명을 지르며 일어섰다.

— 히히힝!

균형이 기운 즉시 슈리아는 신속하게 말 등으로 몸을 기울이며 다리에 힘을 주었다. 차라리 그대로 낙마했다면 푹신한 풀숲 위로 떨어져 나왔을진대 말은 숲 속을 향해 마구잡이로 질주하기 시작했다.

고삐를 잡아당겨도 오히려 손이 떨쳐질 만큼 고개를 마구 저으며 말은 미친 듯이 어디론가 달려가고 있었다. 이전까지 순하게 나다녔던 말이기에 이해가 되지 않는 상황이었다.

그 짧은 사이에 약이라도 먹었나? 아니면. 수많은 가정이 뇌리를 가로질렀지만 슈리아는 다만, 고삐를 꽉 붙들고 말에 매달렸다.

언젠가는 멈춰 설 것이고…… 단순히 길을 잃게 하려는 게 목적이 아니라면 누구든 나타날 것이다. 으슥한 곳에서 맞대면하는 것이라면, 사양할 이유가 없다.

소녀의 눈동자에 일순 섬뜩한 광채가 스치고 지나갔다.

도통 멈출 기미를 보이지 않던 말이 멈추었을 때 슈리아는 숲에서 꽤 깊은 곳에 다다라 있었다.

말은 숨을 거칠게 몰아쉬며 비척비척 나무에 머리를 기댔다. 여전히 정상적인 상태는 아닌 것 같지만 더 이상 달릴 기운이 없어 보였다.

떨어지지 않으려고 하도 꽉 붙들고 있었더니 손이 욱신거렸다. 아마 내일쯤이면 빨갛게 부풀어 오를 것이다. 슈리아는 조심스레 말에서 뛰어내려 폭, 땅을 밟았다.

말이 갑자기 달려 나가는 걸 친구들도 보았으니, 곧 수색하러 병사들이 올 것이다. 하지만 정말 전력질주로 달려온 것이나 다름없으니 꽤 시간이 걸리리라.

숲을 나가는 건 헤맬 필요 없었다. 왔던 방향에 말발굽 자국이 찍혀 있었기에 그대로 따라가면 되었다.

다만, 그리로 나간다면……. 슈리아는 가늠해 보았다. 위협이랄 것은 없지만 분명 누군가 자신을 쫓는 자가 있을 터였다.

평화적인 대화를 나누기 위해 이런 번거로운 방식을 택했다기보다는, 슈리아를 죽이거나 납치하려 할 가능성이 높았다. 그리고 납치했다간 사후 처리가 힘들 것이니 죽이려 할 가능성이 더 높을 것이다.

사냥터에서이니 불의의 사고를 당한 양, 활이라도 맞춰서. 흔적이 남거나 감지될 가능성을 고려하여 마법을 사용하지는 않을 것이다.

— 누가, 왜.

현재로서는 무용한 질문들이 뇌리를 스쳤다. 황태자에게 원한을 가진 세력은 아닐 것이다. 사감은 있을망정 위험을 감수하면서까지 굳이 이미 그와 헤어진 소녀를 노릴 이유는 없으니까. 그러기엔 표적이 적절하지 못하다.

카리나? 그녀라면 이런 식으로 번거롭게 굴기보단 좀 더 소란스럽고 주목받는 방식을 택했으리라. 그렇다면 아마도…….

그거야 만나 보면 알겠지. 머리를 저은 슈리아는 추측을 그치고 제가 온 방향에서 조금 돌아가는 길을 택하기로 했다.

순순히 걸려들어 줄 생각은 없었다. 예전보다 하나 나아진 게 있다면 슈리아가 공식적으로든 비공식적으로든 마법을 배웠다는 것. 그래서 간단한 마법 정도는 사용해도 이상해 보이지 않는다는 점이었다.

생각해 보면 우스운 일이긴 하다. 대마법사 아마르잔이 제 정체를 알고 있는 황태자의 앞마당에서 갓 마법을 배운 미숙한 이처럼 굴다니.

아무려면 어떠한가. 그보다 더한 꼴도 보였는데.

과거의 단상들이 새 떼처럼 머릿속을 스치고 지나갔다. 힘겹게 견뎌 내야만 했던, 부단히 인내심을 길러 왔던 나날들.

단 하나 자신 없는 건, 황태자가 아닌 다른 누군가와 또다시 그런 과정을 거쳐야 한다는 것.

에리히? 루이스 클라인? 가망성 있는 이들은 꽤 되었지만 그 누구라도 흔쾌히 그럴 수 있는 이는 없었다.

……당분간은 생각도 하고 싶지 않았다.

지치지 않게끔 빠르지 않은 속도로 걸어 나가고 있는데, 어느덧 저편에서 기척이 느껴졌다. 말소리가 들리는 것도 아니고 형체가 보이는 것도 아니었지만, 슈리아는 분명 느꼈다. 숨죽여서 조심스레 나다니는 기척이었다.

슈리아 역시 발소리가 거의 나지 않게 걷고 있었지만 치렁치렁한 드레스 자락이 풀잎에 스치면 조금이라도 소리가 안 날 수 없다.

베헤모트가 나른하게 기지개를 켰다. 암살자라니 마음껏 설쳐 볼까, 정도의 기대 섞인 뜻으로 놈은 기분 좋게 그르렁댔다.

— 넌 나서지 마.

그 즉시 슈리아는 경고조로 명령을 내렸다. 황궁에 워낙 위험이 그득하기도 했고, 안타레스를 만났으므로 그간 어쩔 수 없이 시종마를 부른 바 있었다.

한 번 베헤모트를 꺼낸 이후로 고삐가 풀린 듯 계속 꺼내게 되었지만, 앞으로는 그럴 일도 없어질 것이다. 시종마가 필요하지 않은, 목숨을 위협당할 필요가 없는 평범한 소녀 슈리아 아델트가 될 예정이니까.

대강 자신이 어느 정도까지 마법을 사용할 수 있을지는 짐작이 갔다.

초보 마법사라 이거지.

결계를 유지해야 하는 방어 마법까지는 무리겠지만 빛을 움직여 눈을 속이거나 약한 공격을 가하는 식이라면 초보가 펼치는 마법이라고 해도 과도하지 않을 것이다.

하찮은 마법도 활용하기 나름. 또한 누가 사용하느냐에 따라서 유용성이 달라진다.

슈리아는 걸음을 멈추고 굵직한 나무 뒤에 바짝 몸을 붙였다. 까칠까칠한 나무의 촉감이 드레스의 표면을 뚫고 느껴진다. 마치 사냥꾼이라도 된 느낌이었다.

앞쪽 수풀에서 바스락거리는 소리가 들리며, 무언가가 은밀하게 움직이고 있었다. 그리고 서서히 모습을 드러낸 순간.

"……."

사슴? 순한 얼굴로 이쪽을 향해 고개를 기웃거리는 사슴을 발견하자 신경이 탁 풀렸다. 그러나 한숨을 내쉬는 동시에 슈리아는 본능에 가깝게 고개를 홱 숙였다.

콰직! 요란스러운 소음과 함께 머리가 있던 자리에 화살이 콱 박혔다. 그대로 몸을 옆으로 던지기 무섭게 그 자리에 화살 하나가 또 박혔다. 사슴을 노리거나 착각한 게 아니라, 어김없이 슈리아를 노린 것이다.

그 와중에도 숲 속은 소리 없이 고요하기만 했다. 한둘이 아니었다.

또한 감정 없이 이 일을 처리하는 데 능숙한 자들이었다. 인간을 사냥하는 데 능숙한 자들.

슈리아는 약간 놀랐다. 그들은 바깥쪽에서 슈리아의 흔적을 밟아 오는 것이 아니라 숲 안쪽에 대기하고 있다가 등 뒤에서 쫓아오고 있었던 것이다.

생각할 겨를도 없이 슈리아는 뒤쪽을 향해 재빨리 빛을 터트리고 앞을 향해 달렸다. 그때서야 무언가 움직이는 듯한 소리가 났다. 슈리아 아델트의 체력은 영 좋지 못한 편이니 달리기만 해서는 따라잡힐 수 있었다.

예리한 판단으로 슈리아는 사슴에 제 모습을 덧씌우는 환영마법을 펼쳤다. 뒷모습만 슈리아로 착각하게 환상을 덧씌우는 건 어렵지 않은 일이다.

겁에 질린 사슴은 부리나케 도망가고 있었고 그 속도는 제법 빨랐다. 귀족 영애가 그만한 속력으로 뛰어간다면 의혹을 가질 법도 하지만 눈앞에서 표적이 달아나고 있는데 쫓지 않고는 배기지 못할 것이다.

슈리아는 기민하게 비켜서서 나무 뒤로 몸을 숨겼다. 그리고 동시에 나무로 보이게끔 제게도 환영을 입혔다.

그 일들은 아주 짧은 사이에 행해졌고 곧 와르르 쏟아져 간다기보다는 그림자처럼 미끄러지듯이, 수풀을 스치는 소리만 내며 검은 옷의 인영 몇 명이 사슴을 쫓아갔다.

슈리아가 마법사가 아니었다면 그들을 떨쳐 내긴 어려웠을 것이다. 슈리아의 마법 실력은 한참 과소평가되고 있을 터였다.

그나저나 이만한 이들을 고용할 재력을 지닌 자라면 역시 뻔하다고 해야 할까.

슈리아는 이제 명확해진 답을 꺼내 보았다.

― 오를레앙 공작.

그는 황태자가 언제든지 마음을 돌릴 수 있다고 믿는 모양이다. 그의 딸을 위해서도 슈리아 아델트의 존재는 없는 편이 나았다. 또한 아예 후환을 제거해서 제 가문의 상처 입은 자존심을 회복하고 싶겠지.

그는 황태자의 충실한 지지자도 아니었으므로 이 같은 일을 꾸밀 만도 했다. 아니, 본인이 꾸민 일이 아닐지라도 다른 충성스러운 누군가가 기꺼이 나섰을 수 있다.

황태자에게 슈리아 아델트의 시신을 보인다면 귀족을 우습게 보지 말라는, 분명한 경고의 신호가 될 거라는 계산도 가능하다.

오를레앙 공녀가 급하게 찾아왔던 건 그런 이유에서였던가. 슈리아는 유독 초조한 듯이 굴었던 이틀 전의 그녀를 떠올렸다.

글쎄, 그녀라면 슈리아가 죽는 편이 유리할 텐데.

아무리 마음이 좋아도 모의의 전말이 발각 날 위험을 무릅쓰고 찾아온다는 건 믿기 어렵다. 슈리아는 의혹에 휩싸인 채 사슴이 사라진 방향이 아닌, 암살자들이 따라온 방향으로 다시 향해 갔다.

겁먹은 어린 귀족 영애를 떠올리는 그들이라면 설마 슈리아가 돌아서서 숲 깊은 곳으로 향할 거라고는 생각지 못할 것이다. 그만한 배짱이 있을 거라고는 보통 예상하기 어려우니까. 이 안쪽에서 빙 돌아서 사냥터로 간다면 차라리 그게 더 나을 수도 있었다.

가쁜 호흡으로 가슴이 들썩일 만큼 내딛는 걸음은 빨랐다. 추적에 능한 자들일 수 있었기에 슈리아는 주로 바닥에 남겨진 흔적을 다시 되짚어 밟는 방식을 이용했다.

사슴이 가짜라는 걸 알아챌 시기는 언제쯤일까? 말을 타는 것이 적합지 않은, 나무가 빽빽한 숲이었기에 그들은 두 다리로 쫓고 있었다. 사슴은 빠르니까 따라잡아서 확인하는 데는 좀 시간이 걸릴 것이다.

온전히 슈리아 아델트의 능력에 기댄다고 생각하니 긴장감은 꽤 있었다. 부수적으로 따르는 육체의 허덕임은 내키지 않는 것이지만. 아마도 돌아가면 근육통에 며칠은 고생할 것이다.

슈리아는 제게 닥친 고난을 불만스럽게 생각하면서도 부지런히 발을 내디뎠다. 금방 온몸이 땀에 젖고 이마에도 수증기를 쐰 것처럼 방울방울 맺혀 갔다. 말이 미친 듯 달리기 시작했던 때는 오후였는데 날이 어둑해지는 것도 같았다.

아니, 어두워지고 있었다. 숲 속에서는 밤이 빨리 온다. 그리 깊이 들어온 것도 아닌데 나가는 건 왜 이리 힘든지. 이러다간 암살자가 아니라 맹수의 표적이 될 가능성도 있다.

은발이라는 눈에 띄는 머리카락을 지닌 살결이 곱고 야들야들한 소녀는 굶주린 짐승들에게 좋은 먹잇감으로 여겨지리라.

슈리아는 발을 멈췄다. 이제는 다시 방향을 돌려야 할 때였다. 조용히 숨을 죽이며 방향을 옆으로 틀어 이번에는 황태자가 사냥하고 있을 방향으로 발길을 향했다. 해의 위치만 안다면 방향을 가늠하기는 쉬운 법이다.

암살자들이 아니라 그라면 기꺼이 화살을 쏘아 슈리아를 죽이려 들지도 모르겠다는 생각도 들었지만…….

그 행동의 결과가 아마르잔의 부활을 초래한다는 걸 안다면 이성을 바로잡을 것이다. 그는 이미 슈리아를 베지 못했다. 그러니까 앞으로도 그럴 가능성은 낮았다.

혹시 황태자의 묵인하에 이 일이 벌어지는 건 아니겠지? 악감정이 있을 테니 보아 넘기는 건 쉬웠을 터, 그건 좀 가능성이 있어 보였다.

상념 속에서 발을 내디디던 슈리아는 이제 사위가 완전히 캄캄해졌음을 깨달았다. 그리 넓은 숲은 아니지만 아무래도 수색병들은 말이 있는 그 언저리나 뒤지고 있을 모양이다. 불빛을 올려 알리기엔 수색병보다는 암살자들이 더 가까이 있을 듯싶었다.

조금만 쉬다 가자. 다리뿐만 아니라 발이 아플 지경이 되어서야 슈리아는 그리 생각하고 옆으로 틀어져 나무둥치에 묻다시피 몸을 기댔다.

그리 편한 복장도 신발도 아니었다. 얌전하게 말 위에서 노닐다가 들어갈 생각이어서 낮은 굽이지만 구두를 신고 있던 터라 발이 아팠다. 한참을 걸어서 피곤한 데다가 목이 말랐고 배 속에서 꼬르륵 소리도 났다.

생각해 보면 슈리아는 상당히 호사를 누리며 살아왔던 듯싶었다. 고작 이 정도에 신체적으로 극에 몰릴 줄이야.

눈을 비비던 슈리아는 정신을 잃다시피 까무룩 잠이 들었다. 그건 정말 순식간에 머리까지 늪에 잠겨 드는 듯이, 저항할 수 없는 일이었다.

불현듯 깨어났을 때 고개를 들어 보자 어느덧 밤하늘에 별이 성성했다. 한 시간? 그쯤 잠이 들었을 것이다. 별일 없어서 다행이라고 해야 하나. 별일이 있어도 베헤모트가 일단은 막아 주었으리라. 베헤모트가 저도 아무것도 모르고 푹 잤단 것처럼 하품을 내쉬었다.

슈리아는 불안감을 주려는 그 노골적인 연기에 굳이 반응하지 않고 다시 조심스레 몸을 일으켜 주변을 살폈다. 아무도 없지? 다시 걷기 시작한 지 얼마 되지 않아 저편에서 옅은 불빛이 아른거리는 듯싶었다. 게다가 불빛은 위태로이 흔들리며 이쪽으로 뛰어서 다가오고 있었다.

암살자가 유인하는 것일까? 그렇다면 수색병처럼 그럴싸하게 소리 높여 슈리아의 이름을 부르기라도 했을 것이다.

그건 마치 쫓기고 있는 것처럼 보였다. 심지어 이젠 비명도 들리기 시작했다. 꺄아아아! 살려 주세요! 따위의. 제법 익숙한 목소리였다.

이건 설마……. 슈리아는 더 이상의 가정을 버리고 바로 불빛으로 향해 갔다. 거의 다다랐을 때 불빛이 뚝 떨어져 바닥에 튕기다가 이내 굴러갔다. 그 사람은 막 형체가 거대한 무언가에 의해 덮쳐지는 중이었다.

실로 급박한 상황에 슈리아는 일단 빛줄기를 날렸다. 위력이 있진 않으나 환한 빛에 깜짝 놀란 형체는 크르르 소리를 내며 물러섰다.

슈리아는 그때서야 놈을 볼 수 있었다. 거대한 크기의 곰이었다. 오래 굶주린 듯 털가죽이 거친 놈은 짐승다운 흉악한 안광을 번쩍였다.

슈리아는 빛줄기를 한 방 더 쏘아 냈다. 안면을 직격당한 놈은 눈이 아픈 듯 소리를 내며 주춤거리다가 슈리아가 나뭇가지를 들어 수풀을 쳐 위협적인 소리를 내자 재빨리 달아났다.

놈이 사라지고 나서야 슈리아는 덜덜 떨고 있던 상대를 의외의 눈으로 바라보았다. 이런 곳에 있으리라고는 전혀 예상치 못했던 소녀. 아까까지만 해도 전혀 다른 방향에서 친구들과 어울리고 있지 않았던가.

빤히 응시하는 슈리아의 눈길을 무어라 느낀 건지 그녀는 얼른 자리에서 일어섰다. 그리고 언제나처럼 우아한 자태로 서서, 고운 음성으로 조심스럽게 말했다.

"고, 고마워요……."

소녀는 바로 오를레앙 공녀였다.

"당신이 왜 여기 있지요?"

머뭇거리는 소녀를 마주하는 슈리아의 눈빛은 싸늘하기만 했다.

"당신을 찾아왔었어요. 갑자기 말이 달려 나갔다기에 걱정이 되어서……."

"그래서 같이 미아가 되기로 하셨나요? 다른 사람들은 어쩌고."

"서둘러 나서다 보니 저도 모르는 사이 길을 잃어버렸어요."

슈리아의 지적에 오를레앙 공녀는 눈을 내리깔며 솔직하게 난처한 얼굴을 보였다. 대단히 걱정이라도 하는 체 말하긴 했지만 결국 그녀도 미아 신세가 아니던가. 더군다나 곰에게 덮쳐져 슈리아에게 구해진 몸이니 생색낼 처지도 못 되었다.

적어도 숲에 생각할 겨를도 없이 조급하게 달려 들어온 건 알겠다. 늘 곱게 다듬어져 있던 금발은 풀어 헤쳐져 흩날렸고 그녀의 값비싼 드레스도 이리저리 찢기고 더러워져 있었다. 구두를 신고 있는 것을 보아하니 딱히 준비하고 온 것 같지도 않았다.

공녀는 수풀을 헤집었다. 그리고 곧 곰에 쫓기다가 떨어트린 등을 찾아 들고 서둘러 말했다.

"이, 이럴 게 아니라 혹시 방향을 알고 있다면 함께 나가요. 여긴 너무 위험해요."

그야 홀로 짐승에 쫓긴 몸이니 위험하다 할 만하지. 어차피 그녀를 내버려 두고 혼자 갈 생각은 없었지만, 슈리아는 확인하듯 물었다.

"당신을 어떻게 믿고요?"

그 말에 오를레앙 공녀가 우뚝 멈춰 섰다. 일생 연기를 할 필요 없는 삶을 살아왔던 탓에 부자연스러운 얼굴로 의문을 지어내는 그녀에게 슈리아는 설명했다.

"날 노리는 이들이 있어요. 그리고 난 그들이 당신과 무관하다고 생각하지 않아요."

"나하고는 상관없는 일이에요!"

"상관없는 일이라고요? 그런데 이렇게 헐레벌떡, 호위 하나 없이 홀로 숲에 들어왔다, 라. 연인에게도 이만한 정성은 아니겠군요."

"내가 온 게 달갑지 않게 느껴질 순 있지만……!"

항변하는 공녀에게 슈리아는 냉담하게 진실을 서술했다.

"내게 무슨 일이라도 생기면 전하께 미움이라도 받을까 걱정했겠지요, 날 걱정한 게 아니라. 왜냐하면……."

슈리아의 입꼬리가 서늘하게 위로 휘어져 올라갔다.

"날 노리는 게 오를레앙 공작가의 하수인들이니까. 그래서 이틀 전 찾아왔던 것 아닌가요?"

순식간에 살얼음이 끼는 듯이 둘 사이에 한기가 감돌았다.

"그건, 그때 일은."

어색하게 찌푸린 표정으로 오를레앙 공녀는 말문을 삼켰다. 익숙지 않은 거짓말을 하기가 어려운 듯 그녀는 눈가를 일그러뜨리며 힘겹게 말을 이었다.

"······나중에 이야기해요. 지금은 그럴 때가 아니잖아요."

"가문의 명예를 생각하자니 얼버무리고 싶겠지. 하지만 난 바보가 아니라서요. 이제 보니 구하러 온 게 아니라, 날 찾아내서 제거하는 걸 도우려고 온 건가요? 그 불빛을 들고 보란 듯이 나다니는 이유는 내가 어디 있는지 알려 주기 위해서?"

날카로운 지적에 흠칫하던 오를레앙 공녀는 서둘러 불을 꺼트렸다. 그녀는 슈리아의 어깨를 붙잡으며 한 번도 본 적 없는 다급한 태도로 잡아끌었다.

"이럴 때가 아니라니까요. 어서 가요! 나와 함께 있으면 누구도 당신을 공격하지 못할 거야."

"목소리나 좀 낮춰요."

슈리아는 순순히 그녀에게 이끌려 갔다. 그녀와 딱 달라붙어 있다면 누구도 활을 쏘진 못할 것이니, 그 말은 일리가 있었다. 검을 휘두르는 건 별수 없겠지만.

그들은 어둠 속에서 수풀을 헤치고 때로는 돌부리에 걸려 비틀거리며 느린 속도로 나아갔다. 그나마 있던 불빛조차 사라지자 순전히 달빛과 별빛에 의지해서 길을 걸어야만 했다.

지쳤다 싶었을 때 누가 먼저랄 것 없이 그들은 평평한 바윗돌 위에 마주하고 앉았고, 어렵사리 숨을 고른 오를레앙 공녀가 먼저 말문을 텄다.

"당신 말이 맞아요. 하지만 난 몰랐어. 우연히 아버님의 집무실에 갔다가 가문의 어려운 일을 도맡아 처리해 준다는 사람을 보았을 뿐이야. 그때 내가 들은 건 딱 두 마디뿐이에요. 사냥터, 그리고 없애야 한다고······."

숨죽인 듯이 고요한 음성이 차게 가라앉은 밤공기를 타고 자리에 고였다.

"아버님은 그것에 대해서 내가 여쭤 보아도 아무런 말씀도 않으셨어. 하지만 난 알아요. 아버님은 요즘 다시 기대를 품기 시작하셨어요. 그리고 내 아버님은 뭐든지 확실히 하길 좋아하시는 분이지요. 불길한 예감이 들어서, 혹시나 싶어 당신을 찾아갔던 것인데……."

음울하게 가라앉은 심정을 반영하듯 깊어진 그녀의 눈동자가 슈리아를 향했다.

"왜 날 만나 주지 않았지요?"

"당연히…… 미래의 황태자비께서 비난하든 자랑을 하든 어느 쪽이건 간에 당신 말을 들어 주고 싶지 않았으니까."

"그 말은, 설마 정말로 끝났다는 뜻인가요?"

이끌어 낸 말을 재확인하려 드는 그녀를 향해 슈리아는 차가운 미소를 지었다.

"당신이 유도신문에 능숙한지는 몰랐는데."

"자, 잠깐. 정말로 끝났다고요? 말도 안 돼!"

그녀의 외마디 소리에 슈리아는 혀를 차며 일침을 가했다.

"소리 낮춰요. 약혼식은 파한 지 오래고, 내가 공식 석상에서 전하와 함께하지 않은 지도 꽤 되었잖아?"

"난 다른 계획이 있어서일 거라고 생각했어요. 지금 날 속이는 건 아니지요?"

의혹 섞인 시선이 반문과 함께 와 닿자 슈리아는 실은 당신의 말이 맞았다고 말해 버려, 그녀를 실망시키고 싶어졌다. 분명 실망하겠지. 그녀에게도 희망이 싹텄을 테니까. 하지만 소녀는 그렇게 하지 않았다.

"끝났어요, 완전히."

다시금 둘 사이에 침묵이 내려앉았다. 오를레앙 공녀는 조심스러운 동작으로 떨리는 손을 모았다. 그리고 고요히 물었다.

"……왜지요?"

더 이상의 소리 높임은 없었으나 오를레앙 공녀는 또렷한 어조로 속삭였다.

"내가 떠나기 전까지만 해도 전하는 정말로 당신을 사랑했어. 나는 그걸 볼 수 있었어. 전하는 결코 감정을 속이시는 분이 아니니까. 그런데 왜."

"당신이 알 바 아니에요. 중요한 건 이제 브리오니아의 차기 황태자비는 당신이란 거지, 모두가 바라 왔던 대로. 기뻐해야 하지 않나요?"

무엇이든 빼앗기는 것은 질색인 슈리아로서는 다소 비꼬는 듯이 말이 나갔다. 황태자비 자리 따위, 그가 주겠다고 하기 전까진 제 것이라 여겨 본 적 없었는데 거의 손에 쥐었던 것이 빠져나가니 속이 뒤틀렸다.

그러나 몹시 상심한 듯 눈을 내리깐 오를레앙 공녀의 입에서 나온 답변은 예상외의 것이었다.

"난 더 이상 그 자리를 바라지 않아요."

그 말에 정말로 놀라서, 슬슬 대화를 멈추려던 슈리아는 묻고야 말았다.

"어째서요?"

금빛 속눈썹 아래 그늘이 깔리자 그녀의 눈동자는 짙은 청색으로 물들었다. 은은한 감상에 젖은 채로 그녀는 가만히 이야기를 꺼냈다.

"공작령으로 내려가 있는 내게…… 누군가 찾아왔었어요. 그리고 슬픔에 빠져 그를 마다하는 내 곁에 머무르며 내 기분이 나아지게 하려고 애써 주었지요. 처음엔 거북해서 밀어내기만 했지만, 다정하게 대해 주는 그와 함께하면서 난…… 차츰 좋아졌어요. 웃을 수도 있게 되었고요. 가문의 일로 떠나게 된 그는, 떠나는 날 내게 말했어요. 오래도록 나를 사랑해 왔다고, 이제는 지켜만 보지 않겠다고요."

그 말을 하면서 공녀는 안쓰럽게 시선을 떨구었고 무어라 표현할 수 없는 얼굴을 하고 있었다.

어려운 추론 과정을 거칠 것 없이, 오를레앙 공녀의 곁에 머무를 수 있을 만한 신분에 그녀를 사랑해 온 남자라면 몇 안 되었고 개중 슈리아가 아는 이는 하나뿐이다.

"스카나덴 소공작인가요."

어쩐지 슈리아를 보고도 특유의 공격적인 태도를 내보이지 않더라니. 원하는 것을 쟁취하니까 너그러워졌던 것일 뿐인가.

"……맞아요."

"그를 받아들이기로 했다는 뜻인가요?"

"아니요! 하지만 노력해 보겠다고 했어요. 이해 못 하겠지만 난 그때 진심이었어요. 그래서…… 상황이 달라졌다고 그를 저버릴 수는 없어요."

애정이라기보다는 신의에 가까운 어조였지만, 무엇을 중시하든 그 마음이 더 크다는 소리나 다름없다. 슈리아는 즉시 비아냥거렸다.

"당신, 꽤 오랫동안 전하를 좋아하지 않았어요? 그런데 그 마음, 참으로 쉽게 변하는군요."

황태자나 그녀나 별다를 것 없이 얄팍하고도 얄팍한 마음이다. 그리도 식지 않을 것처럼 사랑을 호소해 놓고 결국 이런 꼴이라니, 그 덧없음에 비웃음이 절로 나왔다.

오를레앙 공녀는 손을 들어 입가를 감쌌다. 그리고 괴로운 듯이 속삭였다.

"당신은 절대로 이해 못 할 거야. 가장 힘든 순간에 곁에 있어 준 사람이 얼마나 큰 의미가 되어 주는지. 그걸 어떻게 밀어낼 수 있겠어."

당연히 이해가 안 되었다. 다른 이의 손길을 허용하는 그 나약한 마음 따위. 더군다나 그 토로를 그녀를 비탄에 잠기게 한 당사자에게 하는 것도.

다만 그녀가 보이는 마음은 고결하리만치 순수한 빛을 품고 있었다. 한 번도 상처 입어 본 적 없는 양 솔직하기만 하여 이 어두운 숲 속에서도 눈부실 지경이다. 호숫가에 핀 아름다운 금빛 수선화를 본다면, 누군가는 바라보고 때로는 꺾어 가지고 싶겠지만 누군가는 새하얀 눈결을 더럽히듯 짓밟고 싶으리라.

후자에 가까운 슈리아는 비틀린 감정에 사로잡혔다. 이내 제 속에서 피어오르는 어둠을 지워 낸 슈리아는 짐짓 느긋한 투로 답했다.

"글쎄요, 나도 당신과 비슷한 상황이니까요. 내 주위의 모든 사람이 나를 위로한답니다."

데이지만 빼고. 슈리아는 굳이 덧붙이지 않았다. 그러나 오를레앙 공녀는 가녀린 소녀의 태를 벗어 버리고 엄격하게 반론했다.

"당신은 나와는 달라, 분명 당신이 전하의 마음을 다치게 한 것일 테지요."

"어느 모로 보나 내가 버려졌다는 평인데요?"

"전하께서 변명하지 않으셨으니 모두가 그리 믿는 것뿐이에요. 전하는 그런 분이 아니세요. 그렇게 변덕을 부리면서 마음을 돌이켜서, 약속을 저버리고. 그런 분이 아니라는 걸 난 알고 있어요. 그래서 내가……."

오를레앙 공녀는 서둘러 말을 끊었다. 스카나덴 소공작 때문에 황태자를 바라지 않는다고 운운한 것치곤 미련이 철철 넘치는 음성이었다.

슈리아는 화사한 미소를 입가에 올렸다. 그녀의 뇌리에 대단히 이상적으로 각인되어 있을 황태자의 상을 뭉개 주고자 하는 마음이,

……솔직히 들지 않는 건 아니었다.

"하지만 우리는 끝났어요. 그리고 그 끝, 당신도 알다시피 오로지 전하의 뜻으로만 가능한걸요."

그건 네 상상일 뿐이라는 듯이 슈리아는 차갑게 고했다. 그리고 오를레앙 공녀는 침묵을 지키다가,

"당신이 죽어 버렸으면 좋겠다고……."

돌연 얼굴을 싹 굳히고 그런 말을 꺼냈다.

"실은 그렇게 생각한 적이 있어요."

이제 본색을 드러내려는 건가. 그러기엔 공녀는 다시 잠잠히 죽은 기색으로 고개를 수그렸다. 일순 욱해서 감정을 분출한 것을 후회하는 것처럼 보이기도 했다. 그녀의 말과 모순되게도 오를레앙 공녀는 여기에 있었다. 슈리아를 구하려고.

어느 것이 진심이고, 어느 것이 거짓일까. 오를레앙 공녀는 단지 어린 시절부터 길들여진 선한 마음과 가식에 도취해서 이곳에 달려와 의무적으로 슈리아의 죽음을 막으려 드는 것일지도 모른다. 그녀가 살아온 그대로.

실제의 마음은 슈리아 아델트가 죽어 자빠지는 것을 두 눈으로 똑똑히 보고 싶은 것임에도.

슈리아는 확인하려 들지 않으며 다만 말했다.

"대화는 그만, 이제 출발하지요."

말이 끝나기 무섭게 그들은 자리에서 일어섰다.

그래도 이전에 꽤 많이 걸었던 덕에 얼마 지나지 않아 그들은 저 먼 발치서 메아리처럼 울리는 외침을 들었다. 슈리아 아델트와 오를레앙 공녀의 이름을 부르짖는 수색병들.

후자의 이름을 부르는 빈도가 더 높은 것으로 봐선 누구를 더 중요시하는지 빤히 보였다.

"다 왔군요!"

기뻐서 오를레앙 공녀가 앞장서 나섰다. 그리고 이전까지 꼭 붙어 있던 슈리아와 공녀가 약간 거리를 둔 순간, 어김없이 화살이 날아들었다.

촤악! 날카로운 소리를 내며 심장을 노리는 화살이 옷깃을 스치고 지나가도록, 슈리아는 본능에 가깝게 피해 냈다. 기겁한 오를레앙 공녀가 곧바로 비명을 올렸다.

그래, 이래야지. 방심하고 있는 순간이 가장 큰 기회이니.

처음 슈리아를 발견하고 놓친 이후로, 이미 시기적으로 사냥터에서
애먼 화살에 맞아 목숨을 잃은 불운한 소녀라는 그림을 그려 내기엔
늦었다.

그냥 이대로 제거하는 것, 수색병과 합류하기 전 그 짧은 시간 안
에.

그게 그들이 할 수 있는 최선이었다.

여러 대의 화살이 연달아 쏘아지자 모두 피하는 데 한계가 있었다.
거의 살점을 베어 낸다 싶은 수준으로, 하나가 크게 어깨를 스치고 지
나갔다. 화끈한 통증과 함께 피가 줄줄 흘러내렸다.

어지럽지는 않으니 다행히 독이 발려 있지는 않은 듯싶었다. 독을
쓴다면 출처를 추적해 낼 수 있을 테니 섣불리 사용하지는 않을 것이
다.

슈리아를 감싸겠다 말한 오를레앙 공녀는 날아드는 화살에 기가 질
린 듯 새파랗게 질린 얼굴로 굳어 서 있었다.

그녀를 붙들고 위협이라도 해 보면 물러나려나. 슈리아는 간결하게
판단했다. 시야를 가리는 빛을 터뜨리며 달려들다시피 그녀 쪽으로
접근해 등에 숨어 서기까지는 급박하기 짝이 없었다.

오를레앙 공녀는 슈리아가 저를 방패막이로 세우는 노골적인 상황
에 대단히 당황한 듯싶었다. 더 이상 활을 쏘아 댈 수 없게 되자 다가
오는 수색병에도 아랑곳하지 않고 인영들이 모습을 드러냈다.

저 먼발치에서 으악, 하고 습격당하는 소리가 났다. 필요하다면 대
담하게 방해물을 제거하는 자들이다.

다만, 그것이 오를레앙 공녀라면. 상처 입히면 안 될 상대를 두고
조심스럽게 접근하는 적들에게 슈리아가 위협적으로 마법을 날려 댔
지만 영 먹히지 않았다.

앞선 오를레앙 공녀는 저를 다치지 않게 할 거라는 확신은 있는 듯했지만 목숨을 노린 화살이 날아드는 상황에 두려움을 느끼는 것으로 보였다. 그러나 그녀는 바들바들 떨면서도, 슈리아를 떨쳐 내려 하지는 않았다.

그리고 수색병을 살해한 이상 목적을 달성해야겠다는 의식은 더 강해졌을 터였다. 흉흉한 눈길로 한 남자가 공녀를 끌어당기며 동시에 다른 자가 슈리아의 머리를 향해 단검을 날렸다.

이번에도 피한답시고 피했지만 머리카락의 끝이 잘려 나가는 것까지는 막을 수 없었다. 급하게 몸을 튼 반동에 휘청거리는 슈리아에게 암살자가 직접 달려들어 검을 휘둘렀다.

베헤모트를 떠올리기도 전에, 검이 튕겨져 나가는 동시에 암살자의 몸이 두 쪽으로 갈라졌다. 뼈와 근육으로 단련된 인간의 몸이 그리 쉽게 토막 나진 않을진대 그 검은 아무런 저항도 받지 않는 것 같았다.

조금 전까지 살아 숨 쉬던 인간이 한낱 고깃덩이로 탈바꿈하는 무시무시한 압살.

금빛 스피릿이 눈앞에서 일렁이고 있었다. 아무런 징조도 없이 등장한 황태자는 순식간에 오를레앙 공녀를 밀쳐 낸 암살자를 처치하고, 이어 도주를 꾀하는 암살자들을 남김없이 베어 넘겼다.

살려 두어 배후를 찾아내야 한다는 생각은 아예 없는 것 같았다. 그 모든 무자비한 행각을 마친 그는 기사들이며 병사들이 달려와 보고를 올리는 그때까지 단 한 순간도 슈리아를 돌아보지 않았다.

"괜찮아요?"

정신을 차린 오를레앙 공녀가 급히 달려와 핏물에 젖은 슈리아를 감쌌다. 징그럽게 여길 만도 한데, 그녀는 손수건을 꺼내 얼굴을 닦아 주며 죄책감에 젖은 표정을 지었다.

"피를 많이 흘렸나요? 어디 봐요."

"어깨를 조금 다쳤을 뿐이에요. 그리고 내 피가 아니에요."

슈리아는 차분히 응답하며 쓸데없이 잔인한 칼질로 저한테 피를 뒤집어쓰게 한 황태자의 뒷모습을 응시했다. 그는 임무를 마친 양 깔끔하게 검을 집어넣고 지시를 내리고 있었다.

베헤모트의 존재는 아는 이가 몇 되지 않으나, 이미 있다는 게 알려진 이상 꺼내어도 정히 안 될 건 없다. 하지만 숨겨 두는 편이 나았으니 그의 등장이 도움되었다고는 할 것이다. 당사자는 의례상의 감사 인사도 들을 생각이 없어 보였지만.

팔도 아프고 피에 젖은 옷이며 냄새가 찝찝하기 그지없다. 무엇보다도 슈리아는 무척 지쳐 있었다. 황태자와 대화를 나눈 기사 한 명이 달려와 딱딱한 얼굴로 말했다.

"일단 치료 후 조사받으시는 걸로 하겠습니다."

그리고 슈리아와 오를레앙 공녀는 부축을 받으며 나란히 이동해서 황궁으로 옮겨지게 되었다. 나름대로 좋은 대우를 받으면서 조사에 응하던 슈리아는, 하루 만에 이 상황에 염증을 느끼게 되었다.

암살자가 다 죽었으니 사건의 진상을 캐는 건 순전히 피해자가 될 뻔한 저와 오를레앙 공녀에게서다. 황실의 주관하에 벌어지던 사냥 파티에서 일어난 일이니 중요한 사건임은 알겠지만, 슈리아가 무엇을 말할 수 있단 말인가.

추측만으로 오를레앙 공작을 배후로 지목한다는 것은 있을 수 없는 일이었다. 슈리아는 더 이상 황태자비 후보도 아니었으니까.

세일린이 달려와 '왜 네겐 이런 일만 생기는 거니.' 라고 말하며 눈물을 흘렸고, 조사관 앞에서 앵무새처럼 했던 이야기를 되풀이하던 슈리아는 이 상황에 기시감을 느꼈다. 지난번 흑마법사 때와 꼭 같은 경우를 겪고 있지 않은가.

도중에 오를레앙 공작가에서 무슨 말을 할지 모르는 공녀를 정신적 안정을 이유로 빼내려는 시도도 있었지만 모두 무산되었다.

다만 오를레앙 공녀는 가문의 일원으로서 제 본분만큼은 잊지 않았는지 배후를 묻는 말에만큼은 모른다고 확고하게 답해서 그들이 걱정할 거리는 없어 보였다.

앞장서 이 사건에 달려든 오를레앙 공녀의 행동은 의도한 것일지는 모르나 한편으로는 그녀에게 상당히 유리하게 돌아갔다.

지금 이목은 사건이란 사건에는 다 휩쓸리게 되는 이 묘한 소녀, 슈리아 아델트에게 쏟아지고 있는 터였다.

황태자에게서 버려진 슈리아 아델트에게 암살자라니? 그녀에게 숨겨진 무언가가 있었던가. 설마 황태자와의 관계가 끝나지 않은 건?

모두가 그런 가정을 떠올렸고, 유력하게 여겨져야 할 오를레앙 공작가의 이름은 다른 후보들 사이에 눈에 띄지 않게 거론되는 정도였다. 그것은 슈리아를 적극 찾아 나선 오를레앙 공녀의 행동 덕이기도 했다.

그러나 여러 시간 수색을 보냈음에도 슈리아를 찾아내지 못하자 진두지휘해서 사건을 곧바로 해결해 낸 황태자는 정작 사후 처리에 큰 관심이 없어 보였다.

연인이 위험을 가까스로 모면했다면 마땅히 검을 뽑아 들고 신하들을 호령하여 범인 색출에 박차를 가하여야 하지 않던가. 그렇다고 보기엔 황태자의 표정은 너무도 무심했다.

카지스 경에게 조사를 일임하고 여느 때와 다름없이 국정을 돌보기 시작한 그의 행동에 퍼지려던 슈리와의 염문은 또다시 사그라졌다.

나흘이 지났을 때, 겨우 공작저로 돌아가도 된다는 허락이 떨어졌다. 제시카의 연인이기도 한 카지스 경은 슈리아와 친분이 있기도 한 터라 마음이 쓰인 듯싶었다. 그가 그간 꽤 편의를 봐준 편이라 상처도 완전히 치료되었고 조사받는 와중에도 생활은 나쁘지 않았다.

어쨌든 그나마도 머물러야 했던 기간도 끝났다. 따로 떨어져 조사받던 오를레앙 공녀 역시 귀가를 허락받은 터였다.

"미안해요."

돌아가는 자리에서 방에 남아 둘만의 대화를 청한 오를레앙 공녀는 먼저 입을 열었다.

"당신을 죽을 뻔하게 만들어서. 그럼에도 아무것도 말하지 못해서요."

맑은 샘이 넘쳐 나듯 하늘빛 어린 그녀의 두 눈에 눈물이 고였다.

"하지만 오를레앙은 대가는 치를 거예요. 그래야만 해요. 어떤 식으로든. 그러기 위해서 난…… 황태자 전하를 만났어요."

오를레앙 공녀의 말은, 울림을 싣고 퍼졌다. 슈리아는 감흥 없이 그녀의 말을 들었다.

"당신의 일로 내게 화를 내시지 않을까 했는데, 전하께서는 그저 알겠다고만 하시더군요. 그래서 난 물을 수밖에 없었어요. 당신과 정말로 끝나 버린 것이냐고요. 전하께선 나와 그런 대화를 할 이유가 없다고 하셔서…… 난 화가 났어요. 우습게도요."

아마도 내겐 그럴 자격이 있다고 생각했나 봐요. 그녀는 섬세한 눈매를 아래로 내리며 씁쓸하게 속삭였다.

"그래서 따지고 들었지요. 날 버리고, 그녀를 선택하셨으면서 고작 이거냐고. 이렇게 될 거면서 왜 내겐 그렇게 말씀하셨었느냐고, 전하께서 정말 진심이라고 생각했기 때문에 물러났던 거라고. 나를 바보로 만들지 말고 행동을 확실히 하시라고요. 약혼까지 발표해 두고 이러시면 웃음거리밖에 되지 않는다고도 했지요. 참으로 많이…… 무례를 저질렀어요."

그야말로 그녀답지 않은 의외의 언사라 눈썹을 치켜 올리는 슈리아를 두고 오를레앙 공녀는 담담히 말했다.

"전하께선 화를 내지 않으셨어요. 그런데…… 이상한 말씀을 하시더군요."

문득 고개를 든 그녀의 눈이 꿰뚫듯이 기묘하게 빛났다.

"진심이기에 타협할 수 없다고, 하셨죠."

그녀의 말이 떨어지기 무섭게 침묵이 그 자리를 휘돌았다. 그녀의 말이 지독하게 무겁게 와 닿아 슈리아는 이번에도 가벼이 여기며 비웃지 못했다.

검고 어두운 늪 속에 빠져드는 것처럼 형용할 수 없는 감각. 빠져나올 방법 모를 나락에 잠겨서 안개를 헤집어 내는 양, 틀림없이 그러한 심정이리라. 산산이 깨어지지 않기 위해 단단히 세운 벽이 느껴져 왔다.

"무슨 일이 있었는지 난 몰라요. 당신도 말해 주지 않을 테지요."

순식간에 그녀의 얼굴이 굳어졌다. 상냥하여 머리 위에서 나부끼던 봄꽃 같은 그녀는 자취도 없이 사라지고 지금 여기에는 겨울바람이 부는 듯이 차가운 오를레앙 공녀가 있었다.

"내가 아드리안을 택한 건 당신에게 말한 이유 외에도 다른 이유가 있어요."

그녀는 섬뜩하게 느껴질 만한 눈빛으로 똑똑히 선언했다.

"난 당신 빈자리나 채워 넣으려고 존재하는 건 아니야. 내게도 자존심이 있고, 긍지가 있어요."

"……."

"당신이 죽길 바랐지만, 당신이 죽는다고 해도 달라지는 건 없어."

그녀는 감정이 밀려 올라오는 듯 이내 애달픈 얼굴이 되어 나직이 털어놓았다.

"나를 사랑하지 않는 전하라도 곁에 있고 싶었지만, 더 이상 그럴 수 없게 되어 버렸지. 그렇다고 그 자릴 아무에게나 양보할 순 없어. 그러니까 당신이 차지하라고요!"

뒤는 거의 윽박지르는 것이나 다름없었다.

"……당신한테서 응원받게 될 줄은 몰랐는데."

잠시 후 슈리아가 단지 그렇게 답하자, 오를레앙 공녀는 속삭였다.

"당신은 사실 아무것도 하지 않았잖아. 붙잡으려고도 하지 않았겠지. 늘 그렇게, 아무것도 하지 않고 서서 전하의 사랑만을 받아들여 왔으니까."

화살촉에 쿡 찔리는 듯이 실로 정확한 유추라, 슈리아는 부인할 수 없었다. 한숨을 내쉰 오를레앙 공녀는 말을 마쳤다.

"한 번이라도 좋으니까 당신도 노력을 해 봐요. 당신 주변의 모두가 그걸 원할 거야."

그 말 또한 진실이리라. 슈리아는 그러나 순순히 고개를 끄덕이진 않았다. 애초에 남들이 원하는 것을 이루기 위한 삶은 슈리아에게 존재하지 않았다. 불현듯 입을 가린 오를레앙 공녀가 놀란 표정을 지었다.

"나 좀 봐! 지금 생각해 보니 전하께 너무 불손했네요, 어쩌지요?"

오를레앙 공녀는 달아오른 얼굴로 뺨을 감싸며 이제 안절부절 걱정하기 시작했다. 그녀를 물끄러미 본 슈리아는 등을 돌려 자리를 파했다.

저택으로 되돌아가면서 단 한 번도 오를레앙 공녀의 말을 의미 깊게 되새기거나 떠올리지는 않았던 터였다.

그로부터 며칠 후 갑작스럽게 오를레앙 공작이 건강상의 이유로 고위 귀족회의 코르테스의 수장 자리에서 물러났다는 소식이 들려왔다.

아마도 그것이 공녀가 말한, 오를레앙이 치러야 할 대가였으리라.

어린 시절부터 제 적을 모조리 처단한 냉혹한 황태자가 훗날에라도 제 권위에 도전한 오를레앙을 그냥 내버려 둘 리가 없으니 어떤 면에서 보자면 오를레앙 공녀의 고해는 오히려 가문을 보존케 하기 위한 바람직한 처사라 할 것이다.

오를레앙 공작의 갑작스러운 퇴진에 사교계는 떠들썩해졌지만, 오를레앙 공작이 '정말로' 지병을 이유로 영지로 돌아가 버리자 솟구치던 의혹도 그럭저럭 납득으로 변해 갔다.

그리고 이어서 코르테스의 수장으로 임명된 건 공교롭게도 위켄하이저 공작이었다. 목숨의 노림을 받은 슈리아에 대한 보상이라 할 만했다.

범인을 유추할 수 있을 법한 이번 일로 혈연적으로 가까운 위켄하이저 공작과 오를레앙 공작 사이가 다소 경직되기는 했으나, 귀족가의 이해관계란 감정으로 돌아가지는 않는 법이다.

두 가문이 밀접한 관련이 있는 만큼 위켄하이저가 코르테스의 수장 자리를 차지한다고 해서, 오를레앙에 해가 될 건 없었다.

다만 오를레앙 공작은 꽤 속이 쓰릴 터였다. 목표한 슈리아의 목숨도 앗아 가지 못했고, 슈리아가 속한 위켄하이저에 고스란히 권력을 전이해 주게 되었으니.

결과적으로 제게 이득인 쪽으로 일이 결말지어졌지만, 슈리아는 새삼 오를레앙 공녀의 말에 의심을 품었다. 분명 적절한 보응이 돌아온, 불만을 품을 일 없는 결말이긴 하다. 그러나 황태자가 슈리아에게 마음이 남아 있다면?

사랑하는 소녀의 목숨이 위협당했는데, 귀족들의 권력 관계를 조율하고 제 측근에 힘을 주는 정치적이고 지극히 이성적인 처결이 어떻게 가능할 수 있을까.

부정적으로 생각해 보던 슈리아는 문득 깨달았다. 황태자가 진실로 슈리아의 목숨이 위험했다고, 여겼을 리 없다는 것을.

그는 이제 슈리아 아델트가 진정 누구인지 알고 있으므로, 고작 암살자 따위에 위험해질 소녀가 아니란 것 또한 분명히 깨닫고 있으리라.

사실 그의 마음이 어떻건 간에, 슈리아는 딱 떨어지는 계산처럼 확실한 것을 좋아했으므로 황태자가 끝을 내 주길 바랐다. 이를테면 새로이 황태자비 간택을 시도한다든지, 슈리아 아델트와 혼인하는 일은 없을 거라고 명백히 밝힌다든지.

그러나 황태자는 여전히 아무것도 하지 않아서 슈리아는 사교계에서 자신의 위치를 점점 애매하게 느꼈다. 또한 황태자의 그 공정한 냉대로 흡사 처음부터 없었던 존재처럼, 혹은 기억해 내기 싫은 존재처럼 취급받는 기분마저 드는 것이다.

　오를레앙 공녀는 공식 석상에서 스카나덴 소공작과 함께하는 모습을 보여, 황태자비에서 멀어져 갔고 사교계에서는 이제 새로운 후보들을 거론하고 있었다.

　다만 숨겨진 속사정을 파내길 좋아하는 그들에게도 황태자와 슈리아의 관계는 여전히 미궁이었다. 그건 당사자인 슈리아에게도 그러했다.

　이러다가 에리카 클라인이나 메릴린 아반튼이 뜬금없이 황태자비가 되는 건 아닌가. 도무지 미래를 예측하기가 어려웠다.

　방 안에서 골몰하다 지지부진한 상황에 답답함을 느낀 슈리아는 점심을 먹고 소화도 할 겸 테라스로 나아갔다. 이제 날이 쌀쌀해져서 숄을 꼭 여미고 있는데도 약간 추웠다. 그나마 상쾌한 기분을 가져다주는 서늘한 공기를 쐬고 있는데 문득 세일린이 나타났다.

　이제는 완전히 몸이 무거워진 탓에 일을 줄인 그녀는 둥그렇게 부푼 배를 감싸 안고 있었다. 한두 달 후쯤이면 건강한 아이가 태어날 것이다. 비록 임산부의 심적 안정을 해치는 일련의 사태를 수차례 겪어 내긴 했지만, 그녀에게서는 여전히 활력이 느껴졌다.

　"추운데 이런 곳에 다 나와 있었구나."

　"세일린이야말로요. 몸은 괜찮으세요?"

　"그래, 내가 나이가 있다 보니 내심 걱정이 되었는데 이대로라면 문제없이 낳을 것 같다고 하더구나. 그보다 슈리아, 생각할 게 많니?"

　"네, 아무래도."

　양육자에게 지나치게 냉정한 인상을 주지 않기 위해 슈리아는 실연의 고통으로 번민하는 체하기로 했다.

"전하께서 아직 아무 말씀도 하지 않으셨으니 그럴 만도 하지. 너야 함부로 말을 꺼낼 수 없을 테고. 나도 너와 인연을 맺고 싶다는 귀족 영윤들의 청을 거절하느라 애먹고 있단다."

살풋 웃는 세일린에게, 슈리아는 고요히 답했다.

"받아들여도 상관없어요. 전, 충분히 오래 기다렸으니까요."

이젠 더 이상 예를 지킨답시고 수절하는 양 모든 인연을 뿌리칠 필요는 없었다. 슈리아 아델트에겐 나름대로의 삶이 있으니까. 슈리아를 물끄러미 보던 세일린이 가만히 입을 열었다.

"슈리아, 있잖니. 막 제도로 올라와 아카데미에 입학했을 당시에 난 미모도 그리 뛰어난 편이 아니고, 신분도 초라해서 가진 게 별로 없었단다. 하지만 웬걸, 이런 소리를 하긴 쑥스럽지만 날 좋아하는 사람이 꽤 많았어. 안토니는 그중 한 명 정도 되었지."

갑자기 옛이야기를 꺼내며 잘난 척하기 시작한 세일린을 보고 슈리아는, 임산부의 변덕이려니 생각했다.

"어떤 아이들…… 이야기는 들었겠지만 레이나도 그랬고, 날 싫어하는 사람도 많았단다. 내세울 거라곤 괜찮은 성적밖에 없는 시골 출신 주제에 고개를 뻣뻣이 들고 다닌다고. 글쎄, 난 확실히 겸손하고 고분고분한 성격은 못 되었거든. 말괄량이라고는 할 수 없지만, 자기주장이 강한 편이었단다."

"세일린은 세일린이니까요."

그때나 지금이나. 그런 성격이었기에 홀몸으로 핀테른을 다스리면서도 꿋꿋이 견뎌 냈으리라. 세일린은 눈을 빛내며 웃어 보였다.

"물론 난 변변찮은 귀족 영애였지. 하지만 그럴싸한 성적 말고도 내가 가진 것이 또 하나 있었단다. 그건 자신감이지. 나는 사랑받아 마땅하다는 자신감. 내가 이만큼이나 열심히 살고 있고, 제대로 나아가고 있는 괜찮은 사람이니까, 누군가 날 좋아할 만하다는 자신감. 그게 내가 쟁쟁한 제도 귀족들 사이에서도 당당할 수 있었던 이유 같기도 해."

호응하듯 조용히 고개를 끄덕거리자 세일린은 목소리를 진지하게 낮추었다.

"그 자신감을 난 네게서도 보았단다. 제도의 사교계에서도, 넌 위축되지 않고 늘 당당했지. 나와는 비교도 할 수 없이 우아하고 세련되게 잘 해냈어. 난 그런 네가 자랑스러웠단다."

"……."

"그런데 요즘의 너는 그렇지가 않아. 넌 조용하긴 하지만 결코 소극적인 아이는 아니었어."

"전 겁쟁이처럼 굴고 있지 않아요."

무슨 말을 하려는지, 가닥을 짚은 슈리아가 곧바로 반박했다. 세일린은 고개를 저으며 말했다.

"그렇다면 왜 아직도 여기에 멈춰 서 있는 거니, 아무것도 하지 않고."

"제가 멈춰 선 게 아니에요. 전 기다리고 있었어요. 전하께서 답을 주실 때까지요."

"그러면 전하께서 영영 답을 주시지 않으면, 언제까지고 기다릴 거니?"

답답하다는 듯이 말하자, 슈리아는 목소리를 낮춘 채 어쩔 수 없다는 투로 속삭였다.

"이미 끝났는데…… 전하께서는 인정하기 어려우신가 봐요."

알 것 같았다. 기만당해 마음을 쏟아부은 자신을 인정하기 어려운 것인지, 아니면 그 모든 시간이 무용했다는 걸 인정하기 어려운 건지, 자존심이 너무도 상해서 모든 걸 잊어버리고만 싶은 건지…….

어쨌든 황태자는 인정하지 않고 있었다. 이 결별을. 그리하여 끝이 났다고는 조금도 언급하지 않는 것이다.

안쓰럽게 눈을 깜빡이던 세일린이 신중하게 물었다.

"전하께서 끝이라고 말씀하셨니?"

"아니요, 하지만 그런 것이나 다름없어요."

"그렇다면 네가 끝을 내렴."

슈리아는 불현듯 눈을 들어 한없이 진지한 표정을 짓고 있는 세일린을 바라보았다. 그녀라면 황태자와의 사이를 돌이키라고, 그를 설득해 보라고 말할 줄 알았는데. 그것이 슈리아 아델트의 미래에 더 바람직한 일이니까.

"네 방에서 반지를 보았단다. 그걸 돌려 드리면서 그동안 감사했다고, 정중하게 말씀드리고 이별을 고해."

"화를 내시면요?"

도리어 부추기는 세일린을 보며 슈리아는 약간 혼란스러웠다.

"화를 내신다 한들 널 해치기라도 하겠니? 너도 이러고만 있기 답답하잖아."

그 말이 순간 설득력 있게 박혀 왔다. 슈리아에겐 그가 공격하지 않을 거라는 확신은 있었던 터였다.

세일린의 말대로 제가 행동하는 게 나을지도 몰랐다. 그의 마음이 변하지 않는다면 그의 곁에 있겠다고, 슈리아는 약조한 바 있으니. 그걸 깨려면 그의 마음이 변했다는 확언도 필요했다.

그의 대답을 듣고, 이왕이면 앞으로의 조처까지 다 말하고 아예 끝을 보자. 혹한 마음은 이제 확연한 결정으로 변해 갔다.

머뭇거릴 필요는 없었다. 순방을 떠난 것도 아니니 황태자는 황궁에 머무르고 있을 것이다. 근래 사건이 터졌다는 이야기를 들어 보지 못한 만큼 시간이 없지도 않으리라.

그런 계산으로 머리를 굴리며 방에 돌아간 슈리아는 서랍 속에 넣어 둔 반지를 꺼내 들었다.

블루 다이아몬드. 커팅 된 단면마다 스며든 빛이 굴절되어 속에서부터 투명하게 반짝이고 있었다. 고귀한 바다의 빛을 품은 반지는 처음 받았을 때와 다름없이 아름답고 푸르렀다. 그때와는 아무것도 달라지지 않은 것처럼.

다이아몬드란 영원을 의미한다지. 슈리아는 냉소적으로 생각했다.

혼약을 맺기도 전에 깨어져 버린 관계에 어떻게 감히 영원이란 단어를 들먹일 수 있단 말인가. 잠자코 반지를 챙겨서 갈무리한 슈리아는, 채비를 마치자마자 황궁으로 향했다. 정말로 내친김에 모든 걸 뿌리 뽑을 참이었다.

그러나 결심이 무색하게도 슈리아는 황태자궁 입구에서부터 가로막혔다.

"내 말 안 들리나요? 슈리아 아델트가 전하를 뵙고자 한다고 전해 줘요."

"글쎄, 전하께선 바쁘시니까 정식으로 알현 절차를 밟고 오시라니까요."

새롭게 황태자궁에 배정된 것처럼 보이는 슈리아 또래의 소녀는 가소롭다는 듯이 말했다. 한번 황태자에게 매달려 볼 참이냐는, 비웃는 눈길이었다.

아무래도 그녀는 모 귀족가의 여식으로 보였는데, 슈리아의 일 이후 황태자비 자리를 노리고 시녀로 집어넣었다는 이들 중 하나로 보였다. 그러니까 협조적일 리 없다.

안 되겠다 싶은 슈리아는 제 일로 득을 본 위켄하이저의 이름을 팔아먹기로 했다.

"위켄하이저 공작의 일이라고 전해 주세요."

그 말 앞에 건방지게 굴던 시녀는 굳은 표정을 지었다. 노골적으로 싫은 내색을 하긴 했지만 공무라면 그녀가 함부로 쳐 낼 수 없는 문제였다. 거기다가 이번에 코르테스의 수장이 된 위켄하이저 공작의 일이란 건 상당한 무게를 가졌다.

"……잠시만 기다려 주세요…… 어머, 시녀장님!"

호들갑스럽게 반응하는 시녀를 어느새 다가온 에나파 시녀장이 엄한 눈초리로 쳐다보았다.

"손님께 어찌 그리 불손한 태도를 보이지요? 시녀의 본분을 잊지 않았으면 하는군요. 저녁에 업무를 마치고 날 찾아오도록. 이만 가 보세요."

시녀는 풀 죽은 얼굴로 네, 하고 답하고 사라져 갔다. 그 와중에도 슈리아한테 못마땅한 눈총을 보내는 걸 잊지 않은 터라, 슈리아는 그녀의 얼굴을 머릿속에 새겨 두었다. 언젠가 대가를 치르게 하리라.

에나파 시녀장은 제가 다스리는 시녀에게 보인 태도와 구별되게 이 손님에게 깍듯하게 고개를 숙였다. 그러나 그녀의 입에서 나온 소리는 슈리아의 의도와는 정반대였다.

"아델트 영애, 유감스럽게도 전하께서는 누구도 만나지 않겠다고 하셨습니다."

느닷없이 벽에 가로막힌 듯하여, 슈리아는 의심스레 물었다.

"제가 온 걸 알고 계시나요?"

곤혹스러운 듯 눈썹을 치켜든 그녀에게서 대답이 느릿하게 흘러나왔다.

"……네."

"그래도 만나지 않겠다고 하시는 거군요."

"예, 유감입니다. 오늘은 돌아가 보셔야 하겠습니다."

다음에 기회가 될 때, 따위를 예의상으로 읊조리는 그녀가 더 안타까운 기색이었다.

늘 냉정하고 공적으로 굴었던 에나파 시녀장인데, 어쩐지 슈리아를 돌려보내야 하는 걸 내키지 않게 생각하는 듯싶었다. 능숙한 시녀장답게 손님의 비위를 맞춰 주려는 걸지도 모른다. 그럼에도 슈리아는 잠시 말문이 막혔다.

기가 막히는 일이지. 아예 만나지조차 않겠다니! 제가 벌레도 아닌

데 닿기는커녕 접근하는 것조차 막아 내는 것에 불쾌감이 확 치솟았다. 슈리아는 싸늘하게 선언했다.

"다음은 없을 거예요."

그리고 품에서 반지가 든 상자를 꺼내, 주저 없이 에나파 시녀장에게 내밀었다.

"전하께 전해 주세요. 그리고 전하의 뜻은 잘 알았으니 기꺼이 받아들이겠다고도."

"아델트 영애, 이건……."

손사래를 치려는 에나파 시녀장에게 굳이 상자를 쥐여 준 슈리아는 차분한 목소리로 마지막을 고했다.

"그러면 안녕히."

이제는 정말로 끝이었다.

황태자궁 앞에서 주저 없이 돌아선 슈리아는 바로 공작 저택으로 되돌아왔다. 한순간 바닥을 쳤던 기분은 조금 상향을 타서 높지도 낮지도 않은, 서늘한 공기로 머물렀다.

속내에선 거센 충동이 들끓고 있을지라도 슈리아는 감정을 최대한 제하며, 오직 이성만으로 제가 원하는 결말을 모색했다. 정말로 끝이라는 걸 표 내기 위해선 어떻게 해야 할까.

명명백백하게, 누구나가 그들이 끝났다는 걸 알 수 있는 방법으로. 그렇다면…….

갈등은 초 단위도 소요하지 않았고 슈리아는 일말의 망설임도 없이 바로 결정지었다. 요 며칠 앞으로의 향방을 생각하면서 선택할 수 있는 하나의 길로 염두에 두었던 바로 그것.

핀테른으로 돌아가야겠다.

공간을 분방하게 휘젓던 선이 한곳에서 이어지듯 모든 엉클어진 가닥들이 명료하게 정렬되었다. 그 문장이 선명하게 새겨져 이제 다른 방도는 생각나지 않았다.

일련의 사태가 잠잠해지는 그때까지, 오를레앙 공녀가 그러했듯이 떠나가 있는 것. 빠른 시일 내에 출산하게 될 세일린의 곁에 있어 주지는 못하겠지만 슈리아가 곁에 없는 편이 그녀로서는 분란에 덜 시달리게 될 터.

제도의 생활에 익숙해졌다고는 하나 슈리아에게 핀테른만큼 익숙한 곳은 없었다. 나고 십 년 넘는 세월을 자라 온 장소, 거기서 재기를 꿈꾸는 것도 나쁘지는 않으리라.

어차피 황태자와 틀어진 순간부터 슈리아는 삶을 다시 시작해야 했다.

무엇보다 핀테른에 장시간 머물렀다 온다면 어린 나이에 찾아온 깊은 실연을 극복하고 온 것으로 여겨져 당장 사교계에 얼굴을 들이미는 것보단 관대한 평을 들을 수 있지 않겠는가.

분명 오늘 일을 보고 들은 이들이 있을 터, 주제도 모르고 황태자에게 매달린다거나 하여 표적이 되는 일은 이제 지겨웠다.

그 생각을 하자 점점 결심은 반려의 여지도 없게끔 확고해졌다. 슈리아는 걱정스러운 얼굴로 전전긍긍하고 있던 세일린에게 곧바로 말했다.

"핀테른으로 떠나겠어요. 그게 저를 위한 길 같아요."

상의가 아니라 통보, 그 차이를 분명 인지한 세일린은 눈을 크게 떴다.

"슈리아, 그렇게 성급하게 결정할 건 없어. 조금만 기다려 보면……."

역시, 그녀는 슈리아가 직접 나서면 무언가 달라질 줄 알았던 것 같다. 그녀는 슈리아와 황태자가 결별하게 된 사건의 전말에 대해서는 아무것도 모르니까. 그토록 열렬했던 사이가 그리 쉽게 끝장난다는 걸, 부자연스럽게 느끼지 않았을 리 없다. 세일린도 황태자를 보았으므로.

하지만 앞으로도 황태자는 반응하지 않을 것이고, 지금과 같은 무시로 일관할 터였다. 겉보기에 초라해지는 건 슈리아 아델트일 뿐이다.

사교계에서 닥쳐올 그 고난들, 무시와 비웃음의 시선. 알고도 구태여 겪어야 할 필요가 있을까?

슈리아는 남을 짓밟는 건 몰라도 제가 당하는 데는 취미가 없었다. 하지만 적어도 세일린에게만큼은 냉정한 판단을 내보이기보단 가련한 조카딸 흉내를 내 줄 필요가 있다.

"세일린, 저와 전하는 정말로 끝난 거예요. 전 그저 매듭짓고자 했을 뿐인데, 전하께서는 그마저도 허락해 주시지 않네요."

슈리아는 심적으로 괴로움을 느끼는 듯이 눈을 찡그려 보였다. 세일린은 슈리아의 보호자였고 그녀를 납득시키려면, 연기가 좀 필요했다.

"무슨 오해가 있었던 거니. 난 도무지 어떻게 된 일인지 모르겠어. 그리 쉽게 돌아설 분은 아니라고 생각했는데."

"오해랄 것도 없어요, 그저……."

슈리아는 대답을 꺼내기도 힘겨운 양, 말꼬리를 늘였다.

"……전하의 마음이 변했어요."

그건 사실이기도 했고, 모두의 앞에서 어디까지나 피해자는 자신이어야만 했다. 그렇다고 진실로 피해자인가 하면, 선뜻 긍정하기엔 슈리아에게도 걸리는 구석은 있었다.

"어쩜, 세상에."

탄식하며 세일린은 이마를 짚었다. 황태자에게 다른 누군가가 있는 거냐고 묻고 싶어 하는 눈이었으나 세일린은 차마 그 말을 입 밖에 꺼내지 못했다.

단 한 번도 황태자가 완전히 돌아섰다고 생각한 적 없는 그녀였고 그것이 그녀가 보았던 황태자였다. 모두가 우려하며 그녀에게 답을 찾았지만 그때마다 미소로 넘길 수 있었던 까닭은 그러했다.

슈리아는 지친 듯이 가라앉은 목소리로 토로했다.

"그러니 이해해 주세요. 쉬고 싶어요."

어쩌면 상처 입은 것처럼 보일 수도 있으리라. 그리고 슈리아의 의도는 제대로 맞아떨어져 세일린은 곧 자신이 상처 입은 듯한 얼굴로 무겁게 고개를 끄덕였다.

"지금 바로 핀테른에 전갈을 보내 두마……. 언제쯤 돌아올 거니?"

이대로 영영 상처 입어 안온하고 평화롭기만 한 영지에 마냥 머물고자 하는 것은 아닌지, 세일린은 걱정스럽게 물었다.

"글쎄요, 마법 아카데미 진학 문제도 생각해 봐야겠고. 연락은 계속 할게요."

곁에 있어 주지 못해서 미안해요, 라며 그 와중에도 자신을 챙기는 말에 세일린은 말을 잇지 못했다. 그 반응조차도 예상하고 있던 터였다. 세일린에게는 이리도 간지러운 말이 쉬운데 왜 다른 누구에게도 그러기가 어려운지 슈리아는 새삼 의문을 품었다.

그대로 방으로 돌아간 슈리아는 제니에게 일러 짐을 싸기 시작했다. 주인 아가씨가 고향으로 떠나간다고 하니 제니는 경악한 표정을 지었지만, 그러면서도 할 일에 충실해서 열심히 짐을 싸는 것을 도왔다.

딱히 거기서 사교 생활을 할 것도 아니라 대강 가져갈 셈이었지만, 핀테른은 시골이니까 아무리 발전했다고 쳐도 제대로 된 드레스를 구하기 어려울 거라고 세일린이 말해 왔다.

제도에서 산 입어 보지도 않은 수많은 드레스를 펼쳐 보다 문득 개중 몇 벌에 시선이 닿았다.

황태자가 선물한 것들……. 아마 어디서든 두 번 다시 입지 못할 테지.

그러나 워낙 고가의 보석들이 주렁주렁 매달려 있었던 탓에, 혹시 궁해지면 팔아 버릴 셈으로 슈리아는 그것들도 챙기도록 지시했다.

대마법사가 된 이후로 넘칠 듯이 부유하게 살아온 아마르잔이었으나, 다시 태어나서 빈곤한 살림의 귀족 영애로 살다 보니 별거에 다 알뜰살뜰해진다.

간소한 짐은 챙겨서 마법진을 타고 이동하고 나머지 짐들은 마차로 보내는 게 나을 것 같았다.

마법진을 통한 이동은 사람 하나 이동시키는 것도 비싼 편이라서 어지간하면 잘 이용하지 않는다지만 위켄하이저 공작가라면야 그 정도쯤은 아무런 부담도 되지 않는다.

구석진 지방의 경우 제도에서 일방으로 보내지는 것만이 가능했다. 왜냐하면, 그쪽에 마법사가 없으면 다시 마법을 통해 제도로 오는 것이 불가능하기 때문이다.

그리고 핀테른이 속한 퀸른은 제도와 교류가 많다거나, 혹은 마법사가 많이 사는 지역도 아니었다.

그러니까 가면 일단 돌아오는 것 자체가 어렵게 고립되어 버리는 것이다. 슈리아에겐 해당 사항이 없는 이야기였지만 슈리아 아델트는 대외적으로 이동마법을 쓸 수 없는 풋내기에 불과했다.

이 김에 정말 마법 아카데미에 가서 마법사의 길을 제대로 밟아 볼까. 슈리아는 약간 혹하는 마음이 들었다. 그 길로 성공할 때쯤이면 황태자와의 염문을 부록처럼 달고 있는 보기 드문 미모의 여마법사라고 하여 더욱 주목받을 것이다.

그 정도라면 황태자비라는 엄청난 명성과 지위가 따르는 자리를 놓쳐 버린 대가로 누릴 만한 것이었다.

그러다가 아마르잔이 자신의 제국에서 활개를 치고 다니는 것을 보다 못한 황태자가 나선다면, 그때는 이전부터 바라 왔던 대로 진정한 의미에서 끝을 내리라. 슈리아의 눈이 일순 차갑게 번뜩였다.

일련의 살벌한 사고 과정에도 개의치 않고 대략적으로 짐을 싸고 났을 땐 어느덧 밤늦은 시각이었다.

친구들에게 인사를 남기라는 제의를 물리치고, 슈리아는 내친김에 아예 다음 날 오전 중에 바로 떠나가기로 했다.

보나 마나 사실을 안 데이지가 발목을 붙들고 늘어지며 피곤하게 징징댈 게 분명했기 때문이다. 그런다고 해서 달라지는 건 없을 테니까. 가서 편지를 쓰면 섭섭하더라도 이해할 것이다. 슈리아가 그간 사교계에서 겪은 냉대는 평범한 소녀였다면 이겨 내기 힘들 만한 종류였으니.

모두 결정하니 마음은 홀가분하기만 했다. 그러나 의식 한편에는 아직도 불길한 예감이 남아 있었던 모양이다.

잠자리에 든 슈리아는 창을 따라 스며드는 달빛의 길을 거슬러 올라가는 것처럼, 오래전 과거로 점차 이끌리듯이 뻗어 갔다.

그래, 과거…… 슈리아 아델트가 아마르잔이었던 그때로.

※

"아마르잔, 무슨 생각을 하고 있어요?"

교태로이 눈을 접으면서 다가온 카리나에게 언제나 그렇듯이 검게 죽어 있는 그의 눈이 향해지는 일은 없었다. 그 무심한 옆얼굴이야말로 카리나를 죽도록 애타게 만드는 그것이었다.

그러나 그 완벽하여 감정이 존재하지 않는 듯한 얼굴과는 별개로, 그의 입에서 흘러나온 말에는 미세한 감탄이 묻어 있었다.

"아름다운 도시로군."

열기마저 띤 기색으로 아마르잔은 이제 곧 제 앞에 바쳐질 도시, 아나함을 바라보았다.

고풍스러운 건물들이 줄지은 거리는 질서정연하고 깨끗하며 대로는 훤히 닦여져 있다. 고급스러운 조각상이며 벽 문양은 상업도시답게 특색 있게 아름다웠고 중앙에 대리석으로 만들어진 성은 첨탑에 달린 거대한 홍색 수정과 어우러져 정점을 마감하듯 눈부신 풍광을 자아냈다.

중부대륙과 북부를 연결하는 이 격조 높고 거대한 항구도시는 아마르잔에게 기꺼이 복속될 것을 청한 성주 덕에 온전하게 아마르잔의 손아귀에 들어왔다.

그 사실에 얼어붙은 심장도 드물게 감흥을 누리며 뛰고 있던 참이었다.

영지 앞에 다다른 그들에게 온몸을 가리는 온통 하얀 베일을 쓴 여인이 행렬을 이끌고 다가왔다. 그 많은 호위병이 하나같이 긴장한 듯 온통 손에 힘을 주고 선 것을 보니, 상당한 신분의 여인이리라.

"북대륙의 패자, 아마르잔을 뵈옵니다."

베일 사이로 흘러나온 음성은 아침결의 새소리처럼 곱고 맑았다. 고개를 조아림에도 당당한 자태며 기품이 범상치 않아, 아마르잔은 무심한 기분을 벗고 물었다.

"너는 누구지?"

그 질문에 카리나가 돌연 사나운 기색을 떠올렸다. 고요히 고개를 들어 올린 여인은 나긋한 손끝으로 베일을 잡아당겼다.

흰 베일 자락이 하늘하늘 떨어져 내리며 눈결처럼 희고 반듯한 이목구비가 유혹적인 향처럼 드러났다.

북해에 떨어지는 태양의 시린 빛을 담은 듯한 백금색 머리카락이 비단을 떨치듯 어깨를 타고 흘러내렸다. 겨울 하늘을 비추는 회청색 눈동자는 검날처럼 예리한 빛으로 반짝였다.

부드러운 선의 눈매를 곱게 휘며 그녀는 다시 한 번 공손하게 고개를 조아렸다.

"제가 바로 이 아나함의 성주 에일리아 바트만이옵니다."

성주가 여자였다니……. 그것도 아마르잔에게도 일순이나마 감흥을 줄 만큼, 아름다운. 홍미를 느낀 아마르잔의 입꼬리가 비틀리듯 끌려 올라갔다.

"내게 복종하기로 한 것이 그대였나."

"그러합니다. 성심껏, 모시겠으니 부디 저를 따라 주시길 바랍니다."

에일리아는 은은한 미소를 지어 보였고, 고개를 끄덕이던 그때의 아마르잔이 새파랗게 질린 얼굴로 이를 바득 가는 카리나의 태도를 새삼 신경 쓸 리 없었다. 그녀는 늘 아마르잔의 눈길이 닿는 모든 것에 질투를 보이곤 했으므로.

가문이 대대로 아나함을 안정적으로 지배해 온 덕에 전란을 겪지 않고 지배계층으로서의 고상한 품성을 갖출 수 있었던 에일리아는 지성과 교양이 넘치는 여자였다.

말투며 몸짓 하나하나에는 기품이 묻어 나왔고 안목 또한 높아서 아마르잔을 모시는 데 부족함이 없었다. 고귀한 태생과 빼어난 미모라. 아마르잔은 고가의 예술품 같은 그녀가 꽤 마음에 들었다. 예컨대 특별하고 진귀하여 자신의 격조를 높여 주는 장신구 같은 것이다.

총명한 그녀는 누구보다 유의하여 북대륙의 판도 변화를 읽었고 재빠르게 아마르잔에게 복종을 바치기로 했다. 그것이 가진 바 무력이 뛰어나지 않은 성주로서 마땅한 처사였다.

그만한 신분에 미모를 갖췄으니 콧대가 높을 만도 한데 에일리아는 아마르잔 앞에서는 한없이 나긋나긋하게 굴었다. 아마도 고분고분한 것을 좋아하는 아마르잔의 취향을 간파해 낸 것이리라.

그 점 역시도, 썩 괜찮게 느껴지는 터였다.

단시간에 아마르잔의 곁을 차지한 그녀를 보고 카리나는,

"아마르잔, 그녀가 마음에 드나요? 나보다도?"

타는 듯한 눈길로 초조하게 물어 댔다. 그녀는 아마르잔이 아나함

에 머물기로 한 그 순간부터, 아니 에일리아를 처음 본 그 순간부터 손발이 바들바들 떨리는 불안 증세와 더불어 극심한 질투심을 내보이며 몸 둘 바를 몰라 했다.

아마 에일리아가 줄곧 아마르잔의 근처에 머물지 않았다면 카리나는 살의를 이기지 못하고 달려들어 이 아름다운 영주를 단박에 찢어 죽였을 것이다. 그만치 증오에 찬 눈빛마저 엿보였다.

그러나 아마르잔은 언제나처럼 네 알 바 아니라는, 참으로 싸늘한 말로 그녀를 내쳤다. 비록 그녀의 실력이 쓸 만하여 눈감아 주고 있었다곤 하나, 그간 카리나가 제 여자처럼 행세하는 꼴이 퍽 거슬렸던 터이니.

비천한 태생을 입증하듯 자존심도 없이 총애를 잃은 애첩처럼 구질구질하게 구는 것이 볼썽사나웠다. 초월자가 어찌 그리 자기조절을 못 하고, 감정에 얽매여 날뛴단 말인가.

아마르잔은 추잡하고 지저분하며 세련되지 못한 모든 것을 경멸했고, 강함을 떠나 카리나의 행동은 종종 그러한 연상을 불러일으켰다.

아직도 카리나는 무언가를 빼앗길까 두려움에 벌벌 떨고 악착스럽게 움켜쥐려는 지난날의 초라한 어린 소녀와 같았다. 거기에 약간의 동질감도 동정심도 느끼지 못하는 아마르잔은 그녀의 그악스러움에 염증이 난 상태였다.

카리나의 육신은 나약한 과거의 그녀를 극복했으나 정신만큼은 여전히 먼 과거에 붙잡혀 있었다. 카리나라는 존재 자체가 진창에서 비롯됨이니.

그러나 진흙탕을 벗어나 하늘로 올라선 아마르잔에게 그 얽매임은 곧 약한 것이고, 그는 약한 것을 좋아하지 않았다. 아니, 좋아하지 않는 정도를 넘어서 불쾌하기까지 했다.

그에 비하자면 에일리아는 우아하고 차분하여 시중을 듦에 있어서 줄곧 주인 된 자의 기분을 흡족하게 하는 것이다. 그녀의 빛나는 머리카락은 실로 천사의 것 같았고, 그 눈빛은 경애를 담아 신을 숭배하는 듯했다. 그녀가 바치는 모든 것들은 과연 이마르잔이 누리기에 족할 만했다.

아나함에서의 생활은 달콤하여 고된 세월의 끝에서 잠시나마 휴식을 취하는 기분이 들었다. 부쩍 너그러워진 마음으로 얼마 후 아마르잔이 에일리아에게 무언가 원하는 것이 있으면 들어주겠다 선심 쓰듯 물었을 때 그녀는,

"바라는 것이 없다곤 하지 않겠습니다. 다만, 듣고 노여워하실까 염려되어……."

아마르잔을 대하는 것치곤 두려움을 비치지 않던 눈을 내리깔며 조심스레 고했다. 흥미가 인 아마르잔은 대수롭지 않게 대꾸했다.

"나를 앞에 두고 바라는 게 없다면 욕심이 없는 게 아니라 멍청한 것이겠지. 말해 보아라."

긴장한 눈을 들어 올린 그녀는 이내 천천히 입을 열었다.

"당신을 처음 뵙게 되었을 때, 저는 알았답니다."

"……."

"제가 어린 시절 철모르는 소녀일 때부터 그토록 꿈꿔 왔던 그분이 눈앞에 있음을. 강인하고 위대한 군주, 이 혼란하기 짝이 없는 북대륙의 전란을 불식하여 수중에 넣고 다스리실 분."

그녀의 눈꺼풀이 가파르게 떨어지다 이내 가냘프게 떨렸다.

"또한…… 그때 제 가슴이 얼마나 떨렸는지요."

그리고 이윽고 드러난 것은 구름 낀 하늘에 빛이 새어 들듯이 아름답게 빛나는 잿빛과 청색이 뒤섞인 눈동자였다.

"당신께 속하기로 한 것은 제 머리가 내린 결정이었으나, 지금 저를 움직이고 있는 것은 이 심장이니."

그녀는 다가서서 몸을 기울였다.

"……부디 계산이라 생각지 마시고, 꾸밈없는 제 마음이라 생각해

주세요."

만인을 두려움에 떨게 만든 차가운 눈을 기꺼이 마주하며 그녀는 가만히 그의 품에 안겨 왔다.

"자유로운 분이라 들어 알고 있으니 아내가 되기를 바라지는 않습니다. 하여 제가 오직 바라는 것은."

"……."

"……당신의 아이를 갖고 싶어요. 그것이 제 유일한 소원입니다."

그녀의 숨결이 옷깃에 닿자, 수면에 이는 파문처럼 옅은 떨림으로 그 말이 새어 들었다. 에일리아는 숨을 죽이며 아마르잔의 품에 고개를 묻었다.

그 애틋한 동작에도 아마르잔은 여전히 냉정한 눈으로 그녀를 내려다보고 있었다. 그러다 입을 열었을 때,

"발칙한 소리로군."

그 말이 아마르잔의 입에서 나온 전부가 될 거라 그녀는 자조적으로 믿었다. 그러나 아마르잔은 그녀의 어깨를 잡고 밀어내며 낮게 깔린 음색으로 말했다.

"……허나 생각해 보마."

희망에 찬 눈을 크게 뜬 에일리아는 곧 아마르잔의 손짓에 고개를 조아리며 물러갔다. 그리고 아마르잔은 정말로 생각이 잠겼다.

딱히 그녀가 드러낸 연정에 마음이 혹했던 건 아니었다. 기실 마음에 끌린 것은 그녀의 제안이었다.

초월자가 된 이후로, 스스로 완전하다 여겼기에 그간 후사를 남길 생각을 하지 않았었다. 군주가 후사를 봄은 훗날 자신의 생을 다할 때 자신이 가진 것들을 물려주기 위함이나 아마르잔은 영생을 얻었고 그러므로 죽음을 대비할 필요가 없었기 때문이다.

그 모든 것을 온전히 자신이 누리면 되었으므로.

에일리아 바트만, 어느 모로 보나 최상의 여자이지 않은가. 드높은

신분과 품위 있는 지성, 그간 거슬린 것 하나 없으니 까다로운 아마르 잔의 이목에도 들어맞는다 할 수 있었다.

확실히 아나함의 여왕이나 다름없는 에일리아라면 아마르잔의 아이를 갖기에 부족함이 없다. 초월자 된 몸이니 정착한다거나 일가를 이룬다는, 구속에 얽매일 필요는 없겠지만 이 기나긴 전투의 전리품으로 그녀를 얻는다면 그도 나쁘지 않은 성과일 터. 예로부터 군주는 미인을 거느리지 않던가.

그녀의 태에서 난 아이는 고귀한 태생과 탁월한 재능 양자 모두를 가지게 될 것이다. 완전하게, 흠결 없이. 그 말이 대단히 마음에 들었다. 아마르잔의 후계라면 마땅히 그러해야 함이니.

자신의 자식이라고 해도 별다른 느낌이 드는 것은 아니었으나 아마르잔이 새삼 핏줄에 연연하여 신경 쓸 필요는 없었다. 그가 어떠하건 에일리아라면 아이를 알아서 잘 키워 낼 것이다.

문득 그녀가 남기고 간 잔향이 코끝에 스미자 아마르잔은 생각을 중단했다. 어렴풋이 피워 낸 향취는 매혹적으로 신경을 잡아끌고 있었다.

그러나 그는 곧 상충하는 반대의 측면에서 가정을 끄집어냈다. 어쩐지 꺼림칙하여 결단을 내릴 수 없게 만들었던 그것. 고독하여 홀로 완벽한 존재였던 아마르잔이 후사를 본다는 건 그의 불멸성을 해치는 일은 아닐까.

그렇다면 신이 되고자 하는 그의 최종 목적에 해가 될 수 있다. 모든 비관적인 가능성을 고려해 보고 정히 어긋나지 않는다면, 택해도 될 성싶었다.

아마르잔은 이성적이었고 결코 쉽게 결정할 수 없는 문제에 완벽을 기했다.

그 와중에 카리나를 별달리 염두에 두었던 것은 아니다. 카리나가 안다면 날뛰겠군, 하는 고작 그 정도의 생각.

아마르잔은 오만했고 그리하여 누군가를 중대한 장애물로 고려하는 일은 있기 어려웠다. 그것도 상대가 제게 패배하여 복종을 자처한 카리나임에야.

그리고 한동안 순순하기만 했던 그녀의 집착을 간과했던 실책은, 곧 뼈아픈 방식으로 되돌아오게 된다. 아마르잔의 결정과는 무관하게 얼마 후, 에일리아라는 존재는 그의 생에서 말끔히 소거된 것이다.

그가 자리를 비운 사이, 에일리아와 더불어 아나함을 잿더미로 만들어 버린 카리나에 의해서.

……에일리아의 청이 카리나의 귀에 들어갈 건 예상했었다. 눈에 불을 켜고 에일리아를 견제하던 그녀였으니까.

그러나 그리도 빠르고 확실하게 행동할 줄은 예상치 못했다. 분명 아마르잔은 카리나에게 넌지시 경고를 했었고 그녀는 에일리아를 해친다면 아마르잔의 분노를 사 한 번 넘길 수 있었던 죽음을 맞게 될 거라는 걸 잘 알고 있었으니. 초월자가 그만큼이나 어리석을 거라고, 어떻게 예상할 수 있을까.

이성적이며 지독히도 냉정해서 파멸을 초래할 선택—그에게 파멸을 초래할 수 있는 선택지가 있느냐는 점을 제쳐 놓고서라도—이라는 말과는 거리가 먼 아마르잔이었기에, 마지막 순간에도 카리나를 의심하지 않았다.

아무것도 모르는 양 살살 눈웃음치며 다른 도시에서 복속을 청하는 이가 있으니 가 보셔야겠다고 말했을 때, 어째서 그녀의 거짓된 연기를 간파하지 못했던가.

그리고 별다른 의심 없이 자리를 비운 새에 모든 것은 파국을 맞았다. 한 도시는 지상에서 영원히 사라졌고, 그 자리에 다른 도시가 세워진다 한들 이전과 같은 이름은 없을 것이었다.

지옥의 화염에 불타 완전히 녹아내려 검게 변해 버린 땅. 생명이 사라져 회색의 재들만 무참한 흔적을 남긴 그곳을 바라보며 뒤늦게 도착한 아마르잔은 형용할 수 없는 기분에 사로잡혔다.

그 막대한 마력의 움직임. 제아무리 멀리 있다고 한들 느끼지 못할 아마르잔이 아니었다. 노골적으로 행해진 강력한 마법의 주인은 명확했다.

카리나, 그 이름을 되뇌며 아마르잔은 가슴 언저리에서 빨려드는 것처럼 검은 구멍이 흉악스러운 입을 벌리는 것을 느꼈다. 심연에서 불길이 피어오르듯 검게 타들어 가는 형상으로 아마르잔은 주저 없이 그녀를 쫓았다.

그의 아이를 가지고 싶다던 에일리아, 그가 수중에 넣은 이 아름다운 도시, 그곳에 있었을 수많은 죽음…… 아니, 그따위 건 아무래도 상관없다. 그 무엇보다도 용서할 수 없는 것은.

카리나가 아마르잔의 예상을 뒤엎었고 그럼으로써 그의 자존심을 찢어발겼다는 사실이었다.

카리나는 마녀였고, 통제할 수 없는 미친 여자였다. 손아귀에 넣었다고 해서, 자신에 비하자면 나약한 상대라고 해서 안심해서는 안 됐다.

그녀는 언제라도 아마르잔의 명을 거역할, 결코 길들지 않는 짐승이며 피리 소리에 춤을 추더라도 어느 순간 주인을 물어 버릴 독사였다.

그러나 그때에도 아마르잔은 그녀를 죽이지 않았다. 그 집착적이고 지독한 여자가 가진 처절함이 어떤 식으로든 그를 멈추게 했음이 틀림없다. 비록 독화라 할지라도 그 붉은 꽃잎이 눈에 박히도록 선명했기 때문에.

그리고 오만했던 과거의 모든 것을 지금 이 순간 슈리아 아델트는 낱낱이 돌려받고 있었다.

악몽이나 다름없는 꿈은 확실히 기분을 저조하게 하긴 했지만 슈리아에게 큰 영향을 주지는 못했다. 아침에 눈을 떴을 때 귀향하고자 하는 슈리아의 마음은 바위처럼 단단해져 있는 상태였다.

그 어느 때보다도 부지런하게 굴며 떠날 채비를 하는 슈리아를 못내 보내기가 싫은 듯, 세일린은 이런저런 간섭으로 꽤 시간을 끌었다. 그럼에도 개의치 않고 슈리아는 늦기 전에 가 보아야겠다며 준비를 서둘렀지만 어쨌거나 효과는 있었던 모양이다.

떠날 시간이 애매하게 늦춰져 결국 점심마저 들게 된 슈리아는 그 와중에도 마차에 짐을 전부 실어 두라고 일렀다.

가문의 안주인답게 할 일이 산적해 있는데도 아침부터 슈리아에게 매달린 세일린은 불안한 눈이었다.

더군다나 식사를 마치고 정말로 떠날 즈음에, 손님이 찾아들었다. 연이은 방해에 슈리아의 기분은 바닥을 달리고 있었다. 게다가 그것도 상대가 결코 만나길 원하지 않았던,

"슈리아, 들었어. 떠난다고."

에리히 로이엄이라니. 어제 로이엄 부인이 왔다 가더니 공교롭게도 휴가 중인 그의 귀에 들어갔나 보다.

말을 타고 온 에리히는 몹시 서두른 듯이 상기된 얼굴이었고 상당히 초조해 보였다. 하지만 그건 제가 알 바 아니었다.

슈리아는 자신이 그에게 약간 불친절하게 군다고 해도, 그건 몹시 상심해서 다른 누구를 신경 쓸 겨를도 없었다는 핑계로 무마되리라고 생각했다. 그리하여 의례적인 미소도 짓지 않고 빤히 그를 바라보았다.

"잠시 나와 이야기를 좀 해."

버티고 선 기세가 마치 철벽같았다. 그럼에도 굴하지 않고 시간이 늦어서 이제 떠나야 한다고 꿋꿋이 말한 슈리아는 세일린의 '그래도

여기까지 찾아왔는데 이야기는 들어야 예의지.' 라는 반응에 떠밀려 어쩔 수 없이 그와 맞대면하게 되었다.

단둘이, 일 층의 응접실에서.

"시간이 많지 않아요."

어서 본론만 이야기하라고 쌀쌀맞게 말을 꺼내자, 에리히의 눈썹이 올라갔다. 슈리아의 태도가 마음을 상하게 했는지 그는 버럭, 분기에 찬 외침을 발했다.

"어떻게 말도 않고 떠나려고 해! 내가 널 어떻게 생각하는지 알면서⋯⋯!"

제게 처음으로 소리를 높이는 에리히를 슈리아는 냉담한 눈으로 응시했다. 그가 슈리아에게 남은 선택지라는 것, 그리하여 그에게 이렇게 굴어서는 안 된다는 것.

그건 너무나도 명료했다. 상냥하게 그를 달래 주고, 훗날을 기약하는 말 한마디 남겨 두는 것이 합당하리라.

칼날 같은 이성은 분명히 그리 지시하고 있지만 정말로 저조해진 기분은 그것을 불가능하게 만들고 있었다. 일순 슈리아는 해일처럼 밀려오는 부정적인 감정에 완전히 점령당했다.

"제가 그런 걸 말해야 할 이유, 있나요?"

카리나의 역겨운 수작질처럼, 그 질척질척한 감정을 이유로 너 역시 나를 소유물처럼 생각하고 있었던가? 그랬다면 큰 오산이다.

얼음 결정 같은 한기 도는 눈빛만큼이나, 차가운 비난이 자르듯이 떨어졌다.

"착각하지 마세요. 황태자 전하와 헤어졌다고 해서 에리히와 제가 어떤 사이가 되는 건 아니에요."

그 말을 내뱉자마자 보란 듯이 돌아서서 방을 나서려는 슈리아의 손목을 에리히가 급히 잡아챘다.

"내게 그런 식으로 말하지 마, 나는⋯⋯."

손이 떨리기 시작함과 동시에 분노로 흐려졌던 이성이 또 다른 감정에 휩쓸린다. 목구멍을 갉아 먹는 듯이 괴롭고 심장이 타는 듯했다. 에리히는 가까스로 입 언저리에서 맴돌던 음성을 쥐어짜 냈다.

"……네가 행복하길 빌었어, 네 말대로."

"……."

"결코, 이건 내가 원했던 게 아니야. 난 단지 네가……."

이렇게 사라지길 원하지 않았어. 네가 떠난다는 소리에 가슴이 내려앉는 듯해서, 이리로 달려올 수밖에 없었어. 그 말들이 어떤 투로, 어떤 발음으로 입 밖으로 쏟아졌는지 그 순간 에리히는 알지 못했다.

한없는 무력감과 분노, 그것은 불경하게도 그의 주군이자 그가 수호해야 할 대상을 향하고 있었다.

에리히의 의식이 빠르게 근간의 과거를 짚었다. 슈리아를 만나고 온 황태자가 연적을 짓밟으려는 의도로 그에게 말을 걸었을 때,

'초라한 꼴이군. 앞으로도 그게 네 자리일 텐데, 견딜 수 있겠나?'

그가 주는 자극에 익숙해진 에리히는 새삼 이를 악물지 않았다. 그는 기사답게 덤덤한 어조로, 직분에 걸맞도록 충실하게 답했다.

'그것이 제 본분입니다.'

그래 당신의 명에 따라야만 하는, 그래서 만나러 갈 수도 없고 보는 것조차 허락되지 않는 본분! 슈리아를 가진 그가 황태자이고 에리히는 그의 기사였기에 그가 허락지 않는 무엇도 할 수 없었다.

그러나 그 초라한 현실이 그를 따르지 않아, 본분을 어기고 감정을 좇다 기사가 아니게 되는 것보단 나았다. 기사가 아닌 에리히는 아무것도 아닌 것이나 다름없었고 아무것도 아닌 그가 어떻게 슈리아를 기다릴 수 있단 말인가.

그 눈부시게 아름다운 은빛의 소녀를 가질 최소한의 자격, 에리히에겐 그것이 필요했다. 그리하여 이 굴욕조차 감내해야만 했다.

황태자는 차가운 얼굴로 웃었다. 조각상처럼 수려하나 인간미 없는

얼굴, 그 비인간적인 강함, 그런 자가 어째서 그녀를 가지려 드는가? 왜 그녀였어야만 하는가. 그에게는 수많은 이들이 있었다. 누구라도 손에 넣을 수 있었다. 그런데 왜 하필!

아니, 그런 자의 눈길을 빼앗을 만치 빛나는 소녀였기에 에리히 역시도 한눈에 사로잡혔던 것이다.

운명의 장난을 탓하기엔 슈리아 아델트는 태양의 빛을 반사하는 칠흑 같은 밤의 달처럼 눈이 부셨다. 에리히에게뿐만 아니라 그 누구에게라도.

에리히는 황태자를 보며 때로는 절망마저 느꼈다. 혹여 슈리아 아델트가 에리히를 원하더라도 황태자가 허락지 않는다면 자신은 결코 그녀를 가질 수 없으리라는 절망감. 이내 웃음을 거둔 황태자가 오만하게 말했다.

'나는 내 본분을 어길 만큼 몰두했기에 원하는 것을 얻었고 제약에 묶여 행동하지 않은 너는 얻지 못한 것이다.'

어리석은 패배자에게 이르듯, 당당하기 짝이 없는 승자의 눈빛으로.

에리히는 슈리아의 곧은 뒷모습을 바라보며 들끓는 속내로 뇌까렸다.

……그리 말했던 당신이 아니던가. 헌데 어째서?

황태자의 끊임없는 견제는 단순히 그를 깔아뭉개려는 가학적인 심사에서만 비롯된 것은 아닌 듯하여, 그가 진심임을 의심해 본 적은 없었다. 그걸 누구보다 부인하고 싶었던 에리히조차, 단 한 번도.

그런데 어느 날 모든 것이 변하여 그들은 끝이 났고, 소녀는 제 고향으로 떠나가려 하고 있었다. 그것은 마치 영원한 이별처럼 느껴졌다.

'저는 전하의 비가 될 거예요. 그것으로 충분하지 않나요?'

자신의 행복은 자신이 이루겠다며 웃었던 소녀는 놀랍도록 서늘한 얼굴이 되어 있었고 충분하지 않다고, 이기적으로 외쳤던 자신을 부인하던 에리히는 지금 이 현실 또한 자신이 바라지 않고 있었다는 것을 깨달았다.

황태자의 곁에서 맞이하는 빛나는 미래가 소녀에게 걸맞은 것이었기에, 슈리아 아델트가 그 영광된 자리에 올라앉는 것, 어쩌면…… 차라리 그렇게 되는 게 낫다고, 내심 생각하고 있었을지도 모른다.

백작가의 차남에 불과한 그의 옆자리보다는, 황태자가 더 많은 것을 소녀에게 안겨 줄 수 있음이니.

밀려오는 피로감과 가슴에서 소용돌이치며 뒤얽힌 감정에 무겁게 눈을 내리감았다가 뜨며 에리히는 다만 말했다.

"돌아올 거지?"

슈리아는 제 손목을 움켜쥔 그의 손가락을 느릿하게 떼어 냈다. 이윽고 한 박자 느리게, 감정을 읽을 수 없는 음성이 흘렀다.

"아마도, 틀림없이."

곧 매끄러운 걸음걸이로, 한 점의 흔들림도 없이 나서는 슈리아의 뒤에 대고 에리히는 잠긴 음성을 발했다.

"내가 했던 말은 아직도 유효해."

"……"

"……기다리고 있을게. 이곳에서."

무어라 말해야 할까. 냉대를 보여도 변함없는 그의 말이 어쩐지 발길을 붙잡아 슈리아는 문득 뒤를 돌아보았다.

이제야 진정으로 에리히를 마주한 느낌이었다. 그는 저를 한시도 놓치지 않고 온전하게, 언제나와 같이 열기를 품은 눈동자로 담고 있었다.

그 진지하고 애틋한 애정은 지난날 황태자가 보여 주던 것과는 또 달라서, 슈리아가 단 한 번도 받아 본 적 없는 종류였다. 비록 그것이 슈리아에게 의미가 되지는 못할지라도.

그의 눈에 비친 슈리아 아델트는 유리에 비친 은빛 잔영처럼 일렁였으며 달빛에 홀린 환상 같았고…… 허공에서 부서지는 얼음 결정처럼 덧없이 아름다웠다.

"봄이 와도 네가 오지 않는다면, 내가 찾아가겠어."

아마도 그의 눈에는 슈리아가 줄곧 그렇게 보였으리라.

그 말을 끝으로 에리히는 거절을 들어줄 마음이 없다는 양 눈꺼풀을 닫았고 슈리아는 미루어 두었던 행동을 그대로 다시 시작했다.

방을 나서서, 마지막으로 챙 넓은 모자를 챙겨 쓰고 빠진 것 없나 확인한 뒤 마차에 이르기까지 그 모든 과정이 물길에 오른 것처럼 막힘없이 매끄러웠다.

"슈리아, 부디 몸조심하고 핀테른은 추우니까……."

마차까지 구태여 마중 나와 주섬주섬 걱정의 말을 건네는 세일린에게 미소로 작별하며, 슈리아는 말했다.

"저는 괜찮을 거예요. 세일린 부디 건강하게, 잘 지내요."

초라하게 떠나게 된 슈리아의 신세가 마음에 걸린 듯, 금방이라도 눈물을 흘릴 듯이 눈시울이 붉어진 세일린이었으나 그녀에게 슈리아는 언제나와 같이 평온한 눈길을 보였다.

마치 그 무엇도 슈리아 아델트를 흔들 수 없다는 것처럼.

정말로, 상대가 그녀라도 동정 따윈 질색이다. 진짜 슈리아 아델트는 아무것도 잃지 않았으므로, 괴로움에 떨지도 상처 입은 가슴이 문드러지지도 않았다. 힘든 시간을 겪고 있는 조카딸에 대한 안쓰러운 마음, 그 정도면 족하니까.

슈리아는 자신의 손을 굳게 마주 쥔 그녀의 손을 조심스럽게 뿌리치고 마차에 올라탔다.

생각보다 시간을 너무 지체했다. 곧 달가닥거리며 마차가 출발하는 소리가 들렸다. 그와 뒤섞여 세일린의 당부의 외침이 울려 퍼지고 있었다.

슈리아는 창밖으로 몇 번 가벼이 손을 흔들고 이내 창문을 닫았다. 그리고 한동안 되돌아올 리 없는 곳, 위켄하이저 공작 저택에 한 가닥의 감상도 남기지 않고 그대로 떠나갔다.

마차를 타고 공용 이동마법진을 제공하는 마법사 길드로 향하는 그 길지 않은 시간 동안, 의식은 평온하게 흘렀다.

정적만이 가득한 호숫가에 놓인 양 세상은 오로지 하나의 음이 이어지는 듯이 단조로웠고, 잎을 모조리 떨군 앙상한 나뭇가지처럼 오직 겨울을 나기만을 기다리는 듯싶었다.

그러나 고요하게 흐르던 선율이 깨어지는 상황이 마지막으로 한 번은, 있었다.

"슈리아! 어딜 가는 거야?"

어떻게 알았는지, 헐레벌떡 달려와 숨을 몰아쉬고 있는 금발의 소녀를 슈리아는 마뜩잖은 눈으로 바라보았다.

오늘따라 많은 마법사가 지방으로 떠나 자리를 비운 탓에, 또한 이동마법진을 이용하는 이들이 많은 탓에 슈리아는 한동안 줄을 서야만 했다. 위켄하이저의 이름을 굳이 내세우지 않았으므로 차례를 기다리는 건 피할 수 없는 절차였다.

그리고 거의 한 시간에 달하는 지겨운 기다림 속에서, 드디어 제 차례가 코앞까지 왔다 싶었을 때 그녀가 등장했다.

눈물을 글썽이는 데이지는 곧 울음이라도 터뜨릴 것 같았다. 그리고 그녀가 엉엉 울면서 소란을 피우는 건 가능성 높은 일이었다. 절제를 아는 세일린과 달리 그녀라면 쏟아지는 시선에 개의치 않고 대공녀의 품위 따윈 기꺼이 던져 버릴 게 분명하니까.

"데이지, 여긴 어떻게?"

"그게 중요한 게 아니잖아! 이대로 가 버릴 거야? 말도 않고, 영영 가 버릴 셈이었어?"

마치 타국으로 떠나 버리려던 사람을 추궁하는 듯하여, 슈리아는 최대한 덤덤한 어조로 말했다.

"말하지 못한 건 미안하지만, 영영 가는 건 아니야. 잠시 핀테른에서 쉬다 오는 것뿐이야."

울상이 된 데이지는 버럭 소리를 내질렀다.

"믿을 수 없어! 너 그러다가 아주 가 버리는 것 아냐? 혹시나 핀테른에서 혼인이라도 해 버리면 그 시골구석에 박혀서 영영 안 나와 버릴 수 있잖아!"

……어쩐지 핀테른을 극도로 무시하는 발언이었다. 그렇게 말한다고 해 봐야 그녀도 제도 출신이 아니라 비린내 나는 바닷가에서 오지 않았던가. 슈리아는 다분히 지역 갈등적인 생각을 했다.

별달리 고향에 대한 애정이 없던 슈리아지만 제도를 떠나는 마지막까지 데이지에게 시달려야 한다는 사실이 무척 거슬렸다. 그리하여 차가워진 투로 말했다.

"데이지, 난 잠시 쉬러 가는 것뿐이야. 이렇게 소란 떨 일 없어."

소란도 참 큰 소란이다. 주위에서 시선이 쏟아지고 있었다. 심지어 개중에는, 슈리아를 알아봤는지 은빛 천사 어쩌고 하는 진부한 별명을 언급하는 소리도 있었다.

전해지는 소리에 곧 '황태자에게 버려진'이라는 수식어가 달릴 것은 빤한 일이지만 제 귀로 듣고 싶지 않았던 슈리아는 등을 돌렸다. 그리고 데이지는,

"내, 내가 황태자 전하를 혼내 줄게! 그러니까 가지 마!"

……우렁찬 목소리로 외쳤다. 진실로 그 입을 틀어막고 기분이 하늘을 찔렀다. 어지간히 무신경한 슈리아였지만 이 순간 쏟아지는 시선을 받으면서 평정을 유지하기는 어려웠다.

술렁거리는 사람들을 제쳐 놓고 슈리아는 데이지를 가까스로 거칠지 않게 잡아끌었다. 사적인 장소라면 모를까 어찌 반역에 달하는 소리를 공공연히 해 댄단 말인가. 이게 소문이라도 난다면, 아니 틀림없

이 날 테지만…….

"……."

슈리아는 어떤 일이 있었건 지켜 냈다고 생각한 슈리아 아델트의 삶을 갑자기 놓아 버리고 싶어졌다. 하지만 피어오르는 충동에 애써 눈 돌리지 않으며 슈리아는 칼같이 질타했다.

"그런 불손한 소리, 함부로 하면 안 되는 거야. 네가 전하의 사촌 동생이라도!"

"그래도…… 네가 가 버리는 것보단 낫잖아!"

데이지는 결국 엉엉 울음을 터뜨렸다. 황태자를 혼내면 제가 떠나지 않기라도 한단 말인가? 도대체 그 둘의 상관관계는 뭐지.

그 모습을 다소 망연히 본 슈리아는 혼란해지려는 정신을 추슬렀다.

"데이지, 난 영영 떠나 버리거나, 죽는 게 아니야. 그냥 난……."

쉬러 가는 것뿐이라니까, 라는 그 말은 거의 한숨처럼 나왔다. 이 무의미하고 비효율적인 입짓을 하지 않기 위해서 말없이 떠나려 한 게 아니던가.

결국 발목이 붙들려 버린 터, 가라앉은 눈으로 데이지를 바라보던 슈리아에게 문득 그런 생각이 스쳤다.

바람결처럼 가볍지만 또한 젖은 모래처럼 묵직한 깨달음.

절절하게 굴었던 에리히나, 이미 끊어 낸 황태자 중 누구도 슈리아 아델트가 아마르잔이라는 사실을 받아들이지 못할 것이거나, 이미 못했다. 그러나 어쩌면…….

우스운 일이지만, 데이지야말로 슈리아가 아마르잔인 것을 알고도 떠나가지 않을, 아니 알고도 그 사실을 아무렇지 않게 넘길 유일한 사람이 아닐까.

그럴 일은 없겠지만 진실을 밝힌다면 아마도 그녀는 생각 없이 '꺄아, 아마르잔이라니 굉장해!' 라거나 눈을 동그랗게 뜨고 '그게 뭐 어때서? 슈리아는 슈리아잖아.' 라고 말해 올 것 같았다.

정말로, 뇌를 거치지 않고 아무런 생각 없이. 눈앞에 분명히 서 있고 접해 온 슈리아만을 생각하며 말하는 것일지라도,

그렇게 할 수 있는 이는 그녀가 유일할 것이다.

슈리아를 제 딸처럼 키워 낸 세일린은 어떨까 하니……. 카리나가 나타난 이후 그녀에게 진실이 알려지게 된다면, 그렇게 상상해 보지 않은 것은 아니나, 어쨌거나 산모에게 그런 시련을 안겨 주어서는 안 된다는 결론이 나왔다.

"아무튼 가지 마, 응? 제도에 남아서, 우리랑 있으면 다 괜찮아질 거야. 내가 널 괴롭히는 것들 다 막아 줄 테니까, 응? 슈리아ㅡ"

떼를 쓰고 마는 데이지를 앞에 두고 슈리아는 결국 우습게 끝난 상념을 지워 내며, 또한 불확실한 전망을 삼켜 냈다. 그리고 나직이 속삭였다.

"내가 가더라도, 네가 놀러 오면 되잖아."

정말로 그러길 원치는 않았지만, 그 말은 제 귀에도 썩 괜찮은 소리로 들렸고, 데이지는 눈물을 뚝 그치고 물끄러미 슈리아를 올려다보았다.

"……정말, 그래도 되겠어?"

"……그래, 물론."

"내가 정말로 놀러 가도 되는 거지?"

'정말' 이라는 수식어를 붙여 계속 물어 대는 것 보면 '정말' 놀러 올 생각인가 보다. 슈리아는 그 어느 때보다도 내키지 않는 마음을 여실히 느끼며 고개를 끄덕였다.

"그래, 정말로."

"그, 그러면 알았어. 잠깐 쉬었다 온다고 생각할게."

데이지는 금세 활짝 웃으며 말했다. 쉬고 온다고 몇 번이나 말했지 않는가. 여태까지 한 말을 뭘로 들었나? 짜증이 솟구쳤지만 슈리아는

숙련된 솜씨로 눌러 냈다. 그리고 제 기분을 표 내지 않으며 상냥히 미소 지었다.

"저, 난 이만 가 봐야겠어. 기껏 줄을 섰는데 이대로라면 또 기다려야 할 거야."

그리고 바삐 발을 놀려 도착했을 때는 이미 대기 순서는 한참 지나 있었지만, 드물게도 데이지가 쓸모가 있었다.

괜히 울면서 슈리아를 붙들고 시간을 끈 자신의 행각에 가책을 느꼈는지 데이지는 그녀답지 않게 콧대를 높이 세우며 적극 시그오닐 대공가의 이름을 내세웠고, 슈리아는 바로 대기순번 일 순위가 되어 떠나갈 수 있었다.

"다음에 봐! 편지하고! 내가 친구들이랑 꼭 같이 놀러 갈게!"

짧은 시간에 눈물을 흥건하게 뽑아내어 빨개진 얼굴로 손을 흔들어 대는 데이지를 보고, 슈리아는 후련한 기분마저 느꼈다.

그래, 적어도 그녀에게서만큼은 당분간 해방이다. 그건 오랜 짐을 내려놓는 양 뻐근한 어깨가 가벼워지는 느낌이었다.

데이지를 일별한 슈리아는 바로 이동마법진에 몸을 실었다.

이제 가을도 지나가 때는 막 추위가 느껴져 옷차림이 두꺼워지는 겨울이었다.

대지가 얼어붙고, 풀잎은 시들며 푸르름이 우거졌던 나무가 볼품없는 맨몸으로 혹독함을 견뎌 내야만 하는 계절.

그러나 모든 것이 숨을 죽이는 그 계절이 지나고 나면, 다시 봄이 오리라. 언제나 그래 왔듯이.

제도에 올라온 지 어느덧 이 년, 그동안 수많은 사건을 겪어 낸 슈리아는 그렇게 겨울의 초입에서 제가 떠나온 자리로 되돌아갔다.

10.
황혼 속에서 다시 피어나는 꽃

핀테른은 제도 히스에서 북동쪽에 위치한 작은 영지이다. 그리고 북쪽에 있는 영지가 대개 그러하듯, 겨울에는 상당히 추웠다. 기실 퀸른 지방 자체가 대개는 그러했다.

하지만 아직 초겨울이니 제도와 온도가 크게 차이 나지는 않을 거라는 판단하에, 옷차림에 크게 신경 쓰지 않고 온 터였다. 제도에 머무른 몇 년간 핀테른의 기후가 어떠했는지는 거의 생각하지 않았던 것이다.

그러나 도착하자마자 엄습하는 혹렬한 추위에 슈리아는 어깨를 감싸 안아야만 했다. 그야말로 폐가 얼어붙는 듯이 한기가 몸속까지 스며들어 덜덜 떨리게 만들었다.

도착지에 전갈을 받고 마중 나와 있던 아놀드 경이 재빨리 모포를 둘러 주었다.

"감기 조심하십시오, 아가씨. 기상 이변 때문에 날이 갑자기 추워졌습니다."

"아놀드 경."

기상 이변이라……. 그건 아무래도 짚이는 데가 있었다.

근래에 있었던 초월자들의 격돌. 대기의 마력이 충격으로 날뛰며 온 사방으로 퍼져 제도에서도 생생하게 느껴질 정도였으니, 그 여파란 멀게는 중부대륙 전체에 미칠 만한 것이다.

슈리아는 어린 시절부터 늘 영지의 기사로서 곁에서 보아 온 그를 새삼스럽게 바라보았다. 이 년밖에 지나지 않았음에도 그의 얼굴은 좀 변한 데가 있었다. 평범한 인간이니까, 아마도 늙어 가고 있는 것이리라.

"그나저나 오랜만에 뵙습니다, 아가씨."

아놀드 경이 옅은 미소를 입가에 띠며 고개를 꾸벅 숙였다. 세일린이 없는 지금 그가 영지의 총괄자였다.

"아가씨를 제도까지 수행한 것도 저였는데 다시 모시게 되는 것도 저로군요."

마차로 안내하며 그가 꺼낸 말에 묘한 감상이 찾아들었다. 고작 이 년, 뇌리에는 생생하게 떠오르는데 까마득히 멀게만 느껴지는 기억이었다.

열다섯밖에 되지 않은 슈리아 아델트로서는 긴 세월이라서일까. 핀테른에서의 평온한 삶과는 달리 워낙 온갖 사건이 폭풍처럼 휩쓸고 지나간 터라, 그리 느끼는 것인지도 모른다.

그때에는 사정이 넉넉지 못한 탓에 고생스럽도록 긴 마차 여행을 거쳐서 제도에 발을 들였었다. 로이엄 백작가까지 와서 슈리아에게 작별 인사를 하고 간 이후 확실히 그를 본 건 처음이었다.

"다시 모시게 되어 기쁩니다."

그러나 그렇게 말하는 아놀드 경의 낯빛엔 일순 기이한 그늘이 어렸고, 슈리아는 예민하게 그를 포착했다. 다만,

"잘 부탁해요."

아직은 아무것도 알 수 없으니 일단 지켜보는 것이 옳으리라. 슈리

아는 특유의 상냥한 얼굴로 웃어 보이곤 냉큼 마차에 올라탔다. 곧 마차는 경쾌한 소리를 내며 달리기 시작했다.

이동마법진은 핀테른 인근, 하루 거리 정도 떨어진 조금 더 큰 자작 영지에 위치하고 있었다. 핀테른은 근 십 년간 상당한 발전을 이루어 냈지만 값비싼 이동마법진을 단독으로 보급할 만큼은 아니었다.

세일린이 제도에 요청해서 그것을 추진하고 있었는데 그녀는 혼인해서 공작가로 들어갔으니 모두 무산이 될 터였다.

주인이 자리를 비운 영지라……. 그간 새로운 문제가 있었을지도 모르는 일이다.

그래도 고작 하루 거리니 별일은 없으리라 여겼건만, 곧바로 문제가 발생했다.

"폭설이라니, 어제 떠나올 때는 멀쩡했는데."

"몇 시간 만에 길을 뒤덮을 정도로 눈이 쏟아졌다고 합니다. 아무튼 그렇게 되어서 길이 정리될 때까진 마차가 지나지 못할 거라고 합니다. 여기서 일단 머물다가 정리되면 떠나야 할 것 같습니다."

"곤란하군, 자작가에 머물게 해 달라고 청하기도 애매한 위치인데. 여기가 딱 중간이잖아. 머물 곳은 있나?"

"인근에 꽤 큰 여관이 하나 있는 것으로 알고 있으니 그리로 가면……."

눈을 붙이고 있던 사이 바깥에서 두런두런 말소리가 났다. 슈리아는 창문을 열고 고개를 내밀었다. 마부와 대화를 나누고 있던 아놀드 경이 난처한 얼굴로 돌아보았다.

"난 괜찮으니, 여관으로 가요."

정말 요즘 들어 뭐든 되는 일이 없다고, 슈리아는 불만스레 생각했다.

그리고 여관에 다다르자 그 생각은 어김없이 들어맞아서,

"예? 방이 없다니요?"

마부가 반문하자 여관주인이 고개를 내저었다.

"이번에 폭설이 내려서 이 근처가 갑자기 다 막혀 버렸지 뭡니까. 오가는 사람들도 죄다 여관을 잡았으니 말입니다. 다른 여관에 가셔도 마찬가지일 겁니다."

"귀하신 아가씨를 그럼 마차에 모시란 말인가. 한번 노력껏 방을 마련해 보게. 다른 사람은 상관없으니 아가씨 방만이라도. 내 값은 넉넉히 치르지."

아놀드 경이 근엄한 표정을 지어 보이자 여관 주인이 턱을 긁었다.

"그렇게 말씀하셔도……. 아참, 가능할는지 모르겠습니다만, 저 위에 이인실을 홀로 쓰시는 아가씨 한 분이 계시니 한번 여쭈어 보겠습니다."

불운의 종지부를 찍듯 다행히 그 인심 좋은 아가씨는 선뜻 방을 공유하는 것을 허락했고, 슈리아는 죄송하지만 불편하더라도 좀 감수해 달라는 아놀드 경 앞에서 어른스럽게 고개를 끄덕였다. 당분간 그와 계속 맞대면해야 하니 까탈스럽게 굴어 봐야 제게 좋을 리 없는 것이다.

그리고 들어선 방 안에는 수줍은 듯이 볼을 붉히고 있는 슈리아 또래의 한 소녀가 있었다.

"아, 안녕하세요."

보기 드문 푸른색 머리카락에 숲의 녹음이 내린 녹빛 눈은 사슴처럼 여렸고, 투명하게 반짝였다. 놀랍게도 소녀는 이 시골 구석에서 찾아보기 드문 미색이었다. 오를레앙 공녀 못지않았다.

다만 창백한 얼굴과 또래에 비해 왜소한 몸을 보아하니, 건강이 좋지 않은 듯싶었다. 성격은 아무래도 셀리과일 거라 추측되어, 슈리아는 상냥한 미소를 띤 채 인사를 건넸다.

"안녕하세요, 함께 방을 쓰게 해 줘서 고마워요. 내 이름은 슈리아 아델트. 핀테른에서 살고 있어요.”

살고 있었어요, 가 맞지 않았을까 사소한 오류를 곱씹어 보는 슈리아에게 소녀가 갑자기 얼굴을 감싸며 소리를 내질렀다.

“아, 어머! 그 슈리아 아델트? 황태자 전하와 교제 중이라는?!”

“교제 중 ‘이었’ 지요.”

흥분을 차게 식히듯 슈리아는 칼같이 과거형을 들이댔다. 그야 사교계에서도 떠들썩한 화제였으니 여기까지 소문이 퍼졌으리라고는 예상했는데, 벌써부터 마주하게 된 건 또 의외였다. 역시 운이 나빴다. 슈리아의 말을 제대로 받아들이는 데 시간이 걸리는지 혼란스러워하는 소녀의 낯에 곧 충격이 퍼져 나갔다.

“그, 그럼 지금은?”

“헤어졌어요.”

일상적인 사실을 털어놓듯, 슈리아는 아주 평이한 어조로 그 말을 흘려 냈다. 어떤 말을 해야 할지 몰라 당황한 듯 소녀는 몇 번이고 눈을 깜빡이며 숨을 들이켰다. 그리고 가까스로 위로하려 들었다.

“충격이 크, 크겠…….”

“그다지. 그보다 자기소개는 언제 해 줄 건가요?”

자르듯이 떨어지는 질문에 움찔한 소녀는 그제야 뒤늦은 순서로, 제 이름을 꺼냈다.

“내 이름은 유디 헤센이에요.”

그리고 유디는 전형적인 촌뜨기다운 태도로 자신의 모든 것에 대해서 손쉽게 털어놓았다.

그녀는 셀리과라기보다는 좀 더 명랑한 쪽에 가까웠다. 그 순수하게 반짝이는 눈을 보아하니 제 또래의 친구―막 사교계에 데뷔해서 새침을 떨 시기의―를 거의 만나 보지 못한 듯싶었는데, 예상대로 어렸을 때부터 골골대서 거의 방을 떠나지 못했다고 한다.

기억을 더듬어 보니 헤센이라는 몰락 귀족 가문에 대해서 들어 본

적이 있었다. 안 그래도 기사인 가장이 동부전선에서 전사해서 가세가 기울었는데 어린 딸이 아파서 안쓰럽다고, 얼핏 들었었다.

유디의 말에 따르면 다행히 치료약이 개발되어 병은 거의 나았고, 성실하고 똑똑한 장남이 좋은 가문에 데릴사위로 들어가서 살림이 좀 폈다고 했다.

보통 약점을 감추는 게 귀족이고 사교계인지라, 제 입으로 떠들 만한 이야기는 아닌데 사람을 자주 접하지 못해서인지 유디는 술술 제 사정을 이야기해 댔다.

다른 소녀들이 흔히 그렇듯이, 그녀 역시도 제도에서도 알아줄 만큼 우아하며 은빛 공예품같이 섬세한 슈리아에게 매혹된 것 같았다.

그들은 이내 말을 놓았고, 이제 꽤 친근한 미소를 자아낼 줄 아는 슈리아에게 유디는 소심한 태도를 벗어 버리고 떠들어 대기 시작했다.

슈리아로서는 아무래도 다시 시작할 핀테른 생활에서 하나쯤 제 편을 미리 확보해 두는 게 좋은 일이었기에 그녀와 친해질 필요가 있었다.

소녀는 새 드레스를 사러 가까운 이곳 시내로 나왔다가 폭설로 길이 막혀 돌아가지 못하게 되었다는데, 슈리아를 만나게 되어 다행이라고 웃는 얼굴로 털어놓았다.

종달새처럼 연신 재잘거리며 수다를 떨어 대다 밤이 깊어지자 이내 피곤한 기색으로 옆 침대에 누운 유디는 내리깐 느른한 눈으로 자그맣게 속삭였다.

"그 일, 내가 막 물어봐서 미안해. 초면인데."

"괜찮아, 다들 궁금해하니까."

역시 핀테른에서도 무수히 시달릴 일 같으니 그녀 한 명에게 미리 겪었다고 해도 문제가 될 건 없다.

"하지만 있잖아……. 내 말이 어떻게 들릴지는 알지만 오해하지 말아 줘."

"오해 안 할 테니 말해도 괜찮아."

침을 꿀꺽 삼킨 유디는 묘하게 가라앉은 눈으로 말했다.

"난 네가 부러웠어."

"내가?"

"응, 난 어릴 적부터 아파서 친구를 사귀지도 못하고 줄곧 침대에서 책을 읽거나 창밖을 내다보곤 했거든. 홀로 방 안에서 책을 읽으며 난 늘 제도의 사교계 같은 것들, 아름다운 드레스며 무도회…… 그런 걸 동경했었어."

침을 꿀꺽 삼킨 유디가 아련한 투로 말을 이었다.

"그래서 네 소문을 들었을 때 정말 내 일같이 기쁘고 신기하고, 꿈을 꾸는 것 같았어. 내가 현실에서는 이룰 수 없는 꿈. 시녀로 들어가서 황족들을 뵙고, 황궁에서 일하다가 황태자 전하와 사랑에 빠지고……."

"……."

"있잖아, 지금은 많이 힘들 거라고 생각해. 나라면 발밑이 무너져 내리는 것 같았을 거야. 하지만 생각해 봐. 넌 누군가에겐 평생 일어나지 않을 꿈같은 일들을 겪은걸."

꿈결에 젖은 듯이 아련한 얼굴로 유디는 눈을 감았다.

"나라면 그걸 평생 황홀한 추억으로 안고 살아갈 거야……."

비슷한 말들로 입을 달싹이던 소녀는 곧 잠이 들었고 고요한 숨소리만이 울려 퍼졌다. 슈리아는 유디를 따라 눈 감지 않고, 침대에 누워서 가만히 천장을 보았다.

마냥 희게 칠해져 무늬 하나 없이 깨끗한 그곳을, 여린 빛을 띤 감상이 이내 밀려들어 채색해 버리고 만다.

유디 헤센……. 몰락 귀족 출신의 어여쁜 소녀. 그녀가 살아온 삶은 슈리아처럼 극적이진 않았지만 면면이 비슷한 데가 있었다.

가세가 기운 것도 그러하고 친족의 혼인으로 사정이 나아진 것도 그러했다. 어린 시절에 병약했다고는 하나 낯빛을 보아하니 지금은 건강이 많이 좋아진 듯싶었다.

……아마도 일이 년 후면 꽃처럼 환하게 피어나게 될 이 밝고 아름다운 소녀는 금세 사교계의 시선을 사로잡을 것이다. 그 사랑받고 자란 솔직한 얼굴과 몸짓에서 묻어나는 매력은 제도에서도 눈길을 끌 만큼 특별한 데가 있었다.

그녀를 보고, 대화를 나누고 있자니 문득 그런 생각이 들었다. 아마르잔이 이 몸에 깃들지 않았다면, 슈리아 아델트가 평범한 소녀로 태어났다면…….

아마도 그녀와 꼭 같지 않았을까.

지난날 계획했던 것처럼 평범하지만 소소한 삶을 누리면서, 근사한 귀족 남자와 사랑에 빠져 귀부인이 되었을 수도 있겠고…… 정말로 어쩌면 황태자의 마음을 사로잡았을지도 모르겠다.

평범한 소녀라면, 기꺼이 그가 주는 행복을 받아들였으리라. 아무런 장애 없이.

그리고 아마르잔이 아닌 슈리아 아델트라면 황태자도 거리낌 없이, 돌이킬 이유 없이 계속 사랑했을 것이다.

다만, 영영 그건 알 길 없는 질문이 되고야 말았다. 황태자가 슈리아 아델트를 언제부터, 그리고 왜 사랑하게 되었는지. 그 사소한 의문을 짚어 보던 어느 순간 저절로 뇌까림이 튀어나왔다.

"그건 이제 중요하지 않지."

슈리아는 상념을 끊어 내며 노곤함에 젖은 듯 눈을 감았다. 의식이 깊은 잠 속으로 순식간에 빨려 들었다.

"슈리아, 아침이야!"

하늘을 봐, 오늘은 참 날이 좋아! 라며 눈부신 아침 햇살 빛줄기 하나하나에 기쁨을 표명하는 유디를 흘끗 본 슈리아는 몸을 일으켜 침대를 벗어났다.

한번 말문을 튼 소녀의 재잘거림은 연신 이어져서 유디는 아침 식사 자리에서도 끊임없이 자신의 행복을 토로했다.

"병이 나은 뒤로 아프지 않고 개운하게 깨어나는 하루하루가 행복해. 어제는 너도 만났고 말이야."

그전엔 밤에 잠들 때 다음 날 아침을 맞을 수 있을지 걱정해야 했거든, 이라고 뒤따르는 암울한 말을 들은 여관 직원이 가여운 눈길을 보였다.

그리고 어쩐지 달콤한 푸딩이 덤으로 나왔다. 유디가 그 또한 행복하다고 떠들어 댄 건 당연한 일이었다.

하루 만에 길에 쌓인 눈이 다 치워지긴 어려웠으므로 슈리아는 줄곧 여관에 머물러야만 했다. 가지고 온 작은 짐 가방에 그럭저럭 두꺼운 외투가 있었지만, 굳이 추운데 나돌아 다니고 싶지는 않았다.

주변 의상실에 드레스를 고르러 가자고 조르던 유디는 곧 풀 죽은 얼굴이 되어,

"그렇구나, 슈리아는 제도에서 예쁜 드레스를 많이 맞추었겠지. 여기 건 마음에 안 들겠다."

라며 이번엔 선뜻 다른 제의를 꺼냈다. 따로 드레스를 보고 왔으면 싶었지만 그녀와 함께 왔다던 유모는 볼일을 보러 나가 있는 상태였다.

유디는 슈리아와 곧 헤어져야 한다는 사실에 깊은 아쉬움을 보이며 함께할 수 있는 다른 무언가를 하자고 적극 주장했다.

"저 애들이랑 같이 눈싸움은 어때? 재밌을 것 같지 않아?"

마침 여관 창 너머로 열서너 살쯤 되어 보이는 평민 아이들이 서로 눈덩이를 던지며 치열하게 혈투를 벌이고 있는 장면이 눈에 들어왔다. 유디의 활짝 웃는 얼굴을 일별한 슈리아는 고저 없는 어조로 충고

했다.

"우린 귀족 영애잖니. 가문의 위신을 생각해서라도 교양 없는 일은 해서는 안 돼."

열다섯 먹은 귀족 소녀들이 평민 아이들과 섞여 눈싸움을 한다고? 애초에 끼워 주지도 않을뿐더러 그 격의 없는 짓을 누가 보기라도 한다면…….

실연의 충격으로 방탕해졌다는 것보다 더 안 좋은 소문이 퍼져 나갈 것이다. 슈리아 아델트의 이미지와는 전혀 맞지 않는, 그 못 배운 행동은 이미 평판이 파탄 난 데이지가 해도 조롱받을 만한 것이었다.

조르는 얼굴로 상식 밖의 소리를 해 대는 유디에게 슈리아는 빈틈없이 고고한 얼굴을 보였다.

"그렇구나. 귀족 영애는 해서는 안 되는 일이었구나."

유디는 검지로 입술을 꾹 누르며 안타까운 듯이 말했다.

"우리 어머니도 내게 늘 귀족답게 기품 있게 행동하라고 하셨어. 근데 난 도무지 그게 뭔지 짐작 가지가 않더라고. 그런데…….."

유디는 배시시 웃었다.

"널 보니까 알 것 같아. 정말 귀족이라는 게 뭔지! 넌 정말 우아하고 예뻐. 아마 그러니까 황태자 전하께서도…….."

아차 하고 급히 말을 얼버무린 유디는 슈리아를 이끌었다.

"그럼 내가 눈사람을 만들 테니까, 이따가 장식하는 것만 도와주지 않겠어?"

그리 말하곤 유디는 몸을 꽁꽁 싸매고 밖으로 달려 나갔다. 그리고 정말로 열심히, 여관 마당에서 눈사람을 만들었다. 손이 파랗게 얼어붙도록 열심히 눈을 긁어모아 뭉치고 굴려 대는 유디를 슈리아는 이제까지 그녀에게 지어내 보였던 상냥함과는 정반대되는 냉담한 태도로 지켜보았다.

— 거슬렸다. 이상할 정도로.

데이지에 비하자면 슈리아를 별달리 귀찮게 하지도 않고, 밝고 솔직한 소녀였다. 아무 감정이 들지 않을 수는 있으나 어째서 이리도 거슬리는 건지.

가학적인 기분이 드는 것도 아닌데, 마치 신발에 들어간 모래 알갱이 같았다. 그저 이유를 알 수 없이 싫었다. 그건 옅은 혐오와도 비슷하고 극렬한 거리낌과도 유사했다. 그 비이성적인 말이 유디 헤센에겐 딱 들어맞았다.

자신에게 일어나는 부정적인 감정의 원인을 대개 간파하고 있는 슈리아에게 그건 흔치 않은 일이었다.

이윽고 눈사람을 완성했다며 해맑은 얼굴로 달려와 저를 잡아끄는 유디의 손은 차디찼고, 그녀에게 호응을 해 주면서도 슈리아는 새파래진 그녀의 안색을 인식했다.

몇 시간이고 둥글려 낸 눈사람은 그럴싸하게 만들어져서, 열 살짜리 아이처럼 컸다. 유디가 풀잎과 나뭇가지로 입과 코를 만들어 내고 슈리아가 적당히 반들반들한 검은 돌을 주워 꽂아 넣자 제법 그럴싸한 눈사람이 되었다.

여관 주인도 마당 한쪽에 놓인 그것을 보고 무척 마음에 들어하며, 오늘 저녁에는 특별한 식사가 준비될 거라고 말했다. 그리고 정말로 저녁에는 지글거리는 장작불 통멧돼지 구이에 매콤한 양념이 얹어진 근사한 진미가 나왔다.

다만 오후부터 열이 오르기 시작한 유디는, 이 만찬을 맛보지 못했다.

어느 순간부터 그녀는 이마를 짚고 앓는 소리를 냈고, 침대에 누워 있게 되었다. 뒤늦게 달려온 유모가 소녀를 부둥켜안고 '아이고, 아가씨! 이제야 병이 나았는데.'라며 안타까운 얼굴로 발을 동동 굴렀다.

이 추운 날 나가서 홀로 눈사람을 만들고 있던 유디를 내버려 둔 슈리아에게 화살이 돌아올 법했지만 누구도 슈리아를 탓하지 않았다.

오히려 유모는 슈리아에게 따뜻한 차를 내어 주며 아가씨도 아프지 않아서 다행이라고 말했다. 의원이 와서 좀 쉬면 나을 감기일 뿐이라고 진단을 내리고, 약을 지어 놓고 간 뒤 유모는 곧 쉬러 가라는 유디의 끈질긴 권유에 자리를 떴다.

슈리아는 이윽고 잠든 유디의 곁에서 조용히 책을 읽었다. 얼마 지나지 않아 아놀드 경이 방문을 두드렸다.

"대로를 그럭저럭 다 치워 놓아서 내일은 출발해도 될 것 같습니다."

"알았어요. 아침에 출발할 거지요? 준비해 두겠어요."

"예, 그럼 편히 쉬시길."

"경도요."

방문을 닫고 들어오자 말소리에 깼는지 유디가 눈을 뜨고 이쪽을 바라보고 있었다.

"내일…… 떠나는 거니?"

"그렇게 되었어."

예의상으로라도 데이지에게 했던 말처럼 놀러 오라는 말이 나오지 않아 슈리아는 구태여 그 말을 꺼내지 않기로 했다. 슈리아의 무미건조한 기색을 어찌 느꼈는지 유디가 바로 사과해 왔다.

"미안해. 내가 너무 신이 나서 무리했나 봐. 나 때문에 너도 하루를 망치고……."

풀 죽은 듯이 중얼거리는 소녀에게 아픈 건 너지 내가 아니니까, 사과할 것 없어. 라고 불쑥 말해 버리려던 슈리아는 이성을 붙잡아 매었다.

그녀와 좋은 관계를 구축해 두지 않았던가. 굳이 몰인정한 소리를 해서 어리석은 레이첼처럼 적의를 뒤집어쓸 이유는 없는 것이었다.

"……괜찮아."

어차피 내일이면 너와도 끝이니까. 뒷말을 삼키며 짤막하게 대꾸한 슈리아에게 유디가 웃음을 보였다.

"정말? 다행이야. 난 또 내가 골골댄다고 싫어할까 봐. 예전에 친했던 친구도 있었는데 내가 툭하면 아프니까, 결국 소원해지더라고."

"……."

"널 만나서 즐거웠어. 있지, 우리 내일 헤어지더라도 다시……."

"그만 자는 게 좋겠어. 일단 푹 자고 내일 아침에 이야기하자."

딱 잘라 끊어 내는 슈리아의 말에도 유디는 미소를 잃지 않았다. 소녀는 단 하루 만에 놀랍도록 정겨운 눈을 보이며 속삭이듯이 말했다.

"알았어, 내일 꼭 이야기할게."

그리고 약 기운이 도는지 곧 푹 잠들었다. 새근거리면서 고른 숨을 내쉬는 소녀를 내버려 두고 슈리아는 외투를 걸쳤다. 어쩐지 이 방 안에서 머무르고 있는 게 불편하게 느껴졌다.

마당에 나와 유디가 만들어 둔 눈사람에 이르기까지, 그 감각은 여전히 지속되었다.

캄캄한 하늘에는 별빛이 쏟아지고 있었다. 사박거리는 걸음마다 두껍게 깔린 얼음눈 속으로 발이 파고들었다.

차가운 밤공기가 온몸을 얼리고 있는 와중에도, 까슬거리는 나무껍질이 심장을 스치는 듯하고 물안개처럼 희고 조여오듯 내리누르는 무언가가 폐에 차올랐다. 무언가가 견딜 수 없이 불쾌한데, 연유를 모르겠으니 그게 더 거북스러웠다.

종일 지속된 이 기이한 감정이 비롯된 계기를 짚어 보던 슈리아는, 문득 지난밤의 상념을 떠올렸다. 아마도 그때부터 시작되었던 것 같다.

하지만 그게 왜. 유디 헤셴이 온전히 슈리아 아델트가 살았어야 할 삶을 살고 있다고 해서, 그게 뭐가 문제라고. 그 보잘것없는 삶 따위, 부러울 리가 없는데.

퍼뜩 눈사람 앞에 선 슈리아는 고개를 쳐들었다. 별빛이 예리하게 파고드는 양 섬뜩한 깨달음이 가슴속을 할퀴고 지나갔다.

단지, 그것뿐이었던 게 아니다.

다음 날 아침, 유디의 열은 거의 내렸다. 떠나갈 채비를 마치고 식당에서 식사하고 있는데 유디가 연신 창문을 흘낏거렸다. 제가 만들어 둔 눈사람이 보이지 않았던 탓이다. 여관 주인이 주위를 얼쩡거리며 턱을 어루만졌다.

"거참 이상한 일이지, 어젯밤은 추웠는데 눈사람이 다 녹아 사라지다니…… 누가 거기다가 오줌이라도 쌌나?"

식사 자리에서 별소릴 다 한다고 눈총이 쏟아지는 동안 유디는 눈에 띄게 시무룩해져서 깨작깨작 수프를 떠먹었다. 분명 슈리아가 들어올 때까지만 해도 멀쩡했던 터라 표적이 돌아오지는 않았다.

슈리아는 아침이 되자 더 저조해진 기분 탓에 목구멍으로 음식물을 잘 넘기지 못했다. 어젯밤에 너무 많이 먹어서 배부르다고 둘러댄 슈리아는 곧바로 아놀드 경에게 '어서 핀테른에 가서 쉬고 싶어요.' 라며 재촉했다.

결국 식사를 하자마자 짐을 싸서 마차에 올랐는데, 아직 완전히 낫지 않은 몸으로 마중 나온 유디가 왈칵 울음을 터뜨렸다.

"아이고, 아가씨 왜 울고 그러세요. 친구분 가시는데 웃는 얼굴로 보내 주셔야지요."

"나도 알아, 그치만 아쉬운걸."

언제부터 친구였다고, 라거나 멀지도 않은 곳으로 가는데, 라고 생각했지만 슈리아는 다정한 미소를 그려 냈다.

"또 볼 일이 있을 거야."

아마도 사교계에서나 그러겠지만. 끝끝내 예의상의 초대도 하지 않는 슈리아에게 유디가 머뭇거리며 물었다.

"내가 편지할게. ……받아 주겠어?"

"그럼, 물론이지."

눈꼬리를 휘며 만들어 낸 우아한 얼굴로 작별을 고한 슈리아는 마차에 올라타 문을 닫았다. 유디가 무어라고 외치는 소리가 마차가 멀어지는 내내 바깥에 웅웅거렸다. 그녀를 만류하며 이제 들어가자고 권하는 소녀의 유모 목소리 또한.

그러나 슈리아는 단 한 번도 창문을 열고 내다보지 않았다. 정말로 그러고 싶지 않았기 때문에.

유디 헤센이 거슬리는 이유를 알아 버린 이상…….

슈리아는 단절하듯 차갑게 시선을 내렸다.

……그녀를 계속 보게 되면, 이 삶에 대한 회의가 생겨 버릴 것 같았다. 왜냐하면 슈리아 아델트는 아무리 위장하고, 가면을 뒤집어쓰며 흉내 내도 결코 그녀와 같이 되지 못할 것이므로.

그리고 그 변화에 대한 부정은, 결국 자신이 이생을 통해 무엇도 얻을 수 없다는 것처럼 느껴졌기에.

평범한 삶이라는 게, 대마법사 아마르잔에게 가당한 일인가? 가까스로 살아간다고 한들 무엇을 얻을 수 있단 말인가. 분명히 손에 쥘 수 있다고 여겼던 것이 신기루처럼 흩어져 가는 그 느낌. 그 감각이 지독하게 섬뜩했다.

아무것도 가지지 못한 채, 무력한 소녀의 몸으로 빛 한 점 없는 수렁으로 떨어진다면 이러할까. 주어진 길을 이미 나아가고 있는데, 결심이 굳어져 뿌리내린 지반은 자꾸만 흔들리고 있었다.

— 거기다 또 하나.

말도 안 되고, 가능성도 거의 없는 일이지만, 저 유디 헤센이라는 소녀가 자신이 놓친 것들을, 그 손으로 움켜쥐고 제 것으로 만들까 봐. 어쩌면 황태자비 자리까지도!

사랑스러운 외모와 밝은 성품, 호감을 자아낼 만한 요건을 갖추었다고는 하나, 몰락 귀족 출신에 그 외의 아무것도 가진 게 없는 저 소녀가 황태자비가 될 수 있다고 생각하는 것 자체가 실로 비이성적인 일이지만, 실제로 그녀와 다를 바 없는 슈리아 아델트는 거기에 거의 다다랐었다. 그렇다면 다른 누군가도 그럴 수 있지 않을까.

아마르잔의 위명에 비하자면 보잘것없는 자리임에도 불구하고 그 것이 혹시라도 유디 헤센 따위에게 돌아간다는 사실이, 견디지 못할 만큼 불쾌했다.

오를레앙 공녀가 차지할지도 모른다고 여겼을 때와는 달랐다. 오를레앙 공녀는 그 자리를 가지기로 예정되어 있던 소녀였고…… 실제로 그녀 외에는 누구도 황태자비와 가까워졌던 적이 없었다.

그건 슈리아 아델트의 자리였다. 다른 누구도 아닌 제 것이었다.

― 내 것.

그 말을 되뇌는 순간 혈관이 얼어붙는 듯했다. 슈리아 아델트의 것 따위, 진실로 가졌다고 생각하고 있지 않았는데. 아니 그렇게 여겼는데…….

제도를 떠날 때까지만 해도 그리 굳게 믿었지만 슈리아 아델트와 유사한 환경에서 자라, 정말로 평범한 삶을 살고 있는 또 다른 소녀를 본 순간 망상처럼 그녀에게 무언가를 빼앗기고 있는 느낌마저 들었다.

왜냐하면 그녀가 가진 평범함을 가지지 못해 슈리아는 잃었고, 유디 헤센은 날 때부터 그것을 간직하고 있었으므로.

오로지 그 이유만으로 유디 헤센이 황태자비가 되리라는 건 실상 실현되기 어려운 일이란 걸 알고 있는데, 머리로는 분명히.

그런데 무언가가 용납이 되질 않는다. 비이성적으로 그녀가 가진 가능성이 부풀려져, 소용돌이처럼 가슴을 휩쓸었다.

아이러니한 일이지만 황태자비 자리, 원래는 제게 주어지리라고는 생각도 하지 못했던 것이다. 예기치 못하게 손에 쥐어졌고, 놓칠 뻔하다 붙잡았고, 잃을 뻔하다 얻었다. 어떻게든 잡고 있게 되어 이제는 완전히 코앞에 놓였을 때 그것을 놓쳐 버린 순간의 박탈감이, 뒤늦게 찾아들었다.

그건 '실패'라는 단어와 유사했고 아마르잔은 그 말이 정말로 친숙하지 않았다. 아마르잔은 언제나 항상 승리자였기 때문에.

자신 아닌 다른 누군가가 황태자비에 올라선다면, 과연 가벼이 보아 넘길 수 있을까. 그 패배감을. 그러기엔 아마르잔은 지나치게 탐욕적이었다.

그리고 슈리아 아델트가 가진 것조차, 아마르잔의 것이란 걸 슈리아는 깨닫고 있었다. 아마르잔과 슈리아 아델트를 가르는 벽, 아마도 균열은 슈리아로 태어난 그 오래전부터 일기 시작했을 것이다.

안타레스를 만나고 서서히 고개를 들기 시작한 본성은 초월자들과 얽히며, 또한 아마르잔의 과거와 관련된 이들과 마주하며 점점 커져 간 균열은, 이제 벽의 존재를 무의미하게 만들었다.

아마르잔과 슈리아 아델트를 가르던 구분선은 흐려졌고 슈리아는 순식간에 갈피를 모를 불분명함에 휩싸였다.

그래서 어쩌겠다는 건가. 슈리아는 자신에게 물었다. 이대로 제도로 돌아가 다시 황태자비가 되겠다고 주장이라도 해 볼 텐가. 황태자에게 치욕적이게도 그의 비가 되고 싶다고 제 입으로 말하는 일 따위, 그 역시도…….

결단코 불가능했다. 입이 떨어지지 않을 것이다. 황태자비 자리를 빼앗기기도 싫지만 그 자리를 갖겠다고 말하는 것도 싫다, 라니. 슈리아는 제 내면에서는 격렬하게 충돌하고 있는 모순된 그 두 가지 부정적 감정을 느꼈다.

어쨌거나 슈리아는 유예를 얻었다. 겨우내 어찌할지 결정할 수 있는 시간이 주어졌다.

새삼 제도를 떠나온 선택을 잘한 것이라 여기며 슈리아는 꾹 눈을 감았다. 제대로 된 휴식을 취하고 싶었다. 누구도 자신을 방해하지 않는 곳에서.

슈리아가 상념에 빠져 있는 동안 마차는 언 땅 위를 부지런히 달렸다. 간혹 발이 푹푹 빠져 마차가 나아가지 못할 눈길에서는 마부와 아놀드 경이 내려서 눈을 치워야만 했지만, 그들은 밤늦은 시각 무사히 핀테른의 저택에 다다랐다.

예전과 꼭 같은 정경이었다. 슈리아가 거의 평생을 자라온 저택은 여전히 그 자리를 지키고 있었다.

사람은 변할지라도 장소는 변하지 않는 법이니. 슈리아는 그날, 제가 십 년 넘게 잠들어 온 침대에 다시 올라 푹 잠이 들었다. 모든 것을 잊어버릴 만치 포근한 잠자리였다.

❋

안온한 생활은 하루도 지속되지 못했다. 아놀드 경이 미심쩍은 기색을 보이고, 병사들이며 하녀들이 돌아온 슈리아를 보고 마냥 반기지만은 않았을 때 무언가 일이 생기지 않을까 생각했다.

안 좋은 쪽으로 발동하는 예감은 어김없이 들어맞아서 저택에 고적하게 머무르기만 하던 슈리아에게 손님이 찾아왔다.

"아가씨, 잠깐 시간을 내 주셨으면 합니다."

"그래요."

생각보다 빨리 문제가 대두될 모양이다. 뒤로만 수군대는 것보다 그편이 차라리 손쉬웠기에 슈리아는 기꺼이 그를 맞아들였다. 슈리아는 저를 찾아온 아놀드 경의 아들 에르갈을 은근슬쩍 관찰했다.

그간 조용히 지내고 있다고 한들 달라진 영지의 실상에 대해서 전혀 파악하지 못하고 있었던 건 아니었다. 어쨌든 슈리아는 정말로 한가롭게 모든 걸 잊고 지내는 성격이 못 되었으므로.

세일린이 떠나고 주인 없는 영지. 이제는 위켄하이저의 이름을 업었다곤 하나 그게 제도와 동떨어진 이 시골 영지에서 즉각적으로 효력을 발휘하기는 어려웠다. 세일린은 그간 영주로서 해야 할 역할을 너무도 잘 수행해 왔다. 그런 만큼 그녀의 빈자리가 표 나는 건 어쩔 수 없는 일이었다.

세일린은 부지런한 영주였다. 재난 사고에도 기민하게 대응하고 영지의 발전을 위해 인근 귀족들과도 부지런히 연을 맺었고, 사재를 털어 가며 대로를 정비하기도 했다. 어쨌든 그럴 수 있었던 건 그녀가 이 핀테른이란 영지를 다스리는 남작부인이었기 때문이다.

세일린이 부재한 동안 아놀드 경이 힘써 관리하고 있다고는 하나 그는 대리인에 불과하다. 특히나 보수적이고 제도의 권력 관계와 거리가 먼 이 퀸른 지방에서 지방 유지답게 콧대를 세우는 귀족 영주들을 상대하기란 어려운 것이다.

더군다나 세일린의 평은, 세간에서 그리 좋지 않았다. 그녀가 핀테른을 다스릴 수 있었던 건 핀테른 남작과 혼인했기 때문이다. 그리고 핀테른의 사람들이며 인근 퀸른 지방의 귀족들은 어린 시절부터 영주로서 자라온 핀테른 남작을 기억하고 있었다.

세일린이 그를 잃고 미망인이 되어 영지를 다스리게 된 이후, 그녀를 만만히 보고 따르지 않는 이들도 물론 있었다. 하지만 옛 핀테른 남작에 대한 향수와 동정심이 세일린의 통치에 많은 도움이 되었던 것도 사실이다.

그런데 최근, 아무리 상대가 위켄하이저 공작이라고 하나 세일린은 재혼하여 이 핀테른을 떠나 버렸다. 아무런 예고도 없이.

제도로 떠나간 세일린은 돌아오지 않았고, 오가는 서신을 통해 아놀드 경이 덜컥 영지의 대리인으로 임명되었다. 그리고 핀테른은 위켄하이저 공작부인에게 귀속되어 있으나 실질적으로 영주가 신경 쓰기 어렵도록 방치된 상태.

물론 슈리아는 세일린이 목숨을 위협당하는 사고를 겪었고, 본의 아닌 임신을 했고, 막 공작부인이 되어 이곳까지 신경 쓰기 어려운 상황이라는 것을 안다.

하지만 세일린을 적극 도와 가며 영지 발전을 위해 힘써 왔던 핀테른의 사람들은 그 갑작스럽게 결정된 모든 것에 불안감과 배신감을 느꼈고, 심지어 어떤 이는 세일린이 혼인을 통해 신분상승을 이루어 가는 여인이라는, 부정적인 연상마저 떠올린 터였다.

다만 에르갈은 예상처럼 공격적으로 나오지는 않았다. 그는 적어도 이 영지가 누구의 것이고, 눈앞의 슈리아 아델트가 어떤 위치인지에 대해서 현실적으로 깨닫고 있는 것으로 보였다.

그는 영지의 제반 사정과 겪고 있는 어려움을 조용히 토로하고 지금 그래도 아놀드 경이 부단히 애써서 그럭저럭 해 나가고 있다고 말했다.

슈리아는 그의 말속에서 경계 섞인 우려를 느꼈다. 혹시나 핀테른 영지의 다음 주인으로 유력한 슈리아가 핀테른을 다스리는 데 대한.

왜냐하면 슈리아는 아직 어렸고 아놀드 경은 오랜 세월 세일린을 보좌하며 핀테른을 지켜 온 이였기 때문이다. 객관적인 시선으로 보아 어느 쪽이 통치에 더 뛰어날지는 뻔한 일이었다.

그리고 슈리아가 혼인하게 되면, 이 핀테른은 다시 방치될 가능성도 높았다. 위켄하이저라면 슈리아를 데릴사위로 들일 만큼 변변찮은 귀족에게 보내지는 않을 테니까.

계속 주인이 자리를 비울 영지라면, 차라리 기존에 주욱 맡아 온 이가 온전히 책임지는 편이 나았다.

에르갈이 아놀드 경의 역할에 대해서 크게 부각해서 말하는 것은, 그가 짊어지고 있는 무게에 대해서 말함으로써 그가 핀테른에서 차지하는 비중에 대해서 강조하려는 의도였다.

그러면서도 에르갈은 힘든 일을 겪은 어린 아가씨에게 과한 요구일 수 있겠지만, 이곳에 머무시는 동안은 영주로서의 책무를 도와 달라고 청했다.

슈리아는 대답을 하기 이전, 가늠해 보았다. 여기서 싫다고 답하면, 모든 것은 아놀드 경의 몫으로 돌아가 슈리아는 그가 어떤 식으로 영지를 다루건 간섭하기 어려워질 것이다.

좋다고 말하면 아놀드 경이 처리하기 곤란한, 예컨대 다른 귀족들을 상대한다든가 하는 일들은 모조리 슈리아의 몫으로 돌아오게 되리라.

참으로 교묘한 제의였다. 제 아버지를 위한 이기심일까. 영지를 생각하는 마음의 발로일까. 물론 의도는 중요치 않았다. 문제는…… 미래를 생각하자면 후자의 경우가 낫다는 것이다.

세일린이 슈리아를 딸 삼지는 못하더라도, 물려줄 수 있는 단 한 가지가 있다면 그것은 바로 이 핀테른이었으니까.

실제로도 그녀는 은연중에 그러한 언급을 했다.

'핀테른은 네게 고향이나 다름없으니 항상 잊지 말고 머릿속에 담아 두렴. 너만큼 그곳을 잘 아는 사람도 없잖니.'

세일린의 친자는 어차피 위켄하이저의 유산을 물려받을 몸, 슈리아에게 이 작은 영지 하나 떼어 준다고 해도 표도 나지 않는다.

어쨌든 퀸른에서도 사교 활동은 피할 수 없는 것으로 보였다. 휴식을 취하러 왔는데 어쩐지 일만 떠맡게 되는 느낌이다. 무엇보다…….

슈리아는 의외의 눈으로 에르갈을 바라보았다. 단정하게 잘린 밤색머리카락에 호박색 눈동자는 차분하게 가라앉아 깊이가 있었다. 어딘가의 귀족 영식이라고 해도 모자라지 않을 정도로 외양도 훤했고 말솜씨도 그만하면 유려했다.

놀라운 변화였다. 기실 이 년 전만 해도 슈리아보다 세 살 많은 그는 그리 눈에 띄지 않는 소년이었다. 무어라 판단할 수 없게 과묵하기만 하고, 슈리아를 볼 때마다 고개를 꾸벅 숙여 보일 뿐 별다른 반응을 보이지 않았다.

검 수련을 열심히 하니 나중에 제도로 가서 기사가 될 수도 있겠거니 가볍게 판단했던 기억, 그게 전부였다.

그런데 그간 에르갈도 많은 변화를 겪었던 것 같다. 성장했다고 해야 할까. 키도 훌쩍 컸고 기사로서도 그렇거니와 노련하게 제 아버지 곁을 보좌하고 있는 모습은 격세지감이 느껴질 정도였다.

슈리아는 불현듯 세일린이 영지에 싹이 보이는 괜찮은 남자아이가 없다고 투덜댔던 것을 기억해 냈다. 아마도 그가 자라는 것을 보아 왔다면 그녀의 생각도 달라졌으리라.

슈리아는 오로지 선의만이 담긴 듯한, 상냥한 미소를 지었다. 그간의 사정은 여태까지 보고 듣고 관찰한 것만으로도 충분히 알 만하다. 하지만 그 어떤 이유를 들이댄다고 해도,

"아놀드 경이 그간 고생이 많았던 것 같네요. 그동안 영지를 관리하느라 수고해 주셔서 감사하다고, 꼭 따로 말씀드려야겠어요."

……이 핀테른은 세일린의 것이었고, 슈리아가 물려받게 될 땅이었다. 자신의 것을 그간 대리인으로서 관리해 왔다고 원주인을 배제하는 건 용납할 수 없는 노릇이다.

슈리아 아델트의 것은 아마르잔의 것, 탐욕스러운 아마르잔은 더 이상 무엇도 놓칠 생각이 없었다. 슈리아는 흔들리는 눈빛의 에르갈에게 딱 부러지게 말했다.

"내가 할 일이 있다면, 당연히 해야겠지요."

적어도 이 말을 융통성 있게 활용하는 건 그의 몫이리라.

그리고 슈리아가 의무를 수행할 날은 생각보다 훨씬 이른 시기에, 갑작스럽게 다가왔다. 바로 다음 날 퀸른 지방의 유지, 클라인 후작가에서 부고가 전해져 왔으므로.

클라인 후작이라……. 슈리아는 그 이름을 곱씹어 보았다. 그에 대한 기억은 그리 또렷하지 않다.

루이스 클라인과 함께 핀테른을 방문했을 때의 그는 지적인 인상으로 눈빛에서부터 학문적인 열의가 엿보이는 자였다. 세일린과 같은 아카데미 출신인 후작은 그녀와 몇 번 교류를 나눈 이후 부쩍 호의적인 태도를 보여 왔다.

가문으로 따져도 클라인 후작가는 예전부터 핀테른에 우호적이었다. 핀테른 남작의 사후, 주인을 잃은 핀테른에 알게 모르게 여러모로 신경 써 주기도 했었다. 후작부인과 세일린은 그간 쌓은 인연으로 제도에서도 자주 만나서, 친분이 더 깊어졌다.

사실 에리카처럼 여우 같은 소녀가 성정이 온화하기만 한 클라인 가문의 여식이라는 자체가 자연스럽지 못한 일이었다.

그 클라인 후작이 사망했다는 소식은, 슈리아에게 그리 변화로 와닿지 않았다. 다만 클라인이 퀸른 지방에서 막강한 영향력을 행사하고 있는 가문이니만큼 퀸른 전역에서 많은 귀족 가문이 앞다투어 장례식에 참석할 것이다.

친분을 생각하자면 세일린도 참석함이 바람직했지만 사실상 임신한 그녀가 이곳까지 달려온다는 건 무리가 있으므로 대신해서 슈리아가 방문하는 것이 맞았다.

거기 가면 필연적으로 보게 될 이들에 대해서, 달갑게 느낄 수는 없었지만 슈리아는 기민하게 채비를 마쳤다.

그간 도움받은 것에 대한 성의를 표시하기 위해서라도 핀테른의 주요 인물이 다 가는 것이 낫다는 판단하에, 아놀드 경과 에르갈도 함께하게 되었다.

귀족가, 그것도 지방 유지의 장례라는 것은 본디 많은 사람이 참석하게끔 하기 마련이라 보통 사흘에서 일주일 후에 치러지곤 했다.

하지만 이번에는 폭설 때문에 부고가 늦게 알려져서, 그들에겐 이틀밖엔 남아 있지 않았다. 이틀이면 쉬지 않고 마차를 달린다면 그럭저럭 도착할 수 있는 시간이었다.

슈리아는 핀테른에 도착하기 무섭게 다시 떠나서 종일 마차에 앉아 있어야 했지만 어른스럽게 그 모든 고난을 감내하는 모습을 보였다.

아놀드 경을 포함하여 모두가 슈리아의 일에 대해선 말을 삼갔고 한창 힘든 시기에도 내색하지 않고 제 의무를 수행하는 소녀에게 좋은 인식을 가지기 시작했다. 물론 그것이 슈리아가 의도한 바이기도 했다.

가는 길에는 여전히 폭설의 여파가 남아 있었다. 중간에 눈밭에 마차가 몇 번이고 빠져 끄집어내느라 결국 여관에도 이르지 못하고 노숙하게 되었을 때, 아놀드 경은 면목 없는 얼굴로 말해 왔다.

"정말, 이런 일이 계속 터져서 드릴 말씀이 없습니다. 저번에도 그렇고 길 상태 하나 예상하지 못해서, 아가씨를 이런 곳에서 주무시게 하다니."

사실 엄밀히 말해서 슈리아 아델트는 그와 신분 차이가 별반 나지 않는다. 하지만 아놀드 경은 어린 시절부터 슈리아에게 깍듯이 예를 지켰는데, 그는 항상 슈리아에게 '귀하게 되실 몸'이라고 흡사 미래를 내다보는 것처럼 되뇌곤 했다.

그가 말한 대로 슈리아는 정말 브리오니아에 둘도 없을 정도로 귀한 몸이 될 뻔도 했으니, 이번 일로 가장 아쉬워하는 건 어쩌면 그이리라.

"어쩔 수 없는 일이잖아요. 나보다 경이 더 고생이겠지요."

노숙하고 바로 새벽녘에 떠나도 여유롭지 않을 지경이니. 슈리아는 생긋 웃으며 화답했고, 곧 그들은 타오르는 모닥불 앞에 모여 앉게 되었다.

에르갈이 솜씨 좋게 꿩 두 마리를 잡아 와서 다행히 식사만큼은 풍족했다. 노릇노릇한 꿩고기는 소금과 약간의 허브를 뿌린 것이 전부였지만 구수한 냄새를 풍겼고 그 자체로도 훌륭하게 맛있었다.

슈리아는 손수건으로 연신 손을 닦으며 게걸스럽지 않게 보이도록 유의하며 꿩고기를 마음껏 뜯어 먹었다. 그간 귀족 영애답게 갈고닦아 온 우아함도 포크도 수저도 없는 이곳에선 드러낼 수 없었다.

하녀가 챙겨 준 빵까지 곁들여 먹고 나자 몸이 나른해진다. 타닥거리는 불빛 앞에서 아놀드 경과 마부 사이에 간간이 대화가 오갔다.

이윽고 슈리아를 제외하고 불침번을 서는 순서가 정해졌다. 첫 순서는 에르갈이었고, 후순서인 아놀드 경과 마부는 피곤했는지 눕자마자 잠들어 곧 모닥불 주변에는 고른 숨소리만이 울려 퍼졌다.

숲 한가운데라지만 이쪽은 영지에서도 안쪽이라 그리 위험이랄 것도 없었다. 사위는 아주 고요해서, 모닥불이 타닥거리는 소리가 크게 들려올 지경이었다. 슈리아는 이 색다른 풍경을 느긋하게 감상했다.

이제 둥그스레한 형태를 갖춰 가는 달은 그 빛이 교결하게 땅을 적셨고, 하늘을 메우듯 수놓아진 별은 반짝반짝 소리 낼 듯이 영롱한 빛을 쏘아 냈다.

뾰족한 나뭇잎 사이로 겨울바람이 갈래갈래 지나가며 싸늘한 소리를 내다가도 불가에 다다라서는 한기를 미치지 못하고 식혀져 미지근하게 닿곤 했다.

지금 깨어 있는 것은 에르갈과 슈리아뿐이었으니, 마침 좋은 기회였다. 슈리아는 궁금했던 것을 묻기 위해 모닥불에 지그시 시선을 고정하고 있는 에르갈에게 서두부터 던졌다.

"이런 곳에서 꿩고기를 먹게 될 줄 몰랐는데, 에르갈은 정말 솜씨가 좋네요."

"여행길에는 늘 활을 챙기곤 합니다. 무슨 일이 생길지 몰라서."

차분하게 답하는 음성은 슈리아만큼이나 작았다. 하지만 충분히 들릴 만한 크기였다.

"종종 사냥하러 다니시나 봐요."

"가끔, 속이 답답할 때면……."

에르갈은 느리게 말을 흐렸다. 속내를 드러내다가 사리는 듯하여,

슈리아는 좀 더 치고 들어가기로 했다.

"에르갈이 찾아왔을 때 저는 약간 놀랐어요."

"……."

"에르갈은 내 기억 속의 에르갈과는 많이 달랐거든요. 물론 좋은 의미로요."

"……."

"그간 무슨 일이 있었는지 모르겠지만, 에르갈은 성장한 것처럼 보였어요. 검을 수련하는 모습, 지나가다 우연히 보았는데, 글쎄 나는 검에 대해서는 잘 모르지만 상당한 수준 같더군요."

거짓말은 아니었다. 로이엄 백작가의 에리히나 에런으로 따지자면, 에리히만은 못하지만 에런과는 비등한 수준이었으니까.

로이엄 백작이 자기 아들들에게 열성적으로 검술 교육을 시켰다는 점을 고려하면 이 핀테른에서 그만한 검사가 나기는 쉽지 않은 것이다. 노력의 정도에 따라서 그는 에리히보다 강해질지도 몰랐다.

"원한다면 내가 조처를 취해 줄게요. 제도의 아카데미에 들어갈 수 있도록. 그게 에르갈에게도 좋을 거예요."

사실 그전까지는 별생각 없었지만 슈리아는 짧은 두뇌 회전을 거쳐 재어 본 뒤 빠르게 제안을 꺼내었다. 그것으로 에르갈의 환심을 사는 한편, 충실한 보좌인 그를 떼어 놓아 아놀드 경의 입지를 약화시키고 영지에서의 제 비중을 늘려도 괜찮을 것 같았다.

그러나 꿀같이 달콤한 제안에도 그는 쉽사리 승낙을 말하지 않았다. 기뻐하거나 흔들리거나, 둘 중 어느 쪽도 아니었다. 에르갈은 그저 담담히 입을 열었다.

"……아가씨가 제도로 떠나게 되었다는 말을 들었을 때, 이대로 영영 떠나시는 건 아닐까 생각했습니다."

슈리아는 가만히 그의 말에 귀를 기울였다.

"그때까지만 해도 제게 세상은 이 작은 핀테른이 전부였지요. 그래서 아가씨가 떠나신다는 건, 다른 세상으로 가신다는 것만큼이나 제게 아득하게만 느껴지는 일이었습니다. 핀테른에 있는 제 나이 또래의 소년이라면 누구든 그렇게 생각했을 겁니다."

에르갈의 눈이 미미한 떨림을 머금었다. 희미한 감정의 단상이 호박색 막 위에 떠올랐다. 그가 눈꺼풀을 닫으며 숨긴 뒷말은, 슈리아도 알 만한 것이었다. 일순 파도가 치듯 깨달음이 몰아쳤다.

슈리아 아델트는 퀸른 지방에서의 에리카 클라인이 그러하듯, 핀테른의 공주님이었다. 달빛과 별빛을 그러모아 자아낸 은빛의 천사를 연상케 하는 아름다운 소녀.

핀테른의 주민들에게는 마치 성처럼 느껴질 저택에 머무르고 있는 핀테른의 유일한 귀족 영애. 그러므로 절벽의 꽃을 따는 환상에 사로잡혀 한 번쯤 꿈꾸어 볼 만도 한 상대였다. 그러니까⋯⋯.

"제가 할 줄 아는 건 이것밖에 없으니, 검이라도 갈고닦자고 생각했습니다. 그러다가 점점 더 나아지고 싶다는 욕심이 생겨서 학문도 배우고 이것저것 노력하게 되었습니다. 아가씨가 저를 달리 보셨다면 그 덕이 아닌가 합니다."

⋯⋯이 년 전에 그가 슈리아 아델트를 사모했었단 말이지. 그리고 슈리아가 떠나 버리니까 그 충격으로 변하게 되었다는 뜻이다. 슈리아는 냉철하게 추론했다.

그렇다면 충분히 숨겨진 의미를 간파할 수 있을 만한 말을 당사자 앞에서 한다는 건, 두 가지 경우가 있을 수 있다. 하나는 슈리아를 완전히 잊었다거나, 하나는 아직 감정이 남아 있다거나. 단순히 미련이라고 보기에는 뚜렷한 무언가가 느껴졌다.

"아가씨가 말씀하신 소중한 제의는, 감사하게 생각합니다. 하지만 제게는 아직 이 핀테른에서 할 일이 남아 있습니다."

그런데 공교롭게도 그 말을 꺼낸 이 시점이, 슈리아 아델트가 황태자와 결별을 맞이하고 초라하게 고향으로 되돌아온 때였다. 마침 분위기도 딱 마음을 흔들기에 좋은, 늦은 밤의 일렁이는 모닥불 앞이었다.

스카나덴 소공작과 같은 것을 노리고 있는지도 모르겠다고, 슈리아는 생각했다. 상처 입은 소녀를 위로하며 그녀의 마음을 사로잡는 것.

오를레앙 공녀에게 주효했던 것을 보면 일반적으로 효과가 있는 전략인가 보다. 그 가정하에서 이전의 만남을 떠올려 보자면······.

어쩌면 그가 슈리아에게 저를 돕기를 청한 것도 계속 맞대면하고 엮이려는 속셈이고 그전에 찾아올 만한 구실이 필요해서 그리 말한 걸지도 모르겠다는 생각이 들었다.

그렇다면 그가 원하는 것이 여기에 있는데, 당장 제도의 아카데미로 가려고 들까. 슈리아는 의문을 일단 접어 두고 상냥하게 일렀다.

"아직, 이란 건 차후에는 마음이 바뀔 수 있다는 거군요."

슈리아의 마음을 얻었다 생각하면, 그때는 기꺼이 떠나겠단 말일까.

"······말씀하신 것이 워낙 좋은 기회라, 감히 거절을 말하기 어렵습니다."

"그렇다면 마음이 바뀌면 언제라도 말해 줘요. 부담 갖지 말고. 핀테른에서 명성 높은 기사가 난다면 그 또한 영예가 될 거예요."

"아가씨의 배려에 감사드립니다."

그것으로 대화는 종결지어졌고, 에르갈은 좀 더 시선을 깊이 내리깔고 모닥불을 응시했다. 그리고 슈리아도 눈을 감고 상념을 이어 가고 있었다.

정말로 우스운 일이다. 엊그제만 해도 황태자비 자리를 놓쳤다고 생각해서 기분이 저조했었는데 이렇게 또 다른 길이 금세 눈앞에 나타나다니.

물론 제도의 쟁쟁한 귀족 영식에 비하자면, 에르갈은 초라한 상대였다. 그는 루이스 클라인은 물론이거니와 백작가의 차남인 에리히에게도 미치지 못한다.

하지만 에르갈은 슈리아 아델트의 아랫사람이었고, 그의 정중한 태도는 앞으로도 변하지 않을 것이다. 다른 이들에 비하자면 적어도 태도 면에서 거슬리지 않으니 차라리 나을 수 있었다.

슈리아는 시건방 떠는 것을 도무지 참아 주기 어려워하는 성미였고 그런 면에서 에르갈은 이점이 있었다. 그는 조심스럽고 신중했고, 다른 이들처럼 슈리아를 휘두르거나 자신의 감정을 밀어붙일 수도 없는 처지였다.

시골 영주의 여식이 자라나 줄곧 곁을 지키던 측근의 자제와 혼인하여 영지를 꾸려 나가는, 그런 일도 실제로 드문 것만은 아니니.

순식간에 길 하나가 눈앞에서 길게 펼쳐지는 그림이 그려진다. 그리고 그 길은 황태자비 자리에 차선으로 주어지기엔 객관적으로 초라해 보였지만, 슈리아에게 썩 나쁜 발상 같지는 않았다.

눈앞에 있는 새로운 선택지를 가늠해 보며 타닥거리는 모닥불 앞에서 잠드는 것으로 그날은 끝을 맺었고, 에르갈은 그 후로도 이전과 다름없는 태도를 보였다. 슈리아는 애초에 못 들은 척, 모른 척하기에 통달한 몸이었다.

※

이어진 여행길은 순탄했다. 얼어붙은 날씨가 한층 온화해졌기에 쌓인 눈은 금세 녹아내렸고, 길이 철퍽해지긴 했지만 마차가 지날 만해서 또다시 길을 지체하는 일은 없었다.

또 무슨 기상 이변이 닥칠지 몰랐기에 부지런히 마차를 달려 후작가의 저택에 다다랐을 때는 이미 늦은 저녁 무렵이었다.

모두가 말을 달렸으면 더 일찍 도착했겠지만, 아무리 장례식 참석이 다급하다고는 하나 귀족 영애가 마차도 타지 않고 그리 격조 없이 방문해서는 안 되는 일이다.

　늦게 도착한 건 슈리아 일행뿐만이 아니었다. 폭설 탓에 비슷한 시간에 도착한 마차가 줄을 지었고, 클라인 후작가의 사람들은 바삐 손님을 맞으며 방을 내주고 있었다.

　퀸른 지방의 유지인 클라인 후작가는 후작의 건강 악화에도 불구하고 최근 몇 년간 제도에서 다소 영향력을 확보한 상태였다.

　후작부인이 그간 제도를 드나들며 친분을 넓히고자 힘쓰기도 했거니와 근래에는 세일린과의 친분 덕도 보았다. 유명세만 타지 못했을 뿐 한 지역의 유지라는 건 충분히 제도에서도 통할 만한 요인이었고, 그 때문에 제도에서도 상당수의 손님이 와 있던 차였다.

　슈리아를 공격할 만한 제도의 귀족 영애가 방문하지는 않았겠지만…… 어쨌든 그 사실은 썩 내키지 않게 느껴졌다. 마차에서 내리자 손님들이 조심스레 대화를 나누는 소리가 들려왔다.

　"정말로 안타까운 일입니다."

　"후작께서는 몇 년 전부터 계속 건강이 안 좋아지셨다고 합니다. 그것이 가을 들어 급격하게 악화되었는데 이번에 급작스럽게 날이 추워지면서 그만……."

　"저런, 소문은 들었습니다만 몇 년 더 버텨 주실 줄 알았는데. 아직 클라인 자작의 나이가 적지 않습니까."

　"아카데미에서 수학하고 있다는데, 글쎄 학업을 더 지속하기는 어려워지겠지요."

　"아무렴요, 이제 가문을 승계받아야 하니까요."

　"젊은 후작이라, 아직은 학우들과 어울리고 싶은 나이일 텐데 클라인 자작도 고충이 크겠습니다. 후계자로서 공식 발표된 지는 시일이 꽤 지났지만, 이번 일은 갑작스러워서……."

　"전대 후작께서는 개혁적인 분이셨는데 퀸른을 어떤 식으로 이끌어 나가실지."

"두고 보면 알겠지요, 총명한 분이라 들었으니 분명 잘하시리라 믿습니다."

이루어지는 대화는 우려와 탄식을 담고 있었다. 클라인 후작은 인품도 좋고 아주 유능한 편은 아니지만 늘 퀸른의 발전을 위해 노력하는 바람직한 유지였다. 단지 권세 때문만이 아니라 그 때문에라도 이렇게 장례식에 사람이 들끓는 것이리라.

슈리아는 오랜만에 루이스 클라인을 뇌리에 떠올렸다. 아카데미에 들어간 이후로 간간이 편지를 주고받았는데, 황태자와의 일이 귀에 들어갔는지 최근에는 연락이 없었다.

황태자와의 관계가 파탄 난 지금 그는 매력적인 선택지였지만, 아직도 그에게 그때와 같은 감정이 남아 있을지는 장담할 수 없는 문제였다.

그리고 곧 문제의 해답을 알게 될 계기가 있었다.

핀테른의 대표 격이나 다름없는 슈리아는 저녁 식사 후 다음 날 오전에 있을 장례식 때까지 핀테른의 사람들과 떨어져 있게 되었다.

무슨 일이 있으라면 부르라고 신신당부했던 아놀드 경은, 슈리아가 도착한 이래 목소리를 낮춰 수군대기 시작한 사람들을 깊이 의식하고 있는 눈치였다.

일방적인 파혼이나 다름없는 일을 당하고, 눈총을 받으며 귀향한 소녀를 또다시 사람 많은 곳으로 데려온 것에 그는 가책마저 느끼는 듯했다.

다만 교활한 구석이 있는 에르갈은, 그로 인해 슈리아가 힘들어하면 할수록 기회라 여길지 몰랐다. 방 안에 틀어박혀 있게 내버려 두지 않고 첫날부터 슈리아를 쪼아 댄 걸 보면.

하지만 슈리아를 홀로 내버려 두는 것에 대해선 썩 마음이 편치 않았는지 이전까지 보였던 격의 있는 태도와는 달리 그는 슈리아를 가라앉은 눈으로 응시하고만 있었다.

"가 보세요. 피곤할 테니 푹 쉬고 내일 아침에 봐요."

슈리아가 그리 권했을 때야 그는 고개를 끄덕이고는 느릿하게 발을 떼어 떠나갔다. 그리고 슈리아는 비로소 휴식을 취할 수 있었다. 뜨끈한 목욕물에 몸을 씻고 실내용 드레스로 갈아입은 채 휴식을 취하는 것도 잠시, 곧 문을 두드리는 소리가 들려왔다.

"아가씨, 주인님이 뵙고자 하십니다."

하녀는 공손한 태도로 말했고 슈리아는 특정한 호칭에 신경이 갔다. 주인님이라고? 그녀의 주인님은 며칠 전만 해도 클라인 후작이었을 터였다. 그런데 그녀는 벌써 호칭을 달리하는 데 익숙해진 것으로 보였다.

아무래도 후작가의 사람들은 주인이 바뀐 것에 무리 없이 바로 적응한 모양이다. 그 뜻은, 후작이 자신의 사후를 충분히 대비한 모양이고 루이스 클라인의 작위승계 역시 무탈하게 이루어질 가능성이 높다는 것이었다.

퀸른에서도 굳이 신경 쓸 필요 없이 금세 클라인의 새로운 젊은 주인을 받아들일 것이다.

그 루이스 클라인이 이 와중에 날 찾는다 이거지. 슈리아는 그가 할 만한 말들을 예상하며 하녀의 뒤를 따라 나갔다.

응접실에 들어서니 초췌한 얼굴로 앉아 있던 루이스 클라인이 재빨리 인사를 건넨다. 이제껏 보아 온 그는 늘 해사하게 반질거리는 얼굴이었는데, 오늘만큼은 안색이 파리하게 질려 있었다. 아버지의 죽음에 심적으로 크게 영향을 받은 모습이었다.

"슈리아, 오랜만에 보는구나."

"네, 루이스. 이런 일로 보게 되어서 유감이에요. 안색이 좋지 않은데, 괜찮으세요?"

"에리카가 문제지. 그 애가 몹시 상심해서. 난 괜찮아. 너야말로……
아니, 이런 때에 찾아 주어서 고마워."

루이스 클라인은 씁쓸하게 웃었고 슈리아는 에리카에 대해 지나가 듯이 언뜻 들은 소리를 떠올렸다. 식음을 전폐하고 방 안에 틀어박혀 서 울고만 있다던가. 그 성격을 보건대 가문에서도 어리광쟁이로 자 라 왔을 것이 분명하니 저를 애지중지 예뻐했을 부친을 잃은 슬픔이 클 법도 하다.

　동정심 없는 마음으로도 기꺼이 안쓰러운 얼굴을 자아내는 슈리아 에게 루이스 클라인이 물었다.

　"핀테른에는 언제 돌아갔던 거야? 나는 네가 제도에 머무르고 있는 줄 알았는데. 네가 직접 올 거라고는 예상하지 못해서, 집사에게서 전 해 들었을 때 놀랐어."

　정확히는, 핀테른에 '왜' 돌아갔는지 알고 싶어 하는 기색이다. 황 태자와의 결별 소식은 알고 있는 듯한데, 아마 제대로 확인하고 싶은 거겠지. 그리고 그 확인하고 싶어 하는 마음 자체가 단순히 호기심에 서 기인했다고 보기엔 루이스 클라인은 지나치게 반듯한 성격이었다.

　그 추론은 그와 연락이 끊긴 이후 희미해졌던 선택지를 되살려 주 었고, 슈리아는 머뭇거리는 듯이 시간을 끌다 답했다.

　"며칠 전에 돌아왔어요. 번잡한 제도에서 벗어나서 조금은 쉬고 싶 어서……."

　그 말은 담담했지만 지친 듯이 흐려졌고, 확연히 끝을 암시하는 말 에 루이스는 잠시 침묵을 지켰다. 상념이 흐르는 눈으로 입술을 달싹 이던 그는 이내 안면 가득 다정한 미소를 떠올리며 물었다.

　"이 년 만인가. 핀테른에 돌아온 소감은 어때?"

　"좋았어요. 사람은 변했는데 풍경은 변하지 않았더군요."

　"그렇지? 제도에서의 세월은 워낙 금방 스쳐 지나가서, 거기에 발 맞춰 살다 보면 고향이 낯설게 느껴질 때도 있었지. 그래도 돌아와 보 니 여전하더라. 그립고 아늑하지. 이래서 다들 고향, 고향 하는가 봐."

　"정말로 그래요."

공감하지 못하면서 동의하는 건 슈리아에게 익숙한 일이었다. 그리고 루이스 클라인은 진중하게 깊어진 눈으로 시선을 맞춰 왔다.

"그간 힘든 일도 많았겠고 네가 그걸 어떻게 감내하고 있는지는 난 알 수 없지만……. 돌아온 건 잘한 선택이라고 생각해. 핀테른에서 푹 쉬다 보면 괴로웠던 일도 잊히고, 곧 평온해질 거야."

"……"

분명 슈리아보다 부친을 잃은 그의 상황이 더 힘들 것임에도, 루이스 클라인은 부드러운 어조로 상심해 있을 슈리아를 위로하려 노력하고 있었다. 물론 슈리아는 다른 의미로 상심해 있었으므로 그의 시도는 퍽 무의미했다.

"클라인 후작가에 온 것을 환영해, 슈리아."

다만 그 말이 향한 상대가 슈리아가 아니었다면, 상당히 효과적으로 먹혔을 것이다. 그의 다정한 마음 씀씀이는 흔히 보상받을 만하다고 여겨지는 것이었다. 슈리아는 그에 상냥한 미소로 화답했다.

그 후 긴 시간 동안 대화가 오갔다. 루이스 클라인은 꽤 화술이 좋아서, 불편하지 않은 화제로 막힘없이 이야기를 이끌고 나가는 재주가 있었다.

그래도 미혼의 귀족 남녀가 늦은 밤까지 함께하는 것은 예에 맞지 않으므로 한동안 대화를 주도하던 루이스 클라인이 먼저 슈리아에게 인사를 건넸다.

"……그러면 부족한 게 있으면 얼마든지 하녀에게 말해. 우리 집에서만큼은 최고의 대우를 약속할게."

"신경 써 주셔서 감사해요."

"여기에 머무는 동안은, 나도 바쁘겠지만 최대한 자주 찾아갈게. 그러면 푹 쉬어."

"루이스도. 그럼 내일 봬어요."

루이스 클라인은 어느덧 근심을 잊어버린 듯이 환한 얼굴이었다.

별로 자주 찾아오기를 바라지는 않지만, 기상악화라든가 하는 특별한 이유가 없다면 기껏해야 이틀 정도 더 머무르는 게 전부일 터이니 크게는 상관없다. 슈리아는 짐짓 그의 말이 반가운 것처럼 굴며 자리에서 일어섰다.

방문을 나서 하녀를 따라 걸으면서 슈리아는 또 하나의 선택지를 그려 보고 있었다. 루이스 클라인의 진지한 눈빛과 조금도 변하지 않은 일관된 태도가 슈리아로 하여금 그런 생각을 갖게끔 했던 것이다. 변덕스럽게도, 에르갈은 슈리아의 뇌리에서 금세 후순위로 돌려졌다.

아무래도 가신의 자제와 혼인하는 것보단 후작부인이 되는 게 지위상으로도, 그리고 남들 보기에도 낫지 않겠는가?

사실 황태자를 대신해 에르갈이라는 건, 슈리아에게는 상대하기 더 편하다는 이유로 바람직한 배우자일지는 몰라도 다른 사람의 시각에서는 그렇지 않을 테니까. 황태자비가 되지는 못했더라도 그 대신 후작부인이 된다는 건, 지위가 심히 추락했다고는 볼 수 없으니 그럭저럭 성공적인 회생이 되리라.

지금의 슈리아는 사교계에서 동정의 시선을 받는 몸에 불과하지만, 루이스 클라인과 새로이 관계를 구축한다면 평가는 달라질 것이다.

이대로 핀테른에 붙박이로 남아 에르갈과 맺어지느니 다시 제도 사교계로의 효과적인 복귀를 노릴 수 있게 해 주는 상대를 택하는 것이 객관적으로는 나아 보였다.

물론 문제점도 있었다. 슈리아가 제도의 사교계에서 활보하는 것을 황태자가 용인할 수 있겠느냐는 것. 아마르잔인 슈리아 아델트가 브리오니아에서 영향력을 떨칠 수 있는 위치에 오르는 걸 그는 결코 바라지 않으리라.

하지만 과히 신경 쓸 필요는 없을 듯싶었다. 클라인 후작가는 분명 명문에 고위 귀족이긴 하나, 권세가 지방에 치우쳐 막강한 권력을 쥐었다기엔 부족한 감이 있다.

슈리아 아델트가 후작부인이 된다 하여 그가 크게 경계할 상황은 아닐 것이니, 일단 이 문제는 접어 두고서라도……. 슈리아는 조용히 뇌까렸다.

"더 큰 문제가 있지."

슈리아와 루이스 클라인이 맺어진다면 창문 밖으로 뛰어내리는 시늉을 해서라도 필사적으로 저지할 에리카 클라인, 그녀가 가장 큰 문제였다.

현혹마법이라도 걸지 않는 한 그녀가 순순히 슈리아를 받아들이는 것은 불가능에 가까우리라. 우선 슈리아를 보자마자 망신을 주려 하지 않으면 다행이었다.

루이스 클라인과 슈리아가 대화를 나누었다는 걸 안다면 당장에라도 뛰쳐나올 그녀였지만, 지금만큼은 에리카에게 그럴 정신이 없어 보였다.

슈리아의 불행을 누구보다도 기뻐할 소녀는 부친의 죽음에 정신이 쏠려 슬픔의 그늘에 사로잡혀 있었다. 슈리아를 본 순간 고양이처럼 할퀴고 싶은 충동으로 슬픔을 떨쳐 낼지도 몰랐지만.

에리카 클라인을 상대할 방도를 모색하는 동안 어느덧 제가 머물고 있는 방에 가까워진 슈리아는 문득 방 앞에 서 있는 한 인영을 발견했다. 에르갈? 주인이 없는 방에 들지 못하고 기다린 모양이다.

"이 늦은 밤에 어디를 다녀오십니까."

눈이 마주치자마자 떨어진 질문은 조급했고, 딱딱하게 들렸다. 그러나 그의 눈은 요동 없이 단호하며 뚜렷한 빛을 품었다. 어쩐지 익숙한 상황이라 느끼며, 슈리아는 제 보호자인 양 구는 에르갈에게 무심히 답했다.

"클라인 자작께서 찾으셔서 잠시 뵙고 왔어요."

"……자작과는 따로 연이 있으십니까?"

"알지 모르지만, 그가 어릴 적에 핀테른을 찾은 적이 있어요. 제도에서도 몇 번 뵈었고요."

볼일은 끝났느냐고 묻는 듯이 슈리아는 빤히 그를 바라보았다. 에르갈의 입매가 순간 미묘하게 일그러졌다. 한차례 숨을 죽인 뒤 그는 다시 입을 열었다.

"오해를 받으면 곤란하니, 자작과 밤늦은 시간에 대면하는 것은 바람직하지 못합니다."

"주의할게요."

그답지 않은 확정적인 언사에, 슈리아가 너무도 순순히 답하자 에르갈은 도리어 할 말을 잃은 듯싶었다. 사실 예법에 근거해 꼬투리를 잡는 것 외에 슈리아를 제지할 만한 무엇도 그에겐 없었다.

"내게 용건이 있어서 찾은 것이 아닌가요?"

"불편하신 점은 없나 해서 찾아뵈었습니다."

"신경 써 줘서 고마워요. 난 괜찮으니까 가서 쉬세요."

슈리아의 말은 자르듯이 떨어졌고, 에르갈은 머뭇거리다가 이내 인사말을 남기고 몸을 돌렸다. 슈리아는 그가 떠나간 자리를 힐끗 본 뒤 신경을 끊고 방 안으로 들어섰다.

슈리아가 마음을 바꿔 먹건, 제 앞에 놓인 미래를 저울질하건 어쨌든 다음 날 오전, 장례식은 예정대로 엄숙한 분위기 속에서 치러졌다.

에리카는 울어서 퉁퉁 부은 얼굴로 자리를 지켰고 루이스 클라인도 어젯밤 활짝 웃었던 얼굴은 온데간데없이 침중한 낯으로 탄식 속에서 관 위에 꽃이 흩뿌려지는 광경을 바라만 보았다.

당장에라도 저 관에 안치된 시체를 일으켜 세울 수 있는 슈리아에게 깊게는 소중한 누군가를 잃은 슬픔에 잠기거나 얕게는 누군가의 죽음을 애도하는 이 경건하고 무거운 분위기는 이해할 수 없는 종류 중 하나였다.

그건 어쩌면 단 한 번도 누군가를 잃고 슬퍼했던 기억이 없기 때문이리라. 죽음은 말 그대로 죽음. 그것이 슈리아에게 상실을 가져다주었던 적은 단 한 번도 없었다.

과거에도 아마르잔은 흡사 얼음으로 만들어진 심장을 가지고 태어난 듯했다. 어린 시절, 표면상이나마 가깝게 지냈던 이도 있었지만 실상 그들은 아마르잔에게 어떤 의미도 되지 못했다.

반드시 죽음 때문이 아니더라도 그들은 썰물에 휩쓸리듯 아마르잔의 삶의 저변으로 사라져 갔고 그렇게 뇌리에서 지워졌다.

그것으로 끝이었다.

물론 이번 생에서는 좀 더 의미가 되는 존재도 있었다. 그러나 그들도 종내에는 다르지 않으리라. 불사와 영생을 손아귀에 쥔 아마르잔이 세월에 스러져 가는 것들을 기억에 남겨 둘 필요 따위는 없으니.

그러한 생각에 신이 징벌이라도 내리듯, 슈리아는 곧 내키지 않은 사람과 대면하게 되었다.

"와아— 슈리아! 아참, 여기서 큰 소리 내면 안 되지. 어쨌든 다시 보게 되어서 반가워."

……아니, 이는 분명 예견된 일이었다. 슈리아는 제 앞에서 생글거리고 웃고 있는 소녀를 냉담히 바라보았다. 유디 헤센. 굳이 떠올리지 않으려 했건만, 역시나 다시 마주하게 되었다.

"너도 왔구나."

"응, 마침 여관을 떠나려는데 소식이 들려와서. 넌 오느라 고생했겠다."

그 안쓰러움을 담은 순진한 낯은 슈리아보다 훨씬 이르게 후작가에 도착해서 내내 마차를 타고 노숙까지 한 저에 비해 편안하게 지낸 걸 자랑하는 것처럼 느껴졌고, 슈리아는 그게 진실이 아님을 머리로는 알면서도 어쩐지 속이 뒤틀렸다.

생각해 보면 그녀는 데이지와 비슷한 부류였다. 천진하게 내뱉는 말들이 의도치 않게 거슬리는. 슈리아가 그렇게 생각하든 말든 눈치

없는 유디는 슈리아에게 딱 달라붙어서 제 소감을 털어놓았다.

"있지, 난 클라인 후작가 저택에 처음 와 봐. 이야기만 들었지 이렇게 멋진 곳인 줄은 몰랐어. 외관도 멋있고 안은 고풍스럽고 시중인들도 태도가…… 뭐랄까, 무척 정중한걸! 황궁도 이럴까? 방문한 때가 이렇지만 않았으면 좋았을 텐데."

아무리 퀸른에서는 왕이나 다름없는 후작가라지만 황궁과 비할 바는 못 된다. 슈리아는 소녀가 퍽 촌뜨기처럼 굴고 있다고 생각하면서도 내색하지 않고 가만히 고개를 끄덕였다.

"이 집 아가씨도 우리 또래라는데 많이 운 것 같더라. 참 안됐어. 난 어렸을 적부터 아버지가 안 계셔서 그 기분 잘은 모르겠지만, 내가 그녀와 같은 상황이라면 무척 슬플 거야. 이 집 도련님도…… 그렇고."

유디의 말소리가 잦아들자 잠시 침묵이 내려앉았다. 머뭇거리던 유디는 조심스레 물었다.

"클라인 자작님 말야. 너 혹시 그분을 뵀니? 난 여기 온 첫날 처음 뵀거든. 그렇게나 젊은 분인데, 아니 우리와 몇 살 차이 나지도 않는데 벌써 후작위를 물려받으신다니, 부담감이 엄청날 텐데, 어찌 견디실지 모르겠어. 물론 총명한 분이라 들었으니 잘 해내시겠지만, 너무 안쓰러워. 이렇게 힘들 때 무언가 도움이 되어 드렸으면 좋겠는데, 방법이 없을까?"

그녀의 발언은 단순한 방문객의 것이라 보기엔 감정 면에서 이입도가 깊었고, 너무도 착하게 들리는 나머지 거슬리기까지 했다. 루이스 클라인과 아는 사이도 아니었다는 소리인데 동정심에 심취한 꼴이 볼썽사나웠다.

하마터면 네가 오지랖 넓게 그걸 왜 걱정하느냐고 싸늘하게 쏘아붙일 뻔한 슈리아는 문득 유디의 볼에 옅게 피어오른 홍조를 발견하곤 말을 삼켜 냈다. 저 표정은…….

"그렇다면 나중에 클라인 자작님을 한 번 찾아뵙고 위로라도 건네는 게 어떻겠니.”

슈리아는 평이한 어조로 권했다.

“아니야, 바쁘실 텐데 괜히 귀찮게 굴고 싶진 않아.”

그러고 싶다는 얼굴을 하면서도 유디는 어른스럽게 고개를 내저었다. 그래도 사고라는 걸 하고 있긴 하군. 슈리아는 유디의 수준을 데이지보다 윗선에 올려 두었다. 이황자를 위해선 그나마 불완전한 이성마저 잃어버리는 데이지와 달리 그녀는 사리분별을 할 줄 알았다.

그나저나 루이스 클라인이 뭘 어쨌기에……. 슈리아는 머릿속으로 그를 가늠해 보았다. 슈리아야 그에게서 매력을 느끼지 못하니 와 닿지 않은 것이지만 루이스 클라인은 인기가 좋았다. 그리고 그 인기란 것은 이 퀸른 지방에서 압도적이기까지 했다.

지적이고 반듯한 외양에 부드러운 목소리와 말솜씨, 정중한 태도까지 겸비한 그는 제도의 아카데미에서도 좋은 성적을 내고 있는 수재였다.

게다가 이제는 젊은 후작이니 퀸른이 아니라 브리오니아 전역을 따지더라도 그만큼 괜찮은 미혼의 귀족 영윤은 찾아보기 힘들 터이다.

당분간은 가문 안팎을 살피느라 혼사를 생각하기도 힘들겠지만, 곧 퀸른 지방에서 딸 있는 귀족 가문들은 모두 그에게 제 딸들을 갖다 바치려 들 것이다. 이렇게 객관적으로 평가해 보니 상당히 괜찮은 선택지이긴 하다.

그리고 유디 헤센의 눈에도, 루이스 클라인이 특별해 보였음은 충분히 알아챌 수 있었다. 별처럼 반짝이는 눈동자나 미미하게 떨리는 음성에선 솔직하기 짝이 없는 그녀가 숨기지 못한 모든 것이 묻어 나왔으니까.

그런데 하필, 루이스 클라인이란 말이지. 어찌 보면 예상할 만한 일이기는 했지만……. 슈리아는 혹독한 마음을 숨기고 상냥하게 미소 지었다.

"아마도 곧 뵐 수 있을 거야."

그리고 그 말은 주문이라도 왼 것처럼 틀림없이 실현되었다. 그날 저녁이 되기 전, 루이스 클라인은 최대한 자주 찾아가겠다던 자신이 한 말을 지키듯 슈리아를 방문했고 마침 유디 헤센은 슈리아의 곁에서 재잘거리던 참이었다.

손님방에 딸린 작은 응접실의 문이 기별과 함께 열리고 루이스 클라인이 방에 들어서자 유디의 눈이 토끼처럼 크게 뜨였다. 슈리아에게 반갑게 말을 걸려던 루이스의 시선이 유디에게 닿았다. 이건 슈리아가 바라던 상황이었다.

"어, 아, 클라인 자작님? 여긴 어쩐 일로."

"슈리아를 찾아온 것인데, 손님이 계셨군요. 저택에서는 평안히 지내고 계시는지요, 유디 헤센 양?"

"네, 네, 저는 무척……."

유디의 표정이 묘해지는 찰나, 슈리아가 재빠르게 말을 붙였다.

"유디는 핀테른으로 오는 길에 잠시 묵은 여관에서 알게 되었어요. 폭설에 마차가 길을 지나가지 못해서 어쩔 수 없이 여관에서 머물렀거든요. 그보다…… 바쁘신데 와 주셔서 기뻐요."

그건 평소보다 다분히 친근한 투였다. 루이스 클라인의 낯에 눈에 띄게 미소가 피어올랐다.

"고생했었구나, 슈리아."

그때 유디 헤센이 의심쩍은 눈빛으로 황급히 끼어들었다.

"어, 저, 실례지만 슈리아와 자작님은 어떻게 연이 닿은 건가요?"

"어린 시절부터의 인연이지요. 제도의 무도회에서 슈리아와 마주쳤을 때 얼마나 반가웠던지."

루이스 클라인은 예의 바른 태도로, 다만 슈리아에게 대하던 것과는 다른 거리감 느껴지는 눈길로 유디의 말을 받아 주었다.

"제도에서 어렸을 적부터 알던 고향 사람을 만나면 저라도 참 반가울 거예요."

"그렇지요, 게다가 슈리아는 눈에 띄게 예뻐져서, 멀리서 봐도 눈에 확 들어오더군요."

"과찬이세요. 루이스야말로 워낙 훤해져서 몰라보았는걸요. 깜짝 놀랐어요."

슈리아와 루이스 클라인이 아주 친근한 투로 서로에게 간지러운 금칠을 해 대자 유디는 어두워진 표정으로 작게 읊조렸다.

"그랬군요……."

루이스는 집주인답게 사교성 있는 언사로 유디를 치켜세워 주었다.

"갑작스레 학업을 중단하고 제도를 떠나게 되어 아쉽기도 했는데……. 지금 퀸른에 이렇듯 미인이 많으니 제도가 부러울 게 없군요."

유디의 뺨이 발갛게 붉어졌다. 그러나 그것도 잠깐이었다. 슈리아와 루이스 사이에서 대화가 오가는 동안 유디 헤센은 눈에 띄게 우울해졌고, 반면 처음에는 우울해 보였던 루이스 클라인의 안색은 많이 좋아졌다.

그리고 슈리아는 슬슬 성격에 맞지 않는 친한 척을 하는 게 귀찮아지기 시작했다.

"이만 시간이 늦었는데 쉬셔야 하지 않겠어요? 내일도 할 일이 많으실 텐데요."

유디 헤센이 함께한다는 걸 핑계 삼아 그도 꽤 오래 이곳에 있었다.

"그렇군, 아쉽네."

잠시 말을 삼킨 루이스 클라인은 먼저 자리에 일어서며 인사를 건넸다.

"그러면 푹 쉬길, 내일 보자고."

또 이 짓을 하기 싫었던 슈리아는 걱정스러운 척 거절을 은근히 비쳤다.

"무리해서 방문하실 건 없어요."

"아니, 이건 날 위해서이기도 해. 여기서 대화를 나누면 위안받는 느낌이거든."

그럼 안녕. 좋은 밤 되시길, 두 분 모두. 잔잔한 음성으로 그리 말한 루이스 클라인이 방을 떠나자 유디 헤센도 비척거리며 자리에서 일어났다. 소녀는 흡사 건드리면 울 것처럼, 무언가를 꾹 참아 내는 듯이 보였고 슈리아는 모른 척,

"왜 그래? 괜찮아, 유디? 너무 오래 대화해서 피곤한가 봐."

말하며 그녀에게 쉬러 갈 것을 종용했다. 그리고 유디가 힘겹게 응, 이라고 답변하며 떠나자 방 안은 이내 고요해졌고 슈리아는 그날 밤 최근 들어 가장 가뿐해진 마음으로 잠자리에 들 수 있었다.

그러나 순간의 즐거움은 역시나 잠시였다. 제 아버지의 장례식 이후 에리카 클라인에게도 주위를 살펴볼 여력이 돌아왔던 것이다.

그리고 그녀의 귀에 루이스 클라인이 장례식 전일과 당일 슈리아 아델트를 찾았다는 소식이 전해졌다. 당연한 순리로, 다음 날 오전 에리카 클라인은 득달같이 슈리아를 찾아들었다.

"슈리아 아델트!"

그녀의 음성이 악문 잇새를 타고 부자연스럽게 흘러나왔다. 한껏 찌푸린 이마나 하얗게 질리도록 꽉 쥔 주먹은 치를 떠는 듯이 보였다.

슈리아는 그녀의 갑작스럽고, 예에 어긋나는 방문을 꼬집어 나무라지 않으며 나긋한 어조로 대꾸했다.

"오랜만이야, 에리카."

잠자코 찻잔을 내려놓으며 시선을 주는 그 태도는 아주 여유롭고도 우아해서 오히려 들이닥친 에리카가 무안해질 지경이었다. 에리카는 확 달아오른 뺨을 삭이듯 입술을 꽉 맞다물었다.

옆에 앉아 있던 유디가 머뭇거리며 일어나는 것에 개의치 않고 그

녀는 낮아진 음성으로 쏘아붙였다.

"네가 여기에 그 잘난 낯짝을 들이밀 줄 몰랐는데."

그 공격적인 발언에 유디의 얼굴이 곤혹스럽게 변했다. 그녀는 방금까지만 해도 에리카 클라인을 아버지를 잃은 가련한 또래의 소녀 정도로 생각하고 마냥 가엽게 여겼던 것이다. 슈리아는 평온하게 대꾸했다.

"나는 엄연히 조문객의 자격으로 온 거야. 손님을 이렇게 대우하는 것이 귀족가의 예의던가?"

"손님이라고?! 너 때문에 내가 제도에서 얼마나!"

소리치려던 에리카는 슈리아가 어이없다는 듯이 눈을 내리깔자 다시 말을 삼켜 냈다. 모든 걸 망친 건 그녀의 잘못이었지, 슈리아 때문은 결코 아니었다.

"……뻔뻔하기도 하지. 나라면 그런 일을 당했다면 남의 눈이 부끄러워서 방 밖으로 한 발짝도 내딛지 못했을 거야."

남의 눈이 부끄러운 줄 안다면 왜 제도에서는 그렇게 저 잘난 듯이 행동해서 제 사교계 생활을 망쳤는가. 슈리아는 지적해 주고 싶었다.

"저어…… 말씀이 좀 심하신……."

"당신이 상관할 일이 아니에요."

유디가 조심스레 끼어들자 에리카가 딱 잘라 끊어 냈다. 유디의 눈에 힘이 들어갔다.

"아니, 상관 있어요. 저는 슈리아의 친구이고, 부친을 잃으신 슬픔이 큰 건 이해하지만 이런 식으로 슈리아에게 푸는 것은 옳지 못해요."

유디의 발음은 제법 또박또박했고, 음성은 강단 있게 들렸다. 마냥 착한 척 그러지 말라고 쩔쩔대며 말할 줄 알았는데 의외였다. 눈앞에 있는 게 루이스 클라인의 하나뿐인 여동생인 것을 감안했을 때 더욱 그러하다.

어젯밤 일로 그를 흔쾌히 포기하기로 마음먹었나, 슈리아는 짐작하며 상황을 관조했다.

"글쎄, 자꾸 끼어드는 당신, 이름이 뭐죠?"

에리카의 눈썹이 솟구치며 표적이 유디에게로 돌아가자 슈리아는 눈앞에서 벌어지는 상황을 흥미롭게 감상했다.

"내 이름은 유디 헤센이에요."

"아하, 그러고 보니 들어 보았지, 르윈 백작가에 오라비를 팔아서 가문을 살렸다는 그 헤센 집안. 쫄딱 망한 처지에 기사회생했다 들었는데 늦되게 귀족 행세를 시작해서 그런지 참 눈치가 없군요."

쉬운 상대라는 걸 알아챈 에리카가 입꼬리를 비틀며 모욕적으로 비아냥거렸다.

"마, 말씀이 지나치세요."

"당신도 신분 상승한 처지이니 저 애한테 동지의식이라도 느끼는가 본데 당신 따위가 나설 일이 아니야."

난생처음 이런 매몰찬 소리를 들어 본 듯 유디의 안색이 하얗게 질렸다. 유디가 무슨 소리를 듣건 상관없었지만 에리카가 마냥 기세 좋게 굴도록 내버려 두는 건 제게도 도움이 되지 않았다. 어쨌든 그녀는 슈리아가 찍어 눌러야 할 상대였다.

슈리아는 흥분한 에리카와 대조되게 여전히 서늘한 낯으로 일침했다.

"네가 이러는 것 역시 주제넘은 일이야."

"주제넘다고? 너 따위가 감히 루이스한테 집적거리는 꼴을 보고만 있는 게?"

그제야 유디는 에리카 클라인이 왜 이런 식으로 구는지 알아챈 것 같았다. 여전히 착한 소녀의 모습으로 소녀는 슈리아의 역성을 들었다.

"무슨 소리세요! 어떻게 그런 말씀을 하시나요? 게다가 자작님이 찾아오신 거지 슈리아가 지, 지, 집적거린 적은 없다고요!"

그 말은, 에리카 클라인에게 무척 거슬리게 들렸음이 분명하다. 게다가 에리카는 제 공격을 받고도 태연한 슈리아보다 눈앞의 순진해 보이는 소녀가 더 표적으로 적합하다고 생각한 것 같았다.

약자 앞에선 주저 없이 강해지는 에리카 클라인은 빳빳하게 고개를 쳐들었다. 에리카의 입가에는 퀸른 지방에서 왕족이나 다름없는 그녀에게 합당한 거만한 미소가 피어올랐다. 슬그머니 문이 열리는 소리도 듣지 못한 채 그녀는 사납게 쏘아 댔다.

"멍청하군요. 알아서 거절했어야 한다는 소리예요. 루이스가 마음 좀 써 줬다고 그걸 넙죽 받으며 뭔가 헛된 꿈이라도 꾸나 본데."

문이 완전히 열렸음에도 에리카는 아랑곳하지 않고 말했다.

"신분 상승한 비렁뱅이들끼리 어울리는 꼴도 보기 좋다만, 이런 때에 내 집 안에서 설치지 말아 주었으면 좋겠어. 특히 구설수에 오를 만한 일은 더더욱이나."

"에리카!"

그리고 루이스가 성큼 걸어 들어와 노기를 내보이며 에리카의 손목을 잡아챘다. 뒤에 하녀 한 명이 난처한 신색을 하고 있는 것을 보아선 에리카 클라인이 이리로 달려오자 바로 보고를 올렸던 모양이다.

이제까지 단 한 번도 보여 준 적 없었던 싸늘한 얼굴이었다. 에리카는 잠깐 곤혹스러워하는 기색을 비추더니 제 어리광을 곧잘 받아 주던 루이스 클라인 앞에서 그녀 특유의 애교 어린 미소를 지었다.

"왜 그래 루이스? 사실이잖아."

"손님들께 이게 도대체 무슨 무례야."

가까스로 언성을 높이지 않은 듯 꾹 눌린 음성이 새어 나왔다. 늘 에리카에게 관대하기만 했던 루이스 클라인도 오늘만큼은 무섭도록 엄했다.

"루이스가 자꾸 안쓰러운 마음에 저 애를 찾아드니까, 쟤가 착각하

잖아. 자기가 클라인 후작가의 안주인이 될 수 있을 거라고! 그게 말이
돼?"

애초에 그걸 허용할 마음이 없는 것처럼, 루이스 클라인이 슈리아
아델트를 좋아하는 건 있을 수 없다는 것처럼 에리카는 칼날 같은 어
조로 맞섰다. 루이스가 손목을 한층 거세게 잡아끌었다.

"에리카 제발 철 좀 들어!"

"저런 애한테 마음 쓰지 마. 난 절대 용납 안 해. 황태자 전하한테
버려지고 루이스를 대용품으로 찾는 꼴, 내가 못 봐주겠어서 그래."

물론 슈리아가 진심이었대도 이미 제게 악감정을 품은 에리카 클라
인에게는 그렇게밖에 생각되지 않았을 것이지만, 그녀의 말은 사실과
가까웠다.

그러나 에리카의 행동은 루이스 클라인을 생각해서가 아니라 부친
을 잃은 슬픔과 혼란을 진작부터 증오하던 슈리아에게 돌려서, 마치
제가 겪고 있는 모든 감정을 해소하려는 듯이 보였다.

충혈된 눈으로 잔뜩 날 서 있는 에리카 클라인은 확실히 정상적인
사고를 갖추고 있는 것 같지 않았다.

슈리아는 구태여 구구절절 그녀의 오해, 또는 억지를 풀어 주려 하
지 않았다. 에리카의 말도 안 되는 소리에 응한다는 건, 그녀에게 물
고 늘어질 여지를 더 주는 일이다.

슈리아는 흡사 소녀의 경박함에 말을 잊은 것처럼 서늘하게 침묵을
지켰고, 그건 과연 효과적인 대처였다. 함께 폭언을 듣고 새하얗게 질
린 유디가 그녀의 심히 불안한 건강 상태를 반영하듯 그 자리에서 비
틀거리며 쓰러졌던 것이다.

순식간에 에리카가 폭력을 행사한 듯한 분위가 되어 버려, 슈리아
는 아주 쓸모 있는 행동이라며 그녀에게 드물게 후한 점수를 주었다.

"헤센 양!"

제 여동생의 패악에 아연해 있던 루이스 클라인이 재빨리 유디를

받쳐 들어 소파에 앉혔다. 잠깐 빈혈이라도 인 듯 유디는 가냘픈 신음을 내며 눈을 찡그렸다.

"전…… 괜찮아요. 잠깐 어지러워서."

그 와중에도 얼굴이 붉어지는 걸 보면 상대가 누구인지 인지할 정신은 있는 것 같다고 슈리아는 예리하게 판단했다.

"나 참, 뭘 했다고 쓰러지는 시늉까지 하는지."

독살맞은 기미가 가시지 않은 에리카가 콧소리를 내며 고개를 획 돌렸다. 그 순간 주먹이 하얗게 질리도록 움켜쥔 루이스 클라인은 정말로 화가 난 것처럼 보였다.

"에리카, 너 도대체! 아버지 장례식에 참석한 손님께 이렇게 막돼먹게 굴어야겠어?"

"아버지 장례식에 참석한 손님이 불순한 의도를 가지고 있으니까 그렇지!"

슈리아 아델트는 안 돼, 오로지 그 뜻으로 시퍼렇게 눈을 빛내고 있는 에리카를 마주하며 루이스 클라인은 솟구치는 분노를 누르고, 후작가의 후계자답게 차가운 이성을 세웠다. 그리고 도무지 말을 들어먹지 않는, 다섯 살배기 아이로 회귀한 것 같은 에리카에게 가까스로 차분히 말했다.

"너, 무슨 생각을 하는지 알겠는데, 여기서 이러지 말자."

"내가 뭘 어쨌다고? 여긴 내 집이야! 싫은 사람한테 싫은 내색하는 거, 내 집에서 그것도 못 해?"

루이스 클라인은 냉정하게 뚝 잘랐다.

"……아니, 내 집이지. 이 집을 물려받은 건 나니까."

정신을 차린 유디는 그 자리에서 어색하게 눈을 굴렸다. 루이스 클라인은 한기가 돌 정도로 차갑고 엄격하게 굳은 얼굴로 단호하게 말했다.

"그러니 이런 짓 내가 용납하지 않을 거라는 거, 넌 명심해야 할 거야."

그것은 에리카의 친절하고 다정다감한 오라비 루이스로서 말하는 것이 아니라, 곧 클라인 후작이 될 가주로서 말하는 것에 다름 아니었다.

에리카의 도가 지나친 무례는 늘 자신의 편이 되어 준 루이스를 향한 어리광에 기인하고 있었고, 루이스는 더 이상 그를 보아 넘기지 않겠다고 선언한 것이다. 그의 눈에 뚜렷하게 배어나는 감정은 철없는 여동생을 향한 실망감이었다.

에리카는 그제야 루이스 클라인의 심상치 않은 분위기를 느낀 듯 입술을 잘근잘근 깨물었다. 그리고 루이스 클라인은 누이에게 시선을 맞추며, 그 어느 때보다도 감정이 실린 선명한 음성으로 속삭였다.

"그리고…… 내게도 내가 원하는 사람을 좋아할 권리가 있어."

에리카는 바짝 굳은 얼굴로 도리질 쳤다.

"뭐, 무슨, 무슨 소리야."

"네가 알아들은 그대로."

루이스 클라인의 표정은 평온하기만 했지만, 에리카는 점점 궁지에 몰린 듯한 기색이었다. 남매간의 정답지 못한 대화에 유디는 말려야 하나 어째야 하나 착한 소녀답게 갈등하고 있었다.

말을 잊고 입을 달싹이던 에리카 클라인은 너무도 부정하고 싶었기 때문에, 그 물음을 삼킬 수 없었다. 소녀는 찌를 듯한 기세로 슈리아를 손가락질했다.

"쟤를 좋아하기라도 한다는 거야? 진짜로?"

"그래, 좋아해."

말하는 투는 덤덤하기 그지없었으나 그건 수십 번도 되물어서 답을 낸 그것을 다시금 확인하는 듯이, 조금도 망설임이 없었다. 그 질문에 언제나 같은 답이 나왔던 것처럼.

그리고 옆모습만을 보이던 루이스 클라인은 짧게나마 슈리아에게 시선을 주었다. 단 하나의 거짓도 없는 진솔함. 진실 어린 감정이란 것이 있다면 충분히 그를 느낄 수 있는 눈길이었다.

당연한 말이지만, 눈빛이며 표정 그 모두가 루이스 클라인의 의지를 말하고 있음에도 에리카는 그를 받아들이지 못했다. 결코 타협할 수 없었던 소녀는 결국 빽 소리를 질렀다.

"내가 죽어도 싫다고 해도!"

"네가 이해해 주길 원해."

"이해 못 해, 난! 왜 하필 저거야! 저게…… 얼마나 교활한 물건인데! 저건 하자품이야, 황태자 전하께서도…….'

그 순간 루이스 클라인의 손이 움직였다. 짝! 가벼운 소음이 방 안에 울려 퍼졌다. 에리카는 얼이 빠진 채로 천천히 제 뺨을 감쌌다. 힘 주어 때렸다고는 할 수 없지만 충격을 줄 만한 강도였다.

뺨에 화기가 오르듯 붉은 기운이 확 번져 나갔지만 그것이 통증 때문일지 아니면 수치심 때문일지는 알 수 없었다. 루이스 클라인은 차분한 얼굴로, 또한 그와 비슷한 음성으로 말했다.

"에리카, 난 네게 화를 내고 싶지 않았어."

에리카의 눈에 믿을 수 없다는 듯이 눈물이 맺혔다. 제도에서 에리카가 무슨 일을 벌였는지, 대략적으로나마 짐작하고도 관대히 넘기고 감싸 주었던 루이스 클라인이 지금 이 순간 기꺼이 자신을 등지고 있었다. 물기 어린 소녀의 눈동자에 배신감이 차올랐다.

"에리카를 방으로 데려가."

루이스 클라인은 아랑곳하지 않고 어색한 얼굴로 서 있는 하녀에게 명했고 에리카는 울음을 애써 참으며 등을 돌렸다.

하녀의 손길을 매몰차게 뿌리치며 에리카가 떠나간 후 루이스 클라인은 이제 정적만이 남은 방 안에서 고요하게 그들을 지켜보고만 있던 슈리아에게 입을 열었다.

"네게 이런 소리를 듣게 해서 미안해."

"……."

슈리아는 가만히 눈을 내리깔았다. 그건 어떻게 보면, 몹시 마음이 상한 것처럼 보이는 동작이었다.

부친을 잃은 에리카가 감정이 격해져서 그랬을 거라느니 가벼운 납득으로 저를 모욕한 이를 편드는 건 성격에도 맞지 않는 일이었거니와 이 상황에서 바람직하지도 않았다. 저를 향한 폭언을 쉽사리 용서해 준다면 다음에 같은 일이 벌어졌을 때도 같은 것을 기대할 것이다.

슈리아 아델트는 그렇게 만만하고 순순한 소녀여서는 안 되었고, 그렇다고 해서 죄 없는 루이스 클라인에게 따지고 드는 것도 안 될 일이었다.

"제도에서의 일로 에리카가 네게 안 좋은 감정을 가지고 있다는 건 알고 있었지만, 이렇게까지 할 줄은 몰랐어. 이런 식으로 군 게 오늘이 처음은 아닐 테지."

루이스 클라인은 자조적으로 뇌까렸고 분명 에리카가 노골적으로 성질을 드러낸 건 이번이 처음이었지만, 슈리아가 굳이 변호해 줄 필요는 없었다.

"에리카는 처음부터 저를 좋아하지 않았어요."

"동향 친구라 잘 지낼 줄 알았는데, 에리카가 네게 질투를 하는가 봐."

퀸른 지방에서는 제 발끝에도 미치지 못했던 몰락 귀족 소녀가 제도에서는 제가 갖지 못한 것들을 누렸으니, 아마도 기본적인 적대감은 거기에서 기인하는 것일 터.

더군다나 안 그래도 못마땅한 소녀가 루이스 클라인을 가로채려 한다고 느낀다면, 아마도 에리카는 슈리아를 밤마다 저주하고 있을지도 몰랐다. 루이스 클라인의 말이 찬찬히 이어졌다.

"오늘 있었던 모든 무례는, 응당 보상하겠어. 널 위해서가 아니라 날 위해서."

그제야 슈리아는 고개를 들어 그를 바라보았다.

"에리카의 일로 네가 나를, 클라인 후작가를 꺼리게 되지 않았으면 해."

"그럴 일은 없을 거예요. 루이스는 루이스잖아요."

감정에 치우쳐서 에리카와 형제라는 이유만으로 꺼리기엔 루이스 클라인과의 친분은 유익했다. 이 퀸른 지방에서는 더욱이나.

사실 슈리아는 에리카조차도 싫어하지 않았다. 경멸, 낮잡아 보고 우습게 여기며 천시하는 마음. 그러한 것들은 있을지언정 싫어한다고 하기엔 그녀에 대해 갖는 마음은 한시적이었고 얄팍했다.

"그렇게 말해 줘서 고마워. 유디 헤센 양에게도 오늘 일을 꼭 사과 하고 싶습니다."

"아, 아니에요! 전 아무렇지 않아요."

또다시 침울하게 가라앉던 유디는 화들짝 놀라며 미소 짓는 루이스 에게 재빨리 화답했다. 그리고 루이스는 인사치레 몇 마디를 남기고 저조해진 기분을 숨기며 자리를 떴다. 유디는 루이스 클라인의 뒷모습을 멍하니 바라보고 있다가 슈리아의 시선을 느끼고 화제를 꺼냈다.

"어, 아, 여기 아가씨…… 성격이 굉장하더라."

"원래는 저 정도는 아니었는데, 앞으로는 대할 때 조심하는 게 좋겠어."

분명 사교 파티에서 마주친다면 에리카는 유디 헤센에게 보란 듯이 악랄하게 굴 것이다. 오늘 일로 에리카의 횡포는 루이스 클라인의 눈을 피해서 더 은밀해질 게 분명했다. 잠깐 충격을 받았다고 해서 그 성격이 고쳐질 것 같지는 않으니.

그리고 에리카가 한 짓으로 슈리아가 얻은 이득도 있었다. 이제 슈리아에게 남겨진 선택지 중 가장 객관적인 가치가 있는 선택지가 확고해진 것이다.

이 거슬리는 유디 헤센도 결국 슈리아 아델트의 삶을 훼손할 수 없는 별 볼 일 없는 존재에 지나지 않았다.

하나가 전부가 될 수 없듯 가장 환하게 빛나는 자리를 놓쳤다고 해서, 세상이 무너지거나 발밑이 꺼지거나 하는 일은 없었다. 대안이 없는 단 하나라고는 할 수 없는, 그 무언가를 놓친 것은 아니니.

이 이상하도록 저조해지는 기분이나 때때로 엄습하는 미묘한 감정…… 패배감과도 유사한 이것도 남은 미래를 성공적으로 그려 낸 후에는 아예 없었던 듯이 잊히리라.

느닷없이 등장한 장애물 카리나, 블러디나이트 모두 이제 더는 슈리아 아델트의 삶에 끼어들어서는 안 되었다. 다행인 것은 그 둘이 서로 싸우느라 슈리아에게 눈 돌릴 틈이 없다는 것 정도일까.

슈리아는 자신이 핀테른으로 돌아오게 되었던 까닭을 생각했다. 카리나. 얼어붙은 대지에서 아마르잔의 육체를 파낼 정도로 집념을 보인 그녀가 과연 이대로 자신을 순순히 포기할까.

그 가정에는 부정적인 답변만이 돌아왔지만, 무얼 의도하고 있다곤 해도 쉽지는 않을 터. 그 뒤를 쫓는 카르마인이 그녀를 짓누를 만큼 강력한 초월자라는 게 효력을 발휘하고 있었다. 그를 살려 둔 과거의 자비가 이런 식으로 쓸모를 낳았다. 모습을 드러내는 순간, 카리나의 생은 끝장나리라.

슈리아는 그날 있었던 소란을 마지막으로 핀테른으로 향하는 짧은 여정에 다시금 올라탔다. 일련의 소동이 후작부인에게 전달되었는지 에리카는 근신하는 듯했으며 루이스 클라인은 얼굴을 비추지 않았다.

후작부인은 다음 날 아침 아주 조심스럽게 슈리아에게 사과의 말을 건넸다. 그녀로서는 손님을 박대하는 가문이라는 오명과 위켄하이저 공작부인과의 관계, 둘 모두를 생각하지 않을 수 없었으리라.

정작 루이스 클라인의 문제에 대해서 그녀는 후작가의 안주인답게 어떤 기색도 드러내지 않았다. 찬성한다거나 반대한다거나. 현실적으로 보아 후자에 마음이 끌리겠지만, 그녀는 마지막까지 품위 있게 슈리아를 대하며 그에 관해서는 단 한 마디도 꺼내지 않았다. 그것은 어쩌면 갈피를 잡지 못한 것일 수 있었다.

그녀에게 중요한 문제는 남편의 사후 가문을 다스리고, 루이스 클라인을 후작으로 올려 세우는 당장의 일이지 아들의 시시껄렁한 연애사 따위가 아닐 것이다.

감정을 터트린 듯한 에리카 클라인의 패악은 어떤 면에서는 이득이었다. 루이스 클라인이 아무리 강하게 의견을 피력했다고 한들 여동생이 그리도 반대하는데 슈리아와 가까워지겠다고 더 적극적으로 다가설 수는 없는 것이다.

시기 또한 적절해서, 가문의 일을 앞두고 루이스가 제 감정만을 추구하기엔 무리가 따랐다. 더군다나 당사자인 슈리아는 아직 신중하게 재어 보고 있었고 에리히나 에르갈을 뇌리 속에서 지워 버린 것도 아니었다.

그들도 분명 여전히 다른 방향의 갈래로 뻗어 있는 선택지였으므로 급작스럽게 루이스 클라인 쪽으로 기우는 것도 바람직하지 않았다.

여러 가지 방해 요소들로 루이스 클라인과 멀어질 거라고는 생각지 않아도 좋을 듯싶었다. 역경에 부닥치면 감정은 더 강렬해지기 마련이니. 그 감정이 자신에게 향해지고 있다는 건 썩 내키지 않았지만, 상황만큼은 슈리아에게 바람직하게 돌아왔다.

그리고 유디 헤센과의 이별 역시, 순탄하게 이루어졌다. 조심스러운 얼굴로 다음에 또 보자고 말한 그녀와는 슈리아가 핀테른에서 머무르는 한 계속 볼 일이 있을 터였다.

잠시나마 슈리아에게 깨달음을 주었던 소녀는 색다르게 등장하기만 했을 뿐 다음에 그녀와 마주할 미래부터는, 다른 친구들처럼 슈리아의 배경 취급당할 운명이리라. 누구나 그래 왔듯이.

데이지보다는 유용하고, 더 눈치 있다는 점에서 슈리아는 유디 헤센에 대한 사감을 일부분 벗어 버릴 수 있었다.

좋은 흐름을 탄 것처럼 돌아오는 길은 편안했고 이전과 같은 갑작스러운 기상 이변도 없었다. 눈이 녹은 길을 다각다각 달린 마차는 순조롭게 핀테른의 저택을 향해 갔다.

그 와중에 루이스 클라인의 일로 한 번쯤 시끄럽게 굴 법도 한 에르갈은 의외로 말을 아꼈는데, 다른 전략이 있는 건지 아니면 루이스 클라인이라는 높은 장벽을 대하고 슈리아를 포기하기로 한 건지 가늠하기 어려웠다.

그런 에르갈이 단 한 번 입을 열어 강력히 주장한 적이 있었다. 그건 중간에 마부가 시간이 애매하니 여관에 머무는 게 어떻겠냐는 의견을 냈을 때의 일이었다. 에르갈은 그에 반해서 늦은 시간이라도 저택에 빨리 당도하는 편이 낫다는 주장을 꺼냈다.

결정은 온전히 슈리아의 몫이 되었는데, 계속 마차를 달린다면 거의 자정에 달한 시간에나, 혹은 자정을 넘겨서야 도착할 예정이었지만, 여관에서 하룻밤을 지체하는 것보단 익숙한 잠자리가 더 나으리라고 판단한 슈리아는 바로 고개를 끄덕였다.

그리고 자정을 막 넘긴 시간에 도착한 핀테른의 불 꺼진 저택은 죽은 듯이 고요했다. 습격이라도 당했나 싶어 오를레앙 공작이나 카리나가 뇌리를 스쳤지만, 전투나 죽음의 기미는 느껴지지 않았다.

익히 보아 온 경비병이 아가씨가 안 계셔서 절약 차원에서 불을 완전히 껐다고 묘한 얼굴로 말했을 땐 그 정도로 핀테른의 사정이 어렵나 싶었다.

그러나 무언가 의심쩍은 게 있었던 건 사실이라 경각심을 새기던 차였다. 저택 현관의 문이 열리는 순간 불이 확 켜지면서 색색의 불꽃이 터져 나왔을 땐 슈리아는 거의 베헤모트를 불러낼 뻔했다.

숨죽였다가 와르르 쏟아지는 인기척이 친숙하지 않았다면 슈리아

346

는 의도치 않게 핀테른에서 참극을 일으켰을 것이다.

눈앞이 환히 밝아지며 꽃과 리본 등으로 화려하게 꾸며진 저택 안의 풍경이 눈에 들어오자 기민한 두뇌 회전으로 상황을 감지한 슈리아는 마력의 행사를 참아 냈고,

"아가씨, 생일 축하드려요!"

하녀 한 명이 불 켜진 케이크를 들고 나와 일시에 외침이 쏟아지는 순간, 제자리에서 굳어 버렸다. 아, 그랬지. 이맘때쯤이…….

슈리아 아델트의 생일이었다. 그것을 확인시키듯 왁자지껄한 소리와 함께 사람들은 제각기 말해 왔다.

"아가씨, 오늘 생일이세요!"

"생일 축하드려요!"

한차례 폭우가 쏟아지듯 촛불을 후 불어 끄는 행사며 과자 주머니며 직접 만든 들꽃 향수나 공예품 따위의 자잘한 선물을 받는 절차가 모두 끝난 후, 슈리아는 예의상 너그러운 음성으로 말했다.

"모두, 이렇게 준비해 줘서 고마워요. 이런 걸 받게 될 줄은 몰랐는데……."

제 생일인지도 몰랐으니. 아니, 선물 받은 건 좋았지만 연신 감사를 표해야 하는 것은 즐기지 않아 이번 생일만큼은 조용히 지나가겠구나 생각했던 적은 있다. 하녀들이 까르르 웃으며 앞다투어 내막을 고했다.

"그간 몰래 준비하느라 얼마나 애를 썼는데요, 다들."

"그럼요, 입이 간질간질해서 혼났어요!"

"에르갈 님이 아가씨가 오랜만에 오시니까 특별한 행사를 준비하자고 하셨는데."

그 순간 슈리아의 시선이 에르갈에게 쏠렸고, 그는 난감한 듯 시선을 돌렸다. 슈리아는 찬찬히 뇌까렸다.

"이래서 빨리 오자고 재촉했던 거군요."

"아까 낮에도 저택으로 도착 시각에 맞춰서 준비하라고 연통을 넣었어요."

어찌나 열성이던지, 라며 나이 지긋한 하녀 한 명이 웃음을 흘리자 에르갈이 딱딱하게 얼굴을 굳히며 이제 피곤하실 테니 아가씨도 쉬러 가셔야겠다며 말을 돌렸다.

그리고 모두가 분주히 자리를 정리하는 모습을 둘러보던 슈리아는 이윽고 무언가 할 말이 있는 양 가만히 서 있던 에르갈에게 말을 건넸다.

"고마워요. 신경 써 줘서. 에르갈이 이런 것까지 생각해 줄지 몰랐어요."

슈리아가 이미 아카데미 건까지 제의한 바 있으니, 남녀 사이라는 시각을 제외하고 보자면 아랫사람인 에르갈이 슈리아의 환심을 사기 위해서 추진했다고 보아도 무방한 일이었다.

하지만 당연하다 하여 당연하게 받아들이는 것보다 이쯤 말해 두는 게 처세상 나았다. 에르갈이 묵묵히 입을 뗐다.

"저뿐만 아니라 다른 사람들도 아가씨가 핀테른에서 즐겁게 지내시길 원했습니다. 이곳은 아가씨의 고향이니까요. 저택 사람들 모두가 아가씨를 좋아해서 이 일을 기꺼이 승낙했습니다."

"그렇군요. 그런 말을 들으니 기쁘네요."

"이 핀테른에서 편안히 머무르시길 바랍니다."

그의 입 모양이 오래, 라는 단어를 만들어 냈지만 소리로 나오지는 않았다. 슈리아는 에르갈의 말과 잔잔한 떨림을 머금은 시선 속에서 뜻하지 않게 그의 진의를 깨달았다.

그리고 그의 진의는 지난날 슈리아가 보았던 그대로 평범하고 소박하며 조용한, 핀테른의 한 소년과 닮아 있었다.

슈리아 아델트를 손에 넣어 이 핀테른을 쥐어 보겠다는 야심이라기보단, 그것은······.

물론 언덕 위의 공주님이나 다름없던 슈리아에 대한 애정에 기반을 두지 않는다고 가정한 것은 아니나 슈리아에게 따르는 부수적인 요소가 중요치 않다고 생각하기는 어렵다.

그러나 제도 귀족들의 복잡한 머릿속과는 달리 그간 그가 얼마나 변했고, 그러기 위해 그의 노력이 어찌했든 에르갈에게는 정말로 권력이나 그가 움켜쥘 수 있는 물질적인 무언가가 중요한 게 아니었다.

그건 심지어 이 핀테른에 돌아온 슈리아 아델트와 마음을 나누고 소박한 삶을 누리고 싶다는, 보통 사람이 희망하는 행복에 가까웠다.

그라는 그릇을 채우기에 핀테른이라는 물은 부족한 감이 있지만, 그는 자신을 더 채우기 위해 어딘가로 떠날 필요는 없을 것이다. 그가 원하는 것들은 모두 이곳에 있었으니까. 슈리아 아델트조차도.

슈리아가 돌아옴으로써 모든 것이 완전하게 맞물렸고 그는 이것을 기회라 여겼을 것이다. 이 거창한 행사도 슈리아가 이대로 핀테른에 머무르기를 원해서.

의식적으로든 무의식적으로든 핀테른 사람들이 슈리아를 얼마나 좋아하고 원하는지, 평범한 사람들이 갈망하는 그것, 한 사람이 안주하기에 족한 것들을 보여 주었다.

그리고 그것은 에르갈 외에는 누구도 줄 수 없는 것들이었다. 화려하나 가시 달린 장미 같은 사교계와 맞닿아 있는, 더군다나 경멸스러운 여동생이라는 덤이 달린 루이스 클라인이나 어쩔 수 없는 제도 출신에 까탈스러운 성정의 에리히, 그 누구도.

그건 평범한 소녀가 행복을 느끼기에 충분한 모든 것들이 제게 있음을 피력함이나 다름없었고, 아마도 슈리아가 제도의 화려함에 지친, 정말로 황태자에게 버려져 상처 입은 소녀였다면 틀림없이 넘어가고도 남았으리라.

그러나 단숨에 기울어 버리진 않았을지언정, 에르갈이 보여 준 것들에 혹한 것은 사실이다. 에르갈은 이렇듯 제 마음을 내보일 때마다 슈리아는 그가 아닌, 그가 보여 주는 길에 눈이 갔다.

제가 이루려던 삶의 목적과 그가 제시한 모든 것들이 맞닿아 있음에.

슈리아는 핀테른의 사람들에 대한, 그간의 판단을 수정했다. 핀테른에 돌아온 뒤 모두가 뭔가를 감추고 있는, 모호한 낯들을 하고 있기에 제도에서의 일이나, 아놀드 경과의 알력이 있을까 하여 우려를 떠올리는 줄로만 생각했다.

하지만 어린 시절부터 늘 그러했지만, 핀테른의 사람들은 이것저것 재고 경계할 만치 복잡한 이들이 아니었다. 그저 아가씨가 돌아왔는데 깜짝 파티를 준비하고 있으니 들키지 말자는 의도로 그간 어색하게 굴었을 터이다.

거기까지 생각이 닿자, 슈리아는 무언가 기대하고 있는 듯한 에르갈에게 다소 희망적으로 답해 버렸다.

"어쩌면…… 핀테른에 오래 머무르게 될지도 모르겠어요."

그럴 마음이 든다면 말이지만.

그러나 불쑥 낸 답변이 스스로 그리 와 닿지 않았던 것인지 슈리아는 그날 어그러진 기분을 누르며 선잠으로 눈을 붙이다 새벽녘이 되어서야 잠에 들었다. 마차 여행으로 몸이 고단했음에도 좀처럼 의식이 꺼지지 않았던 것이다.

오래도록 잠 못 이룬 까닭에 슈리아가 눈을 떴을 땐 이미 늦은 아침이었다. 생일답게 아침부터 거하게 식사가 차려졌지만, 통 입맛이 돌지 않았다. 소란스레 차려 낸 성의를 보아 이것저것 조금씩 깨작이는 것만으로도 배가 불렀다.

식사를 마치고 정원으로 걸어 나올 때쯤엔 정오의 햇살이 쏟아지고 있었다.

근래 들어 흐리기만 했던 하늘은 오늘따라 청명하도록 맑았다. 살갗이 아릴 정도로 차가운 기온 탓에 숄을 두른 몸까지 한기가 파고들었다.

내리비치는 햇빛도 서리가 맺힌 양 은백색으로 반짝였다. 폭설이 조금이나마 흔적을 남긴 땅에는 반쯤 녹다 얼어붙은 눈이 쌓여 있었다. 내딛는 걸음마다 가을의 죽은 잎사귀들이 발밑에서 퍼석거리는 소리를 냈다.

정원사의 손길이 닿아 제법 그럴싸한 모양새를 하고 있긴 했지만 이곳은 제도 귀족가의 정원처럼 사시사철 색색의 꽃들이 만발하지는 못한 터였다.

다만 겨울에도 여전한 침엽수의 푸르름과 발자국이 남는 하얀 길은 흡사 야생의 숲처럼 운치가 있었다.

차갑고 고요한 정원을 걸으면서 슈리아는 머릿속에 흐릿하게 덩어리진 상념들을 풀어내려 애썼다. 그건 흐릿한 강물을 헤집어 진흙 속에서 조약돌 하나를 끄집어내는 만큼이나 갈피를 잡을 수 없는 일이었다.

지난밤, 슈리아를 줄곧 잠 못 들게 했던 것도 모두가 그 불분명함 때문이다.

어떠한 언어로도 설명할 수 없는 혼재. 모든 일에 있어서 대개 이성에서 행동의 근거를 찾아내지만, 슈리아는 제가 감정에서 완전히 분리될 수 없다는 점은 인정하고 있었다.

하지만 언제나 슈리아의 감정에는 이유가 있었다. 욕망, 자존심, 우월감. 슈리아가 갖는 감정 대부분을 차지하고 있었던 그 셋 중 어떤 것도 지금의 감정을 설명하지는 못했다.

슈리아가 선택하기에, 에르갈이 가장 적합한 상대라는 것은 명료하다. 제도로 나아가려던 첫 계획을 버리고 고향인 핀테른에서 안주하는 것은 정말로 그럴듯해 보였다. 눈앞에 펼쳐진 그것은 완벽한 그림처럼 갖춰진 자리였고 진정으로 인간다운 삶을 살기에 가장 어울리는 자리이기도 했다.

하지만 그것을 알면서도 내키지 않고, 쉽게 결정할 수 없는 것은 단순히 신중을 기하기 때문은 아니었다.

잃어버린 것에 대한 집착일까. 아니, 그런 것이 아니라…… 이 길은.

……무언가 부족한 느낌이 든다. 슈리아는 불현듯 자리에 우뚝 멈춰 섰다. 그 어딘가에 논리로 설명할 수 없게끔 간극을 두고 무언가가 비어 있었다. 그 불가해한 결핍 때문에 슈리아는 흐릿한 안갯속을 모색하고 또 모색해 내야만 했다.

볕 드는 발치가 녹아내리는 동안, 슈리아는 거기에 머물러 답이라도 내줄 것처럼 하늘을 바라보았다. 옅게 낀 구름 사이로 겨울조차 살라 먹을 듯이 눈부신 태양이 자리하고 있었다. 매일같이 천공에 자리한 그 빛만큼은 언제나 명명하며 불분명함 없이 한결같았다.

아마르잔 역시 북대륙의 태양을 자처했을진대, 슈리아 아델트에 이르자 눈을 가리기라도 한 양 모든 것이 흐려지고 어둡기만 했다.

상념에 잠겨 고정했던 시선을 내리는 찰나, 정원 안쪽에서 빛이 반짝였다. 착각일까? 바람결에 흔들린 나뭇잎 사이로 일순 새어 든 햇빛이 반짝이는 유리 조각처럼 무언가에 반사된 듯싶었다.

그런데 그 빛이…… 이 정원에 존재하기 어려운 비자연적인 색채를 띠고 있었다. 아니, 어디에서도 본 적 없는 희귀한 색의 빛이었다.

설마. 뇌까림과 동시에 세찬 바람이 몰아치듯 갑자기 호흡이 죄어들었다.

베헤모트가 부스스 고개를 들자 예감이 조금 더 뚜렷한 형태로 변모한다.

아니야, 정말로? 슈리아는 얼어붙은 채 중얼거렸다. 이 먼 곳…… 핀테른까지, 왜 이제야? 미련이 지나쳐서 헛것을 본 건 아닐까. 사람은 자신이 원하는 것을 보기 마련이니.

먼저 확인이 필요했다. 자르듯이 판단이 떨어지자 사로잡힌 양 붙박여 있던 발이 주인의 의지를 따라 서슴지 않고 걸음을 옮기기 시작한다. 동굴 속에서 한 줄기 빛을 따라가듯 그렇게. 제 시야에 잡힌 그 무언가를 향해 가는 동안 세상은 마치 정지된 것처럼 느껴졌다.

수풀을 헤치고, 나무를 지나 이어지는 걸음은 이상하도록 가벼웠다. 흡사 알 수 없는 힘이 이 길을 걸으라고 이끄는 듯싶었다. 미끄러지듯이 걸어 이윽고 정원 깊숙한 곳에 다다랐을 때, 슈리아의 짙푸른 눈동자에 어떤 상이 그려졌다.

확인하고자 하는 시도는, 어김없이 충족되었다.

— 탁 트인 하늘 아래, 그가 서 있었으므로.

"……."

환상이라고 치부하기에는 정신이 맑았다. 게다가 너무도 선명한 모습이었다.

허공에 시선을 두며 나무에 비스듬히 등을 기대어 선 모습은 익숙하기도 하고, 낯설기도 하다. 칠흑처럼 검은 머리카락도, 반듯한 얼굴도 광채를 띤 자청색 눈동자며 그 모든 게 한결같아서, 제게 등을 보인 그때와 달라진 점이 없었다.

다만 처음 만났던 때의 그처럼 건조하고 무표정한 낯에선 무엇도 읽기 어려웠다. 그의 고백을 듣기 전, 그때만큼이나 멀다. 다른 세계에 놓인 양 완벽한 단절감.

물리적으로는 멀지도 가깝지도 않은 거리에서 슈리아는 걸음을 멈추었다. 잔잔히 일던 미풍도 멎어 버린 듯이, 온통 고요하기만 했다.

사위를 둘러싼 정적이 가져다주는 긴장감에 슈리아는 숨을 죽였다. 살의를 품었다 해도 족할 그이기에 잠시라도 마음을 놓아서는 안 되었다. 다만…….

렌카이저 시그오닐 브리오니아. 그 길고 영광된, 그리하여 아마르잔으로 하여금 질투하게 만들었던 이름을 슈리아는 속으로 읊조렸다. 이제야 결론을 내었나, 이렇게나 오래 걸려서.

그와 마지막으로 마주한 후로 시간은 고작 몇 개월밖에 지나지 않았지만, 마치 그간 수십 년의 세월이 흐른 듯한 느낌마저 든다.

그리고 그가 내린 결론이 어떠한 것이든 간에, 슈리아는 들을 준비가 되어 있었다.

그것이 비록 검을 겨누어 오는 것일지라도.

"……."

그를 만나러 황태자궁까지 찾아가기도 했건만 정작 그를 앞에 두자 꺼낼 만한 말을 찾기 어려웠다. 슈리아는 서두를 꺼내려는 시도를 포기하고, 잠자코 기다렸다. 용건을 가지고 슈리아를 다시 찾은 것은 그였고 그러므로 말을 시작하는 것도 그여야 했다.

한때 마주하고 있었던, 푸른빛과 보랏빛이 뒤섞인 오묘한 눈동자. 그러나 이전과는 다른 온도를 띠고 다른 감정을 품은 그것과 마주하게 된 동시에, 그가 입을 열었다.

"이상하다고 생각했던 적이 있어. 그대는 지나치게 나를 두려워하지 않았지."

날카로운 추궁이라기보단 찬찬한 되까림 같은 투였다. 기억을 더듬고, 과거를 헤집어 본 상념이 묻어 나오는.

목숨이 달린 일임에도, 확실히 슈리아는 그를 전혀 두려워하지 않았다. 그건 뒤늦게 보자면 어째서 의심하지 않았는지 의문인 일이었다.

"나를 얕봐서 그런 것이었던가."

"아니."

대답은 계산 없이 빠르게 나왔다. 자신의 옛 성취를 뛰어넘은 대적자로서 그를 경계하고 질투했을지언정 진정으로 얕보았던 적은 없다. 지금 이 순간조차도.

진의를 가늠하는 듯 침묵이 깔렸다. 잠시 후, 알 수 없는 색채를 띤 눈으로 황태자는 서서히 입을 열었다.

"모든 걸 알았을 때……."

그답지 않게 흐릿한 말꼬리를 잘라 내듯, 그는 다시금 분명하게 말을 이었다.

"나는 기꺼이 나 자신을 불살라 온 느낌이었어. 가질 수 없는 것을 갈망하듯 부질없이 신기루를 쫓으며……."

"……."

"기억하나? 그대가 나를 시험했던 그때에."

문득 건네진 그 질문에, 슈리아는 빠르게 기억을 더듬었다. 시험이라면, 흑마법사 안타레스가 건네준 아만냐의 뿌리로 그를 시험했던 적이 있었지. 긍정도 부정도 표하지 않는 슈리아를 향해 황태자가 말을 이었다.

"이번에는 내가 날 시험했지."

"……."

"하지만…… 이번에도 지고 말았어."

언뜻 미소 같은 것이 그의 얼굴을 스치고 지나갔다.

"그래서 내가 여기에 있는 거지."

그 말뜻이, 섬광이 스치는 듯이 예리한 깨달음으로 슈리아를 관통했다.

먼저 가까워지기를 택한 건 황태자 쪽이었다. 거리를 좁히며 천천히 다가오는 그를 바라보며, 슈리아는 다만 그 자리에 서 있었다. 위협하거나, 경계하거나 그 어떤 것도 하지 않으며.

잔잔한 음성이 물 흐르듯이 계속해서 이어졌다.

"그대가 나를 기만했다 생각했지만……."

"……."

"내가 지켜보았던 그 모든 순간에, 그대는 단지 그대였던 거겠지."

그건 그에게 단 한 번도 기대하지 않았던 말들. 그가 결코 받아들이지 못할 거라고 믿었던 진실들.

광도를 더하듯 차갑기만 했던 자청색 눈동자가 감정을 담고 차츰 진해졌다. 불기운이 번지듯 은은한 열기가 번져 나가는, 단둘이 있을 때면 그가 항상 슈리아에게 보여 주었던 그 눈빛.

"그대가 누구이든 상관없이, 내가 생각한 모양이 아니더라도."

"……."

"……그대를 사랑해."

드디어 그가 슈리아의 앞에 도달했다. 단번에 검을 뽑아 목을 가를 수도 있을 만큼 가까이에.

그러나 슈리아는 그가 제 방심을 유도하기 위해 연기하는 거라고는 결코 의심하지 않았다. 모든 게 이보다 명확해진 때가 없었으므로.

황태자는 모든 가면과 호화로운 껍질, 자존심을 깨어 버리고 슈리아 앞에 사랑에 눈먼 군주처럼 패배자가 되어 말하고 있었다. 오직 하나만을 바라본 채로.

그리고 슈리아는 답을 얻었다. 아니…… 진작 얻었었다. 그가 등장한 순간부터.

텅 비어 있던 공간이 들어차듯, 뜨거운 불덩어리가 가슴을 꽉 메운 것 같았다. 놓아 버렸던 갈망과 욕망이 생생하게 호흡을 내쉬었다.

아마도…… 실은, 이렇게 될 것을 알고 있었을지도 모른다. 확신할 수 없었을 뿐 그가 모든 것을 되돌리려고 할 가능성이 있다고. 머릿속으로는 불가능에 가깝다 여기면서도 한편으로는 이렇게 될 것을 예감하고 있었다.

재어 보기만 하면서 실로 무엇도 택하지 못했던 건 결국은 이렇게 될 줄 알고 있었기 때문에. 핀테른에서의 안주를 택하지 못한 이유가 바로 지금 여기에 있었다.

그리고 슈리아는 이 순간을 기다리고 있었던 자신을 부인할 수 없음을 깨달았다. 그건 무엇으로도 설명할 수 없는, 온전히 느껴 온 진심.

무슨 말을 해야 할지 그토록 정리되지 않은 적은 처음이라, 막연히 입을 떼려던 차였다.

— 콰지직!

부서지는 듯한 소음과 함께 일순 공간이 찢기듯이 뒤흔들렸다. 위기를 감지한 베헤모트가 빠르게 모습을 드러낸다.

강력한 마력의 파동, 미처 반응할 수 없었다. 슈리아가 채 무언가를 하기도 전에 퍽! 둔탁한 소음과 함께 앞에 선 육신을 종잇장처럼 꿰뚫고 하얀 손이 튀어나왔다. 단숨에 눈앞이 피로 물들었다.

"안녕, 아마르잔."

붉은 입술이 뒤틀리며 요사스러운 미소를 짓는다. 창백하도록 흰 얼굴에서 잔혹하게 번뜩이는 보랏빛 눈동자. 등 뒤에서 가슴을 꿰뚫은 손이 섬뜩한 소리를 내며 뽑힌다. 그리고…….

"내 선물이 마음에 들어?"

온통 붉은 시야 속에서 그가 무너져 내리고 있었다. 뻥 뚫린 심장, 거기에 고여 있던 강대한 스피릿도 산산이 흩어지고 두 눈은 초점을 잃었다. 비틀거리는 몸, 경련하는 입가로 피가 왈칵 솟구친다.

이윽고 그는 돌더미처럼 맥없이 바닥으로 쓰러졌다. 지독히도 무력한 모습, 그것이 의미하는 바는 명확했다.

— 죽음.

심장이 꿰뚫리고도 살 수 있는 사람은 없다. 심지어 그것이 초월자라도. 슈리아는 그 사실을 더할 나위 없이 잘 알고 있었다. 순식간에 찾아든 죽음은 비현실적이었으나 동시에 지독하리만치 생생했다.

베헤모트가 절규하듯 울부짖으며 몸을 부풀린다. 이명으로 귀가 먹먹한 가운데 강대한 마력이 온몸에 끓어올라 넘칠 듯한 기세로 일렁였다.

영혼으로부터 비롯된 세상을 멸망시킬 수 있는 마력이 몸 주위에 아지랑이처럼 현현하고 있었다. 그 가공할 힘은 자신을 방어하기엔 충분했으나⋯⋯.

너무 늦었다.

늦어 버렸다. 깨달음 어린 그 말만이 비어 버린 머릿속에서 맥없이 메아리쳤다. 전신의 피가 빠져나간 것이 저인 양 전신이 싸늘하게 식어 내린다. 한없이 아래로 치닫는 듯한 전율이 전신을 타고 흐르고, 심장이 터질 듯이 크게 헐떡였다.

눈을 가늘게 뜬 카리나는 날카롭게 경계심을 보이는 베헤모트의 으르렁거림에도 아랑곳하지 않고 느긋하게 피로 젖은 손을 털었다.

"이렇게 나약한 녀석이라니."

잔악한 얼굴이 조소를 베어 물었다. 악의, 날것 그대로의 시커먼 감정을 품은 그녀는 실로 마녀 그 자체였다.

그러나 여유를 부리는 것도 잠시. 일순 붉은 궤적이 허공을 가로지른다. 타는 듯한 적색 스피릿. 강력한 검격이 그녀가 있던 자리를 폭풍처럼 휩쓸었다.

쾅! 흙먼지가 뿌옇게 일고, 가까스로 피해 낸 카리나가 조금 떨어진 자리에서 모습을 드러냈다.

"정말 끈질긴 남자야."

짜증스럽게 혀를 찬 그녀의 몸 주위에 사나운 마력이 감돌았다. 그녀와 대치하고 선 블러디나이트의 눈길이 흘끗 쓰러진 황태자와 슈리아를 담았다. 사태를 파악한 카르마인의 눈이 예리하게 번뜩인다. 그는 바로 눈을 돌려 카리나를 향해 공세를 퍼부었다.

이미 한차례 마력을 퍼붓느라 힘을 소진한 터, 카리나는 공격을 맞받다가 안 되겠다 싶었는지 등을 보였다. 카르마인은 망설임 없이 그녀의 뒤를 쫓았다.

짧은 공방이 오가는 와중에, 슈리아는 그 자리에 가만히 서 있었다. 비석처럼 우뚝 선 소녀는 미동조차 보이지 않았다. 카리나가 나타난 이후로 한 발짝도 나아가지 못한 채, 인형처럼 고요히 있기만 했다.

신중을 기하려 하거나 상황을 가늠하려던 것이 아니라, 그저 아무 것도 하지 못한 것이다. 그건 슈리아가 느껴 본 적 없는 무력함이었다.

소녀의 창백한 낯은 무표정했고 시선은 얼어붙은 듯이 한곳에 박혀 있었다. 제 발치에 쓰러져 온기를 잃어 가는 황태자를 향해서.

그러다 어느 순간, 이끌리듯 손길이 아래로 움직였다. 마치 처음부터 그러기로 한 것처럼 망설임 없이, 무릎이 땅에 닿고 쓰러진 몸을 일으켜 머리를 받쳐 세운다.

그에게 기꺼이 다가가는 일도 드물었건만, 황태자는 반응하지 못했다. 항상 단정하던 낯은 피로 얼룩져 있었고 빼어 갖고만 싶었던 보석 같은 눈동자는 생기를 잃었다.

죽음을 맞은 그는 더 이상 아름답지도 빛나지도 않았다. 그에게 찾아오리라 단 한 번도 생각지 못했던 초라한 죽음.

그는 결코 그러한 죽음이 어울리는 자가 아니었다. 덜컥 떠오른 그 상념은 머리에서 가슴으로 돌아들자 곧 필연적이고도 필사적인 충동으로 탈바꿈한다. 슈리아는 황태자의 가슴에 다급히 손을 가져갔다.

살릴 수 있다.

뻥 뚫린 심장에서 울림이 느껴질 리 없으나 슈리아는 희망적으로 뇌까렸다. 영혼이 아직 몸을 떠나지도 않았다. 아마르잔은 그 심장을 다시 뛰게 할 수 있었다. 이 세상에서 오로지 아마르잔만이 그것을 가능케 했다.

그러기 위해선 먼저.

주인의 의지를 읽은 베헤모트가 몸을 펼쳐 내 돔형의 결계로 주위를 에워쌌다. 그 안에서 평범한 소녀였던 자신의 존재를 포기하고, 진실 된 영을 일깨워 다시금 초월자가 되기까지 그 모든 과정은 한순간에 이루어졌다. 실지로 이미 가지고 있었던 모든 걸 되살리는 절차에 불과하므로.

광원이라도 된 양 투명한 빛을 발하던 몸이 이내 원래의 모습을 찾았다. 비산하듯이 흩날리던 은발이 어깨 위에 내려앉고, 파르스름하게 빛나던 눈은 무한한 마력을 품고 잠잠히 가라앉는다.

슈리아는 다른 종으로 탈바꿈하듯 극심한 변천을 거쳤지만, 그는 가시적으로 표면에 드러나지 않았다. 그리고 온전히 아마르잔의 힘을 되찾은 슈리아는 무조건적으로, 당연한 것처럼 그를 살리기 시작했다.

손이 하얗게 질리고, 주위가 보이지 않을 만치 집중함에도 끊어진 영육을 다시 연결하는 일은 좀처럼 잘 되지 않았다.

가능하다고는 생각했지만, 누군가를 살리는 일은 처음이었다. 누군가를 살릴 필요조차 없는 생을 살아왔기에. 상처를 낫게 하고, 영혼을 한 번 숨이 끊어진 육신에 다시금 자리 잡게 하는 과정은 더디기만 했다.

정신을 일깨우려고 마력을 쏟아부어도 반응이 없자 호흡이 초조하게 죄어들었다. 한기가 침범했던 몸은 이제 뜨겁게 달아오르다 못해 끓는 듯했다.

반면 텅 빈 가슴속에는 지독한 공허감이 부풀 듯이 존재를 키웠다. 슈리아는 눈을 감고 정신을 집중했다. 초조감 속에서 인지하지 못한 뇌까림이 입 밖으로 울려 퍼진다.

이렇게 너를 잃을 리가.

그 말이 귀에 들려온 즉시, 한차례 아우성처럼 거센 파문으로 심장을 뒤흔든다.

이 내가, 세상에서 가장 강력한 마법사 아마르잔이 죽음 따위에 너를 **빼앗기다니!**

손끝이 사정없이 흔들려, 지진이라도 난 건가 했다. 그러다 슈리아는 이내 깨닫고 말았다. 지진이 난 것이 아니라, 몸이 덜덜 떨리고 있었다. 흡사 맹수에게 쫓기듯, 통제할 수 없는 공포에 질려서.

두렵다니! 있을 수 없는 일이었다. 그 어떤 불가해함도 무참함도, 지옥도, 신조차도 두려워해 본 적 없는 자신이다.

영혼이 육신을 떠났다 해도 찾아내 되살릴 수 있는 전능에 가까운 마법사가 그 무엇을 두려워한단 말인가?

그러나 비이성적이고 혼란한 색채로 물든 물속에서 날붙이가 반짝이듯, 슈리아는 답을 끄집어냈다. 인정할 수밖에 없는 답을.

……두려웠다.

혹시나 너를 잃게 될까 봐 두려웠다.

둑을 허물고, 해일이 덮치는 양 수많은 감정이 걷잡을 수 없이 쏟아져 내려 슈리아는 이를 악물었다.

그게 진실이었다. 그의 죽음을 보기 전에는 알 수 없었던, 알지 못했던 제 안에서 잠들어 있던 진심. 그건 자신의 것이라곤 믿기지 않게 뜨거웠고, 깊고도 간절했다.

가져야만 잃을 수 있음에 오늘 이 자리에서 비로소 깨닫는다.

나는 너를 내 것이라 여기고 있었다. 네가 나를…… 그렇게 만들었다!

"이 아마르잔이……."

깨달음 속에서 그것은 공허한 속삭임에 불과했다. 아마르잔이 아니었다. 여기 있는 것은 슈리아 아델트. 그 이름을 가진, 특별한 전생을 지닌 한 소녀였다.

일전에 블러디나이트에게 한 말은 진심이 아니었으되, 얄궂게도 진실이었다. 아마르잔은 이제 없었다. 다시 태어난 이후 줄곧 그렇게 살아왔기에, 아마르잔은 서서히 슈리아가 되어 갔고, 그리하여 그 변화는 본질마저 바꾸어 놓았다. 그러므로 이 순간 슈리아는 슈리아였던 것이다.

모든 것이 확실해진 지금, 현기증이라도 이는 듯이 시야가 이지러지고 세상이 일그러진다. 급진한 각성을 겪는 것처럼 머리끝부터 발끝까지 둔중한 충격이 퍼져 나갔다. 언제부터 시작이었을지 모르는 이제까지의 그 모든 시간 속에서 싹터 온 그것이 깊숙이 뿌리를 내렸음을 생생히 느낄 수 있었다.

생애 처음으로 누군가를 제 것이라 생각했고, 그건 더 이상 아마르잔, 아니 슈리아 아델트가 고독한 절대자가 아님을 의미했다.

슈리아는 떨리는 손을 들어 다시금 제가 하던 일에 몰두했다.

……네가 죽기를 바랐지만, 실은 진실 되게 너의 죽음을 상상했던 적은 없었던 것 같다. 네가 다시 돌아올 거라고 믿었다. 이대로 포기하지 않을 거라고. 그런 확신이 내 안 어딘가에 분명히 남아 있었다. 그 믿음과도 같은 확신을 내 안에 자라게 했던 건 너였다.

그런데…… 이렇게 끝날 수는, 없는 것이다.

그 순간, 염원이 닿았는지 굳어 버린 입가에서 옅은 숨이 새어 나왔다. 파리한 낯에 천천히 혈색이 돌기 시작한다. 상처가 아문 자리에서 박동하는 심장 소리가 들려왔다.

죽은 자가 생을 되찾는 기적. 그것은 기적을 초래한 이마저 호흡을 삼키게 할 만치 경이로웠다. 하늘에서부터 빛의 길이 열리는 듯한 환희에 가까운 안도. 그 순간을 무어라 표현할 수 있을까.

"……."

슈리아는 음미하듯 느릿하게 눈을 감았다 떴다. 그리고 천천히 마력을 순환시켜 조금 전까지 시체에 불과했던 몸에 생기를 불어넣었다.

깊이 잠든 듯한, 고른 숨소리가 들려오자 손에서 힘이 빠져나간다. 긴장감이 탁 풀리자 그 반동으로 한없는 피로감이 쏟아지고 있었다.

하지만 휴식을 취하기는 일렀다. 황태자의 몸이 안정을 찾을 즈음에 베헤모트가 결계를 거두어 냈다. 결계가 깨어지자마자 우뚝 서 있는 블러디나이트가 시야에 잡혔다.

카르마인의 시선이 온몸이 피로 물든 슈리아와 호흡이 돌아온 황태자를 담았다. 상황은 명료했다. 그는 나직이 물었다.

"그를 살려냈나."

"그래. 순리를 어겼다 탓할 셈인가?"

슈리아의 눈이 차가운 빛을 머금었다. 지금 슈리아는 아마르잔의 모든 힘을 온전히 사용할 수 있는 상태, 더 이상 전투를 피하려 들 것 없었다. 그리고 그건 블러디나이트가 상대라고 해도, 예외는 아니었다.

"아니."

무심하게 답한 카르마인은 알 수 없는 눈으로 슈리아를 응시했다. 속내를 파고드는 듯한 그의 시선에서 거북스러움을 느낀 슈리아는 바로 화제를 돌렸다.

"카리나는?"

"놓쳤다."

"무능하긴."

슈리아는 싸늘하게 미소 지었다. 카리나를 살려 두어야만 했던 족쇄에서 완전히 벗어났다. 이제는 그녀에게 일전에 유보해 두었던 죽음을 선사할 때였다.

그리고 그녀가 어디에 있을지, 정확히는 어디로 가면 만날 수 있을지는 능히 짐작이 갔다. 이 모든 일이 시작된 장소, 아마도 그곳에.

"짐작 가는 곳이 있나 보군."

"……."

"그녀는 내가 상대하지."

기꺼이 동반할 것처럼 의사를 비치는 카르마인을 슈리아는 냉담한 시선으로 바라보았다.

"네 손으로 카리나를 처단하고 싶어서? 그간 꽁지가 빠지게 쫓아다녔을 테니 그러고 싶겠지만, 나도 그녀에게 볼일이 있어."

"그대의 상대는 따로 있지 않나."

슈리아는 바로 그의 말뜻을 알아채었다. 아마르잔의 본체. 아마르 잔의 마력을 고스란히 가지고 있는 그 본체의 방해는 이제까지 그가 카리나를 처단하지 못한 가장 큰 요인이었다. 카리나가 위험할 만한 순간에는 반드시 그가 나타났던 것이다.

눈썹을 치켜든 슈리아는 이내 고개를 끄덕였다. 제 손이 아닌 다른 손에 죽음을 맞는 건 카리나가 결코 원치 않는 일일 것임이 분명하니. 슈리아는 황태자를 저택으로 이동시키며 단호하게 명했다.

"베헤모트, 그를 지켜라."

이제는 이 지긋지긋한 악연에 종지부를 찍을 때였다.

걸리적거리는 제한을 모두 벗어 낸 슈리아는 서서히 손을 들어 올렸다.

물길을 따라 흐르듯 몸 주위를 유영하는 마력의 흐름이 손끝에 고인다. 그 강력한 힘을 제 의지에 따라 사용함은 손발을 움직이는 것처럼 자연스러웠다.

슈리아는 그 어느 때보다 강력해져 있는 자신을 생생하게 느끼고 있었다. 그건 실로 모든 것을 끝내기에 충분한 힘이었다. 작은 읊조림 과 집중, 그것만으로도.

"……."

다음 순간, 그들은 대륙을 건너뛰어 존재하고 있었다.

폐를 얼릴 듯한 지독한 한기가 숨결을 타고 파고든다. 그들이 평범한 인간이었다면 이 사람이 살 수 없는 극한의 대지에 발 디딘 즉시 선 채로 얼음덩이가 되어 버렸으리라. 가히 혹렬한 추위였다.

태양빛을 고스란히 반사하는 듯한 순백의 빙원은 환한 나머지 눈이 부실 지경이다. 발밑에서 시리게 얼어붙은 눈의 감촉을 느끼며 슈리아는 걸음을 옮겼다.

누구의 발길도 닿지 않으리라 여겨 이곳에 아마르잔의 육신을 숨겨두었다. 그러나 카리나의 집착적인 추적으로 끝내 육체는 강탈당했고, 아마르잔의 자존심은 산산조각 났다. 그리고 이제 이 모든 것을 해결해야 할 때였다.

소녀의 눈동자가 품은 빛이 한층 짙어진다. 결국은 이렇게 될, 필연적인 일이었다. 그 사실이 무겁다기보단 가뿐하고, 가슴속에 바위가 들어찬 듯이 단단했다.

지난번 이곳을 찾았을 적의 일을 떠올리자 자연스레 손에 힘이 들어간다. 그때의 자신은 막강한 마력을 가졌음에도 육신의 한계에 갇혀 제대로 된 힘을 쓸 수 없는 작고 연약한 소녀에 지나지 않았다. 그 무력함과 치욕감은 일생 처음으로 겪어 보는 것이었다.

하지만 그 소녀와 초월자 사이에는 고작 종이 한 장의 차이만이 있었을 따름이다. 그 차이를, 오로지 마음을 달리 먹은 것만으로 단숨에 뛰어넘은 지금 여기에 서 있는 것은 세상에서 가장 강력한 마법사였다.

그리고 차가운 사고와는 별개로 슈리아는 지극히 감정적으로, 한 치의 망설임도 없이 결심한 터였다.

— 카리나를 없애기로.

그 마음은 통제할 수 없이 뜨겁게 타오르는 속성의 것은 아니었으되 빙벽처럼 차갑고도 완고했다. 자신을 그만큼이나 끌어내리고, 자신에게 그만큼이나 치명적으로 다가온 이가 또 누가 있을까. 그 점에 있어서는 치하해 줄 만도 했지만, 이제 더는 그녀의 존재를 용납할 수 없었다.

파헤쳐진 관이 고스란히 드러난 예의 그 자리에 다다랐을 때, 잠잠하던 대기에 긴장감이 휘돈다. 먼저 웅웅거리는 울림과 함께 음성이 들리고,

"이제 결심한 건가요, 아마르잔?"

카리나가 모습을 드러낸다. 곱게 눈을 휘어 접는 그녀는 잔혹할 만치 아름다웠지만 오늘로써 사라져 재도 남기지 못할 덧없는 존재에

불과했다.

카르마인의 손에 들린 검에는 어느덧 적색 스피릿이 피어올라 이글거리고 있었다. 무엇을 감추어 두었는지 여유 있는 얼굴의 카리나에게 슈리아는 차가운 눈으로 속삭였다.

"그래, 결심했지."

이토록 연약한 모습으로, 인간의 몸에 얽매여 마땅히 치죄해야 할 너를 앞두고 머뭇거리기만 했으니 네게 나를 얕보는 마음이 피어났음은 당연하다.

짓밟고 찍어 눌러도 굴하지 않고 기회만을 엿보다 이내 이런 식으로 되갚아 오는 그 집요함이 그녀를 이렇게까지 강해지게 했으리라.

카리나는 그런 여자였다. 굴종하는 척하되, 그 마음은 결코 굴복하지 않는 변덕스러운 마녀.

슈리아는 마지막으로 그녀의 이름을 입에 담았다.

"카리나."

"오랜만이야, 당신이 내 이름을 불러 주는 건."

기쁜 듯이 환한 미소를 피워 올리는 눈앞의 미친 여자에게 슈리아는 나직이 말했다.

"나는 항상 네게 자비로웠다. 그리하여 네게 두 번이나 기회를 주었지."

그건 정말로, 관대한 처사였다. 이제껏 누구에게도 주어지지 않은.

"허나 네 덕에, 주제를 모르는 것들에게 쓸데없이 관대해져 보아야 결국 기어오를 뿐이라는 걸 알았다."

"아마르잔?"

"그 대가로 네게 죽음을 주마."

말이 끝남과 동시에, 아무런 징조도 없이 마법이 펼쳐졌다. 쾅! 굉음을 내며 카리나가 서 있던 자리가 움푹 파였다. 거대한 갈퀴손이 그 자리를 긁어낸 듯이 깨끗하기만 했던 빙원에 큰 자국이 생겨났다. 눈

발이 풀풀 휘날리는 그 자리에 사람이 있었다면 순식간에 뭉개져 한 줌 핏물이 되었으리라. 그러나,

"이렇게 나올 줄 알았어. 당신이 내 조건에 그리 순순히 응할 리 없지."

카리나의 들뜬 음성이 허공에 울려 퍼졌다.

"당신이 변하지 않아서 기뻐요, 나의 아마르잔! 제의에 응했다면, 내 손으로 당신을 죽였을 거야."

아마르잔답지 못한 아마르잔은 존재하지 않는 게 차라리 나으니까! 조소 어린 날카로운 웃음소리와 함께 대기 중에 파동이 퍼져 나갔다.

급작스레 하늘이 어두워지고 시야가 캄캄해진다. 검은 덮개를 씌운 듯 별빛 하나 없는 밤처럼 세상은 온통 암흑이었다. 바로 곁에 서 있었던 카르마인의 존재감도 단절된 듯이 깨끗이 사라졌다.

얼마나 강력하고, 얼마나 공들여 만든 결계인지는 느껴지는 마력만으로도 능히 짐작이 간다. 이것을 만들기 위해 얼마나 많은 생명이 소모되었을지도.

"준비를 좀 했지. 아무리 당신이라도 내 영역에서 뭘 할 수 있을까?"

밀도 높은 안개처럼 묵직한 어둠이 전신을 내리누르고 있었다. 범인이라면 바닥에 쓰러져 고통에 신음하게 만들었을 지독한 압력. 그것은 실로 죽음의 안개였다. 숨구멍을 통해 피부로 스며들어, 심장을 옥죄고 결계의 주인이 원하는 순간 생명을 앗아 갈 것이다.

"아깝지만 그 몸, 갈기갈기 찢고 영혼을 끄집어내서 내 곁에서 영원히 살게 해 줄게."

환희가 고스란히 드러난 음성은 소름 끼치도록 진심이었다. 그 지독스러운 마음의 어디가 사랑이라 할 수 있단 말인가. 아니, 그것은 오히려 짐승의 것에 가까운, 하극상의 본능이라 함이 더 어울릴 것이다.

카리나에게 아마르잔은 처음으로 그녀를 꺾은 자였다. 그리고 그 말은 곧 아마르잔이 그녀에게 넘어서야 할 벽이라는 뜻이었다.

그녀가 가진 마음은 마치 지극한 순애처럼 포장되어 있지만, 그 어둡고 차가운 진짜 속내는 실제로는 그와 다르지 않을 것이다. 흥미로운 눈으로 결계의 속성을 읽어 낸 슈리아가 느긋하게 칭찬을 건넸다.

"이 결계라면 상대를 효과적으로 옭아맬 수 있겠지. 준비성이 좋군."

다만 문제는…… 진짜 여유를 가질 수 있는 쪽은, 슈리아라는 것이다.

"허나 내게 보이기엔 지나친 자신감이야."

그 말이 끝나는 동시에, 슈리아의 눈빛이 싸늘하게 번뜩였다. 눈부신 빛이 폭죽처럼 터지며 사방으로 뻗어 나간다.

콰직, 콰지직! 강렬한 빛줄기가 모든 것을 소거하듯 요란한 소리를 내며 단숨에 어둠을 증발시켰다. 늪 깊은 곳처럼 묵중한 어둠의 마력을 품고 있던 결계가 순식간에 깨어지고 빛이 쏟아져 들었다. 어둠이 흩어진 틈새로 구름 한 점 없는 하늘이 드러났다.

그리고 그 순간, 기회를 놓치지 않고 이글거리는 적색 스피릿이 카리나의 본체를 향해 쇄도했다. 유지하던 결계가 파괴된 반동으로 카리나는 피를 토하고 있었다.

흩어진 마력을 끌어모으던 그녀의 표정이 당혹으로 일그러졌다. 이번에야말로 블러디나이트의 검이 틀림없이 그 목을 가르리라 여겨지던 그때.

누군가가 그 앞을 가로막았다. 맹렬한 기세로 허공을 가로지르던 적색 스피릿이 강력한 마법에 맞부딪혀, 튕기다시피 주춤거리다 멈춰섰다.

"어디에 있나 했더니, 결국 왔군."

싸늘한 미소가 소녀의 입매에 올라앉았다. 블러디나이트와 대치한 그 자리에 아마르잔이 서 있었다.

……아니, 아마르잔이었던 몸이라 해야겠지. 예전의 제 몸이 멋대로 움직이는 모습은 보는 것만으로 불쾌감이 일었다. 슈리아는 감정을 배제한 채 냉정한 눈으로 관찰하듯 그를 훑어보았다.

그건 분명 인형에 지나지 않을진대, 놀랍도록 아마르잔 같았다. 전신에 넘실거리는 마력과 위압적인 기운이며 무표정한 낯에서 풍기는 싸늘한 분위기, 하나하나의 요소가 빠짐없이 아마르잔의 것이었다.

결코 가짜라 칭할 수만은 없는 그 존재의 눈동자는 나락에 위치한 공동처럼 새카맣기만 했다. 아무것도 읽을 수 없는 그 시선은 슈리아와 마주했을 때, 묘하게 일렁였다. 그건 마치 자신을 떠난 영혼에 감응하듯 기이한 빛이었다.

찰나가 지나고 다시금 스피릿을 일으킨 카르마인이 부술 듯한 기세로 짓쳐 들었다. 아마르잔은 손을 뻗어 또다시 마법으로 그를 맞받았다.

그사이 카리나는 빠르게 몸을 회복시키고 죽은 피를 마저 토해 냈다. 창백하게 질린 낯 위로 독기가 스치고 지나간다. 아마르잔의 등 뒤에 숨은 카리나는 흡사 위기에 처한 미모의 여인처럼 보였다.

그 광경을 목도하자, 느긋함은 씻은 듯이 가셨다. 눈앞의 것들을 모조리 지워 버리고 싶은 욕구가 가슴속에 치닫는다.

그 몸뚱이가 어떤 원리로 무슨 의도를 가지고 움직이건 상관없었다. 다만 그것이 자신의 통제를 벗어나, 자신의 의지에 반하여 카리나 따위를 감싸고도는 자체가 참을 수 없이 거슬렸다.

강한 충동에 휩싸인 채 자리를 박찬 슈리아는 바로 카르마인의 공세에 합류했다.

카르마인의 공격을 막아 낸 걸 보면 예상대로 육체에 남은 아마르잔의 마력은 그대로 쓸 수 있는 모양이었다. 그 몸에 익히 밴 지식과 마력운용까지 생각하면 어지간한 초월자는 상대도 되지 않을 것이다.

하지만 여기 있는 것은 '진짜'였다.

팽팽하게 대치하고 있던 힘의 균형은 슈리아가 합세하자 급격하게 한쪽으로 기울었다.

— 쿠슉, 카드득!

요란한 소음을 내며 밀리던 마력장은 적색 스피릿에 이어 펼쳐진 마법에 얇은 판처럼 중심부부터 일그러지기 시작한다.

— 콰창!

모든 것을 사멸시킬 마법이 일거에 정점을 꿰뚫었다. 그리고 이제 아마르잔을 향해, 아무런 장애 없이 나아가고 있었다. 몸뚱이뿐인 아마르잔이 결코 막아 낼 수 없을 무시무시한 기세였다.

이번만큼은 아마르잔도 그녀를 감싸 줄 수 없었다. 위기를 직감한 그가 오른편으로 공간이동을 펼치는 동시에 카리나 역시 다급히 반대쪽으로 몸을 날렸다. 좌우로 갈려서 표적을 흩트릴 의도가 내재한 동작이었으되…… 처음부터 목표는 하나였다!

명확한 엇갈림에 슈리아의 노림수가 빛을 발했다. 쏘아진 마법이 궤적을 그리며 좌로 휘었다. 광선처럼 빠르게 뻗어 간 마법은 곧바로 목표물을 관통했다.

"커헉!"

고통에 찬 신음성이 입안에서 뭉그러진다. 급히 몸을 틀었지만 카리나의 한쪽 팔은 깔끔하게 사라졌다. 떨어져 나간 게 아니라, 말 그대로 송두리째 소멸한 것이다.

참혹하게 일그러진 낯으로 빈 어깨를 붙잡은 그녀는 재빠르게 등을 보였다. 그러나 순순히 도주하게 내버려 둘 생각은 추호도 없었다.

"카리나를."

짤막한 언급만으로도 카르마인은 망설임 없이 그녀의 뒤를 쫓았다. 그 몸으로는 어차피 제대로 마법을 쓰지도 못할 것이니, 카리나는 이번에야말로 최후를 맞으리라. 흘끗 그들이 사라진 방향을 일별한 슈리아는 아마르잔에게 다가붙었다.

이쪽은 슈리아가 처리해야 할 상대였다.

그러나 감싸던 카리나가 도주했음에도 아마르잔은 슈리아가 미끄러지는 듯이 접근하는 동안에 조금도 움직이지 않았다.

가진 바 힘에서 확연히 격차가 드러났으니 도망치고도 남을진대, 앞선 공격에서 몸을 뺀 아마르잔은 그 자리에서 슈리아의 접근을 잠자코 기다리고 있었다. 이상하도록 고요한 신색이었다.

무언가 믿는 구석이 있는 것일까. 의혹이 샘솟았으나 슈리아는 딱히 경계심을 세우지 않았다. 어차피 지금의 자신은 누구도 위협할 수 없으니, 조심할 필요도 없다. 그것은 세상에서 가장 강력한 마법사가 마땅히 가져야 할 절대적인 자신감이었다.

주저 없이 그의 앞에 다가선 슈리아는 손끝에 마력을 실었다. 이대로 그 몸뚱이째로 소멸시켜 버릴 요량으로.

그러나 문득 눈을 들어 그와 시선을 마주한 순간, 뻗어 나가려던 손길이 머뭇거리며 멈춰 선다.

"……."

밤을 베어다 놓은 듯한 검은 눈동자가 오롯이 자신을 응시하고 있었다. 사람을 본 적 없는 새가 낯선 방문자를 호기심에 차 관찰하듯 무구하고도 순수한 믿음. 영혼과 육체는 한 몸이니 자신이 또 다른 자신에게 해를 끼칠 리 없다는 것처럼, 그렇게.

그 순진한 신뢰 따위는 짓밟아 뭉개고도 족할 가혹한 심성의 소유자였건만, 슈리아의 손길은 더 이상 앞으로 나아가지 못했다. 한기로 물들어 푸르게 빛나는 남청색 눈이 서리라도 끼는 양 흐려진다. 눈앞에 서 있는 건 놀랍도록 생생하고도 완전한 자신의 옛 모습이었다.

연기처럼 피어오른 향수가 가슴속을 꽉 메운다. 북대륙에서의 과거가 파편으로 끄집어내어져 조각조각 떠올랐다.

아마르잔은 홀로 완전한 자였고 그리하여 스스로 소유한 것은 오로지 저 자신뿐이었다. 누구도 사랑하지 않았지만 자신만큼은 머리끝부터 발끝까지 지독하게 사랑하여 자긍심이 넘쳤던 아마르잔이다. 그리하여 그는 오만할 수 있었다.

아무리 냉철한 이성일지라도 그를 지배하는 것은 결국은 감정이니. 심장 어느 곳엔가 잠들어 있다가 울컥 솟구친 지극한 자기애가 억누르듯 행동을 가로막았다.

그리고 공중에 멎어 버린 손을 느릿하게 사로잡아 오는 다른 손이 있었다. 마치 그 손이, 더 이상 제게 위협이 되지 않으리라고 확신하는 것처럼.

정중하고 애정 어린 동작으로 소녀의 손을 잡아 이끄는 아마르잔의 손은 뱀처럼 미끈하고 시체처럼 차가웠다. 그 서늘한 손마디의 감촉에 금단의 것을 접한 양 전율이 인다.

이윽고 이끌린 슈리아의 손이 그의 가슴 위에 놓였다. 왼쪽, 심장이 있는 바로 그 자리에. 심장은 영혼과 연결되어 있다던가. 그래서인지 맥동하고 있어야 할 심장은 육신이 움직이고 있음에도 죽은 듯이 조용하기만 했다.

적으로 대면하고 있음에도 경계심 없는 그 시선은 이상하도록 친숙하게 느껴져 왔다. 흡사 하나로 난 것이 잠시 둘로 떨어져 있는 것처럼, 교감마저 흐른다.

아마르잔의 두 눈이 웃음을 건네듯 휘어진다. 칠흑 같은 눈동자에 기이한 이채가 번졌다. 정적이 배긴 듯이 가만히 다물려 있던 입술에서 매끄러운 음성이 새어 나온다.

"돌아와."

나직이 속삭이며 짙어지는 그 눈에서 별빛 쏟아지는 우주가 보였다. 몽환적이었으나 기괴하고 발밑이 서서히 빠져드는 늪 같았다. 또한 아마르잔의 눈길을 붙들어 놓곤 했던, 북녘의 하늘을 수놓는 화려한 오로라처럼 홀릴 듯이 유혹적이었다.

이곳이 비어 있고, 이 자리를 다시 채울 수 있는 이는 너뿐이라고 속삭이는 음성이 들려오는 듯했다. 그것은 빈 육신이 영혼을 부르는 메아리였다.

"내게로 다시."

심장에 얹은 손을 지긋이 내리누르는 손길은 간절하도록 애틋하다. 슈리아는 한숨처럼 천천히 눈을 내리깔았다.

이것은…… 함정인가. 함정이라면 너무도 잘 만든 함정이다. 이토록 망설여지는 순간은 다시 없으리라.

그러나 곧 소녀의 눈동자에 번쩍, 섬광이 일었다.

— 단 한 순간이라도, 달콤했다!

그와 동시에, 저를 감싼 손아귀를 뿌리치고 슈리아의 손이 미끄러지듯 위로 향했다. 그리고 주저 없이 단숨에 횡으로 그었다.

— 파앗.

작고 날카로운 소음이 울려 퍼졌다. 슈리아는 휘두른 손을 그대로 앞으로 뻗었다. 베어 낸 목의 단면과 단단한 턱의 감촉이 손바닥에서 느껴진다. 묵직하게 올라앉은 그것은 피가 주르륵 빠져나가며 점차 무게를 덜해 갔다. 대기에 닿자 순식간에 차게 식은 피가 손을 타고 바닥으로 투툭 떨어져 얼어붙었다.

풀썩. 머리를 잃고 서 있던 몸이 이내 맥없이 바닥으로 쓰러진다. 통제를 잃어버린 마력이 썰물처럼 빠져나가며 눈을 녹였다. 범인과 다름없이 죽음을 맞은 모습은 위대한 절대자의 최후라기엔 초라했다.

슈리아는 빈손을 들어 올려 아마르잔의 얼굴을 쓸었다. 배신감이라도 느꼈을 법한데, 암흑 같은 검은 눈동자는 죽음을 맞는 그 순간까지 관조하듯 담담했다. 주인의 선택에 순응하듯 어떤 감정도 드러내지 않은 고요한 낯을 슈리아는 새기듯이 낱낱이 들여다보았다.

이것으로 끝이었다.

"아마르잔은 이제 죽은 거지."

완전히. 그 말을 하는 음성은 마냥 고요하기만 하여, 조금의 후회도 묻어나지 않았다. 이 하얗기만 한 세상에서 홀로 색을 가진 그 얼굴. 슈리아는 서서히 손을 떼어 냈다.

받쳐 든 손끝에서 화르르 불길이 일어나 머리를 재도 남기지 않고 집어삼킨다. 진작 이루어졌어야 할 일이 오늘에서야 순리를 따르고 있었다. 뒤이어 더 이상 누구도 이용할 수 없게끔 아마르잔의 육신 역시도 불길 속에서 완전히 무로 돌아갔다.

그리고 슈리아는 이제 뼈가 시릴 듯이 추운 얼음 평원에 온전히 홀로 서 있었다. 모든 일을 끝내고 나자 잇따르는 공허감에 슈리아는 얕은 숨을 토해 냈다.

아마르잔을 없애기로 한 결심, 그를 어기지 못하는 자존심 때문에 선택한 것은 아니다. 억지로 이를 악물고 행한 것이 아니라 기꺼이 그럴 수 있었다.

슈리아는 핀테른에서 자라나 황태자를 만난 슈리아 아델트였고, 그런 자신을 인정했다. 그것은 과거의 환상에 흔들리지 않을 정도로 확고하게 뿌리내린 마음이었다. 하나를 택하기 위해 다른 하나를 버린, 이것이야말로 슈리아가 겪은 최초의 상실이리라.

말없이 은백색 지평선을 바라보던 어느 순간 불쑥 그런 뇌까림이 튀어나왔다.

"……돌아가야지."

그리고 자신이 한 말에 놀라고 만다. 아마르잔에게는 돌아가야 할 자리 따윈 그 어디에도 없었으므로.

그러나 슈리아에게는 돌아가야 할 자리가 있었다. 십오 년간 슈리아 아델트로 살아오면서 익숙해질 수밖에 없었던 그 자리가.

……언제부터인지 모르게 얼어붙은 창문 밖에서 봄바람이 느껴졌다. 창문은 언제나 굳게 닫혀 있어, 무엇도 변하지 않을 듯싶었지만 방 안은 새어 들어온 봄바람으로 어느덧 녹아들었고 세찬 두드림에

창문도 이내 벌컥 열리고 말았다.

그리하여 슈리아는 그의 곁으로 돌아가야 했다. 그곳이 자신의 자리였기에.

슈리아는 나직이 시선을 들어 올렸다. 하늘이 열리듯 천공에서 환한 빛이 쏟아져 내리고 있었다. 이전에 보았던 것과 꼭 같은, 아름다운 오로라. 투명하고 맑은 빛의 물결이 대기 중에서 신비롭게 반짝거린다. 저것에 닿고 싶어, 갈망하고 열망하고 인내했던 그 무수한 나날…….

"결여되어 있기 때문에 완전하지 못하다. 완전하지 못하기에 신계에 들 수 없다."

싸늘한 웃음이 비어져 나온다. 슈리아는 익히 곱씹어 온 그 말을 뇌까렸다. 그 말이 내재한 함정을 어찌 간파하지 못했던가. 인간을 초월한 힘을 갖추고, 인간의 마음을 깨달은 슈리아는 그 어느 때보다도 완전했으나…….

결여되어 있지 않은 지금, 신이 되고자 하는 소원은 더 이상 이룰 수 없는 것이 되어 버렸다. 모든 것을 버리는 길을 택함은 아마르잔의 욕망에 위배되는 길이니.

그리고 그럴 수 없게 만드는 것들이 지상에 남아 있기에. 인간이 신이 되지 못하는 이유는 결국, 신이 될 자격을 갖춘 자가 모든 것을 버릴 수 없기 때문이리라.

내 손으로 오랜 꿈을 놓아 버리게 될 줄은 예상하지 못했는데…….

가라앉은 상념이 뇌리에 스친다. 그러나 실패라는 단어가 가슴에 사무치지는 않았다. 생애 처음으로 패배자가 된 기분이었으나 하늘이 무너진 것은 아니었으므로. 오히려 가뿐하고, 물길을 따라 흘러가는 듯이 안온했다.

그래, 결국 지금까지 슈리아가 걸었던 길은 이렇게 되는 길이었다. 너무나 오래 몰두하여 지켜보았기 때문에, 슈리아는 황태자가 있는 삶과 슈리아 아델트의 모든 것에 길들여졌던 것이다.

슈리아는 마지막으로 공중에 눈부시게 펼쳐진 빛의 산란을 바라보았다. 과거에 이 차가운 적막함에 잠겨, 이 선명하게 아름다운 모든 것을 홀로 누렸던 적이 있다.

하지만 이제 슈리아에게는 이곳을 보여 주고 싶은 사람이 있었다. 문득…… 그런 생각이 들었다. 소녀의 시선이 음미하듯 깊이 북녘의 풍경을 눈 안에 새겨 넣었다.

그리고 잠시 후, 백야가 드리운 설원에는 종적 없이 바람만이 휘돌았다.

　슈리아가 북대륙에서 돌아왔을 무렵, 시각은 어느덧 자정을 지나고 있었다. 검푸른 밤기운에 젖은 저택은 고요했고, 간간이 밝혀진 불빛에 감싸여 죽은 듯이 잠에 빠져 있었다.

　그날 하루 있었던 일에 대해서 아무것도 기억하지 못하도록, 손을 써 놓으라고 베헤모트에게 지시해 놓은 까닭에 저택 사람들은 낮에 있었던 사건에 대해서는 까맣게 모를 것이다. 그리 소란스럽게 공방이 이루어진 것도 아니었으니. 다만 하루 동안의 기억이 어쩐지 안개에 싸인 듯이 흐릿할 터였다.

　만전을 기해 정원 깊숙한 곳에 남겨진 전투의 흔적을 지워 낸 슈리아는 발길을 자신의 방으로 돌렸다. 그곳에는 죽음에서 건져 낸 황태자가 잠들어 있을 터였다.

　비록 겉보기에는 상처 없이 완벽히 회복시켜 놓았다지만 이미 한 번 죽음을 맞았던 육체이다. 단절되었던 영혼이 자리 잡기까지 무슨 후유증이 있을지 모르니 당분간 곁에서 살펴야 했다.

　방에 들어서자 갑자기 냐옹거리는 소리가 들려온다. 고양이의 모습으로 침대 구석에 웅크리고 잠들어 있던 베헤모트가 정말 고양이라도 된 것처럼 갸르릉거리며 알은척했다.

이제 더 이상 반지에 들어가 슈리아를 지킬 필요가 없으니 무슨 모양을 하고 있건 상관없었지만 짐승 주제에 침대를 차지하고 있는 것이 거슬렸다. 슈리아는 손을 들어 거침없이 베헤모트를 침대 밖으로 밀어냈다.

애처로운 소리를 내며 바닥에 발을 딛는 베헤모트를 무시하고 슈리아는 침대가에 바짝 다가섰다. 그리고 시선을 내려 잠들어 있는 그를 가만히 들여다보았다.

초점 없이 빛을 잃었던 눈이 고이 감겨 있는 가운데 고른 숨소리만이 잔잔하게 들려온다.

새삼 그에 대한 마음을 깨달았다고 해서, 그 얼굴이 후광이 어린 듯이 환해 보인다거나 유달리 애틋한 마음이 드는 건 아니었다.

하지만 파리하게 굳었던 얼굴에 혈색이 돌고, 다시 반듯함을 되찾은 모습은…… 나쁘지 않았다. 서서히 이는 파문처럼 평온한 감정이 밀려들었다.

조약돌이 다각대는 듯한 잔잔한 울림에 빠져 슈리아는 생각했다. 그는 살아 숨 쉬고 있었고, 슈리아는 한때 그를 삼켰던 죽음을 완전히 뿌리쳐 냈다. 그것으로 충분하다. 누구도 그를 제게서 앗아 가지 못하리라.

그 고요한 정적과 상념 속에서 문득 손끝이 침대 위를 스치는 순간,

"……."

그가 눈을 떴다.

초점이 돌아온, 테가 선명한 자청빛 눈동자와 마주하며 슈리아는 잠시 무어라 입을 떼야 할지 고심했다. 죽었다 살아난 사실을 설명해 주어야 할까, 그가 한 말에 대해 대답을 먼저 해 주어야 할까. 그러나 입을 열기도 전에, 덜컥 손이 붙들렸다.

……아마도 꿈인지 아닌지 확인하고 싶었던 모양이다. 찬찬히 어루만지다가 이내 꾹 눌러 오는 단단한 마디를 느끼며, 슈리아는 침대에 걸터앉아 잠자코 그를 지켜보았다.

몸에 힘이 들어가지 않는지 간신히 힘을 준 손가락이 가늘게 떨린다. 연약함을 경멸하는 슈리아일진대, 그 손을 뿌리치고 싶은 마음은 들지 않았다.

"렌카이저."

제대로 깨어난 건지 확인하려 이름을 부르자 그가 응답하듯 소녀를 올려다보았다. 의심할 수 없는 뚜렷한 이지를 담은 시선이었다.

슈리아는 가까이서 살피려는 듯이 그에게로 몸을 기울였다. 마주한 자청빛 눈동자는 심해처럼 깊은 빛을 띠었고, 헤아릴 수 없이 수많은 의미를 품고 있었다. 그 안에 소용돌이치는 갖가지 감정의 편린들이 수면을 떠도는 은비늘처럼 반짝였다. 그는 무언가 말을 꺼낼 듯이 입을 달싹였다.

묘한 기분에 잠겨 슈리아는 그의 입술에서 흘러나올 첫마디를 기다렸다. 그러나 입을 뗄 기력조차 없는 듯, 미간을 찌푸린 그는 곧 힘없이 눈을 내리감았다.

흡사 겨울잠에 빠지는 듯한 모습이었다. 심장을 꿰뚫려 스피릿을 잃었으니, 안정을 위해서 육신이 저절로 수면을 택한 것이리라. 아마도 그가 원래의 상태로 회복되기까지는, 꽤 시일이 소요될 것 같았다.

이내 숨소리는 고르게 변했고, 슈리아는 여전히 제 손을 감싸 쥔 채 잠이 든 그를 한동안 말없이 바라보았다.

무력하고, 경계 없는 그 얼굴. 그가 그럴 때면 샘솟곤 했던 잔혹한 마음은 이제 기이하도록 잠잠했다. 아니, 도리어…… 팽팽하게 죄인 선이 느슨하게 풀려 가는 듯 안도감마저 찾아든다. 한때 불같이 가슴속을 태웠던 분노도 장작이 다한 양 죽어 있기만 했다.

슈리아는 그를 따라 천천히 눈을 감았다. 숨소리만이 고요히 울려 퍼지는 이 공간에서 이 모든 순간을 온전히 만끽하고 싶은…… 나른한 감상이 찾아들었다.

창밖이 서서히 밝아 올 무렵, 슈리아는 슬며시 그의 손을 떼어 내고 방을 벗어났다.

푸르스름한 기운에 젖은 바깥의 공기는 차가웠다. 북녘의 땅에 비할 바는 아니지만 내쉬는 숨 끝에 서리가 맺히는 것처럼 하얀 김이 피어올랐다. 아마도 데이지였다면 발을 동동 구르며 뼈가 시리도록 춥다고 호들갑을 떨어 댔을 것이다.

거기에 생각이 미치니, 갑자기 제도에 남아 있는 사람들이 떠올랐다. 세일린의 근심 서린 얼굴도.

고작 며칠이 지났을 뿐인데 그사이 무수한 세월이 흐른 듯한 기분이 든다. 그만큼이나 슈리아는 제도에서의 삶에 익숙해져 있었던 것이리라. 십삼 년간 자라 온 이 핀테른보다도 더.

핀테른에 돌아오면서 기분이 저조했던 이유 중 하나는 아마도 그 모든 것을 버리고 떠나야 했던 까닭이었을 거라고, 새삼 깨달음이 찾아들었다.

황태자의 상태가 호전되는 즉시 제도로 떠날 수 있을 것이다. 그리고 돌아간 이후에는 모든 게 원래대로 자리를 찾으리라.

굳히듯이 생각을 마감한 뒤, 더 이상 옷깃을 꽁꽁 여미지 않아도 추위를 타지 않게 된 슈리아는 정원으로 발길을 향했다.

한차례 큰 파국을 겪어 낸 후, 마법으로 완전히 제 모습을 되찾은 바깥 정원으로.

그곳에는 아직 서로에게 볼일이 남아 있는 터라 맞대면해야 하는, 그러나 다소 달갑지 않은 상대가 기다리고 있었다.

미동도 없는 자세로 안광이 이는 암적색 눈을 빛내며 그는 흉험한 석상처럼 정원에 우뚝 서 있었다.

블러디나이트.

못마땅한 기분에 사로잡혀 슈리아는 그를 냉담하게 바라보았다. 늘 보란 듯이 기척을 내며 부르니 모른 척할 수가 있나.

명백한 존재감을 발산하고 있는 그에게서 슈리아는 어쨌든 확인해야 할 것이 있었다. 발길이 멈추는 동시에 질문이 튀어나온다.

"카리나는?"

슈리아는 자신의 질문에서 기시감을 느꼈다. 하지만 이번에는 전과 다른 대답이 나오리라 믿었다. 이건 그저 확인하려는 절차에 지나지 않으니까.

그리하여 블러디나이트의 입에서 전과 똑같은 대답이 나왔을 때,

"놓쳤다."

······잠시 말문을 이을 수 없었다. 그 말이 이해되는 즉시, 차가운 주변 기후를 잊을 만치 속에서 뜨거운 무언가가 왈칵 솟아올랐다. 이토록 무능할 수가 있다니! 분노가 치민 슈리아는 싸늘한 낯으로 쏘아붙였다.

"정말로, 네놈은 도대체 쓸모가 없구나! 무슨 면목으로 내게 온 거지?"

언제나 곧게 마주하고 있던 카르마인의 시선이 일순 죄책감이라도 느끼는 듯이 내리깔렸다. 굳게 다물린 그의 입술은 답답하도록 무거운 침묵을 지켰다.

슈리아는 짜증과 분노 속에서 강함으로 따지자면 아마르잔 다음이라고 인정했던 블러디나이트를 속에서 난도질할 듯이 깎아내린 후에, 가까이에 부상당한 황태자가 있단 것과 기껏 복구한 정원을 망치면 다시 복구하기 번거롭다는 이유로, 놈을 당장이라도 만신창이로 만들고 싶은 마음을 따르듯 들고 일어나는 마력을 내리눌렀다.

이윽고 카르마인이 입을 열었을 때, 그가 나직이 꺼낸 말은 변명이 아니었다.

"원래의 힘을 되찾았나."

대답은커녕 질문을 해 오는 꼴이 도무지 마음에 들지 않았지만, 언제 그가 마음에 들었던 적이 있기나 한가. 너 이상 숨길 것도 없었다.

"그래."

"그는 무사한가."

"멀쩡하게 살아 있지. 그런데 도대체 왜 놓친 거지?"

무능을 입증하듯 블러디나이트는 슈리아의 날카로운 질문 앞에서 침묵을 지켰다. 그 입을 강제로 열거나 뇌를 파헤쳐서 기억을 헤집어 보고 싶은 욕구가 들끓었다. 지금이라면 못 할 것도 없는 일이었다.

허나 부상을 입었더라도 그 교활한 여자라면 또 숨겨 둔 한 수가 있었을지 모르니 카르마인으로서는 그녀를 놓칠 수밖에 없는, 불가항력적인 상황이었을 수 있다. 그녀에게 한 번 당해 본 바 있는 슈리아가 이해 못 할 건 아니었다.

제가 자청해서 카리나를 상대하겠다고 했으니, 놓쳐 버린 이상 자존심이 상해서 말을 꺼내지 못할 법도 하다. 오늘따라 유독 관대하게 생각하면서도 심기가 불편한 터라 눈썹을 치켜드는 슈리아에게 카르마인이 다른 질문을 들이밀었다.

"아마르잔의 몸은?"

"그것 역시, 처리했지."

내가 너처럼 일을 제대로 처리하지 못할 것 같으냐는 뜻이 역력히 드러난 얼굴로 슈리아는 딱 잘라 답했다.

아마도 블러디나이트는, 그답게 완전한 힘을 되찾은 슈리아가 다시금 초월자로서 인간사에 개입할 것인지를 알고 싶으리라. 거기에 생각이 닿은 슈리아는 단호한 어조로 그에게 고했다.

"나는 슈리아 아델트야."

그러니 더는 아마르잔의 삶을 제게 결부시키지 말라는 의지를 담아서. 속내를 읽어 내려는 듯이 탐색 어린 시선이 와 닿았다.

그 어둠이 깔린 황혼처럼 붉은 눈동자는 언제나 읽을 수 없이 냉철하고 침착하기만 했지만…… 오늘만큼은 어딘가 달랐다.

그의 눈동자엔 모호하고도 옅은 감정의 색채가 깔려 있었다. 미묘하게 달라진 그 무언가를 파고들려는 찰나, 카르마인이 불현듯 뇌까렸다.

"아마르잔은 이제 없군. 죽었어."

제대로 알아들은 듯싶어 고개를 끄덕이려는데 카르마인의 말이 담담한 투로 이어졌다.

"나는 마치 자기가 신인 듯 인간사를 좌지우지하는 아마르잔을 꺾고 싶었다. 허나 그대는 그저 인간에 불과하지."

그것은 더 이상 슈리아를 의심하지 않겠다는 의지의 표명이었으나, '그저 인간'이라는 표현에 주목한 슈리아는 심히 마음에 들지 않는 그 말을 반박하고 싶었다.

하지만 슈리아는 그럴 수 없었다. 뒤이은 경악스러운 말이 사고를 통째로 앗아 갔기 때문에.

"……그런 그대에게 매혹된 것이, 나 역시 이해가 가지 않지만."

"……."

얼어붙어 버린 소녀의 이마에 기습적으로 온기가 가벼이 닿았다가 떨어져 나갔다. 그에게서 살의가 느껴졌다면 본능적으로 쳐 냈을 터, 너무도 태연스러운 움직임에 반응하지 못했다. 과연 초월자다운 재빠른 솜씨였다.

누가, 누구에게…… 매혹? 나에게? 그 와중에 슈리아는 정신이 달아나는 것 같다는 말을 생생하게, 현실에서 겪어 내고 있었다.

실로 터무니없는 말에 귀를 의심하느라 슈리아는 그가 어떤 행동을 했는지, 잠시 후에야 알아챌 수 있었다. 다만 채 불쾌감을 느낄 수도 없게끔 혼란은 좀 더 가중되었다.

결코, 단 한 번도 상상조차 해 본 적 없었던 상황은 슈리아에게 판단력을 완전히 상실케 했다. 전 생애를 통틀어 이만큼 충격적인 진실이 또 있었을까?

그리고 그 상황을 초래한 카르마인의 낯에 옅은 미소가 스쳤다. 그는 슈리아의 굳어 버린 얼굴을 새기듯이 한차례 바라본 뒤 마지막, 작별의 말을 고했다.

"그녀는 내가 추적하겠으니, 그대는 그대의 삶을 살아."

슈리아가 정신을 차렸을 때, 그는 이미 떠나고 없었다.

……도대체 무슨 일이 벌어졌는지, 얼떨떨할 지경이다. 잠시 후, 슈리아는 이마를 문지르며 혹시 그가 자신을 놀린 건 아닐까 고심하기 시작했다. 신빙성 있다고 생각해 분개하다가도 어쩐지 그가 진심인 듯하여 카르마인마저 사로잡고 만 자신의 치명적인 매력에 대해서 고찰해 보기도 했다.

정말로 슈리아 아델트의 몸은 이성의 마음을 끄는 탁월한 능력을 내재하고 있는 것일까. 아니면 카리나를 놓친 것에 대한 책임을 물을까 얼버무린 건가.

이런저런 가정을 떠올려 보다, 슬슬 불쾌감이 치밀어 고개를 젓고 찝찝한 상념을 떨쳐 버렸을 때에는 이미 꽤 시간이 흐른 후였다.

어쨌든, 카리나를 놓쳤다 이거지……. 슈리아는 사고의 방향을 돌렸다. 지저분한 여자답게 도망치는 솜씨 하나는 알아줄 만하다. 번거롭게 만들다니. 숨었다면 쉬이 찾아낼 수 없으리라.

당장 추적하기도 어려운 게, 슈리아로서도 죽은 사람을 살려 본 게 이번이 처음이었다. 영과 육이 분리되려 한다든가, 하는 부작용이 있을 수 있으므로 죽었다 살아난 황태자의 상태를 당분간 계속 살펴야 했다.

비록 도주했다는 게 마음에 걸리지만 카리나가 제정신이라면, 두 번 다시 제 앞에 나타나지 못할 터였다. 이제는 그녀를 감싸 줄 누군가도 존재하지 않으니까.

혹여 그녀의 행적이 제게 알려진다면…… 그날이 그녀의 최후의 날이 될 것이다. 이제 슈리아는 그녀에게 누구도 잃지 않을 자신이 있었다.

— 툭.

문득 뺨에 닿은 차가운 감촉에 슈리아는 하늘을 올려다보았다.

……어느덧 눈이 내리고 있었다.

흐릿한 하늘에는 잔뜩 구름이 껴 있었고, 하나둘씩 내리던 작은 눈송이는 곧 수가 늘어 바닥에 소복하게 쌓이기 시작했다.

온통 고요한 정원에 나풀거리며 내리는 눈은 은빛 꽃잎이 흩날리는 듯이 아름다웠다. 그것이 마치 축복하는 듯도 하여, 어쩐지 마냥 그 자리에서 바라보고만 싶었다. 슈리아는 그 가운데 머물러 자연의 손길에 따라 새롭게 그려지는 설경을 지켜보았다.

"아가씨, 어쩜! 일찍 일어나셨네요!"

어느새인가 나타난 부지런한 어린 하녀 한 명이 발랄한 목소리로 말을 건네 온다.

"깜짝 놀랐어요! 그렇게 서 계시니 꼭 눈보라의 요정 같아서……."

"눈보라의 요정이라니."

뜻밖의 소리에 슈리아는 피식 웃었다. 웃음기가 가시기 무섭게, 세일린이 들려주었던 이야기가 뇌리를 스친다.

'……북쪽 지방의 설화야. 눈보라의 요정은 겨울 무렵, 눈이 가득 쌓인 가장 시린 날에 내려와 차가운 손길로 사냥 나온 왕자의 심장을 빼앗고 봄이 되면 극지방으로 달아나 버린단다. 그리고 왕자는 남은 계절 내내 북쪽 하늘을 애타게 바라보며 겨울이 오기만을 기다리지…….'

수동적이고 무능한 왕자를 비웃게 만들었던 그 우습고도 한심한 설화.

그러나 만약 슈리아가 눈보라의 요정이라 한다면…….

왕자는 비록 눈보라의 요정을 북쪽으로 떠나보냈을지언정 그녀를 다시 찾아왔고, 눈보라의 요정은 불의의 사고로 죽어 버린 왕자의 심장을 되살려 주고 그와 함께하기로 결심했다.

그리고 둘은 봄이 되면 이보다 남쪽에서 머물고 있을 것이다. 눈보라의 요정은 봄에도 녹아 버리지 않는, 아주 강력한 마법사였으니까.

호들갑스러운 하녀의 말소리를 들어 넘기며 슈리아는 설화의 내용을 고쳤다. 조금 더 진취적인 왕자와 아주 유능한 눈보라의 요정으로. 그건 썩 마음에 드는 재구성이었다.

그리고 그 뒷이야기는 앞으로도 계속 이어질 것이다.

그는 먼발치에서 눈 내리는 저택을 바라보고 있었다. 떠날 때의 미소는 온데간데없이 평소보다 어두워진 눈빛에는 그림자가 드리웠고, 그의 기분 역시도 끝을 모르게 침잠하고 있었다.

끝내 말하지 못했다. 이것이 옳은가.

언제나 명확한 기준을 가지고 행동하는 그였으나, 자신이 바르게 행동하고 있는지 이번만큼은 확신하지 못했다.

고해하지 못한 진실이 끊임없이 가슴속을 무겁게 맴돌았다. 초월자인 그에게 영향을 줄 리 없건만, 몸에 내리는 굵은 눈발이 스치는 자리마다 후려치는 듯이 느껴졌다.

조금 전, 그는 거짓말을 했다. 그것은 그가 초월자가 된 이래로 처음으로 한 거짓말이었다. 거짓말 자체가 그의 신념에 위배되는 일, 그러나 그는 그럴 수밖에 없었다.

슈리아에게는 놓쳤다고 말했지만, 놓친 것이 아니라…… 놓아준 것이다.

─그 여자.

베었어야 했는데 베지 못했다. 가능한 상황이었음에도 불구하고, 그 여자가 꺼낸 패는 치명적이었고 그 때문에 그는 물러날 수밖에 없었다. 카르마인의 눈이 침중하게 내리감긴다.

잔혹하게 번들거리는 보랏빛 눈동자가 그를 비웃는 듯이 휘어지던 그 순간에,

'죄 없는 자를 벌하지 않는다는 블러디나이트!'

코앞에 드리워진 죽음의 그림자, 적색의 사신 앞에서 팔이 떨어져 나간 카리나는 깔깔거리며 외쳤다. 말없이 검을 치켜드는 그에게 가늘게 눈가를 좁힌 그녀는 입술을 비틀어 올리며 물었다.

'그렇다면…… 죄 없는 내 아이는 죽일 텐가, 블러디나이트?'

듣지 않고 먼저 베었더라면 차라리 나았을 거라고, 다시금 떠올린다.

그때 그 말이 가져다준 충격에 벼락을 맞은 듯했던 카르마인은 딱딱하게 굳은 낯빛으로 반문했었다.

'……아이라고?'

'그래, 아이. 나와 아마르잔의.'

교태 어린 몸짓으로 카리나는 자신의 배를 쓰다듬었다. 그제야 카르마인은 일부러 느슨하게 풀어 둔 그녀의 결계 속에서 또 다른 맥박을 읽었다. 하나의 몸에 뛰고 있는 두 가지 박동, 살짝 부푼 배……. 그것이 뜻하는 바는 명료했고, 검을 든 손이 멈칫거리는 동시에 그는 물었다.

'아비도 존재를 모르는 아이 말인가.'

'아비도 존재를 모르는 아이는 죽어도 된다는 소리야? 잔인한 남자로군.'

그 뱀 같은 웃음, 마치 카르마인이 자신을 해하지 못할 거라 확신하는 태도로 그녀는 나긋하게 속삭였다.

'아마르잔에게는 말하지 않는 게 좋을 거야. 그러면 아이가 세상에 태어나 빛 보는 걸 용납할 리 없으니까, 이 죄 없는 아이가 죽길 바라지 않는다면.'

입을 다물어. 입술 위에 손가락을 가져간 카리나는 유혹하듯 눈웃

음을 날렸다. 그리고 곧바로 등을 돌려 사라져 갔다.

그 무방비한 등을 바라보면서, 손에 힘이 들어갔다. 당장에라도 없앨 수 있었다. 그녀가 부상을 입은 지금, 이보다 좋은 기회는 더 없으리라. 카리나는 결코 만만한 상대가 아니었고, 그에게는 그녀를 옭아맬 수단이 없었다.

그녀를 막을 수 있다면 그 방법은 오로지 죽음뿐. 지금 놓친다면 그녀는 잔악스러운 본성대로 수많은 이들에게 재앙을 안겨 주리라. 그러나⋯⋯.

무수한 생명을 희생시킨 마녀. 그녀의 말대로 온갖 죄로 점철되어 나락에 떨어져도 족할 어미와는 달리, 그녀가 품은 아이는 결백했다. 그리고 그는 일생 무고한 것을 베어 본 적이 없는 자였다. 그 부모가 어떤 악업을 쌓았을지라도 그에게 죄는 대물림되지 않는 종류였다.

그 때문에 그는 슈리아에게 끝끝내 진실을 말하지 못했다. 슈리아는 더 이상 아마르잔이 아니었지만, 그렇다고 아마르잔이 의도치 않은 후손을 남기는 것을 내버려 둘 리 없다.

앞으로 그녀가 희생시킬 생명과 아직 태어나지도 않은 단 하나의 목숨⋯⋯.

모두가 기꺼이 후자를 희생시킬지라도 블러디나이트에게 그것은 정의가 아니었다. 그는 그 두 가지를 저울질할 수 없었고 그것은 온당치도 않았다. 생명은 무게를 잴 수 없는 것이니.

다만 진실을 묵인하고 그녀를 놓아 보낸 대가는 온전히 그가 감수해야 할 것이다.

— 언젠가 그녀가 다시금 모습을 드러내는 때에는 반드시.

어느새 붉게 뜨인 카르마인의 눈빛이 결의를 담고 차갑게 번뜩였다.

0.
여명의 새 아침, 꽃잎이 열리다

　새가 지저귀는 아침이었다. 부유스레한 여명의 빛이 서리 내린 새벽을 적시어 제 색깔을 입히고 이내 눈 녹는 따스함이 슬며시 대지에 내리기 시작할 때, 그가 깨어났다.

　꼬박 하루 만의 일이었다. 동녘에서부터 너울거리며 내리는 희광은 생명의 기운을 품고 있으니, 눈꺼풀을 두드리는 그 설핏한 햇살이 돌덩이처럼 죽음에 이르렀던 그를 일깨웠는지도 모른다.

　그 시간 동안 한자리에 망부석처럼 앉아서, 그가 기나긴 잠에서 헤어 나오기를 인내심 있게 기다리던 소녀는 옅은 떨림 이후 드러난 자청색 눈동자를 묵시했다.

　가슴에 번지듯이 잔잔한 파동이 일고, 전율과 함께 배 속이 조여든다. 그건 평생 한 번도 겪어 본 적 없는 기묘한 느낌이었다.

　태어나서 처음으로 자신이 죽음에서 건져 낸 이를 앞에 두고 슈리아는 감상에 잠겼다. 멍하니 허공을 훑던 눈동자에 소녀의 상이 담기자, 초점이 돌아왔다.

　"……"

섣불리 상체를 일으키던 그는 금세 힘이 빠져 침대 위에 팔꿈치를 디뎠다. 단 한 번도 병상에 누워 본 기억이 없을 그는 자신의 상태가 당황스러운 양 미간을 찌푸렸다. 스피릿이 빠져나가고 복원된 육체에는 아직도 충격의 여파가 그대로 남아 있는 듯싶었다.

이번에는 정신을 잃지 않은 채, 잔뜩 잠긴 음성이 그에게서 흘러나왔다.

"내가…… 어떻게 된 거지?"

"죽었다 살아났지."

준비해 놓은 답변은 수도 없이 많았지만 슈리아는 다만 그렇게 답했다. 그리고 거침없이 물었다.

"언제까지 누워 있을 거지?"

냉정하게 느껴질 법한 어조였다. 죽다 살아난 이를 앞에 두고 있으니 눈물을 흘리면서 서로를 끌어안아도 족하건만 위켄하이저 공작과 세일린의 감격의 재회를 목격한 게 별 영향을 주지 못한 듯하다.

실지로 감흥이 일었으되, 그뿐이었다. 슈리아의 마음은 놀랍도록 빠르게 차분해졌다. 처리할 일이 많아 시급한데 마냥 이러고 있을 수만은 없지 않은가.

지금 그는 갓난아기만큼이나 미약한 몸이었다. 육체와 영혼이 결합하여 안정을 되찾아야 다시금 그의 몸에 스피릿이 돌아올 터이다. 그러기 위해선 영혼이 몸에 녹아들도록 많이 움직여야만 했다.

그리고 슈리아는 그런 사실을 상냥하게 풀어 설명하며 독려하는 성미가 못 되었다. 상대가 어지간해서는 상처받지 않는 이라 다행이라고 해야 할까. 독촉 어린 그 말에 렌카이저는 군말 없이 몸을 일으켰다.

아니, 적어도 몸을 일으키려는 시도는 했다. 다리를 움직여 바닥에 발을 디디는 데는 성공하였으나 비틀거리다 그는 다시 자리에 주저앉았다.

그때 그의 표정에는 당혹이 스며 있었다. 초월자인 그가 이토록 무력해질 일은 다시 없으리라.

침대 밑에서 졸다가 말소리에 깨어난 베헤모트가 기어 나오며 냐옹, 소리를 냈다. '내가 태워 줄까?' 라는 의도가 역력한 초롱초롱한 눈빛이었다.

베헤모트는 슈리아가 몸을 가누지 못하는 아기 시절 이미 마음껏 써먹은 바 있는 몸이었으므로 이동 수단이 되는 데 익숙했다.

못마땅하게 베헤모트에게 힐끔 시선을 준 슈리아는 렌카이저에게 손을 뻗었다. 가느다란 손이 그의 팔을 들어 어깨에 올리자 렌카이저의 몸이 소녀에게로 단박에 기울어졌다.

이전이라면 어깨에 실리는 무게를 지탱하기에 힘겨움을 느꼈을 것이나, 현재는 전혀 무리가 되지 않았다. 비록 마법사로서 초월자가 되었다고는 해도, 육체적인 강인함은 자연히 따라오기 마련이니.

그러나 이리도 기력 없는 육체라니. 중환자나 다름없지 않은가. 부축을 받는 렌카이저의 눈동자에 일순 떨림이 일었다. 그는 믿기지 않는 눈으로 이토록 가까이에, 그를 부축하고 있는 소녀의 옆얼굴을 훑었다. 그간의 이별이 무실해지는 거리감이다.

슈리아는 그의 시선을 느끼며, 내심 렌카이저가 정신을 잃기 전에 있었던 일에 대해서, 확인을 하기 바랐다. 그래야 이 어색한 간호인과 병자로서의 대면을 넘어서, 그들 사이에 분명한 무언가가 규정지어질 수 있으니까.

그러나 렌카이저는 슈리아의 뜻대로 입 열지는 않았다. 그는 제 몸이 마음대로 움직이지 않음에 더욱 신경을 쓰고 있는 듯했다. 사고 과정이 원활히 이루어지지 않는 양 렌카이저는 곧 눈살을 찌푸리며 물었다.

"어째서 내가…… 이렇지?"

이토록 무력해진 자신이 도저히 이해가 가지 않는다는 투였다. 쓰러지면서 이전의 기억을 잃었나?

"심장이 꿰뚫렸으니 스피릿이 증발했고 영혼과 분리되었던 몸은 만신창이가 되어 정상이 아닌 거지."

서슴없이 돌직구를 던진 슈리아는 혹시나 그가 충격을 받고 쓰러질까 우려하여 냉큼 덧붙였다.

"시간이 지나면 멀쩡해질 테니 쓸데없는 걱정은 말도록."

정말로 멀쩡해질지는 실은 장담할 수 없는 노릇이다. 이제껏 단 한 번도 완전히 죽음을 맞고도 살아난 이는 없었으니. 그를 되살리긴 했으나 그 결과로 어떤 후유증이 발생할지 슈리아는 아직 예측하지 못했다.

다만 문간을 넘어설 즈음에 급히 숨을 몰아쉰 렌카이저가 그 자리에서 무너져 내렸기에 슈리아는 그가 아직 움직일 준비가 되지 않았다는 걸 깨달았다. 흘러내린 육체는 이내 바닥에 맥없이 널브러졌고, 그보다 작은 슈리아로서는 그를 지탱하기가 어려웠다.

주저앉은 렌카이저의 얼굴은 무어라 형용하기 어려웠다. 초월자의 몸을 버리고 아기로 태어났을 때의 그 생생한 무력감. 슈리아가 한때 겪었던 그것을 그도 지금 겪고 있는 것이리라.

"시간이 지나면 나아질 거야."

슈리아는 다시금 강조하며 말했으나, 그게 그의 귀에 닿았는지는 알 수 없는 노릇이었다.

핀테른의 이 작은 저택에 제국의 황태자씩이나 되는 어떤 고귀한 분이 머물고 있다고 한다면, 온 퀸른이 난리통이 되었을 법하다.

하지만 그 소식은 빈틈없이 봉해져 어디로도 흘러 나가지 않았다. 슈리아가 인식장애 마법을 걸어 고용인들을 죄다 쫓아낸 덕에, 저택의 3층은 고요하기만 했다. 딱 거기까지가 렌카이저에게 허락된 행동반경이었다.

깨어난 날 온종일 자리에서 홀로 일어나려고 애쓰던 렌카이저는 노력이 효과를 보았는지, 그로부터 이틀 뒤 스스로 걷는 데 성공했다. 백 살쯤 먹은 노인처럼 아주 느릿한 걸음이지만, 적어도 비틀거리지는 않게 되었다.

애초에 육체적으로는 완치가 되었던 터. 내부적인 영과 육의 결합에 문제가 있었을 뿐이라 금세 나아지는 건 자연스러운 일이었다. 그의 쾌유는 달가웠으나 슈리아는 그걸 마냥 기쁘게 받아들이기가 어려웠다. 실은 썩 기분이 좋지 못한 구석이 있었다.

'내가 알아서 하지.'

문간에 주저앉은 렌카이저는 한동안 생각에 잠기더니, 그를 일으켜 세우려는 손길을 마다하며 그리 말했고, 거기에선 꽤 결연함이 엿보였다. 순간적인 박탈감에 비참한 기분에 사로잡혀 징징대지 않는다는 건 호의적으로 받아들일 법했기에, 슈리아는 렌카이저가 원하는 대로 그를 놓아두었다.

좋아하는 여자 앞에서 제대로 몸을 가누지 못하는 모습을 보여 준다는 건, 초월자인 그로서는 자존심 상하는 일이기도 하리라.

그때까지만 해도 슈리아는 렌카이저가 그의 몸을 낫게 하는 데 온 신경을 몰두하고 있다고 생각했을 뿐, 이상하게 여기지는 않았다. 그래서 책을 들여다보는 척 멀찍이서 소일하며 렌카이저의 상태를 주시했다.

베헤모트도 렌카이저 주위를 알짱거리면서 도와주겠다는 듯이 거들먹거렸지만 상대도 해 주지 않자 슈리아에게 돌아와 발치에 엎드려 누웠다. 그러니까 렌카이저는 누구의 도움도 빌리지 않고, 저 스스로 일어나 걸을 수 있게 되었다.

그렇게 되기까지 달리 도와주지는 않았지만, 꼬박꼬박 식사도 챙겨 주었고 계속 지켜보았던 터였다. 그런데 딱히 꼬집어 말하긴 어려우나 묘하게 거슬리는 구석이 있었다.

그건 그의 태도였다.

렌카이저는 그래도 마땅할 베헤모트뿐만 아니라 슈리아의 존재까지도 거의 무시하고 있었다. 아킬레기아궁 시절, 슈리아를 한낱 차 시중 시녀로 취급했을 때와는 달랐다.

이건 차라리 피하고 있다는 느낌이다. 이상하도록 말을 잃은 렌카이저는 식사하라며 그를 탁자에 앉혀 손수 상을 차려 주었을 때에도 흘러가는 풍경인 양 슈리아의 얼굴을 쳐다보지 않았다.

제가 무슨 전염병도 아니고, 죽었던 걸 살려 놨더니 감사의 인사는 못할망정 모른 체하는 걸 그냥 넘어갈 만큼 슈리아는 심성이 곱지 못했다. 아니, 정확히는 그 반대였다.

하지만 정말로 냉정하게 렌카이저를 질책하고 몰아붙이기엔, 그를 잃었다고 생각하고 떨었던 그때의 기억이 아직 슈리아에게 생생했다.

그때를 제외하면 단 한 번도 그토록 두려워해 본 적이 없었으므로, 온몸에 번져 나갔던 전율이 여태 잔존하고 있었다.

그리하여 슈리아는 제가 유일하게 제 것이라고 여긴 렌카이저에게 조금 관대해지기로 했다. 어딘가에 그가 예민해질 만한 구석이 있었으리라. 그걸 곰곰이 짚어 보면서.

아마도 깨어난 그에게 너무 냉랭하게 굴었던 탓인가? 죽었다 살아나서 제대로 거동도 하지 못하는 그에게 괜찮으냐고 한 마디쯤 묻는 것이 나았을까.

말만 한 사내놈에게 상냥하게 말하는 취미는 없지만, 인정하기 싫어도 슈리아 아델트에게 그는 특별한 존재이니까.

독설에 상처 입을 만큼 그리 예민한 감성의 소유자는 아니라고 여기지만, 렌카이저는 슈리아의 일이라면 열다섯 살 계집아이만큼이나 예민해지곤 했다. 데이지와 비교하기에는 모욕적이겠고 셀리보다는 약간 나은 듯한 정도로.

그걸 생각하자면 지금의 반응은, 이해가 갈 법도 하다. 하지만 단순히 그 이유 때문만이라고 하기엔 무언가 조금…… 어긋난 부분이 있는 게 사실이었다. 슈리아는 그걸 꿰맞출 적당한 가설을 또다시 고안해 보았다.

어쩌면 렌카이저는 자존심이 상했는지도 모른다. 지금 돌봄을 받는 신세가 된 것도 그러하거니와, 그는 어처구니없이 쉽게 죽음을 맞지 않았던가.

그건 다시 말해 패배였다. 소위 역대 최연소 초월자이며 스피리어라는 자가 아무것도 하지 못하고 카리나에게 손쉽게 패배를 맞이했기에 그의 드높은 자존심이 상처를 입었다면, 그래서 의기소침해하고 있는 거라면…….

그 자괴감에 젖어, 누군가를 볼 낯이 없는 거라고도 유추할 수 있겠지. 렌카이저는 전투에 있어선 언제나 승리자였으므로 그 패배의 후유증이 뼈 아플 만도 했다.

그도 아니라면, 불쾌한 가정만이 남는다. 슈리아로서는 그것밖에 생각할 수 없었다.

렌카이저가 이미 인간의 생의 끝, 죽음이라는 허무를 겪어 그의 알량한 사랑놀음이 실상 아무런 의미도 없다는 걸 깨달았다고 한다면. 그의 꿰뚫렸다 아문 심장이 더는 슈리아 아델트를 향해 뛰지 않는다고 한다면…….

— 그의 마음이, 변했다면.

"변했다고?"

슈리아는 피식 소리 내어 웃었다. 그 부정적인 가정은 슈리아에게 아주 작은 생채기도 내지 못했다. 사실 그게 가장 가능성 없는 추론이라고 생각했다.

그가 변할 수 있었다면, 그게 마음대로 되는 것이라 한다면 렌카이저는 진작 마음을 돌려먹었으리라. 그의 냉철한 이성이 고하는 그대로.

그러나 렌카이저는 슈리아 아델트를 사랑한다. 목숨을 걸어도 좋을 만큼. 결코 놓을 수 없을 만큼. 슈리아는 그 점에 있어서만큼은 비논리적으로, 비이성적으로 확신에 가득 차 있었으며 몹시도 자신만만했다.

사람의 마음이야말로 장담하기 힘든 것이니, 그야말로 근거 없는 자신감이었으되, 어찌 보면 근거가 있는 것이기도 했다.

그건 하나의 지고지순한 방향성이었다. 렌카이저는 결코 저항할 수 없는 운명에 휩쓸린 양 이제껏 그 어느 순간에도, 어떤 일이 있어도 그의 마음을 돌이킨 적이 없으므로 앞으로도 그러하리라.

슈리아는 렌카이저가 핀테른까지 찾아와 모습을 보인 순간, 거기에 이미 절대적인 확신을 얻은 터였다. 실은 카르마인이 사랑 고백을 하고 떠난 시점에서 자신의 치명적인 매력에 대해서 다시금 고찰하게 되었기 때문이라는 이유도 있다.

어쨌든 슈리아 아델트는 지독하게 매혹적인 소녀였고, 그 매력의 출처는 본인도 자세히는 알 수 없었지만, 가진 바 미모를 넘어선 그 무언가를 가지고 있었다. 게다가 이제는 세상에서 가장 강한 마법사가 되었으니 그야말로 모든 걸 다 가졌다고 할 만하다.

어떻게 이 시점에서 이 완벽한 슈리아 아델트를 향한 애정이 사라질 수 있지?

자신이 심약하다고 한껏 폄하한 과거가 있긴 해도, 너무도 잘난 상대에게 부담감을 느낄 만큼 렌카이저가 모자란 이는 아닐 터였다.

그러므로 여태까지 나온 가정 중 가장 가능성이 높은 건, 그가 의기소침해 있다는 것. 안타레스라는 대적마저도 실력에 더한 계략으로 물리쳤던 그이니 그를 죽음과 직면하게 했던 그 한 번의 패배가 뼈저리게 새겨졌을 수 있었다.

슈리아가 그를 살려 낼 수 있단 걸 몰랐던 그에게 지금의 삶은 요행처럼 여겨지리라.

어쨌든 더 이상 인내심을 발휘하기가 싫었기에 슈리아는 자신을 외면하는 렌카이저의 마음을 바꾸어 놓을 필요가 있었다. 시들시들하게 풀 죽은 꼴도, 자신을 무생물 취급하는 꼴도 보기 싫었다.

그들의 미래에 관해서 어떤 확답도 받지 못하여 답답한 것도 있었지만, 귀찮을 만치 달라붙던 베헤모트가 자신에게 데면데면하게 군다면 딱 이런 기분일까.

"……."

슈리아가 넌지시 시선을 주자, 뒷발로 귀를 긁고 있던 베헤모트가 냐아옹 소리를 내며 소녀를 빤히 올려다보았다. 금방이라도 꼬리를 흔들 것처럼 보이는 게, 개가 되는 쪽이 더 어울렸을 성싶다.

아무리 그래도 저 덜떨어진 시종마와 렌카이저를 동급으로 보는 건 옳지 못한 일이겠지…….

그에게 조금쯤 관대해지기로 마음먹었으니 그의 마음을 바꾸려면 매몰차게 쪼아 대는 것보단 설득이나 위로를 함이 좋을 텐데.

"어떤 방식으로?"

슈리아는 나직이 뇌까렸다. 데이지에게도 상냥할 수 있는 자신이었으니, 자신이 슈리아 아델트라는 걸 인정한 지금 렌카이저에게 간지럽게 구는 데도 익숙해져야만 했다.

하지만 안면을 싹 바꾸어 나긋나긋하게 구는 것도 영 내키지 않는다.

슈리아는 렌카이저가 유달리 기뻐하거나, 흡족해했던 순간들을 기억 속에서 떠올려 보았다. 그 기억 속에는 루이스 클라인의 일로 대단히 분노하여 자신을 추궁하는 그에게 입 맞추었던 때의 일도 있었지만, 슈리아는 과감하게 그를 지워 버렸다.

어쨌든 어린아이를 대하듯 나긋하게 달래며 입 맞추는 건 성격에 맞지 않았다. 그리고 슈리아도 그런 점에 있어서만큼은 제 한계를 인정하기로 한 터였다.

더욱 곰곰이 생각해 보니 그럴싸한 방편이 떠오르지 않는 것은 아니었다. 물질을 중요시하는 슈리아에게는 매우 자연스럽게, 그런 생각이 떠올랐다.

"역시 마음을 푸는 데는 선물이지."

그의 생일에도 직접 만든 걸 선물했거니와 슈리아 아델트의 빈약한 재력으로는 고작 그 정도의 선물이 할 수 있는 전부였지만, 지금은 달랐다.

지난 십 몇 년간 평범하게 살아온 탓에 스스로 생경하게 느껴질 만큼 슈리아는 그 모든 한계를 넘어서 전능에 가까운 마법사가 되었으니까.

그에게 해 줄 만한 선물을 궁리하며 슈리아는 생각에 잠겼다. 그리고 그건 기민한 두뇌 회전을 거친 뒤, 곧 잘 짜인 계획으로 모습을 드러내었다.

"이제 몸은 좀 어때."

"……보다시피 나아졌어."

렌카이저가 눈을 내리깐 채 조용히 답했다. 그답지 않은 순순하고 조심스러운 태도가 흡사 다른 사람을 보는 듯하다.

애초에 말을 걸지 않았기에 답을 하지 않았을 뿐, 그가 자신을 피하고 있다고 하더라도 대놓고 질문해 오는 걸 무시하지는 않을 거라는 예상은 그대로 들어맞았다.

그리고 만약 그가 무시했다면 슈리아는 그의 멱살을 쥐고서라도 똑똑히 한 자 한 자 발음하여 제 질문을 다시금 들려주었으리라.

대화에 임한다고 하기에는 불성실한 반응이라 짜증이 일었지만, 슈리아는 렌카이저가 죽었다 살아났다는 것, 그리고 병자라는 사실을 되풀이해서 새기며 감정을 눌러 냈다.

남에게 매몰차게 대하는 데에 전혀 죄책감을 느끼지 못하는 성미인 슈리아도 제가 렌카이저를 선택한 이상 앞으로는 달라져야 한다는 정도는 인지하고 있었다.

그도 초월자이고 저도 초월자이니 앞으로 무수한 세월을 함께해야 할 텐데 꾸며 낸 성격으로 고분고분한 척하는 것도 하루 이틀이다.

그렇다고 아마르잔이 이제껏 다른 이들을 대해 왔던 일반적인 방식으로 그를 대하기에는 렌카이저는 제 아랫사람이 아니었으며, 이렇게 표현하기에는 간지럽지만, 그는 슈리아가 선택한 일생의 동반자였다. 저로 인해 죽음까지 겪어 낸 그이니, 책임감을 느꼈다고 해도 좋다.

그를 제 것이라 여긴 만큼, 제 것에 대해서 철저하게 우대해 줄 터였다. 다른 누구도 누리지 못한 특권을 렌카이저는 누릴 자격이 있었다. 그리고 이건 그 일환에 불과하다.

아무런 예고 없이 슈리아의 손끝에서 마법이 펼쳐졌다. 온전한 상태의 그였다고 해도 결코 거역하지 못할, 강력한 마법이었다.

그의 몸 상태가 좋지 않다는 걸 감안한 마법은 아주 부드러이 렌카이저의 육신을 감싸 안았고 제 품에 놓인 육신을 공간을 뛰어넘어 어떤 장소에 옮겨 놓았다.

투명하게 반짝이는 백색이 발밑에서부터 평평한 지평선까지 무한히 뻗어 나가는 대지는 언제나처럼 고독에 잠겨 있었다. 생명의 한 호흡조차 앗아 갈 추위도 북녘의 시퍼런 바람도 새로이 발자국을 남기는 이 두 사람에게 감히 침범하지 못했다.

눈이 멀어 버릴 듯이 반사광이 안구를 쪼아 대는 그 무결한 장소에서 슈리아는 그의 곁에 서 있었다.

대지와 경계를 내듯 흐릿하게 깔린 하늘을 그 어떤 조명보다 눈부시게 적시는 아름다운 빛의 향연. 사정없이 휘몰아치는 바람 소리가 태풍의 중심에 서 있는 양 적막하게 들리는 그 선명하고 고요한 아름다움.

"아름답지 않아?"

슈리아는 확인하듯이 물었다. 눈을 사로잡고, 정신이 빨려들어 마냥 서 있고 싶게 만들었던, 언제나 그랬던 북녘의 익숙한 모습이었다.

얼마 전, 이곳에 선 슈리아는 제가 품었던 오랜 꿈을 내려놓으며 마지막으로 생각한 바 있었다. 이 광경을 누군가에게 보여 주고 싶다고. 그 스치는 바람 같던 소망이 이렇듯 빨리 실현될 줄은 몰랐지만.

그리고 슈리아 아델트는 지금 그 누군가와 함께 이 자리에 서 있었다. 그게 놀랄 만큼 색다르고, 묘하게 가슴을 파고들었다.

무엇이든 홀로 누리고 독차지하는 걸 즐겼던 자신이었음에도······ 나쁘지 않았다. 제 안에 그득했던 탐욕이 누그러지는 듯하여, 낯설었다.

홀로 완전하다고 믿었던 자신의 곁에 누군가가 서 있었고, 그 누군가의 존재가 걸리적거리게 느껴지지 않는다는 사실이 놀랄 만큼 생소했다.

고독에 한 몸처럼 익숙해져 있었음에도, 그 고독을 훼손하는 그의 존재가 그리도 선명한데 거슬리지 않다니. 그건 분명히 슈리아 일생에서 처음 있는 공유였다.

그리고 렌카이저는 명백히 그 영광을 홀로 누리고 있었다. 그가 진실로 슈리아에게 받았다고 할 만한 건 이게 처음이었다.

그도 슈리아가 이 광경을 보여 주려고 일부러 자신을 데려왔다는 걸 이젠 깨달았으리라. 그가 슈리아를 별장으로 데려가 해안가의 아름다운 풍경을 보여 주었듯이.

슈리아는 물끄러미 렌카이저를 쳐다보았다. 그가 어떤 반응을 보일지 내심 기대하면서. 감격에 눈물을 글썽거린다고 하여도 그 꼴사나운 모습을 참아 줄 용의가 있었건만,

"왜 이곳에 나를 데려온 거지."

렌카이저는 슈리아의 얄팍한 기대를 쉽사리 배반했다. 그의 표정

은 무미건조하기 그지없었고, 말투는 심지어 심드렁하게 들리기까지 했다.

소녀의 안면에 느릿한 변화가 일었다. 스산한 빛이 밤바다의 색을 띤 눈동자 위로 스치고 지나갔다.

슈리아는 어떤 일이든 제 예상을 벗어나는 걸 용납하지 못했고, 슈리아의 귀에 지금 그의 물음도 거의 용납하기 어려운 수준으로 들렸다. 그는 지금 제 선물을 가차 없이 짓뭉개고 있는 것이나 마찬가지였다.

처음이나 다름없이 베푼 호의이기에, 렌카이저의 반응은 세상에서 가장 강력한 마법사의 자존심을 건드리기에 족했다. 하지만 왜 기껏 이런 걸 보여 줬는데 네 반응은 그따위냐고 추궁하거나 화를 내기에는, 졸렬하게 느껴지는 감이 있었다.

그래, 앞으로는 잘해 주기로 했었지……. 곱씹으며 슈리아는 분을 삭였다. 무엇이든 할 수 있는 힘을 가진 이가 인내심 있게 굴기는 퍽 어려운 것이나, 슈리아는 지난 세월 동안 인내하는 데 익숙해져 있던 터였다.

제 차가운 이성이 일단은 화를 누르라고 일렀기에, 슈리아는 상처 받은 자존심을 추스른 뒤 대수롭지 않은 투로 물었다.

"벌써 피곤한가."

그래서 눈앞의 풍경이 눈에 들어오지 않는 걸 수도 있겠지. 불편한 심기가 담긴 터라, 슈리아의 음성은 흡사 비꼬는 듯이 흘러나왔고 아직도 멀쩡하지 않은 렌카이저의 몸 상태를 꼬집는 듯이, 제 귀에도 그렇게 들렸다. 어찌 그리 연약하냐고 빈정대는 것 같았다.

그리고 그간의 경험을 통해 자신이 그런 의도로 말하고도 남을 거라고 판단했을 렌카이저는 잠시 슈리아를 바라본 뒤 무엇도 시야에 들어오지 않는 양 눈을 내리깔았다. 한층 더 의기소침해하는 모습에 가슴이 답답해진다.

이럴 의도가 아니었던 것 같은데? 한때 렌카이저의 거만한 말버릇에 대해서 못마땅하게 생각한 적이 있었건만, 그건 오직 그에게 해당하는 문제가 아니었던 듯싶다.

슈리아는 부드럽게 말하는 법에 한해서 갑자기 불능이 되어 버린 자신을 의심쩍게 생각했다. 슈리아 아델트라면 좀 더 사려 깊고 나긋나긋하게 말할 수 있을 텐데, 이상하게 그게 안 되었다.

더 이상 연기하지 않기로 결심했기 때문인가? 생각보다 자신은 연기용 말투와 본연의 말투를 분명하게 구분 지어 놓고 있었던 듯하다.

어쨌든 슈리아의 계획은, 단지 이 아름다운 풍경을 보여 주는 것에서 그치지 않았다. 장소를 잘못 선택했을지도 모른다고, 슈리아는 생각했다.

북녘의 대지가 품은 고요함은 죽음과도 맞닿아 있음이니 생을 얻은 그에게 감흥을 주기에는 적합지 않은 풍경이 아니었을까 한다.

꽃잎 흩날리는 봄처럼 따스한 풍경을 보여 주는 게 나았을까? 하지만 소녀적이고 달달한 향을 풍기는 정경은 제 취향이 아니었고, 퀸른이나 북대륙과 같은 추운 지방에서 살아온 슈리아에게는 이 하얗게 얼어붙은 풍광이 더욱 친숙했다.

자신의 실책을 새기며 슈리아는 허공을 향해 손을 들어 올렸다. 이번에 갈 장소야말로, 렌카이저의 마음에 들 거라고 의심의 여지없이 생각하면서.

그리고 그들은 또다시 공간을 뛰어넘어 새로운 장소로 이동했다.

풍경이 완전히 달라졌다. 바람은 뼈저린 한기를 벗어 내어 서늘하게 뺨을 스쳤고, 아무것도 존재하지 않던 사방에 녹음이 비치었다. 울창한 침엽수가 빽빽이 드리워진, 맹수가 튀어나올 듯한 깊은 산림이었다.

산 그림자는 검녹색을 띠었고, 촉촉한 땅에는 생명의 기운이 넘쳐

흘렀다. 눈에 보이는 그 모든 것이며 촉감이며 코끝으로 스며드는 청량한 내음이, 무색무취에 가까웠던 얼음평원과 확연히 대조되어 새삼 기분이 묘했다.

그야 대륙과 대륙 사이를 건너뛴 만큼이나 완전히 동떨어진 장소이니 그럴 만도 하다. 슈리아 역시도 이곳을 방문한 건 실로 오랜만의 일이었다.

그러나 사위에 산적한 고독스러운 적막함만큼은 여전하여 서로를 찾아 지저귀던 새들도 이 낯선 방문자들 앞에 숨을 죽이고 있었다.

그 가운데 슈리아는 정면을 응시했다. 우거진 나뭇잎 틈 사이로, 얼핏 절벽이 보였다. 몇 걸음 다가서자 곧 하늘을 찌를 듯이 높이 솟은 절벽의 밑단이 선명히 눈에 들어왔다.

여기였다. 슈리아가 손을 내밀자 손바닥에서 흘러나온 마력이 곧 단단한 바위의 단면에 흘러들었다. 그리고 이내 바위의 질감이 변화하여 흡사 진흙처럼 변했다. 그리고 이내 수렁처럼 안쪽으로 소용돌이치는 양 빨려들어, 허물어지듯이 뻥 뚫린 동굴을 형성했다.

다시금 단단하게 굳어진 벽 표면은 검은 수정처럼 광택이 흘렀다. 아마르잔의 검은 마력을 담은 신이한 장소였다. 본능적으로 긴장한 채, 앞에서 벌어지는 광경을 쳐다보던 렌카이저의 시선이 슈리아에게 닿았다.

슈리아는 반쯤 고개를 돌려 그에게 흘낏 눈길을 주며, 차분한 투로 속삭였다.

"영광으로 알아. 이곳에 발을 들인 첫 번째 사람이 된 것을."

그리고 망설임 없이 안으로 먼저 걸어 들어갔다.

아마르잔 시절, 슈리아는 비교할 만한 상대가 부재할 만큼 탐욕적이었다. 북대륙을 정복한 연유도 결국 탐욕에서 비롯된 것이니, 더 말할 필요도 없다.

가난했던 과거가 독이라도 되었던 것처럼 슈리아는 게걸스럽게 재물, 즉 돈과 보석을 탐했고 고고한 마법사인 척하면서 어떤 부패한 관료보다도 혈안이 되어 재산을 긁어모았다.

물론 그 일은 은밀한 방식으로 이루어졌고, 그리 쌓은 재산들을 어디다가 내보이는 것도 아니었으며 수집욕을 충족시키는 양 제 개인 창고에 모아 두곤 했으므로 아마르잔의 비밀스러운 취미는 세상에 알려지지 않았다.

기실 명성이나 타인이 제게 품는 두려움을 즐겼을지라도 그것들은 아마르잔에게 있어서 그의 보물들보다 더 높은 비중을 차지하지는 못했다.

그때에 가득 충족된 탐욕과 높아진 안목 덕에 슈리아일 때는 상대적으로 보석 같은 것에 관심을 덜 둘 수 있었다고는 해도, 때때로 슈리아는 제 감춰진 보물들을 떠올렸다. 그야말로 회상하는 것만으로도 배가 불렀다.

만약 신이 된다면 가장 아쉬운 점은 필경 그것들을 지상에 남겨 두고 떠나야 한다는 사실일 거라고 생각한 적이 있다.

물론, 그러한 탐욕을 벗어난 지금 이 순간 새로운 기분이 찾아들긴 했다. 무엇보다도 다시 태어나기 전이었다면 결단코…… 아마르잔의 보물 창고에 누군가를 들이는 일 따윈 없었을 테니까.

아마르잔은 누군가가 자연스레 그를 우러러보기를 원하는 고상한 쪽이었으므로 제가 가진 무언가를 노골적으로 자랑하고 과시하는 천박한 짓은 결코 하지 않았다. 그리고 그의 초월적인 신비감을 부각하기 위해선 재물에 초연한 척하는 게 유리하다는 사실 또한 알고 있었다.

그러니 세상에 단 한 번도 드러난 적 없는 보물 창고였다. 아마 여기에 숨겨 두었다면, 카리나도 아마르잔의 시신을 찾아내지는 못했으리라.

아마르잔에게 간혹 방문하여 보기 좋게 전시된 보물들을 만족스럽게 훑어보곤 하던 이 보물 창고는, 즐겨 감상하던 북녘의 오로라와 비슷한 의미를 품었다. 하지만 이곳은 생의 감각과 맞닿아 있으니 이번에야말로 그의 감흥이 남다를 거라고 슈리아는 생각했다.

인간의 삶에서 가장 강렬한 감정인 욕망. 누구나 욕망할 만한 세상의 온갖 보물들이 수집된 이 보물 창고는 틀림없이 인간의 탐욕과 이어져 있었다.

그게 로맨틱하다고 하기엔 어렵겠지만, 생의 욕구와 밀접하게 관련이 있기는 했다. 그리고 단순히 보는 것에서 끝나지는 않을 터였다.

좁은 입구를 지나, 스르렁 소리를 내며 열리는 거대한 문 뒤로 펼쳐진 보물 창고 안의 풍경은 실로 경이적이었다. 이곳은 틀림없이 아공간일 것이나, 절벽의 높이를 거의 차지하듯 넓은 홀이 가로로도 끝없이 펼쳐져 있었다.

온통 크리스털로 이루어진 벽은 별이라도 쏟아지는 양 빛을 반사했고, 서너 사람은 들어가고도 남을 만한 거대한 상자에는 금괴가 켜켜이 쌓여 있다. 그보다 고이 다루어져야 할 도자기며 조각이며 보석들은 가지런히 정렬되어 말 그대로 전시된 상태였다. 그 주인인 아마르잔이 한눈에 둘러보기 좋도록.

브리오니아가 대제국이라지만 렌카이저라도 이 앞의 끝없이 펼쳐진 보물의 바다를 목도하고 태연하지는 못하리라.

그런 예상을 두고 흘낏 돌아보니 역시 렌카이저는 놀란 기색을 감추지 못하는 눈치였다. 비록 감탄사를 입 밖으로 낸다거나, 눈이 휘둥그레져서 사방을 돌아본다거나 하는 식은 아니더라도 그는 분명히 반응하고 있었다.

데이지였다면 더 과장되고 그럴싸한 반응으로 이곳을 평해 자신을 흡족하게 했겠지만, 그에게 그 이상을 기대하기는 어렵다는 걸 슈리아도 알고 있었다.

실은 이곳에 그를 데려오는 데 과시욕이 영향을 미치지 않았다고 할 수는 없다. 네가 사랑한다는 내가 얼마나 대단한 존재고, 얼마나 부자인지 두 눈으로 똑똑히 보고 영광으로 알라고. 그리하여 네가 가진 특권이 무엇인지 실감하라고.

"따라와."

거만하게 말한 슈리아는 전시된 보물을 지나쳐 걸음을 옮겼다. 이 작은 소녀가 가까워질수록 영혼이라도 담겨 있는 양 보석이며 금괴에서 나는 빛이 한층 진해지는 듯했다. 그리하여 슈리아는 마치 조명을 받는 여배우처럼 갖가지 영롱한 휘광을 머금은 채로 나아갔다.

기실 홀에 놓여 있는 보물들은, 아마르잔의 기준으로 평가하기에 아주 귀하다고 하기에는 급이 약간 떨어지는 것들이었다. 그건 마법이 깃들어 있지 않은 물건이기에 그러했다. 진귀한 보석이나 회화, 도자기들은 수집하는 맛은 있지만 그것들의 가치는 순전히 보는 것에 머무른다.

그렇기에 아마르잔은 실용성 있는 물건에 가치를 더 높게 두고 있었다. 고대의 마법이나, 새로운 방식으로의 마력 활용에 대해서 논한 마법서라든가, 마법이 담긴 물품이 그러한 것들이었다. 베헤모트도 거기서 얻은 지식을 활용하여 연구 끝에 고안해 낸 생명체가 아니던가.

슈리아는 제 뒤를 쫄랑쫄랑 따르는 작은 고양이에게 불만스레 시선을 주었다.

하지만 저건 실패작이다. 진중하고 충성스러운 성격이 되길 바랐건만, 어디서 잘못된 건지 모르겠다. 기능적인 면에서는 만족할 만하다고 하나, 세상에서 가장 강력한 마법사의 시종마다운 품위가 느껴지지 않는다.

슈리아가 속으로 무슨 생각을 품었든 베헤모트는 이 나들이를 무척 즐기고 있는 듯했다. 저와는 영혼으로 이어져 있는 관계라 명령을 내려야만 떨쳐 낼 수 있어서 별로 데리고 올 생각도 없었는데 제멋대로 따라왔다. 연신 초롱거리는 눈으로 주변을 둘러보면서 활보하는 꼴이 마음에 차지 않았다.

뭐, 베헤모트가 어쨌건 그건 지금 이 시점에서 중요한 게 아니다. 슈리아의 목표는 무척 침울해 있을 렌카이저를 땅굴에서 끄집어내는 것이니.

자신이 준비한 선물이 렌카이저의 기분을 나아지게 하리라고 슈리아는 믿어 의심치 않았다. 카리나를 상대하며 그의 미약함이 사무치도록 깊게 새겨졌을 렌카이저에게 딱 맞는 선물이었으니까.

조금 더 무거운 걸음을 뒤에 달고 내딛던 소녀의 가벼운 걸음은 한 거대한 문 앞에서 멈춰 섰다. 주인을 인식하듯 저 스스로 열린 문 너머로 발을 들이자, 찾았던 것들이 바로 시야에 들어온다.

아마르잔이 높은 가치를 두어 따로 보관해 놓은 마법 무구들이 제각각 찬연한 빛을 뿜어내었다. 실험 삼아 직접 제작한 것도 있었지만, 까마득히 오랜 세월을 전해져 내려온 전설의 검 같은 것도 어김없이 한 자리 차지하고 있었다.

검사라면 마음을 빼앗기지 않을 수 없는. 슬며시 돌아보자 렌카이저는 미미하게 감탄의 기색을 떠올리며 신중하게 방 안을 굽어보고 있었다.

어디까지나 자신이 마법사였기에, 별 의미가 되지 않아 수집하기만 했던 것들이다. 남 주기엔 아깝고 자기가 쓰기엔 쓸모가 없고, 딱 그런 물건들이니 하나쯤 그에게 내어 주는 것도 나쁘지 않으리라.

단 한 번도, 아마르잔의 물건을 누군가에게 내어 준 적이 없다. 당연하다. 아마르잔의 탐욕은 무한히 얼어붙는 빙산과 같아서 점점 제 크기를 부풀리기만 해 왔고, 그러하기에 다른 누군가에게 제 것을 내어 준다는 건 있지 못할 일이었다.

하지만 슈리아의 계산은 다분히 논리를 따랐다. 어차피 이건 순환 구조다. 렌카이저는 제 것이었고, 제 것이 제 것을 가진다고 해 봐야

어차피 그 테두리 안쪽에서 빙빙 도는 것에 불과하다.

별반 거부감 없이 슈리아는 렌카이저에게 있어 일생의 영광일 제의를 입 밖으로 꺼내었다.

"골라 봐."

렌카이저의 몸이 일순 굳었다. 믿기지 않는다는 놀람을 떠나서 무례하기 짝이 없게 그의 눈빛에 의심이 어렸다. 질타하고도 남을 만한 반응이었건만, 슈리아는 무던하게 그의 시선을 맞받았다.

아마르잔의 보물을 누군가에게 선사하는 자체가 이제껏 유례없는 일이니 그럴 수 있었다. 그에게는 자비로워지기로 했으니, 이 정도는 용인해 주어야 했다.

게다가 선택권까지 주었다. 그도 검사이니 나름의 취향이란 게 있을 터였다. 가장 강력한 마법을 담고 있다거나, 가장 진귀한 재료로 만들어졌다거나 하는 무구가 뭔지는 제 창고 내역에 대해서 소상히 파악하고 있었으므로 당연히 알고는 있었다.

하지만 소녀는 굳이 제 의견을 내세우지 않았다. 솔직히 말하자면, 그렇게까지 내주기는 꺼려졌기 때문이다.

그 가치를 생각하자면 조금 아깝긴 하지만, 그렇다고 딱 제일 귀한 것만 숨겨 놓기에는 어딘지 찜찜한 구석이 있었다. 그런 고로 그가 알아서 골라가게 하되, 운명에 맡기자는 게 슈리아의 생각이었다.

드디어 의심을 벗어 내기로 했는지, 제게서 렌카이저의 시선이 떨어져 나갔다. 그는 찬찬히 방 안에 전시된 무구들을 훑어보았다. 그가 과연 무엇을 골라 갈지, 드물게 치미는 초조감 속에서 기다리고만 있는데 문득 렌카이저가 입을 열었다.

"내게는 필요 없는 물건이야."

……뭐라고. 슈리아의 사나운 시선을 느낀 그가 부연의 말을 이어 갔다.

"다른 무언가에 의존한다면, 실력은 퇴보하기 마련. 지나치게 성능 좋은 무구는 독이 될 뿐이니."

"……."

그러니까, 결론은 일생에 두 번 오지 않을 이 기회를 걷어차겠다는 소리다. 그보다 중요한 사실은, 그가 지금 슈리아의 성의를 구둣발로 짓밟고 있다는 것이고.

일순 닥치고 골라, 라고 강압적으로 내뱉을 뻔한 슈리아는 침착하게 숨을 들이마셨다. 왜 인내해야 하는지 이해할 수 없을 만치 까탈스럽게 구는 그를 당장에라도 징벌하고 싶은 폭력적인 심상이 잠시 정신을 지배했다.

성격대로라면 블러디나이트를 대하듯 그를 찍어 누르고 무시해도 족하건만, 자신이 이만한 인내를 보이고 있다는 자체가 대단한 특혜였다.

아마 스스로 마음 깊은 곳에서 상기하고 있는 것이리라. 렌카이저는 죽었다 살아난 몸이었고, 그 점을 감안하자면 이 정도는, 그래, 환자의 변덕으로 넘겨 주어야 하는…… 거겠지.

언제 넘칠지 모를 장마철의 둑을 바라보듯 베헤모트가 조마조마한 눈으로 슈리아를 응시했다. 끓어오르는 분을 삭여 낸 슈리아는 최대한 상냥한 어조로 속삭였다.

"네 몸이 쇠약해져 있으니, 그동안 널 지키는 데 도움이 될 테지."

어차피 자신이 있는 한 위험한 일도 없을 테니, 오로지 설득을 위한 말이었다. 하지만 렌카이저는 주저 없이 다른 의미로 그 자신을 위험하게 만들었다. 바로 슈리아로부터.

"나는 지금 검을 제대로 휘두를 수도 없어."

그는 그리 말하고 눈을 돌렸고, 그게 슈리아로 하여금 한계에 다다르게 했다. 버럭 소리를 내지르는 비이성적인 행동은 경멸할지언정, 속을 후벼 파는 데 아무런 거리낌이 없는 슈리아다.

그러므로 자제심이 사라진 입에서 온건한 말투는 온데간데없이 사라지고, 차디찬 독설이 흘러나왔다.

"그래서 무기력하게 맨손으로 가만히 있다가, 카리나가 나타나면 팔 벌리고 얌전히 그녀에게 죽어 줄 텐가?"

병약해진 몸이 자랑도 아니고, 그걸 핑계 삼아 준다는 선물을 거절하는 머릿속을 도통 이해할 수가 없다. 지금 그가 무언가를 따질 계제던가.

"네 미천한 실력을 보완할 수 있는 유일한 길이야. 나에게 도대체 몇 번이나 널 살려 내는 수고를 감수하게 할 작정이지?"

정말로, 죽어 나자빠지든 말든 상관할 수 없었으면 좋았을 텐데. 그럴 수가 없게 되어 버린, 또 그럴 수 없게 만든 그를 앞에 놓고 슈리아는 지시하듯 고갯짓했다. 강요의 뜻이 적나라하게 드러난 동작이었다.

초월자의 마력을 숨기지 않고 드러낸 슈리아의 기세는 퍽 강압적이었고, 타협의 여지 따윈 일말도 느껴지지 않았다.

어쩔 수 없다는 것을 깨달았는지 렌카이저는 옅은 한숨과 함께 몸을 움직였다. 그리고 이내 걸음을 옮겨 대충 무구들을 눈으로 훑은 뒤, 그가 쓰던 것과 비슷한 형태의, 제법 그럴싸해 보이는 검에 손을 가져갔다.

무심코 지켜보다가 그 검의 사양을 뇌리에서 떠올리는 순간, 슈리아는 소스라치게 놀랐다. 하필 저걸 고르다니!

그의 불운에 감상을 느낄 새도 없이 슈리아는 곧바로 손을 뻗어 렌카이저의 손목을 움켜쥐었다. 어엿한 성인 남자의 골격을 지닌 그의 손목을 다 감싸 쥐지도 못하는 작은 손이었지만, 그를 멈추게 하기에는 충분한 힘을 담고 있었다.

보검과 아주 근소한 거리만을 두고 렌카이저의 손이 허공에 정지했다.

왜냐고 묻는 듯한 시선을 맞으며, 자신이 간과해 버린 점을 떠올린 슈리아는 눈살을 찌푸렸다. 그러나 이내 아무 일도 없었던 것처럼 태연한 척 설명했다.

"주인을 택하는 검이니, 지금의 네가 손대선 안 돼."

"주인을 택하는 검이라고?"

렌카이저의 시선이 아래로 향했다. 검 손잡이와 표면을 따라 화려한 세공이 새겨져 곳곳에 보석으로 장식된 범상치 않은 모습이긴 했지만, 특별한 구석은 없어 보인다. 아니, 지금의 그라면 느끼지 못한 걸지도 몰랐다.

렌카이저를 향해 슈리아는 찬찬히 말을 이었다.

"주인을 택하는 기준이, 바로 몸에 내재한 스피릿이다."

"……."

말없이 검을 응시하는 그를 두고 소녀는 느릿하게 설명을 덧붙였다.

"검의 마력을 이겨 내지 못하면 그 자리에서 산 채로 불타 버린다는 소리야."

그러니까 방금 또 생사의 고비를 건넜단 소리이기도 하다. 인간의 몸에 내재한 기본적인 스피릿만큼의 힘을 지닌, 지금으로써는 평범한 인간인 렌카이저는 검에 손을 가져간 즉시 불탄 시체가 되어 버릴 확률이 높았다.

그 때문에 티 내지는 않았지만, 슈리아도 제법 가슴이 철렁했다. 이미 한 번 죽음에서 건져졌던 탓인지, 렌카이저는 너무도 쉽게 죽음에 다시금 근접하고 만다. 힘을 잃고 약해져 있기 때문일까.

유유자적 구경하기를 즐겼던 보물 창고가 갑자기 알 수 없는 위험을 내재한 살인적인 장소로 탈바꿈하는 듯하다.

"검은 다음에 고르는 게 좋겠어."

아무래도 장소를 또 잘못 선정한 것 같았다. 슈리아는 나중에 다른 걸 줘야겠다고 훗날을 기약하며 핀테른의 저택으로 이동 마법을 펼쳤다. 정확히는, 저택의 정원으로였다.

전혀 눈치채지 못하고 죽을 뻔한 렌카이저도 놀라다 못해 그의 상태를 또다시 상기하여 기분이 저조해졌겠지만, 제 실수를 인지한 슈리아도 기분이 좋지 않아진 건 매한가지였다.

왜 점점 일이 꼬이는 것 같은지. 그리고 그건 아무리 생각해 보아도 전적으로 렌카이저 탓이었다.

죽었다 살아났으면 뛸 듯이 기뻐하며 앞으로 열심히 살아 보겠다고, 차라리 데이지처럼 심히 긍정적인 마음을 먹을 것이지 답지 않게 민감을 떨며 그늘이 드리운 얼굴로 동굴에 들어가니 이렇게 된 게 아닌가.

하긴, '답지 않게'는 적합지 않은 표현이다. 그는 쓸데없는 데서 예민했으며 또한 집요했고, 카리나에게 살해당한 건 그런 그에게 결코 예사로 넘길 만한 사건이 못 되었다.

어떻게든 그의 기분을 띄워 보려던 시도는 모조리 실패로 돌아갔으니, 이대로 내버려 둬야 하나.

하지만 렌카이저가 쓸데없이 예민하다면, 슈리아는 이런 데서 쓸데없이 부지런했다. 분명 자신이 변화를 초래할 수 있다는 걸 알고 있는데 마냥 기다리고만 있는 수동적인 발상은 더는 내키지 않았다.

이전의 슈리아 아델트와는 달리, 현재의 슈리아 아델트는 세상에서 가장 강력한 마법사였고, 응당 그에 걸맞은 태도를 보여야 했다. 적어도 그 사실을 알고 있는 렌카이저 앞에서는 더욱이.

이제는 어떻게 할까 궁리하던 슈리아는 어느 순간 제 손아귀에 잡힌 단단한 감촉을 인지했다. 소녀의 손은 이동하기 전과 마찬가지로 렌카이저를 붙잡은 채였다.

조금 전 보였던 강압적인 태세에서 그 손에서 벗어나기가 어려울 것이라고 느꼈는지 렌카이저는 쾌청한 겨울 하늘을 올려다보고 있었다.

빗자루 쓸리는 소리를 내며 겨울바람이 부산하게 가지 사이를 스치고, 높게 뻗은 침엽수 틈 사이로 선명한 하늘이 드리워져 있었다. 그리고 렌카이저는 감회가 새로웠는지 그 하늘을 빠져들 것처럼 응시했다.

비스듬히 올려 세운 턱을 타고 이어지는 옆얼굴의 선이며 빛을 머금은 풍성한 검은 속눈썹이 보기에 근사했다. 다만 제도의 귀족 영애들이 보았다면 감탄을 금치 못했을 그 모습을 목격한 게 이 냉정하고 눈 높고 까다로운 소녀라는 건 아주 사소한 문제였다.

초췌해진 빰과 감상에 잠긴 양 우수 어린 표정이 그의 조각 같은 외양에 매력을 보태어 주고 있었지만, 슈리아에게 중요한 건 그런 게 아니었다. 본인의 의사와는 상관없이 이제는 제 것이 된 렌카이저의 외견을 품평하는 일보다 더 시급한 문제가 도사리고 있었으니까.

그러나 그리 인지하고 있음에도, 슈리아는 일순 감상에 사로잡혔다. 시린 햇빛이 깃든 흑발은 윤택한 광을 잃고 푸석해지긴 했으되 여전히 까마귀 깃털처럼 검었고, 보랏빛과 푸른빛이 뒤섞인 기묘한 눈동자는 거의 광채를 되찾았다.

흠 없는 다이아몬드처럼 그에게 가득한 아름다움이 얼마나 한순간에 생명력 없이, 초라하게 스러졌는지를 떠올려 보면 아직도 심장 한구석이 서늘했다.

죽음은 그 자체로 완전한 것이었으되, 낙엽이 아름답다고 한들 시든 잎인 것처럼 스산하여 근원에 불호를 안고 있다.

그러나 슈리아도 그의 생과 죽음을 목도하기 전에는, 그 두 가지에 얼마만 한 차이가 있는지 결코 알지 못했다. 그리하여 이 자리에서 햇볕을 쬐고 있는 그를 보니 파문이 일듯, 속에서 울림이 퍼져 나갔다.

그 와중에도 그를 뚫어지게 관찰하여 심리를 간파하려던 슈리아는 그가 이 오랜만의 외출을 달가워하고 있다고 느꼈다.

아무리 몸을 제대로 움직일 수 없었다지만 저택 3층에서 잠자리처럼 맴맴 돌고 있는 게 답답했으리라. 특히나 육체적 활동이 많은 검사인 그에게는.

아마도 그가 원할 만한 건 이번에는 틀림없이…….

확신이 결심이 되기까지는 거의 시차가 존재하지 않았다. 의지의 구현은 소녀의 손끝에서 단숨에 이루어졌다.

마치 계절을 뛰어넘은 양, 눈 쌓인 대지가 녹아내리고 봄의 요정이 날아들듯 녹음이 기세를 올렸다.

봄만을 기다리며 땅속에서 혹독한 시간을 견뎌 내던 씨앗들은 때 이른 온기에 화들짝 놀라 부리나케 몸을 일으키고, 이내 순조로이 색색의 꽃을 피워 낸다.

잎사귀를 모조리 떨군 나무는 새로운 잎을 내지르고 쫓기기라도 하듯 봄꽃으로 온몸을 치장한다. 순백에 젖어 하얗던 정원은 이내 녹빛으로 물들고, 거기에 갖가지 화사한 색채를 더했다.

알록달록한 꽃밭은 황궁의 화단처럼 잘 가꾸어진 맛은 없었지만, 봄의 정취를 느끼게 하기에는 충분했다. 슈리아는 만족스러운 눈으로 제가 펼쳐 낸 마법의 결과를 굽어보았다. 완연히 봄이 내려앉은 정원을. 이 정도 일은 제게 지극히 손쉬운 것이다.

눈앞에 나타난 기적을 바라보는 렌카이저의 표정에는 경이가 떠올라 있었다. 사소하게 보여도, 대지를 녹이는 걸 넘어서 생명을 움트게 하는 고난도의 마법이다.

구태여 이런 짓을 한 이유는, 그가 겨울보다는 봄을 원하리라고 생각했기에.

슈리아는 자신이 누군가를 위한다는 추상적이고 목적 불분명한 사유로 마법을 썼단 것에 새로운 기분을 느꼈다. 이제껏 슈리아의 마법은 거의 파괴적이거나 편의적으로 실행되거나, 혹은 그러한 목적을 내재하고 사용되었다.

하지만 지금 이 순간 슈리아는 오로지 단 한 명을 위해 마법을 썼다. 그를 되살렸던 때와는 다른, 가볍디가벼운 무게로. 그게 어떻게 특별한 의미가 아닐 수 있을까. 그 특별함을 분명히 그도 알아야만 했다.

요 며칠 간 별로 애틋하게 아껴 준 건 아니었지만, 슈리아는 분명히 신경 써서 그를 돌보아 주었고 오늘 그에게 새로운 경험을 안겨 주었다.

아무리 비관에 잠겼다곤 하나 그 잘 돌아가는 머리로 이제는 그 의미를 추론해 낼 때도 되지 않았던가. 스피릿을 잃었다고 해서 지능까지 잃은 건 아닐 텐데.

슈리아는 한겨울의 추위가 가시고 온화한 활기가 감도는 정원에 선 채, 제가 자아낸 정경에 대해서 그가 단 한 마디를 꺼내기를 기다렸다.

왜 제게 이런 걸 보여 주느냐는 사소한 질문이라도 좋다. 그저 그 굳어 버린 말문을 트게 하는 게, 벙어리를 낫게 하는 것보다 어렵다고 불평스레 느끼면서도 슈리아는 시도해야만 했다. 자신이 그걸 원하고 있었으므로.

흙을 적시는 이슬처럼, 꺼진 장작 속에 타들어 가는 불씨처럼 미미한 바람. 그러나 슈리아는 아무리 작은 것이라도, 제 가슴이 속삭이는 욕망에 언제나 충실한 이였다.

그러나 이번에도 렌카이저는 슈리아의 그 욕망 어린 바람에 응하지 않았다. 그는 이내 잠시나마 그의 낯빛에 피어올랐던 감탄의 기색을 지우며, 퇴색한 광석처럼 눈빛도 가라앉혔다. 흡사 단절하는 듯한 변모였다.

이내 그는 말 한마디 없이 곧바로 다리를 움직여 저택을 향해 걸어갔다. 상대도 하지 않고, 마치 피하는 것처럼.

의심의 여지가 없는 그 광경을 목도한 슈리아 안에서 무언가 뚝 끊겼다. 더 이상, 어떤 관대함도 있을 수 없었다. 그저 불가능했다.

"너, 지금 뭐하자는 거지?"

슈리아 아델트의 나긋나긋한 음성이 그토록 사납게 울려 퍼진 적은 이때까지 없었으리라. 언제나 차분하게 대해를 그려 내던 밤바다를 닮은 눈동자도 푸른 불꽃처럼 숫제 이글거리고 있었다.

전례 없는 경험을 요즘 들어 계속하고 있단 생각을 스치듯이 하면서 슈리아는 거침없이 말을 이었다.

"내가 기껏 이런 걸 보여 줬는데, 이걸 보고도 아무런 할 말이 없어?"

감사의 표시를 받는 걸 기대한 적이 없다고 하면 그건 거짓말이다. 허나 거창한 걸 바라지는 않았다. 그저 뒤집어쓴 그 투명한 알을 깨고 나와, 자신과 마주 서기만 하면 되었다. 그것으로도 족했다.

하지만 그는,

"보여 달라고 한 적 없어."

돌아보지도 않은 채 그 자리에 서서 냉담하게 화답했다. 단순히 의기소침해 있다고 하기에는…… 어긋나 있는 반응이다.

단단히 밀어내는 듯한 그 태도. 그는 분명히 슈리아를 멀리하고 있었고, 그건 단순히 그의 쇠약해진 상태 탓이라고 보기는 어려웠다.

퍼뜩 의심이 스쳤다. 혹여 정말로 마음이 변했던가. 비관적인 가능성을 언제나 간과하지 않는 슈리아이기에 가당치 않다고 생각하여 접어 두었던 가정이 끄집어내져 치닫는다.

그게 있을 수 있는 일인가? 자신에게 되물어 본 순간, 혹독하고 잔인한 발상이 차디찬 가지를 뻗어 폭군처럼 슈리아를 지배했다.

믿기지 않는 일이지만 설마 그러한 일이 실제로 벌어졌다면…….

소녀의 눈동자가 스산한 빛을 냈다.

그의 거절 따위 실상 아무 의미도 없다는 걸 똑똑히 알려 주리라.

세상에서 가장 강력한 마법사가 가책 없는 양심에 혹독한 성미를 고루 갖추었다면 막는 건 불가능에 가깝다. 하지만 그 폭압적인 발상을 실행으로 옮기기 이전에, 슈리아는 일단 그를 추궁해 보기로 했다. 돌이킬 수 없는 방도는 항상 마지막에 택해야 하는 법이니.

"너, 뭐가 불만이지?"

성큼 다가가서 그의 팔을 붙든 슈리아의 입에서 날카로운 어조로 질문이 튀어나왔다. 다정스레 어르고 달래는 데는 애초에 소질이 없기도 했거니와 이만하면 충분히 잘해 줬다. 그래, 잘해 줬지. 슈리아는 그 점을 부각하기로 했다.

"내가, 이렇게나 잘해 주고 있는데."

"잘해…… 주었다고?"

느릿하게 반문이 흐르자 짜증이 일었다. 설마 전혀 눈치채지 못하고 있었던 건가? 어떻게 그걸 모를 수 있지. 쌀쌀맞은 제 태도는 전혀 고려치 않고 머리까지 마비되어 버린 듯한 그를 내심 질책하며 슈리아는 말을 이었다.

"분명히 말하지만, 내 모든 생을 통틀어 누군가에게 주고 싶다는 이유만으로 선물한 건 처음이야."

"……."

"그런데 뭐가 문제라서, 나를 피하지? 네 태도. 전과 다르잖아."

딱 부러지게 말하며 슈리아는 그를 잡아당겼다. 그리고 맥없이 돌려세워진 렌카이저의 반응을 살필 길 없이, 곧장 그의 가슴에 손을 가져다 대었다. 그 어떤 방법보다 확실한, 그의 감정을 가늠하기 위한 동작이었다.

물론 진실을 알게 된 이상 이전과 같을 수는 없다고 생각한다. 그가 몰랐던 슈리아는 그가 결코 상상할 수 없는 존재였을 테니까.

하지만 심장은 이리도 전과 같이…… 격렬하게 뛰고 있는데. 처음 그의 마음을 확신했을 때와 같이. 슈리아는 고개를 갸웃했다. 그런데 어째서?

머리를 달아오르게 했던 분노가 순식간에 삭여지고 차가운 이성이

저울에서 우위를 점한다. 밤바다처럼 고요한 눈으로 슈리아는 자신보다 훨씬 큰 그를 올려다보았다.

또 저 표정이다. 속에 무엇을 품고 있는지 알 수 없는. 그림자가 드리워 짙어진 눈으로 그가 소녀를 바라보며 나직이 내뱉었다.

"……그대가 다정하니까."

뭐? 이건 또 무슨 소리야. 어처구니없어 눈썹을 치켜세우는데, 담담한 투로 말이 이어졌다.

"또다시…… 내게 희망을 주어 고문할 셈이 아닌가."

단절하듯이 끊어진 음성은 돌연 둑이 허물어지듯 다시금 빠르게 쏟아졌다.

"그래 놓고 내 마음을 또 짓이길 셈이 아닌가. 곧 나를 떠날 게 아닌가. 달콤하게 굴다가도 칼을 꽂는 것이 그대이니 내 심장을 난도질하는 건 이제 어려울 것도 없는 일이겠지."

더없이 비통한 기색으로.

그 절절함이 사무치는지, 그는 참담하게 눈을 내리감았다. 손끝을 타고 그의 떨림이 전해졌다. 굳게 닫힌 눈꺼풀과 악문 입매를 바라보며 슈리아는 잠시 말을 잇지 못했다.

이 감각을 무어라 해야 할까. 후회? ……아니, 아니다. 그건 일생 품어 본 적 없는 감정이니, 차라리 당혹이라고 부름 직하다.

이제껏 누군가를 짓밟으면서 단 한 번도 가책을 느끼지 못한 슈리아였다. 그런데 이제까지는 아무래도 상관없던 그것이 제 안에서 의미를 가지고 있었다.

눈앞에 적나라한 그의 고통이 상관없지 않았다. 그게 날것 그대로 뾰족하게 찔러 들어 저를 들쑤시고 헤집었다. 강풍에도 흔들리지 않던 거목이 선 대지를 파헤치며 흙을 갈아엎었다.

얄팍한 마음으로 얼어붙은 심장으로 비웃듯이 냈던 생채기들이, 그에게는 아물어지지 않는 상처로 남았나 보다.

슈리아는 시간을 돌리는 법을 알지 못했다. 그러나 자신이 할 수 있는 일에 대해서 누구보다 잘 알고 있었다. 말만 한 사내놈을 달래게 될 줄은 몰랐지만…… 그를 택한 이상 슈리아는 그의 마음을 이해하고 받아들여야 했다. 제가 저지른 일의 업보이기도 하기에.

"어리석기는."

……어쨌든 그건 위로라고는 들리지 않는 투였다. 한때 그가 제게 했던 비난을 뒤끝 있게 되돌려준 슈리아는 타이르듯이 말했다.

"생각해 봐. 가슴이 아닌 머리로."

그렇게 운을 뗀 슈리아는 곧장 날카로운 질문을 던졌다.

"내가 네게 거짓말한 적이 있었나?"

굳게 닫혀 있던 눈꺼풀이 슬며시 열렸다.

"나는 네게 분명히 말했어. 네가 원하는 한, 언제까지나 네 곁에 있겠다고."

슈리아는 비틀린 기분으로 생각했다. 그래, 그가 등지고 돌아섰을 때조차도 슈리아는 제가 한 말을 잊지 않았다.

그때에도 그는 그 약속을 빌미로 슈리아 아델트를 붙잡을 수 있었다. 그랬다면 아마도 그때엔 미처 깨닫지 못한 제 깊숙한 곳에 숨겨진 본심을 따라, 그에게 붙잡혀 주었을지도 모른다. 하지만 새삼 그를 탓하는 것도 의미 없는 일이었으므로, 슈리아는 차분하게 짚어 주며 말을 이었다.

"그리고 너는 나를 원한다고 말했지. 틀린가?"

"……아니."

이윽고 신음처럼 그의 입에서 부정의 답이 흘러나오자 슈리아는 만족스럽게 웃었다. 이제야 이해하고 있는 듯싶다. 사파이어처럼 선명한 빛을 품은 눈매가 부드럽게 휘어졌다.

"그러면 이제 겁쟁이처럼 굴지 마."

눈을 마주치며, 당부하듯 속삭인다.

"네 손에 쥔 걸 누려."

천사의 속삭임처럼 사륵거리는 달콤한 음성이었다.

"넌 내 거야. 그리고 내가 살아 있는 걸 내 것이라 여겨 본 건 실로 처음이지."

그 말에 베헤모토가 항의하듯 냐옹 소리를 내며 꼬리를 올려 세웠고, 슈리아는 가차 없이 놈을 무시했다. 놈을 제 것이라 여겨 본 적이 없어서가 아니었다. 정해진 형체도 없는 놈이 어찌 살아 있음을 주장하는가?

세밀한 조건으로 시종마를 배제한 슈리아는 이 특별함을 그에게 좀 더 주지시켜 주기로 했다. 렌카이저는 반드시 알아야 했다.

"영광스럽게 생각해도 좋아. 넌 내게 특별한 거야."

슈리아는 강조하듯 말했다.

"이 세상에서 유일하게, 너만이."

단호한 의미를 품은 벽색 눈동자가 나뭇잎 틈새로 햇살이 비쳐 든 수면처럼 빛을 냈다.

실로, 오만하게 꺼내 보이는 진심. 그건 이전처럼 순종을 흉내 내어 속삭이는 모호한 약속과는 달리, 진정 슈리아의 것다웠다. 자신감 넘친다고 해서, 진심이 퇴색되는 것은 아니다. 그렇기에 렌카이저는 슈리아가 말하고자 하는 바를 낱낱이 알아들었다.

지금 이 순간이 현실이라 믿기지 않을 만큼 간절히 바라 왔던 그것을. 그리고 깨달음은 이어 격류가 되어 치달아, 전율로 흐른다.

"······이건 꿈인가."

탄식하듯 그는 뇌까렸다. 꿰뚫렸다가 아문 심장에서 희미해진 박동이 쿵쿵 소리 내어 거세지기 시작한다. 제가 선 자리에 지진이 난 듯 심장이 떨리고, 몸이 떨려 손끝이 흔들린다.

폐허만 남은 땅에 새싹이 움트듯, 죽은 자의 입가에 새 숨이 돌듯 그렇게······.

— 경이적인 기적.

그게 고작 한 소녀의 마음을 얻은 것에 불과할지라도, 그에게는 그러했다. 그 이상 바라 본 적이 없었던 것이므로. 그토록 간절했던 것이므로.

그래서 렌카이저는 잠시 의심했다. 그가 정말로 살아 있긴 한 건지. 그가 그때 죽음을 맞이해, 그의 소망대로 영원한 안식의 꿈속을 떠돌고 있는 것은 아닌지.

그러나 그의 꿈속에 눈앞의 이 소녀가 이토록 선연한 모습으로 나타나지는 못할 것이었다. 왜냐하면 현실의 슈리아 아델트는 그에게 천사보다도 아름다워, 결코 상상으로 그려 낼 수 없는 존재이기에.

"꿈이 아니야."

확신을 주듯 그리 고하는 소녀를 그는 막연히 바라만 보았다. 제도로 내려온 슈리아와 먼발치에서 재회했을 때, 렌카이저는 그의 근간이 흔들려 그 짧은 순간 모든 게 완전히 변했음을 알았다.

그러나 그보다 더욱 강렬하게 이 순간이 와 닿았다. 지금의 이 모습, 음성, 말, 그 모두가…… 영혼에 새겨져 죽음을 맞는 그 순간까지 결코 잊히지 않을 기억이 되리라.

눈시울이 뜨거워져 그는 입술을 달싹였다. 진력이 다한 듯, 힘을 잃은 다리가 어느 순간 휘청거리며 무릎이 바닥이 닿는다. 모든 게 비현실적으로 아득하기만 했다.

"벌써 지쳤나? 허약하긴."

그리 냉담하게 말하면서도 슈리아는 따라서 몸을 숙여 그를 부축했다. 그저 팔을 잡은 손에 힘을 가하며 지탱하듯이 좀 더 몸을 붙였을 뿐이다. 그의 마음을 알았으니, 슈리아도 꽤 느긋해진 기분이었다.

그때 잠잠하게 소녀의 행동을 지켜보던 그가 돌연 뜻밖의 소리를 꺼냈다.

"쉬고 싶은데, 이곳에서."

최초로, 요구하듯이. 깨어난 이후로 처음 있는 그의 의사표현에 슈리아는 눈썹을 들어 올렸다. 주변을 힐끗 돌아보니, 바로 곁에 나무가 우뚝 서 기댈 곳도 있고 봄 소풍에 어울릴 듯한 푸르른 정경이라 그래도 괜찮겠다 싶었다.

그러나 바닥에 주저앉은 그가,

"무릎을 내어 줘."

라며 요구했을 땐…… 자비로운 마음이 단숨에 변모해 싸늘한 날을 세웠다.

어디서 감히. 건방진 태도를 보아 넘기지 못하는 슈리아였기에, 금세 심사가 뒤틀렸다. 그러나 렌카이저의 눈은 권위 없이 다정스러웠고, 그리하여 슈리아를 아랫것으로 대하려는 의도는 느껴지지 않았다.

사나운 일침을 입 밖으로 내려던 슈리아는 단 한 번만, 참기로 했다. 기껏 마음을 열었는데 허사로 돌리고 싶지 않았던 탓이다.

그간 제 호의를 순수하게 받아들이지 못하며 번민했을 그를 떠올리면, 조금 기분이 그랬다. 측은하다고 해야 할까. 정말로 드물게 이는 동정심에 힘입어 슈리아는 이내 자리에 앉아 치맛자락을 넓게 펼쳤다.

기다렸다는 듯이 그가 머리를 뉘어 왔다. 허벅지에 실리는 무게에 원래라면 곧 다리가 저려 와야 할 것이나, 이제 슈리아에게는 해당하지 않는 현상이었다. 몇 시간이고 이대로 있어도 되었다. 물론 그렇게 내버려 둘 마음은 없었지만.

고개를 기울이자, 줄곧 자신을 응시하고 있던 그와 시선이 마주쳤다.

그래, 그 눈빛이다. 그가 항상 슈리아를 바라보았던 그 열기를 띤 눈빛. 그리 쳐다보지 않는 게 이상할 만큼 익숙하다 못해 당연하게 여겨진다.

잃었던 것을 되찾은 슈리아는 꽤 흡족해졌다. 그러나 바로 렌카이저가 초를 쳤다.

"내게 잘해 주었다고 했지."

"정확히는 잘해 주고 있다고 했지."

슈리아는 또박또박 토를 달았다. 그래서 또 뭘 요구하려고? 불만스레 내려다보는 눈길에 그가 나직이 웃었다.

항상 틈 없이 견고하게, 빙벽처럼 얼굴을 굳히고 있었던, 혹은 냉소가 입가에 새겨져 있는 듯했던 그가 이제껏 단 한 번도 보이지 않은, 소년 같은 미소였다.

"조금 더 잘해 주었으면 좋겠어."

무릎베개도 모자라, 거기에 더 요구를 해 온다는 것도 거슬렸거니와 무얼 바라는지 불명확한 말이다. 그렇다면 어떻게 실행할지는 슈리아의 소관이리라.

가슴이 추구하는 대로 한 대 쥐어박을까 했던 슈리아는 마음을 고쳐먹어 그의 이마에 차근히 손을 올렸다. 그리고 그의 드러난 이마와 머리카락을 부드럽게 쓸어내렸다. 험난한 경험을 한 데다가 관리받지 못하여 상했을 법도 한데, 부스스한 모습과는 달리 손가락에 사르륵 감기는 촉감은 부드럽기만 하다.

날 때부터 머릿결도 좋은 것 같다고 무심코 생각한 순간, 모든 걸 다 갖춘, 그리고 이제 자신마저 손에 넣은 렌카이저의 행운이 뇌리에 떠올라 슈리아는 살짝 기분이 나빠졌다.

……정말로 재수가 좋단 말이지. 하지만 어차피 이제 그는 제 것이므로, 그가 타고난 것이며 가진 모든 게 제 것이나 다름없다고 생각하며 슈리아는 애써 불편한 심기를 추슬렀다.

그리고 슈리아가 다소 복잡한 상태로 기분이 오락가락하는 동안, 그걸 전혀 눈치채지 못한 렌카이저는 마냥 기분이 좋은 듯싶었다.

그는 손길을 음미하듯 눈을 내리감은 채 치맛자락 위에 다소곳이 놓여 있던 슈리아의 다른 손을 끌어 올려 그 섬세한 손가락 하나하나에 부드러이 입을 맞추었다.

내가 너를 이토록 아끼고 사랑하고 있다고, 봄을 말하듯 그의 애틋한 동작이 속삭이는 듯하였다.

그러나 제 손목을 타고 올라오는 입술까지 익숙하게 받아들일 수는 없었다. 그 간지러운 짓거리를 제재하기에 적절한 수위의 너무 매정하지 않은 발언을 고안하는 소녀에게 그가 속삭였다.

"그대가 사랑하는 방식은 원래 이러한가."

……많은 면에서 꼬집어 주고 싶은 말이었다. 애초에 누군가를 사랑한 일이 없으니 방식이 따로 있을 것도 없으며, 무슨 근거로 혹은 무슨 자신감으로 사랑 운운하는지 모르겠다.

애초에 제 감정이 사랑까지는 아니라 여겼지만, 슈리아는 굳이 부인하여 몹시 심약해져 있을 그의 마음을 상하게 하지 않기로 했다. 잘해 주기로 마음먹기도 했거니와, 그 정도의 배려심은 가지게 된 것이다.

렌카이저는 회상하는 듯한 눈으로 중얼거렸다

"마치 어린아이를 대하는 듯한데. 누군가가 나를 이런 식으로 대한 건, 아홉 살 이후 그대가 처음이야."

그러더니 잔잔하게 웃었다.

"나쁘지 않아."

"좋진 않고?"

코웃음 치며 물은 말에 나직한 답변이 돌아왔다.

"행복해."

그 말이 도취되듯 짜릿했다. 심장에 전류가 흐르는 양 쾌감이 느껴진다. 그런 자신이 기이하게 느껴져 일순 낯을 굳혔지만, 나쁠 건 없는 듯하여 곧 느슨하게 안면을 풀었다.

대신 슈리아는 연인을 행복하게 만드는 제 잘남에 대해 새삼 감탄하기로 했다. 역시 나는 뭐든 잘하는군.

실은 줄곧 그를 상처 입혀 온 데다가 항시 평소에 쌀쌀맞게 대하다 보니 이 사소한 다정함을 크게 느끼게 되는 것이었지만, 슈리아에게 그런 세세한 문제는 중요하지 않았다.

슈리아는 그를 내려다보며 까마득히 어리고, 미약한 존재를 대하듯 거만하게 말했다.

"울고 싶으면 울어도 좋아."

감동에 눈물을 글썽이는 건 꼴불견일 테지만, 지금이라면 허용해 줄 수 있다.

그러나 슈리아도 그간 워낙 무시를 일삼아 잊고 있었지만, 렌카이 저는 평생을 지고한 황족으로 살아와, 누군가가 자신을 얕잡아 보는 데 익숙하지 못한 성미였다. 상대가 그가 사랑하는 이 은빛 소녀일지라도 그랬다.

"울 것까진 없어."

딱 잘라 말한 렌카이저는 금세 딱딱한 얼굴을 하곤, 퉁명스러운 기색이 엿보이는 투로 뇌까렸다.

"내가 그대보다 나이도 많은데 어린애 취급하고 있군."

"육체적으로는 그렇겠지."

슈리아는 어르듯이 그의 뺨을 쓰다듬었다. 제재하려고 했던 간지러운 행각을 제가 벌이고 있단 건 전혀 인지하지 못한 채였다. 하지만 그와는 상반되는 신랄한 비유가 입에서 흘러나온다.

"넌 나에 비하면 개나 고양이처럼 짧은 생을 살아왔어."

나는 다시 태어났을지언정 자그마치 이백 년도 넘게 살았지. 행동과 따로 놀듯 입은 냉정하게 일침을 가한다.

불만스러운 기색을 내비치면서도 렌카이저는 반박할 만한 마땅한 말을 찾지 못한 듯 잠시 침묵했다. 굳이 말하지는 않았지만, 제가 그보다 부자이며 비할 수 없이 강하다는 사실 또한 알 것이다.

사소한 언쟁에서 승리한 슈리아는 만족스럽게 미소 지었다. 그런데 그때 퍼뜩 어떤 생각이 스쳤다. 시기적절한 상기였다. 정겹게 대화를 나누는 이 분위기 속에서라면, 그도 답을 내어 주리라. 이전부터 간직해 왔던 의문을 풀기에 딱 좋은 기회였다.

"언제 나를 처음 보았지?"

다짜고짜 그리 묻자, 그가 의아한 표정을 지었다.

"그건 갑자기 왜."

"네 고백도 뜬금없었어. 말해 봐. 언제부터였는지, 왜 나인지."

무드는 전혀 고려치 않고 재촉하며 슈리아는 그에게 지시하듯 고갯짓했다.

"너는 차차 알게 될 거라고 했지만, 난 알고 싶어. 지금 당장."

"그게 궁금했나?"

어쩐지 제가 그걸 궁금해하는 걸 대단히 기뻐하는 듯하여 급작스레 부정하고 싶은 마음이 치밀었지만, 궁금했던 건 사실이다. 슈리아는 반감에 굴복하지 않고 저답게 이성에 따르기로 했다.

"그래, 그러니까 말해."

어서. 남청색 눈동자가 죄인을 심문하듯 서늘한 빛을 품었다.

그리고 렌카이저는 그 나무 아래에서 포근하고 폐부까지 따스해지는 그 봄 내음을 맡으며 이야기를 흘려 냈다.

어느 여름날 그가 우연히 발견한 한 은빛 소녀의 이야기를. 그리고 몇 년 후 다시 그 소녀를 만났던 순간, 그가 어떤 감정을 느꼈으며 어떤 깨달음을 얻었고 황궁에 입성한 그녀를 보기 위해 며칠마다 새벽 시간, 같은 길을 걸었다는 이야기까지도.

그의 말이 멎었을 때, 슈리아는 기묘한 감상에 사로잡혀 있었다. 그가 말하는 슈리아는 그를 몰랐던 때의 자신이기에.

렌카이저가 말하는, 그를 인지하지 못하고 있던 때의 자신이 어딘지 낯설었다. 생기 없는 과거 속의 한 자락인 양, 회색 잿더미처럼 흐릿한 기억이었다.

그를 알기 전과 그를 안 이후의 자신이 너무도 다르게 느껴져, 빛과 어둠으로 극명하게 갈린 듯했다. 그리하여 슈리아는 다시금 자각했다. 그가 자신에게 어떤 변화를 불러일으켰는지를. 그가 존재하는 것과 존재하지 않는 게 지금의 자신에게 얼마나 다른지를.

제 안에서 물들이듯이 서서히 퍼져 나가는 깨달음에 잠긴 슈리아를 두고, 그는 조금 안도했다. 감상에 잠긴 채 이야기를 토로하면서도, 렌카이저는 내심 우려하고 있던 터였다.

슈리아는 종종 보수적인 시각에서 그를 비난하곤 했으므로, 과거에 자신이 소녀를 몰래 쫓았단 사실을 알게 되면 혹여 경멸에 찬 시선이 돌아올까 하여.

그러나 몰래 누군가를 감시하는 일의 비합법성이나 부도덕함에 대해서 논할 만큼 상식에 구애받는 사람이 못 되었으므로, 정확히는 본인에게 그런 걸 따질 자격이 없었으므로, 슈리아는 그가 털어놓은 이야기에 별달리 반감을 느끼지 못했다.

실상 도덕적 잣대를 들먹임은 슈리아에게 그저 수단에 불과하다. 게다가 그때의 렌카이저는 초월자도 아니었고, 고작 열두 살의 어린 소년에 지나지 않았다.

자신이 느끼는 감정을 매만지듯 그 모양을 더듬어 보던 슈리아는 이어 렌카이저가 그 질문을 꺼냈을 때,

"그대는 날 처음 보았을 때, 어땠지?"

……차마 응답할 수 없었다. 그야말로 솔직히 답할 수 없는 질문이었다.

이 좋은 분위기에서 사실 난 널 처음 본 순간 죽이고 싶었다고 어찌 고백할 수 있겠는가. 또한 밝혀지면 틀림없이 제 자존심이 상할 만한 면면을 포함한 내용이다.

대답을 망설이자, 기다리다 못한 그가 물어 온다.

"아무런 느낌도 없었나."

"······아니."

"그러면 잔잔하기만 하여, 그리 인상 깊게 남을 만한 일이 못 되었나."

"······아니."

실지로 거짓말을 함이 적절했겠지만, 슈리아에게 그건 마치 도피하는 것처럼 여겨졌다. 그리하여 연달아 뜸을 들이며 부정하고 말자 렌카이저는 무슨 생각을 하는지 알 수 없는 눈으로 슈리아를 바라보았다.

여기서 확실히 말해 두지 않으면 또 오인하여 무슨 이상한 생각을 할지 모른다. 그 시선에 위기감이 닥쳐와, 슈리아는 결국 씹어뱉듯이 실토했다.

"강렬했어. 허나 네가 바라는 대답은 아닐 테니, 더는 묻지 마."

그리고 그것만으로도 렌카이저는 충분히 그 뜻을 감지한 모양이었다.

— 강렬하게, 죽이고 싶었다는.

"왜지?"

곤혹스러운 기색이었다. 실지로 곤혹스러울 만했다. 그를 처음 본 슈리아 아델트가 그를 죽이고 싶을 만큼 강렬한 감정을 느낄 만한 일이 무어가 있단 말인가. 그도 기억하고 소녀도 기억하는 대로, 공식적인 첫 만남에서 그는 그저 슈리아가 청소하고 있던 장소를 지났을 뿐인데.

진실을 결코 털어놓을 수 없었던 슈리아는 흘리듯 말했다.

"언젠가 그 이유를 알게 되겠지."

저 스스로는 입이 찢어져도 할 수 없는 이야기였다. 모든 걸 다 가진, 그리고 저를 능가할지 모르는 그를 질투해서 그랬다고는.

곰곰이 짐작해 보는 듯 초점을 흐린 렌카이저가 미궁에 빠졌는지 잠시 후 눈썹을 치켜들었다.

"전혀 모르겠어. 혹시 황궁에서 나와 만나기 이전에 무슨 일이라도 있었던가. 나에 대해서 안 좋은 소문이라도……."

슈리아는 단칼에 잘라 말했다.

"그런 적 없어. 추리하려고 하지 마. 난 대답하지 않을 테니까."

진실을 캐내려는 것에 대해 적력한 거부감이 느껴져, 렌카이저는 점점 더 알 수가 없어지는 기분이었다. 그러나 슈리아가 정말로 싫어하는 것 같기에, 그는 곧 한숨과 함께 답했다.

"……그러지."

그리고 검사답지 않은 교활한 계산으로, 한 마디 조건을 붙였다.

"대신."

"대신?"

요구에다가 조건이라. 슈리아는 최대한 자비로운 마음으로 귀를 기울였다.

"고개를 숙여 보겠어?"

수려한 미소와 함께 던져진 부드러운 권유에 어렵지 않은 부탁이라고 판단한 슈리아는 곧바로 고개를 내렸다. 어쨌든 이 달갑지 않은 화제를 빨리 넘겨 버리고 싶었기 때문이다.

그렇게 그의 말에 응하던 순간, 기습적으로 뻗은 그의 손길이 소녀의 뒷머리를 잡아 눌렀다. 현재로써는 초월자라고 하기도 어려운 그였기에 전혀 방비하지 않고도 막아 낼 수 있었지만, 슈리아는 꽤 느슨해져 있었고 그리하여 그가 의도한 바를 행하도록 내버려 두었다.

그 결과로, 입술에 말랑한 감촉이 닿았다. 가볍게 맞부딪히고 이내 입안에 갈급하게 파고드는 혀를 느끼며 슈리아는 그가 몹시도 이것을 애타하고 있었다는 인상을 받았다.

마지막으로 입을 맞춘 게 언제였는지 아득하긴 하다. 슈리아는 응하듯 눈꺼풀을 닫았고, 얄고 습기 찬 소리가 이어졌다. 마음껏 사랑하는 소녀의 숨결을 탐닉한 그는 한참 후에야 소녀를 놓아주었다.

"만족해?"

지나치게 길어서, 선뜻 응하던 마음이 싹 가신 슈리아가 냉담하게 묻자 황태자는 태연스레 답했다.

"아주."

그러나 답변과는 달리, 그의 자청색 눈동자에 진한 광채가 스쳤다. 슈리아는 그 눈빛의 속성을 단숨에 파악했다. 위험스럽고, 본능적인 수컷의 그것.

극적인 해후를 맞이했으니, 충동이 어찌 더 강해지지 않았으랴. 언젠가 치러야 할 일이긴 하되, 그래도 거기까지는 아니었다. 적어도 아직은.

실은 영원히 미루고 싶은, 떨떠름한 기분을 삼키고 있는데 명료함을 되찾은 그의 음성이 들려왔다.

"아까, 묻지 못한 게 있는데."

"뭐지?"

"이백 년을 산 전생의 그대는 수명이 다해서 죽은 건가."

그가 아마르잔에 대해서 묻다니. 그는 정말로 슈리아의 과거까지 직시하고 있었고, 비록 현실에서 일어나는 일이라고는 하나, 단 한 번도 이 상황을 그려 본 적 없었던 슈리아로서는 지독히도 어색한 감각이 폐부를 긁었다. 그러나 답 못 할 건 없는 질문이었다.

"아니."

후회는 없다. 그러나 아쉽지 않을 리는 없다. 진득이 엄습하는 감상을 뿌리치며 슈리아는 렌카이저를 주시했다.

인생의 단 하나뿐인 보물이라기엔 간지럽지만, 이제껏 가져 본 어떤 보물보다도 가치가 있는, 부스스 흩날리는 모래 속을 의미 없이 헤집다 찾아낸 오로지 하나뿐인 다이아몬드를.

"바라는 게 있어서, 그때의 난 그걸 이룰 수 없었기에 새로운 생을 살기로 했었지."

그로 인하여 그 긴 생의, 그토록 간절했던 염원을 포기했다. 눈앞의 그가 과연 그 무게를 재어 볼 수나 있을까. 그렇게 대단한 걸, 저도 모르게 희생하게 한 주제에.

가늘게 좁혀 든 남청색 눈동자가 렌카이저를 못마땅하게 내려다봤다.

자신이 그에게 해라도 끼치려고 든다는 양 피해의식 충만하게 군 꼴이 괘씸하긴 했지만, 슈리아는 새삼 질타하지 않기로 했다. 그를 용서하는 스스로의 너그러움에 흡족해하며, 소녀는 한마디 덧붙였다.

"비록 원치 않게 이런 몸으로 태어나긴 했지만."

"지금의 모습이 마음에 들지 않은가."

"당연히. 작고 연약하니까 얕보이기 딱 좋잖아."

그렇다고 근육질의 우락부락한 사내가 되고 싶었던 건 아니지만, 전생에 너무도 완벽한 신체를 타고났던 터라 비교가 되지 않을 수 없다.

새로운 생을 택한 그 순간에 아름답다고는 하나 이런 연약스러운 소녀가 아니라, 강인하고 늠름하여 위압적인 외양을 가지게 되길 바랐다. 예를 들자면, 눈앞의 렌카이저와 같은.

슈리아는 곧 불쾌한 깨달음을 얻었다. 이건 흡사 제가 그를 부러워하는 것 같지 않은가. 무던한 균형을 유지하던 기분이 또다시 수평선 아래로 떨어진다. 곧 회복되겠지만, 그렇다고 해도 지금 기분이 나쁜 건 나쁜 거다.

제 외양에 대한 슈리아의 부정적인 평가에 귀 기울이던 그가 피식 소리를 내며 웃었다.

"하지만 지금 이 모습, 내 눈엔 귀엽기만 한데."

그리고 슈리아는 노골적으로 낯을 확 찌푸렸다. 모욕적이라고 표현할 수밖에 없는 발언이었다. 그를 바라보는 시선이 싸늘해지자, 렌카이저는 오히려 의문스러운 기색을 비췄다.

"귀엽다는 말이 듣기 싫은가?"

"싫어. 네가 귀엽다는 소리를 듣는다고 생각해 봐. 그게 좋을 것 같아?"

"나는 좋은데. 이왕이면 사랑스럽다고도 해 주면 좋겠군. 입 맞추고 싶다거나."

태연자약한 미소를 머금은 채 선뜻 해 대는 소리에 슈리아는 그가 품은 기대를 간파했다. 물론, 거기에 응해 줄 마음은 전혀 없었으므로 슈리아는 다른 식으로 반박을 준비했다. 정확한 예시를 들어.

"그 말을 말만 한 사내놈한테 듣는다고 상정해 봐. 네 기사들이라든가."

"그건 별로…… 상상하고 싶지 않은데."

그런 식으로 비유하는 걸 불쾌해하는 기색이다. 미미하게 찌푸려진 눈살을 보여 슈리아는 거 보란 듯이 코웃음 쳤다. 그게 얼마나 듣기 거슬리는지 이해했다면, 제 심정도 알 것이다.

하지만 렌카이저는 곧 다시금 미소를 띤 채 다정스럽게 토를 달았다.

"사람은 눈에 보이는 것으로 판단하지. 이렇게나 어여쁜 모습이니 귀엽다는 말이 저절로 나오는 것도 당연하잖아."

그러니까 겉보기에 귀여우니까, 어쩔 수 없다는 소리다.

"그도 그런가."

나름대로 논리적이었기에 슈리아는 떨떠름하게 긍정했다. 본연의 자기 자신은 절대 귀엽지 않다고는 해도 슈리아 아델트의 겉껍데기가 귀여워 보인다는 걸 인정하지 않기는 어려웠다. 어쩐지 꺼림칙하기는 하나, 일리가 있었다.

좀 더 육체가 성숙해진다면 시린 은발과 인형 같은 이목구비에서 배어 나오는 차가운 아름다움이 도드라져 귀엽다는 평가를 듣지 않게 되겠지만.

아니, 그때에도 그는 꿋꿋이 슈리아를 귀엽다고 생각할 것이다. 어쩐지 그럴 것 같았다.

하지만 그렇다고 하여 그가 갖는 개인적인 감상을 일방적으로 불쾌하게 여기기에는, 이렇듯 치마폭에 누워 있는 그의 반듯한 낯이 슈리아에게도 묘한 감흥을 심어 주었다.

예전부터 아름답다거나 준수한 외양이라고는 생각했지만, 그게 사물을 보는 이상의 감상은 되지 못했었다. 그러나 지금 이 감상은 순수한 감탄이라거나, 그렇다고 그를 이성으로서 매력적이라고 느끼는 것과는 좀 달랐다. 해사하게 웃는 얼굴이, 시들어서 자신을 피했던 그 침울한 낯보다는 훨씬 보기 좋았다.

아마 이런 걸…… 어여쁘다고 하던가. 슈리아의 감정은 좀 더 무디고 무감한 쪽이었지만, 그와 유사하다고 표현할 법했다. 말만 한 사내놈을 그리 느끼게 될지는 몰랐지만.

자신이 느끼는 감정에 대해서는 항상 당당하기 그지없는 슈리아였기에, 냉철한 분석을 통해 낸 결론은 쉽사리 받아들여졌다.

흔히 시그오닐 대공녀에게 붙는 공치사를 떠나서 객관적으로 귀엽다고 칭해지는 데이지에게도 전혀 감흥을 갖지 못했던 자신이니만큼, 그녀와 퍽 대조되는 외양을 지닌 렌카이저를 그리 여긴다는 게 기이하긴 해도, 그 또한 저에게 있어서 그가 그만큼 특별하기 때문이리라.

부드러운 분위기 속에서 렌카이저는 또다시 질문을 꺼냈다.

"그래서, 그때 원하던 것을 이루었나."

제법 날카롭다. 역시 집요한 성미는 어디로 가지 않아, 중요한 건 꼬치꼬치 캐묻는다. 다만 생색내기용으로 입에 올릴 만큼 가벼운 사안은 아니었다. 언젠가 말할 수도 있겠지만, 지금은 아니다.

"아니."

이루지 못했지. 구름처럼 흘러가는 단상을 그려 내듯 슈리아는 나직이 답했다. 이끼와 물풀로 가득한 눅진한 늪 속을 헤집고 지나가는 양 무겁고 답답한 감각이 가슴이며 목에 차오른다.

그러나 소녀의 음성은 가볍기만 하여, 거기에 실린 헤아릴 수 없는 무게를 감추어 냈다.

"그걸 더 이상 바라지 않게 되었어."

"그게 무엇이었는데."

"무엇이든 그건 중요하지 않아. 이미 버렸으니."

단호하게 말을 맺자, 렌카이저도 더 이상 질문을 이어 가지 않았다. 잠시 침묵이 그들 사이를 휘돌았다. 그 영민한 머리로 어쩌면 그게 자신과 관련이 있을지도 모른다는 걸 눈치채었을지도 모르겠지만, 그는 내색하지 않았고 슈리아도 입을 닫았다.

그러던 어느 순간, 바람이 불었다.

슈리아의 마법이 효력을 미치고 있었기에, 이 정원 한구석으로 불어오던 북풍은 온기를 머금은 산들바람으로 변하여 머리카락을 살랑였다.

그 모습이 마음에 들었는지, 그가 손을 뻗어 소녀의 길고 보드라운 은발에 손가락을 집어넣었다. 잘 다듬어진 머리카락이 그의 손에 얽혀 거미줄처럼 반짝인다.

"내 이름을 불러 줘."

그가 문득 그리 속삭이자, 슈리아는 답을 내듯 중얼거렸다.

"렌카이저."

퍼뜩, 그 이름을 발음하는 제 목소리가 낯설게 느껴져, 슈리아는 입술을 달싹였다. 이상스레 여운이 남았다.

"그게 아니잖아."

렌카이저가 부드럽게 지적했다.

"그대만 부르는 이름으로."

별별 요구를 다 한다고 생각하면서도, 슈리아는 조용히 목소리를 냈다.

"……렌."

이번에야말로 정답이었다는 듯이, 렌카이저는 흡족한 표정을 떠올렸다. 이윽고 만족스럽게 눈을 감은 채로, 그가 뜬금없는 질문을 흘려냈다.

"우리 함께 떠날까."

"어디로?"

"어디로든. 모든 걸 다 놓고, 이대로 사라져서 자유롭게…… 세상을 누비면서 무엇에도 구애받지 않고, 둘만 있을 수 있었으면 좋겠어."

먼 곳을 보듯 아련한 눈빛이었다. 희망을 짚어 보며 꿈결같이 되뇌는 그 얼굴이 소년 같았다. 그러나 슈리아는,

"난 싫은데."

냉정하다시피 딱 잘라 거절했다. 말이야 좋게 들리지, 노숙자처럼 집도 없이 방황하며 살고 싶단 말인가?

보아하니 슈리아가 아마르잔이라는 사실을 안 뒤, 아마도 제게 브리오니아의 황태자비 자리는 아무 의미도 되지 않을 거라고 생각한 모양이다. 렌카이저는 뭔가 단단히 착각하고 있었고, 슈리아는 그 사실을 그에게 분명히 알려 줘야만 했다.

"유랑하며 살 생각도 없거니와, 배부른 소리로군. 황족씩으로 태어나 황좌가 눈앞에 있는데, 왜 손에 쥔 것을 버리려고 하지? 네가 가진 건 어떤 이들에게는 평생 꿈도 꿔 보지 못한 것들이야."

"내가 바라던 건 아니었어."

가라앉은 음성으로 반론하는 그를 향해 슈리아는 강압적으로 선언했다.

"난 황후가 될 거야. 그러기 위해선 네가 황제가 되어야만 해."

그 말에 기쁜 듯도 하고 순수히 기뻐하기엔 걸리는 게 있는 듯 묘한

기색이었다. 이내 렌카이저가 불만스러운 눈으로 질문했다.

"그대는 모든 걸 다 가져 보았는데, 새삼 부와 권력이 무슨 의미가 있지?"

"부와 권력은 항상 내게 의미가 있지."

그득한 탐욕을 고스란히 드러내는 발언에 렌카이저는 말문이 막힌 듯했다. 이런 것에 새삼 실망하기엔 기대하는 바가 없었을 터이다. 그는 잠시 후 결국 한숨을 내쉬며,

"사랑해."

라고 속삭였다.

"알고 있어."

"그대가 원한다면, 그대가 원하는 삶을 살지."

당연히 그래야지, 라고 생각하면서도 슈리아는 상을 주듯 고개를 낮추어 제 머리카락을 내려 주었다. 그가 좀 더 어루만지기 편하도록. 그리고 렌카이저는 미소를 띤 채 머리카락 끝에 입을 맞추었다.

슈리아는 연인의 애정 섞인 행동을 관망하며 그가 자연스레 돌린, 대수롭지 않은 화제를 받아 나름 성의껏 대꾸해 주었다.

한동안 그런 식으로, 평생에 걸쳐서 쓸모없고 시간 낭비하는 짓이라 비난하듯 생각해 왔던 한가로운 담소를 나눈 뒤 충분하다는 생각이 들었을 때, 슈리아는 비로소 그의 머리를 제 허벅다리 위에서 치워 냈다. 정말로 치워 내는 듯한 손놀림이었다.

"이제 들어가지."

딱 잘라 말하는 음성은 새소리처럼 맑았지만, 틈 하나 없는 유리 표면 같았다. 평생 노닥거린다는 행위에 익숙해져 본 적 없는 슈리아라 실로 진심이기도 했다.

아예 그 상태로 석고상이 되어 버리고 싶었는지, 아쉬운 기색을 내비치며 렌카이저가 몸을 일으켰다. 번뇌를 벗어 버린 게 상태가 호전되는 데 긍정적인 영향을 미친 양 사뿐한 동작이었다.

"부축은 필요 없겠군."

냉정하게 판별한 슈리아는 자리에서 일어서 치맛자락을 툭툭 털었다. 손가락이 스치자마자 구겨지고 풀물이 들어 더럽혀진 드레스가 단정함을 되찾았다.

아까 행한 마법을 거두어들이자, 시간이 돌려지듯 금세 봄은 사라지고 차디찬 겨울눈이 바닥을 덮었다. 녹빛은 온데간데없었다.

슈리아는 저택으로 돌아가기 전 마지막으로, 그에게 당부했다.

"앞으로 내가 무슨 말을 하든 그냥 가만히 긍정하기만 해."

그는 묵묵히 고개를 끄덕였고, 슈리아는 성큼 앞장서 저택으로 향해 갔다. 그리고 그들이 정원을 빠져나와 저택에 들어선 지 얼마 지나지 않아 떠들썩한 소란이 그간 고요하기만 했던 핀테른의 남작저를 온통 뒤흔들었다.

"예기치 못한 방문이라 많이들 놀랐을 테지만, 모두들 신경 써서 부족함 없이 전하를 응대해 주세요. 전하께서 핀테른에 좋은 인상을 받으셨으면 해요."

슈리아와 함께 온 범상치 않은 청년을 발견하고 의문스럽게 기웃대던 저택의 사람들은 슈리아가 렌카이저를 소개하자, 경악을 금치 못했다.

비록 차림은 특별할 게 없다지만, 그 외견을 보니 그 진한 흑발에 선명한 자청색 눈동자는 풍문으로 듣던 황태자의 그것 아닌가.

그를 대충 방으로 올려 보낸 직후, 슈리아는 동요하는 시중인들을 모아 놓고 저택의 주인답게 명을 내렸다.

"오, 맙소사. 황태자 전하께서 이 저택을 방문하시다니! 제 생에 다시 오지 않을 영광이에요!"

"아가씨의 명을 받들겠습니다."

호들갑스레 눈물짓는 하녀장의 말에 이어 이야기를 전해 듣고 황급히 달려온 아놀드 경이 땀이 축축이 밴 얼굴로 고개를 숙였다. 클라인 후작 이상의 손님을 맞아 본 적 없는 핀테른에 발생한 전대미문의 비상사태였다.

"그럼, 모두 잘 해낼 거라고 믿어요."

드레스 자락을 들어 올려 가볍게 인사해 보인 슈리아는 곧바로 등을 돌렸다. 잠시 후 아놀드 경의 다급한 음성이 소녀의 발길을 붙잡았다.

"저, 아가씨!"

2층으로 이어지는 층계를 반쯤 올라선 슈리아가 난간을 부여잡은 채 내려다보자 그저 급한 속내를 감추지 못하여 부른 듯이 당황한 표정을 지은 그는 이내 침중하게 고개를 내렸다.

"아, 아무것도 아닙니다."

무슨 시답지 않은 이유로 저를 불러 세웠는지, 짐작이 갈 만도 하나 제가 먼저 언급할 필요는 없었다. 기다리면 곧 해결될 테니까. 고개를 까딱하고 다시 걸음을 옮기며 슈리아는 앞으로 벌어질 일에 대해서 생각했다.

결국 렌카이저와 다시 맺어져 무언가 끝난 듯했지만, 정작 아무것도 끝나지 않았다. 슈리아 아델트에게는 이 모든 게 다시 처음부터 시작이었다.

그와 대충 말이라도 맞춰 놔야겠다고 결론지으며 슈리아는 걸음을 재촉했다.

그로부터 두어 시간가량 흐른 후, 저택에 또 다른 손님이 찾아들었다.

"로웰 키라트, 황태자 전하를 찾아뵙습니다."

비록 슈리아가 접근을 눈치채고 있었다곤 하나, 응접실에서 차를 마시고 있는 그들 앞에 나타난 그의 모습은 마치 그림자 같았다. 은밀하게 모습을 드러낸 남자는 곧장 무릎을 꿇고 부복해 왔다.

"늦었군."

렌카이저는 본연의 거만한 황태자로 돌아가 냉담하게 답변했다.

"항시 부하들을 따돌리는 초월자의 행방을 유추하기란 누구에게나 벅찬 것이지요. 그래도 제가 가장 빨랐습니다."

"그게 네 쓸모지."

그의 대답을 들으니 지난날 퀸른으로 그를 찾아왔던 때의 기억이 지금과 겹쳐져 로웰은 조용히 웃었다.

"자작께서는 대문을 통해 공식적으로 방문하셔도 되었어요."

몰래 저택에 숨어들어 불쑥 나타난 걸 슈리아가 꼬집자 그는 능청스러운 미소를 보였다.

"습관이라서 말입니다."

로웰의 눈이 충실한 수하답게 주군의 상태를 은근히 살폈다. 스피릿을 잃었다고는 해도, 그와는 경지가 다른 초월자의 몸이니 자세히는 파악하기 힘들다.

하지만 로웰이 이상을 감지할 수 있을 정도로, 늘 단단하게 정제되어 있던 주군의 기운은 흐려진 채 확연히 미미해져 있었다. 그가 곤혹스럽게 눈썹을 세우자 슈리아가 먼저 입을 열었다.

"전하께선 부상을 당하셨어요."

반말 찍찍 하며 그를 함부로 너, 너, 하고 불렀던 때와는 달리 깍듯하게 나온 공대에 렌카이저는 의미 모를 눈으로 슈리아를 쳐다보았다. 하지만 그가 어떤 생각을 하고 있건, 상관치 않고 슈리아는 이미 말을 맞추었던 대로 설명을 붙였다.

"거의 죽을 뻔하셨지요."

그리고 슬픈 듯이 눈을 내리깔았다.

"죽을 뻔하셨다고요?"

"아시다시피, 전하께서는 그간 저를 찾지 않으셨어요. 그 까닭은……도망친 그 마녀가 혹시 보복심에 저를 노려, 혹여 제가 위험하게 될까 봐 우려하셨기 때문이에요."

그건 전혀 진실이 아니었지만, 어쨌든 그게 황태자의 변덕스러운 태도 변화를 설명할 가장 좋은 명목이었다. 슈리아는 가냘픈 자태로 말을 이었다.

"그리고 전하께선 며칠 전, 불길한 꿈을 꾸어 이곳을 찾아오셨지요. 제게 위험이 닥쳤음을 초월자다운 직감으로 알아차리신 거예요. 그리고 그 마녀와 마주치게 되어…… 전투가 벌어졌지요. 다행히 그때 나타난 카르마인 님이 조처를 취해 주시어, 적어도 외견상으로는 완전히 나으셨답니다."

슈리아 다음가는 강함을 갖추었다고는 하나, 어디까지나 검사인 카르마인에게 육체적인 부상을 낫게 하는 재주 따위, 있을 리 만무하다. 하지만 워낙 오랜 세월을 살아온 초월자이니 그런 능력이 있다고 하면 그만이었다.

졸지에 카르마인의 도움으로 목숨을 건지게 된 렌카이저는 못마땅한 눈치였지만, 어쨌든 그가 나타나 카리나를 상대했기에 슈리아가 그를 곧바로 살릴 수 있었으니 도움을 주었단 건 사실이다.

"마녀는 어떻게 되었습니까."

"도망쳤어요. 카르마인 님께서 추적 중이시지요."

"그럼 아직 위험이 잔존하고 있는 것 아닙니까?"

"큰 부상을 입었고, 마력을 많이 잃어서 더 이상 위협이 되지 않을 거라고 전하께서 말씀하셨어요. 그렇지요?"

빨리 추임새를 넣으라는 양 비밀스러운 눈짓에 렌카이저가 내키지 않는 기색으로 고개를 끄덕였다.

"그래서 이제, 두 분 사이에 아무 문제도 없어진 겁니까?"

빙글거리는 얼굴로 로웰이 그들을 번갈아 보며 묻자, 소녀가 입 열기 전에 렌카이저가 재빨리 응답했다.

"그래."

"그렇다면 문제도 해결되었으니, 조속히 궁으로 귀환하시는 게 좋겠습니다. 그간 자리를 비우신 터라 할 일도 산적해 있고, 전하의 몸 상태도 살펴야 하지 않겠습니까."

다친 몸을 살피는 건 부수적이고 일단 공무가 시급하다는 투의 몰인정한 소리였지만, 어쨌든 렌카이저는 겉보기에는 꽤 멀쩡했다. 그리고 로웰이 말한 바는 슈리아도 바라던 바였다.

더 이상 핀테른에 있을 필요도 없거니와 더 머물렀다가 소문이라도 나면 인근의 귀족들이 몰려와 귀찮게 굴 것이다.

렌카이저는 느릿하게 고개를 끄덕여 승낙을 표했고, 이어 내일 아침 떠날 채비를 해 두라 명했다. 그리고 명을 받들겠노라 충실히 말한 로웰은 방을 나서며,

"……여하간 두 분이 다시 결합하시게 되어 기쁩니다. 그간 전하의 심기가 몹시 편치 않아 궁 안이 살얼음판 같았거든요."

따위의 쓸데없는 소리를 다분히 놀리는 듯한 뉘앙스로 남겼다. 렌카이저는 습관처럼 그를 향해 꽃병을 집어 내던졌고, 그건 그의 좋지 않은 몸 상태에 힘입어 보기 좋게 빗나간 채 박살 나 문짝에 흠집을 냈다. 동시에 온 사방으로 흩어진 내용물이 바닥을 더럽혔다.

그 폭력적이고 비이성적인 기물 파손에 대해 슈리아가 경멸하는 듯한 눈빛으로 타박한 건, 그 뒤에 일어난 아주 사소한 사건이었다.

그날 저녁 황태자를 위해 준비된 다소 극진한, 핀테른에서의 마지막 만찬을 즐긴 이후 슈리아는 돌아왔던 그대로 거의 풀어 놓지 않은 짐을 챙기고 있었다. 그때 예상했던 손님이 슈리아를 찾아왔다.

"아가씨, 잠시 이야기를 나눌 수 있겠습니까."

에르갈이었다. 그가 찾아올지는 짐작하고 있었던 터였고, 준비도 마쳐 둔 터라 슈리아는 그에게 잠시 기다리라고 말한 뒤, 서랍에서 미리 써 둔 편지 한 장을 꺼내 들어 그와 함께 방으로 들어섰다.

"안 그래도 볼일이 있었는데, 내가 먼저 이야기해도 되겠죠?"

무슨 말을 할지 에르갈은 잠시 망설였다. 그리고 그 틈을 놓치지 않고 귀찮은 상황을 미연에 방지하기 위해 서두를 뗀 슈리아는 그에게 편지를 내밀었다.

"전에 내가 아카데미에 가지 않겠느냐고 이야기한 적이 있죠? 오늘 이후로 다시 보기는 어렵지 않을까 해서 준비했어요. 마음이 정해지면, 이 편지를 들고 위켄하이저 공작저를 찾아오세요. 제도에서의 생활은 제가 지원해 드릴 수 있어요."

"제게 과분한 호의입니다."

"아니요, 에르갈을 위해서 하는 제의가 아니에요. 나를 위한 것이지."

"그건 무슨."

의아스러운 눈초리에 조금도 돌리지 않고, 즉답이 돌아왔다.

"나는 머지않아 황태자비가 될 거예요."

"……."

"이 핀테른에서 자라난 난 제도에 기반이 없어요. 제도에서 사귄 몇 몇 친구들이 있다고 하나, 그들은 어리고 그나마 믿을 만한 구석은 세일린이 있는 위켄하이저 공작가밖에 없지요. 하지만 공작가의 사람들을 완전히 내 편이라고 하기는 어려워요. 간단히 말해, 난 제도에서 내 편이 되어 줄 만한 사람이 필요해요. 난……."

말꼬리를 끌며 슈리아는 슬쩍 웃었다. 그리고 덧붙였다.

"에르갈이 그런 사람이라고 생각하고요. 그게 내가 에르갈을 후원하겠다는 이유죠."

그가 자신을 위해서 할 수 있는 일이 있다면 그것이니 응하라는 의지를 담아. 이제까지 덧씌운 상냥함을 벗어 버린, 곱게 휘어진 눈매에 자리한 건 대지를 깊게 가르는 선명한 푸른빛 만灣이었다. 부드러운 과육 속에 든 단단한 씨앗처럼 반질하게 윤이 났다.

거울 같은 눈동자에 비친 자신을 들여다본 에르갈은 침중하게 시선을 낮추었다. 역시 그가 내어놓은 소박한 꿈은 이 소녀에게는 맞지 않는 옷이었던 모양이다.

그가 돌려 말했듯, 슈리아 역시도 돌려서 말한 결론은 명료한 거절이었다.

대신 그는 다른 방식으로 슈리아 곁에 있을 수 있었다. 비록 그가 간직한 마음은 포기해야겠지만. 찬찬히 상념을 정리한 끝에, 에르갈의 고개가 들렸다.

슈리아는 핀테른의 공주님다운 기품 있는 미소를 띤 채 그의 답을 기다렸다. 손을 뻗은 그는 슈리아가 내민 편지를 정중히 받아 들었다.

"아가씨의 배려를 감사히 받아들여, 이 편지는 소중히 간직하겠습니다."

"……."

"또한 아가씨의 말씀도 잘 생각해 보겠습니다."

기회를 얻어 빛을 보았을 뿐, 땅속에 묻어만 두고 양분으로 삼아야 했던 마음이었다. 이 욕심 없는 청년에게는 그걸 내보인 걸로도 족했다. 그러니 아쉬움은 있을망정, 여기서 물러나야 한다는 것을 잘 알았다.

그는 진지한 빛이 깃든 호박색 눈을 들어, 아름다운 감벽색 눈동자를 마주했다.

에르갈은 어린 시절부터 그의 꿈이었던 소녀를 뇌리에 새기듯이 담아 넣었다. 언제 또 이리 가까이 설 수 있을지 모를, 고귀한 아가씨. 그리고 이내 담백한 음성이 그의 입에서 발해졌다.

"저는 이 핀테른의 다른 사람들처럼 항상 아가씨의 행복을 빌었습니다. 그리고 언제까지라도 그건 마찬가지일 겁니다."

그러면서 그는 마지막으로 이별을 고하듯, 정중히 허리를 깊게 숙여 보였다.

"배웅은 어려울 듯하니, 부디 다시 뵈올 그날까지 건강하시길."

"에르갈도요."

환히 웃으며 화답하는 소녀를 등지고 그는 방을 빠져나갔다. 홀로 방에 남은 슈리아는 그가 나간 문을 힐끔 본 뒤, 잠시 후 시차를 두어 방을 나섰다. 아까 하던 일을 마무리 지을 때였다.

그가 과연 공작저를 찾아올지는 장담할 수 없는 문제였지만, 이렇게 하나의 인연을 정리하니 지지부진하던 일을 해치운 듯이 마음이 한결 편안했다.

짐을 꾸리던 걸 마무리하고, 밖을 언뜻 보니 식사할 무렵에는 어스름했던 하늘은 이제 완연히 반물빛으로 물든 채였다.

환한 별빛과 대비가 진 농후한 어둠. 달과 별로 장식된 그 짙은 천장을 손톱으로 그으면 금을 따라 하얀빛이 비칠 듯하다.

그 하늘 아래 핀테른의 이 작은 저택은 적막하기만 하였다. 창 너머를 훑던 시선이 닿지 않는 곳을 짚듯 흐려졌다.

매 겨울 맞이해야 했던 그 고요. 슈리아 아델트는 그 속에서 자라났다. 잠시 그 품을 떠나 있었다가 다시 돌아온 슈리아를 여전히 맞아주었던 건, 이 아늑한 고요였다.

이 제도와 비할 바 없이 초라하고 협소한 땅이, 슈리아에게는 그 무엇도 대신할 수 없는 의미를 품었다. 이곳은 슈리아 아델트의 고향이었다. 그리고 슈리아는 이제 이곳에서 완전히 떠나가 살아갈 것이다.

핀테른에서 잠시나마 꿈꾸었던 시골 영지에서의 삶은 한때 평범함을 추구하던 슈리아에게 얄궂게도 허락되지 않았다.

이곳으로 돌아오며 핀테른에서 다시금 슈리아 아델트로서의 삶을 시작할 수 있으리라 믿었고 그건 일견 진실이 되었을망정, 슈리아의 미래는 이곳에 있지 않았다.

언제고 다시 방문할 수 있는 땅이지만, 내일이면 정말로 결별이었다.

슈리아는 핀테른의 새까만 밤과 눈 쌓인 대지를 음미하듯 눈여겨 굽어보았다. 그리고 그 모든 걸 결코 잊히지 않게 기억 속에 깊숙이 새겨 둔 후에, 방을 빠져나왔다.

마침내 작별의 날이 밝았다. 핀테른 저택의 몇몇 사람들은 마차에 오르는 소녀를 보며 새삼스레 눈물을 보였는데, 그건 슈리아가 처음 제도로 떠나갔을 때와 달리 정말로 이게 마지막일 가능성이 높단 걸 알고 있기 때문이었다.

슈리아는 그들 모두에게 핀테른을 잘 돌봐 달라는, 미래의 황태자비다운 기품 있는 당부의 말을 남기고 특별히 영지의 총괄자인 아놀드 경에게 단단히 부탁해 둔 뒤 그곳을 떠났다.

비록 사소한 인사치레에는 고귀하신 몸답게 거슬리도록 간단하게 고개를 까닥하고 자리를 피했긴 하나, 소녀의 곁에는 어김없이 그가 함께하고 있었다.

근심을 덜어 낸 렌카이저는 한결 건강해진 낯빛으로 줄곧 슈리아를 지켜보았는데, 확실히 그의 태도는 달라진 감이 있었다. 이전보다는 덜 격의 없이 굴었고 입가에는 연신 부드러운 미소가 자리하였다.

이전에는 제가 워낙 깍듯하게 거리를 두기도 했거니와, 그도 자연스레 제 시녀이자 평범한 소녀인 슈리아를 낮춰 보았기에 권위를 내세울 만도 했다. 강제로 찍어 누르지 않았고, 슈리아를 사랑하기에 굽혀 주었을 뿐 실상 그가 우위에 있다는 상호적인 인지가 있었다.

하지만 이제는 달랐다. 슈리아는 힘을 잃은 그와 비할 데 없이 강력한 초월자였고, 렌카이저가 모든 힘을 다 찾은 후에도 그보다 강할 것이었다. 그렇기에 남들 앞에 비치지 않은, 오직 그들 사이에 나누는 말이며 보이는 태도는 양상을 달리했다.

동등한 존재를 대하는 양 눈높이를 나란히 하는 느낌. 어쩌면 그저 모든 게 비밀과 불신의 벽이 사라졌기 때문인지도 모른다.

변한 건 태도뿐만이 아니었다. 드디어 스피릿이 돌아오기 시작했는지 육신에 흐르는 활력이 눈에 비쳤다. 렌카이저는 계속 느릿하게 손가락을 쥐었다 폈다 하며 감각을 일깨워 보는 듯했다.

그리하여 어제 저지른 죄가 있는 키라트 자작은 미묘하게 긴장한 기색이었고, 하룻밤 새 재주 좋게 구해 온 마차에서 멀찌감치 떨어져 말에 올랐다.

거추장스러운 행렬은 애초에 되기 어려웠다. 호위기사들이 죄다 이곳까지 오기엔 시간이 촉박했던 터라, 로웰에 뒤이어 도착한 소수의 기사만이 마차를 호위하여 말을 달렸다.

그리고 하루가 조금 안 되는 시간 만에, 핀테른 인근의 이동마법진에 도착한 그들은 곧바로 제도에 입성했다.

어쩐지 떠난 것 같지 않게 돌아왔다고, 슈리아는 생각했다. 실제로 제도를 떠난 지 며칠 지나지도 않은 때였다.

핀테른에 가자마자 클라인 후작가를 방문하여, 돌아온 직후에 렌카이저가 찾아왔다. 그리고 그가 회복되기까지 총합해서 열흘가량 흘렀을 뿐이다.

제도의 이동마법진 인근에는 모든 출입이 통제되어 기사들이 일제히 도열한 가운데 호화로운 황실 마차가 대기하고 있었다.

그들은 함께 마차에 올라 바로 위켄하이저 공작저로 향했다. 어디까지나 그곳이 슈리아가 제도에서 머물러야 할 거처였고, 황태자는 슈리아를 데려다주고 황궁으로 돌아가 제 밀린 업무를 처리해야 했다. 며칠 전 죽다 살아났건 어쨌건 황태자의 공무란 그러한 것이니.

위켄하이저 공작가에 도착했을 때, 슈리아는 한 가지 우려를 품었다. 이제 만삭에 가까워진 세일린이 갑작스러운 소식에 놀라 몸을 해치지 않을까 하는.

하지만 바로 그들을 맞이하러 나온 세일린은 놀란 기색이었지만,

곧 입가에 은은한 미소가 맺혔다.

그녀는 렌카이저를 응접실로 안내하라 이른 뒤, 슈리아를 이끌며 마치 처음부터 이렇게 될 줄 알았다는 양 귓가에 속삭였다.

"내 남편만큼이나 집요한 분이실 줄 알았단다. 저런 부류의 남자들은 좀처럼 마음을 돌리지 못하지."

아마도 렌카이저가 모종의 이유로 스스로와 싸우고 있고, 이내 그 싸움에서 패배할 것까지는 추측해 낸 듯싶었다. 그리고 그녀의 믿음은 슈리아의 그것보다 확실했다.

간단히 옷을 갈아입고 응접실로 내려가면서 슈리아는 내심 세일린이 제게만 한정된 극성스러운 면모를 드러내어, 렌카이저를 조금쯤 타박해 주길 바랐다. 그럴싸한 명목을 달았긴 하나 그건 자신이 고안해 낸 것이었고, 실제로 그 때문에 자신이 겪은 고충을 뒤늦게 떠올려 보니……

지금 잘된 건 잘된 거고, 타박 정도는 들어도 될 성싶었다. 다분히 감정적인 시각에서.

하지만 세일린은 그저 변함없는 마음으로 사랑하는 조카딸을 다시 데려와 준 것에 감사하기만 하는 것처럼 공손하고 자애로운 태도로 줄곧 이 고귀하신 황태자를 응대했다. 그 점이 심히 못마땅했지만, 제가 나서서 구박하라고 귀띔할 수는 없는 노릇이다.

사실 예전부터 세일린은 이 잘생기고 탁월한 능력을 가진 황태자에게 관대한 경향이 있었다. 이 브리오니아를 통틀어 가장 우월한 남성인 렌카이저가 조카딸을 낚아채 가기에 가장 바람직한 이라는 비교우위적인 관점을 넘어서 그가 아마도 세일린이 생각하는 동화 속 왕자님상이 아닌지 의심이 되었다.

신부 어머니가 선호할 만한 생활력 있고 유능하며 아내에게 잘하는 신랑감처럼 보인다거나, 혹은 그녀가 말한 대로 그에게 위켄하이저 공작과 유사한 면모가 있어 눈에 씐 콩깍지가 그대로 적용된다거나.

어쨌든 화기애애한 분위기 속에서 그들은 재회를 즐겼다. 그가 카리나라는 마녀 때문에 슈리아를 외면해야만 했다는 그 일련의 잘 만들어진 사연을 끄집어내자, 세일린은 몹시 감동한 얼굴과 눈빛으로 렌카이저를 응시했고, 그 모습은 그가 또다시 슈리아를 납치하더라도 용서할 듯한 인상을 심어 주기에 족했다.

곧 슈리아는 예전 핀테른에서 기르던 베히와 닮은 고양이를 주워 왔다며 짐 속 어딘가에 학대당하는 양 볼품없이 처박혀 있었던 베헤모트를 끄집어내어 소개했다.

그리고 세일린은,

"어머, 정말 닮았네. 혹시 베히의 자손이지 않을까?"

라고 중얼거리며 놈의 머리를 쓰다듬었다. 그 베히가 이 베헤모트이니 닮은 것도 당연하다.

결국 베헤모트는 위켄하이저의 안주인의 아낌을 받으며 저택 안을 자유로이 활보하도록 허락받았다. 그게 슈리아가 세일린을 위해 준비한 선물이었다.

그 후 차를 즐기는 척 시간을 끌어 보던 렌카이저는 충언 분야를 불순한 의도로 도맡고 있는 키라트 자작이 넌지시 떠날 때가 되었다고 언급하자, 어떤 상황에서도 이성적으로 냉정한 표정을 고수했던 그답지 않게 초조한 기색을 드러내며, 함께 가지 않겠느냐고 물었다.

"잠시 대화를 나눌 시간을 주시겠어요?"

내가 이 녀석을 잘 설득해 보겠다는 의미의 시선을 던지자 곤혹스러워하던 세일린이며 키라트 자작이 일단 자리를 피했다.

슈리아는 갑자기 나이에 맞는 어리광을 피우기 시작한 렌카이저를 빤히 쳐다보며 목 끝까지 차올랐던 독설을 눌러 삼켰다.

그는 불안해하고 있었다. 실지로 꽤 오래 떨어져 있다가 다시 만났고, 죽음까지 경험해 가뜩이나 심약해져 있는 터였다. 더군다나 지금의 슈리아는 언제고 그를 떠날 수 있다는 걸 알고 있으니, 그리 느낄 만도 하다.

비이성적이고 허상이나 다름없는 비관에서 우러나온 것일지언정, 그 감정은 실재였다.

그래서 슈리아는 그를 두고 다만 이렇게 말했다.

"내 선물은?"

의혹을 떠올리는 그에게 슈리아는 다시금 되새겨 주었다.

"네가 찾아온 날이 내 생일이었잖아."

생각해 보니 그의 생일을 챙겨 주고 불발이 되긴 했지만, 희대의 보검도 선물하려고 했는데 정작 자신은 얼마 전 생일이었음에도 선물을 받지 못했다. 불현듯 그게 떠오른 슈리아는 마침 잘되었다 싶어서 강조했다.

"다음에 올 때는 준비해 오도록."

어쨌건 그건 다음의 만남을 가정하는 말이었고, 렌카이저는 눈에 띄게 안심한 기색이 되어 불만스레 말했다.

"그 창고에 그리 많은 보물을 쌓아 두고도 모자란가."

"거기에 네 선물이 들어갈 수나 있다면 다행이겠지."

비아냥거린 슈리아는 네가 벌인 일을 수습하느라 바쁠 테니, 당분간 찾아오지 말라고 직설적으로 말했다.

키라트 자작에게 둘러댄 것처럼 다른 이들에게 그간 황태자가 저와 결별한 것처럼 굴었던 이유에 대해서 설명해야만 했던 것이다. 그리고 거기에 대해서 그의 책임인 것도 있지만 억울하기도 하다고 느낀 렌카이저는 눈썹을 치켜들었다. 그리고 지극히 뻔뻔스럽게,

"작별의 입맞춤을 해 주면 떠나지."

라며 요구했다. 숫제 조건을 다는 게 습관이 된 듯싶다. 기가 차긴 찼는데, 차라리 명확한 조건이 주어졌으니 편했다.

그에게 자진해서 입을 맞추었던 과거의 단상을 떠올린 슈리아는,

이번에는 결코 그런 간지러운 모양새를 보이지 않겠다고 다짐했다. 사실 그때 문제였던 건 제 몸에 익은 다소곳한 말과 태도였던 것이다.

그리하여 슈리아는 렌카이저의 멱살을 쥐고, 고개를 숙여 주저 없이 입술을 붙였다. 다소 강압적인 구도로 그의 요구를 들어준 슈리아는 성큼 떨어져 손을 내저었다.

"됐지? 이제 가."

이윽고 어쩐지 얼굴이 굳어진 렌카이저가 느릿하게 자리에서 일어섰다. 순순히 돌아서는 뒷모습에서 달아오른 귀를 포착해 낸 슈리아는 그가 쓸데없이 부끄러움이 많다고 생각했다.

어쨌든 그걸로 끝이었고, 아쉬운 듯한 그를 떠나보낸 뒤에 슈리아는 짧은 휴식을 취할 수 있었다.

정말로 짧은, 반나절 만의 휴식이었다. 왜냐하면, 슈리아 아델트의 귀환 소식을 들은 친구들이 다음 날 아침부터 위켄하이저 공작가의 문을 두드렸기 때문이다.

떠올려 본 적은 있을지언정 단 한 번도 그리워해 본 적 없는 제도의 친구들이 득달같이 몰려와 눈물을 글썽이며 저를 끌어안았을 때, 슈리아는 아직 벗어 버리지 않은 습관대로 사려 깊은 미소로 그들을 맞았다.

소녀들은 입을 모아 슈리아가 떠났단 사실을 데이지가 전해 주어 알았다며 서운함을 토로했고, 바로 어제 돌아왔단 소식이 듣고 긴가민가하여 찾았다고 말했다.

어제 꽤 떠들썩했으니 눈에 띌 법하다고 생각은 했지만, 이리 빨리 소문이 퍼질 줄은.

슈리아는 아마 인위적인 수작의 소산이 아닐까 의심쩍게 생각했다. 여하간 이동마법진 인근을 기사들이 온통 둘러싸고 출입을 통제하기도 했거니와 어제 탄 마차는 과시적일 만치 화려하여 황실의 문장이 새겨져 있었다. 그런 걸 타고 대로를 지나 위켄하이저의 대문에 들어

섰으니 소문날 만하긴 했다.

모든 소녀가 슈리아의 귀환을 기뻐하는 가운데, 데이지가 슬쩍 불퉁하게 입을 내밀었다. 슈리아가 돌아온 건 기쁘지만, 너무 이르게 돌아와서 그녀의 여행 계획이 무산되었다고 했다. 떠나기 전에도 우려한 바 있듯이 데이지는 정말로 핀테른으로 찾아오려고 한 것 같다.

그러면서 한다는 말이, 슈리아가 떠난 지 얼마나 되었다고 벌써 가방을 다섯 개나 싸 놨다고 한다. 열 개를 꽉 채워서 떠날 셈이었다고 아쉬운 듯 토로하는 이야기를 들은 순간, 슈리아는 어쩐지 등골이 오싹해졌다.

데이지는 그냥 찾아오는 정도가 아니라 아예 겨울 내내, 어쩌면 제가 제도로 돌아간다고 할 때까지 핀테른에 죽치고 있을 셈이었던 듯했다.

만약 렌카이저가 찾아오지 않았다면……. 그 뒤에 이어졌을 법한 일에 대한 상상은 떠올리기도 싫은 것이었다. 소름이 돋은 팔을 쓸어내리며 슬며시 주변을 둘러보니, 한 명이 보이지 않았다.

"제시카는?"

슈리아의 물음에 머뭇거리며 시선을 교환하는 소녀들 중에서 결국 제시카와 제일 친한 베티가 나섰다.

"그게 말이야……."

따위로 운을 뗀 소녀의 입에서 제시카가 이곳에 오지 못한 사연에 대해서 소상히 흘러나왔다. 생각 없는 다른 소녀들과 달리 유독 현실적인 편인—다르게 표현하자면 비관적인— 제시카는 카지스 경과 맺어진 후에도 순탄치 못했다고 한다. 카지스 경은 늘 바빠서 얼굴 맞대기도 어려웠고, 윈스티드 백작가에서는 출신이 미흡한 그녀를 반대했다. 대놓고 반대했다기보다는, 자괴감을 주는 은근한 방식을 썼다.

마음에 확신이라도 있다면 버틸 수 있었겠지만, 카지스 경은 황태자와 시녀라는 신분적 차이를 넘어 슈리아에게 확신을 심어 주었던 렌카이저를 보고도 배운 게 없는지 그리 애정을 드러내는 성격이 아니었다.

더군다나 제시카는 그저 희망찬 미래를 꿈꾸기만 할 만큼 낙천적인 소녀가 못 되었다. 이클립스 후작 자제와도 강제로 헤어진 적이 있거니와 카지스 경과도 예기치 못하게 맺어진 것이기에, 제시카는 항상 헤어짐을 예견했었다.

그리고 그 극진한 애정을 과시하던 황태자와 슈리아 아델트가 어긋났을 때 흔들리던 제시카는 슈리아가 얼마 전 돌연 제도를 떠나 버리자, 불안감이 치민 양 이상한 반응을 보였다고 한다.

그리고 그녀는 사흘 전, 편지 한 장만을 남긴 채 겨울 동안 생각을 정리하고 오겠다며 제도를 떠났다. 아마 고향으로 떠나갔으리라 짐작되었고 그게 제시카가 이 자리에 없는 이유였다.

그래도 슈리아가 돌아왔으니, 제시카도 소문을 들으면 곧 돌아오지 않을까 한다고 베티가 냉큼 덧붙였다.

어찌 보면 당연한 일이었다. 제시카는 제 삶을 제 손으로 이루어 내는 소녀였다. 그녀는 황궁 시녀 시절에도 우수한 교육을 받고 자란 레이첼이나 슈리아와 어깨를 나란히 하여 황태자궁으로 뽑혀 갔던 바 있었다.

그런 제시카로서는 지금도 데이지에게 얹혀사는 신세인 데다가 카지스 경과 교제할 뿐인, 즉 그가 청혼하여 윈스티드 백작부인이 된다는 보장이 없는 현재가 퍽 불안했을 터이다. 그러니 제 앞길을 생각해 보려고 떠났겠지.

그리고 떠나 버린 제시카를 당장에라도 찾아 나서야 할 카지스 경은 어디까지나 황태자의 호위기사였으므로 그의 우선순위는 제시카에게 있지 않았다. 그간은 사라진 렌카이저를 찾으러 사방을 돌아다니기 바빴을 테고, 지금은 몸 상태가 온전하지 못한 주군을 보필하느라 자리를 비우지 못할 것이었다.

어찌 되었든 제 소관은 아니었다. 사실 여태까지 슈리아의 일을 제외하곤 아무 문제도 일어나지 않은 게 이상하기도 하다. 결론이 어떻게 나든, 제시카는 제 길을 찾아 꿋꿋이 살아가리라.

슈리아는 잠시 훌륭한 집안에서 심지어 마법사의 재능까지 가지고 태어나, 어떤 근심도 없이 자라고 사랑까지 차지한 데이지를 힐끗 쳐다보았다.

세상을 불공평하게 만들 뻔한 이 소녀가 덜떨어진 품성을 갖추지 않았다면, 그녀가 황태자비로 가장 유력하지 않았을까. 브리오니아에서는 사촌 간의 혼인도 때때로 이루어지곤 했으니까 말이다.

물론 가장 중요한 전제가 충족되긴 어려우니 헛된 생각이지만.

결국 모든 건 시간이 답을 줄 일이었다. 그렇게 단 하나의 문제를 남겨 둔 채로, 모든 게 순탄히 흘러갔다.

이미 한차례 떠들썩해져 있는 제도의 사교계에서는 엄청난 양의 초청장을 쏟아 내며 슈리아와 대면하길 원했지만, 이제는 미래의 황태자비답게 도도하게 굴어야 할 때였다.

슈리아는 그들 앞에 나가 일일이 설명하기보다는, 친구들을 통해 자연스레 소문이 퍼져 나가는 것을 택했다.

일련의 사정에 대해서 전해 들으며 황태자의 깊은 속내와 애정에 대해 감탄을 금치 못했던, 소녀들은—특히 그의 팬클럽인 데이지와 베티는— 기꺼이 이런 슈리아의 의도에 동참해 주었다.

귀찮게 생각했던 그들도 꽤 쓸모가 있어서, 돌아온 다음 날 난리법석을 떤 걸 제외하면 제가 할 일을 대신 해 주니 더 이상 번거로움을 감수할 필요가 없었다.

그리고 슈리아는 공무에 시달리며 재활훈련에 바쁜 렌카이저와 달리 사교계 복귀를 미루며 유유자적한 생활을 즐겼다. 황태자비가 되면 지겹도록 참석해야 할 사교 행사에서 멀찌감치 떨어져 있으니, 속 시원했다.

데이지의 청에 따라 시그오닐 대공저를 몇 번 방문했을 뿐 은둔하는 양 줄곧 공작가를 벗어나지 않던 슈리아가 최초로 다른 곳을 향하려고 위켄하이저의 문턱을 넘어섰던 순간이 있었다. 그건 무시할 수 없는 편지 한 장을 받았을 때였다. 에리히에게서 온, 마지막으로 꼭 한 번 보았으면 좋겠다는 그 편지.

저택을 방문한 로이엄 백작부인에게서 카일 경이 떠난 그 외지로 에리히마저 발령이 났단 소식을 들었을 때 슈리아는 렌카이저가 무슨 수작을 부렸겠거니 짐작했다. 유독 에리히를 견제하는 그였으니 돌아오자마자 재빠르게 손썼을 만도 하다.

로이엄 백작부인은 한숨을 내쉬면서도, 거기 갔다 오면 공적을 쌓을 수 있다고 하여 차남의 미래를 내심 희망차게 그려 보는 눈치였다. 황태자의 측근인 로이엄 백작의 자제를 대가 없이 외지로 보내진 않았을 터이니.

그리고 그곳으로 떠나기 직전, 에리히는 로이엄 백작가로 슈리아를 초청했다. 그 뜻을 가늠해 보려고 슈리아는 글씨를 유심히 들여다보았다.

어쨌든 그를 더 이상 저울질해 볼 필요는 없었다. 렌카이저와 다시 결합한 순간, 에르갈이나 루이스 클라인이 그러했듯 그는 슈리아에게 있어서 선택지로서의 효용가치를 완전히 잃었으니까.

슈리아가 그에게 내줄 대답은 거절뿐이었고, 에리히도 그것을 알고 있으리라. 거기에 순순히 납득할지는 별개의 문제였지만.

그리하여 다음 날 슈리아가 마지막 성의를 다해 로이엄 백작가를 찾았을 때, 백작부인은 자리를 비운 터였다. 곧장 나타난 하녀가 슈리아를 응접실이 아닌 바깥으로 안내했다. 의구심에 가득 차, 문밖을 나선 슈리아는 이리로 쭉 가 보시라는 말을 듣고 정원으로 걸음을 옮겼다.

겨울이라 바깥은 차기만 한데, 마법을 걸어 둔 정원에는 훈풍이 감돌았다. 쏴아— 하며 대기 중의 결정이 긁히는 듯한 바람 소리는 여전했으되 포근한 온기가 몸에 스민다.

숄을 여미며 무심히 정원을 걷던 슈리아는 문득 계절에 맞지 않게 만발한 장미 화단 앞에서 멈춰 섰다. 어쩐지 기시감이 일었다. 로이엄 백작부인이 자랑하는 이 정원에서…….

여기는, 그래. 에리히와 처음으로 마주쳤던 게 이곳이었지. 이 자리에서 막 제도로 올라온 열세 살의 자신과, 앳된 얼굴로 멍하니 저를 바라보던 회색 눈동자의 소년이 뇌리에 그려진다.

몇 걸음 더 옮기니 그때까지 보지 못했던 게 보였다. 나무 그늘에 놓인, 노란 장미 꽃다발. 애수를 띠고 있다기에는 싱싱한 꽃잎이 아름다운 꽃다발은 이내 슈리아 품에 안겨 짙고 그윽한 향취를 내뿜었다.

노란 장미의 꽃말은 이별이라던가. 무슨 말을 하고자 하는지 알 것 같았다. 마지막 만남에서 한 말처럼, 에리히는 슈리아의 행복을 빌었고 이게 그 증명이었다. 황태자와 슈리아가 맺어진 이상 그의 역할은 더 이상 미련 두지 않고 떠나가야 하는 것. 그 당연한 귀결에 에리히는 승복했다.

얼굴을 마주했다간 괜히 미련이라도 남을 것 같았던가. 슈리아는 정원 어딘가에 있을지 모를 에리히를 굳이 찾지 않으며 꽃다발을 감싸 안은 채, 그곳을 떠났다. 스스로 정리하겠다는 데, 괜스레 나서서 상냥한 소녀 행세를 할 건 없다.

그보다 처음 마주친 자리에서 이별이라니. 몰락 귀족 소녀를 향한 마음을 애써 감추려 했던 그답지 않은 감성이었다.

삼 년이라고 했던가. 그와 다시 만날 즈음 슈리아는 황태자비 자리에 올라 있을 터, 그만한 세월이면 모든 게 무뎌져 있으리라.

그날 노란 장미 꽃다발을 안고 공작저로 돌아왔을 때, 슈리아는 내부의 공기가 부쩍 부산하다는 걸 눈치챘다. 고작 몇 시간 나갔다 왔을 뿐인데, 그새 무슨 일이라도 있었던가? 혹여 황태자가 방문한 건 아닌가 했지만, 그의 기운은 느껴지지 않았다.

그리고 저택 안으로 발을 들인 슈리아는 곧 무슨 일이 벌어졌는지 깨닫게 되었다.

"진통이 시작되셨어요!"

한적한 입구를 지나 제 방으로 올라가려는데 딱 마주친 제니가 외친 말이었다. 슈리아가 외출한 직후 갑자기 세일린이 복통을 호소하여 저택에 비상이 걸렸다고 했다. 금세 분만실이 차려지고 모두가 숨죽인 채 일손을 보태기 바빠, 제니도 일을 도우려고 그쪽으로 가고 있었다고 한다.

진통이라면, 출산 말이지? 잠시 아연해하던 슈리아는 세일린이 슬슬 출산을 앞두고 있었다는 사실을 떠올렸다. 사나흘 정도 후로 알고 있었는데, 이 정도 오차는 있을 법하긴 하다. 아주 먼 미래로 미루어 두었던 일이 불현듯 닥쳐온 듯하여 기분이 묘했다.

우선 외출하느라 조금이나마 더러워진 옷을 갈아입은 슈리아는 성큼 걸음을 내디뎠다. 어쨌든 아이를 낳는 데 있어서는 저도 지식이 전무했던 터라, 그리 도움이 된다고는 할 수 없었다. 통증을 줄이고 기력을 불어넣거나 죽지 않게 돕는 정도는 할 수 있겠지만.

위켄하이저 공작도 막 알현을 마치고 귀가했는지, 그가 보기 드물게 초조한 낯으로 방문 앞을 서성이는 게 보였다.

분만실에 가까워지자 귀청이 찢어지는 듯한 비명이 들려왔다. 눈에 띄게 당황한 채 문을 열고 들어가려는 그를 하녀 한 명이 몹시 송구한 표정으로 제지했다.

"주인마님께서 주인님이 안으로 드시는 걸 원치 않으십니다."

……아무래도 세일린은 평소의 비인간적이고 몰상식한 면모를 미루어 보아 그가 자신의 아이에게 위협이 될 수 있다고 생각한 모양이다. 남편을 조금도 신뢰하지 않는 행태였지만, 임산부가 으레 그러듯 그녀가 비명을 지르며 숨넘어갈 듯한 모습을 보인다면 그가 이성을

지킬지 확신할 수 없다는 점에서 그 대처는 타당했다.

위켄하이저 공작은 세일린만 안전하다면 제 자식의 목숨 따윈 어떻게 되어도 상관없는 편협하고 냉정한 자였으니까.

산모에게 스트레스를 줄까 봐 우려했는지 위켄하이저 공작은 답지 않게 망설이며 강제로 하녀를 제치고 지나가지 못했다. 대신 그는 얼굴을 찌푸리며 깊은 후회가 밴 투로 중얼거렸다.

"임신시키는 게 아니었어."

지위만 공작일 뿐 세일린에게 전혀 도움이 되지 못하는 그를 속으로 냉정하게 깎아내린 뒤, 슈리아는 보란 듯이 하녀에게 말을 걸었다.

"나는 들어가 보아도 괜찮겠지?"

"아가씨……! 네, 들어오세요. 마님께서 아가씨를 보시면 힘을 얻으실 거예요."

그 차별적인 대우에 위켄하이저 공작의 눈썹이 가파르게 위로 솟았지만, 그는 불만을 고스란히 드러내면서도 방 안으로 들어가는 슈리아의 뒷모습을 바라보기만 할 수밖에 없었다.

그리고 세일린은 또다시 소리 높여 비명을 지르던 참이었다. 그녀의 하반신에서 벌어지고 있는 일은 별로 목격하고 싶지 않은 것이었으므로, 슈리아는 재빨리 침대 머리맡으로 가서 천장으로부터 늘어진 천을 힘껏 붙들고 있는 세일린의 손목을 잡았다.

"세일린, 저 왔어요."

"아아, 슈리아……!"

제가 누구인지 알아보긴 하되, 중병에 시달리는 양 고통 때문에 정신이 많이 흐려진 듯했다. 늘 단정하고 강인하여 약한 모습을 보이는 일이 드물었던 그녀가 흐느끼듯 말하는 것에 놀란 슈리아는 재빨리 그녀에게 마법을 불어넣었다.

우선 통증을 완화하는 마법을 쓰자, 세일린의 낯이 다소 편안해졌다. 그러나 주변에서는 그녀에게 한숨 놓을 시간도 주지 않았다.

"마님, 조금 더 힘을 주세요! 한 번만 더!"

"머리가 보이고 있어요!"

가문의 숙련된 산파 몇몇이 소리를 지르며 세일린을 재촉했다. 몇 시간이고 이러고 있었다면 가뜩이나 책상물림으로 줄어든 체력이 바닥나기 직전이리라.

원기를 불어넣는 마법은 고난도였지만, 슈리아는 바깥에 있는 위켄하이저 공작에게 들키지 않을 정도로 살짝 세일린의 기운을 돋웠다.

그게 효과를 보았는지, 잠시 후 세일린이 외마디 비명을 지름과 동시에 꼿꼿하게 굳어진 몸에서 힘이 쑥 빠져나갔다. 땀으로 젖은 세일린이 숨을 몰아쉬는 와중에 아기 울음소리가 울려 퍼졌다.

"건강한 도련님이세요."

그 말을 듣자, 세일린은 안도의 숨을 내쉬었다. 아이가 태어난 자리에 있는 건 처음 경험하는 것이기도 해서, 호기심에 울음이 들리는 쪽으로 시선을 주었던 슈리아는 흠칫 굳었다.

사람이라고 하기 어려운 붉고 이상한 괴생물체 같은 것이 꿈틀거리고 있었다. 무언가 잘못되어서 괴물이 태어난 건 아닌가 의심이 차올랐다. 혹시 카리나가 저주를 걸었다든가.

그러나 산파들이 부산히 탯줄을 자르고 닦아 내자, 아기는 한결 아기 같아 보였다. 하지만 여전히 불그스름하여 못난 것만은 분명했다. 그런 슈리아의 기색을 눈치챘는지, 산파 한 명이 후후 웃으며 말했다.

"아기는 원래 이렇답니다. 며칠이 지나면 예쁜 아가님이 되실 거예요."

아기는 원래 이렇다니. 슈리아는 설마 태어났을 때 저도 저런 모습이었을까 싶어 깊은 거부감을 느꼈다.

그러다가 고개를 저으며, 슈리아 아델트라면 몰라도 비범한 출생을 가졌음이 분명한 아마르잔이라면 저런 몰골은 아니었을 거라고 다소 감정적으로 다짐하듯 되뇌었다. 그리고 그를 확증하기 위해 저와 비슷한 출생을 가진 황태자의 산파의 기억 속을 훑기로 결심하기도 했다.

슈리아가 상념에 빠진 사이 세일린은 아기를 안아 보고 있었다. 한 없이 사랑스럽다는 눈길로 힘겹게 낳은 아기의 뺨을 어루만지고 이마를 쓰다듬는다. 어미의 손길을 느낀 아기는 울음을 멈추고 놀랍도록 양순해져서 입을 다물었다.

"네 동생이란다. 한번 안아 보겠어?"

엄밀히 말하자면 사분의 일쯤 같은 피가 흐르는 사촌 동생이었지 만, 굳이 반박할 필요는 없었다. 세일린이 아기를 감싼 포대기를 내밀 자, 슈리아는 머뭇거리다가 이내 받아 들었다.

아기는 놀랍도록 가벼웠고, 보드라운 천 속에서 심장을 펼떡이며 꼬물꼬물 움직이고 있었다.

"예쁘지 않니?"

세일린이 자연스레 묻자, 슈리아는 대답이 궁색해지는 걸 느꼈다. 빈말로라도 그 빨갛고 찌글찌글한 핏덩이를 보며 사랑스럽다거나 예 쁘다고 말하기 힘들었던 것이다.

제 부모의 외견을 보건대 크면 괜찮아질 테지만, 갓 태어난 아이는 심히 못났다. 그래서 슈리아는 아주 진지한 표정으로,

"정말로 수고하셨어요."

라고 말했다. 그리고 그 반응에 웃음을 터뜨린 세일린은 곧 밀려오 는 통증에 눈을 찡그렸다. 산모 한 명이 진통 효과가 있는 탕약을 가 져다가 입에 대어 주자 세일린은 그걸 얼른 받아 마셨다.

"네 동생이니, 예뻐해 주렴."

지친 듯 미소 지으며 그리 말하는 순간, 그제야 완전히 방치당하고 있던 위퀜하이저 공작이 뒤늦게 방 안으로 뛰어들어 왔다.

슈리아는 냉큼 그에게 제 품에 안긴 아기를 떠넘겼고 공작은 괴상 한 물건을 보듯 슈리아만큼이나 갓 배 속에서 빠져나온 이 생물체를 기이하게 쳐다보았다.

저를 꺼림칙하게 보는 시선을 느꼈는지 아기가 울음을 터뜨리자, 세일린이 그에게 곧바로 핀잔을 던지는 단란한 시간이 이어졌고, 슈리아는 슬쩍 방을 빠져나왔다. 어쩐지 모르게 혼란한 하루였다.

그로부터 며칠 후, 슈리아는 저를 보고 방긋방긋 웃는 사촌 동생과 또다시 마주하게 되었다.

하지만 어떻게 그때의 뻘건 덩어리가 이토록 빨리 사람의 형태를 갖추게 되었는지는 짐작할 수 없었다. 그저 아기란, 놀랍도록 빠르게 외형을 바꾸는 신기한 존재였을 따름이다.

위켄하이저의 후계자가 될 이 아기의 이름은 안드레아로 정해졌다.

해가 바뀌는 것도 인식하지 못할 만큼 이런저런 일들이 있긴 했지만, 슈리아가 십육 세를 맞이한 겨울은 순탄히 막을 내렸다.

그리하여 가지에 쌓인 눈이 따스한 햇볕에 젖어, 조금씩 무너져 내리며 둔탁한 소음을 내기 시작할 무렵이었다.

밤늦은 시간, 안락의자에 앉아 느긋하게 독서 중이던 슈리아는 제 방 발코니에 발을 딛는 익숙한 기척을 느꼈다. 눈송이가 내려앉는 양 작디작은 기척에 은밀하게 접근한답시고 소리도 죽였지만, 세상에서 가장 강력한 마법사의 이목을 피할 정도는 못 되었다.

슈리아는 피식 미소를 띤 채, 곧바로 책을 내려놓고 자리에서 일어섰다. 때맞춰 창문을 두드리는 소리가 들렸다. 손끝으로 잠금쇠를 풀자 끼익 소리를 내며 열린 문틈 새로 뻗어 나온 긴 팔이 단숨에 소녀를 감싸 안았다.

"보고 싶었어."

옷깃은 얼어붙어 시리도록 차가웠으나, 그를 잊게 하는 따뜻한 몸이었다. 등 뒤를 둘러 안으며 정수리에 고개를 묻는 그의 숨결이 확 끼쳐 왔다.

열기를 실어 나르듯 생생한 존재감이 감각을 일깨운다. 그의 품 안에서 성에처럼 은빛 잔잔한 슈리아는 금세 녹아 버릴 것만 같았다.

여기서 나도, 라고 호응해 줄 만한 성격이 못 되는 소녀는 가만히 고개를 들어 그와 시선을 마주했다. 시간으로 따지자면, 달을 건너뛰었다.

그러나 암흑을 자아낸 듯이 새까만 머리카락도, 석고상처럼 희어 빚어낸 양 완벽한 균형미를 그려 내는 낯도, 반듯한 콧날도, 보석의 광채를 실은 눈동자도 여전하기만 해서 낯설게 느껴지지 않았다.

그게 제게 그리 긴 시간이 아니라서가 아니라, 렌카이저는 이미 슈리아에게 그런 존재였기에.

또한 그는 몰랐겠지만, 슈리아는 때때로 그를 살피었다. 그가 완전히 회복기에 접어들었다고 판단하여 황궁으로 떠나보내고도, 무수히 많은 섬세하고도 강력한 마법을 걸어 두어 혹시나 이상이 나타날 가능성을 염두에 두었다.

원하기만 하면 수반에 모습을 비춰 내듯 그의 모습을 지켜볼 수 있었으니 거리감을 느끼기도 어렵다.

하지만 검사에 불과한 렌카이저는 정말로 슈리아와 단절된 것처럼 느꼈을 터였다. 그리고 실지로 그는 단 한 번도 슈리아를 찾아오지 않았었다. 그 이유는 극명했다.

공작가의 철저한 방비를 넘어 제 방까지 다다른 것도 그러하거니와 슈리아는 그의 몸에서 발산되는 기운을 느꼈다. 스스로 빛을 내는 태양처럼 그의 몸에서 흘러나오는 강렬하고 원기 충만한 스피릿. 그건 그가 본래 가지고 있던 것이었다.

아마 렌카이저는 원상태를 회복하기 전에는, 슈리아 앞에 나타나지 않기로 결심했던 모양이다. 가진 바 무력에 절대적으로 의존하여 살아왔던 그가 그간 느꼈을 박탈감은 짐작할 만하다.

"힘을 되찾았군."

슈리아는 노력이 가상하다는 양 알은체해 주었다. 그 짧은 기간에 이만큼 회복해 낼 정도면 본인의 부단한 정진이 따랐으리라.

하지만 묘하게 기분은 좋지 않았다. 강건한 모습보다는 연약스럽게 비틀거리는 쪽이 차라리 더 귀여운 맛이 있었다고 무심코 생각한 순간, 슈리아는 생전 처음으로 제 취향을 자각했다.

그러나 어떤 감상을 느낄 새도 없이, 열기를 띤 입술이 겹쳐졌다.

모래처럼 결 곱고 사륵거리는 은빛 머리카락에 손을 파묻고, 성마르게 입안을 파고들었다. 간신히 붙잡아 두었던 물길이 일거에 쏟아지는 양 급류였다. 가느다란 등허리를 으스러지도록 끌어안고 한껏 입 맞추는 그는 애달아 있었고, 열정적이었다. 그저 온몸으로 제 감정을 전달하는 듯하였다.

그렇기에 그 감정이 순수한 열망을 벗어나 또 다른 형태로 변모하는 기미를 느꼈을 때, 슈리아는 예민하게 그 사실을 포착해 냈다.

어둠이 내려앉은 양 짙어진 그 눈동자. 진해진 향처럼 거기에 선연히 드러난 감정은 오로지 욕망이었다. 갈급하고, 강렬한.

그리하여 섬세하고 복잡한 감정의 기류는 잦아들고 본능에 몰두한 그는 지극히 단순해졌다.

이성이 휘발된 양 욕망에 사로잡힌 그의 시선이 슈리아의 침실을 짧게 훑었다. 당장에라도 자신을 안아 들어 침대에 처박을 듯한 렌카이저를 보며 슈리아는 경각심을 느꼈다. 제 등허리를 쓰다듬다가 그 아래로 향하는 손을 힘을 주어 잡아 낸 슈리아는 분명한 어조로 잘라 말했다.

"꿈도 꾸지 마. 혼인식 이전엔 안 돼."

얼음물을 끼얹은 양 명료한 음성에 그의 눈에 이성의 빛이 돌아왔다. 몹시도 아쉬운 듯한, 그러면서 가로막힌 화기 같은 것이 낯빛을 스친다.

하지만 왜 안 되느냐고 떼를 쓰기보다 렌카이저는 확인하듯 물었다.

"……혼인식 이후에는 확실히 된다는 소리지?"

한 대 후려치고 싶었지만, 슈리아는 용케 참았다. 제가 한때 그에게 품었던 지독스러운 살의만큼이나, 그의 욕망이 강렬하다는 게 느껴졌기에. 그걸 인내하기란 아무리 오래도록 속내를 감춰 온 그라도 쉽지 않을 터였다. 어쨌거나 그는 혈기 왕성한 젊은 수컷이었고 혼인식까지는 아직 일 년도 넘게 남았다.

그러나 순전히 그를 이해해 주기엔, 호락호락한 문제가 아니다. 슈리아에게 그건 가까이 다가올수록 뒷걸음치고 싶은 미래였다.

하지만 도망을 용납할 수 없는 자존심이 있기에 슈리아는 그 비이성적인 꺼림을 애써 타파하며 대답을 입 밖으로 내었다.

"여자로 태어난 이후로 언젠가 그런 날이 오리란 걸 알고 있었지."

그리고 체념한 투로 뇌까렸다.

"각오할 생각이니."

"각오까지…… 해야 하는 일인가."

잠시의 침묵 뒤에 렌카이저가 입을 열었다. 진지하게 슈리아가 느끼는 거부감에 대해서 고찰해 보는 눈치였다. 공감능력이 바닥을 치는 그로서 먼저 이해하길 시도하는 건 흔치 않은 일이다. 그가 느릿하게 말을 이었다.

"난 기다릴 수 있어. 언젠가 준비가 되면……."

혼인식, 그 이상까지도 원한다면 기다리겠다는 투였다. 슈리아가 그를 빤히 올려다보자 말 꺼낸 걸 후회하는 듯이 보이기는 했지만, 어쨌든 그는 제 말을 돌이키려고 시도하지 않았다.

애초에 슈리아에게 선을 넘어 무언가를 강요하지는 않는 그였다. 그러나 슈리아는 비뚜름한 미소를 입가에 올렸다. 그의 마음을 손바닥처럼 들여다볼 수 있었다.

이 곧바로 튀어나온 유보를 단순히 배려라고 보기는 어렵다. 그는 슈리아가 떠나는 걸 두려워하고 있었고, 그러기에 제가 질색하여 떠나가는 상황을 미연에 방지하고자 하는 것이다.

상냥한 소녀가 아닌 진실 된 슈리아 아델트는 지독히 까탈스러운 성미의 소유자였으므로 렌카이저가 뻔뻔스럽도록 당당하게 구는 것도 별로였지만, 불안한 듯이 제 눈치를 살피는 것도 못마땅했다.

초월자의 드높은 자존심에 어울리지 않는 모습이기도 했거니와, 그때마다 심장 표면을 긁는 불유쾌한 감각……. 그저 거슬렸다.

"그 이상 기다릴 필요 없어. 어차피, 언젠가는 치러야 할 일이고 혼인식 날은 마땅히 그래야 하는 날이지. 난 도망치지 않아."

성난 기색이 완연한 슈리아는 차게 내뱉었다. 렌카이저는 말없이 그 얼음꽃 같은 안면을 살피다가, 이내 힘을 주어 끌어안았다. 달래는 듯한 몸짓이었다. 어쨌든 그에게는 손해날 게 없는 적극성이었으니.

후회는 슈리아에게도 찾아왔으나, 제가 한 말을 돌이키는 건 자존심이 허락하지 않았다.

그래, 아직 일 년도 넘게 남은 터였다. 그만한 세월이면 부부간에 거쳐야 할 필연적인 행위에 대한 거부감도 어느 정도 희석되지 않을까. 중요한 건 제가 그를 받아들여야 하는 그 구도였지만, 슈리아는 진저리 치듯 생각을 중지했다.

마침 오랜만에 마주한 렌카이저가 소녀의 이마에 입맞춤을 남기며, 준비해 온 생일 선물을 내밀었다.

금붙이에 홀리는 까마귀처럼 탐욕스러운 슈리아는 금세 제 목에 걸린 호화로운 다이아몬드 목걸이의 가치를 분석하며, 그 모든 상념을 잊어 갔다.

그런 슈리아가 혼인식이 성큼 앞으로 다가온 듯이 느끼는 된 건, 고작 며칠 뒤의 일이었다.

그날 시급한 일들을 모두 마무리하고 왔다고 말한 렌카이저는 이전까지와는 달리 무척 한가해진 양 매일같이 위퀜하이저 공작저를 찾았다.

사교 행사에 함께 참석하자며 들볶지는 않았지만, 별로 할 이야기도 없는데 올 때마다 반나절 이상 죽치고 시간을 보내어, 산모의 안정과 더불어 고요함을 해치고 위켄하이저의 식량을 축내는 그에게 어느 날 슈리아는 대놓고 한가하냐고 물었다.

"왜, 귀찮은가? 미래에는 이보다 더 자주 마주하게 될 텐데 그대도 익숙해져야지."

그래, 바로 이 뻔뻔스러움이 슈리아가 못마땅해하는 태도였다. 귀찮으니까 주에 두어 번 방문하라고, 횟수를 지정해 주는 슈리아에게 그는 그렇게 와도 귀찮아할 테니 어차피 귀찮아할 거라면 자주 오겠다고 말했다.

어딘지 모르게 간파당한 듯하여 눈살을 찌푸렸으나 곰곰이 생각해 보니 논리적인 소리 같기도 해서, 슈리아는 그를 가늠하느라 어쩐지 불만을 삼키게 되었다.

그리고 렌카이저는 곧 약혼식을 행할 거라며, 오래간만에 새로운 화젯거리를 꺼내 들었다.

"성대하게 치르기를 원하는가?"

"아니."

산모인 세일린의 몸 상태를 생각한 슈리아가 고개를 내젓자 렌카이저는 기다렸다는 듯이 흐지부지되었다가 다시 진행되는 약혼식이니 이례적으로 간소하게 치르고 공표하자고 말하였다. 이미 황실에는 그렇게 말해 두었다는 것이다.

그러니까, 이미 상의를 끝냈고 이건 통보란 말이지. 싸늘해진 시선을 느낀 그가 호화로운 예식 준비에는 시간이 걸리고, 혼인식이 머지않았으니 그때에는 그 어느 때보다 화려하게 치러 주겠다며 슈리아를 달랬다.

물론 초점이 빗나간 소리였다. 제멋대로 정해 놓고 통보하는 게 마음이 안 들었던 것이지, 규모의 문제는 아니었으니까.

그러나 그가 성급히, 그리고 조용히 약혼식을 마치고 싶어 하는 이유를 알 만했기에 슈리아는 더 트집 잡지 않았다.

지난날 카리나가 등장하여 모든 걸 망쳐 놓다시피 한 터라, 거창한 무도회에서 또 무슨 방해 요인이 나타날지 렌카이저는 쓸데없이 신경을 곤두세우고 있는 것 같았다.

그간 사교 행사를 피해 왔던 터라, 약혼 기념 무도회가 열릴 경우 시달릴 걸 생각하면 슈리아에게도 나쁜 제안은 아니었다.

충분히 애타게 한 다음 혼인식을 앞두고 제 앞에 귀족들을 줄 세우는 계획을 품고 있었으므로 아직 사교 행사에 참석하기는 일렀다.

그리하여 슈리아는 면밀한 계산에 의거하여 그의 결정에 승낙을 보냈다.

그리고 사흘 후, 슈리아는 약혼식을 위하여 황궁으로 향했다.

간소화된 예식을 치르고 황실 가족과 단란히 만찬을 갖기로 예정되어 있었고, 예행연습을 할 것도 없는 그 단순한 절차에 대해서 미리 숙지하고 있던 터였다. 슈리아는 그저 따르기만 하면 되었다.

우선 몸을 정결히 하기 위해 몸에 향이 듬뿍 배어나도록 긴 향욕을 마친 슈리아는 시녀들의 손길에서 머리끝부터 발끝까지 세심하게 다루어졌다. 우유며 꿀이며 약초며 좋다고 소문난 모든 게 흠뻑 들이부어져 전신에는 윤이 났고, 머리카락은 유리실처럼 투명하니 반짝였다.

겹겹이 레이스가 쌓인, 물망초를 연상케 하는 푸른 드레스는 긴 치맛자락이 자잘한 진주와 크리스털로 온통 장식되어 맑은 빛을 반사했다. 또한 머리에 사뿐히 올라앉은 티아라며 며칠 전 선물 받은 다이아몬드 목걸이가 하얀 목덜미 위에서 빛을 발하는 모습은 우아하기 그지없었다.

그리하여 슈리아는 진정 황태자비처럼 보였다. 고고한 자태로 구두를 또각거리며 내딛는 걸음 끝에 그가 기다리고 있었다.

슈리아의 것만큼이나 화려한 푸른 예복을 입은 그는 실로 신화 속에서 걸어 나온 젊은 군신처럼 늠름하고 아름다웠다. 제게 닿는 시선이 흠뻑 빠져든 듯이 애정에 젖어 있어, 묘하게 간지러웠다.

"갈까."

정중하되 자신만만하게 내민 손을 잡으며 슈리아는 화답하듯 드레스 자락을 들어 올렸다. 그리고 그들은 곧 예식장에 들어섰다.

황제를 위시한 황실 가족들이 친히 지켜보는 가운데, 슈리아는 황태자와 하나의 잔을 나누어 마시며, 다이아몬드와 사파이어로 장식된 반지도 나누어 꼈다.

반대하는 목소리가 있었을 법도 한데 진작 찍어 눌렀는지, 예식은 순탄하게 끝을 맺었다.

그리고 만찬장으로 이동하는 렌카이저는 문제없이 약혼을 맺은 것에 흡족해하는 기색이었다. 거의 항상 남들 앞에선 건조하다시피 절제된 표정을 짓고 있던 그가 드러낸 환한 얼굴은 주변의 이목을 사로잡았다.

뭘 그리 좋아하는지. 정작 슈리아는 이제 다음 순서는 혼인식이라고 상기하는 소리가 들려오는 듯하여 기분이 싱숭생숭했다.

혼인식 자체야 대수로운 일은 아니지만, 그 뒤로 필연적으로 따를 남녀 간의 일이 문제다. 그러나 다행히 아직은, 멀찍이 거리를 둔 훗날의 일이었다.

예식을 마치고 식장을 나선 그들은 곧 다른 장소로 이동하여 넓은 테이블을 앞에 두고 앉았다.

황실 가족들과 함께하는 격조 높은 만찬이었다. 그 자리에는 약혼식을 맞이한 당사자들을 제외하고도 황제를 위시하여 이황자 아스테어, 황녀 이실로테와 그 모후, 그리고 삼황자 트라키아와 그 모후가 함께하고 있었다.

후궁들도 전부 참석하지 않은 데다가, 황실의 어른인 아샤트리아 대공도 참석하지 않은 걸 보니 정말로 단출한 행사다 싶었다.

하긴 대공에게는 이미 약혼한 바 있다고 말했었으니 식을 치른다고 초대하기도 뭐할 터였다. 그에게 정체를 감출 자신은 있었지만, 어쨌든 되도록 대면을 피하는 쪽이 나았다.

"비록 어려움이 따르긴 했지만, 이렇듯 무사히 식을 치르게 되어 기쁘구나."

황제가 그들의 결별을 넌지시 언급하며 서두를 떼자, 슈리아는 다소곳한 척 시선을 내렸다. 그리 사이가 좋지 않은 부황이 밝건 어쨌건 약혼식을 치른 것만으로도 족한 양 렌카이저도 냉랭한 표정으로 침묵을 지켰다.

"내년이면 황태자도 비를 맞이할 터, 황후의 자리가 비어 있으니 응당 황태자비가 그 역할을 해야 할 것이야."

확실히 황제는 더 이상 황후를 맞이할 생각이 없는 듯했다. 이제껏 두 명이 올랐던 황후의 자리는 이제 비어 있었고 그 역할은 후궁들이 분담하고 있는 터였다.

그 자리를 욕심낼 법한 두 후궁은 그저 고분고분 머리를 조아렸다. 오히려 그들은 제가 그 자리를 탐내는 것처럼 보일까 두려워하고 있는 듯한 기색이었다. 그리고 그들에게 공포심을 불러일으키는 이는 분명, 계승권 전쟁의 승리자인 여기 이 황태자이리라. 그간 황족들을 그가 어떤 식으로 단속했는지가 슬며시 엿보였다.

"각오는 되어 있는가."

"미력한 몸이나 최선을 다하겠습니다."

슈리아는 공손하게 답했지만, 거리낌 없이 나오는 음성은 전혀 위축되어 있지 않았다. 북대륙의 지배자씩이나 되어 보았던 몸인데, 대제국이라지만 일개 국가의 안주인 역할 정도야 오히려 제게 약소하다 할 것이다.

유심히 슈리아를 살핀 황제는 만족스러운 듯이 고개를 주억거렸다.

황제는 황태자의 고삐를 죄어 주며 그를 인간답게 만들어 준다는 점에서 슈리아 아델트를 마음에 들어했고, 오늘 소녀는 제가 황태자비로서 부족함이 없음을 침착하게 증명해 보였다.

"식사를 들자꾸나."

황제가 먼저 식기에 손을 가져가자, 모두가 식사를 시작했다. 바로 곁에 앉은 렌카이저가 또 유난을 떨며 어미새처럼 먹이를 나를까 우려했지만, 그도 이 격식 어린 분위기에서는 그럴 마음이 들지 않는지 얌전히 제 배만 채웠다.

아니, 어쩌면 그가 그러는 데는 다른 이유가 있는지도 모른다. 슈리아는 가족답게 단란하게 말을 나누기보다는 사형수의 마지막 식사인 양 침묵에 휩싸인 이 황실 가족들을 은근히 관찰했다.

내심 이실로테 황녀가 또 어떤 패악을 떨지 기대하는 바가 있었는데 그녀는 이상스럽도록 조용하기만 했다. 분위기를 보건대 또 되지도 않게 반대의 목소리를 높였다가 황태자에게 단단히 혼찌검이 난 듯싶었다.

실은 그녀뿐만이 아니었다. 그래도 안면이 있는 이황자는 침착하게 굴었지만, 모두 숨을 죽이고 제 접시만 내려다보며 마치 조금이라도 실수했다간 그대로 목줄을 잡혀 끌려나가 목이 베일 법한 긴장감을 비쳤다.

그리고 황제를 제외하고 거기에서 여유로운 건 오직 황태자뿐이었다. 여유롭다 못해 권태가 담긴 느긋함으로 황실의 일원들을 장악한 렌카이저는 음식물을 천천히 씹어 삼켰다.

무슨 짓을 했는지 이 긴장된 분위기를 조성해 놓고도, 조금도 신경 쓰지 않는 그의 영향력은 실로 황제를 넘어서고 있었다.

그걸 모르는 건지, 아니면 모르는 척하는 건지 황제는 여상하게 입을 열었다.

"황태자의 혼례도 내년으로 정해졌고, 이황자는 학업을 위해 혼인을 미루기로 하였으니, 이제 다음은 이실로테의 차례로구나."

"폐하……!"

당황한 이실로테가 고개를 쳐들었다. 어쩐지 화제로 이용당하는 느낌이 물씬 들었지만, 황제는 놀리듯이 물었다.

"달리 마음에 둔 이라도 있느냐? 내 네가 원하는 이와 맺어 주고 싶구나."

"그, 그런 사람은 없어요."

도도하기 그지없는 이 황녀님이 누군가를 마음에 품었을 것 같지는 않다. 그녀는 사교계에서 제 영향력을 떨치는 것에 더 관심이 있는 욕심 많은 부류에 속했다. 게다가 그녀의 오라비들이 너무도 잘난 나머지 눈에 차는 이가 영 나타나질 않은 터였다.

"그렇다면 내가 알아봐야겠구나. 글쎄, 누가 좋을까. 이실로테와 맺어 줄 만한 마땅한 이가 떠오르지 않는구나."

그 질문에 냉큼 답한 건, 정확히는 답할 수 있었던 건 렌카이저뿐이었다.

"루이스 클라인, 이번에 작위를 승계한 새로운 클라인 후작은 어떻습니까."

망설임 없이 들이미는 추천 대상이 하필이면 루이스 클라인이라니. 한때 죽이겠다고 길길이 날뛰었던 상대를 여동생의 배필로 선뜻 언급하는 건 순수한 의도가 아닐 게 분명했다. 그가 아무리 냉정한 성미라도 그러했다.

슈리아는 아주 높은 확률로, 그가 루이스 클라인을 언급한 이유가 에리히를 변방으로 보내 버린 이유와 같을 거라고 생각했다. 거기에 다른 조건도 맞아떨어지니, 실상 황녀의 배우자로 언급하기에 그럴듯한 상대이기도 하다.

"오를레앙과 스카나덴이 결합할 터이니, 균형을 맞추기 위해서 새로운 가문에 힘을 실음이 합당하다고 사료됩니다. 클라인은 오랜 명문가이니 황실과 혼사를 맺기에도 부족함이 없습니다."

준비한 듯이 술술 이유를 붙이는 렌카이저의 앞에서 이실로테는 울상을 지었다. 황태자의 의견이 어떻건 간에, 황제는 딸을 무척 아꼈고 그렇기에 그녀가 싫은 내색을 하자 곧바로 물어 왔다.

"왜, 그가 싫으냐? 내 듣기로는 평판도 괜찮은 젊은이라고 하더구나."

"아, 아니요. 그건 아니지만⋯⋯."

"클라인이 세는 그리 높지 않되 퀸른의 지주로서 명성이 높고, 가문 대대로 제 도리를 다하여 왔다. 제도에서 멀리 떨어질 걸 우려하는 거라면, 클라인 후작에게 합당한 지위를 주어 제도로 불러들이면 되지 않겠느냐."

그도 루이스 클라인이 좋은 상대라고 생각했는지, 황제는 차차 설득을 시도했다. 그러나 이쪽을 슬쩍 보는 눈치가 그녀도 루이스 클라인이 슈리아와 각별한 친분이 있다는 걸 들어 알고 있는 것 같다.

거기다가 에리카 클라인의 존재도 무시할 수는 없을 터이다. 그녀가 사교계에서 고립된 게 이실로테와 무관하지 않을 거라는 건 불 보듯 뻔하니.

"우선 만나 보는 게 좋겠구나. 클라인 후작이라면 가까운 시일에 계승 절차를 마치러 황궁으로 입궁할 테니, 그때 그와 한 번 자리를 가지도록."

이실로테가 머뭇거리자, 황제는 그리 답을 내었고 그건 슈리아에게도 무척 흥미롭게 들렸다. 이실로테 황녀와 에리카 클라인이라니. 승자는 아무래도 황녀 쪽이 될 테지만, 퀸른에서만큼은 공주님인 에리카의 패악도 만만치 않을 터라, 기대가 되었다.

그리고 여기서 슈리아가 할 일은 명료했다. 소녀는 얼마 전 제게 전달된 편지를 생각했다. 루이스 클라인도 그들의 재결합 소식을 들었음직한데, 봄이 오면 제도를 방문하겠으니 그때 한 번 보았으면 한다고, 다른 말없이 간략한 내용만을 서술한 편지가 퀸른으로부터 보내져 온 바 있었다.

아직 포기를 말하고 있지 않은 단호한 서술이었고, 그 만남이 어쩌면 그의 마지막 희망일지 몰랐다.

그리고 슈리아는 그때 그에게 클라인 후작가의 앞날을 위해서 혼담을 받아들이라고 종용해야 할 터이다. 에르갈에게 이미 그랬듯이, 그게 비록 비참한 거절처럼 느껴질지라도. 그 반감으로 루이스 클라인이 혼담을 거절할 수 있지만, 그와 이실로테 황녀가 맺어지건 그렇지 않건 실상은 저와 상관없는 일이었다.

이실로테의 건으로 그나마 대화가 오가던 만찬은 곧 끝을 맺었다. 황제가 먼저 자리를 떠나고, 황실 가족들이 하나하나 자리를 비울 때쯤이었다.

"이제 약혼식도 마쳤으니 진정 코앞처럼 느껴지는군요."

이전까지와는 달리 차기 황태자비로 공식화된 슈리아에게 공대하며 이황자가 넌지시 말을 걸었다. 슈리아는 생긋 웃으며 화답했다.

"저하께도 혼인이 먼 미래는 아닐 텐데요."

어쩐지 표정이 묘하게 곤란한 듯하다. 그로서는 휘둘리듯이 데이지와 약속을 해 버렸으니 발목 붙들린 것처럼 느끼긴 할 터이다. 그러나 이황자는 그 자신이 아닌 데이지를 신경 쓰고 있었다.

"순수한 사람이라, 도움을 준다고 섣불리 저로 결정해 버린 건 아닌지 우려가 됩니다."

"데이지는 제가 원하는 걸 결코 착각하지 않지요. 염려 놓으셔도 될 거예요."

단순무식한 데이지는 무엇보다 한번 좋아하면 그 마음을 쉬이 돌이키지 않는 끈질김마저 갖추었으니, 그의 걱정은 정말로 헛된 걱정이다.

"그렇다면 다행입니다."

이황자는 위안이 되었는지 환한 얼굴로 말을 맺었고, 짧은 담소를 뒤로하고 슈리아는 렌카이저와 함께 황태자궁으로 향했다.

"내년이면 그대도 나와 함께 이곳에서 머물게 되겠지."

렌카이저가 그리 운을 떼자, 슈리아는 발길을 멈추고 주변을 돌아보았다.

아킬레기아궁으로 향하는 길목이었다. 문득 지나가는 바람결이 녹색 이파리로 가득한 나무를 뒤흔들었다. 잎사귀들이 나풀거리며 쏟아져 내려 바닥에 하나씩 쌓이는 모습이 이상하도록 느릿하게 시야에 박혔다.

그리고 이내 새어 드는 양 파고들어, 보풀이 일듯 제 안에 있는 얇은 기억의 가죽을 건드렸다.

가장 밑에 지푸라기처럼 깔린 낱장에서부터 시작하여 책장을 넘기듯, 이 궁에 들어섰던 이후 일어났던 모든 기억들이 버썩 일어나 주마등처럼 뇌리에 스쳤다. 그 와중에, 한 기억이 휘돌다가 이내 강하게 자리매김한다.

일제히 도열한 시중인들 앞에 막 황태자가 되어 기나긴 행렬을 이끌고 등장했던 렌카이저의 모습이 생생히 그려졌다. 지금보다 앳된 열여섯의 그는, 건조하고 차가운 눈으로 말 위에 올라 있었다. 그 입가에 미소를 띄워 올려 본 적이 아예 없는 양.

그 죽음의 대지 같았던 이가 지금 눈앞에서, 하늘에서 내리는 빛살처럼 미소 짓고 있었다. 실은 그때에도 렌카이저는 소녀를 마음에 담고 있었음이라.

그러나 그에게 씨앗을 심은 일도, 거름을 준 일도 없는 듯한데 어느덧 물을 품고 생을 키워 낸 렌카이저는 여름날의 태양처럼 빛나고 있었다. 그 감정의 만개가 실로 눈부셨다. 신비롭고, 또한 기이했다.

그리고 슈리아가 마법처럼 그에게 삶을 움트게 했듯, 그 역시도 끝의 끝에서 슈리아의 삶의 방향을 돌려놓았다. 태어나서 단 한 번도 느껴 본 적 없는, 그 뜨겁고 찬연한 무언가를 깨닫게 했다.

그리하여 슈리아는 이곳에 있었다. 제가 되살려 낸 그와 함께, 미래를 언약한 채로. 핀테른이 그러했고, 위켄하이저 공작저가 그러했듯이 한때 머물렀던 이곳이 비로소 슈리아가 살아갈 터전이 되었다.

멈춰 선 슈리아를 가만히 기다리는 그의 눈이 선연하게 윤을 냈다. 그윽하고 선명한 광채의 눈동자가 기억 속에서 갖가지 감정을 띤 색색으로 천변한다.

가볍고 달콤하다가도 이내 짙고 어두우며 환희와 비탄을 모두 담았던 그 변화가 끝나자 이내 하나의 빛으로 수렴한다. 지금의 이것과 꼭 같은…….

천천히 내밀어진 손을 슈리아는 기꺼이, 굳게 쥐었다. 제 안에 도사린 지독한 탐욕과 관계있는 건지는 알 수 없지만, 무엇보다 자명한 건 그 손을 놓칠 수 없다는 사실이었으니까.

그리고 그들 앞으로 뻗어 있는 길은, 틀림없이 혼자서는 걸을 수 없는 길이리라.

함께 내딛는 걸음마다 인도하듯 빛이 어리고 있었다. 아름다운 한 쌍이기도 했거니와 이날 황궁에서 소녀를 본 이들은, 활짝 열린 은빛 꽃잎이 햇살을 머금은 듯하다며 깊이 찬탄했다고 한다.

✻

한 해가 지나 봄꽃이 완연할 무렵이었다.

때때로 사건이 이고 지는, 그러나 그 어느 시기보다 평안했던 여러 계절을 뛰어넘어, 누군가는 애타게 기다리며 또 누군가는 저 먼 미래로 미루어 놓았던 그날은 드디어 현재라고 이름할 수 있게 되었다.

이 대제국에서도 흔하지 않은, 황족의 혼례였다. 더군다나 그 황족이 머지않은 미래, 이 제국을 승계받기로 정해진 황태자였으니, 혼인식의 규모는 가히 짐작할 만했다.

또한 세간의 주목을 불러 모았던 건, 일 년이 넘는 약혼 기간을 거쳐 확고한 검증 아래 황태자비로 굳어진 한 소녀의 사연이었다.

전략적인 인기몰이를 위해 풀어낸 시녀 출신의 이 황태자비와 황태자의 애정사는 퍽 매력적인 이야깃거리였고, 수많은 사람에게 회자되며 지지를 받았다. 그건 분명, 회의적이고 비판적인 시각으로 이 세기의 연애담을 훼손하려는 이들의 목소리를 찍어 누르기에 족했다.

전례 없는 천재로서 초월자에 올라 진작 제 자리를 확정 지은 황태자는 그저 서 있는 것만으로도 면면히 비범한 태를 드러냈다. 잘 단련된 육신에 흐르는 강렬한 힘은 예장에 가려져 절제된 채 드러났고, 그와 나란히 서서 은빛 잔잔한 흰 면사포를 쓰고 우아하게 걸음을 옮기는 소녀는 한 송이의 고아한 수선화 같았다.

이 아름답고 고귀한 연인들은 붉은 카펫 위를 걸어 맹세의 시를 읊조리고, 축복받은 샘물을 나누어 마셨다.

마지막 절차로 면사포를 들어 올리던 황태자의 손이 문득 허공에 멎었다. 무료한 듯 냉정을 유지하던 그 시선이 홀린 듯한 기색을 비추며, 드러난 소녀의 낯에 못처럼 박혔다.

면사포 아래 감춰진 곱게 화장된 신부의 얼굴은 브리오니아 건국 이래 이제껏 황실이 맞아들인 그 어떤 여성보다도 아름다웠다.

슈리아는 제게 닿은 입술의 떨림을 느꼈다. 예식이 진행되던 내내, 전혀 긴장하는 기색을 비치지 않던 그가 비로소 맞이한 꿈을 앞두고 아련하게 흔들리고 있었다.

이후 그가 조심스레 제 손을 들어 올려 반지를 끼우자, 박수 소리가 쏟아졌다. 슈리아는 그 서늘하고도 묵직한 반지의 촉감을 만족스럽게 누렸다.

한때 그에게 돌려주었던 반지는, 주인을 알아보듯 어김없이 제자리로 돌아왔고, 그게 흡사 그들의 관계를 암시하는 듯했다. 그건 안배된

함정처럼 느껴졌으되, 동시에 제가 택한 운명이었다.

예식을 마치고서 슈리아는 충만하고 농밀한 눈빛으로 저를 바라보는 렌카이저를 마주 응시했다.

그에게 지금 행복하냐고 물으면, 틀림없이 행복하다는 대답이 돌아올 것 같았다. 누군가를 행복하게 하는 게 대륙을 지배하는 것보다 더한 만족감을 안겨 주니, 후회란 있기 어려운 것이리라.

그러나 이어진 수많은 사소한 절차를 거쳐 드디어 한 침실에 든 그날 밤, 슈리아는 정말로 살짝, 후회에 잠겼다.

고이 정돈된 채 꽃으로 장식한 머리카락은 물기에 젖어 흐트러지고, 온몸에서 달콤하고 유혹적인 향취가 풍겨 난다. 매끈하고 부드러운 살갗에 침구의 감촉이 그대로 느껴졌다.

적나라하게 속이 들여다보이는, 옷이라 느껴지지 않을 만치 얇은 홑겹의 침의만을 걸친 슈리아는 차가운 눈길로 제 차림을 내려다보았다.

"차라리 벗고 유혹하라지."

블레어, 그녀를 곁에 둠은 크나큰 실책이었다. 유부녀답게 의미심장한 미소를 지은 그녀는 전하께서 무척 좋아하실 거라며 속옷인 줄 알았던 이 얇은 천자락만 달랑 입혀 놓고 재빨리 도망친 뒤였다.

막 들어서다가 슈리아의 불평을 들은 렌카이저의 나직한 웃음이 들렸다.

푸른 가운을 입고 반쯤 젖은 머리로 느긋하게 걸어 들어오는 렌카이저는 어쩐지 퇴폐적인 분위기를 풍겼다. 앞으로 벌어질 일을 알기에 유독 그리 느끼는 건지도 모른다.

촛불이 은은히 켜진 방 안에서 그의 눈길이 침대맡에 앉은 소녀의 전신을 노골적으로 훑었다. 초월자인 그에게 내실의 미미한 어둠쯤은 아무런 장애도 되지 못할 것이었다.

지난 일 년간 더욱 훤칠해진 그 이상으로 슈리아도 많은 변화를 겪었다. 소녀처럼 가녀리기만 하던 몸은 이제 굴곡져 여성미를 그려 내고 있었고, 불빛과 향에 젖은 피부는 은은하여 입을 대면 녹아날 듯하였다.

본능을 자극당한 양 진해진 눈으로 성큼 걸어와 가까워진 렌카이저가 화답하듯 되뇌었다.

"내 유혹에 응해 줄 용의가 있다면 난 기꺼이 벗을 수 있는데."

낯을 찌푸리며 고개를 홱 돌리는 소녀를 두고 그의 음성은 태연자약하기만 했다.

"거칠게 굴어도 좋으니, 부디 그래 주겠어?"

은근히 진지한 소리로 들리는 것이, 더 발전하면 채찍과 촛농을 도입할 기세였다. 짜증이 치민 슈리아는 사나운 일갈로 그 음험한 바람을 밟아 뭉갰다.

"네 평생을 기다려도 그런 날은 오지 않을 거야."

그 날 선 반응을 익숙하게 맞으며 렌카이저는 성큼 다가서 몸을 굽혔다. 침대에 무게가 실리고 자연스레 기울어진 슈리아의 등이 푹신한 매트리스에 닿았다. 그 김에 가뜩이나 느슨한 옷매가 허물어지며 벌어진 앞섶 사이로 봉우리 진 모양이 훤히 시야에 드러났다.

렌카이저의 목울대가 울렁였다. 아슬하게 제어를 벗어날 뻔했던 이성이 가까스로 팽팽한 선에 붙잡아 매였다. 타는 듯한 갈망을 차가운 절제의 수위 아래에 놓고, 그가 물었다. 잠긴 듯이 낮은 음성이다.

"정말로 괜찮겠나. 나는 어떤 느낌일지 상상할 수 없지만……."

그게 꼭 불난 데 기름 퍼붓는 소리처럼 들렸다. 슈리아는 거기에 곱게 대꾸해 주지 못할 만큼 몹시도 불안정하고, 비이성적인 상태였다.

"없으면 입 다물어! 평생 손만 잡고 잘 게 아니라면."

그리고 렌카이저는 얄밉도록 굳게 입을 닫았다. 그는 달래듯이 제 입술을 슈리아의 이마에 가져다 붙였다.

어른의 놀이를 해야 할 법한 장소에서 어울리지 않는 가벼운 입맞춤이라고 사소하게 비난하는 찰나, 그 입술이 콧날을 스치고 소녀의 숨결을 머금었다. 탐닉하듯 입안을 누비는 움직임이, 이전과 달리 경직되어 있다고 느꼈다.

그러나 어느새 벌어진 옷깃을 제치고 어깨를 만지는 손길에 슈리아는 흠칫거렸다. 섬세하게 도드라진 쇄골을 엄지 끝으로 훑으며 어느덧 슈리아만큼이나 가벼운 차림의 그는 상의를 벗어 내고 있었다.

대리석처럼 희고 단련된 상체는 야성을 품고 있었다. 그만치나 짐승의 본능에 가까워진 그의 눈빛이 한층 깊어진 광채를 띠었다. 그러나 그 와중에도 렌카이저는 특유의 신중함을 잃지 않았다.

"더 해도……?"

입술을 떼며 물어 오는 말에, 마치 한껏 방비하고 있는데 습격하려다 만 듯하여 긴장이 탁 풀린다. 슈리아는 상냥하게 그를 이끄는 대신, 이를 갈며 살벌하게 내쏘았다.

"더 묻는다면 네 입을 찢어 주지."

언뜻 미소가 그의 입가에 스쳤다.

"……승낙의 뜻으로 알겠어."

그와 동시에, 그의 눈에서 망설임이 깨끗이 사라졌다. 치솟는 본능에 동공이 새카맣게 먹히며 무르던 표정이 단단하게 굳어 들었다. 충분히 거부권을 줬으니, 이제는 나도 어쩔 수 없어. 그런 소리를 중얼거린 것 같았다.

일순 거칠어진 움직임에도 여유가 있었던 슈리아는 제가 암사마귀라도 된 양, 그 과정을 견디지 못하고 그를 살해한다면 그것도 어쩔 수 없는 일이 아닐까 하고 비딱하게 생각했다.

그리고 어쩌면 저를 배려해서가 아니라, 렌카이저도 그걸 경계하고 있는 건 아닐까 하는 생각도 스쳤다.

그러나 슈리아의 사고 활동은 길게 지속되지 못했다. 그나마 얇디얇은 경계도 사라지고, 나신이 되어 누운 소녀는 이내 제게 치닫는 들불 같은 열기에 잠식당했다.

약속된, 그리고 더 이상 미룰 수 없는 행위의 시작이었다.

몸을 뻐근할 만치 내리누르던 무게가 거두어지고, 귓전을 어지럽히던 숨소리가 잦아들었다. 창틈으로 언뜻 비치는 빛은 옅은 푸른색이었다. 새벽이었다.

이제 놓아주려나 보다. 내내 시달렸던 슈리아는 한숨을 쉬었다. 초월자 된 몸이 이 정도에 피로를 느낄 리는 만무하나……. 그래, 이건 정신적인 피로였다. 처음으로 월경을 치렀을 때와 유사한.

화살 맞은 과녁이나 작살에 꿰뚫린 물고기가 된 것 같다는 비유를 떠올리며 슈리아는 미간을 찌푸렸다. 어쨌든 행위 자체는 그와 유사했다.

……일단 뭐라도 걸쳐야겠다.

"어디 가려고."

침대를 벗어나려고 하자, 바로 손목을 붙들어 온다. 잠시나마 떨어지는 걸 허용하지 않는 그 손목을 분질러 버리고 싶은, 일순 분노와 닮은 격렬함이 슈리아를 에워쌌다.

슈리아의 감정은 그보다 둔하고 거친 모양새를 하고 있을망정 민망하여 자리를 피하고 싶다는, 거기에 딱 가까웠다.

"어땠지? 난 기분 좋았는데."

여운에 젖은 음성이었다. 이어 다정한 손길이 은발을 헤집고 빙 둘러 어깨를 감싸 안았다. 등 뒤로 맨살이 바짝 닿아 온다. 심장 뛰는 소리며, 가슴근육의 촉감마저 고스란히 느껴지는, 그야말로 빈틈없는 접촉이다.

낯선 감각에 움찔하던 슈리아는 그가 한 말이 뒤늦게 닿자 낯을 굳혔다. 감히 이따위 질문을 하다니. 잠시 이를 악문 슈리아는 쌀쌀하게 입을 열었다.

"이 아름다운 몸을 안았으니 당연히 넌 좋았겠지. 아니, 황홀했겠지."

자의식 충만한 말은 여지도 남겨 놓지 않고 진심이었으되, 분명히 이성적인 판단에 근거하고 있었다. 더군다나 한기가 풀풀 풍겼다.

렌카이저는 작게 소리 내어 웃었다. 그의 숨결이 귓가를 스쳤다.

"그랬지, 말 그대로."

떠나는 걸 포기한 슈리아가 다리를 내린 채 그대로 앉아 있자, 귓불 위에 짧게 키스를 남긴 렌카이저가 어깨 위로 고개를 묻었다. 그곳에 입을 맞추는가 싶더니, 묘한 뉘앙스로 질문이 떨어진다.

"그런데…… 그 말은, 상대가 아름답기만 하다면 당연히 좋을 거라는 소린가."

무슨 의도를 품고 하는 말인지 이해가 가지 않아 슈리아는 고개를 돌려 그를 빤히 쳐다보았다. 렌카이저가 가라앉은 눈으로 추궁하듯 물었다.

"전생에 그 카리나라는 여자와 어떤 사이였지?"

갑자기 의심이 도진 듯 낮게 깔리는 음색이었다. 아니, 진작부터 의심하고 있었음에도, 입 밖으로 꺼내지만 않았던 게 틀림없다. 그의 상체에 뻣뻣하게 힘이 들어간 게 느껴졌다.

그 말은, 카리나를 이 슈리아와 비견될 정도로 아름다운 여자라고 여겼던가. 개인감정을 떠나서 그렇게 판단할 만한 미인이긴 했지만, 하필 그 독사 같은 여자와 비교하다니?

그것도 불쾌하거니와 신혼 첫날밤에 옛일이라고 말하기도 어려운 전생의 일을 가지고 추궁하는 게 몹시 거슬렸다. 차라리 간지럽게 구는 쪽이 나았다.

"너와 비슷한 사이였지."

한쪽이 일방적으로 쫓아다니던 관계. 그러나 그걸 연인 사이라고 해석했는지, 어깨를 두른 팔에 한층 힘이 들어갔다.

"사랑……했나."

슈리아는 결국 그의 팔을 세차게 뿌리쳤다. 이글거리는 새파란 안광을 마주한 렌카이저는 제가 실언했단 걸 깨달았는지 다시 손을 뻗었지만, 그마저 보이지 않는 결계에 가로막혔다.

방 한편에 마련된 가운을 걸치며 슈리아는 제 분노를 좀 더 온건하고, 치명적인 방식으로 풀어내기로 했다.

"첫날밤을 치렀으니, 당분간 함께 침실에 들지 않아도 되겠군."

얼음 결정이 묻어 나오는 듯한 싸늘한 음성이었다. 조급히 따라 일어선 그가 이유를 가져다 붙였다.

"그건 안 돼. 우리에겐 후사를 만들 의무가 있으니."

"초월자인 네게 왜 벌써 후사가 필요하지?"

날카로운 반문에 꿀 먹은 벙어리가 되는가 싶었던 렌카이저는 한층 낮아진 소리로 물었다.

"……그리 싫었나?"

슈리아는 어젯밤에 있었던 일을 가만히 떠올려 보았다.

낯선 감각이 전신을 점령하고 마치 하나로 녹아드는 느낌, 저를 잃는 듯이 섬뜩했다. 소녀의 육신을 차지한 렌카이저는 제 흔적을 새기는 듯이 움직였고 어느 순간 슈리아가 움찔했을 때, 그의 낯에 홀릴 듯한 승리감이 번졌다…….

슈리아는 거기서 빠르게 생각을 중단했다. 왜 이런 치욕적인 기억을 회상하고 만 건지 모르겠다.

그가 초 치는 소리만 하지 않았어도 이제 황태자비가 되기도 한 터, 그리 좋아하니 감수할 생각이 있었는데. 생각하면 할수록 괘씸하지 않은가.

제 호불호를 배제한 채로 슈리아는 고고하게 생각했다.

"내가 실언했으니, 조금 더 누워 있지. 그대 말대로 첫날밤이잖아."

그리 말하며 렌카이저는 슬며시 어깨를 감싸 안아 이끌었고, 다소 누그러진 슈리아는 그를 따라 다시금 침대에 몸을 실었다.

지나치게 관대해졌다는 생각에 만들어진 듯이 정형화된 분노를 띄워 보았지만, 필요가 부재한데 굳이 인위로 감정을 흉내 내야 할 필요는 없었다. 적어도 렌카이저 앞에서는 그랬다.

폭압적이고 오만하지만, 얼어붙어 무감정할 뿐 솔직하다. 그게 자신이었다.

제 팔을 내어 주며 그는 옆으로 누워 슈리아와 바짝 시선을 마주했다. 남김없이 행복이 밴 눈빛이 얕은 수면처럼 잔잔하게 이릉거린다.

황태자인 그가 마땅히 치러야 할 고작 혼인에, 렌카이저는 초월자가 되었을 때보다 더한 고양감을 느끼고 있었다. 그리고 그 모든 걸 환희와 함께 슈리아에게 드러내었다. 더 이상 감추지 않고. 이제 더는, 누구 앞에서도 제 마음을 속이거나 감출 필요가 없었기에.

"이제 드디어, 맺어졌군."

모진 시련과 그를 견뎌 냈던 인내를 상기하듯, 아릿한 울림이 숨결과 함께 귓가에 스몄다. 정말로 먼 길을 돌아왔다.

끝을 헤아릴 수 없는 선명한 밤하늘빛 눈동자가 그를 점으로 찍어 내듯 세밀하게 담아냈다. 기억에 상흔을 남겨, 영원히 간직하려는 듯이.

⋯⋯이 얼굴, 이 표정을 앞으로 수도 없이 마주하게 되겠지. 셀 수도 없이 자주 이처럼 몸을 맞대고 한 침실에서 잠들고, 깨어나게 되리라. 그리고 그게 슈리아가 선택한 삶이었다.

언제쯤 익숙해질지 모르겠지만, 이 또한 제가 받아들여야 할 몫이니.

새벽의 기운을 담은 봄날의 미풍이 그들 사이를 스치고 지나갔다.

—fin

번외
씨앗

　세상은 오로지 밤이었다. 실상 해가 뜨고 지며 달은 매일 그 모습을 달리했지만, 그 모두가 어두컴컴한 방 안에서는 닿지 않을 허상에 지나지 않았다.

　아이의 세계는 협소하고 어두웠다. 밀랍으로 봉한 유리병처럼 단단히 밀폐된 방 안에서 암흑만이 벗이었고 제 옷과 같았으며, 그에 비하자면 낮에 언뜻 비쳐 드는 한 줄기 빛은 아득하니 멀었다.

　까치발을 든 아이는 자기 양손의 엄지와 검지를 붙여 그려 낼 수 있을 만치 좁고 높은 창 너머로 세상을 엿보았다.

　날 때부터 갇혀 자란 아이에게 살아 움직이는 세상은 상상하기 어려운 경이이고 신비였다. 또한 그 모든 게 흡사 닿을 수 없는 신기루 같았다.

　맨땅에 발을 디뎌 본 적 없기에 단단한 돌바닥의 감촉밖에 모르는 아이는 그 네모진 세계에서 눈과 코로 따스한 봄바람과 추적한 여름비와 서늘한 가을 공기와 차디찬 겨울 눈을 접하며 자라났다.

　책 한 권 읽은 적 없고, 누군가에게 지식을 배운 적이 없음에도 아이는 계절을 알았고, 언어를 알았고 마법을 알았다. 부모의 능력을 물려받아, 날 때부터 이지를 가지고 있었기에 짐승이 되지 못한 아이는 어미의 힘을 빨아들이며 태어났다고 했다.

어미는 배 속에서부터 제 힘을 강탈한 아이를 두려워하고 증오하여 바위를 통째로 깎아 만든 네모난 방에 가두었다. 방 벽에 새겨진 결계는 아이를 무력하게 만들었다.

그 방에 찾아들 수 있는 유일한 존재인 어미는 잔인하고 매서웠다. 팔 하나가 사라진 기형의 몸으로 제가 잃은 아름다움에 대해 한탄했고, 주기적으로 눈을 번뜩이며 이 작은 감옥에 나타나 저주를 퍼부으며 아이를 향해 학대를 일삼았다.

그럼에도 아이를 죽이지 않는 건, 얼굴 한 번 본 적 없는 아이의 아비 때문이라 비웃듯 말했다. 아이를 가짐으로써 그녀는 그의 일부를 가질 수 있었기에. 또한 그의 핏줄인 아이를 학대하는 것으로 그에게 복수할 수 있었기에.

아이는 어미의 배설구이며 소유물이고 도구였다. 어미에게 사랑받은 적 없었기에 그녀를 사랑할 수 없었다. 한 점 온기를 베푼 적 없기에 온기를 기대하지 못했다. 따스한 어미의 품은커녕 매몰찬 손찌검만이 아이가 사람과 가진 접촉 전부였다. 기실 어미는 아이를 가두는 가시감옥에 다름 아니었다.

그러나 불행은 적어도 아이를 부수지는 못했다. 한없이 망가지고 고쳐질망정 아이는 끝끝내 살아남았다. 피멍 든 살갗이 아물고 팔다리가 부러졌다가 다시 이어 붙으며 아이는 성장했다.

통증은 이내 어둠처럼 몸에 배었고, 바로 곁에서 호흡하던 죽음의 숨결은 차츰 거리를 두고 멀어졌다. 아이가 움켜쥔 생은 점점 비대해져 갔다.

아이의 생명력은 끈질겼고 타고난 마력은 봉인을 뚫을 만큼 차츰 강해져 갔다. 아이는 살아남기 위해 본능적으로 강함을 탐했다. 마력은 뿌리를 박아 넣은 양 근원인 모체에서 아이에게로 서서히 전이되었다.

얄궂게도 아이는 저를 학대하는 어미의 힘을 **빼앗고** 있었다. 끊어 낼 수 없는 연결이었다.

어미는 날이 갈수록 초조해졌다. 어느 날 몹시도 마음을 독하게 먹고 아이를 죽이려던 어미는, 아이의 죽음이 곧 자신의 죽음을 의미한다는 걸 깨달았다. 살기 위한 결속은 강력해져 어느새 그녀를 양분 삼고 있었다. 그러나 이대로라면 그녀는 언젠가 힘을 잃고 평범한 인간이 되어 버릴 터.

숨어 사는 것도 포기한 채, 어미는 세상 밖으로 나갔다. 그리고 닥치는 대로 생명력을 긁어모아 더 이상 통제할 수 없게 되어 버린 아이를 제게서 떼어 낼 마법을 펼치려고 했다.

그리고 그것이 어미의 최후를 불렀다.

아이는 그 순간을 선명히 기억한다. 산산이 흩어진 마력이 모여들어 제 주인을 찾듯 파도처럼 밀어닥쳐 제게 흡수되던 그 순간을.

어미의 죽음을 깨달은 아이는 제게 자유가 도래했음을 알았다. 마력의 폭풍을 맞으며 충만함에 잠겨 있는 찰나, 오래도록 저를 품고 있었던 방이 붉은 궤적과 함께 쪼개지며 빛이 쏟아져 들었다.

지독히도 눈이 부시고, 아름다웠다. 아이는 생의 감각을 누렸다. 피부에 닿는 공기는 저미듯이 찌릿했고, 폐부로 깊숙이 파고드는 공기는 마냥 새로웠다.

그저 환한 줄로만 알았던 빛은 이글거리는 화염처럼 붉은 색채를 띠고 아이의 시야를 점령하고 있었다. 그 장엄한 화려함에 일순 눈이 멀었다.

조각조각 부스러지는 방 벽 너머 우뚝 서 있는 그자는 타오르는 화염의 신처럼 보였다.

아이는 가슴속에 치미는 감정에 눈을 깜빡였다. 처음으로 맞이한 여명의 빛이 이러할까. 그는 아이에게 내린 희광이었고 구원이며 해방이었다.

붉은 눈이 마르고 초라한, 그러나 강대한 마력을 품은 아이의 면면을 훑었다. 이어 건조한 음성이 신탁처럼 떨어져 내리자,

"나를 따르거라."

아이는 쪼르르 그 뒤를 따랐다. 걷는 게 어색한 다리로 낯선 땅을 밟으며 굳건한 등 뒤를 쫓았다.

그것이 진정한 생의 시작이었다.

외전
햇볕 아래, 꽃잎 무르익는 나날

산들바람 이는 또 다른 봄, 여느 때와 같은 평온함이 감도는 아침이었다. 보드라운 새털 같은 다사로운 기운이 대지를 녹녹하게 적셔 올 무렵, 황궁에서의 여섯 번째 해가 지나고 있었다. 이는 동시에 브리오니아에 새 황제가 즉위한 지 일 년이 되는 해이기도 하다.

다시 말해, 오래도록 비어 있었던 황후의 위位가 주인을 찾은 지 일 년여가 지났다. 평화로 이루어진 나날이었다.

잔잔한 바람이 이는 창가에서 여인은 느긋이 찻잔을 기울이고 있었다. 안락의자 위에 비스듬히 앉은 모습이 흡사 화폭에 그려진 듯하다. 달빛으로 자아낸 듯한 시린 은발이 가냘픈 어깨를 타고 흘러내려 우아함을 빚어낸다. 광택이 도는 고급스러운 재질의 눈결처럼 흰 드레스는 여인의 자태를 고스란히 살려 주기에 족했다.

비현실적으로 아름다운 여인이었다. 해를 거듭해 갈수록 그 차갑고 명료한 눈은 물길이 깊이를 더하듯 점차 짙어졌고 또한 고혹스러운 빛을 띠어 갔다. 한때 은빛 천사라 불리게 했던 가녀리고 앳된 모습은 사라졌으되, 여인으로 완전히 무르익은 그녀는 명실공히 브리오니아의 황후였다.

낮은 신분으로 말미암아 궁에 들어와 기반을 다지기가 쉽지 않으리라 여겨졌던 황태자비는 놀랍도록 빠르게 내정을 장악했고, 그리하여 여인이 황후가 되었을 때 누구도 감히 그녀에게 자격이 없다 말하지 못했다.

스물이 넘은 황후는 아름다웠고 앳된 소녀에서 무르익어 현숙한 기품을 내었다. 그러나 단순히 황후다운 분위기라고 표현하기엔, 여인에게는 나긋하다거나 따사롭다고 하기 어려운 서리찬 무언가가 있었다. 온화하게 반짝이는 호수의 물결이 막상 손을 집어넣어 보면 얼어붙을 듯이 차가운 것처럼.

내리깔린 채 찻잔을 향하던 짙푸른 눈이 문득 제게 다가온 인기척으로 향한다. 그 가벼운 움직임조차도 압도적일 만치 고아하다. 날 때부터 그러했던 것처럼.

시녀 한 명이 머뭇거리며 여인의 앞에 섰다.

"황제 폐하께서 전하라 하신 꽃다발입니다."

여인은 조심스럽게 내밀어진 꽃다발을 받아 들었다. 온화한 미소가 황후의 입가에 설핏 어렸다. 가느다란 손가락을 뻗어 꽃잎을 한차례 쓸어 본 황후는 꽃다발을 도로 건네며 시녀에게 명했다.

"화병에 꽂아 두어라."

"예, 폐하."

아침부터 배우자를 위해 손수 꽃을 꺾어 보내오는 정성은 범부에게서도 찾아보기 어려운 것인데 하물며 그게 황제가 행한 것임에야. 다만 황후는 그러한 애정을 받고도 기뻐한다고 하기엔 미온적인 기색만을 내보였다. 시녀는 꽃다발을 가져가며 내심 고개를 갸웃거렸다.

그러나 귀하신 몸으로 쉽사리 감정을 드러냄은 미흡한 것이었기에 황후의 태도는 흠잡을 만한 것이 되지 못했다. 세련되고 우아한 황후이나 어쩐지 사람 같지 않다. 은연중에 모두가 그리 느끼고 있는 바였다. 혼인 이후로도 변치 않는 황제의 극진한 애정이 이해 갈 만한 미색이며 품위이나 간혹 도드라지는 새벽 같은 차분함은 일견 서늘하게 비치었다.

세간에는 화목한 부부로 여겨졌으되, 어쨌든 황제에 비하자면 황후의 애정은 그 드러난 태가 잔잔하기만 하여 온도 차가 느껴지는 것이다.

　그리고 실지로도 황후는 별반 기쁨을 느끼지 못하고 있었다.

　"꽃이라."

　슈리아는 나직이 중얼거렸다. 요즘 들어 렌카이저가 아침마다 제게 유난스레 꽃을 보내오고 있었다. 아내에게 꽃을 선물하는 가정적인 남편이라는 이미지를 구축하려는 건 아닐 텐데, 왜 이런 걸 새삼 새로운 취미로 삼았는지. 며칠 그러다가 말 줄 알았더니 이제는 아예 일과로 삼아 버린 것이다.

　하지만 그는 입궁할 때부터 세가 미미한 저를 위해서인지 애정을 과시하는 데 적극적이었으니 새로운 방편을 택했을 뿐이라 생각하여 내버려 두었다.

　뭐, 나쁘지 않았던 것도 사실이다. 애초에 꽃을 싫어하지는 않는다. 모양이 아름답고 향기도 좋다. 그러나 별달리 쓸모는 없다. 하여 그리 좋아하지도 않는다. 선호하지도 않는, 대수롭잖은 일에 기쁨을 표명하는 건 좋은 쪽으로는 감정이 어지간해서는 동하지 않는 슈리아에겐 번거로운 일이었다.

　……그리고 그가 꽃을 보내오는 연유에 가닥이 닿지 않는 것도 아니고.

　슈리아는 슬며시 미간을 찌푸렸다. 예의 '그 문제'를 생각하니 기분이 가라앉는다. 제게도 그리 내키는 일은 아니건만 의무라는 것을 물리칠 수는 없는 법이라. 그 의무라는 게 절대적인 건 아닐지라도 아주 관심을 두지 않기는 어려웠다. 더군다나 화살이 제게 돌아오는 일이니.

　그러나 지금 당장은, 그게 가장 중요한 문제인 건 아니었다. 언제나 그렇듯 눈앞에 닥쳐온 현실이 먼저인 법이니. 틀림없이 이 가라앉은 기분을 한층 더 부정적인 양상으로 변모시킬 게 분명한 손님이 오전 중으로 방문할 예정이었다.

　그 사실을 되새기며 찻잔을 내려놓고 길게 남지 않은 휴식 시간을 누리고 있는데, 시녀가 기별을 알려 왔다.

"대공비께서 궁을 방문하셨습니다."

"드시라 하라."

얕은 한숨과 함께 허락의 말이 떨어지고 얼마 지나지 않아, 예정된 손님이 득달같이 방으로 찾아들었다.

"슈리아!"

얌전히 예를 취하는가 싶던 손님이 시녀를 물리치기 무섭게 목청껏 소리를 높여 황후의 이름을 부르짖었다. 슈리아는 무심히 그녀를 관찰했다. 빨갛게 달아오른 뺨과 조급증이 드러난 표정을 봐선 분명히 무언가 목적이 있고, 그걸 오는 내내 곱씹으며 모자란 인내심으로 가슴 졸였음이 분명하다.

슈리아는 이내 손짓하며 차분한 투로 그녀를 응대했다.

"어서 와, 데이지."

"황후 폐하를 뵈옵니다."

데이지 그라임스 시그오닐. 슈리아는 이른 나이부터 제 친구로 돌이킬 수 없게 규정지어진 생물체를 바라보았다. 병아리 같은 금발도 그러하거니와 꾸밈없는 낯에 아직 소녀 같은 태가 남아 있는 이 황자비는 활발하게 눈을 깜빡이며 연신 생글거리고 웃었다.

일찍이 혼례를 올렸던 슈리아와 달리 오랜 약혼 기간을 거친 그녀는 대공비가 된 지 수개월밖에 지나지 않았다. 현 황제가 즉위하기까지 그녀의 남편이자 황제의 동생인 아스테어가 줄곧 처신을 조심해 왔기에, 대공가의 여식인 데이지와의 혼사도 최근에서야 이루어질 수 있었다. 혼인식 때도 좋아서 펄쩍 뛰고 난리도 아니었는데, 세월의 흐름이 비껴간 양 여전히 호들갑스러운 모습에 슈리아는 새삼 감회를 새겼다.

"내가 너무 일찍 왔나? 그래도 있지, 슈리아, 어제부터 할 말이 있어서 견딜 수가 없었단 말이야!"

데이지는 시녀가 사라지자마자 몹시도 초조한 얼굴로 대뜸 말을 놓았다. 이제는 엄연히 윗전이 된―실은 이전부터 윗전이었던― 저를 향해 줄기차게 이름을 불러 대는 것도 그러하지만 여러모로 도통 철이 들 기미가 보이지 않는다. 슈리아는 그녀를 유의하여 주시했다.

"무슨 일인데 그래?"

이제는 거의 포기하다시피 했기에 질책하고 싶지 않은 마음을 떠나서 그녀가 시그오닐 대공녀였고 슈리아가 일개 몰락 귀족에 불과했던 때에도 그들의 관계는 평등했으므로, 상황이 뒤바뀐 현재에도 사석에서 예의를 따지지 않는 건 퍽 공정한 일이었다. 다만 언제나 항상 문제를 일으키는 데 거리낌 없는 그녀였기에 경계를 놓아서는 안 된다.

그리고 데이지는 활짝 웃는 얼굴로 발랄하게 외쳤다.

"우리 온천에 가자!"

"온천?"

무슨 뜬금없는 소리를 하나 싶었다.

"그래, 생각해 보면 우리들, 이날 이때까지 함께 여행 가 본 적이 없잖아. 이대론 안 돼! 할머니가 될 때까지 우정 여행이란 걸 못 해 볼 수도 있다고. 앞으로 다들 점점 더 바빠질 텐데! 슈리아, 실은 내가 좋은 온천에 대해서 이야기를 들었어. 다 같이 시간 내서 한번 가는 게 어때?"

우정 여행이라니, 또 어디서 무슨 소리를 듣고 왔는지. 물론 그녀가 안달할 만한 단어이긴 했다. 온천을 가고 싶은데 여럿이 가면 더 재미있을 것 같아서 끌어들인다는 쪽에 더 가깝겠지만, 여기서 '다 같이'라는 건 역시 미혼 시절부터 어울리던 친구들을 이야기하는 것일 터. 속사포처럼 쏟아지는 말을 들으며 슈리아는 생각에 잠겼다.

그 제안에는 사소한 문제가 있었다. 온천으로 떠난다는 건 혼인 이후로 거처의 구분이 무의미할 만치 항시 제 궁에 들락거리곤 했던 렌카이저와의 한시적인 결별을 의미한다. 그리고 아마 그는 그걸 몹시도 좋아하지 않으리라.

문득 슈리아는 제가 어느덧 렌카이저에게 종속된 양 그의 허락 여부를 가늠해 보고 있단 걸 깨닫고 미세하게 눈을 찌푸렸다. 그가 좋아하건 좋아하지 않건, 혹은 그가 허락하건 허락하지 않건 무슨 상관이란 말인가. 이날 이때까지 맞춰 주고 살아온 것만으로도 차고 넘치는데. 지난 세월 그의 곁에서 완벽한 안주인 역할을 수행해 낸 자신에겐 이 정도쯤 자유롭게 결정할 자격이 있었다. 데이지의 제안이 내키고 내키지 않고를 떠나서.

슈리아가 제 제의를 긍정적으로 고려해 보고 있다고 느꼈는지 데이지가 그녀답지 않게 조심스럽게 한마디 덧붙였다.

"그리고 있지, 그 온천에는 특별한 효능이 있대."

그 효능이란 게 말이야……라며 데이지가 넌지시 붙인 말은, 그때까지만 해도 별생각 없던 슈리아로 하여금 단숨에 답을 내게 했다.

"다른 친구들에게도 말해 놓을게! 다들 좋아할 거야."

목적을 달성한 데이지는 활짝 웃는 얼굴로 떠나갔다. 아무 생각 없는 데이지와는 달리 계산이라는 걸 할 줄 아는 다른 친구들은, 황후와의 친분을 과시할 수 있는 이번 기회를 결코 놓치지 않으리라.

다소 충동적인 결정이긴 했으나 슈리아는 이 김에 저를 지지하며 이제 사교계에서 꽤 영향력을 떨치는 시녀 시절 동기들과 함께 온천에 가 보는 것도 나쁘지는 않을 거라고 생각했다. 황태자비가 된 이래로 이제껏 휴양 한 번 누려 본 적 없는 몸이었으니. 데이지와 함께한다는 점에서 제대로 된 휴양이 될지는 미지수였지만, 괜찮은 생각 같았다. 슬슬 궁 안 살림을 살피면서 황후 노릇을 하는 것도 지겨워지던 참이다.

그런데 그 이야기. 데이지마저 염두에 둘 정도면, 이미 세간에 소문이 나돌고 있음이니 역시…… 고려해 봐야지 싶었다. 어쨌든 제게 결함으로 보이는 일을 이대로 내버려 두어서는 안 되는 법이다. 비록 자신이 그리 내키지 않을지라도.

슈리아는 거슬리는 기분 속에서 결론을 내렸다.

그로부터 불과 몇 시간 후였다.

"그녀가 방문했다고 들었는데."

'폐하께서 드십니다.' 통고가 울려 퍼짐과 동시에, 익숙한 인기척이 방으로 들어선다. 브리오니아에선 어디를 방문하건 허락이 필요하지 않은 이가 있었다. 새삼 그 사실을 거슬리게 느끼며, 황궁 보수에 관한 서류를 처리하던 슈리아는 시선을 들어 그를 마주했다.

황제 렌카이저 시그오닐 브리오니아.

푸른 보랏빛 눈동자에 제 새파랗게 깊은 눈이 겹쳐서 비치자 그 안에서 빛이 한층 더 오묘해졌다. 사람의 것 같지 않게 선명하고 보석 같은 빛이었다. 그건 그 스스로도 그러했다. 그런 눈을 가지고 슈리아 앞에 설 수 있을 만한 이는 이 브리오니아에, 아니 이 세계에 단 한 명뿐이다.

훤칠한 키와 잘 단련된 육신은 가히 위협적이었다. 느긋이 걸어오는 형상이 흡사 맹수가 걸음을 내딛는 듯하다. 그의 기운은 지난 세월 더 날카롭게 다듬어졌고, 전신을 타고 흐르는 압박감은 무게를 더했다. 새카만 흑발 아래 새겨진 수려한 이목구비는 흠 없이 완벽했다.

그는 비록 말로 표현할 수는 없으나 슈리아가 가진 것 중 가장 눈부신 보석이며 걸작이었고, 세월이 흐를수록 스스로 가치를 더해 갔다. 강력한 스피리어이며 권력과 부를 한 몸에 쥐었으니, 그를 애타도록 갈망하는 눈빛은 제국에서 흔히 찾아볼 수 있는 것이었다.

그러나 모든 것을 가졌다고 평해지는 이 젊은 황제는 제 심장을 한 여인에게 내어 주었다. 그를 방증하듯 슈리아를 담은 황제의 눈에는 놀랍도록 깊은 애정이 깃들어 있었다.

"그랬지. 그 때문에 할 말이 있어."

가벼운 눈짓만으로 화답한 슈리아는 시녀들이 이제껏 해 왔던 대로 재빨리 자리를 피하자 입을 열었다.

"무엇이기에?"

몸을 굽혀 다정스레 어깨에 손을 두르는 모습이 '자상한 남편'의 표본을 보는 듯했다. 데이지의 방문에서 골치 아픈 사건을 연상했는지 눈썹을 치켜들긴 했지만, 딱히 기분이 나빠 보이지도 않았다. 그렇다면…….

묘한 데서 쓸데없이 예민한 구석이 있는 남편의 기분을 살피는 건 순전히 제 드넓은 배려심 때문이라고 내심 주장하며 슈리아는 서두를 열었다.

"데이지가……."

그리고 말을 끝냈을 때 마주한 반응은 전혀 예상치 못한 것이었다.

파삭. 그가 짚고 선 의자 귀퉁이가 바스러지는 소리가 들렸다. 팽팽한 긴장감이 고요한 대기 속을 감돌았다. 그 갑작스러운 변화는 명백히 몰이해의 영역에 있었다. 슈리아는 당황스러운 기분을 내색하지 않고 렌카이저를 마주 보았다.

"절대 용납할 수 없어."

지독스럽도록 무겁게 떨어지는 음성이었다. 그 말이 품은 어감이 어찌나 단호한지 바늘 틈 하나 느껴지지 않는다. 고개를 들어 보니 렌카이저는 무섭도록 굳은 표정을 짓고 있었다. 그 새파랗게 언 얼굴을 목도한 슈리아는 곰곰이 제가 한 말을 되짚어 보았다. 그러나 자신은 데이지의 제의를 그대로 전달한 것뿐이었다. 거기에 달리 해석할 만한 어떠한 여지도 존재하지 않았다.

"고작 며칠 여행 가는 것뿐인데."

슈리아에게 납득할 수 없음은 곧 반론을 의미했다. 그러자 단박에 질문이 날아왔다.

"온천이라지 않았나?"

온천이라는 단어와 원수라도 졌는지 푸릇하게 날 선 빛이 그의 눈동자를 얼음처럼 차게 만들었다. 곰곰이 짚어 보던 슈리아는 정색한 채 주저 없이 정곡을 찔렀다.

"지금 질투해?"

"그래."

스스럼없이 인정하는 태도에 아연해졌다. 여자끼리 다 함께 온천욕하는 게 도대체 어디가 어때서. 귀족가의 여인들이 모인 자리니 알몸으로 입수하지도 않을 테고, 얇은 가운이나마 걸칠 텐데 말이다.

……물론 제가 여자라고 당당히 말하기엔 걸리는 구석은 있었다. 어쨌든 슈리아에게는 전생이라곤 하나 남자였던 기억이 있었고, 현재의 자의식도 별로 여성스럽진 않았다. 그러나 원체 욕망에 있어서 담백하던 터, 여성의 몸으로 살아온 지 이십여 년이 흐른 자신에게 다수의 여인과 온천욕을 즐기는 게 새삼 어떤 의미가 될 리 없다.

분명히 그도 그걸 알고 있으리라. 그러나 앎의 영역을 떠나서, 렌카이저는 철을 두른 듯이 강경했다. 부정을 저지르겠단 아내를 보는 양 비난까지 어린 눈초리였다. 그래, 싫을 순 있다. 하나 그 도가 지나친 반응이 도리어 반감을 불렀다.

"난 그래도 가야겠는데."

서늘하게 흘러나오는 말에 렌카이저의 눈이 한층 형형해졌다. 그를 앞에 두고도 슈리아는 어김없이 봄바람처럼 화사한 미소를 보였다.

"그 온천이 수태에 효험이 있다는군."

단단하게 압박을 가하던 눈빛이 일순 흔들렸다. 슈리아는 냉담한 투로 읊조렸다.

"네가 아이를 주지 못하니 황후로서 노력하는 모습이라도 보여야 하지 않겠어? 이 몸이 석녀란 오명을 뒤집어쓰고 있는데."

그건 확실히 날카로운 일격이었다. 허가 찔린 표정으로 앉아 있던 렌카이저는 이내 무언가 말할 듯이 입술을 달싹였다. 그러나 변명할 만한 말이 있을 리 없다. 감정상의 문제를 떠나서, 이성적으로 혹은 논리적으로.

그가 초월자라 후계가 당장 필요하지 않다는 변은 혼인 후 6년이 넘은 이 시점에서 구색을 잃었다. 황제 부처의 사이가 돈독하여 매일같이 함께 잠자리에 든다는 건 알려질 만큼 알려진 사실이다. 그럼에도 생기지 않는 후계라면, 자연스레 황제인 그가 아닌 황후 쪽으로 문제가 돌려질 수밖에 없다. 세간에 이미 파다한 소문이리라.

─황후가 석녀라는 것.

데이지 역시도 그걸 귀담아듣고 이번 온천행을 제의해 온 것이리라. 제 딴엔 슈리아를 위한답시고. 그런 면에서는 소문을 알고도 모른 척 시치미를 떼고 있었을 렌카이저보단 조심스럽게 제안해 오는 그녀 쪽이 나았다.

문제는 이것이다. 슈리아가 석녀라는 건 전혀 사실이 아니었고, 제가 회임하지 못하는 까닭은 엄연히 렌카이저의 소행이라는 것. 수태조차도 마음대로 조절할 수 있는 초월자인 렌카이저는 아이를 가질 생각이 없다 못해 후사를 거부하는 듯했고, 그 무수한 잠자리에서 단 한 번도 실수하지 않았다.

거기에 대해서 슈리아는 일말의 책임도 없었다. 제가 피임을 한 건 아니다. 그와 맺어지고 황후가 되면서, 내키지는 않을망정 필연이라 생각했다. 오히려 자연스럽게 이루어질 일이라고 내버려 두었다. 만약 그가 조절하지 않았다면 진작 수태를 하여 아이를 가졌을 것이다.

잠시 후 렌카이저는 깊게 가라앉은 투로 뇌까렸다.

"아무튼 난 허락할 수 없어."

"내게 네 허락이 중요하지 않단 걸 알고 있을 텐데."

슈리아는 단숨에 현실을 주지시켜 주었다.

"내가 허락하지 않으면 그대는 궁을 못 떠나."

그건 확실히 그의 권한이다. 황제로서 놓는 엄포에 슈리아는 피식 웃으며 황후가 아닌 초월자로서 답했다.

"공식적으로 떠나는 게 아무도 모르게 사라지는 것보단 나을 텐데?"

네가 막는다면 내 멋대로 떠나겠단 소리였다. 참으로 오랫동안 그를 안심시키려고, 떠나지 않는다는 걸 주지시켜 왔건만 그 모든 게 이 사소한 언쟁으로 뒤집혔다. 어쨌거나 그는 지금 제 자존심을 건드리고 있었고, 슈리아로서는 결코 그걸 참아 넘길 생각이 없었다.

기본적으로 완전성을 추구하는 슈리아에게 제가 여성으로서 크나큰 결함을 품고 있단 소문이 도는 건 꽤 거슬리는 것이었다. 그 점에 있어서 책임이 있어 마땅히 수그려야 할 렌카이저의 **뻔뻔한** 작태는 심히 반감을 불러일으켰다.

슈리아는 한술 더 떠 그를 질책했다.

"언제까지 거부할 거지? 어린애처럼 굴지 마."

두 초월자의 눈빛이 첨예하게 맞부딪쳤다.

"……지금은 안 돼."

"혼인한 지 충분히 시간이 지났어. 이제는 생각해 볼 만도 해."

"내게는 아니야."

침중한 눈으로 렌카이저가 속삭였다. 암운이 드리우듯 그늘진 낯빛이었다. 지금 이 순간 어떤 말로도 그의 마음을 바꿀 수 없음은 자명했다. 그러나 물러설 수 없는 건 슈리아 쪽도 마찬가지였다.

"그렇다면 난 온천에 가야겠어. 그렇게 알도록."

서리차게 뱉어 낸 뒤 슈리아는 그를 뿌리치고 자리에서 일어섰다. 잡는 시늉이라도 하지 않을까 했는데 그는 미동도 없이 그 자리에 서 있었다. 어쨌거나 타협할 생각은 없는 듯싶다. 혀를 차며 슈리아는 방을 빠져나왔다. 양심이 있으면 오늘 밤 저를 찾지는 않을 터였다.

말다툼을 끝내고 나왔음에도 해소되지 못한 분이 속에서 꿈틀거렸다. 정작 아무것도 해결된 건 없기에.

……그래, 그가 왜 그러는지는 알 만도 하다. 함께한 지난 시간 동안 슈리아는 렌카이저의 독특한 사고 구조에 대해서 어느 정도 파악할 수 있었다. 감정적인 이해가 아니라 이성적인 분석에 기초하여.

어머니에게 아이는 특별한 존재다. 그리고 본인조차 장담하지 못하는 일이지만, 슈리아에게도 아이가 필경 그러하리라고 추측할 순 있었다. 본디 차갑다 한들 한 번 녹아내렸던 성정이기에. 어쩌면 초월자로서 무심하도록 단정하게 그어 놓았던 선을 넘어서 특별히 애정을 기울일 만큼, 아끼게 될지도 몰랐다.

그게 문제였다.

렌카이저는 싫은 것이다. 슈리아에게 유일한 단 한 명이었던 자리를 누군가와 나누어 갖는 게. 심지어 그것이 제 자식이라도. 절대로 공유를 허락지 않는 완벽한 배제며 독점욕. 그가 가진 게 얼마나 특별한 건지 알라고, 그리 새겨 주었건만 실제로 그가 절대로 놓치지 않을 듯이 행동하자 답답하다 못해 화가 치밀 지경이다. 소중히 하는 게 아니라 손안에 움켜쥔 걸 결코 빼앗기지 않으려고 하는 욕심 많은 아이처럼 굴고 있으니.

그 괴상한 사고관에 힘입은 비틀린 형태를 띤 애정. 그 깊이가 얕다 할 수는 없으나, 확실히 정상적인 건 아니었다. 아내를 빼앗기기 싫어서 아이를 갖지 않겠다니. 참으로 극단적인 발상이지 않은가.

초월자다운 특이성이라고 생각하면 이해의 범주 안에 넣을 만은 했으나, 황제답지는 못했다. 그럴 거면 대책이라도 있어야지 그의 고집 탓에 피해는 전적으로 제가 입고 있었다.

가만히 멈춰 선 황후의 서늘한 입매를 타고 한숨이 흘렀다. 슈리아는 잠자코 생각을 정리하며 한동안 그 자리에 머물러 있었다.

결과적으로 슈리아의 뜻은 이루어지지 못했다. 갈등의 원인이 되었던 예의 그 건이 예기치 못한 사태로 무산되고 말았던 것이다.

"있지. 그 온천 여행 말이야, 못 갈 거 같아."

며칠 후 시무룩한 얼굴로 방문한 데이지가 아쉬운 목소리로 말을 꺼냈다. 슈리아는 눈썹을 치켜세웠다. 곧 그녀의 입에서 온천 여행이 무산된 이유가 투덜거림이 섞인 채 흘러나왔다.

"온천이 못 쓰게 되었다니?"

저조하게 깔리는 음성에 눈치 없는 그녀도 슈리아의 심사가 편치 않음을 감지했는지 당황한 얼굴로 휘휘 손을 내저었다.

"아니, 내가 알아봤을 때만 해도 멀쩡했다고. 인기 많은 온천이라 미리 연락을 넣어 두려고 했는데 사흘 전부터 갑자기 물이 너무 뜨거워져서 들어갈 수가 없다지 뭐야. 주변 지맥이 활발해져서 그렇다는데."

사흘 전이라면, 렌카이저와 언쟁을 벌인 바로 그날이었다. 이쯤 되면 딱히 의심병에 걸리지 않았더라도 수상하다고 느끼는 건 당연한 거다. 그 후 오늘까지 그와 단 한 번도 얼굴을 마주한 적이 없기도 하고. 혼인한 이래로 이토록 오래 마주하지 않은 건 처음 있는 일인데, 그렇다는 건 그로서도 찔리는 게 있단 뜻이 아닐까.

"그건 내가 좀 알아보지."

뭐 하는 짓인지 서서히 열이 올랐다. 데이지와 말을 마친 슈리아는 물 흐르듯이 차분하고 우아한 몸짓으로 자리에서 일어서 곧바로 본궁으로 향했다. 속내가 어떠하건 간에 그 모습은 실로 황후다웠다.

이대로 넘어갈 거라고 생각했다면 틀림없이 오산이었다.

"뭐 하는 짓이지?"

집무실을 찾기 무섭게 시중인을 물리친 슈리아는 대뜸 질문을 뱉어 냈다. 평소와 같았으면 한달음에 일어나 맞았을 법하건만 중요한 서류를 처리하는 양 렌카이저는 자리에 앉은 채 시선을 주지 않았다. 무시라기보단 회피였다. 슈리아는 그의 책상 앞까지 다가서 차디찬 목소리로 속삭였다. 단순한 심증이 아니라 확신에 기인해서.

"네가 그런다고 못 갈 거라고 생각하는 건 아니겠지."

"……."

"그깟 온천, 지맥이 어떻든 온도를 낮추면 그만이야."

서류를 넘기던 손이 멈추었다. 담담하게 고개를 쳐든 데 반해 눈빛은 새파랗게 번뜩였다.

"그럼 온천을 부수면 그만이지. 법령이라도 제정해서 막아 버릴까?"

이토록 강경한 건 또 처음인 듯하여 살짝 놀랐다. 정말로 싫은 것 같다. 조금의 굽힘도 없다니. 불쾌하다기보단 기가 막힌 기분이 앞서자 오히려 머리가 식어 내렸다. 하지만 여기서 양보할 수는 없기에 슈리아는 그와 바짝 시선을 마주하고 말했다.

"그러면 아이를 만들어."

"그건⋯⋯."

온천이 안 된다면 근본적인 문제를 해결해야 했다. 그래야 저도 구설에 오르지 않고, 온천을 찾을 이유도 없어지는 것이니. 그리고 거기선 슈리아도 타협할 생각이 없었다. 그가 거절의 의사를 표기하기도 전에 슈리아는 말을 맺었다.

"오늘 밤 본궁을 찾겠어."

그가 통보한다면, 저도 통보하면 된다. 단순한 논리였다. 귓가에 바짝 속삭이고 고개를 떼어 내자 어쩐지 렌카이저의 귀가 불그스름하게 물들었다. 혼인한 지 몇 년이고 세월이 지났는데 슈리아 쪽에서 적극성을 보이면 그는 여전히 부끄러움을 느끼는 듯했다. 그 탓에 결국 찾아오지 말란 말을 또 하지 못했다.

그러고 보면 제가 그를 찾는 건 처음이었던가. 황후궁으로 돌아오며 슈리아는 문득 그 사실을 깨달았다. 그야, 그가 매일같이 알아서 찾아들었으니 제가 구태여 찾을 일은 없었다. 이렇게 된 김에 본궁의 침소 상태가 어떠한지 한 번쯤 들러서 살펴보는 것도 나쁘지 않으리라.

"오늘따라 본궁에 사람이 많은 것 같구나."

궁을 나오며 눈에 들어온 부산한 풍경에 문득 중얼거리자 에나파 시녀장이 고해 왔다.

"리루사에서 공물을 보내왔다고 합니다."

얼마 전에 제국에서 파병하여 큰 도움을 준 답례로 리루사에서 사절이 방문한 적이 있었다. 그때 리루사에선 파병에 감사해하며 보답으로 조속히 공물을 보내오겠다고 약조했는데 그게 바로 오늘인 모양이다.

공물 중 상당수가 제게 바쳐질 것이 뻔했기에 슈리아는 옮겨지는 물건들을 면밀히 살피었다. 부드러운 천으로 감싸여 있었지만, 그 안을 들여다보는 건 손쉬운 일이다.

불현듯 사람들이 오가는 틈새로 대단히 아리따운 여인이 시야에 잡혔다. 망사로 가렸음에도 슈리아는 그 가려진 미모를 단숨에 꿰뚫어 보았다. 오묘한 에메랄드빛 눈동자가 아름답고 이목구비가 오밀조밀한 금발 미인이었다. 이제는 스카나덴 공작 부인이 된 오를레앙 공녀를 제외하곤 저만한 미색을 보는 건 실로 오랜만인 듯하여, 슈리아는 감상하는 듯한 시선으로 그녀를 훑었다.

리루사의 여인들이 희다 하더니, 윤이 날 듯 투명하디 흰 피부와 한 떨기 꽃을 보는 양 나긋한 몸짓 하나하나에도 여성미가 철철 흘러넘쳤다. 몸에 꼭 맞은 드레스를 걸친, 가녀리면서도 유혹적인 자태가 얼굴이 드러나지 않았음에도 주목을 모을 만했다.

"저 여인은?"

"리루사에서 보낸 무희라 들었습니다."

"그런가."

찰나같이 시선을 빼앗기긴 했으되, 그뿐이었다. 짧은 관심을 거둔 슈리아는 더 이상 질문을 두지 않고 그 자리를 벗어났다. 조금 전 모호하게 넘기긴 했지만 결국 확답을 얻어 내지 못한 아이 건을 어떻게든 해야겠다고 굳게 다짐하면서. 그러기 위해선 렌카이저의 마음을 돌려놓아야 하는 게 선결 과제였다.

그날 밤, 기별 없이 황제의 침소를 찾은 슈리아는 이상한 기분을 느꼈다. 아니, 정확히는 수상함이다. 아무런 예고도 없이 밤이 되자마자, 바로 황제의 침소로 향하겠다고 밝힌 데에는 아랫것들이 갑작스러운 사태에 제대로 대처하는지 시험하고자 하는 의도가 있었다.

그러니 침소에 다다를 때까지, 황후의 등장을 누구도 예견하지 못한 건 당연한 일이리라. 그야말로 유례없는 일이었으니. 침소의 시중인들은 사실 완벽하게 훈련받은 이들이 아니었다. 그는 황제가 제 침소를 도무지 찾지 않기 때문이고, 중요성이 떨어진 터라 상대적으로 소홀해진 탓도 있었다. 대제국 황제의 침소임에도 아이러니하게도 그랬다.

그렇기에 감정을 숨기는 데에도 미흡했다. 물론 잠깐이라도 드러난 것을 놓치지 않고 포착할 만큼 슈리아는 예리한 눈썰미를 가지고 있었다. 그러나 재빠르게 고개를 조아리며 황후를 영접하는 시중인들에게선 당황을 금치 못하는 기색이 역력했다.

시녀장 또한 예외는 아니었다. 총괄 시녀장 에나파가 마침 그날 저녁 부로 휴가를 나간 상태였기에 다른 시녀장이 업무를 대리하고 있었다. 그녀는 슈리아를 보자마자 입술을 깨물었다. 하얘진 낯빛이 그녀의 난감한 심정을 증명하는 듯하다.

급히 허리를 굽혀 예를 갖추면서도 문 앞에 버티고 선 그녀에게 슈리아는 지체하지 않고 명했다.

"문을 열라."

안에서 무슨 일이 있든 일단 확인하면 된다. 그런 생각이었다. 시녀장이 다급히 변명했다.

"아직 황후를 모실 채비가 되지 않았습니다. 기다려 주시면……."

"내 말하지 않았더냐. 문을 열라."

재촉하듯 눈짓하자 함께 온 시녀가 그녀를 제치고 문을 열어젖혔다. 활짝 열린 문을 따라서 슈리아는 발을 들였다. 휘장이 겹겹이 드리워진 안은 아늑했고, 달큰한 향내가 풍겼다. 렌카이저는 자리를 파했거나, 아니면 아직 들지 않은 듯싶었다.

슈리아는 곧바로 이미 겪어 본 적 있는 인기척을 읽어 내었다. 휘장을 걷자마자 슥 움직인 눈길이 침대 발치에 엎드려 있는 한 여인을 담는다.

낮에 본 그 여인이었다. 가냘프되 가슴이 풍만하였고, 옷이라곤 천 자락 하나만을 둘렀다. 거의 헐벗은 채 희고 유혹적인 살결을 반쯤 드러낸 그녀는 과연 아름다웠다. 철혈의 군주라도 동하지 않곤 못 배길 만큼.

유리 표면을 긋듯이, 기익거리는 소리가 길게 울려 퍼지는 듯했다. 모든 상황이 관통하듯 꿰어 맞춰졌고 마침내 슈리아는 차게 웃었다.

여인이 황제의 침소에 이런 차림으로 들 까닭은 하나뿐이지 않은가.

서늘한 음성이 떨어졌다.

"이 여인은 누가 들였느냐."

"소, 송구할 따름입니다."

"폐하께서 이를 허락하시더냐?"

"그, 그것이……."

할 말이 없는지 시녀장이 고개를 수그렸다. 누군가에게 돈을 받고 밀어 넣었거나, 아니면 제 출세를 위해 벌인 짓이었으리라. 황제가 그녀를 취해 후궁으로 만든다면 그 후궁의 시녀장이 될 수도 있으리니.

매일 황후궁에 드나들던 황제가 갑자기 사흘 내내 발길을 끊었으니, 부처 간의 사이가 틀어졌다 느끼기에 족할 터. 틈을 타서 무엇을 하기엔 절묘한 기회였다. 그것도 두 번 다신 오지 않을지도 모르는.

몇 걸음 내디뎌 무희 앞에 다가선 슈리아가 슬며시 입꼬리를 들어 올렸다. 하얀 눈꽃처럼 우아하디우아한 황후의 미소였다.

"감히 황제의 침소에 무희 따위를 허락 없이 들이다니, 제정신인가?"

분노를 담지는 않았으되, 흥분 따윈 표하지 않고 그저 싸늘하게 던지는 물음. 무희의 머리가 들렸다. 도발적으로 고개를 쳐든 채 이쪽을 똑바로 바라보는 꼴이 당당하기 그지없다. 저런 눈빛은 천것이 보일 수 있는 것이 아니다. 무희라고 했지만, 어쩌면.

하지만 그게 무엇이 중요하던가. 그녀가 누구이든, 브리오니아의 황후인 자신에게 비할 신분은 아니니. 그 목숨 죽이든 살리든 그 또한 슈리아의 손아귀에 있었다.

"감옥으로 끌고 가라."

명하기 무섭게 시녀장이 고개를 쳐들었다.

"아니 됩니다. 리, 리루사의 왕녀이십니다!"

벼락같은 외침이었다. 슈리아는 책장을 뒤적여 원하는 글자를 찾아내듯, 뇌리에서 시녀장에 대한 정보를 끄집어냈다. 내명부의 총괄자는 황후이니 숙지하고는 있었다. 이 시녀장도 리루사 출신이었지. 확신과 함께 슈리아가 냉담하게 뱉어 냈다.

"시녀장도 함께 끌고 가라. 황제의 침실에 허락 없이 사람을 들이다니, 내 이 일을 엄단하리라."

"저는 리루사의 사신 일행이기도 합니다. 사신은 제국 내에서 면책특권을 가지니, 저를 벌하시고 싶으시더라도 그리 대우하셔서는 안 됩니다."

맑은 목소리가 또랑또랑 울려 퍼졌다. 슈리아는 미소를 띤 채로 그녀를 응시했다. 황후답게 화려한 드레스를 갖춰 입은 제 앞에서, 창부나 다름없는 몰골을 하고서도 당당하기 그지없다. 그 당당함은 그저 몸에 밴 것. 날 때부터 길러 온 왕족의 태였다.

그리고 슈리아는 날 때부터 왕족다운, 혹은 고귀한, 이러한 단어들을 증오했다. 세월이 지나 혹은 다른 면으로 충족되어 사그라졌을망정 소실되지는 않은 감정이었다. 주변 온도를 떨구듯 황후에게서 배어나는 한기가 좀 더 강해졌다.

"왕녀, 그대가 누구든 어떻게 대우하든 그건 내 권한이오. 그리고 난 이 자리에서 왕녀에게 이 일의 대가를 어떻게 치르게 할 건지 결정했지."

"그러나 그것이 브리오니아의 법도에 맞는 일은 아닐진대."

"법도라."

"외람되오나 저에 대한 처우는 폐하께서 결정하실 일이라고 봅니다."

그러더니 당돌하게 또박또박 고한 뒤 눈을 내리깐다. 슈리아는 순간, 그녀의 낯빛에 스친 묘한 감정을 간파했다. 그건 매우 쉬운 일이었다. 고고한 에메랄드빛 눈동자의 이 왕녀는, 제아무리 맹랑하다고 한들 속내를 온전히 감추지는 못했다.

그녀가 품은 그 감정은, 타고난 신분도, 아름다움도 무엇 때문도 아니었다. 아니, 그 감정을 품는 데 거절당한 적 없는 제 아름다움이 영향을 미쳤을망정 가장 큰 요인은 아니었다. 그녀가 드러낸 건 슈리아를 상대로 이제껏 누구도 품을 수 없었던, 여자로서의 우월감이었다. 그리고 그 우월감의 근간은 분명했다.

내가 석녀라, 네가 내 자리를 넘보겠단 거지.

리루사의 왕녀에게선 확연히 자신감이 느껴졌다. 황제가 자신을 본다면, 결코 내치지 못하리라는 자신감. 평생을 칭송받고 자라 왔을 미모였다. 그러나 한참을 착각하고 있다. 자신이 아니더라도 초월자인 황제가 고작 그런 것에 흔들릴 거라고 생각하다니.

기가 차다 못해 우스울 지경이었다. 슈리아의 입가에 맺힌 미소가 진해졌다. 그때 마침, 침소의 주인이 거기에 등장했다.

"무슨 일이지?"

시중인들이 고개를 일시에 조아렸다. 차림을 보니 늦은 시간까지 정무를 처리하고 온 참인 듯했다. 말이 떨어짐과 동시에 물길이 흐르듯 자연스러운 움직임으로 그 시선이 황후에게로 향했다. 그 외엔 담을 것이 존재하지 않는다는 듯이. 그 단단하고 확고한 눈빛에선 마땅히 그래야 한다는 강박마저 느껴졌다. 슈리아는 그에게 눈을 맞춘 채 냉랭하게 읊었다.

"보시다시피 폐하를 뵈러 침소를 찾았는데, 한 여인이 여기에 있더군요."

슈리아의 심기가 예사롭지 않다는 걸 눈치챘었는지, 그의 눈이 미미하게 흔들렸다.

"리루사의 왕녀라 합니다. 그녀가 이곳으로 발을 들이는 것을 허락하셨는지?"

왕녀가 우뚝 선 황제에게 호소하는 듯한 눈빛을 보내었다. 그 애처로운 태가 뭇 사내들의 애간장을 녹일 만도 하였다. 그러나 적어도 여기 이렌카이저는 아니었다. 그는 단칼에 잘랐다.

"들은 바 없다."

"그렇다면 침입이로군요. 침입자는 즉결 처형이 원칙이지요."

"처형이라니요!"

시녀장이 예법도 잊고 감히 외쳤다. 황제가 그녀에게 경고하듯 시선을 주었다.

"하나 사신단의 일원인 그녀를 그리 대우할 수는 없는 법. 또한 그녀를 막아서지 않은 시중인과 호위병, 그 모두에게 잘못이 있겠지요."

반역의 음모로도 엮어 넣을 수 있는 일. 그러나 그렇게 되면 처형을 피할 수 없을 터. 이런 일로 그렇게까지 한다면 석녀인 것도 모자라 패악을 떠는 황후라 불릴 수 있었다. 뭐든 적당히, 그러나 결코 쉽게 넘어가서는 안 된다.

"하여 저는 책임자를 엄단하고 감히 폐하의 침소에 침입한 그녀를 감옥에 집어넣었으면 합니다. 내궁의 일은 제 소관이나 리루사 사신단의 일원인 그녀를 어찌 처리할지는 폐하께서 결정하실 일이겠지만요."

차게 끊어 낸 슈리아는 눈을 내리깔고 선 채, 그의 결정을 기다리는 듯한 태도를 취했다. 왕녀가 애원하듯 황제를 올려다보았다. 물기를 머금은 녹빛 눈동자는 고혹적이었고 이 가냘프고 고귀한 여인을 차디찬 감옥에 집어넣으라 명하는 건 그 어떤 대쪽 같은 이에게도 쉽지 않을 성싶었다.

렌카이저의 시선이 그녀를 스치듯이 훑었다. 거기 놓은 사물의 정체를 판별하는 양 가벼운 눈짓이었다. 그리고 곧 슈리아가 기대한 그대로의 대답이 떨어졌다.

"황후의 뜻대로."

"폐하, 제 춤을 마음에 들어 하지 않으셨습니까!"

새하얗게 질린 왕녀가 외치자 렌카이저는 슬쩍 눈썹을 치켜들었다. 감정을 담지 않은 투로 낮은 음성이 발해졌다.

"리루사 무희들의 군무를 말함인가."

모든 기대를 배신당한 양 왕녀의 얼굴에서 희망이 사라졌다. 말문이 막힌 그녀는 시중인들에게 끌려 나갔고, 일단 그걸로 모든 사태는 일단락되는 듯싶었다. 그러나 여전히 문제는 남아 있었다.

"저 여인이 그대에게 모욕을 주던가."

이제는 모두가 물러간 터였다. 침대에 걸터앉은 슈리아는 대답하지 않고 물끄러미 그를 응시했다. 서릿발처럼 찬 기색은 가라앉았으나 평소와 같다고 하기엔 어려웠다. 어쨌든 슈리아가 이곳을 방문한 것도, 그의 잘못에 기인한 까닭이라 그 앞에 선 렌카이저가 조용히 말을 붙였다.

"원한다면 처형하겠다."

왕녀 때문에 불쾌하다면, 그녀를 제거하면 된다. 아주 직선적이고 단순한, 검사다운 사고방식에 슈리아는 코웃음 쳤다. 문제의 근본 원인은 그게 아니었다.

"저 여인이 어떻게 이곳에 들 수 있었을 거라고 생각하지."

"……황제의 침실에 몰래 여인을 밀어 넣는 건 예로부터 종종 있었던 일이지. 하나 어떤 처결이 떨어지든 리루사에선 관여할 수 없을 터."

"리루사만의 계획이라고 생각해?"

나긋하게 떨어지는 물음이었다.

"아이를 낳지 못하는, 가문의 세랄 것도 없는 황후. 혹여 리루사의 왕녀가 임신이라도 하여 황손을 낳는다면, 그 자리도 넘볼 수 있겠지."

"……."

"거기에 한 팔 보태겠단 생각, 누군들 하지 않을까."

슈리아의 추측에는 큰 무리가 없었다. 리루사의 왕녀라고 하여, 제국의 황궁에서 홀로 이 일을 획책하지는 못했을 터, 브리오니아에 필히 협조자가 있으리라. 그 협조자는 필경 궁 안에 영향력을 행사할 만한 귀족일 것이다. 그리고 그만한 귀족이 일을 꾸밀 정도면, 황후가 석녀이고 그 때문에 후계를 낳을 만한 다른 여성이 필요하단 소문이 만연해 있음을 추측하기 어렵지 않았다. 그리고 실제로 결과로서 눈앞에 떨어졌다.

뻔히 주어진 해답을, 코앞까지 들이대는데도 알아듣지 못할 만큼 렌카이저는 어리석지 않았다. 이 사태를 해결할 수 있는 가장 명료한 방안은 하나뿐이다. 그가 서서히 손을 뻗었다. 이마를 스친 손가락이 시린 빛을 띤 머리카락을 헤집고 아래로 내려갔다. 그 손길이 어깨를 짚는 동시에, 반쯤 무릎을 꿇은 그가 슈리아에게 몸을 기울였다. 푸른 보랏빛, 새벽처럼 선명하되 그와 상반되는 열기를 품은 눈이었다.

"꼭, 아이를 가져야겠나."

"그래, 꼭."

"……나는 내키지 않아."

내키지 않아도 해야 한다고, 강요 어린 말을 뱉는 대신 그간 그를 다루는 방법을 습득한 슈리아는 안심시키듯이 속삭였다.

"넌 아무것도 두려워할 필요 없어. 변하는 건 아무것도 없을 테니까."

잠자코 그 말을 곱씹어 보듯 입술을 달싹이던 렌카이저가 이내 옅은 미소를 머금었다. 확연히 안도한 눈치였다. 이마 위에서 느껴지던 숨결이 자연스레 아래로 흘렀다. 붉은 기를 띤 살갗이 가볍게 맞닿음과 동시에, 그의 육신이 슈리아에게로 쏟아져 내렸다. 달빛이 유독 눈부신 밤이었다.

그 하룻밤만으로 그간 소식이 없던 아이는 쉽사리 생겨났다. 그 때문에 황후궁이 터가 안 좋은 게 아니냐는 낭설도 오갔고, 리루사의 사신 일행이 내쫓기다시피 떠나가며 후에 어마어마한 공물이 배상으로 바쳐지고, 모 후작의 관직이 박탈되는 사소한 일이 있었지만, 어쨌든 중요한 사건은 아니었다. 적어도 그 뒤에 일어난 일에 비하자면.

— 드디어 브리오니아의 황손이 잉태된 것이다!

비록 임신한 당사자와 그 남편은 덤덤하게 그 사실을 받아들였을지언정 이는 제국의 경사였다.

"축하해, 슈리아!"

데이지가 생글거리며 말해 왔다. 그러면서 온천을 가자고 한 제 덕이라는 근거 모를 발언으로 슈리아를 잠시 어처구니없게 만들긴 했지만, 굳이 지적하고 싶은 기분은 들지 않았다. 어쨌든 그녀가 인과관계에 어느 정도 영향을 미치긴 했으므로. 데이지뿐만 아니라 사방에서 축언이 쏟아졌다.

그 회임으로 인해 슈리아가 얻은 건 많았다. 일단 석녀라는 오명을 씻어 버릴 수 있었고, 더불어 황후로서 입지도 한층 더 굳건해지게 되었다.

즉, 후궁을 들이는 것에 대해 암암리에 오가던 제의들은 싹 사라졌다. 위켄하이저 공작가에서 부쩍 청탁이 많아졌다는 이야기도 들려왔다. 하지만 정작 슈리아는 그 사실을 그다지 감흥 없이 받아들였다.

아니, 감흥은 있었다. 배 속에서 새 생명이 맺히고 자라나며 꿈틀대는 건 슈리아로서도 처음 경험하는, 기이한 느낌이었으니까. 그야말로 기적과 같은.

온갖 축복과 극진한 아낌을 받으며 열 달 동안 아이는 무사히 슈리아의 태에서 자라났다.

세상에서 둘째가라면 서러울 무시무시한 재능을 가진 두 초월자의 소생임에도, 배 속에 있는 아이에게선 별다른 특이점이 발견되지 않았다. 그리고 제 자식일지라도 저보다 더 뛰어난 재능을 가지고 태어나길 바라지 않았던 슈리아는 거기에 대단히 만족했다.

그와 별개로 슈리아는 제가 아마도 아이를 임신한 최초의 초월자일 거란 사실에 몹시도 기분이 심란했지만, 자신이 초월자이기에 아이를 배고도 별다른 불편함을 겪지 못한 것 역시 사실이었다. 배 속에 생명을 품은 채 시간이 순식간에 흘러갔다.

열 달이 지나, 초월자답게 건강한 몸을 가진 슈리아는 짧은 산고를 거쳐 제 아이를 품에 안아 볼 수 있었다. 블레어가 웃으며 속삭였다.

"황후 폐하를 꼭 닮았어요."

슈리아는 그 평가가 바르지 않다고 생각하며 고개를 내려 품 안을 들여다보았다. 붉고 작은, 아직 채 이목구비를 갖추지 못한 그 연약한 생명을. 제게서 비롯되어, 이제는 스스로의 삶을 시작한 제 아이.

막 터뜨린 울음을 그치고 말갛게 자신을 올려다보고 있었다. 슈리아의 것을 똑 닮은 밤바닷빛 눈동자였다. 그를 바라봄은, 기적이 눈앞에 현현한 양 몹시도 이채로웠다. 태어나서 처음으로, 어떤 신이한 풍경을 마주하듯.

생경하고 기묘한 느낌. 그저 속에서 무언가가 차올랐다. 형용할 수 없는 그 무엇.

슈리아는 그게 나쁜 기분은 아니라고, 생각했다. 아마, 이 아이는 제 인생에서 두 번째로 특별한 어떤 의미를 가질 테지. 그리고 소수의 특별함이 그러하듯 그 의미는 제게서 결코 작지 않을 테다.

아이를 가지는 건, 분명 의미 있는 일이었다. 다만 분만 과정 중에 겪은 고통—산고의 고통을 겪는 것이 이제는 강박처럼 되어 버린, 평범한 삶을 사는 의무처럼 느껴졌기에 피하지 않았다—만큼은 슈리아로서도 두 번 다시 감수하고 싶지 않았다. 그건 그야말로 생에 다시없을 고통이었으니.

둘째는 없다.

슈리아는 속을 알 수 없는 얼굴로 이쪽을 바라보는 렌카이저에게 아이를 건네며 일 자녀 정책을 굳게 다짐했다. 그러나 그 결심이 실현될지는 세월이 지나야 알 노릇이다.

작가 후기

그동안 이 기나긴 여정을 함께해 주셔서 감사합니다. 모쪼록 즐겁게 읽으셨기를 기원합니다. 태양을 삼킨 꽃은 일단 이것으로 끝을 맺습니다. 주인공이 아마르잔이 아닌 슈리아로서의 자신을 인정하고, 받아들이고 살아가기로 했기에 꽃이 태양을 삼켰고 그렇기에 끝이 났지요. 지금 이 후기를 쓰고 있는 게 무척 감회가 새롭네요.

에필로그 이후 좀 더 많은 이야기를 들려 드리고 싶었지만, 자제했어요. 자식 세대를 주인공으로 한 후속작을 생각 중이기에 너무 많은 이야기를 지금 풀어 놓을 수가 없었거든요. 혹시 내용이 어긋나기라도 하면 큰일이니까요. 지금은 벌려 놓은 소설이 여럿이라 후속작은 수습이 되는 그 언젠가 연재를 시작할까 해요.

차기작으로는 차원이동 로맨스 판타지 〈검은 달무리, 금빛 숲〉과 치유물을 표방하는 〈성녀님의 폭군 교화법〉을 연재 중입니다.

http://blog.naver.com/madueras/ 제 블로그이니 별건 없지만, 축전이나 패러디, 연재 정보 등이 궁금하시면 찾아 주세요.

독자분들 모두 건강하세요! 감사합니다.

태양을 삼킨 꽃

1판 2쇄 찍음 2016년 2월 3일
1판 2쇄 펴냄 2016년 2월 15일

지은이 해 연
펴낸이 정 필
펴낸곳 (주)뿔미디어

출판등록 2002년 9월 11일 (제1081-1-132호)
주소 경기도 부천시 원미구 소향로 17, 303(두성프라자)
전화 032)651-6513 팩스 032)651-6094
E-mail bbulmedia@hanmail.net
홈페이지 http://bbulmedia.com

ISBN 979-11-315-6183-6 04810
ISBN 979-11-315-6180-5 04810 (SET)